W0322449

Furia rief die Bücher aus den Regalen herbei. Hunderte lösten sich von den Brettern, flogen durch den Raum auf sie zu und bildeten einen kreisenden Schutzwall, einen rotierenden Panzer aus Papier. Einige öffneten sich, mehrere Seitenherzen spalteten sich inmitten des Büchertornados. Licht strahlte in alle Richtungen. Wütend setzte Veit zu einer Attacke an und stieß eine Flammenlanze mitten in die schwebenden Bände. Feuer raste auf Furia zu …

Kai Meyer, geboren 1969, ist einer der wichtigsten deutschen Phantastik-Autoren. Er hat über fünfzig Romane veröffentlicht, Übersetzungen erscheinen in dreißig Sprachen. Seine Geschichten wurden als Film, Hörspiel und Graphic Novel adaptiert und mit Preisen im In- und Ausland ausgezeichnet.
www.kaimeyer.com
www.facebook.com/KaiMeyerFanpage

Weitere Informationen finden Sie auf www.fischerverlage.de

KAI MEYER

DIE SEITEN DER WELT

NACHTLAND

FISCHER Taschenbuch

MIX
Papier aus verantwortungsvollen Quellen
FSC® C083411

Erschienen bei FISCHER Taschenbuch
Frankfurt am Main, April 2018

© 2015 S. Fischer Verlag GmbH, Hedderichstr. 114,
D-60596 Frankfurt am Main

Satz: Dörlemann Satz, Lemförde
Druck und Bindung: CPI books GmbH, Leck
Printed in Germany
ISBN 978-3-596-19853-5

Erster Teil

Die Alexandrinische Flamme

1

Schon seit Wochen roch Furia nach Büchern: Sie war auf dem besten Weg, eine erstklassige Bibliomantin zu werden.

Ihre sommersprossige Haut duftete nach Papier und Buchbinderleim, ihr langes blondes Haar nach Druckerschwärze. Sie hatte diesen Geruch geliebt, seit sie ein Kind gewesen war, aufgewachsen in Salons und Sälen voller Bücher. Man hätte meinen können, sie hätte den Duft ihrer Umgebung angenommen. Stattdessen aber ging er von ihrem Körper aus, so als wäre sie selbst zu einem Buch geworden.

Sogar jetzt, im Freien, konnte sie ihn riechen.

Sie kauerte an der niedrigen Ummauerung eines Flachdachs, hoch über den engen Gassen von Libropolis. Zahllose Rauchsäulen standen am grauen Himmel über der Stadt der verschwundenen Buchläden, schienen wie Kletterpflanzen in den Ziegelschloten der Häuser zu wurzeln. Vor Furia lag ein dreigeschossiger Abgrund. Exlibri aus aller Herren Bücher drängten sich dort unten über den Schwarzmarkt des Ghettos.

»Bist du sicher, dass du das hinbekommst?«, fragte Isis Nimmernis. Die ehemalige Agentin der Adamitischen Akademie kniete neben Furia und spähte hinab in die Gasse.

»Summerbelle hat mich gut trainiert.«

»Summerbelle«, sagte Isis geringschätzig, »mag eine begabte

Bibliomantin sein. Aber das hier wird womöglich schlimmer als alles, was sie bei den Bardenbrüdern erlebt hat.«

»Sie behauptet was anderes.«

»Sie gibt nur an.«

Furia warf Isis einen Seitenblick zu. »Wirklich, ich schaff' das schon.«

Isis verzog einen Mundwinkel, aber ihre Mimik wirkte ebenso erschöpft wie alle ihre Bewegungen in den letzten Stunden. Sie hatte neue Fältchen an den Augenwinkeln: eines für jeden der sechs Monate, die seit ihrem Kampf mit der Umgarnten vergangen waren. Ihr helles Haar war straff zu einem Pferdeschwanz gebunden, die Härchen auf ihren Unterarmen fast durchsichtig. Sie war eine schöne Frau Mitte dreißig, aber die Härte in ihren Zügen hatte sie vorzeitig altern lassen, erst recht, seit sie die Seiten gewechselt und sich dem Widerstand gegen die Akademie angeschlossen hatte.

Auch jetzt lag wieder Sorge in ihrem Blick. Offenbar kreisten ihre Gedanken um das, was sich unten in der Gasse tat. Oder, besser, gerade *nicht* tat.

»Es hätte längst losgehen müssen«, murmelte sie. »Finnian ist zu spät dran.«

»Er kann nichts unternehmen, solange die Buchegel nicht schlüpfen«, entgegnete Furia mit gerunzelter Stirn. Sie hatte das Gefühl, Finnian in Schutz nehmen zu müssen, nach allem, was er während der letzten drei Monate in Kauf genommen hatte.

Hirudo librorum, der gemeine Buchegel, war ein gefräßiger Verwandter des Buchwurms *vermis librorum*. Gnade der Bibliothek, die er als Mahlzeit erkor. Vor Wochen hatte Finnian mehrere tausend Eier in dem Gebäudekomplex auf der anderen Straßenseite verteilt. Heute war der Tag, an dem die Buchegel schlüpfen würden. Der eintägige Lebenszyklus der winzigen Parasiten ließ sich auf die Minute genau berechnen, vorausgesetzt, man kannte den exakten Zeitpunkt, an dem ihre Eier gelegt worden waren. Dahingehend hatten Furia und Finnian sich auf die Angaben des gierigen kleinen Mannes verlassen müssen, der die Egel in einem der tieferen Refugien züchtete. Er hatte keine Fragen gestellt, lediglich seine üppige Bezahlung eingestrichen und war im Gedränge des Basars untergetaucht, auf dem die Transaktion stattgefunden hatte.

Wären seine Informationen korrekt gewesen, hätte *hirudo librorum* vor neun Minuten schlüpfen müssen. Alles war vorbereitet, jeder auf seinem Posten, um das bevorstehende Chaos auszunutzen. Nur dass das Chaos nicht ausbrechen wollte.

Isis ließ durch keine Regung erkennen, ob ihr Zweifel an der Mission kamen. Was daran liegen mochte, dass die Erfolgschancen von vornherein bescheiden waren. Furia wusste so gut wie sie, dass die Sache böse enden konnte, noch ehe sie begonnen hatte. Das war ihnen allen von Anfang an klar gewesen, Furia und Isis ebenso wie Cat und Summerbelle. Und natürlich Finnian, der das größte Risiko trug.

Über dem Gassengewirr des Ghettos hing wabernder Lärm. Zahllose Stimmen vermischten sich mit dem Scharren der Schritte auf dem Pflaster, dem Schlagen von Türen und Fenstern, den Fahrradklingeln und klappernden Pferdehufen. Im Ghetto der Exlibri fuhren nur wenige motorisierte Gefährte, dann und wann ein Moped, noch seltener ein Transporter. Schob sich doch mal einer durch die dichtbevölkerten Straßen, dann war es ein dreirädriger *Piaggio*, gerade schmal genug, um sich in den engen Schneisen nicht zu verkeilen.

In der Gasse unterhalb des Beobachtungspostens, den Furia und Isis bezogen hatten, verteidigten fliegende Händler unerbittlich ihre Plätze. Auf dem Schwarzmarkt gab es alles, was sonst nur selten den Weg ins Ghetto fand. Viele Exlibri waren bereit, ihren kargen Monatslohn für Parfüm und Kosmetik, Modeschmuck und Zigaretten auszugeben. Besonders umlagert waren die Verkäufer von alten Videokassetten mit Literaturverfilmungen. Exlibri liebten Filme, die auf Romanen basierten, aus denen sie selbst einst gefallen waren. Nichts amüsierte sie mehr als ein Schauspieler, der jemanden spielte, den sie wiedererkannten. Da digitale Medien in den Refugien nicht funktionierten – hier gab es weder Computer noch Speicherdiscs –, behalf man sich mit antiken Röhrenfernsehern und mechanischen Videorekordern der ersten Generation. Besaß jemand beides, scharten sich ganze Nachbarschaften um den Bildschirm und schauten sich unter schallendem Gelächter staubtrockene Buchadaptionen an.

Isis blickte ungeduldig auf ihre Armbanduhr, dann zum verhangenen Himmel. »Das ist nicht gut.« Buchegel schlüpften nur bei Tageslicht, und es war bereits gefährlich düster geworden.

Sie hatten die dunklen Kapuzenmäntel über sich gebreitet, um sich vor Blicken aus der Luft zu schützen. Auf der anderen Seite der Gasse erhob sich ein verschachtelter Komplex aus Gebäuden. Anbauten waren in alle Richtungen gewuchert: solide Ziegelklötze, Bretterschuppen auf den Dächern, sogar Türme mit Schießscharten. Marduk, der gefährlichste Unterweltboss des Ghettos, hatte den ganzen Block in eine Festung verwandelt, dann einen zweiten und schließlich einen dritten Straßenzug in seinen Besitz gebracht. Außerhalb des Ghettos wäre es undenkbar gewesen, die pittoreske Architektur von Libropolis durch Neubauten zu zerstören – die ganze Stadt ähnelte einem englischen Dorf voller Sprossenfenster und Erker –, doch darum scherte Marduk sich nicht: Er hatte weite Teile der hinteren Blocks niederreißen und Hallen aus roten Ziegelsteinen errichten lassen, mitten im Zentrum seines Reiches. Furia konnte von hier aus nur die Dächer sehen, eines hinter dem anderen, aneinandergereiht wie gewaltige Containerschiffe in einem Hafen. Und ausgerechnet dort lag ihr Ziel, in der letzten der drei großen Hallen. Der einzige Weg dorthin führte quer durch Marduks Hauptquartier.

»Hol schon mal dein Seelenbuch raus«, sagte Isis.

Furia schob die Hand in eine Tasche ihrer Cargohose und ertastete das Schnabelbuch. Sie spürte, dass es zitterte. »Was ist los?«, fragte sie leise, als sie es unter dem Mantel hervorzog.

Der Schnabel, der sonst an seinem Rüsselhals vorwitzig aus dem Lederdeckel ragte, hatte sich zurückgezogen. Zwischen knittrigen Hautringen, zusammengeschoben wie eine Ziehharmonika, schaute nur die gelbe Spitze hervor. Man hätte sie für einen skurrilen Buchschmuck halten können – oder einen umgedrehten Handtuchhalter –, ohne je auf die Idee zu kommen, dass der kleine rote Band ein Eigenleben besaß.

Das Buch erbebte von neuem, bekam aber keinen Ton heraus.

»Es ist wegen Marduk«, vermutete Isis. »Er veranstaltet oft Schnabelbuchkämpfe, um seine Leute bei Laune zu halten. Tagelange Turniere, bei denen Hunderte Bücher zerfleddert werden.« Sie warf Furias Seelenbuch einen kurzen Blick zu. »Du hast von ihm gehört, nicht wahr?«

Der Schnabel zuckte auf und ab, die Andeutung eines Nickens.

»Ach je«, entfuhr es Furia mitfühlend. Sie streichelte ihr Seelenbuch und wollte es behutsam öffnen, aber die Seiten lösten sich nicht voneinander, das Buch war wie zugeklebt. »Was machst du denn? Ich bin doch bei dir.« Um ihre bibliomantischen Kräfte freizusetzen, musste sie ein Seitenherz spalten, und das ging nur, wenn sie ihr Seelenbuch aufschlug.

»... akkke ...«, krächzte das Buch.

»Ich brauche deine Hilfe«, sagte Furia einschmeichelnd. »Ohne dich bin ich aufgeschmissen.«

»Iiiih ... auube ... akkkke ...«

»Bitte?«

»Ich glaube ... hab eine ... Panikattacke!«

Isis beäugte das verkrampfte Buch mit einem Grinsen. »Sieht aus wie ein Problem mit dem Schließmuskel.«

Der Schnabel schob sich einen Fingerbreit vor. Obgleich er keine Augen besaß, brachte er es fertig, vorwurfsvoll auszusehen. »Ich und die meinen sind von sensibler Wesensart«, sagte er wehklagend. »Unser Dasein ist ein Tal der Tränen, ein Leidensweg der Entbehrungen. Gerade du müsstest die Gefühlswelt eines Buches verstehen, Isis Nimmernis!«

Die knurrte nur etwas, das Furia nicht verstand, und konzentrierte sich wieder auf die andere Straßenseite.

Eine Sekunde lang war das Buch abgelenkt, und Furia nutzte die Gunst des Augenblicks. Mit einem Ruck schlug sie es auf. Dabei prallte der Schnabel auf die Dachziegel.

»Sag ich's nicht?«, rief das Buch mit einem Seufzen, als laste alles Elend der Welt auf seinem Rücken. *Leben und Zeiten des Abel Humble Uxbridge* stand dort geschrieben, doch das war nur Tarnung. Das Schnabelbuch war nicht geschaffen worden, um darin zu lesen. Es war ein zäher kleiner Kämpfer und hatte in den Hinterhöfen von Libropolis so manchen Schnabelbuchkampf für sich entschieden. Zahlreiche Kerben und ein paar lose Seiten waren von seiner Karriere in den Arenen zurückgeblieben, ehe es sich Furia als ihr Seelenbuch offenbart hatte. Seither trug sie es Tag und Nacht griffbereit bei sich. Wann immer ihre Lehrmeisterin Summerbelle mit ihr trainierte, leistete das Buch ihr gute Dienste.

»Kannst du die beiden sehen?«, fragte Furia, während sie einmal durch das Schnabelbuch blätterte, um seine steifen Seiten zu lockern.

Isis reckte den Hals und blickte um die Ecke von Marduks Festung. Irgendwo dort vorne befand sich der Haupteingang, ganz in seiner Nähe hatten Cat und Summerbelle Posten bezogen. Auch sie warteten darauf, dass es endlich losging.

»Nichts.«

Furia rümpfte die Nase über den Gestank, der aus der Gasse aufstieg. Allmählich überdeckte er sogar den Buchduft ihrer Haut. »So hab ich mir das nicht vorgestellt, als ich davon geträumt habe, all die Abenteuer in den Büchern selbst zu erleben.« In der Behaglichkeit ihres Lesesessels mit Fantastico Fantasticelli Kaufleute auszurauben und an der Seite von Jim Hawkins zur Schatzinsel zu segeln, hatte sich anders angefühlt, als hier im Dreck zu kauern.

Vor zwei Monaten war sie sechzehn geworden. Früher hatte

sie an ihren Geburtstagen immer eine von Paulines formidablen Lebkuchentorten auf dem Frühstückstisch vorgefunden. Doch die Köchin lebte nicht mehr, und so hatte Furia in diesem Jahr andere Geschenke bekommen: Von Cat ein Stück Lavendelseife aus dem Laden in Winchcombe (seit Cat sich regelmäßig wusch, glaubte sie, dass auch andere es nötig hätten); von Isis ein Taschenmesser (»Zweiunddreißig Funktionen! Garantiert rostfrei!«); und von ihrem kleinen Bruder Pip den vorletzten Lebkuchen, den er sechs Monate lang für sie unter seiner Matratze aufbewahrt hatte.

Während das Schnabelbuch noch murrte, fragte Isis: »Wer füttert eigentlich Samsa, während du weg bist?«

»Pip. Er macht das schon eine ganze Weile.«

Isis hob zweifelnd eine Augenbraue. »Du lässt ihn allein zum melancholischen Ungeziefer?«

»Er ist elf. Er kommt schon klar.«

Isis öffnete die Lippen, aber sie vergaß die Erwiderung im selben Augenblick. Auf der anderen Seite der Gasse ertönte ein Schrei, gefolgt von vielen weiteren. Das aufgeregte Gebrüll vermischte sich mit Alarmsignalen. Die bewaffneten Wächter, die auf den Dächern von Marduks Festung patrouillierten, blickten sich aufgeregt um. Die ersten rannten zu den Eingängen ins Gebäude.

In einer fließenden Bewegung sprang Isis in die Hocke. Ihre Augen strahlten vor Entschlossenheit, und ein Lächeln erschien auf ihren grimmigen Zügen. Ein sanftes Glimmen drang durch die Hakenleiste an der Vorderseite ihrer engen Korsage. Bereits seit Wochen trug sie kein Weiß mehr wie früher, sondern allertiefstes Schwarz.

Furia streifte den Kapuzenmantel ab. Über der Cargohose trug sie einen dunklen Rollkragenpullover, das blonde Haar hatte sie im Nacken verknotet. Der Zeigefinger ihrer rechten Hand steckte zwischen den Seiten ihres Seelenbuchs.

»Buchegel!« Der Schnabel stieß ein klägliches Seufzen aus. »Ich hasse die Viecher! Fressen sich durch Bücher wie Maden durch Käse. Es ist unverantwortlich, mich mitzunehmen. Hört ihr? Un-ver-ant-wort-lich!«

Isis schleuderte die gebundene Ausgabe eines vergessenen Bestsellers über die Gasse. Das Buch landete auf dem gegenüberliegenden Dach. Ein zweites Exemplar desselben Romans lag zwischen ihnen, aber als Furia danach greifen wollte, schwebte es bereits ganz von selbst in die Höhe. Isis legte ihre rechte Hand auf das Titelbild, Furia ihre linke auf die Rückseite. Sie hatten das Buch kaum berührt, als es unter ihren Fingern zu flimmern begann.

Im selben Moment lösten sich die beiden in Luft auf, stürzten für einen Atemzug durch die Leere zwischen den Seiten der Welt und erschienen wieder auf dem Dach von Marduks Festung, genau neben dem ersten Exemplar. Das Buch verblasste bereits zu ihren Füßen und war im nächsten Augenblick verschwunden.

Furia beobachtete die Umgebung, während Isis mit flinken Bewegungen die Haken ihrer Korsage öffnete; nur einen ließ sie geschlossen, den mittleren. Eine Woge aus Licht drang zwischen dem schwarzen Stoff hervor, pulsierte sanft im Rhythmus ihres Herzschlags.

»Alles klar?«

Furia nickte.

»Falls es jemanden interessiert«, murmelte das Schnabelbuch, »mir ist übel.«

Furia tätschelte mitfühlend den Buchdeckel, dann folgte sie Isis geduckt zu einem turmähnlichen Aufbau, keine zehn Schritte entfernt. Vor einer schmalen Stahltür blieben sie stehen. Isis drückte die Klinke hinunter. Von innen verriegelt.

»Finnian müsste gleich hier sein«, sagte Furia. »Er hält sich immer an Absprachen.«

Isis wirbelte herum, sah aber nicht Furia an, sondern an ihr vorbei übers Dach. Ihre Augen weiteten sich, während die Reflexion von Mündungsfeuer wie in Zeitlupe über ihre Pupillen loderte.

»Runter!«, rief sie, stieß mit der einen Hand Furia beiseite und löste mit der anderen den letzten Haken der Korsage.

Das Peitschen des Schusses erklang einen Sekundenbruchteil später, jemand schrie auf, und Isis erstrahlte in sternkaltem Licht.

2

Wenige Minuten zuvor hatten Cat und Summerbelle im Schatten einer Gassenmündung gestanden. Ungeduldig beobachteten sie das Treiben vor dem Hauptportal der Festung.

Zahlreiche Händler hatten Stände errichtet, andere boten ihre Waren in Bauchläden feil. Angst vor der Garde und der Miliz hatte hier niemand. Marduk steuerte die meisten illegalen Geschäfte im Ghetto, und die Adamitische Akademie ließ ihn gewähren, solange er ihren Lakaien nicht unmittelbar auf die Füße trat. Es hieß, der Unterweltkönig besitze ein Druckmittel, mit dem er sich die Behörden gefügig machte, und wer mitansah, wie kaltschnäuzig er hier verbotene Güter feilbieten ließ, der glaubte den Gerüchten aufs Wort.

Das Gewimmel ähnelte einem orientalischen Basar. Zwischen den Fachwerkhäusern hing der Duft von Kräutern und Seifen, vermischt mit den Ausdünstungen eng gedrängter Männer und Frauen, den Gerüchen von gebratenem Schwein und frischen Pferdeäpfeln. Obwohl Englisch die gebräuchlichste Sprache in Libropolis war, hörte Cat immer wieder Satzfetzen auf Französisch, Italienisch und Deutsch. Zweifellos gab es auch Exlibri aus asiatischen, afrikanischen und arabischen Büchern, aber genau wie auf Londons bunten Straßenmärkten bemühten sich die meisten um eine gemeinsame Sprache, damit sie ihre Waren anbieten oder um Preise feilschen konnten.

»Wir hätten diesem widerlichen Kerl nicht trauen dürfen«, sagte Cat verächtlich, »diesem *Egelzüchter*!« Sie betonte das Wort wie eines, das sie lieber nicht in den Mund genommen hätte. Dabei hatte sie fast drei Jahre hier im Ghetto gelebt und in dieser Zeit jedes erdenkliche Schimpfwort benutzt, meist voller Hingabe.

Cats größte Sorge galt nicht dem Gelingen des Plans, sondern Finnian im Inneren der Festung. Sie war schon einmal allein in diese Gebäude eingedrungen, vor fast sieben Monaten. Damals hatte sie aus Marduks legendärer Sammlung eine mumifizierte Bibliomantenhand gestohlen. Sie hatte angeboten, es auch dieses Mal allein zu versuchen, dann jedoch einsehen müssen, dass die Situation heute eine andere war. Zum einen lagerte der Gegenstand, auf den sie es abgesehen hatten, in Marduks letzter Halle, dem hinteren jener Säle, in denen er sein legendäres Kabinett bibliomantischer Kuriositäten aufbewahrte; kein Dieb war jemals dorthin gelangt. Zum anderen war die Zahl der Wachtposten nach Cats Einbruch verdreifacht worden.

Neben ihr zupfte Summerbelle sich die Kapuze ihrer Jacke tiefer in die Stirn, obwohl es schon seit Stunden nicht mehr regnete. Die junge Bibliomantin war ungemein hellhäutig und besaß die filigranen Züge einer Porzellanstatue. Ihr nackenlanges Haar war schneeweiß, ihre Augenbrauen hingegen fast schwarz. Summerbelle war der Sprössling eines Earls aus Sussex und hochgeborene Tochter durch und durch. Ihr Vater war ein offener Kritiker der Akademie gewesen, ein gelehrter Sammler mittelalterlicher Handschriften, dem es nicht passte, nach der Pfeife der Drei Häuser zu tanzen. Wie so viele, die aufbegehrt hatten, war er eines Nachts von Angehörigen der Garde unter fadenscheinigen Gründen abgeholt und ins Gefängnis geworfen worden. Seine Familie hatte ihn nicht wiedergesehen, bis man Monate später seine Leiche herausgegeben hatte. Angeblich war er während der Haft an einem Herzschlag gestorben.

Bald darauf hatte Summerbelle sich den Bardenbrüdern angeschlossen und war zunächst die einzige Bibliomantin, die auf der Seite des Widerstands kämpfte. Neben ihr hatte es noch einen ehemaligen Geistlichen mit bibliomantischem Talent gegeben; vor einigen Wochen hatte er der Residenz den Rücken gekehrt und war in den Refugien untergetaucht.

Während der Zeit, die Summerbelle sich mit den Bardenbrüdern im Wald der toten Bücher versteckt hatte, hatte sie nichts von ihrem piekfeinen Gestus verloren. Sie ging stets erhobenen Hauptes, trug bereits mit siebzehn den Schatten einer tiefen Skepsisfalte über der Nasenwurzel und sprach meist so, als käme sie gerade vom Gartenfest der Queen. Während der ersten Wochen in der Residenz hatte Cat sie gemieden – so hatte sie es früher mit den meisten Bibliomanten gehalten –, aber irgendwann war ihr Summerbelles Getue derart auf die Nerven gegangen, dass sie es auf einen Streit hatte ankommen lassen. Zu ihrem Erstaunen hatte Summerbelle sich bei ihr entschuldigt und versichert, sich keineswegs für etwas Besseres zu halten.

Nach den Jahren im Ghetto war Cat ein so höfliches Einlenken nicht gewohnt. Finnian hatte sie daraufhin beiseitegenommen und ihr ein paar Dinge über Summerbelles Vergangenheit erklärt. Seitdem herrschte zwischen den Mädchen ein wackliger Waffenstillstand: Cat ignorierte Summerbelles Höhere-

Tochter-Gehabe, während Summerbelle sich spitze Bemerkungen zu Cats Gossenjargon verkniff. Es war ein Frieden, dem keiner so recht traute, ein Pakt zwischen Ober- und Unterschicht, zwischen beschaulichem Sussex und schmutzigem Ghetto, zwischen der geborenen Lady und dem rüpelhaften Wildfang.

Vor Marduks Hauptquartier verscheuchten die Wächter einen kleinwüchsigen Exlibro, der versuchte, zollfreie Zigaretten an Passanten zu verkaufen: *Smoke & Mirrors* war die beliebteste Marke der meisten Bibliomanten, weil ihr Rauch mit ein wenig Übung die Schlüsselszenen der letzten Lektüre nachformte. Das war manchmal beeindruckend, manchmal peinlich und immer eine schlimme Prahlerei. Der Verkäufer zahlte wahrscheinlich kein Schutzgeld oder stand aus anderen Gründen auf Marduks schwarzer Liste.

Die Wachtposten waren grobschlächtige Gestalten, bewaffnet mit Schusswaffen und Säbeln; Klingen waren in den Refugien noch immer ein Statussymbol, auch wenn kaum jemand sie offen benutzte. Die Männer waren allesamt Exlibri, denn Marduk hätte sich niemals mit Bibliomanten umgeben. Zwar sammelte er ihre Artefakte und Relikte, doch zugleich verzehrte ihn der Neid: Als Exlibro würde er niemals eigene bibliomantische Macht besitzen – so hatte es Siebenstern einst in den Büchern der Schöpfung festgelegt. Isis war die einzige bekannte Ausnahme von dieser Regel, und das hatte sie Furia zu verdanken.

Cat schaute erneut auf ihre Armbanduhr, ein klobiges Herrenmodell, das sie an ihrem ersten Tag im Ghetto gestohlen und seither kaum abgelegt hatte. »Warum schlüpfen sie nicht?«

»Vielleicht sind sie's schon«, sagte Summerbelle und rieb sich die spitze Nase. »Weißt du, Cat, es gibt durchaus Mittel gegen den *hirudo librorum*.«

Summerbelle liebte es, ihre Sätze mit *Weißt du* zu beginnen. Das war einer dieser Spleens, die Cat zur Weißglut brachten. Nur heute ließ es sie kalt. So verlockend die Vorstellung war, Summerbelle an ihrem weißen Schwanenhals zu packen und durchzuschütteln, so wenig wollte sie sich ablenken lassen von den Dingen, auf die es wirklich ankam. Etwa, sich um Finnian zu sorgen.

»Immer macht er das«, murmelte sie vor sich hin. »Steckt sich irgendwelche Ziele und riskiert sein Leben dafür. Ihm ist völlig egal, dass ihn jemand vermissen könnte, wenn er draufgeht.«

Summerbelle berührte sie an der Schulter. »Finnian wird schon nichts passieren. Er weiß genau, was er tut.«

Vor einem Vierteljahr hatte er sich in Marduks Verbrecherbande eingeschleust, um den heutigen Tag von langer Hand vorzubereiten. Drei Monate lang hatte sie ihn nicht gesehen und so gut wie nichts von ihm gehört; nur ein paar Zeilen in einem toten Briefkasten am Rande des Ghettos. Sie vermisste ihn so sehr, dass sie nachts von ihrem rasenden Herzschlag erwachte und stundenlang an nichts anderes denken konnte als an all die Katastrophen, die ihm widerfahren mochten. *Aber das bin ich nicht*, hatte sie sich wieder und wieder eingeredet. Seit sie als Dreizehnjährige von zu Hause fortgegangen war, hatte sie Wert auf ihre Unabhängigkeit gelegt, hatte sich jahrelang im Ghetto durchgeschlagen und sich einen Ruf als zuverlässige Auftragsdiebin erarbeitet. Sie wollte sich um niemanden sorgen müssen, nicht mal um sich selbst und erst recht nicht um jemand anderes.

»Ich kann verstehen, dass du ihn gernhast«, sagte Summerbelle, während sie zu Marduks verschachtelter Festung hinübersah.

»Wie meinst du das denn?«

Summerbelle lächelte verstohlen. »Er ist clever. Sieht gut aus … Na ja, vielleicht nicht in jedermanns Augen mit der gebrochenen Nase und den Narben am Ohr. Aber es wäre gelogen, würde ich behaupten, er hätte nichts Anziehendes.«

Cat funkelte Summerbelle an. »Vor allem hat er eine *Freundin*, okay?«

»Drei Monate lang hatte er keine.« Falls sie jetzt noch hinzufügte »Jedenfalls keine, von der wir wissen«, dann würde Cat ihr hier und jetzt einen Nasenbruch verpassen, der sie zweifellos ein gutes Stück weniger *anziehend* machen würde als Finnian. Ungeachtet des Risikos, dass die Bibliomantin sie zur Strafe in einen Buchegel verwandeln mochte.

Gerade das war, zugegeben, ein Problem: Summerbelle war bereits mit zwölf von ihrem Seelenbuch gefunden worden, unerhört früh, und seitdem meisterte sie die Bibliomantik wie andere Mädchen ihres Alters eine Reitprüfung.

Cat atmete tief durch, strubbelte sich durch ihr kurzes schwarzes Haar und tat, als müsste sie dringend alle Reißverschlüsse ihrer Bikerjacke überprüfen. Darunter schauten ihre langen Beine in gestreiften Leggings hervor, und sie trug nach wie vor die schweren Lederschuhe, von denen sie sich nicht trennen wollte.

»Achtung«, sagte Summerbelle. »Es geht los.«

Im Inneren der Festung ertönte eine Alarmglocke, gefolgt vom Aufheulen einer Sirene.

Unter ihrer Jacke zog Cat das Buch hervor, das sie die ganze Zeit über dort verborgen hatte. Summerbelle hielt ihr identisches Exemplar bereits in Händen. Sie öffneten die Bücher auf den ersten Seiten und lasen jede für sich im Flüsterton die einleitenden Sätze. Cat, die ohne bibliomantisches Talent geboren war, konnte spüren, wie die Macht des Buchs auf sie abstrahlte. Sie würde sich nie daran gewöhnen; es war, als wäre da mit einem Mal ein zweiter Verstand in ihr, das Bewusstsein des Buches, das sich mit ihrem Geist vereinigte. Für kurze Zeit ging es eine Symbiose mit ihr ein und las ihre Gedanken.

Im Schutz der engen Gasse legten sie die Bücher vor sich auf den Boden – jedes so groß wie ein Kunstbildband und in steinhartes Leder gebunden – und schlugen sie in der Mitte auf.

Mit beiden Füßen stellten sie sich auf die offenen Seiten.

Dann gaben sie den Bookboards Befehl, sich vom Boden zu erheben und sie hinauf in die Lüfte zu tragen.

3

Als die Buchegel schlüpften, befand Finnian sich auf dem Weg ins Dachgeschoss.

Wären die Angaben des Züchters verlässlich gewesen, dann hätten die Parasiten schon vor zehn Minuten ausschwärmen müssen. Hinter Dachbalken, unter losen Bodenplatten, in den Rissen von Täfelungen und Mauerwerk – bereits vor Wochen hatte Finnian fast zwei Dutzend Stellen mit dem schleimigen Eiersekret präpariert. Dass es zu Verzögerungen kam, verhieß nichts Gutes.

Eigentlich hatte er schon vor einer Viertelstunde an der Tür zum Dach sein wollen, um Furia und Isis beim ersten Alarm einzulassen. Aber einer von Marduks Unterführern hatte ihn in einem der verwinkelten Korridore in ein Gespräch verwickelt. Seine Fragen nach Finnians Vergangenheit beim Widerstand hatten beiläufig gewirkt; aber dass er gerade heute so ausdauernd nachhakte, hatte Finnians Argwohn geschürt.

Eine Etage noch bis zum Dach. Bis zu *einem* der Dächer. Denn der Komplex bestand aus so vielen einzelnen Gebäuden, die über ein wirres Netz aus Gängen und Stiegen miteinander verbunden waren, dass die Orientierung im Inneren so schwerfiel wie in einem Labyrinth.

Das Gebrüll begann, als er gerade um die letzte Ecke bog.

Bis vor wenigen Augenblicken hatte er von oben das Gurren

der Brieftauben hören können. Marduk ließ Botschaften gern von Tauben überbringen, er hielt sie für verlässlicher und sicherer als das antiquierte Telefonnetz von Libropolis, dessen Kabelknoten an jeder Straßenecke angezapft werden konnten.

Als aus den Tiefen des Hauptquartiers immer lautere Rufe und Alarmsignale ertönten, waren die Vogellaute jäh verstummt. Marduk besaß neben seinem Kuriositätenkabinett eine der wertvollsten Bibliotheken von Libropolis, Zehntausende Einzelstücke, die er von den Buchhändlern der Stadt als Tribut und »Beweise guter Freundschaft« eingetrieben hatte. Finnian hatte die Eier der Buchegel vor den Zugängen zu den Bibliothekssälen deponiert, und gerade musste entdeckt worden sein, dass Tausende der madenähnlichen Kreaturen unter den Türen hindurchwimmelten und über Marduks bibliophile Schätze herfielen. Da Marduk selbst nicht anwesend war – er regelte Geschäfte in einem der anderen Refugien –, verfielen seine Unterführer hoffentlich in Panik und stellten jeden verfügbaren Mann für die Jagd auf die hungrigen Egel ab. Sie ahnten wohl, was ihnen blühte, sobald ihr Anführer die Verwüstungen entdeckte.

Finnian hatte Wochen gebraucht, um sich das Vertrauen der Bande zu sichern. Mit der Bombe, die er auf der Schwelle zum Wald der toten Bücher platziert hatte, hatte er viele der Bardenbrüder vor dem Zugriff der Garde gerettet. Da seine Leiche nie gefunden worden war, stand sein Name weiterhin auf den Fahndungslisten der Akademie – ein beträchtlicher Vorteil, wenn man der mächtigsten Verbrecherorganisation von Libropolis weismachen wollte, man ersuche um Zuflucht in ihren Reihen.

Als er die Taubenkammer erreichte, schlug ihm der stechende Geruch von Vogelkot und alten Federn entgegen. Ringsum waren die Tiere in Käfigen untergebracht, saßen eng beieinander und beobachteten ihn aus ihren dunklen Knopfaugen, als könnte ihr Meister durch sie den Verrat mit ansehen. Man erzählte sich, Marduks Blick reiche in jeden Winkel von Libropolis, und Finnian kam nicht gegen das Gefühl an, dass er längst durchschaut war und sie ihm nur vorgaukelten, er hätte die Dinge noch immer in der Hand.

Wieder heulte in den Tiefen der Festung eine Sirene auf. Türen schlugen auf und zu, Männer brüllten durcheinander, ihre Rufe verzerrt vom Hall in all den Fluren und Treppenschächten.

Finnian erreichte die stählerne Außentür. Den Gestank der Käfige bemerkte er kaum, als er die Hand an den schweren Riegel legte. Er selbst war kein Bibliomant, deshalb konnte er nicht spüren, ob sich auf der anderen Seite jemand mit bibliomantischen Fähigkeiten befand. Er musste sich ganz auf den Plan und sein Glück verlassen.

Der schwere Riegel klemmte. Er ließ sich nur langsam und ruckelnd bewegen.

»Nun komm schon!« Er gab dem Schieber einen heftigen Stoß.

Draußen ertönte ein Schuss.

4

Isis' Stoß schleuderte Furia beiseite. Sie machte einen Ausfallschritt, fuhr dabei herum und stolperte trotzdem. Sie hatte gelesen, dass man eine Kugel erst zeitversetzt spürte – der Schock betäubte in den ersten Sekunden den Schmerz, und für einen Moment war Furia sich nicht sicher, ob sie getroffen worden war.

Ihr blieb keine Zeit, um nach einer Verletzung zu suchen. Jemand schrie, während eine Lichtflut die Umgebung in blendendes Weiß tauchte.

Isis stand breitbeinig vor der stählernen Tür. Ihr Oberkörper hatte sich zu einem Buch geöffnet, war dort, wo sich vor wenigen Augenblicken noch ihr Brustbein befunden hatte, auseinandergeklafft und offenbarte flatternde Seiten. Eine der Seiten hatte sich versteift, sich dann in zwei Schichten gespalten und das glühende Seitenherz dazwischen offenbart. Isis' Lippen murmelten stumm ein paar Silben. Ihre Macht war größer als die der meisten Bibliomanten, doch ihr Einsatz kostete sie ungeheure Kraft. Auch nach sechs Monaten fiel es ihr immer noch schwer, ihre neugewonnenen Fertigkeiten vollends auszuschöpfen.

Der Mann, der auf sie geschossen hatte, wurde in gleißender Helligkeit gebadet und von einem Druckstoß, der einen Panzer versetzt hätte, weit nach hinten geschleudert. Brüllend krachte er auf die Kante des Daches und stürzte hinterrücks in die Gasse hinab.

Furia sprang auf. Jetzt musste auch der letzte Wachtposten am Fuß der Festung begriffen haben, dass sich Eindringlinge auf dem Dach befanden.

Das Seitenherz inmitten von Isis' Brust erlosch, dann klappte auch das Buch zu und formte sich wieder zu einem weiblichen Oberkörper. Zurück blieb ein roter Strich, kaum eine Narbe, der zwischen ihren Brüsten hinab bis zur Gürtelschnalle reichte.

Furia lag die Bemerkung auf der Zunge, dass es durchaus genügt hätte, auf den Mann zu schießen – Isis trug eine silberne Automatik am Gürtel –, aber ihr war klar, dass dies keine bewusste Entscheidung gewesen war. Seit Isis zur Siebenstern-Exlibra geworden war, hatte sie mit den Folgen zu kämpfen: Einerseits besaß sie jetzt eine ungeheure Macht, andererseits hatte sie Schwierigkeiten, diese Macht zu beherrschen. Sie war die erste und vermutlich einzige Exlibra, die über bibliomantische Kräfte verfügte – in einem Ausmaß, das wohl selbst die legendäre Phaedra Herculanea, die Urmutter aller Bibliomanten, beeindruckt hätte.

Isis murmelte einen Fluch, als sie die Korsage schloss, diesmal fast alle Haken, damit sich das Seitenherz in ihrem Inneren nicht abermals selbständig öffnen konnte. Dann zückte sie die Pistole und blickte über das Dach. Jeden Moment mussten weitere Wächter auftauchen.

Furia sah, dass Isis leicht schwankte. Schweißtropfen glitzerten in ihren Augenbrauen. »Bist du in Ordnung?«

Isis nickte.

»Ganz sicher?«

»Herrje, Furia, hör schon auf! Mir geht's gut!« Die Schärfe in Isis' Stimme mochte ebenso ungewollt sein wie der Gewaltausbruch vorhin. Isis' Launen häuften sich immer dann, wenn ihre Kräfte fast aufgezehrt waren. Bald würde sie wieder in einen tagelangen Regenerationsschlaf fallen, wie so oft während der vergangenen Monate.

Furia hob das Schnabelbuch auf und schob einen Finger zwischen die Seiten. Aus der Richtung des Turmaufbaus drangen Stimmen herüber. Also waren noch nicht alle Männer zur Bekämpfung der Egel ins Innere gerufen worden.

»Rücken an Rücken«, befahl Isis. »Sie werden von beiden Seiten kommen. Du darfst nicht in Panik verfallen, wenn es zu viele sind. Konzentrier dich immer nur auf einen und schalte sie der Reihe nach aus. Und achte auf den Rückstoß!«

Furia nickte. Rückstöße bemerkte sie mittlerweile kaum noch, so geübt war sie im Einsatz der Bibliomantik, nachdem Summerbelle sie monatelang trainiert hatte.

Von beiden Seiten des Turms näherten sich jetzt Schritte auf den Steinplatten und Ziegelschrägen der Dachlandschaft. Männerstimmen riefen durcheinander. Zugleich erklangen von unten weitere Glocken, die Alarmsirene hob zu neuerlichem Heulen an.

Furia klappte ihr Seelenbuch auf.

»Wir schaffen das schon«, rief der Schnabel von der Unterseite, hatte aber sicherheitshalber seinen elastischen Halsrüssel eingezogen, so als traue er seinen eigenen Worten nicht.

Furia hatte weniger Angst vor den Wächtern als vor ihrem eigenen Versagen. Lange hatte sie darum gekämpft, an diesem Einsatz teilnehmen zu dürfen.

Die Stimmen wurden lauter. Jemand rief eine Warnung. Wahrscheinlich hatte der Mann das Licht gesehen, das dem anderen Wachtposten zum Verhängnis geworden war.

»Achtung«, flüsterte Isis hinter ihr. »Es geht los in drei – zwei –«

Neben ihnen wurde die Stahltür aufgerissen. Federn wirbelten empor. Der beißende Geruch von Vogelkot drang ins Freie.

»Rein hier!«, rief Finnian. »Beeilt euch!«

Er sah schlimm aus, schmutzig und mit fettigem Haar. Etwas in seinen Augen sagte Furia, dass er nicht nur äußerlich gezeichnet war. Hastig sprang er beiseite und winkte sie herein.

»Wir hätten sie alle erledigt!«, krähte das Schnabelbuch, reckte aber seinen langen Hals in Richtung Tür, als könne es nicht schnell genug dahinter verschwinden.

»Lauf!«, kommandierte Isis. Sie blieb einen Moment länger stehen, um den Rückzug zu decken. Furia sah aus den Augenwinkeln einige Gestalten an der Ecke des Turms auftauchen, aber die Männer kamen zu spät. Isis und sie konnten der Konfrontation aus dem Weg gehen, einfach die Tür hinter sich zuschlagen und –

Isis dachte gar nicht daran. Sie warf Furia die Pistole zu – »Fang auf!« – und machte zwei, drei Sätze zurück aufs Dach. Um die Blicke aller Gegner auf sich zu ziehen, schlug sie aus dem Stand einen Salto in der Luft, ein flatternder Schemen aus schwarzem Stoff. Als sie im Stand aufkam, hatte sie ihr Gesicht den sechs Männern zugewandt, die gerade in zwei Gruppen hinter den Ecken des Turmes hervorstürmten. Isis' Finger bewegten sich blitzschnell, rasten wie die einer Pianistin an den Haken der Korsage entlang.

Furia wandte sich ab, als das Licht aus Isis' Oberkörper hervorbrach, die geballte Macht eines Seitenherzens, das stärker war als das eines jeden gedruckten Buches. Im Inneren der Taubenkammer fiel ihr Blick auf Finnian, der mit aufgerissenen Augen nach draußen starrte. Da waren weder Triumph noch Schrecken in seinen Zügen, nur etwas, das fatal nach Zorn aussah. Wie nah mochte er diesen Männern in den letzten drei Monaten gekommen sein? Er hatte mitten unter ihnen gelebt und womöglich Freundschaften schließen müssen, um akzeptiert zu werden. Wie gut kannte er die sechs Männer, die Isis dort draußen innerhalb eines Wimpernschlags tötete?

Die Stimmen im Freien waren verstummt, als Isis hinter ihnen in den Taubenturm drängte. Finnian schlug die Tür zu und ließ den Riegel einrasten.

Isis ging in die Hocke, zog ein flachgedrücktes Origami-Tier aus ihrer Tasche und brachte es in Form. Dann öffnete sie mit einer beiläufigen Handbewegung ein Tor zwischen den Refugien, gerade groß genug für eine Faust. Furia wusste, dass es in die Bibliothek der Residenz führte, in die römischen Katakomben unter dem Anwesen. Dort erwartete Ariel ihre Botschaften.

Isis setzte sich den kleinen Origami-Vogel auf die offene Hand, flüsterte ihm etwas zu und ließ ihn fliegen. Mit flattrigen Schwingenschlägen segelte er durch die Öffnung zwischen den Refugien, um Ariel wissen zu lassen, dass sie die erste Hürde bewältigt hatten.

Das winzige Portal schloss sich wieder, wurde zu einem flirrenden Punkt in der Luft und verschwand. Isis hatte einige der kleinen Papiertiere dabei, und jedes war abgerichtet auf ein bestimmtes Buch, zu dem es zurückkehren würde. Ein Buch, das sich bei Ariel befand. Die Origamis waren nicht intelligent, besaßen aber gute Instinkte; die meisten fanden ihren Weg sogar durch die Leere zwischen den Seiten der Welt.

Isis und Finnian nickten einander zu wie die Profis, die sie waren. Sie die einstige Agentin, die Dutzende gesuchte Exlibri zur Strecke gebracht hatte, und er der Widerstandskämpfer, der zahlreiche Anschläge auf Einrichtungen der Adamitischen Akademie durchgeführt hatte. Sie hätten Todfeinde sein müssen, und doch arbeiteten sie nun gemeinsam für dasselbe Ziel.

Sie waren hier, um die Sanktuariumskarte zu erbeuten, und niemand stellte in Frage, ob sie es wert war, das Leben von Menschen und Exlibri dafür zu opfern. Die Karte wies den geheimen Weg ins Allerheiligste der Adamitischen Akademie, ins Sanktuarium, jenen Ort, an dem sich die Oberhäupter der Drei Häuser zu ihren Beratungen versammelten. Kein Bardenbruder hatte die Karte je mit eigenen Augen gesehen. Tatsächlich jagten sie alle einem Gerücht hinterher: Angeblich war die Karte vor geraumer Zeit in Marduks Hände gefallen und das kostbarste Kleinod seines Kuriositätenkabinetts.

Die Begründer des Scharlachsaals – aus dem später die Adamitische Akademie geworden war – hatten das Sanktuarium im neunzehnten Jahrhundert geschaffen, ein verborgenes Refugium tief zwischen den Seiten der Welt. Nur Angehörige der Drei Häuser vermochten das Portal dorthin zu öffnen. Seine Lage war, so hieß es, auf der Sanktuariumskarte verzeichnet. Ihr Kartograph hatte einen hohen Preis für seinen Wagemut gezahlt.

Hastig durchquerten die drei die Taubenkammer, begleitet

vom Geschrei der Vögel und einem Wirbel aus losen Federn. Finnian führte sie eine Wendeltreppe hinunter. Aus den Tiefen des Schachts drangen ihnen die heulende Sirene und das Befehlsgeschrei der Unterführer entgegen.

Plötzlich blieb Isis stehen.

»Irgendwas stimmt hier nicht.«

Furia blickte sich zu ihr um. »Was meinst –«

Und dann spürte sie es ebenfalls.

»Bibliomantik«, flüsterte sie. Dieser Ort war gesättigt davon. Finnian hatte es nicht fühlen können, er besaß keine Sinne dafür. Die beiden Bibliomantinnen aber erkannten die vertrauten Energien sofort.

»Unmöglich«, sagte Finnian. »In Marduks Hauptquartier gibt es keine …« Er ließ den Rest ungesagt, als ein Schatten über sein Gesicht huschte. Etwas veränderte sich in seinen dunklen Augen. »Ich …«, begann er von neuem, schüttelte dann jedoch den Kopf.

»Was ist hier los?«, fragte Isis scharf.

Ja, was?, hätte Furia am liebsten gefragt. An einem Ort, an dem es keine Bibliomantik hätte geben dürfen, weil Marduk keine Bibliomanten in seinen Reihen duldete, troff die Luft förmlich von entfesselter Buchmagie.

»Die Egel?«, schlug sie vor, selbst kaum überzeugt davon. »Oder Marduks Sammlung?«

Isis schüttelte den Kopf. »Das würde höchstens einen Bruchteil von dem hier erklären, nicht mehr als ein leichtes Flackern.«

»Wir müssen weiter!« Finnian zeigte nach unten. »Uns bleiben nur ein paar Minuten.«

5

Cat und Summerbelle schossen auf ihren Bookboards über die Köpfe der Wächter am Haupteingang hinweg, riefen Schmähungen und Schimpfworte und lenkten die Aufmerksamkeit aller Besucher des Marktes auf sich.

Nervöses Wiehern erklang, das Schlagen von Pferdehufen. Als Cat einen Blick über die Schulter warf, war es kein Ross, das da mit den Vorderhufen aufstieg, sondern ein Zentaur. Nichtmenschliche Exlibri waren keine Seltenheit im Ghetto, aber manche erregten mehr Aufmerksamkeit als andere. Dieser hier hätte ihnen fast die Show gestohlen. Summerbelle spaltete rasch ein Seitenherz ihres Seelenbuchs, las im Flug die glühende Schrift darin und ließ einen Blitz vom Himmel in die Menge fahren. Es war nur ein harmloses Trugbild, aber der begleitende Donnerschlag übertönte sogar die Sirene im Inneren der Festung.

Die Besucher des Schwarzmarkts strömten in die angrenzenden Gassen. Einige griffen zuvor noch flink in die Auslagen der abgelenkten Händler und stopften sich die Taschen voll. Die Verkäufer drohten den Mädchen über ihren Köpfen mit erhobenen Fäusten, bis Summerbelle zwei weitere Blitze erzeugte und sie rechts und links des Portals einschlagen ließ. Diesmal knisterten Funken an der Fassade empor, und zwei Wachtposten wurden zu Boden gerissen. Die Zeit für Illusionen war vorüber. Es würde Stunden dauern, bis die Männer wieder auf die Beine kamen.

Cat hatte das Bookboard gut im Griff und lenkte es allein durch den Druck ihrer Füße. Es erforderte ein wenig Übung, aufrecht auf einem fliegenden Buch zu stehen und nicht das Gleichgewicht zu verlieren. Während ihrer Zeit im Ghetto hatte sie hin und wieder eines benutzt, aber nie ein eigenes besessen. Erst in den letzten zwei Wochen hatte sie regelmäßig trainiert, manchmal gemeinsam mit Summerbelle, die meiste Zeit allein. Während der Jahre auf Libropolis' Dächern hatte sie gelernt, in großen Höhen die Balance zu halten, und das kam ihr nun zugute. Sie bewegte sich fast tänzerisch, fühlte sich frei und federleicht, während der Wind um ihre Wangen blies und die Reißverschlüsse ihrer Lederjacke zum Klimpern brachte.

Die meisten Bibliomanten rümpften die Nase über Spielereien wie Bookboards; sie schätzten Bücher, die man lesen, nicht fliegen konnte. Furias Großvater Cassius Faerfax hingegen hatte sich schon vor Jahrzehnten der Herstellung bibliomantischer Wunderwerke verschrieben und die lebende Leselampe und den sprechenden Sessel in der Residenz erschaffen. Auch ein Franzose namens Jean-Louis de Ville war solchen Experimenten nicht abgeneigt gewesen. Im Jahr 1890 hatte er entschieden, dass er das Schleppen schwerer Stapel in seiner Bibliothek leid war, und hatte kurzerhand Bücher erschaffen, die ihm die Arbeit abnahmen. Sie lagen stets als unterster Band in seinen Büchertürmen und konnten die hohen Stapel auf Zuruf durch sein Anwesen in der Auvergne bewegen. De Ville hatte einen hochgestochenen Namen für seine Erfindung gehabt, doch der war so gut wie vergessen. Vor einigen Jahren hatte die Jugend von Libropolis seine Schöpfung für sich entdeckt und sie der Einfachheit halber Bookboard getauft. Cat wusste von acht, die in der Stadt benutzt wurden. Nachdem sie Isis davon erzählt hatte, war diese kurz darauf mit zwei Exemplaren in die Residenz zurückgekehrt. Da den Büchern eigene bibliomantische Energie innewohnte, konnte auch Cat sie benutzen, wenn auch nicht so lange wie eine Bibliomantin; nach einigen Minuten sanken sie zu Boden und konnten erst nach Tagen wieder eingesetzt werden.

Die Gassen um Marduks Festung wurden jetzt nur noch von Wächtern und den aufgescheuchten Händlern bevölkert. Die Schläger des Unterweltbosses schienen sich nicht entscheiden zu können, ob sie erst im Inneren bei der Bekämpfung der Egelplage helfen oder die Mädchen auf den Bookboards einfangen sollten. Einige feuerten mit ihren Gewehren und Pistolen auf die Unruhestifterinnen.

Eine der Kugeln verfehlte Cat um Haaresbreite, während sie eine enge Kurve flog und mit halsbrecherischer Geschwindigkeit über die Planen der Verkaufsstände hinwegfegte. Instinktiv duckte sie sich, um den Kugeln weniger Fläche zu bieten. Das aufgeschlagene Buch unter ihren Füßen schien zu zappeln, aber das war nur eine Folge des Luftwiderstands. Jean-Louis de Ville hatte die Bücher nicht für derartige Geschwindigkeiten geschaffen; es war, als würde sie einen Lastenesel über eine Pferderennbahn jagen. Ihnen blieben vielleicht noch fünf, sechs Minuten, dann würde erst Cats Buch zu Boden sinken, wenig später auch Summerbelles. Bis dahin mussten sie alles tun, um die Scharfschützen auf den Dächern von Furia und Isis abzulenken.

Cat gab Summerbelle einen Wink. Sie hatten hier unten genug Verwirrung gestiftet. Die junge Bibliomantin wich gerade mit wehendem weißen Haar einer Salve von Schüssen aus. Wer den Schwarzmarkt aufmischte, kam nicht mit einer freundlichen Verwarnung davon. Marduk hatte seine Gorillas gut dressiert.

Cat und Summerbelle stiegen jetzt beide auf, bis sie den Rand der Dächer erreichten. Cat duckte sich noch tiefer, presste den linken Fuß fester auf die Buchseite darunter und legte sich in die Kurve. Das Bookboard raste zwischen zwei Giebeln hindurch und konnte jetzt von unten nicht mehr getroffen werden. Allerdings wusste Cat nicht, wie viele der Schützen auf dem Dach sie bereits ins Visier genommen hatten.

Als sie in einen Spalt zwischen zwei steilen Ziegeldächern flog, fegte Summerbelle an ihr vorüber und gestikulierte mit ihrem Seelenbuch.

»Drei von denen waren gleich hinter mir!«

»Auf Bookboards?«

»Besen hätten Stiele, oder?«

Cat fluchte. »Bibliomanten?«

»Glaub ich nicht. Aber zwei haben Gewehre, und der dritte hat einen Knüppel.«

Sie flogen jetzt nebeneinander zwischen zwei Dächerzeilen, tiefer in das zerklüftete Gebirge aus Stein und Tonziegeln. Alles war dick vermost. Wo Rinnen und Rohre verstopft waren, hatten sich nach dem letzten Regen modrige Tümpel gebildet. Vögel flatterten am Himmel, aufgeschreckt von der Sirene.

Cat blickte zum Dachfirst rechts über ihnen. Dahinter hörte

sie Stimmen. Jeden Augenblick mussten ihre Verfolger dort auftauchen.

»Ich lenke sie ab«, rief Cat, als sie einen dunklen Innenhof überquerten. »Kannst du sie dir von da unten aus schnappen?«

Summerbelle überlegte nicht lange und ließ das Buch einen Haken schlagen. Einen Augenblick später tauchte sie hinab in die schattige Tiefe. Cat sprang in die Luft, drehte sich dabei um und landete mit beiden Füßen sicher auf den offenen Seiten. Sie flog jetzt rückwärts, und kurz wurde ihr schwindelig.

Da kamen sie auch schon. Fegten nacheinander über den Dachfirst hinweg und folgten ihr in einem Abstand von dreißig Yards. Die beiden mit den Gewehren legten im Flug auf sie an. Vielleicht war es naiv gewesen, zu hoffen, Marduks Leute wären auf einen Angriff aus der Luft nicht vorbereitet.

Sie ließ das Bookboard einen leichten Schlingerkurs fliegen und bekam es mit der Angst zu tun, als sie sah, mit welcher Seelenruhe die beiden Männer auf sie zielten, unbeeindruckt von der Geschwindigkeit und dem Gegenwind.

Im nächsten Augenblick überflogen sie den Innenhof. Niemand blickte nach unten.

Diesmal verzichtete Summerbelle auf Feuerzauber. Eine unsichtbare Hand schien den hinteren Mann in der Luft zu packen und kopfüber in das nächstgelegene Dach zu rammen. Sein Aufschrei endete in einer Explosion aus Dachziegeln. Einer der beiden Schützen wurde von einem Druckstoß aus der Tiefe erfasst und krachte gegen einen Giebel, der durch den Aufprall in sich zusammenfiel.

Der dritte Mann aber war bereits über den Hof hinweg, und noch immer zeigte der Lauf seiner Waffe auf Cat. Sie zwang ihr

Bookboard zu einem steilen Aufstieg, stieß gleich darauf wieder nach unten und zugleich nach links. Die Kugel pfiff an ihr vorbei und zerschlug ein speckiges Dachfenster. Im Rückwärtsflug verlor Cat fast den Halt, ruderte mit den Armen und blieb beinahe an einer Mauer hängen, die scheinbar aus dem Nichts aufgetaucht war. Als sie wieder halbwegs sicher stand, sah sie, wie Summerbelle den Schützen einholte. Er wollte gerade herumwirbeln und auf sie feuern, als sie ihn im Vorbeiflug mit der Faust am Kopf erwischte. Er schrie auf und taumelte, schien sich an seinem Gewehr festhalten zu wollen und hatte plötzlich kein Buch mehr unter den Füßen. Das Bookboard raste ohne ihn weiter und klatschte in eine Pfütze. Der Mann prallte gegen einen First, überschlug sich und verschwand auf der anderen Seite des Daches.

Sekunden später war Summerbelle neben Cat, die sich gerade in Flugrichtung drehte, diesmal sehr viel vorsichtiger.

Cats Herzschlag dröhnte in ihren Ohren. »Das war nicht schlecht.«

»Hat er dich getroffen?«

»Meilenweit daneben.« Cat schenkte ihr ein Lächeln. »Wirklich, ziemlich beeindruckend.«

Summerbelle hatte rote Wangen, vielleicht nur von der Anstrengung. »Kehren wir um? Wenn alles glattgegangen ist, dann sind die anderen schon im Gebäude.«

Cat sah sich nach weiteren Gegnern um, entdeckte aber keine. Trotzdem traute sie dem Frieden nicht. »Ich hab eine bessere Idee.«

Summerbelle hob eine ihrer dunklen Augenbrauen.

»Wir folgen ihnen«, sagte Cat.

»Der Plan –«

»Kann geändert werden.« Womöglich brauchte Finnian sie. Ganz sicher brauchte *sie* ihn. »Vielleicht haben sie Hilfe nötig.«

Summerbelles Miene verdüsterte sich. »Wir halten uns an das, was wir abgesprochen haben.«

»Da wussten wir noch nicht, wie leicht das hier oben werden würde.«

»Leicht?« Summerbelles Falte zwischen den Brauen vertiefte sich.

Cat wies nach vorn. »Die letzte Halle liegt da drüben. Probieren wir's.«

»Nein, wir –«

Cat hörte nicht mehr zu und beschleunigte ihr Bookboard.

6

Das weiße Pferd schien schwerelos auf der Spitze des Horns zu balancieren, das wie eine armlange Klinge aus seiner Stirn ragte. Kopfüber stand es mitten im Raum. Seine Vorderbeine wiesen waagerecht vom Körper fort, die Hinterläufe zeigten gestreckt nach oben. Erst auf den zweiten Blick erkannte Furia die dünnen Drähte, mit denen es an der Decke fixiert war; sie machten den bizarren Balanceakt erst möglich.

Sie konnte sich nicht erinnern, jemals etwas so Grausames und zugleich Schönes gesehen zu haben. Das Tier war ausgestopft, lebensecht präpariert in einer Pose, die es von selbst niemals hätte einnehmen können.

»Ist das ein echtes Einhorn?«

»Das letzte«, sagte Finnian.

Furia und Isis wechselten einen Blick.

»Die Taxidermie ist Marduks zweite große Leidenschaft neben den bibliomantischen Artefakten.« Finnian schien den Saal so schnell wie möglich durchqueren zu wollen, doch Furia und Isis bewegten sich nicht von der Stelle. Beide starrten an dem Einhorn hinauf, das vor ihnen in der hohen Halle schwebte.

»Er stopft sie aus?«, entfuhr es Isis. »*Exlibri*?«

»Die menschlichen interessieren ihn nicht. Nur die anderen.«

Furia hatte das Gefühl, in Deckung gehen zu müssen, weil Isis jeden Augenblick explodieren würde.

»Wissen seine Kontaktleute bei der Akademie darüber Bescheid?«, fragte die ehemalige Agentin.

»Sag du's mir«, entgegnete Finnian. »Du hast für sie gearbeitet, nicht ich.« Einen Moment lang schien es, als wolle er Isis am Arm packen, um sie mit sich zu ziehen. Sie war geschwächt, aber sie konnte ihm noch immer mit einer Bewegung das Handgelenk brechen. »Die Buchegel werden die anderen nicht ewig aufhalten. Hier kann jeden Moment eine Patrouille auftauchen.«

Er hatte sie vom Dach aus auf Schleichwegen hergeführt, durch einen Irrgarten aus Korridoren und Höfen. Die Bibliothek befand sich nur einen Steinwurf entfernt. Hinter den Wänden waren die Stimmen der Männer deutlich zu hören, ein Durcheinander aus Flüchen und angewiderten Ausrufen, während sie versuchten, der Egelplage Herr zu werden.

Die Decke des Saals war gewölbt wie die einer alten Bahnhofshalle und aus schmutzigen Scheiben zusammengesetzt. Gegen das gedämpfte Tageslicht war das feinmaschige Gitter zu erkennen, das sich außen über das Glas spannte. Es gab Lampen an langen Kabeln, aber alle waren ausgeschaltet. Trotzdem hatte ein Bewegungsmelder eine Reihe von Punktstrahlern aktiviert, die einige der spektakulärsten Artefakte in weißes Licht tauchten.

In Vitrinen und Glaskästen befanden sich Dutzende von ausgestopften Exponaten. Die meisten waren Tiere und Fabelwesen, die Furia keinem bestimmten Buch zuordnen konnte. Da stand ein kindsgroßes Krokodil auf zwei Beinen, hielt einen

Regenschirm und rauchte Pfeife. Eine Bärin, die über und über mit Schmuck behängt war, betrachtete sich mit ihren beiden Jungen in einem hohen Jugendstilspiegel. Ein Löwe, der wie ein König auf einem Thorn saß, trug eine Krone aus Geweihenden. Ein Hasenpaar war zur scheußlichen Imitation eines Boxkampfes drapiert worden, zwei Affen spielten Karten an einem Pokertisch, und ein Zebra war während eines Galopps durch die Steppe in der Bewegung eingefroren. Alle diese Tiere besaßen Merkmale, die sie von ihren herkömmlichen Artgenossen unterschieden. Die Affen trugen angelegte Fledermausflügel, der Löwe hatte sechs Beine, die Hasen menschliche Hände. Riesige Schwanenschwingen auf dem Rücken des Zebras sahen aus, als würden sie es im nächsten Moment in die Lüfte heben.

In unbeleuchteten Glaskästen und Regalen verloren sich weitere Gestalten. An den Wänden hingen Köpfe, die auf Platten montiert waren, bizarre Mischwesen mit annähernd menschlichen Zügen. Im ganzen Saal roch es nach Fell, Chemie und Mottenkugeln.

Finnian zog an Furias Arm. »Wir müssen weiter!«

Sie stolperte ein paar Schritte hinter ihm her und spürte die Blicke unzähliger Glasaugenpaare. Sie musste sich zwingen, nicht hinzusehen, als sie im Halbdunkel Nischen mit weiteren Gruppen passierten, alle zu bizarren Szenen arrangiert. Längst war ihr schlecht, und es wurde immer schlimmer.

Vor ihnen tauchte ein doppelflügeliges Tor auf, es führte in den zweiten Saal der Sammlung. Die Sanktuariumskarte befand sich laut Finnian in einem Nebenraum der dritten Halle. Selbst war er nie dort gewesen, aber er hatte die Männer aus

Marduks Bande darüber reden hören. Cat war die Einzige, die einen dieser Räume schon einmal von innen gesehen hatte. Damals war sie durch die Decke der zweiten Halle eingestiegen.

Finnian öffnete die Tür gerade weit genug, um hindurchblicken zu können. Warnend hob er eine Hand.

»Was ist?«, fragte Isis ungeduldig.

Er drehte sich um und legte einen Finger an die Lippen. Aus der Richtung, aus der sie gekommen waren, drang Lärm durch den Saal. Mehrere Männer waren in der vorderen Halle, jemand rüttelte erfolglos an der Klinke; Finnian hatte mit seinem gestohlenen Schlüssel hinter sich abgeschlossen. Irgendwer machte eine Bemerkung, einige lachten, dann eilte die Gruppe weiter in Richtung Bibliothek.

»Okay«, sagte Finnian und schlüpfte durch das Tor.

Auch die zweite Halle war voller Vitrinen und Schränke. Darin lagerten Gegenstände aus der Geschichte der Bibliomantik, von Füllfederhaltern historischer Persönlichkeiten, Tintenfässern und Schreibblocks bis hin zu gewaltigen Druckmaschinen, auf denen frühe bibliomantische Werke hergestellt worden waren. Aus einem der Fächer musste Cat die mumifizierte Bibliomantenhand gestohlen haben, die sie später Finnian übergeben hatte. Vereinzelt waren Bücher zu sehen, wenn auch nicht viele; für die hatte Marduk seine Bibliothek.

Sie hatten den Saal zur Hälfte durchquert, als Furia von hinten gepackt wurde. Mit einem warnenden Zischen schob Isis sie gegen eines der Regale. »Finnian!«, flüsterte sie. Er fuhr herum, sah sie zur Decke zeigen und presste sich neben Furia an die Fächer.

Unter dem gewölbten Glas bewegte sich etwas, kaum sichtbar vor dem Netz der Eisengitter an der Außenseite. Es war winzig, nicht größer als eine Libelle. Einen Herzschlag später folgten ihm vier weitere Punkte in gleichmäßigen Abständen.

»Origamis«, wisperte Isis. »Und keine von unseren.«

Furia hatte angenommen, es gebe sie nur in den Bücherkatakomben der Residenz; ihre Vorfahren hatten dort die ersten Origamis geschaffen, damit sie den Staub von den Regalen fraßen. Bald jedoch hatten die Faerfax die Kontrolle über ihre Schöpfung verloren. Die Origamis hatten sich ungehemmt vermehrt und lebten nun zu Tausenden in den endlosen Gängen. Später waren es Isis und Ariel gewesen, die beschlossen hatten, einige abzurichten und als Boten einzusetzen. Dass auch Marduk sie als Späher benutzte, war eine Überraschung.

»Viel zu viel Bibliomantik«, sagte Isis. »So etwas dürfte es hier gar nicht geben.«

»Du hättest uns vor ihnen warnen müssen!«, flüsterte Furia vorwurfsvoll in Finnians Richtung.

»Ich hab nichts davon gewusst«, gab er zurück. »Gut möglich, dass er sie nur hier in den Sälen einsetzt.«

»Cat hat sie auch nie erwähnt«, sagte Furia nachdenklich.

Die Reihe der fünf Origami-Vögel schwebte hoch über ihre Köpfe hinweg. Furia konnte ihre gefalteten Umrisse erkennen, die spitzen Flügel und eckigen Glieder.

Ehe Isis an den Haken der Korsage nesteln konnte, öffnete Furia bereits ihr Seelenbuch und spaltete ein Seitenherz. Zwischen den Lagen des Papiers glühten die Schriftzeichen wie Metallornamente in einem Schmiedefeuer.

»Lass mich das machen«, sagte sie zu Isis und konzentrierte sich auf die fünf winzigen Punkte unter der Hallendecke. Sie veränderten gerade ihre Formation zu einem weiten Dreieck und sanken abwärts.

Furia hatte einen Kloß im Hals, als sie die geheimen Worte im Inneren des Seitenherzens vorlas, so leise, dass wohl nicht einmal Finnian gleich neben ihr sie hören konnte.

Das Origami in der Mitte ging in Flammen auf, taumelte gegen ein anderes und setzte es in Brand. Zwei Sekunden später loderte auch ein drittes. Die beiden Äußeren flatterten aufgebracht nach rechts und links. Furia konzentrierte sich auf das eine, wurde in Gedanken selbst zu einem Hitzestoß, raste zur Saaldecke empor – und verfehlte es um Haaresbreite. Sie hatte die Geschicklichkeit des kleinen Spions unterschätzt. Eilig machte sie einen Sprung nach vorn, bis sie ihn wieder über sich sah, und las den nächsten Satz aus dem Seitenherz vor.

Das Origami verschwand mit einem Knistern in einer eindrucksvollen Rauchwolke, gleich darauf rieselte Asche herab. Jetzt war nur noch eines übrig.

Isis setzte ihm nach, doch Furia holte sie ein. »Ich erwisch' ihn.«

Das Origami flog hastig auf den geschlossenen Eingang der zweiten Halle zu. Wäre es nur etwas größer gewesen, gerade so wie ein echter Vogel, hätte es nicht durch den winzigen Spalt oberhalb des Tors gepasst. So aber hielt es genau darauf zu.

Furia feuerte Hitze wie einen Armbrustbolzen hinter dem Origami her. Schon einen Augenblick vor dem Aufschlag am Rahmen spürte sie, dass sie das Ziel verfehlt hatte. Das Origami schlüpfte durch den Spalt und entkam.

Fluchend rannte sie auf das Tor zu, wollte es aufreißen und

dem Papiervogel in den vorderen Saal folgen. Aber es war zu spät, Finnian hatte auch diesen Durchgang hinter ihnen abgeschlossen.

Schuldbewusst blickte sie zurück zu Isis. Die aber zuckte nur die Achseln. »Komm, wir müssen uns beeilen!« Womöglich war sie schlichtweg zu erschöpft für Vorwürfe.

»Es wird Marduks Männer warnen!«

»Die werden ohnehin längst wissen, dass die Buchegel ein Ablenkungsmanöver waren.« Finnian blickte auf seine Armbanduhr. »Wir sind spät dran. Wahrscheinlich sind schon einige von ihnen unterwegs, um alles nach Eindringlingen abzusuchen.«

Augenblicke später erreichten sie das Tor zum dritten Saal.

7

Aus der Luft entdeckte Cat die Stelle, durch die sie schon einmal in Marduks Festung eingedrungen war. Damals war sie bei Nacht gekommen, zu Fuß über die Dächer. Seitdem hatte man ein gewaltiges Gitter über dem Glas angebracht. Ausgiebig verwünschte sie Marduk, diesen Ort und den ganzen verdammten Plan.

»Kehren wir um«, sagte Summerbelle.

Cat schüttelte den Kopf. »Finnian ist irgendwo da unten.«

»Isis und Furia werden ihn schon mitnehmen, wenn sie von hier verschwinden.« Aber da war etwas in Summerbelles Stimme, das Cat aufhorchen ließ. So als teilte sie insgeheim ihre Sorge.

Normalerweise waren die Dächer der drei Säle bewacht, aber Marduks Unterführer mussten auch diese Männer abgezogen haben. Aus einem anderen Teil der Festung erklang ein Chaos von Stimmen. Cat fragte sich, wie lange die Buchegel die Bande wohl noch beschäftigen würden.

Plötzlich schlug Summerbelle einen Haken und flog in wildem Zickzack auf einen der angrenzenden Giebel zu. Cat sah dort oben gerade noch einen Schemen, eine Gestalt mit Gewehr. Summerbelle stemmte sich in den Gegenwind, während sie die flatternden Seiten ihres Seelenbuchs teilte und einen Nebel aus tanzenden Buchstaben erzeugte, der sich um den Schützen zusammenzog. Ein Schuss peitschte, ging jedoch ins Leere, dann war Summerbelle am Ziel, holte zu einem Tritt aus und stieß mit hoher Geschwindigkeit in den Wörterdunst vor. Einen Herzschlag später erklangen ein dumpfer Schlag und ein Aufschrei, dann flog das Gewehr in hohem Bogen davon, gefolgt von einem Mann, der die Dachschräge hinabrutschte und hinter einem Giebel verschwand. Die Buchstabenwolke platzte auseinander und verblasste.

»Ebenso gut könnten wir uns Zielscheiben auf die Stirn kleben«, rief Summerbelle, als sie zu Cat zurückkehrte.

»Bekommst du das Gitter auf?«

Die Bibliomantin sank tiefer, bis sie nur noch mannshoch über dem Dach schwebte. Die drei Säle erinnerten von oben an alte Fabrikhallen. Jedes der gewölbten Glasdächer war so groß wie ein Basketballfeld. Das Gitternetz, das die Scheiben bedeckte, hatte aus größerer Höhe filigran ausgesehen, doch von nahem erwies es sich als solide Stahlkonstruktion. Der Abstand zwischen dem Metall und dem Glas darunter betrug etwa eine Armlänge.

»Wenn ich versuche, es von oben durch Bibliomantik zu zerstören, stürzt das halbe Glasdach ein«, stellte Summerbelle nach kurzer Begutachtung fest. »Dann hätten wir im null Komma nichts die ganze Bande hier. Außerdem wäre nicht mal gesagt, dass es funktioniert. Vielleicht wäre nur das Glas hinüber und das Gitter noch immer unversehrt. Ganz abgesehen davon, wäre es eine Katastrophe, wenn Finnian und die anderen gerade da unten rumlaufen.«

Cat überlegte kurz. »Kannst du es nicht … ich weiß nicht, aufbiegen?«

Summerbelle schwebte noch tiefer, ging auf dem Buch in die Hocke und beugte sich weit genug vor, um das Metall berühren zu können. Die Gitterstreben waren breiter als ihre Finger. Mit einem Seufzen richtete sie sich wieder auf. »Keine Chance.«

»Du sagst das nicht, weil –«

»Wenn ich Finnian und den anderen helfen könnte, würde ich es tun!«

Cat hatte sie noch nie so verbissen gesehen. »Du hast Angst um ihn«, sagte sie leise.

Einen Atemzug lang wich Summerbelle ihrem Blick aus, dann fasste sie sich und nickte. »Um ihn und um Furia. Sie ist noch nicht weit genug, und ich war von Anfang an dagegen, sie mitzunehmen.« Erneut blickte sie über die weite Gitterwölbung, die wie ein Hügel aus Stahl und Glas vor ihnen lag. Mit einem Mal kniff sie die Augen zusammen. »Warte.«

Cat federte in den Knien, um das Bookboard notfalls herumreißen zu können. »Noch mehr von denen?«

Summerbelle setzte sich langsam in Bewegung. Sie schwebte einige Yards vorwärts und hielt wieder inne. Cat bemühte sich, die Stelle ausfindig zu machen, die sie anstarrte, konnte aber nichts erkennen.

»Da drüben!« Summerbelle zeigte mit ausgestrecktem Arm zum höchsten Punkt der Wölbung. Offenbar hatte sie zu allen anderen Vorzügen auch noch beneidenswert scharfe Augen.

Cat glitt neben sie und spähte in dieselbe Richtung. Nichts. Nur ein quadratisches Gitterfeld neben dem anderen, jedes so groß wie die Glasscheibe darunter.

»Ich muss mir das ansehen.« Summerbelle flog weiter und

schaute sich aufmerksam nach neuen Gegnern um. Aus den umliegenden Gassen drang das allgegenwärtige Stimmengewirr vieler Menschen. Auch im Bibliothekstrakt der Festung herrschte nach wie vor Aufruhr.

Cat blieb neben ihr, bis sie den Kamm der Wölbung erreichten. Unter ihnen breitete sich das eiserne Raster in alle Richtungen aus, präzise wie Rechenpapier.

»Das da hab ich gemeint.« Summerbelle sank so weit herab, dass der aufgeschlagene Buchdeckel ihres Bookboards auf den Streben zum Liegen kam.

Nun sah Cat es auch. Unglaublich, dass Summerbelle die beiden Scharniere aus so großer Entfernung entdeckt hatte. Sie waren an einer Seite des quadratischen Gitterfelds eingelassen und höchstens einen Fingerbreit erhaben.

»Scheint ein Einstieg zu sein«, sagte Summerbelle. »Für Reparaturen am Glas oder irgendwelche Wartungsarbeiten.«

Deshalb also war das Gitter so hoch über den Scheiben angebracht worden. So konnten Arbeiter auf dem Bauch darunter hinwegkriechen und Stellen erreichen, die vom Inneren der Halle nur über aufwendige Gerüste zugänglich waren.

Das Gitterquadrat war auf der gegenüberliegenden Seite durch ein massives Schloss gesichert. Falls es ihnen gelang, es zu öffnen, konnten sie das Gitter nach oben klappen wie eine Falltür.

»Bekommst du das hin?«, fragte Cat.

Summerbelle berührte das Schloss mit einer Hand. »Sieht nach einem gewöhnlichen Mechanismus aus. Ich kann versuchen, ihn von innen heraus zu sprengen, und mit etwas Glück geht dabei nichts anderes zu Bruch.« Sie spielte mit der Zungenspitze an ihren Schneidezähnen, während sie überlegte. Dann sagte sie: »Das dauert vielleicht ein bisschen. Du musst mir den Rücken freihalten.«

Cats Eltern, beide Bibliomanten, waren nie darüber hinweggekommen, dass ihre einzige Tochter kein bibliomantisches Talent besaß. Wie Cat also Summerbelle schützen sollte, falls erneut ein Trupp von Marduks Leuten auftauchte, war ihr ein Rätsel.

»Die eine Scheibe darunter müssen wir trotzdem zerbrechen«, sagte Summerbelle nachdenklich.

»Besser als das halbe Dach.« Cat spürte, wie sich ihr Herzschlag beschleunigte, mehr noch als vorhin, während die Männer sie über die Dächer gejagt hatten. In ihrem flachen Rucksack steckten ihre Einbrecherutensilien, darunter waren auch ein Glasschneider und eine Saugglocke. Mit einer einzelnen Scheibe würde sie klarkommen.

Summerbelle stieg vom Bookboard auf das benachbarte Gitterfeld und legte ihr aufgeschlagenes Seelenbuch neben das Schloss.

»Okay«, sagte sie. »Probieren wir's aus.«

8

Wartet!«, befahl Isis und hob eine Hand. »Das hier ist –«

»Eine Falle?« Furia beendete den Satz mit der Selbstverständlichkeit einer passionierten Leserin, die diesen Ausspruch aus hundert Büchern kannte. Zugleich spürte sie selbst, was Isis meinte: Die Luft war durchwoben von bibliomantischen Energien, sogar das Licht hatte die Farbe vergilbter Buchseiten angenommen.

Beide blickten zu Finnian hinüber, der neben ihnen am Ende des dritten Saals zum Stehen gekommen war. Er schien etwas sagen zu wollen, suchte verzweifelt nach Worten und sah sie dabei mit der Hilflosigkeit eines Kindes an, das nicht verstand, was mit ihm geschah. Furia erinnerte sich schlagartig, wann sie diesem Blick schon einmal begegnet war: vor einem halben Jahr, als Isis' Vater mit der Tatsache konfrontiert worden war, dass seine Ziehtochter eine Exlibra war. Damals hatte sich die Vergangenheit verändert und Celestians Gedächtnis mit ihr. Niemand konnte so etwas einfach hinnehmen. Der menschliche Verstand war nicht dafür geschaffen, alte mit neuen Erinnerungen zu überschreiben. Die Manipulation des eigenen Gehirns hilflos mitzuerleben war mehr, als manch einer ertragen konnte.

Aber sie alle hatten das durchgemacht, und so erkannte Furia auf Anhieb, was gerade mit Finnian geschah. Sie eilte zu ihm, nahm seine Hand und versuchte, seinen flackernden Blick mit ihren Augen festzuhalten.

»Finnian«, sagte sie beschwörend, »was ist hier los?«

»Etwas ist … anders«, brachte er stockend hervor.

Alarmiert suchte sie nach Anzeichen für einen Wandel. Sie selbst hatte die Veränderung der Vergangenheit ausgelöst, nur durch ein winziges Detail, als sie Siebenstern im neunzehnten Jahrhundert dazu gebracht hatte, die Geschichte vom Mädchen auf der Tagundnachtgrenze zu schreiben. In der Gegenwart war dadurch Isis zu ebendiesem Mädchen geworden, eine Exlibra aus einem von Siebensterns Büchern. Furia hatte geglaubt, bereits alle Auswirkungen dieser Manipulation erkannt zu haben, aber vielleicht hatte sie etwas übersehen. Und je länger sie sich darüber Gedanken machte, desto deutlicher spürte sie, was Finnian meinte: Es war, als verschöben unsichtbare Bühnenarbeiter die Kulissen ihrer Erinnerung und tauschten die Requisiten aus.

»Marduk«, flüsterte Finnian. »Er ist ein Exlibro … *und* ein Bibliomant!«

»Das ist –« Unmöglich, hatte Isis wohl sagen wollen, als auch sie diesen Blick bekam und ihr schlagartig klar wurde, dass sie selbst das lebende Gegenbeispiel war.

Exlibri können keine Bibliomanten sein. Einstmals war das eine eherne Regel in der Welt der Bibliomantik gewesen. Sie alle hatten geglaubt, dass Isis die einzige Ausnahme war. Doch nun verblasste die Selbstverständlichkeit dieses Gesetzes, und an seine Stelle trat ein neues: *Natürlich* konnten Exlibri bibliomantische Kräfte besitzen. Von einem Herzschlag zum nächsten erschien es absurd, dass sie je etwas anderes geglaubt hatten.

Noch aber waren Reste ihres alten Wissens vorhanden wie die Schrift einer gelesenen Buchseite, die durch das Papier der nächsten schimmerte. Nicht alles war vergessen, womöglich würde es das niemals sein, so wie ihnen allen verschwommen bewusst war, dass Isis einmal ein Mensch gewesen war, keine Exlibra. Es fühlte sich an, als veränderte sich die Vergangenheit vor ihren Augen. Die Konsequenzen enthüllten sich Stück für Stück.

»Marduk ist ein Bibliomant«, sagte Isis tonlos. »Das war er schon immer.«

Und damit änderte sich alles. Ihr Plan war Makulatur, ihr Ziel womöglich unerreichbar geworden.

Es war eine der Ungereimtheiten eines Eingriffs in die Zeit, dass sich die Erkenntnis der Veränderung niemals sofort einstellte. Erst wenn man mit der Nase darauf gestoßen wurde, begriff man die Wahrheit. So war es bei Celestian gewesen, der hatte erkennen müssen, dass vieles, was er über seine Stieftochter zu wissen glaubte, nicht mehr der Wirklichkeit entsprach – und so war es nun auch bei ihnen. Finnian war der Erste, der es bemerkt hatte, und jetzt begriffen auch Furia und Isis, dass unvermittelt neue Spielregeln galten.

Exlibri *konnten* Bibliomanten sein.

»So ein Mist«, murmelte Furia, als sie vor sich die erste Folge der Veränderung entdeckte. Cat hatte von einer Tresortür zur Schatzkammer gesprochen, einem schweren Stahlschott in der Rückwand des dritten Saals. Dahinter, das hatte Finnian ihnen schon vor Wochen mitgeteilt, lagerten Marduks erlesenste Artefakte. Die wertvollste dieser Kostbarkeiten war die Sanktuariumskarte.

Nun aber sahen sie vor sich nichts als eine schlichte Holztür, hinter der man vielleicht eine Besenkammer erwarten mochte, nicht aber die Schätze eines Kriminellen wie Marduk. Jeder Einbrecher mit einem Stück Draht hätte das primitive Schloss öffnen können – wäre da nicht die Aura dieser Tür gewesen, eine Ausstrahlung derart machtvoller Bibliomantik, dass für einige Atemzüge Buchstaben vor Furias Augen tanzten.

»Das ist nicht gut«, flüsterte Isis.

»Bekommst du sie auf?«

»Das hoffe ich.« Isis trat zwei Schritte vor, bis nur noch eine Mannslänge sie von der Tür trennte. Langsam streckte sie den Arm aus und hielt die Handfläche so, als berühre sie bereits das Holz. »Marduk hat sie von innen mit irgendwelchen Buchseiten gesichert.« Sie schloss die Augen und konzentrierte sich. »Ich kann nicht erkennen, aus welchem Buch sie stammen. Wenn ich das wüsste, wäre es einfacher.«

»Ich spüre gar nichts«, sagte Finnian mit einer Stimme, die fast wieder wie seine eigene klang. Das erste Erstaunen verging, allmählich wurde er wieder der Alte.

»Hat Marduk irgendein Lieblingsbuch?«, fragte Isis.

»Glaubst du, das bindet er ausgerechnet seiner Bande von Halsabschneidern auf die Nase?«

»Wenn er ein Bibliomant ist« – sie sprach stockend, als fiele es ihr noch immer schwer, das zu akzeptieren –, »dann muss er ein Seelenbuch besitzen.«

Furia horchte auf. »Du glaubst, er hat Seiten aus seinem *Seelenbuch* gerissen und damit die Tür gesichert?«

Das Schnabelbuch zuckte in ihrer Hand. Der faltige Hals

schlängelte sich zu voller Länge aus dem Buchdeckel und richtete sich auf. »Kein Bibliomant würde –«

»Der Herr dieses Hauses ist kein gewöhnlicher Bibliomant«, fiel Isis ihm ins Wort. »Er ist ein Exlibro. Und wenn mich nicht alles täuscht« – wieder hielt sie kurz inne, während ihre Sinne nach den Buchstaben auf der anderen Seite tasteten –, »dann ist er aus seinem eigenen Seelenbuch gestürzt.«

»Das geht?«, fragte Furia verblüfft.

»Diese Buchseiten auf der Rückseite der Tür … Sie sind gesättigt mit Macht. So was kann nur jemand zustande bringen, der eine ungewöhnlich enge Beziehung zu ihnen hat. Ich glaube nicht, dass es ausreichen würde, wenn das da einfach nur Seiten aus seinem Lieblingsbuch wären. Ich bin jetzt ziemlich sicher, dass es Seiten aus seinem Seelenbuch sind. Es fühlt sich fast so an, als stünde Marduk selbst hinter der Tür.«

Finnian blickte zurück durch den Saal. Regale voller Ausstellungsstücke versperrten die Sicht auf den Durchgang zur mittleren der drei Hallen, in der Furia das letzte Origami hatte entkommen lassen. »Sie werden jetzt schon gewarnt sein. Ganz sicher sind sie auf dem Weg hierher.«

Sie hatten die Tore verschlossen, doch einem massiven Ansturm würden sie nicht standhalten.

»Ich kümmere mich darum.« Furia schwenkte das Schnabelbuch so heftig, dass sein Hals wild herumschlenkerte und es einen Schwall von Verwünschungen ausstieß.

Isis' hohe Wangenknochen schienen noch stärker hervorzutreten als sonst. »Haltet sie so lange wie möglich auf. Ich brauche nur genug Zeit, dann bekomme ich die Tür schon auf.

Marduk mag stark sein, aber ich bezweifle, dass er irgendwas zustande bringt, das eine Siebenstern-Exlibra aufhält.«

Immerhin wussten sie, dass Marduk kein Exlibro aus einem von Siebensterns Romanen war. Furia hatte mittlerweile die meisten gelesen, auch die schlechten, seit sie die Lücken ihrer Sammlung in der Residenz-Bibliothek mit Exemplaren aus der Villa Angelosanto hatte schließen können. In keinem davon war von einem Marduk die Rede gewesen. Vielmehr war dies der Name eines Stadtgötzen im antiken Babylon, und womöglich war Marduk selbst dieser Götze, der aus einer Mythensammlung in die Refugien gestürzt war.

Hinzu kam eine Verbindung Marduks zur Akademie. Als der Legende nach die Menschen den Turm zu Babel erbaut hatten, um damit den Himmel zu erreichen, erzürnten sie Gott, der das Gebäude zum Einsturz brachte und sie für ihre Blasphemie bestrafte: Hatten alle Völker der Erde bis dahin eine einzige Sprache gesprochen – das rätselhafte Adamitisch –, so sollten sie einander fortan nicht mehr verstehen können. Die Sprache Adams geriet in Vergessenheit, die Verständigung unter den Völkern kam zum Erliegen, an ihre Stelle traten Argwohn und Streit.

Demnach bezog sich der Name der Adamitischen Akademie auf die Sprache des alten Babylon, Marduks Stadt, und mochte symbolische Bedeutung haben: eine Regierung, die alle Bibliomanten einte, so wie es einst die Ursprache getan hatte.

Isis trat näher an die unscheinbare Tür. »Irgendetwas lebt dahinter.«

Finnian runzelte die Stirn. »Er hat jemanden eingesperrt? Ausgerechnet mit seinem kostbarsten Krempel?«

»Vielleicht ein Gefangener«, entgegnete Isis. »Aber wohl eher ein Wächter. Finnian, geh mit Furia zurück zum Tor. Hilf ihr, Marduks Männer so lange wie möglich aufzuhalten.« Sie zog ihre silberne Automatik aus dem Holster und reichte sie ihm. »Hier, nimm die.«

Er verzog den Mund, überprüfte, ob die Pistole bereits entsichert war, und rannte mit Furia los.

Augenblicke später standen sie vor dem verschlossenen Tor zum zweiten Saal. Die beiden hohen Flügel waren geschlossen, Finnian hatte den schweren Schlüssel stecken gelassen. Die Stimmen, die sie die ganze Zeit über aus Richtung der Bibliothek gehört hatten, kamen immer näher.

»Das muss jetzt ziemlich schnell gehen!« Furia öffnete das Schnabelbuch. »Kopf einziehen!«

Der lange Hals zog sich zusammen, bis nur noch die gelbe Spitze aus dem Buchdeckel hervorschaute. »Hab keinen Kopf«, erwiderte das Buch beleidigt, »nur einen Schnabel!«

Furia legte den offenen Band auf den Boden und ging davor in die Hocke. Summerbelle hatte ihr beigebracht, ein Seitenherz mit nur einer Hand zu spalten, aber verlässlicher war die althergebrachte Methode: Sie hob eine Seite und presste sie zwischen beide Handflächen. Als sie die Hände langsam auseinanderzog, spaltete sich das Papier in zwei Lagen. Dazwischen glühte das Seitenherz, weißgoldenes Licht, das aus der Bindung über das Papier strahlte. Dabei wurden Schriftzeichen sichtbar, Buchstaben einer Sprache, die Furia nicht verstand und doch mühelos vorlesen konnte. Als sie es tat und sich dabei auf das konzentrierte, was sie vorhatte, tauchte der Schein des Schnabelbuchs das Türschloss in gleißende Helligkeit, drang ins Schlüsselloch ein und brach Sekunden später wieder daraus hervor. Wie eine Spur aus brennendem Benzin loderte das Licht an den Rändern der beiden Flügel hinauf, raste um die Ecken und traf sich wieder beim Schloss. Die beiden Rechtecke waren jetzt vollständig von strahlenden Linien umgeben.

Die Helligkeit spiegelte sich in Finnians Augen. »Wird sie das aufhalten?«

»Nicht ewig. Vielleicht eine Weile.« Furia wusste selbst kaum, was sie da tat. Bislang hatte sie etwas Ähnliches nur versucht, wenn sie in ihrem Zimmer in Ruhe lesen wollte; dann hatte sie manchmal die Tür auf diese Weise gesichert. Doch der gefährlichste Eindringling, den sie damit hatte abwehren wollen, war ihr Bruder Pip gewesen – nicht eine Horde aufgebrachter Schwerverbrecher.

Zahllose Füße trampelten durch den zweiten Saal heran. Stimmen ertönten vor dem Tor.

Mit beiden Händen richtete Finnian die Pistole auf den Durchgang. Furia blickte zurück in den hinteren Teil des Saales. Sie konnte Isis und die Tür zur Nebenkammer nicht sehen, weil Regale mit Gläsern, Schachteln und Kisten im Weg waren.

»Isis?«, rief sie und erhielt keine Antwort.

Eine Hand rüttelte von außen am Tor.

»Isis?«

Es gab einen heftigen Schlag, als jemand sich dagegenwarf. Der rechte Flügel erzitterte in seinen Angeln. Der Lichtschein rund um das Holz pulsierte kurz und beruhigte sich wieder.

Der vordere Deckel ihres Seelenbuchs hob sich ein wenig, als der Schnabel darunter hervorkroch und seinen Hals in Furias Richtung verdrehte. »Fünf Minuten«, krächzte er. »Vielleicht sechs. Auf keinen Fall länger.«

Finnians Züge entspannten sich ein wenig. Noch musste er nicht auf die Männer schießen, mit denen er drei Monate zusammengelebt hatte.

»Isis!«, rief Furia über die Schulter. »Wie sieht's bei dir aus?«

Wieder erhielt sie keine Antwort.

»Was treibt sie denn da?«, fragte Finnian.

Furia überlegte fieberhaft, was sie selbst tun konnte, um die Angreifer abzuwehren. Aber Bibliomantik war keine Kampfkunst, auch wenn es bisweilen so schien. Es war eine Macht, die Bücher und Leser miteinander verband; sie einzusetzen, um Menschen zu schaden, widersprach ihrer Natur, und manchmal wehrte sie sich dagegen und verursachte Fehlschläge. Furia hätte ohne große Mühe eine Handvoll eindrucksvoller, aber harmloser Illusionen erschaffen können, doch die würden Marduks Männer kaum abschrecken. Alles andere erforderte mehr Übung und weniger Skrupel. Isis und Summerbelle hatten es darin zur Meisterschaft gebracht und lebten mit den Konsequenzen. Furia hingegen war nur bedingt dazu bereit.

Finnian stieß einen heiseren Fluch aus.

Noch ehe sie erkannte, worüber er sich aufregte, kreischte das Schnabelbuch: »Bring mich weg von hier! Schnell!«

Aus dem Lichtstreifen unter den beiden Torflügeln schlängelten sich Würmer, weiß wie Spaghetti und kürzer als ein Fingerglied. Erst waren es nur zwei, dann ein halbes Dutzend, schließlich so viele, dass Furia sie auf einen Blick nicht mehr zählen konnte. Die ersten näherten sich bereits dem Schnabelbuch, das noch immer aufgeschlagen am Boden lag. Das glühende Seitenherz hielt die Sperre der Tür aufrecht, während das Buch vor Angst zitterte.

Finnian zerquetschte mehrere Würmer unter seinen Sohlen. Aber selbst dann noch wanden sich die unversehrten Stücke weiter auf den Fliesen und krochen in Richtung des Schnabelbuchs.

Furia schnappte es vom Boden, achtete aber darauf, dass das Seitenherz sich nicht schloss. Sobald die bibliomantischen Ströme abrissen, würde auch die Sicherung des Durchgangs nachlassen. Die Männer auf der anderen Seite mussten das wissen; nicht ohne Grund hatten sie die Egel durch den Spalt geschoben.

»Das sind zwar Verbrecher«, sagte Finnian, »aber nicht alle von ihnen sind dämlich.«

Furia blickte sich um. Da es nur wenige Bücher in den Regalen des Saales gab, konnten die Egel hier nur begrenzt Unheil anrichten. Offenbar waren Marduks Männer bereit, diese Verluste in Kauf zu nehmen, um die Eindringlinge in ihre Gewalt zu bekommen.

»Gibt es hier noch einen anderen Ausgang?«

»Soweit ich weiß, nicht. Sogar das Glasdach ist durch Gitter geschützt, seit Cat damals hier eingebrochen ist.«

Furia trat mit aller Kraft auf ein Knäuel aus mehreren Würmern, das sich wie eine Hand an ihrem Hosenbein hinaufziehen wollte. Das Schnabelbuch schlotterte in ihren Händen, hielt aber tapfer die Kraft des Seitenherzens aufrecht.

Wieder krachten Körper von außen gegen das Tor. Das Leuchten rund um die Flügel flimmerte leicht und stabilisierte sich wieder.

Finnian zielte erneut mit der Pistole auf den Durchgang. Sie standen jetzt fünf Schritt davon entfernt, mehrere Dutzend Buchegel wimmelten vor ihnen über den Boden. Die meisten bewegten sich in Furias Richtung.

»Lange geht das nicht mehr gut.« Abermals rief sie nach hinten: »Isis! Wie weit bist du?«

Diesmal hörte sie etwas, das wie ein Ächzen klang.

»Okay«, sagte sie kurz entschlossen zum Schnabelbuch. »Wie lange wird die Sperre noch halten, wenn du das Seitenherz schließt?«

»Nicht lange«, krächzte das Buch.

»Geht's genauer?«

»Vielleicht zwei Minuten, vielleicht weniger als eine. Woher soll ich das wissen?«

»Prima«, sagte Finnian.

»Isis!«, brüllte Furia über die Schulter. »Wir kommen jetzt nach hinten. Du hast noch eine Minute!«

Ein Scheppern. Im ersten Augenblick glaubte Furia, Marduks Männer seien endgültig durchgebrochen. Doch der Lärm kam aus der anderen Richtung.

Finnian wischte sich mit der linken Hand Schweiß aus den Augen, während er mit der anderen weiterhin auf das Tor zielte. »Klang das für dich wie ›Hey, Leute, ich hab's geschafft!‹?«

Das Scheppern wiederholte sich, diesmal so laut, als würde ein Teil des Dachs in sich zusammenstürzen. Das Schnabelbuch zuckte zusammen.

»Kommt her!«, rief Isis. »Schnell!«

Furia und Finnian atmeten auf.

»Oder nein, halt, bleibt weg!«

Entschlossen nickten sie einander zu und rannten los. Im Laufen schlug Furia das Schnabelbuch zu. Der Kontakt zum Tor brach ab. Aus dem Augenwinkel sah sie, dass die leuchtenden Linien zu flackern begannen wie defekte Neonröhren. Wieder prallte von der anderen Seite jemand dagegen.

Im Laufen sog Furia scharf die Luft ein. Ein merkwürdiger Geruch hatte sich im hinteren Teil des Saales ausgebreitet.

Isis stand aufrecht vor Marduks Schatzkammer und blickte ins Innere. Die Tür war nach innen gestürzt, die Scharniere aus dem Rahmen gebrochen. Flammen tanzten rund um das Holz, und erst nach ein paar Sekunden begriff Furia, dass darunter die Buchseiten verbrannten, die zum Schutz des Zugangs dort befestigt gewesen waren – Seiten aus Marduks Seelenbuch. Spätestens jetzt würde er schmerzhaft spüren, dass die Dinge in seinem Hauptquartier außer Kontrolle geraten waren, ganz gleich, wo er sich aufhielt.

»Geht … zurück«, brachte Isis mit jagendem Atem hervor.

»Die werden gleich hier sein«, antwortete Furia. »Wir haben keine Zeit mehr!«

Nach kurzem Zögern traten Finnian und sie weiter vor, bis beide an Isis vorbei in den kleinen Raum blicken konnten. Der stechende Geruch überdeckte den Brandgestank der verkohlten Seelenbuchseiten.

Irgendetwas lebt dahinter, hatte Isis vorhin gesagt.

Die Kammer war kaum fünf mal fünf Yards groß, mit niedriger Decke und dunklen Ziegelmauern. Auf mehreren Podesten vor den Wänden lagen unscheinbare Gegenstände unter Glasglocken: auf einem ein altes, ledergebundenes Buch, auf einem anderen Überreste von etwas, das womöglich eine Steintafel gewesen war. Unter einer dritten Glocke stand ein Gefäß, bei dem es sich um eine Urne handeln mochte. Die übrigen Dinge, die Marduk hier zu einer privaten Ausstellung angeordnet hatte, waren kaum zu erkennen, dafür waren die Lichtverhältnisse zu schlecht. Die einzige Helligkeit ging von einer Feuerschale aus, die sich auf einer hüfthohen Säule in der Mitte der Kammer befand. Weißgelbe Flammen loderten darin, als wären sie gerade erst geschürt worden.

»Offenes Feuer?«, fragte Finnian. »Ausgerechnet hier?«

Isis nickte. »Es brannte schon, als die Tür nachgegeben hat.«

Hinter ihnen erklangen wieder die Schläge und Stöße gegen das Tor des Saals.

»Das ist kein gewöhnliches Feuer.« Isis' Stimme klang belegt. Dass sie sich überhaupt noch auf den Beinen halten konnte, grenzte an ein Wunder.

»Wo ist die Karte?«, fragte Furia.

Isis deutete auf die Flammen. »Wahrscheinlich dahinter, genau auf der anderen Seite des Raums.«

Furia blinzelte in die Helligkeit, konnte aber nicht erkennen, was sich im Dunkeln jenseits der Flammen befand. Der Wunsch, diese Kammer zu betreten, das Feuerbecken zu umrunden und die Sanktuariumskarte an sich zu nehmen, wurde für einige Atemzüge übermächtig. Immerhin blieb Furia vernünftig genug, sich die Frage zu stellen, ob das wirklich ihr eigener Wunsch war oder ob nicht vielmehr etwas anderes sie antrieb. Die Atmosphäre war derart mit Bibliomantik gesättigt, dass sie kaum sagen konnte, wo ihre eigenen Kräfte endeten und jene fremden Energien begannen, die hier schon seit langem wirken mussten.

»Wir können da nicht reingehen«, sagte Isis, während alle drei wie gebannt in die unscheinbare Kammer blickten. »Das da ist so alt und machtvoll, dass es uns –«

In diesem Augenblick schoss das Feuer zischend bis zur Decke, löste sich aus der Schale und sprang wie ein Tier zu Boden. Dort streckte es sich, fauchte abermals in die Höhe, bekam lodernde Auswüchse und formte eine Gestalt aus Flammen, gesichtslos, aber annähernd menschlich. Sieben Fuß groß, dürr wie brennendes Astwerk und einschüchternd wie ein Dschinn, der zornig aus seiner Flasche gefahren war.

»Ich bin Fornax«, erklang es mit knisterndem Echo. »Ich bin die Geißel der Großen Bibliothek. Ich bin die Alexandrinische Flamme.«

9

Okay«, flüsterte Furia gedehnt, so dass es klang, als entweiche alle Luft aus ihrer Lunge. »Wer oder was zum Teufel ist eine Alexandrische Flamme?«

»Alexandrinisch«, sagte Isis tonlos.

»Gibt's nicht einen Reim, der so heißt?« Erinnerungen an Mister Theophiles Lyriklektionen regten sich in ihr, gerade hier und jetzt so absurd wie alles andere, das ihr beim Anblick des Feuerwesens durch den Kopf ging.

»Sieht das für dich aus wie ein *Reim*?«, fragte Finnian.

»Wonach genau sieht's denn für dich aus, Meisterspion?« Sie hatte das nicht sagen wollen, und es tat ihr in derselben Sekunde leid. Finnian hatte eine Menge auf sich genommen, damit sie heute hier sein konnten. Und wenn er dabei nichts von diesem Fornax erfahren hatte, dann war das vermutlich nicht seine Schuld. Womöglich wusste niemand außer Marduk selbst, was sich in der Kammer verbarg und seine Schätze bewachte.

»Fornax«, sprach Isis das Wesen an. »Was muss ich tun, damit du mir Eintritt gewährst?«

»Ich bin die Geißel der Großen Bibliothek!«, rief das Flammenwesen erneut. »Ich bin die Alexandrinische –«

»Ja«, sagte Furia ungeduldig, »das hast du schon erwähnt.« Das Seelenbuch schlotterte in ihren Fingern, weil die Buchegel im Saal unaufhaltsam näher kamen.

Isis warf ihr einen verblüfften Seitenblick zu. Vielleicht lag auch die Spur eines Vorwurfs darin. Aber Furia fand, dass sie schon zu weit gekommen waren, um es jetzt lediglich mit Diplomatie zu versuchen.

»Du *warst* die Geißel der Großen Bibliothek«, sagte sie mit scharfer Betonung, »aber das bist du nicht mehr. Denn sonst wärest du kaum in diesem Loch gefangen. Ausgerechnet als Wächter über Bücher.«

Auch wenn ihre Entschlossenheit nur vorgetäuscht war, würde sie jetzt nicht klein beigeben. Noch konnten Isis und sie sich mit einem Buchsprung in Sicherheit bringen – die nötigen Bücher trugen sie bei sich – oder aber, mit etwas mehr Zeit, sogar ein Tor zurück in die Residenzbibliothek öffnen.

Hinter ihnen krachte etwas Großes gegen das Tor. Diesmal klang es verdächtig nach einem Rammbock. Vielleicht ein Karren, den die Männer mit vereinten Kräften gegen die Holzflügel schmetterten.

»Nun«, sagte Fornax und dehnte das U, als wäre er gerade mit seinem Feuerfuß in eine Pfütze getreten, »ich bin ein Wächter, das ist wahr.«

»Dann bist du ein *Diener* Marduks?«

»Sein Diener? Hah!« Mit einem fauchenden Laut blähte sich Fornax zu dreifacher Breite auf. »Ich war es, der einst die Bibliothek von Alexandria verwüstete. Ich verschlang jede ihrer Schriften, bis der Gestank des brennenden Papyrus die letzten Schiffe aus dem Hafen vertrieb. Ich ließ ihre Dächer zu Asche zerfallen und ihre Säulen zu schwarzem Staub. Ich habe Gelehrte geröstet wie Kaninchen und Jahrtausende der Geschichtsschreibung ausgelöscht. Ich war der Niedergang einer Kultur, der Zerstörer des Wissens der Antike. Ich war die Geißel –«

»Ja, ja«, fiel Furia ihm ins Wort. Außerhalb der Kammer war keinerlei Hitze zu spüren. »Alles schön und gut. Aber jetzt bist du ein Sklave Marduks.«

»Du bist eingesperrt«, sagte Isis. »Und du kannst uns nichts anhaben, solange wir nicht über diese Schwelle treten.« Mit der Spitze ihres Stiefels zog sie eine unsichtbare Linie entlang der Türschwelle der Schatzkammer. Furia entging nicht, dass Isis' Fuß dabei vor Entkräftung zitterte.

»Das dauert alles viel zu lange!«, sagte Finnian.

»Natürlich dauert es zu lange!«, entgegnete Isis scharf. »Und ich bin schon ganz gespannt, wie *du* unser Problem schneller lösen willst.«

Furia ließ Fornax nicht aus den Augen. »Du verbrennst uns also, sobald wir dein Gefängnis betreten, richtig?«

»O ja!«, brüllte das Feuer vergnügt. »Verbrennen! Verzehren! Ihr sterbt den grausamen Flammentod! Genau wie die Bibliothekare im alten Ägypten.«

»Wie hat Marduk dich heraufbeschworen?«, fragte Isis.

»Beschworen?« Nun klang Fornax fast weinerlich. »Gefunden hat er mich! Unverdient in seinen Besitz gebracht! Marduk ist ein grausamer Meister. Droht mir, mich zu löschen, wenn ich nicht gehorche. Darum gehorche ich, o ja.«

Furia sah Isis an. »Irgendeine Idee?«

Die ehemalige Agentin öffnete den Mund, um zu antworten, wurde aber von einem weiteren Ansturm auf das Tor übertönt. Wieder hallte das Bersten von Holz zu ihnen herüber. Falls die

Meute noch nicht durchgebrochen war, würde es ihnen bei einem der nächsten Versuche gelingen.

Finnian starrte Isis und Furia verärgert an. »Ich hab nicht drei Monate durchgehalten, um so kurz vor dem Ziel einfach aufzugeben.«

Furia schüttelte den Kopf. »Wir geben nicht auf.« An Isis gewandt, fügte sie hinzu: »Stimmt doch, oder?«

Isis ignorierte sie beide und streckte eine Hand aus, bis sich ihre Fingerspitzen genau auf Höhe der Schwelle befanden.

Fornax schien zu explodieren. Innerhalb eines Wimpernschlags dehnte er sich aus, bis sein Feuer den gesamten Raum ausfüllte, wurde zu einem fauchenden Inferno, das in jeden Winkel der Kammer drang und erst an der offenen Tür endete. Es sah aus, als hätte jemand aus dem Inneren des Raums einen Flammenwerfer gegen eine Glasscheibe gerichtet.

Isis zog ihre Hand nicht zurück, bis der Feuersturm nachließ und wieder zur dürren Gestalt der Alexandrinischen Flamme wurde. Triumphierendes Gelächter erfüllte den Raum. »Meine Macht verzehrt, meine Macht verbrennt, meine Macht ist *übermächtig*!«

Isis drehte ihre Hand um. Ihre Fingerkuppen waren gerötet, aber nicht verbrannt. »Auf jeden Fall ist er keine Illusion.«

Furia runzelte besorgt die Stirn, während Finnian angespannt in die Schatzkammer starrte. »Warum ist da drinnen nichts verbrannt?«, fragte er. »Das ganze Zeug liegt unversehrt auf den Sockeln.«

»O ja!«, jubilierte Fornax erneut. »Die Alexandrinische Flamme bestimmt selbst, wen sie verbrennt.« Etwas kleinlauter fügte er hinzu: »Nur kein Papier, daran hab ich mich satt gefressen. Bücher, Schriftrollen, Papyrus – nichts davon nimmt in meinem Feuer mehr Schaden.« Als fiele ihm ein, dass er durch dieses Geständnis womöglich an Schrecken verlor, deutete er mit einem lodernden Arm auf Finnian. »Aber dich zerkoche ich zu stinkender Schlacke, Mensch! Und diese beiden da werden wie trockene Zweige brennen. Denn ich bin Fornax, der Blitzschlag der Götter!«

»Du bist ein ganz schöner Angeber!«, gab Furia zurück.

Der nächste Stoß gegen das Tor ließ die Gläser in den Regalen erbeben. Furia hoffte, dass Isis eine Idee kam, und wollte ihr mehr Zeit verschaffen. Vielleicht konnte sie Fornax ablenken.

»Für jemanden, der sich einfangen und einsperren lässt, spuckst du ziemlich große Töne!«, rief sie dem Flammenwesen zu. »Wie lange steckst du schon in diesem Loch? Ein paar Monate?«

Fornax wurde zu einem zornigen Geysir aus Feuer, ein aufrechter Flammenstrom, der kraftvoll gegen die Decke spritzte und sie in waberndes Glutlicht tauchte.

»Etwa Jahre?«

»Spotte nicht über das Ende einer Ära«, brüllte er, »den Untergang des alten Orients, die Verwüstung allen Schriftguts! Ich habe zehntausendmal mehr verbrannt, als du je lesen könntest, kleine Bibliomantin!«

Ehe sie etwas erwidern konnte, ertönte hinter dem Tor am anderen Ende des Saals ein Aufschrei. Im ersten Moment glaubte Furia, Marduks Männer wären endgültig durchgebrochen, aber dann wurde aus dem einen Schrei ein Crescendo aus vielstimmigem Gebrüll. Es klang nach Schmerz und Todesangst.

Ein Geräusch, als würde ein Rest Flüssigkeit aus einer Flasche gesaugt, hallte von der gläsernen Kuppeldecke wider, und sekundenlang schien es, als knirschten selbst die Scheiben dort oben unter einer neuen, unnatürlichen Spannung.

Von einer Sekunde zur nächsten brachen die Schreie ab, und eine schreckliche Stille legte sich über den Saal. Furia hörte nur noch ihren eigenen Atem, untermalt von rasendem Herzschlag.

Fornax schrumpfte zu einer handgroßen Flamme zusammen und hüpfte hinauf in seine Feuerschale. »Was war das?«, flüsterte er kleinlaut.

Furia hatte das Gefühl, dass etwas aus ihrer Brust gerissen wurde, nicht einmal schmerzhaft, und doch so unverhofft, dass sie erschrocken aufschrie. Auch das Schnabelbuch stöhnte laut auf, während Isis ins Taumeln geriet und auf die Knie fiel. Nur Finnian stand weiterhin aufrecht, und da begriff Furia, dass er es nicht spürte. Was auch immer gerade geschah, es traf nur Bibliomanten oder Wesen, die aus bibliomantischer Energie geboren waren.

»Was zum –«, begann Finnian, als er von Isis zu Furia sah, doch der Satz wurde ihm im Mund abgeschnitten.

Das Geräusch von berstendem Holz erklang, diesmal um ein Vielfaches lauter, gefolgt von einem ohrenbetäubenden Scheppern.

»Das war das Tor!« Finnian hob die Pistole und rannte los.

»Nein!« Isis wollte aufspringen und ihm folgen, sackte aber schon beim ersten Schritt erneut in sich zusammen. Auch Furia fühlte es noch immer: Jemand hatte ihnen einen Teil ihrer bibliomantischen Energie entzogen. Erst ganz allmählich baute sie sich wieder auf.

Isis' blaue Augen waren weit aufgerissen. Als Furia ihren Blick kreuzte, fragte sie sich voller Entsetzen, ob Isis sich geschlagen gab. Jemand hatte das Spielfeld betreten, der allein durch seine Anwesenheit jeden Versuch einer Gegenwehr zunichtemachte.

»Wer kommt da?«, fragte Furia mit einer Stimme, vor der sie selbst erschrak. »Ist das Marduk?«

Isis schüttelte den Kopf. Marduk schien mit einem Mal ihre geringste Sorge zu sein.

In der Schatzkammer war Fornax kaum noch größer als ein Finger, ein winziger Lichtstreifen im Halbdunkel des Raumes. »Dreimal verfluchte Bibliomanten«, stammelte er vor sich hin. »Drei- und vier- und fünfmal verflucht! Haut ja ab, ich will nichts mit euch zu tun haben! Ich bin die Alexandrinische Flamme, ich bin die Geißel Ägyptens und die Allmacht des Feuers.«

Er brummelte weiter vor sich hin, aber Furia hörte nicht länger zu. Sie musste eine Entscheidung treffen: hierbleiben und abwarten oder Finnian folgen und nachsehen, was vor sich ging.

Doch Finnian war nach Isis' Ruf bereits stehen geblieben. Jetzt kehrte er zurück und griff der Exlibra unter die Arme. »Steh auf«, sagte er. »Du musst Furia hier raushelfen!« Also hatte auch er die Leere in Isis' Blick bemerkt.

»Ich kann allein springen«, sagte Furia.

»Nein«, widersprach Isis. »Nicht, wenn *er* es nicht will.« Sie rappelte sich hoch. »Er entzieht uns Energie. Und er kann sie gegen uns wenden.«

Furia lief einige Schritte vor, um zwischen den Regalen hindurch zum Tor zu blicken. Aber es waren noch immer Schränke mit bibliomantischen Trophäen und Artefakten im Weg. Um etwas erkennen zu können, hätte sie sich sehr viel weiter von den anderen entfernen müssen. »Wer ist das?« Ihre Unwissenheit machte sie nur noch wütender.

Isis setzte sich schwankend in Bewegung und wurde nach wenigen Schritten immer schneller. Furia blickte aufgebracht zwischen ihr und dem Zugang zur Schatzkammer hin und her. Hinter der unscheinbaren Türöffnung herrschte jetzt Dunkelheit, nur ein winziger Schimmer verriet, wo Fornax in seiner Schüssel glomm. Vorsichtig machte sie einen Schritt darauf zu, dann noch einen.

»Er sieht dich«, formte Finnian fast stumm mit den Lippen. Sein Gesichtsausdruck flehte sie an, es nicht zu tun.

Langsam trat sie an die unsichtbare Schwelle. Dort hielt sie noch einmal inne. Fornax hatte sich in sein Feuerbecken verkrochen, kaum größer als eine Streichholzflamme. Möglicherweise würde er sie nicht bemerken, wenn sie über den Boden kroch, auf allen vieren, besser noch auf dem Bauch.

Ein letztes Mal blickte sie über ihre Schulter zurück. Finnian kam kopfschüttelnd auf sie zu und gestikulierte. Aber es war zu spät. Wenn Isis versuchte, den neuen Gegner aufzuhalten, musste sich einer von ihnen um die Sanktuariumskarte kümmern. Und Finnian war kein Bibliomant. Falls es jemand schaffen konnte, dann Furia.

Sie sah auf ihr Seelenbuch. Der Schnabel wandte sich zu ihr herauf.

Finnian war fast bei ihr.

Irgendwo hinter den Regalen hörten sie Isis etwas rufen, einen Namen, den Furia nur halb verstand.

Langsam ging sie in die Hocke. Sie musste es *jetzt* tun, die Zeit lief ihnen davon. Ein Sprungbuch steckte in einer Oberschenkeltasche ihrer Cargohose. Sobald sie die Karte in Händen hielt, konnte Furia sie in Sicherheit bringen. Aber was wurde dann aus Finnian? Falls Isis aufgehalten wurde, war Furia seine einzige Chance, hier lebend rauszukommen.

Er streckte eine Hand nach ihr aus. Dass er sie zurückhalten wollte, hatte nichts mit seiner eigenen Sicherheit zu tun, das wusste sie. Wie oft hatte Cat ihm seinen Leichtsinn vorgeworfen. Es ging ihm um Furia. Er glaubte, dass sie eine riesige Dummheit beging.

Vielleicht spielte das längst keine Rolle mehr.

Sie wollte gerade über die Schwelle treten, als ein Sturm durch die Halle fegte. Er warf die Regale mit den Trophäen um wie Dominosteine und wühlte eine breite Schneise durch das Inventar. Gläser und Behälter zerbrachen inmitten des Getöses, bibliomantische Reliquien wurden durch die Luft geschleudert. Ganz kurz konnte Furia vor dem aufgerissenen Tor zum zweiten Saal Isis erkennen. Und da war noch jemand, eine einzelne Gestalt. Nicht der Riese, den sie erwartet hatte, nur ein Mann in einem langen Mantel. Und er sah zu Furia herüber. Als sich ihre Blicke kreuzten, erreichte sie der Sturm, riss Finnian von den Füßen und schleuderte ihn auf Furia zu. Mit einem Aufschrei prallte er gegen sie und stürzte vor der Kammer zu Boden.

Furia aber wurde von der Wucht des Aufpralls nach vorne geworfen, geradewegs in die Dunkelheit der Schatzkammer, drei, vier Schritt weit – dann schlug ihr Kopf gegen etwas Hartes. Der Zusammenstoß mit Fornax' Sockel raubte ihr fast das

Bewusstsein. Benommen drehte sie sich auf den Rücken, blickte nach oben, sah die Rundung der Schale, umrahmt von goldenem Flammenschein.

Hitze überkam sie, als Fornax über ihr aufloderte und die Kammer mit seinem Feuer erfüllte.

10

Die Flammen schossen aus der Schale empor zur Decke, ein züngelnder Glutpilz, der sich dort oben ausbreitete und die Luft über Furia zum Kochen brachte. Sie rollte sich herum, ignorierte den Schmerz und den Schwindel, sah zu den Trophäensockeln im hinteren Teil der Kammer und begriff zugleich, dass sie es bis dorthin nicht mehr schaffen würde. Es waren nur wenige Yards, eine Sache von Sekunden, aber wenn sie jetzt aufsprang, würde das Feuer sie erfassen und bei lebendigem Leib verbrennen.

Stattdessen robbte sie über den Boden zurück in Richtung Tür, fast blind von der Hitze. Es roch nach verbranntem Haar, und als sie begriff, dass es ihr eigenes war, war es fast schon zu spät. Da erinnerte sie sich an etwas anderes, Panik überkam sie, und sie kroch in Windeseile zurück zur Säule. Dort lag das Schnabelbuch, hatte den Hals tief in den Deckel gezogen, und würde wohl im nächsten Augenblick Feuer fangen.

Sie packte es, sah Rauch von ihrem Handrücken aufsteigen, und schleuderte es über sich hinweg durch die offene Tür. Der verzweifelte Schrei des Schnabels galt ihr, aber das begriff sie erst einige Augenblicke später. Am ganzen Körper dampfend kroch sie auf den Ausgang zu, hörte Fornax' aufgebrachtes Gezeter und entdeckte Finnian, der sich ihr von außen entgegenwarf, mitten in den Hitzesturm. Er streckte Furia beide Hände entgegen, bekam sie zu fassen und zog sie vorwärts. Eine Glutwoge fauchte über sie hinweg und versengte Kleidung und Haar. Eine Warnung, die allerletzte.

»Kehrt niemals zurück!«, brüllte Fornax ihnen nach, als Finnian Furia über die Schwelle zog.

Im nächsten Augenblick sog sie kühle Luft in ihre Lunge. Von der Feuerwalze, der sie knapp entkommen waren, war hier draußen nichts zu spüren. Ihre Hände waren gerötet wie Krebsscheren, aber nicht ernstlich verbrannt, nur ihre Haarspitzen waren versengt. Auch aus ihrer Kleidung kräuselten sich dünne Rauchfahnen empor. Sie stank so erbärmlich, dass sie es selbst kaum ertrug.

Finnian und sie lagen nebeneinander, jetzt beide auf dem Rücken.

»Isis?«, brachte sie mit staubtrockener Stimme hervor und hob mühsam den Kopf. In der Schatzkammer war wieder Ruhe eingekehrt, Fornax loderte auf kleiner Flamme und tauchte den Raum in bronzenes Zwielicht.

Mit einem Ächzen setzte sie sich auf. Ihr Gesicht und ihre Hände fühlten sich an wie nach einem starken Sonnenbrand, unangenehm, aber nicht allzu schmerzhaft.

Finnian sprang auf und streckte ihr eine Hand entgegen. Dabei sah er nicht sie an, sondern über sie hinweg zum Tor des Saals. Der Sturm hatte nachgelassen, dafür wehte ein scharfer Geruch herüber; Marduk hatte viele Artefakte in Spiritus eingelegt, der nun aus zerbrochenen Glasbehältern über den Boden lief.

Der Saal war ein Schlachtfeld, obgleich es noch gar nicht

zum Kampf gekommen war. Isis und der Unbekannte standen sich am Tor gegenüber, doch es war nicht zu erkennen, ob sie miteinander sprachen.

»Was machen die da?«, murmelte Finnian.

»Sehen wir nach.« Furia machte sich auf den Weg. Sie mussten einen Bogen laufen, vorbei an den letzten Regalen, die noch aufrecht standen. Im Zentrum des Saals versperrten Trümmer von Möbeln den Weg, viele hatten die einzigartigen Trophäen unter sich begraben.

Je näher sie dem Durchgang kamen, desto deutlicher erkannten sie, was vorgefallen war. Mindestens zwei Dutzend von Marduks Männern lagen reglos am Boden, über- und untereinander, mit verdrehten Gliedern und aufgerissenen Augen, zermalmt und umhergeschleudert wie Spielzeug. Falls es weitere Gefolgsleute Marduks in der Festung gab, so mussten sie die Flucht ergriffen haben. Die Alarmglocken läuteten nicht mehr, auch die Sirene war verstummt.

Isis und der Mann belauerten einander aus einigen Yards Entfernung. Die Bibliomantin hatte Furia und Finnian den Rücken zugewandt. Der Unbekannte aber stand mit dem Gesicht zu ihnen und sah sie näher kommen. Furia streifte er nur mit einem kurzen Blick, doch Finnian betrachtete er genauer.

»Also ist es wahr«, sagte er zu Isis. »Du machst wirklich gemeinsame Sache mit ihnen.«

»Als wäre das noch eine Überraschung für dich.«

»Es gab ein paar Hinweise, vage Andeutungen in den Berichten von ihren letzten Anschlägen, aber keinen einzigen Beweis. Du hast sehr gründlich hinter dir aufgeräumt, Isis.« Seine Miene verhärtete sich. »Wie viele von unseren Leuten hast du töten müssen, damit keiner erfährt, dass du jetzt auf der Seite dieses Abschaums stehst?«

»Wie hast du mich gefunden?«

Der Fremde zog ein zerknülltes Origami hervor und schnippte es ihr mit den Fingern entgegen. »Abgefangen. Manchmal sind wir besser als unser Ruf.«

Er trug einen langen Mantel aus hellbraunem Wildleder, dessen Saum bis zu seinen Stiefeln reichte. Auch seine Hose war aus Leder, darüber trug er ein helles Hemd und eine erdfarbene Weste. Man hätte ihn für einen Exlibro aus einem Wildwestroman halten können, einen gealterten Revolverhelden. Er trug einen Gurt mit Holster für sein Seelenbuch, wie Furias Vater einen besessen hatte, außerdem ein schwarzes Halstuch mit Brosche. Sein graues Haar war schulterlang, seine Bartstoppeln weiß. Furia schätzte ihn auf über sechzig. Sein Gesicht wirkte kernig, aber nicht hager, und er schien für einen Mann seines Alters bemerkenswert athletisch.

Während der letzten Monate hatte Isis über ihre Vergangenheit als Agentin beharrlich geschwiegen und nur dann Informationen preisgegeben, wenn sie für das Gelingen einer Aktion wichtig gewesen waren. Das hatte ihnen ermöglicht, unbewachte Fluchtwege zu nutzen oder Konfrontationen aus dem Weg zu gehen. Niemals jedoch hatte sie Personen erwähnt, mit denen sie während ihrer Jahre in den Diensten der Adamitischen Akademie zu tun gehabt hatte. Furia war mit einem Mal sicher, dass einer der Gründe dafür dieser Mann war.

»Isis«, sagte sie, so ruhig sie konnte, »wer ist das?«

Er lachte leise. »Du hast nie über mich gesprochen? Ich bin

nicht sicher, ob mich das kränken oder ob ich dich für deine Loyalität bewundern sollte.«

Beim Wort Loyalität wurde Finnians Gesichtsausdruck noch grimmiger. Furia hoffte, dass er nicht versuchen würde, auf den Fremden zu schießen. Sie spürte die übermächtige Bibliomantik, die dem Mann innewohnte. Seine Kräfte waren um ein Vielfaches stärker als ihre eigenen und jenen einer geschwächten Siebenstern-Exlibra womöglich sogar ebenbürtig.

Als Isis auf seine letzten Worte nichts erwiderte, setzte er hinzu: »Du hättest uns nicht verraten dürfen. Das war eine große Enttäuschung. Für jeden von uns, aber für mich ganz besonders. Es ist mir immer noch ein Rätsel, wie ich mich so in dir täuschen konnte.«

»Du hast mir keine andere Wahl gelassen.«

»Du hattest viel mehr als nur eine Wahl. Du hattest eine Zukunft!« Der Mann warf wieder einen Seitenblick auf Furia. »Und was hast du heute stattdessen? Einen Haufen Kinder am Hals, die glauben, sie könnten mit ein paar Mückenstichen eine Revolution anzetteln.« Er sah, dass Finnian aufbegehren wollte, lächelte eisig und legte den Zeigefinger an seine Lippen. Stumm formten sie: *Tu's nicht!* Und tatsächlich ließ Finnian die Waffe sinken. Der Mann wandte sich wieder an Isis: »Ist es das, was du ihnen weisgemacht hast? Dass sie eine Chance haben?«

Isis blickte zurück zu Furia. »Geht jetzt«, sagte sie. »Verschwindet von hier!«

Furia und Finnian starrten erst sie an, dann den Mann. Niemand rührte sich von der Stelle.

»Ich kann die beiden laufenlassen«, sagte der Fremde. »Als Zeichen meines guten Willens.«

Furia atmete tief ein und blickte dem Unbekannten direkt in die Augen. »Wer sind Sie?«

Er musterte sie mit einer Mischung aus Spott und Verärgerung. Doch bevor er etwas sagen konnte, kam Isis ihm zuvor.

»Atticus Arbogast«, sagte sie. »Mein Lehrmeister während der Ausbildung zur Agentin. Mein« – sie zögerte, ehe sie den Satz zu Ende führte, und als sie es tat, senkte sie die Stimme ein wenig – »mein Mentor am Lyzeum *Le Carré*.«

Furia zog eine Braue hoch. »Ihr habt eure Agentenschule nach John le Carré benannt? Dem Spionageautor?«

»Wir sind die Akademie, und du magst uns nicht«, sagte Arbogast, »aber wir lieben Bücher so sehr wie du. Und ganz sicher mehr als er.« Er nickte in Finnians Richtung. »Schon mal daran gedacht, dass du auf der falschen Seite stehen könntest, junge Dame?«

»Atticus Arbogast«, wiederholte Finnian langsam. Sein Blick und sein Tonfall machten keinen Hehl aus seinem Hass. Mit einem Ruck riss er die Pistole hoch und zielte.

Der Gegenangriff kam so schnell, dass Furia kaum sah, was geschah. Plötzlich wurde Finnian nach hinten geschleudert, verlor dabei die Waffe, prallte jedoch nicht zu Boden, sondern gegen eine unsichtbare Wand. Daran wurde er langsam nach oben geschoben, während ihm etwas die Kehle zudrückte. Seine Hände griffen nach seinem Hals, fanden aber nichts, das sie hätten lösen können. Eine Mannslänge über dem Boden blieb er in der Leere hängen, als baumelte er an einem Galgenstrick von der Decke. Sein Gesicht färbte sich rot, dann blau, während er gegen den Erstickungstod ankämpfte. Gequältes

Röcheln kam aus seinem Mund, dann ließ das panische Zucken seiner Beine nach.

»Atticus!«, brüllte Isis. »Lass ihn gehen!«

Ganz kurz erwog Furia, hinzurennen und zu versuchen, von unten nach Finnians Füßen zu greifen. Aber dann setzte sich ihr Instinkt durch, in ihrer Hand öffnete sich das Schnabelbuch mit einem flatternden Laut und spaltete noch in derselben Sekunde ein Seitenherz.

Arbogast runzelte die Stirn, als er sah, wie flink sie war. Doch er lächelte nur, als sie ohne nachzudenken einen Druckstoß von todbringender Gewalt in seine Richtung sandte. Sein eigenes Seelenbuch steckte noch in der Befestigung an seinem Gürtel; es hatte sich einen Spaltbreit geöffnet, glühendes Licht sickerte zwischen den Seiten hervor. Arbogast musste sein Buch nicht mal mit den Händen öffnen, um seine Kräfte zu nutzen.

Die Druckwelle streifte Isis und ließ sie herumwirbeln, verpuffte aber, ehe sie den Mann erreichte. Furia schrie wütend auf und sandte eine zweite Attacke, diesmal in Verbindung mit einem Blitzschlag, der ein Loch in die Glasdecke über Arbogast stanzte und einen Scherbenhagel auf ihn niederprasseln ließ. Unbeeindruckt stand er inmitten dieser Kristallfontäne wie in einem Sommerregen und wehrte auch den nächsten Angriff ohne erkennbare Mühe ab.

Hinter Furia stürzte Finnian zu Boden, begann zu husten und zu spucken. Sie lief zu ihm hinüber und hielt ihn fest, während er wieder zu Atem kam. Dabei entdeckte sie die Pistole, hob sie auf und wog sie einen Moment lang in der Hand.

»Gib sie mir!«, rief Isis ihr zu.

»Nicht …«, röchelte Finnian.

Aber Furia sah ein, dass Arbogast einen weiteren Angriff nicht ungestraft lassen würde. Und solange Isis ihre stärkste Waffe nicht einsetzte, die Seitenherzen in ihrer Brust, war es besser, dem Mann keinen weiteren Grund für einen Gegenschlag zu geben.

Wortlos warf sie Isis die silberne Automatik zu. Die fing sie mit spielerischer Leichtigkeit auf und schob sie zurück in ihr Holster.

»Und wer bist wohl du?«, fragte Arbogast in Furias Richtung. Glasscherben glitzerten wie Eiskristalle auf seinen Schultern und in seinem Haar. Als sie keine Antwort gab, zuckte er mit den Schultern. »Zu dir kommen wir später.«

Furia beugte sich an Finnians Ohr. »Kennst du ihn?«

Seine Augen waren blutunterlaufen, aber er hatte schon vor Arbogasts Angriff furchtbar ausgesehen, gezeichnet von den Monaten in Marduks Festung. »Der oberste Agent der Akademie … Genießt das besondere Vertrauen des Hauses Cantos, heißt es … Er hat Freunde von mir umgebracht …«

»Terroristen«, sagte Arbogast, dem der leise Wortwechsel nicht entgangen war. Er stand ungerührt zwischen all den toten Männern aus Marduks Bande und schien keine Sorge zu haben, dass sich in seinem Rücken weitere nähern könnten. Womöglich hatte er wirklich alle umgebracht, die sich im Hauptquartier des Unterweltbosses aufgehalten hatten.

Das besondere Vertrauen des Hauses Cantos. Die Cantos waren das mächtigste der drei Geschlechter, aus denen sich die Führung der Adamitischen Akademie zusammensetzte. Die beiden anderen, Haus Himmel und Haus Lohenmut, waren im Rat der Drei Häuser gleichberechtigt, doch es waren vor allem die Cantos, die seit Jahren die Geschicke der Akademie lenkten. Die einzige Tochter, Livia Cantos, fungierte als Sprachrohr des Rates. Ihr hübsches Gesicht war vielleicht die perfideste jener Masken, hinter denen die Akademie ihre Kaltblütigkeit verbarg.

Dass Atticus Arbogast den Drei Häusern besonders nahestand, war nach seinem herablassenden Auftreten keine Überraschung. Aber da war etwas anderes, das Furia verblüffte.

»Alle diese Männer«, sagte sie und deutete in die Richtung der Toten, »waren Marduks Leute. Es heißt, er hat die Akademie im Griff, weil er die Sanktuariumskarte besitzt. Was wird geschehen, wenn er das hier zu sehen bekommt?«

Arbogast schien aufrichtig amüsiert. »Die echte Sanktuariumskarte war niemals hier«, sagte er süffisant. »Das war nichts anderes als ein Gerücht, das wir für euch gestreut haben. Marduk hat sich nur zu bereitwillig auf dieses Spiel eingelassen. Im Gegenzug überlassen wir ihm weiterhin das Ghetto. Zugegeben, ich habe ihn ein wenig im Dunkeln darüber gelassen, wie stark ihr seid, weil ich nicht wollte, dass er es mit den Vorkehrungen übertreibt. Er wird sich ein paar neue Halsabschneider suchen müssen, aber ich denke, damit wird er leben können.«

»Die Karte da drinnen ist nicht die echte?«, entfuhr es Isis. »Das ist unmöglich! Unsere Quellen –«

»Hast du wirklich vergessen, wie leicht es ist, andere zu manipulieren?«, fiel Arbogast ihr ins Wort. »Sie Dinge glauben zu lassen, die in Büchern stehen – oder die wir ihnen einreden? Wir wussten, dass ihr früher oder später hier auftauchen würdet, wenn wir Hinweise auf die Karte geschickt genug durchsickern lassen würden.«

Finnian sah aus, als läge der unsichtbare Strick noch immer um seine Kehle. Drei Monate, dachte Furia. Er ist drei Monate durch die Hölle gegangen für nichts und wieder nichts. Mit dem Ergebnis, dass Arbogast sie alle töten würde.

Über Finnians Züge huschte ein Ausdruck, den Furia fast für ein Lächeln hielt. Dann bemerkte sie, dass er weder sie noch Arbogast ansah. Stattdessen war sein Blick auf etwas fixiert, das sich draußen im mittleren Saal befand, hinter Isis' Lehrmeister und den Spuren des Gemetzels.

»Nicht!«, flüsterte er, als sie hinsehen wollte. Seine Hand schob sich warnend über ihre.

Arbogast hatte sich wieder an Isis gewandt. »Du warst meine Lieblingsschülerin. Du hast mich hintergangen und verraten, und dafür sollte ich dich vernichten. Aber ich bin nicht hier, um mit dir zu kämpfen. Ich brauche deine Hilfe, Isis, das ist der einzige Grund. Etwas ist –«

Ein heller, wilder Schrei übertönte seine Worte, dann schossen von der Decke zwei Gestalten auf Arbogast herab.

Zwei zornige Mädchen auf Bookboards.

11

Arbogast wirbelte herum und schleuderte den beiden einen mörderischen Druckstoß entgegen.

Summerbelle flog einen harten Schlenker, prallte gegen Cat und stieß sie aus der Bahn des Angriffs. Cat brüllte auf, verlor die Kontrolle über ihr Bookboard und verschwand hinter einer ausgestopften Teegesellschaft aus mannsgroßen Nagetieren.

Summerbelle selbst blieb nur eine Möglichkeit, dem Angriff zu entgehen. Im Flug sprang sie in die Höhe, schlug eine Rolle rückwärts und landete breitbeinig federnd am Boden. Das Buch aber raste weiter, geradewegs auf Arbogast zu, der es mit einer beiläufigen Bewegung auffing. Das Bookboard zuckte hilflos wie ein Vogel, als er es mit beiden Händen packte. Furia glaubte schon, er würde es zerreißen, doch dann drückte er die beiden Deckel sanft aufeinander und legte es vor sich am Boden ab, wo es reglos liegen blieb.

Das Getöse, mit dem die Ausläufer von Arbogasts Stoß die Glasdecke im Zentrum des zweiten Saals trafen, war ohrenbetäubend. Scheiben zerplatzten, und Scherben ergossen sich über die Exponate.

»Cat!« Finnian richtete sich schwankend auf.

Summerbelle eilte zu der Stelle, an der Cat abgestürzt war. Furia konnte nicht sehen, was danach aus den beiden wurde, denn eine Staubwolke nahm ihr die Sicht.

»Atticus«, sagte Isis beinahe bedächtig. »Lass sie gehen. Dann reden wir.«

Furia näherte sich dem Tor. »Ohne dich geh ich hier nicht weg.«

»Sei kein Dummkopf!«, erwiderte Isis, ohne ihren Blick von Arbogast zu nehmen.

Finnian rannte los.

»Atticus«, sagte Isis noch einmal mit mahnender Stimme.

Einen Moment lang war Furia sicher, Arbogast würde Finnian aufhalten, ihm die ganze Macht seines Seelenbuchs entgegenschleudern. Die beiden waren Todfeinde, es konnte gar nicht anders kommen. Doch nur Sekunden bevor Finnian das Tor erreichte, machte Arbogast eine einladende Handbewegung, als winke er ihn großzügig hinüber in den anderen Saal. Finnian passierte ihn wortlos und lief zu der Stelle, an der Cat und Summerbelle im Staub verschwunden waren.

»Was willst du?«, fragte Isis ihren einstigen Lehrer.

»Gib diesen Irrsinn auf und komm mit mir«, entgegnete Arbogast.

»Was ich hier tue, ist etwas, an das ich von ganzem Herzen glaube. Kannst du das von dir auch behaupten? Verschwendest du überhaupt je einen Gedanken daran? Oder geht es nur noch darum, den Häusern blind zu gehorchen?«

Im neunzehnten Jahrhundert, als sich die Akademie noch Scharlachsaal genannt hatte, hatte die Führungsriege der Bibliomanten aus fünf Familien bestanden. Die Antiquas und die Rosenkreutz waren verstoßen und nahezu ausgelöscht worden. Furias Vorfahren, die letzten Überlebenden der Rosenkreutz, waren nach England geflohen, in ein verborgenes Tal in den Cotswolds, und hatten unter dem Namen Faerfax ein neues Leben begonnen. Die drei übrigen Häuser – Cantos, Himmel und Lohenmut – hatten sich zur Adamitischen Akademie zusammengeschlossen, um fortan die Welt der Bibliomantik mit eisernen Regeln und Gesetzen zu regieren.

Atticus Arbogast verkörperte alles, was seither falsch gelaufen war. Er war der Vertreter einer Diktatur, die ihr Machtstreben hinter der harmlosen Liebe zu Büchern versteckte. Isis' Frage war durchaus berechtigt: Glaubte er selbst noch an die Ideale, mit denen Siebenstern einst angetreten war, um aus Büchern eine bessere Welt zu erschaffen? Ging es ihm überhaupt noch um das, was die Bibliomantik einmal bedeutet hatte? Oder waren seine eigenen Überzeugungen längst verblasst wie so vieles andere, das Siebenstern einmal aufgebaut hatte?

»Ich brauche deine Hilfe«, sagte er erneut zu Isis, als Furia neben sie trat.

»Meine Hilfe!« So, wie sie es betonte, klang es wie eine Beleidigung.

»Ich bitte dich nicht gern darum.«

Isis lachte ihn aus. »Denkst du, ich weiß nicht, dass du seit Monaten Jagd auf mich machst? Nicht alle meine Informanten sind verstummt. Und du hast jeden wissen lassen, dass du mich töten wirst für das, was ich getan habe.«

Er nickte bedächtig. »Ich habe es so gemeint, als ich es gesagt habe. Du bist eine Verräterin, Isis. In unserem Geschäft gibt es kein schlimmeres Vergehen, das weißt du so gut wie ich. Agenten, die die Seiten wechseln –«

»Ich bin keine Agentin mehr.«

Er musterte sie ein paar Herzschläge lang ohne ein Wort,

dann seufzte er leise. »Einiges hat sich verändert, seitdem du fort bist. Dinge sind in Bewegung geraten, die lange Zeit wie in Stein gemeißelt waren. Ich wollte dich nicht finden, um dich zu bestrafen.«

Drei Gestalten traten aus den Staubschwaden.

»Ich bin hier«, sagte Arbogast, »weil ich deine Unterstützung brauche.«

Cat humpelte leicht, aber sie ging aufrecht, gestützt von Finnian. Zumindest schien sie nicht schwer verletzt zu sein.

»Ich war wütend auf dich«, sagte Arbogast, als Isis weiterhin schwieg, »doch ich habe dich nicht gehasst. Hass ist töricht und kontraproduktiv. Du solltest dir bewusst sein, dass diese beschauliche kleine Rebellion, die deine Freunde angezettelt haben, zum Scheitern verurteilt ist. Und du wirst mit ihnen scheitern, wenn du diese letzte Chance nicht ergreifst.«

Furia sah, dass Summerbelle ihr Seelenbuch öffnete. Mit einem warnenden Blick wollte sie sie davon abhalten, einen erneuten Angriff auf Arbogast zu starten; diesmal würde der Agent sie zweifellos töten. Wahrscheinlich spürte er längst, was sich hinter seinem Rücken zusammenbraute.

Furia machte sich innerlich bereit, Summerbelle zu Hilfe zu kommen. Das Schnabelbuch schnurrte, als es bemerkte, wie sie sich spannte.

Doch da berührte Finnian Summerbelle am Arm und schüttelte sachte den Kopf. Furia begriff, warum er das tat: Finnian wollte wissen, wie Isis auf das Angebot reagierte. Hatte er nach all den Monaten wirklich so wenig Vertrauen zu ihr?

»Das hier bist doch nicht du«, sagte Arbogast auf eine ruhige, fast liebevolle Weise, die Furia einen Schauder über den Rücken jagte. »Du warst meine beste Agentin. Du hast den Aufstand im Ravenscourt-Refugium fast im Alleingang niedergeschlagen. Und den Kampf um Jardin Dumas? Hast du unseren Triumph vergessen?«

Von alldem hatte Furia nie gehört. Die Akademie hatte stets abgestritten, dass es Aufstände gegen ihre Regierung gab. Doch was Arbogast da aufzählte, waren zweifellos Einsätze gegen die Bevölkerung einzelner Refugien.

»Erst lässt du sie gehen.« Isis' Stimme klang, als rieben Eisberge aneinander. »Dann reden wir über das, was du von mir willst.«

»Nein!« Furia packte sie am Arm. »Lass dich nicht darauf ein! Er lügt dich an und –«

Isis schüttelte den Kopf. »Bisher hat er mit jedem Wort die Wahrheit gesagt.«

»Es hat Gerüchte gegeben über Jardin Dumas«, sagte Summerbelle.

»Und über Ravenscourt«, ergänzte Finnian grimmig. Cat an seiner Seite wirkte noch immer geschwächt, aber sie sah aufmerksam von einem zum anderen.

Isis' Augen blitzten, als sie Furia einen Blick zuwarf. »Nimm deine Freunde und geh! Öffnet ein Tor und verschwindet von hier!«

»Sie sind auch deine Freunde«, entgegnete Furia.

Finnian, Cat und Summerbelle waren keine zehn Schritte hinter Arbogast stehen geblieben.

»Ich brauche deine Hilfe«, sagte der Agent abermals zu Isis. »Wenn du mir zuhörst, wirst du es verstehen. Es geht um so viel mehr als das hier.« Meinte er die Trümmer von Marduks Sammlung? Vielleicht ganz Libropolis?

»Isis, bitte!«, flehte Furia.

»Haut endlich ab!«, fuhr Isis sie an.

Arbogast schenkte Furia einen herablassenden Blick. »Du solltest tun, was sie sagt, junge Dame. Sonst komme ich vielleicht auf die Idee, dass ich doch noch deinen Namen herausfinden möchte. Und die von allen Menschen, die dir etwas bedeuten.«

Vorsichtig tastete Furia nach ihrem Seelenbuch, um diesen Mann mit allem anzugreifen, was sie aufbringen konnte.

»Geht!«, befahl er. »Und ich sage das nur noch dieses eine Mal.«

»Er schenkt euch euer Leben«, sagte Isis. »Wirf deines nicht weg, Furia.«

Summerbelle streckte Furia eine Hand entgegen. »Komm her.«

Tränen brannten in ihren Augen. Was immer damals in Ravenscourt und Jardin Dumas geschehen war, war lange her. Isis war eine andere geworden. Sobald sich ihre Kräfte regeneriert hätten, würde sie mächtiger sein als dieser scheußliche alte Mann. Wieso glaubten die anderen, sie könnte abermals die Seiten wechseln, nur um –

Und dann verstand sie es.

Um *sie* zu retten. Auch die drei anderen, aber insbesondere Furia.

»Tu das nicht für uns«, flüsterte sie und berührte im Vorbeigehen Isis' Hand. »Nicht für mich.«

»Furia, komm jetzt.« Das war Cat. Sogar sie hatte die Niederlage akzeptiert. Cat, die sich sonst niemals geschlagen gab. »Lass uns gehen.«

Wie eine Schlafwandlerin ging Furia an Arbogast vorbei und spürte, wie das Schnabelbuch an ihrer Hand knibbelte, um sie zu beruhigen. Glasscherben knirschten unter ihren Sohlen, als sie über tote Männer stieg, die keine Chance gegen Atticus Arbogast gehabt hatten. So wie sie alle.

Summerbelle öffnete ein Tor für sich und Finnian, Furia ein zweites, um mit Cat hindurchzugehen. In wenigen Augenblicken würden sie in der unterirdischen Bibliothek der Residenz stehen, in einem anderen Refugium, eine Welt entfernt von Isis, die dann ganz auf sich allein gestellt sein würde.

Ein letztes Mal blickte Furia zu ihr zurück, während neben ihr violettes Licht erstrahlte. Summerbelle und Finnian verblassten bereits. Noch einmal zögerte sie, doch Cat ergriff ihre linke Hand. Das Schnabelbuch öffnete sich in ihrer Rechten, stellte eine Seite aufrecht, teilte die Lagen des Papiers. Alles ohne ihr Zutun.

Isis warf ihr einen Blick zu, den sie nicht deuten konnte. Vielleicht hatte sie auch nur Angst vor einer letzten, sehr viel größeren Niederlage.

Sie konzentrierte sich auf das Seitenherz. Tore zu öffnen war schwierig. Diesmal blieb ihr keine Zeit für Selbstzweifel.

Das violette Licht brach aus dem Inneren der Seite hervor, spiegelte sich in Cats Augen, umhüllte sie beide und riss sie fort.

12

Sie stürzten durch die Leere zwischen den Seiten der Welt, und bald wurde Furia klar, dass es zu lange dauerte.

Die ersten Sekunden waren stets die schlimmsten, ganz gleich, ob sie einen Sprung innerhalb der normalen Welt vollzog oder ein Tor zwischen den Refugien öffnete. Tore kosteten mehr Kraft als Sprünge, und am Ende der Reise durften nur Orte liegen, an denen der Bibliomant sich schon einmal aufgehalten hatte. Anders als beim Sprung war kein identisches Buch vonnöten, das am Ziel bereitlag. Doch ob nun Sprung oder Tor – beiden gemein war ein Sturz durch die Seiten der Welt, durch ein bibliomantisches Nirgendwo wie das Vakuum zwischen den Sternen.

Stets begann es mit dem Gefühl, der Körper löse sich in seine Bestandteile auf. Manchmal sah Furia sich selbst wie einen Schemen davonhuschen und fürchtete, sich nicht mehr einholen zu können.

Sie hatte Cat aus den Augen verloren und spürte doch, dass sie noch ganz in der Nähe war, so als vermischten sich ihre Moleküle, während sie Libropolis verließen, um erst unterwegs wieder zu zwei getrennten Körpern zu werden.

Ihr Verstand versuchte, den unbegreiflichen Vorgang der Auflösung zu erfassen, ihm Formen und Farben zu geben. Manchmal sah sie die Seiten der Welt wie halbtransparente

Wände vor sich, beschrieben mit Buchstaben so groß wie Berge. Dann wieder war da nur ein Nebel aus violetten Lichtpunkten, als wäre sie in den Funkenflug eines gewaltigen Feuers geraten.

Erst nach einigen Augenblicken klärten sich die wirren Eindrücke, das Chaos gerann zu einer festen Umgebung: Während sie tiefer und tiefer fiel, entdeckte sie gigantische Netze, strukturiert wie Libellenflügel, die sich als geraffte Vorhänge aus der Leere schälten. Goldschimmernde Faltenwürfe reichten weit in den Abgrund hinab und gaben der Tiefe ein vages Gefühl von Räumlichkeit. Die Netze schienen fast alle unerreichbar, Wände eines titanischen Schachts, durch den sie mit aberwitziger Geschwindigkeit stürzte; dann wieder war eines unvermittelt so nah, dass Furia es auf ihrer Haut zu spüren glaubte wie Spinnweben im Altweibersommer.

Mittlerweile wusste sie, dass die Wahrnehmung dieser Netze erst einsetzte, wenn sie sich an den Sturz gewöhnt hatte, wenn aus dem mörderischen Fallen das Gefühl schwerelosen Schwebens wurde, weil unter ihr kein Boden zu sehen war. Es gab keinen spürbaren Gegenwind, kein Flattern der Haare, nicht mal ein Rauschen in den Ohren.

Nachdem sich die Umgebung verfestigt hatte – ein ganzes Universum aus nebelhaften, goldenen Netzen –, sah sie auch Cat wieder. Sie schwebte bäuchlings neben ihr in der Leere wie ein Fallschirmspringer, der jeden Augenblick die Reißleine ziehen würde. Die Beine in den rot-weiß gestreiften Leggings hatte sie leicht angewinkelt, ihre Arme abgespreizt. Furia hielt noch immer ihre Hand, aber das war nur eine Geste. Sie hatten diese Reise gemeinsam begonnen und würden sie auch gemeinsam beenden, weil eine Trennung während des Sturzes unmöglich war: Nahm ein Bibliomant einen normalen Menschen mit durch ein Tor, so blieben sie bis zum Ziel eine Einheit. Es sei denn, sie wurden gewaltsam getrennt.

»Müssten wir nicht bald ankommen?«, rief Cat.

»Ja. Müssten wir.«

Da es zwischen den Seiten der Welt kaum Geräusche gab, brauchte man nicht zu brüllen, um sich verständlich zu machen. Aber Cat war keine Bibliomantin, und obgleich sie schon einige Sprünge unternommen und manches Tor zwischen den Refugien durchquert hatte, würde sie sich wohl niemals an diesen Zustand gewöhnen. Selbst Furia fiel es trotz aller Übung an manchen Tagen schwerer als an anderen.

Sie hätte sich ernsthaft Gedanken machen müssen über das, was Cat sagte. Ihr Vater hatte sie vor den Unwägbarkeiten bibliomantischer Reisen gewarnt, genau wie Summerbelle. Nach allem, was vorhin geschehen war, mochte sie einen Fehler gemacht haben. Irgendeine dumme Nachlässigkeit, die nun dafür sorgen würde, dass Cat und sie bis in alle Ewigkeit in diesen Abgrund stürzten, vergessen zwischen den Seiten der Welt wie gepresstes Laub in einem alten Buch.

»Hey!«, rief Cat und deutete schräg nach unten. »Siehst du das?«

Furia blinzelte in den wabernden Goldglanz. Sie wollte gerade den Kopf schütteln, als sie die dunklen Punkte entdeckte. Da schwebten noch andere über dem Abgrund, stürzten durch die Leere oder – nein, sie fielen nicht. Sie hingen in den gerafften Netzen wie Spinnen in den Falten eines Vorhangs, klammerten sich daran fest, kletterten aufwärts.

»Sind das Menschen?«, fragte Cat.

»Schwer zu sagen.«

»Die sind verdammt schnell. So als hätten sie Übung darin.«

Furia kniff die Augen zusammen, um die Gestalten besser erkennen zu können. Es waren viele, mindestens zwanzig. »Es gibt Leute, die zwischen den Seiten der Welt leben. Aussteiger. Buchsüchtige.«

Jetzt fühlte Furia etwas. Das da unten waren keine Bibliomanten, aber sie spürte, dass diese Wesen von Bibliomantik berührt und gezeichnet waren. Ihre Bewegungen waren nicht menschlich, bestenfalls menschenähnlich. Einige schlängelten sich in flinkem Zickzack durch die Maschen der Netze wie Eidechsen über eine Mauer.

Das Wissen um die Geschwindigkeit des Sturzes war mit einem Mal wieder da, das Albtraumgefühl eines nimmer endenden Fallens. Furia wurde eiskalt, als sie die Wahrheit erkannte.

»Tintlinge«, flüsterte sie.

Cats Gesicht blieb ausdruckslos. »Großer Goethe!«

»Den hast du nie gelesen!«

»Aber ich mag, wie das klingt.«

Sie waren noch immer ein gutes Stück von dem wimmelnden Schwarm entfernt. Die Wesen verfielen in rhythmische Bewegung, reckten die Oberkörper, sanken wieder in sich zusammen. Nach einigen Wiederholungen begriff Furia, was sie taten: Sie brachten das Netz in Schwingung, ließen es vor- und zurückschaukeln, damit es in die Bahn der fallenden Mädchen geriet. Einige hoben die Köpfe und blickten ihnen entgegen.

Ihr brach eiskalter Schweiß aus. »Du hast von den Tintlingen gehört, oder?«

Cat verzog das Gesicht. »Nicht viel. Unsere Leute haben in den Nachtrefugien gegen sie gekämpft. Ein paar von ihnen sind zwischen die Seiten entkommen.«

»Mein Vater hat sie erwähnt, aber nie was Genaues erzählt. Er meinte, wir Kinder würden sonst Albträume bekommen.«

»Das ist alles?«

»Sie töten uns. Aber erst, wenn sie alles andere mit uns angestellt haben, das ihnen gefällt.«

»Sind sie schlau?«

»Kreativ.«

Cat wurde blass und schwieg.

Die Akademie hatte ein Schreibverbot über die Vorgänge in den Nachtrefugien verhängt, in vier Jahrzehnten war offiziell kein Buch über den Krieg erschienen. Vermutlich gab es geheime Veröffentlichungen, verkauft unter den Ladentischen von Libropolis, aber keine davon hatte den Weg in die Residenz gefunden. Nicht in die Regale, die Furia kannte. Vielleicht hätte sie Celestian, Isis' Stiefvater, genauer zuhören sollen, wenn er seine alten Kriegsgeschichten zum Besten gab. Doch selbst er hatte kaum von den Tintlingen gesprochen. Ganz gewiss nicht von dem, was sie mit Menschen anstellten, die ihnen in die Klauen fielen. Manche Erinnerungen waren selbst für einen Veteranen der Nachtrefugien zu schmerzhaft.

Furia und Cat stürzten weiterhin mit rasender Geschwindigkeit. Die Entfernung zu der Stelle, an der die Tintlinge sie erwarteten, schrumpfte mit jeder Sekunde. Nicht mehr lange, dann würden sie auf einer Höhe mit ihnen sein.

»Weißt du, was das Schlimmste ist?«, fragte Cat

»Dass wir sterben werden?«

»Ich konnte Finnian nicht mal sagen, wie froh ich bin, ihn wiederzusehen. Alles, was ich gesagt habe, war: *Ich glaube, ich hab mir den Hintern gebrochen*. Wie ich ihn kenne, wird er das in seiner Trauerrede erwähnen.«

»Sieh's positiv: Wenn die Tintlinge uns foltern und fressen, werden alle das nur noch halb so peinlich finden.«

Die Gestalten hatten das Netz jetzt so weit ins Schaukeln gebracht, dass Furia und Cat es streifen würden, wenn sie weiter nach unten fielen. Offenbar hatten die Tintlinge Übung darin, Reisende auf diese Weise abzufangen. Das Gespinst entfernte sich, kam wieder näher, entfernte sich und schwang zurück.

»Die machen das nicht zum ersten Mal.«

Furia spreizte ihre Arme und Beine noch weiter, um den Sturz zu steuern. Irgendwas machte sie falsch, denn sie überschlug sich, drehte sich zweimal um sich selbst und fiel mit einem Mal rückwärts, den Körper halb zusammengeklappt. Cat packte ihre Hand, zog sie am Arm zu sich heran und half ihr, sich wieder umzudrehen, unbeholfen wie Astronauten in der Schwerelosigkeit.

»Kannst du uns von hier wegbringen?«, fragte sie atemlos. »Ein zweites Tor öffnen, egal wohin?«

Furia schüttelte den Kopf. »Ich hab das noch nie gemacht. Ich bin nicht mal sicher, ob das überhaupt geht.«

In ihrer rechten Hand hielt sie noch immer ihr Seelenbuch. Der Schnabel hatte sich in ihrem Ärmel verbissen. Jetzt gab er gurgelnde Geräusche von sich: Er wollte etwas sagen, ohne den Schnabel zu öffnen.

»Hnghng-hng.«

»Was?«

»Hngeht Hngon.«

»Sprich deutlicher!«

Er löste sich widerstrebend von ihr, feuerte zwei Silben ab – »*Geht schon!*« – und biss sich sofort wieder fest.

»Na, also!«, rief Cat herüber. »Versuch es!«

Die Tintlinge kletterten nicht mehr umher. Alle hoben und senkten ihre Oberkörper im selben stummen Rhythmus. Aus den dunklen Strichfiguren wurden allmählich entstellte Gestalten mit scheckiger Haut, bedeckt von schwarzen und dunkelblauen Flecken, zerfasert wie Farbschlieren in Wasser. Aus diesem Grund hatten die Bibliomanten sie Tintlinge genannt, als sie in den Nachtrefugien zum ersten Mal auf sie gestoßen waren. Sie waren gnadenlose Sklaven eines Feindes, über den noch weniger bekannt war als über seine Kreaturen.

Nachdem die Tintlinge zurückgeschlagen worden waren, hatten die Bibliomanten die Nachtrefugien verlassen und alle Zugänge zerstört. Als Isis vor einem halben Jahr ein Tor dorthin geöffnet hatte, um Siebenstern in die Verbannung zu schicken, war das eine enorme Demonstration ihrer Macht gewesen, weit größer, als Furia damals erkannt hatte. Kaum jemand sonst hätte so etwas fertiggebracht.

Das Netz schwang auf sie zu. Und zurück.

Und wieder vor.

»Mach was!« Cats Stimme überschlug sich fast.

»Hng-hng-hnghng«, nuschelte das Buch.

Fluchend ließ Furia Cats Hand los und zerrte den Schnabel von ihrem Ärmel. »Nun sag mir schon, was ich tun soll! Und deutlich!«

»Gar nichts!«, schrie das Schnabelbuch.

Das Netz schwebte erneut heran. In ein paar Sekunden würden sie auf Höhe des Schwarms sein. Die ersten Tintlinge streckten bereits die Arme nach ihnen aus. Jetzt konnte Furia ihre entsetzlichen Gesichter erkennen.

»Nichts?«, fragte Furia perplex. »Du sollst –«

Plötzlich spürte sie es. Das Ziehen und Reißen in ihrem Inneren, die Trennung von Körper und Geist, zugleich das Verschmelzen mit Cat an ihrer Seite.

»Wir sind –«, war das Letzte, was sie hörte: die krächzende Stimme des Schnabelbuchs.

Dann Stille.

Das violette Licht glühte auf, umhüllte sie wie eine Blase. Durch seinen Schein sah sie die Tintlinge näher kommen, zwanzig, vielleicht dreißig, die Arme emporgereckt, die schwarzen Münder aufgerissen.

Dann ein irrwitziger Wechsel von Licht zu Dunkelheit – gefolgt von einer harten Landung auf Stein. Cat schrie auf, das Schnabelbuch noch lauter. Nur Furia brachte keinen Ton heraus.

Neben ihr schälte sich der Schemen eines übervollen Bücherregals aus dem Zwielicht. Sie erkannte den Geruch, den allerbesten, noch ehe ihr Verstand Entwarnung gab.

Sie waren am Ziel, daheim, zurück in der Bibliothek des Hauses Faerfax.

13

Im Schein einer nackten Glühbirne versuchte Furia, ihren Puls zu kontrollieren. Einatmen. Ausatmen. Ein und aus.

Sie sah die Tintlinge noch immer vor sich. Ihre entstellten Fratzen. Ihre schwarzblauen, ausgezehrten Körper. Menschlich und doch nicht. Sie schloss die Augen und schüttelte den Kopf, aber die Bilder stürmten nur noch heftiger auf sie ein. Das Netz schwang erneut auf sie zu, die ausgestreckten Klauen der Wesen in den Maschen, ihre Zahnstümpfe und kohlschwarzen Zungen.

Sie riss ihre Augenlider auf in der Hoffnung, dass die Gegenwart die Erinnerungen fortschwemmte. Ihr Blick fiel auf die oberen Reihen des Bücherregals. Sie lag auf dem Rücken, über sich die Glühbirne, rechts und links von ihr Regale. Die Gerüche des Papiers, des Leders und der Geschichten waren wie eine warme Decke, die sie einhüllte und willkommen hieß.

»Du hast es geschafft!« Eine vertraute Stimme, ganz nah – und da erst wurde Furia klar, dass ihr Hinterkopf auf Cats Oberschenkel ruhte. Sie tupfte Furia mit dem Ärmel kalten Schweiß von der Stirn.

Etwas zwickte Furia in die Lende.

»Ich bin hier«, ertönte es dumpf. »Höchst unwürdig, das Ganze.« Die Stimme des Schnabelbuchs klang weinerlich. »Das hab ich nicht verdient! Nicht nach all der Plackerei!«

Furia versuchte, sich aufzusetzen. Ihr war schwindelig und übel. Cat stützte sie an den Schultern.

»Hey!«, rief das Schnabelbuch. »Du *sitzt* auf mir, Herrschaftszeiten nochmal!«

Sie tastete an sich hinunter, bekam eine Ecke des kleinen roten Buchs zu fassen und zog es unter sich hervor. Der Halsrüssel schwankte wie eine alte Jungfer am Rande der Ohnmacht.

»Entschuldige«, sagte Furia. »War keine Absicht.«

Pikiert grummelte das Buch vor sich hin.

»Wie geht's dir?«, fragte Cat.

Der Schnabel schoss vor wie ein Springteufel. »Wie soll's mir schon gehen? Lieg du mal unter einem Gesäß, dem elenden Erstickungstod preisgegeben, vergessen von allen –«

»Nicht *dir*!«, fiel Cat ihm ins Wort und drehte die benommene Furia sanft zu sich herum. »Dich meine ich.«

»Wird schon wieder. Ich weiß nicht, warum mich das so umgehauen hat.«

»Das ist ganz normal«, meldete sich jemand zu Wort, der sich hinter Cat in dem engen Korridor befand. »Zu viel Bibliomantik in zu kurzer Zeit.«

Cat rückte ein Stück zur Seite und gab den Blick frei auf Summerbelle. Sie lag ebenfalls am Boden, hatte ein Knie angezogen und den Hinterkopf auf Finnians Schoß gelegt. Ihr langes weißes Haar war wirr über seine Beine und den Boden gebreitet. Die beiden mussten kurz vorher angekommen sein.

»Habt ihr sie auch gesehen?«, fragte Furia mit trockener Stimme.

Summerbelle stützte sich auf die Ellbogen. Finnian rutschte ein Stück von ihr ab, weil er Cats eifersüchtigen Blick bemerkt haben musste. Ehe Summerbelle etwas auf Furias Frage erwidern konnte, stand Finnian auf und kam zu Cat herüber, ging neben ihr in die Hocke und zog sie an sich. »Gut, dass ihr hier seid«, sagte er sanft.

»Wen gesehen?«, fragte Summerbelle.

»Tintlinge. Eine ganze Menge sogar.«

Finnian und die Bibliomantin wechselten einen Blick. »Nein«, sagte Summerbelle kopfschüttelnd. »Tintlinge? Seid ihr ganz sicher? Angeblich sind ewig keine mehr gesichtet worden.«

»Ich wüsste nicht, was sie sonst gewesen sein könnten.«

»Hässliche Mistviecher«, sagte Cat, »mit blauschwarzer Haut. Wie eine Zunge, wenn man auf eine Füllerpatrone gebissen hat.«

»Sie hätten uns fast erwischt.« Furia strich stolz über den Schnabel ihres Seelenbuchs. »Aber wir waren schneller.«

»Ratzfatz weg!«, rief das Buch. »Um *ein* Haar mit dem Leben davongekommen!«

Furia hob es lächelnd auf ihren Schoß. »Du hast es ihnen gezeigt!«

»Und du!« Der Schnabel stupste zärtlich gegen ihre Nasenspitze.

Sie befanden sich im vorderen Gang der Bibliothek, nur wenige Yards von der eisernen Eingangstür entfernt. Das Schott wies seit vielen Jahren eine deutliche Beule nach außen auf. Der Korridor war schmal und führte von hier aus viele Meilen tief in den Fels, verzweigte sich zahllose Male und bildete ein düsteres Labyrinth aus Tunneln voller Bücher. Die freigesetzte Bibliomantik hatte diesen Ort zu einem eigenen Refugium gemacht.

Einst waren dies die Katakomben einer römischen Villa gewesen, idyllisch in den Cotswolds gelegen, einer grünen Hügelgegend im Süden Englands. Erst Furias Vorfahren hatten mit Hilfe mächtiger Bibliomantik eine Bibliothek daraus gemacht, die seither von selbst neue Auswüchse ins Gestein trieb und sich auf wundersame Weise mit Büchern füllte.

Furia hatte viele dieser Gänge erkundet und kannte doch nur einen Bruchteil von ihnen. Im Hauptkorridor baumelten Glühbirnen an Kabeln von der Steindecke. Alle übrigen Tunnel lagen im Dunkeln.

»Warum holt uns keiner hier raus?« Cat deutete auf das Eisenschott. »Wissen die anderen, dass wir wieder da sind?«

Der Zugang zur Bibliothek befand sich in einem Kellerraum der Residenz und ließ sich aus Sicherheitsgründen nur von außen öffnen. Ariel, der Anführer der Exlibri, die im Haus Faerfax Unterschlupf gefunden hatten, hatte auf der anderen Seite Wächter postiert. Eine ihrer Aufgaben war es, Heimkehrer herauszulassen.

Furia schaute zu Summerbelle hinüber. »Habt ihr ihnen das Signal gegeben?«

»Noch nicht.«

Neben der Tür lag ein Hammer bereit. Ein paar Schläge gegen das Eisen würden die Wachtposten über ihre Rückkehr in Kenntnis setzen.

»Warte noch«, sagte Finnian, als Furia aufstehen wollte. Er und Summerbelle sahen einander an.

Cat runzelte die Stirn. »Was ist los?«

Ein Origami, das auf einem der Regale Staub fraß, blickte kurz auf. Seit Furias Sieg über den Schimmelrochen hatten sich die meisten Origamis wieder in die Tiefen der Bibliothek zurückgezogen. Nur vereinzelt ließen sich ein paar so nah am Portal blicken.

»Wir sollten uns vielleicht erst mal auf eine Geschichte einigen«, sagte Summerbelle. »Über das, was da eben passiert ist. Mit Isis.«

»Einigen?« Furia schob ihr Seelenbuch in eine Oberschenkeltasche ihrer Hose. »Worauf müssen wir uns da einigen? Wir waren alle dabei.«

»Sie hat uns verraten«, sagte Finnian. »Auch wenn dir das nicht gefällt.«

»Sie hat uns *gerettet*!«

»Warum hat sie dann nicht wenigstens versucht, gegen Arbogast zu kämpfen?«

»Vielleicht um uns nicht in Gefahr zu bringen?«

»Weißt du, Furia«, sagte Summerbelle, »Isis war einverstanden, dass wir mit ihr in Marduks Hauptquartier einbrechen. Als ob es ihr je Kopfzerbrechen bereitet hätte, einen von uns in Gefahr zu bringen.«

»Ich hab Marduk Dinge tun sehen, von denen ihr nichts wissen wollt«, sagte Finnian. »Und Isis hat davon schon vorher gewusst. Erzähl mir also nicht, die Sorge um uns hätte ihr zugesetzt.«

Cat musterte ihn stumm. Kummer über das, was er hatte durchmachen müssen, stand ihr ins Gesicht geschrieben, aber auch Verärgerung darüber, dass er und Summerbelle sich verbündet hatten.

Furia bemühte sich um einen versöhnlicheren Ton. »Uns allen war doch klar, auf was wir uns einlassen.« Sie wollte nicht kleinreden, was Finnian im letzten Vierteljahr erlebt hatte, und doch war es ihr wichtiger, Isis nicht für etwas zu verdammen, das sie nicht zu verantworten hatte. »Jeder von uns war einverstanden damit, dort reinzugehen und die verfluchte Karte herauszuholen.«

»Eine Karte, die nie dort gewesen ist«, gab Summerbelle zu bedenken.

»Was willst du denn damit sagen?«

»Wir müssen zumindest in Betracht ziehen, dass Isis davon gewusst hat.«

»Schwachsinn!«

Summerbelle stand auf und stützte sich an einem Regal ab. »Sie hat nicht besonders überrascht ausgesehen. Ist dir das nicht aufgefallen?«

Furia erhob sich ebenfalls, allerdings eine Spur zu schnell, und geriet prompt ins Taumeln. Cat hielt sie am Arm fest, aber Furia schüttelte sie ungehalten ab. »Ihr könnt doch nicht wirklich glauben, dass Isis uns verraten hat! Nach der ganzen Zeit und allem, was sie für uns getan hat?«

Wieder tauschten Summerbelle und Finnian einen Blick. Die vertrauten Gesten der beiden machten Furia mittlerweile ebenso rasend wie Cat, wenn auch aus anderen Gründen.

»Arbogast war wegen ihr dort«, sagte Summerbelle. »Das hat er selbst gesagt. Aus irgendeinem Grund liegt ihm noch immer so viel an Isis, dass er uns hat laufenlassen. Sogar Finnian, nach dem seit Monaten gefahndet wird. Und Arbogast soll das gleichgültig sein, einzig und allein, um an Isis heranzukommen? Findest du das nicht auch ein kleines bisschen merkwürdig?«

Ein Teil von ihr versuchte, Summerbelles Argumente objektiv zu betrachten. Ihnen zumindest eine Chance zu geben. Doch der weitaus größere Teil von ihr platzte fast vor Wut. »Isis hat sechs Monate lang mit uns unter einem Dach gelebt. Sie hat –«

»Sie war ziemlich oft allein in London«, unterbrach Finnian sie.

»Weil ihr Vater dort lebt – der uns übrigens alle mit seinem Geld über Wasser hält! Herrgott, Finnian!«

»Jahrelang wollte sie keinen Kontakt zu ihm. Und plötzlich besucht sie ihn – wie oft? Einmal pro Woche?«

»Und das ist ganz allein ihre Sache.« Furia sah, dass er widersprechen wollte, aber sie fuhr ihm kurzerhand über den Mund: »Mal ganz davon abgesehen: Wenn sie wirklich mit Arbogast unter einer Decke steckt, wieso dann das alles? Sie hätte ihm eine Nachricht schicken und ihn heimlich treffen können.«

»Vielleicht war sie noch nicht so weit«, sagte Summerbelle. »Vielleicht hat sie sich Schritt für Schritt von uns abgewandt.«

»Und was hat sie eurer Meinung nach in London getrieben?«

»In London – oder in Libropolis«, sagte Finnian. »Sie könnte dort Erkundigungen über die Lage eingeholt haben. Möglicherweise hat sie Arbogast wissen lassen, was wir vorhaben. Bin ich wirklich der Einzige, dem die Sache mit dem Origami seltsam vorkommt? Arbogast will eines abgefangen und zu ihr zurückverfolgt haben? Etwa zwischen den Seiten der Welt?«

Summerbelle rümpfte die Nase. »Völlig undenkbar ist das nicht. Aber auch nicht gerade einfach.«

»Er ist der beste Agent der Akademie!«, entgegnete Furia. »Woher sollen wir wissen, wozu er in der Lage ist?«

Cat blickte schweigend von einem zum anderen, als könnte sie nicht fassen, dass dieser Streit gerade jetzt ausbrach, nach allem, was sie heute durchgemacht hatten. Auch Furia fand das absurd, aber sie würde nicht zulassen, dass Summerbelle und Finnian Ariel ihre Geschichte von Isis' Verrat auftischten. Isis war unter den Exlibri, die sich in der Residenz versteckt hielten, bis heute umstritten. Viele konnten ihr nicht verzeihen, dass sie einst abtrünnige Exlibri gejagt hatte; bei ihnen würde der Verdacht auf fruchtbaren Boden fallen. Die Sache konnte schnell zum Selbstläufer werden, und schon bald würde keiner mehr nach Beweisen fragen. Die Leute glaubten, was sie glauben wollten – das zumindest hatte sie nach einem halben Jahr des Zusammenlebens mit so vielen Frauen und Männern gelernt.

»Isis hat uns nicht verraten«, sagte sie aus tiefster Überzeugung.

»Nur weil du es nicht wahrhaben willst?«

»Ich glaube keine Sekunde daran, dass sie uns in den Rücken fallen würde.« Furia drängte sich an den anderen vorbei zur Eisentür. Sie hob den schweren Hammer auf und wog ihn in der Hand. Bevor sie damit gegen das Schott schlug, drehte sie sich noch einmal zu Finnian und Summerbelle um. Cat saß hinter den beiden wie ein Häuflein Elend. Zum ersten Mal, seit sie sich kannten, erlebte Furia sie sprachlos.

»Erzählt Ariel, was ihr wollt. Aber erwartet nicht, dass ich dabeistehe und den Mund halte.« Sie holte mit dem Hammer aus. »Ihr seid im Unrecht, und ihr macht einen schlimmen Fehler.«

14

Auch viele Meilen entfernt, weit weg von England, der Residenz und ihren neuen Bewohnern, wurde heftig gestritten. Die Mitglieder des Hauses Himmel saßen beim Abendessen, und wie so oft trat die Abneigung, die sie einander entgegenbrachten, offen zutage.

Rachelle Himmel stocherte in einem Stück Blumenkohl auf ihrem Teller. Nicht mal das würde sie hinunterbekommen. Ihr verging verlässlich der Appetit, wenn ihr Vater zu einer seiner Tiraden ausholte, wie mittlerweile bei jeder gemeinsamen Mahlzeit. Abends war es besonders schlimm, dann hatte er meist schon im Weinkeller eine Flasche ausgetrunken und leerte während des Essens die zweite.

Rachelles Bruder Veit saß ihr an der langen Tafel gegenüber und hatte demonstrativ sein Silberbesteck abgelegt. Er war ein Jahr älter als sie, zwanzig, und er war gut darin, den Eindruck zu vermitteln, dass ihn tatsächlich interessierte, was sein Vater zu sagen hatte. Veit war groß, blond und auf eine gefährliche Weise gutaussehend; gefährlich, weil stets die falschen, die netten Mädchen für ihn schwärmten.

Rachelle und Veit waren die einzigen Personen in dem weitläufigen Esszimmer, die einander mochten. Vielleicht aus der Not heraus – ihr Vater verachtete sie beide –, vielleicht auch nur, weil sie das Gefühl hatten, keine Wahl zu haben. Von anderen hatten sie in diesem Haus schon lange keine Liebe mehr erfahren. Seit Baron Friedrich Himmel vor Jahren seine Frau, ihre Mutter, davongejagt hatte, war die Atmosphäre in dem alten Gemäuer so kalt und giftig wie die des Saturn.

Der Baron saß am Kopf der Tafel, drei Yards von Rachelle und Veit entfernt, und hielt eine Rede über die Nichtsnutzigkeit der nächsten Generation im Allgemeinen und die seiner beiden ältesten Kinder im Besonderen. Seine Monologe drehten sich stets um dieselben Themen: Enttäuschungen, Irrwege und der Niedergang der Familie. Allein der Wortlaut änderte sich zuweilen. Alte Vorhaltungen wurden gegen neue ausgetauscht, die Ziele von einst wichen Plänen ohne Sinn und Verstand. Nur seine Paranoia blieb verlässlicher Teil der Tagesordnung.

Am anderen Ende der Tafel saß das vierte Mitglied der Familie: Rachelles und Veits Großmutter Constanze – wie üblich ganz in Schwarz, mit hochgestecktem grauen Haar. Sie hatte mit ihren neunundsiebzig Jahren zahllose Streitgespräche an diesem Tisch miterlebt und ein feines Gespür dafür entwickelt, wann es ratsam war, den Redefluss ihres Sohnes Friedrich zu unterbrechen oder sich lieber in Schweigen zu hüllen. Die Baronin war einst eine vollendete Bibliomantin gewesen, mächtiger als der Rest der Familie. Doch seit ihr Augenlicht nachließ, verlor sie nach und nach die Fähigkeit, ihre Kräfte einzusetzen.

Rachelle und Veit hatten schon früh die eindrucksvollsten Geschichten über ihre Großmutter gehört. Das Gerücht, sie habe im Mutterleib selbst entschieden, zur Frau zu werden, war wenig glaubhaft, aber fester Bestandteil der Familienfolklore. Dass sie bei der Geburt bereits hatte lesen können, war hingegen schriftlich dokumentiert. Ebenso wie die Tatsache, dass ihr Seelenbuch sie gefunden hatte, als sie erst neun gewesen war.

Dass ausgerechnet sie allmählich erblindete, war eine bittere Fußnote ihres Mythos. Ihr Augenleiden relativierte einige der anderen Legenden über sie und weckte in Rachelle ein heimliches Gefühl von Genugtuung. Die alte Baronin war ihr so oft als leuchtendes Vorbild vorgehalten worden, dass sie gar nicht anders konnte, als ihren Verfall mit einer gewissen Schadenfreude zu verfolgen.

Nur das dritte Kind des Barons, seine jüngste Tochter, blieb von Schuldzuweisungen verschont: Pandora weigerte sich, an den gemeinsamen Essen teilzunehmen – und für gewöhnlich erhob niemand Einwände dagegen. Der Baron vergötterte die hübsche Elfjährige auf wirrköpfige Weise und ließ ihr alle Halsstarrigkeiten durchgehen. Pandora war ohne bibliomantische Fähigkeit zur Welt gekommen. Dabei verbrachte sie die meiste Zeit in der Bibliothek und verschlang selbst schwierigste Gesamtausgaben.

Auch an diesem Abend saß Pandora nicht an der Tafel. Und aus Gründen, die nur er verstand, hatte der Baron entschieden, dass Rachelle und Veit die Schuld daran trugen.

»Pandora musste ohne Mutter aufwachsen«, sagte er, längst heiser von seinem abendlichen Wutausbruch. »Als ältere Geschwister wäre es eure Aufgabe gewesen, sie in die Gebräuche dieses Hauses einzuführen.«

»Aber nicht Rachelle und ich waren es, die Mutter hinausgeworfen haben«, erwiderte Veit mit einem Schmunzeln, das verschlagen und klug zugleich erschien.

Rachelle warf ihm einen mahnenden Blick zu. Sie waren übereingekommen, ihren Vater nicht heftiger als nötig zu reizen. Doch Veit ignorierte die Warnung, nahm Messer und Gabel auf und steckte sich einen Bissen seines Steaks in den Mund. Genüsslich kauend erwartete er den Gegenschlag des Barons.

Friedrich Himmel, zweiundfünfzig Jahre alt und beinahe weißhaarig, ließ die Faust auf den Tisch krachen. Das tat er gern und häufig, in völliger Ignoranz des Umstands, dass seine Kinder dabei bestenfalls Mitleid empfanden. Er war ein Choleriker und Tyrann, ein Trinker und Schwächling, und obgleich er nicht allein für den Abstieg seiner Familie verantwortlich war – einige Vorfahren hatten tüchtig daran mitgewirkt –, so hatte er das Schiff doch in stürmischen Gewässern zielsicher gegen die Klippen gesteuert. Im Rat der Akademie behandelten ihn die beiden anderen Häuser mit Herablassung, und es war kein Geheimnis, dass die Cantos nicht mal mehr sein Einverständnis einholten, ehe sie im Sanktuarium, im Schutz des *Codex Custodis*, Entscheidungen im Namen der gesamten Akademie trafen.

Mit großer Geste holte er zu einer Zurechtweisung seines Sohnes aus. Da aber räusperte sich die alte Baronin, tupfte sich die faltigen Mundwinkel mit einer Serviette ab und sagte: »Was Veit sicherlich meint, ist, dass Pandora nicht so ein verzogenes Gör geworden wäre, wenn ihr Vater ihre Mutter nicht mit einer absurd hohen Abfindung überzeugt hätte, das Weite zu suchen.«

Das war verklausuliert genug, um den Baron mit offenem Mund innehalten und zu seinem Weinglas greifen zu lassen. Hastig trank er es leer, ehe er die Baronin feindselig anstarrte.

»Und damit möchtest du mir *was* genau sagen, teuerste Mutter?«

Die Baronin zeigte ein feines Lächeln, das erahnen ließ, von wem Veit seine Verschlagenheit geerbt hatte. »Oh, dieses Weibsstück ist sicher kein großer Verlust für uns alle, nicht einmal für die kleine Pandora. Aber das sollte nicht darüber hinwegtäuschen, dass deine Ehefrau es vortrefflich verstanden hat, ihre kleinen Intrigen zu spinnen und damit in gewisser Weise dem Haus Himmel alle Ehre zu machen. Denn waren es nicht wir Himmels, die einige der wirkungsvollsten Intrigen der bibliomantischen Welt zu verantworten hatten? Waren nicht wir es, die einst die übrigen Familien gegen die Antiquas aufbrachten und dadurch ihr Ende heraufbeschworen? Und war es nicht das Haus Himmel, das dafür gesorgt hat, dass die Rosenkreutz nicht länger das Sagen im Scharlachsaal hatten?« Sie rekapitulierte die alten Glanztaten häufig und gern, und wie so oft legte sie sich dabei ihren Gehstock auf die Knie und fuhr mit der Hand über den silbernen Knauf. »Intrigen waren einmal das tägliche Brot dieser Familie, und seit uns meine Schwiegertochter – möge sie in der Hölle schmoren – verlassen hat, erkenne ich hier keinerlei Ambitionen mehr, dieses ehrenwerte Erbe fortzuführen.«

Wenn du wüstest, dachte Rachelle.

»Das alles liegt fast zweihundert Jahre zurück!« Der Baron machte eine Handbewegung, die den gesamten Raum umfasste. Antiquität reihte sich an Antiquität, von löwenfüßigen Anrichten über verspielte Beistelltische bis hin zu einem Wandteppich von fragwürdigem Geschmack. »Deine Ansichten sind so wurmstichig wie dieses Gerümpel. Du hängst Erinnerungen nach, die nicht einmal *deine* Erinnerungen sind. Du trauerst Zeiten nach, die du nur vom Hörensagen kennst. Verzeih mir, Mutter, aber du klingst wie eine *alte Frau*.«

Rachelle hatte ihren Blumenkohl in mikroskopische Einzelteile zerlegt und schob die Überreste mit der Gabel zu kleinen Häufchen zusammen. Sie fürchtete ihren Vater schon lange nicht mehr, aber selbst mit neunzehn war ihre Großmutter ihr nicht geheuer. Halb blind oder nicht, Constanze war einmal eine Bibliomantin gewesen, der keiner von ihnen das Wasser reichen konnte.

»Außerdem«, fuhr der Baron fort, der wieder einmal nicht erkannte, wann es besser war, ein Thema ruhen zu lassen, »sprachen wir von Pandoras Erziehung, nicht von deiner Unzufriedenheit über die Art und Weise, wie ich die Angelegenheiten dieses Hauses regele.«

»Du regelst überhaupt nichts, mein Lieber«, sagte die Baronin, ohne ihren freundlichen Tonfall um eine Nuance zu verändern. »Du sitzt nur da, trinkst zu viel Wein, schikanierst deine Kinder, zeigst keinerlei Achtung vor deiner Mutter und lässt zu, dass die Cantos und Lohenmuts das Andenken unserer Ahnen mit Füßen treten.«

»Die Akademie ist nicht mehr –«

»Die Akademie«, fuhr sie ihm über den Mund, »trägt nicht die Schuld daran, dass unser Haus ins Abseits geraten ist. Dass unsere Stimme nicht mehr gehört wird und man hinter unserem Rücken über uns lacht. Die Verantwortung dafür tragen allein du und dein erbärmlicher Vater.« Nach kurzem Innehalten setzte sie hinzu: »Und gewiss habe auch ich meinen Teil dazu beigetragen, weil ich viel zu lange tatenlos zugesehen habe.«

Rachelle wurde hellhörig. Natürlich wusste jeder, dass die Akademie seit jeher von Männern regiert wurde, den Patriarchen der Drei Häuser. Entscheidungsträgerinnen hatte es innerhalb des Rates nie gegeben, und Rachelle nahm an, dass überhaupt nur wenige Frauen das Sanktuarium je von innen gesehen hatten. Die Bitterkeit in der Stimme ihrer Großmutter verriet, dass Rachelle nicht die erste Tochter eines der Häuser war, die sich über diese Ungerechtigkeit Gedanken machte. Mehr denn je wirkte die Welt der Bibliomantik heute aus der Zeit gefallen, angestaubt und antiquiert wie dieses Zimmer, erstarrt in Reglements, die vor vielen Jahren festgeschrieben worden waren. Dass Rachelle als Neunzehnjährige gegen diese Ungerechtigkeit aufbegehrte, mochte natürlich sein, doch es erstaunte sie, dass ihre greise Großmutter genauso dachte.

Rachelle blickte zu Veit hinüber, der in aller Ruhe sein Steak verzehrt hatte und sich Wasser einschenkte. Mit einem Blitzen in den Augen bot er ihr an, auch ihr Glas zu füllen, doch sie legte rasch die Hand darüber. Zu gern hätte sie gewusst, was ihm gerade durch den Kopf ging.

Es klopfte an der Tür des Speisezimmers.

»Was?«, brüllte der Baron, der augenscheinlich eine Chance witterte, seine Wut an einem Unbeteiligten auszulassen. »Wir essen, in Dreiteufelsnamen!«

Nicht ich, dachte Rachelle, obwohl ihr Magen knurrte.

Die alte Baronin legte krachend den Gehstock auf die Tischkante. »Herein!«

Die hohe Tür schwang auf, und ein Exlibro betrat das Zimmer, nicht älter als Veit und Rachelle. Der dunkelgelockte Junge verbeugte sich in die Richtung der alten Frau, dann in die des Barons. James war zugleich Vorleser und Leibdiener der Baronin, und an Tagen, an denen ihr das Alter zu schaffen machte, übernahm er auch die Rolle ihres Pflegers.

»Verzeihen Sie«, begann er, wurde aber von Veit unterbrochen. Rachelle wusste, was er sagen würde, noch ehe er die Worte aussprach.

»Wann wirst du lernen, dich auch vor meiner Schwester und mir zu verbeugen?«

James warf einen Blick zur Baronin hinüber, die ihm kurz zunickte. Dann machte er einen Diener vor einem Punkt in der Tischmitte, genau zwischen Veit und Rachelle.

»Besser«, sagte Veit zufrieden und übersah die Tatsache, dass James sich genau genommen vor einer Schüssel Blumenkohl verbeugt hatte.

Rachelle kommentierte es mit einem amüsierten Lächeln. »Guten Abend, James.« Sie mochte den Exlibro, auch wenn sie das in dieser Familie niemals laut aussprechen durfte. Aus dem Augenwinkel bemerkte sie, dass ihre Großmutter sie beobachtete. Auf einige Schritt Entfernung sah sie noch immer recht gut, vielleicht besser, als sie ihnen allen weismachen wollte. Manchmal ertappte Rachelle sich bei dem Gedanken, dass die Falten und Furchen im Gesicht der alten Frau womöglich Regungen verbargen, die ihr hätten Angst machen müssen. Wärme hatte sie nie von ihr erfahren, auch keine offene Ablehnung. Dennoch bekam Rachelle eine Gänsehaut, sobald sie ins Zentrum von Constanzes Aufmerksamkeit geriet.

James war mittelgroß und schlaksig. Seine braunen Locken ließen sich kaum bändigen. Wie viele Exlibri besaß er keine markanten Züge, sein Gesicht war gefällig, ohne überaus hübsch zu sein. Was Rachelle jedoch bereits bei ihrer ersten Begegnung vor drei Jahren bemerkt hatte, war dieses kluge Leuchten in seinen Augen. Sie fragte sich manchmal, ob er nicht ein wenig zu bemüht war, seine Intelligenz vor allen anderen zu verbergen. Ganz sicher wusste ihre Großmutter davon und schätzte ihn gerade deshalb so sehr. Rachelles Vater und ihr Bruder hingegen behandelten ihn wie einen tumben Lakaien, nur Rachelle hatte ihn durchschaut. Er faszinierte sie, während sie zugleich ahnte, dass sie vor ihm auf der Hut sein musste.

Er trug ein weißes Hemd und eine helle Hose. Jeans waren im Haus nicht gestattet, auch Rachelle und Veit hielten sich daran. Beide fanden es richtig, sich vom Pöbel außerhalb des Anwesens abzuheben, auch durch Nebensächlichkeiten. Das Haus war streng von der gewöhnlichen Welt abgeschottet, und manchmal erschienen Rachelle seine Grenzen undurchlässiger als die der Refugien.

»Verzeihen Sie bitte die Störung«, sagte James noch einmal, diesmal in Richtung der Baronin. »Livia Cantos ist da.«

Veits Augen schienen in Schatten zu versinken. »Sie war nicht angemeldet.« Argwöhnisch blickte er zu seinem Vater hinüber. »Das war sie doch nicht, oder?«

»Nicht bei mir«, antwortete der Baron. Er sah die alte Frau an, aber auch die schüttelte den Kopf.

»Sie halten sich nicht einmal mehr an die einfachsten Regeln der Höflichkeit«, sagte sie verächtlich. »Tauchen auf, ohne sich anzukündigen. Zweifellos um uns einen Beschluss mitzuteilen, der einmal mehr ohne unser Zutun gefällt worden ist.«

Rachelles Vater legte seine Serviette beiseite und erhob sich. Auch wenn er versuchte, es zu verbergen: Jeder im Raum wusste, dass ihm der Besuch der Cantos-Hexe schmeichelte. Livia war zehn Jahre älter als Rachelle, rothaarig und schön genug, um selbst ihren Feinden den Kopf zu verdrehen. Vermutlich hatte sie mit Bibliomantik nachgeholfen, eine dieser permanenten Illusionen, die seit einigen Jahren en vogue waren. Livia war schon als Mädchen attraktiv gewesen, doch seit sie die Akademie als Sprecherin repräsentierte, hatte sie ihr Äußeres perfektioniert.

Das musste auch der Baron durchschauen. Trotzdem verwandelte er sich in Livias Anwesenheit stets in einen stammelnden Idioten, der sich herumkommandieren ließ wie ein Schuljunge. »Ich bin gleich bei ihr«, sagte er und wollte zur Tür gehen, doch die Baronin hob eine Hand.

»Friedrich, warte!« Und zu James sagte sie: »Bitte sie herein. Wir wollen alle hören, was die junge Dame uns mitzuteilen hat.«

Ihr Sohn schien widersprechen zu wollen, aber da hatte James das Esszimmer bereits verlassen. Wortlos zupfte der Baron sich den Kragen zurecht und erwartete die Besucherin gemeinsam mit den anderen.

Veit lehnte sich in seinem Stuhl zurück und verschränkte die Arme. Seine Überheblichkeit war aufgesetzt; Rachelle konnte den Zorn spüren, der in ihm kochte. Auch sie verabscheute, dass die Cantos jede Etikette missachteten und im Haus der Himmels ein und aus gingen, als gehörte es ihnen. Doch im Gegensatz zu ihm gelang es ihr, Distanz zu den Vorgängen zu wahren. Hier ging es nicht um sie oder Veit, nicht einmal um ihren Vater.

Livia Cantos betrat den Salon. »Guten Tag zusammen.« Sie klang ruhig und eloquent, mit der Ausstrahlung einer Frau, die sich ihrer eindrucksvollen Erscheinung bewusst war. »Ich hoffe, ich störe nicht beim Essen.«

Natürlich störte sie, und sie wusste es genau. Rachelle wäre jede Wette eingegangen, dass Livia den Zeitpunkt ihres Besuches genau aus diesem Grund gewählt hatte. Und es bestätigte nur, was Veit schon lange vermutete: Dass die Cantos über alle Abläufe und Gewohnheiten im Anwesen der Himmels informiert waren. Eine Weile lang hatte Veit James verdächtigt, ihren Gegnern Informationen zuzuspielen. Rachelle hingegen hatte das nie geglaubt. Veit konnte den Exlibro nicht ausstehen, doch ein Spion war James gewiss nicht.

Der Baron eilte auf Livia zu und schüttelte ihr die Hand. »Wie schön, Sie zu sehen, meine Liebe! Es ist uns stets eine Freude, sie willkommen zu heißen.«

»Eine ganz *besondere* Freude«, sagte Rachelle.

Veit lächelte gewinnend. »Wie ein Hexenschuss.«

Livia ignorierte die beiden, deutete ein Nicken in Richtung der Baronin an und legte einen großen Papierumschlag auf den Tisch. »Es gibt Neuigkeiten von den Bardenbrüdern.«

»Wieder ein Anschlag?«, fragte der Baron.

»In gewisser Weise. Diesmal allerdings auf keine unserer Einrichtungen.«

Rachelles Großmutter hob eine ihrer schmalen Brauen. »Sondern?«

»Der Name Marduk sagt Ihnen etwas?«

»Das verkommene Subjekt, das sich im Ghetto von Libropolis wie ein König aufspielt.«

Livia nickte. »Wir haben einen Handel mit ihm geschlossen und ihn zu einem Teil unserer Pläne gemacht.«

»So weit also ist es gekommen? Wir machen Geschäfte mit Schwerverbrechern?« Die Baronin verzog herablassend das Gesicht und starrte ihren Sohn an. »Hast du davon gewusst?«

»Es schien das Richtige zu sein«, sagte er.

»Was für Pläne waren das?«, fragte Rachelle.

»Wir haben durchsickern lassen, dass Marduk in den Besitz der Sanktuariumskarte gelangt ist und sie seiner Sammlung bibliomantischer Artefakte einverleibt hat.«

Veit verschränkte die Hände hinter dem Kopf. »Damaskanos alte Karte? Dann existiert sie also tatsächlich?«

»Das hat sie. Bis wir sie vernichten ließen. Der *Codex Custodis* ist angreifbarer, als wir uns das wünschen. Wir konnten kein Risiko eingehen.« Livia lächelte selbstzufrieden. »Das Haus Cantos hat Monate daran gearbeitet, die Dinge in die richtigen Bahnen zu lenken. Heute sind die Bardenbrüder in Marduks Räuberhöhle eingedrungen. Sie haben eine Menge Unordnung angerichtet und mussten unverrichteter Dinge wieder abziehen. Dabei haben sie sich nicht nur den mächtigsten Verbrecher von Libropolis zum Feind gemacht, sondern sind auch arglos vor seinen Überwachungskameras umherstolziert.« Sie deutete auf den Umschlag. »Marduk ließ die Aufzeichnungen umgehend an uns weiterleiten. Was bedeutet, dass wir jetzt Fotografien von Terroristen haben, die wir bislang noch nicht kannten.«

Der Baron öffnete den Umschlag und zog ein paar großformatige Abzüge hervor. Rachelle und Veit standen auf und traten an seine Seite.

»Das hier ist der Gärtnerjunge, der bereits auf den Fahndungslisten steht.« Livia zeigte auf das Bild eines jungen Mannes mit dunklem Haar und schlecht verheiltem Nasenbeinbruch. Er sah aus wie ein Halsabschneider, fand Rachelle, Abschaum der übelsten Sorte.

Das nächste Foto zeigte eine Frau mit hellblondem Haar unter einem schwarzen Kapuzencape. »Isis Nimmernis, die Verräterin.«

»Ein Skandal, dass es so weit kommen konnte«, sagte die Baronin am anderen Ende des Tisches. »Wenn wir unsere besten Agenten nicht mehr unter Kontrolle haben, wird sich die Schwäche der Akademie bis in die tiefsten Refugien herumsprechen.«

Livia blickte kühl zu ihr hinüber. »Ich bin sicher, die Dinge stünden um einiges besser, wenn mehr blinde alte Frauen die Regierungsgeschäfte führen würden.«

»Meine Großmutter ist nicht blind!«, fuhr Rachelle sie an. »Sie kann nur nicht mehr lesen. Das ist ein Unterschied.«

»Verzeihen Sie. Natürlich.« Fortan ignorierte Livia sowohl Rachelle als auch ihre Großmutter, blätterte durch den Fotostapel und zog schließlich einige Bilder hervor, auf denen die Gesichter dreier Mädchen zu erkennen waren. »Die eine hier kennen wir ebenfalls, Summerbelle Lillyvick. Ihr Vater war ein Dissident, und sie selbst ist noch Schlimmeres.« Sie tippte auf die zwei letzten Bilder. »Interessieren würde uns allerdings brennend, wer diese beiden sind.«

Auf dem einen Foto war ein blondes Mädchen mit schwarzem Rollkragenpullover zu sehen.

»In ihrer Hand … ist das ein Schnabelbuch?«, fragte Rachelle.

»Dabei dürfte es sich um ihr Seelenbuch handeln. Sie ist eine

Bibliomantin, aber wir wissen nicht, woher sie kommt. Ihre Beschreibung passt zu einem Mädchen, das vor einigen Monaten in Castle Hay in Libropolis gesichtet wurde, kurz bevor wir Direktor Kyriss von seinem Posten entfernen mussten. Wir werden ihn dazu befragen, aber das dürfte mühsam werden. Er ist nicht sonderlich kooperativ seit den Ereignissen von damals.«

Sie deutete auf das zweite Bild: ein weiteres Mädchen, etwa im selben Alter, mit kurzem schwarzen Haar, einer viel zu großen Lederjacke und auffällig gestreiften Leggings. Veit verzog das Gesicht beim Anblick von so viel Gewöhnlichkeit.

»Die hier ist wohl keine Bibliomantin, wusste aber, wie man mit einem Bookboard umgeht, was dafür sprechen könnte, dass sie aus einem Refugium stammt. Vielleicht aus Libropolis, aber das ist nur eine Vermutung.« Livia lächelte den Baron an. »Das Haus Himmel hat wiederholt den Wunsch geäußert, seiner Rolle innerhalb des Rates gerechter zu werden.« Sie warf Rachelles Großmutter einen flüchtigen Blick zu. »Wir haben Ihre Briefe gelesen, verehrte Frau Baronin, und zwar alle einundzwanzig. Deshalb unsere Bitte: Finden Sie heraus, wer diese beiden sind. Die Namen der Mädchen, ihre lebenden Verwandten, alles, was dem Zweck ihrer Inhaftierung und Zwangsbefragung dienen könnte.«

Rachelles Vater blickte von den Bildern auf. »Wir tun unser Bestes.«

»Ihr Bestes oder nicht«, sagte Livia Cantos kühl, »am Ende ist nur wichtig, dass Sie Erfolg haben. Wir verlassen uns auf Sie.« Sie deutete eine Verbeugung in die Runde an. »Damit darf ich mich verabschieden. Ich zähle auf Ihre Mithilfe.«

Ohne ein weiteres Wort drehte sie sich auf dem Absatz um und verließ den Salon. James eilte hinterher, um ihr überflüssigerweise den Weg durchs Haus zu weisen.

Der Baron ließ sich auf seinen Stuhl fallen und seufzte, merklich überfordert von diesem Auftritt. Am anderen Ende der Tafel erhob sich seine Mutter und ging auf ihren Stock gestützt zu einem der hohen Fenster. In Gedanken versunken, blickte sie nach draußen.

Rachelle nahm die Fotos an sich, ergriff Veits Hand und führte ihn hinaus ins Vorzimmer des Salons. Sie war aufgeregt, aber sie gab sich Mühe, es sich nicht anmerken zu lassen.

Veit musterte sie argwöhnisch. »Was ist los?«

»Die hier«, sagte Rachelle und deutete auf das schwarzhaarige Mädchen mit den Streifenleggings. »Die hier kenne ich!«

15

Der alte Mann, der einmal ein Gott gewesen war, wanderte durch das Ödland seiner Schöpfung.

Hier in den Nachtrefugien, im Missratenen Land, herrschte ewige Dunkelheit. Manchmal flackerten Nordlichter über den sternenlosen Himmel, die wohl in Wahrheit etwas anderes waren: Überbleibsel jener Bibliomantik, die während des Krieges freigesetzt und nie wieder unter Kontrolle gebracht worden war. Häufig blitzte es, dutzendfach verästelte Lichtadern, als splitterte die Schwärze in Stücke. Der Donner drohte dem Mann die Trommelfelle zu zerreißen, selbst wenn die Unwetter weit entfernt am Horizont brodelten. Nah und Fern vermischten sich in den Nachtrefugien auf irrwitzige Weise. Anhaltspunkte verloren sich in der schrundigen Landschaft aus Granit und Staub, so als setzten sich die Trümmer dieser Felswüste bei jedem Wimpernschlag zu neuen, bizarren Strukturen zusammen.

Siebensterns Züge waren noch verhärmter als zu Beginn seiner Verbannung, sein weißes Haar reichte bis auf die Schulterblätter. Wegen der Stürme hatte er es zu einem Pferdeschwanz zusammengebunden und unter den Kragen seines schwarzen Regenmantels geschoben. Den Saum des Mantels hatte das scharfkantige Gestein zerfetzt, das er tagein, tagaus überquerte, aber noch hielt der Stoff die peitschenden Winde ab und manchmal sogar die Nässe. Der Mantel war sein kostbarster Besitz, wertvoller noch als der Wanderstab und die runde Feldflasche, die er regelmäßig an den grauen Wasserlöchern auffüllte. Er hatte sich an die Übelkeit gewöhnt, die ihn nach dem Trinken plagte, so wie an die kargen Mahlzeiten aus Pilzen und bitteren Rübengewächsen, die er in manchen Senken fand. Hin und wieder erlegte er eines der mageren Kaninchen und bereitete es mit Kräutern zu, die in Felsnischen wuchsen und ein wenig nach Basilikum schmeckten. Das waren die guten Tage. Aber es gab auch solche, an denen er hungerte und sich fragte, weshalb er überhaupt noch einen Fuß vor den anderen setzte, denn ein Ziel hatte er schon lange nicht mehr.

Zu Beginn seines Exils hatte ihn der Ehrgeiz getrieben, bis zu den Grenzen dieses Ortes vorzustoßen. Als er noch Severin Rosenkreutz gewesen war, hatte er die Welt der Bibliomantik erschaffen, indem er sie aufschrieb; damals hatte er den Mitgliedern des Scharlachsaals die Macht verliehen, selbst Refugien zu ersinnen. Es war eine böse Ironie des Schicksals, dass er seine letzten Tage nun am furchtbarsten dieser Orte verbringen musste. Denn das Missratene Land trug seinen Namen zu Recht, es war steingewordenes Unglück, ein Inferno aus Orkanen, Regen und Aschetornados.

Und da war die Einsamkeit.

Seit man ihn in die Verbannung geschickt hatte, war er keiner Menschenseele begegnet. Manchmal hatte er geglaubt, Stimmen zu hören, gespenstische Gespräche in den Spalten des Granits. Gelegentlich erwachte er von Schreien, die nur in seinen Träumen existierten. Sein wetterfester Schlafsack schützte ihn vor der Nässe, aber nicht vor seinem Gewissen.

So viele hatten in den Nachtrefugien sterben müssen, als die Bibliomanten vor Jahrzehnten in den Krieg gezogen waren. Überheblichkeit und Stolz hatten sie in eine Vielzahl verheerender Schlachten getrieben, jede entsetzlicher als die vorangegangene. Sie hatten den Feind zurückgeschlagen, ohne ihm jemals Auge in Auge gegenüberzustehen, hatten eine Armee von Tintlingen vernichtet und doch niemals erfahren, wer im Hintergrund die Fäden zog. Gewiss, einige wenige hatten es gewusst: Aus der Sicherheit des Sanktuariums heraus hatten sie ihre Armeen wie Schachfiguren durch das Missratene Land bewegt, ohne dass sie als die wahren Heerführer je in Erscheinung getreten wären. Es war ein Krieg ohne Sieger gewesen, doch mit Verlierern ohne Zahl.

Und Siebenstern trug die Schuld daran, an jedem Toten, an all den Schmerzen, all dem Leid. Schon damals hatte er keine bibliomantische Macht mehr besessen, sie war vergangen mit all dem anderen, das er in den mehr als zweihundert Jahren seines Lebens hatte kommen und gehen sehen. Aber er hatte gewusst, was in den Nachtrefugien geschah, und sich nur noch tiefer zwischen den Büchern verkrochen in seiner Villa Angelosanto in Turin. Er hatte sich selbst belogen und seine einstigen Ideale verraten. Es gehe ihn nichts mehr an, hatte er sich eingeredet. Seine Schöpfung habe sich schon vor langer Zeit verselbständigt und werde nun von anderen beherrscht. Die Drei Häuser trugen die Verantwortung, nicht er. So war er vom Schöpfer zum schweigenden Beobachter geworden. Und als er später doch die Chance bekommen hatte, einzugreifen und unter das alles einen Schlussstrich zu ziehen, da hatte *sie* ihn aufgehalten.

Furia Salamandra Faerfax.

Sie und ihre Gefährten hatten ihn hierher ins Exil geschickt, machtlos und geschlagen, und er hatte diese Strafe akzeptiert. So viele hatten hier ihr Leben verloren, weil es ihm einst an Stärke gemangelt hatte. Es war nur gerecht, dass er nun selbst wie ein Geist durch diese Einöde streifte. Er war die meisten Jahre seines langen Lebens allein gewesen, und allein würde er sterben. Irgendwo zwischen diesen Felsen, wahrscheinlich nicht vor Hunger, gewiss nicht vor Durst, und doch würde es hier enden. Vielleicht noch heute oder morgen, vielleicht auch erst in einem Monat oder einem Jahr. Dabei existierte die Zeit hier nicht, es gab keinen Tag, keinen erkennbaren Sternenhimmel. Aber in dem Rucksack, den sie ihm mitgegeben hatten, hatte eine mechanische Uhr gesteckt. Penibel achtete er darauf, dass sie nicht stehenblieb, denn der Lauf der Zeiger war die einzig verlässliche Konstante in seinem Dasein.

In einem der alten Felsenbunker hatte er Waffen gefunden und Munition, und so trug er nun eine Pistole und ein Gewehr bei sich, auch wenn er sich damit lächerlich vorkam. Er war nie ein Kämpfer oder Jäger gewesen, aber nun halfen ihm die Waffen, die Kaninchen zu erlegen, mit denen er seine kargen Mahlzeiten aufbesserte. Sie ernährten sich von denselben Pflanzen wie er, und sie waren ebenso schwach. Ob sie bereits seit der Schöpfung der Nachtrefugien hier lebten oder die Bibliomanten sie mitgebracht hatten, wusste er nicht. Sie hatten sich vermehrt und ausgebreitet, und Siebenstern war nicht der Einzige, dem sie als Nahrung dienten. Manchmal stieß er auf Überreste, abgenagte Gebeine und zerfetzte Felle, und dann wusste er, dass noch andere durch das Ödland irrten, rauere Wesen als er, aber ebenso verloren.

Wenn seine Uhr ihm anzeigte, dass es an der Zeit war, sich schlafen zu legen, dann suchte er Unterschlupf in einer Höhle oder Spalte. Manchmal rasierte er sich mit dem Messer, das sie ihm eingepackt hatten, oder wusch sich sparsam mit Tropfen der flüssigen Seife, die er in einer Plastikflasche im Rucksack gefunden hatte. Selbst eine Tafel Schokolade hatten sie hineingesteckt, vermutlich Furia, aber er hatte sie bislang nicht angerührt. Er sparte sie sich auf für einen besonderen Moment. Vielleicht würde er sie essen, wenn er wirklich einmal an die Grenzen des Missratenen Landes stieß oder aber am Ende seines Lebens, falls er dann noch die Kraft dazu aufbrachte.

Heute aber – und was genau bedeutete dieses Heute für ihn eigentlich, denn war es nicht identisch mit dem Gestern? – fand er einen weitaus besseren Unterschlupf als nur ein feuchtes Loch im Fels oder einen Spalt voller Asseln. Er hatte den Turm schon von weitem entdeckt, ein schwarzes Mahnmal des Krieges, eine Silhouette vor den zuckenden Blitzen am Ende der Welt. In einem Land, in dem Orientierung so gut wie unmöglich war, hatten die Bibliomanten versucht, eigene Fixpunkte zu setzen, eine Kette steinerner Leuchtfeuertürme.

Ihre Signalflammen waren längst erloschen, die Brenner erkaltet. Siebenstern hatte fünf von ihnen passiert, seit er beschlossen hatte, von einem zum anderen zu wandern. Irgendwann würde er vor dem letzten stehen und wissen, dass er das Ende des Schlachtfelds erreicht hatte und dahinter nur noch das Unbekannte lag.

Die fünf anderen Türme hatten in Trümmern gelegen, zermalmt von den Gewalten der Nachtrefugien, aber der sechste war kaum beschädigt. Die Tür war aufgebrochen worden, und im Inneren hatte es irgendwann gebrannt, doch den Außenmauern hatte das Feuer nichts anhaben können. In allen vier Etagen herrschte gähnende Leere.

Im obersten Stockwerk legte er sich schlafen, gleich unterhalb der Plattform, auf der einst das Leuchtfeuer geschürt worden war. Er schlief so tief wie seit langem nicht mehr. Nach dem Aufwachen aß er von seinen Vorräten und geriet kurz in Versuchung, die Schokolade anzubrechen. Dann aber schob er sie zurück in sein Gepäck, denn er hatte nicht damit gerechnet, dass ein so guter Tag wie dieser kommen würde, und wer konnte schon wissen, ob ihn nicht noch ein besserer erwartete.

Die endlose Nacht war so finster wie immer, der Wind heulte durch das Gemäuer, und es roch nach Ruß, was ihn an Gebratenes erinnerte, echtes, nahrhaftes Fleisch, nicht die zähen Fasern der Kaninchen.

Schließlich erhob er sich, um sich an einem der Wasserlöcher am Fuß des Turms zu waschen, entschied aber, noch einmal ganz nach oben zu steigen, hinauf zu den Zinnen, um einen Blick in die Finsternis seiner Welt zu werfen.

Dort machte er eine Entdeckung.

Am Horizont flackerte ein Licht, vielleicht ein Feuer, womöglich auf einem Turm wie diesem. Er starrte so lange dorthin, bis er fast meinte, die Flammen zucken zu sehen, auch wenn das wohl Einbildung war.

Erst dann ließ er seinen Blick tiefer wandern, über das Labyrinth der schroffen Schluchten hinweg, wo alles zu grauschwarzem Einerlei verschmolz.

Da waren weitere Lichter, viel kleiner als das erste, eine unregelmäßige Kette glühender Punkte.

Er atmete scharf aus und trat einen Schritt von der Brüstung zurück.

Die Lichter kamen näher.

Zweiter Teil

Ein Fluss durch viele Bücher

16

»Sie täuschen sich in Isis.«

Furia stand vor dem Grab ihrer Eltern und blickte auf die steinerne Stele, die sich am Kopfende des überwucherten Rechtecks erhob.

»Ich verstehe nicht, wie sie ihr so was zutrauen können.«

Cassandra Faerfax stand dort geschrieben, darunter *Tiberius Faerfax*. Die Buchstaben ihres Vaters waren unregelmäßig; das X am Ende sah aus, als wäre es mit einer Degenspitze in die Oberfläche geschlagen worden. Furia war noch sehr unerfahren gewesen, als sie die Lettern vor sechs Monaten mit Hilfe der Bibliomantik dort eingraviert hatte.

Der Friedhof lag weit hinten im Park der Residenz, kurz vor dem Wall aus Unterholz und Bäumen, der das Anwesen von den wilden Hügeln im Osten trennte. Die Gräber befanden sich unweit einer Kapelle mit offenem Tor, dessen Flügel schon vor langer Zeit aus den Scharnieren gebrochen waren. Im Inneren hing eine einarmige Jesusfigur schief an ihrem Kreuz; den anderen Arm hatten Holzwürmer zerfressen, bis er abgebrochen und am Boden zu Staub zerfallen war.

Am gegenüberliegenden Ende des Parks erhob sich der Landsitz der Faerfax, heute das Zuhause von fast achtzig Exlibri, die aus dem Wald der toten Bücher hierher geflohen waren. Die Residenz war ein dreistöckiges Gemäuer mit spitzen Dachgiebeln, vielen Reihen ziegelroter Kaminschlote und einem verrosteten Wetterhahn, der sich seit Jahrzehnten nicht mehr drehte. Tauben kreisten in weiten Runden über dem Anwesen, und Furia fragte sich, ob Cat gerade auf einem der Dächer saß und mit ihnen sprach. Manchmal tat sie das, wenn sie allein sein wollte, genau wie Furia, deren Lieblingsplatz der Mittelgiebel mit Blick nach Westen war. Von dort aus konnte sie das ganze Tal überblicken, all die grünen Hänge und Hecken, die so typisch waren für die Cotswolds.

»Ich kann das einfach nicht glauben«, sagte sie, während sie durch den Grabstein ins Leere starrte. »Als hätte Isis nicht zusammen mit uns hier gelebt und gegen die Akademie gekämpft.« Mit einem Seufzen ließ sie ihren Blick von der Stele auf das Grab hinabwandern, beugte sich vor und zupfte ein Unkraut heraus. »Ich würde eine Menge dafür geben, wenn ihr mir einen Rat geben könntet.«

»*Ich* kann dir einen Rat geben«, sagte das Schnabelbuch in ihrer Hosentasche. Sein biegsamer Hals schlängelte sich mit einem Ächzen aus dem zerbeulten Stoff hervor.

»Dich zu füttern?«

»Friedhöfe machen mich hungrig ... all diese Heiligen auf den Gräbern.« Die Lieblingsspeise des Schnabelbuchs waren Heiligenbildchen, Furia hatte das beinahe vergessen. Sie würde ein paar in Winchcombe besorgen, um ihm eine Freude zu machen. Nach allem, was sie in Libropolis überstanden hatten, hatte es sich das verdient.

Sie selbst war angeschlagen, auch wenn sie versuchte, es zu ignorieren. Den Geruch ihrer angeschmorten Haare würde sie so schnell nicht aus der Nase bekommen; jeder Versuch, sie zu bürsten, war eine Tortur. Vielleicht würde sie Cat bitten, ihr die verbrannten Strähnen abzuschneiden.

»Aber das war nicht das, was ich dir raten wollte«, sagte das Buch.

Furia betrachtete den augenlosen Schnabel am Ende des elastischen Halses, seine gelbe Oberfläche glänzte wie poliert. Von den Schnabelbuchkämpfen in den Hinterhöfen von Libropolis waren allerlei Kerben und Kratzer zurückgeblieben. Es war ein verwegenes kleines Buch. Zum ersten Mal seit ihrer Rückkehr gestern Abend brachte sie wieder ein Lächeln zustande.

»Je lauter du sagst, dass du Isis für unschuldig hältst«, fuhr das Buch fort, »desto mehr klingt es, als wolltest du dich selbst davon überzeugen.«

Ihre Mundwinkel sanken nach unten. »So ein Quatsch.«

»Dann solltest du dir mal selbst zuhören.« Der Schnabel rieb sich an ihrem Pullover. »Als wolltest du dir deine eigenen Zweifel ausreden.«

»Ich hab keine Zweifel an Isis.«

»Wirklich nicht?«

Sie presste die Lippen aufeinander. Isis hatte sich ergeben, um sie alle zu retten, das war offensichtlich. Allerdings hatte die Sache einen Haken: Sich ergeben entsprach so wenig Isis' Charakter wie Blumenpflücken und Kuchenbacken. Hätte früher jemand Furia gefragt, was Isis auf sich nehmen würde, um eine Niederlage abzuwenden, dann hätte sie geantwortet: Alles. Isis war kein Opfer zu groß. Das war ihre Stärke und größte Schwäche zugleich.

Und in einem hatte Finnian recht: Isis' Besuche in London während der vergangenen Monate *waren* ungewöhnlich. Sie hatte niemanden dabeihaben wollen, so als gäbe es ein Geheimnis, das sie mit keinem teilen konnte.

»Wenn wir nur mehr über diesen Arbogast wüssten«, murmelte sie, wieder zum Grab gewandt. Ihr Vater hätte viele ihrer Fragen beantworten können.

»Atticus Arbogast«, sagte eine Stimme hinter ihr, »ist Isis' Lehrer gewesen. Aber auch noch weit mehr als das.«

Ein grauhaariger Mann war bis auf wenige Schritte herangekommen. Seine Hände steckten in den Taschen seines Parkas, darunter trug er wie eh und je eines seiner scheußlichen Hawaiihemden über weiten Khakihosen. Seine Füße steckten in Gummistiefeln, als käme er gerade von einer der Farmen weiter westlich im Tal.

»Celestian!« Furia ging ihm entgegen und schlang die Arme um seinen schweren Leib. Das Schnabelbuch quiekte auf, als es zwischen ihnen eingezwängt wurde. »Wann bist du angekommen?«

»Vor ein paar Minuten.« Er klopfte ihr unbeholfen auf den Rücken. »Ich bin gleich losgefahren, nachdem …« Er brach ab und setzte neu an: »Cat hat mich angerufen und mir alles erzählt.« Cat und Celestian verstanden sich gut, seit sie sich nach ihrer Flucht aus Libropolis für eine Weile bei ihm versteckt hatte.

Furia machte einen Schritt zurück. »Ich wollte Isis nicht zurücklassen, aber sie hat –«

»Darauf bestanden«, unterbrach er sie mit einem Nicken. »Ich hab's gehört.«

»Hat Cat gesagt, dass sie … ich meine, dass Isis freiwillig bei Arbogast geblieben ist?«

»Ich weiß, was alle denken. Aber meine Tochter ist keine Verräterin.«

»Natürlich nicht!« Ihre Empörung kam von Herzen, aber zum ersten Mal dachte sie, dass das Schnabelbuch recht haben könnte. Ihre Überzeugung hatte Risse bekommen wie die Steinplatten auf den alten Gräbern dieses Friedhofs.

Celestian sah niedergeschlagen aus. Sein grauer Haarkranz bewegte sich wirr im kühlen Wind. »Cat sagt, dass die anderen glauben, Isis sei übergelaufen, zurück zur Akademie. Finnian, Ariel, wahrscheinlich die meisten Exlibri sind wohl dieser Meinung.«

»Sie kennen Isis nicht so gut wie wir, und sie hat –«

»Sie *alle* kennen sie«, widersprach er. »Sie lebt seit einem halben Jahr mit ihnen unter einem Dach!«

Furia schwieg, weil sie darauf nichts Aufrichtiges erwidern konnte.

»Und was ist mit dir?«, fragte Celestian. »Glaubst du es auch?«

»Nein!« Das war zu schnell herausgekommen, so als hätte sie nur auf sein Stichwort gewartet, um zu widersprechen. »Es wäre nur leichter, wenn ich besser verstehen könnte, was eigentlich passiert ist.«

»Du hast nach Arbogast gefragt.«

»Wieso hat er so große Macht über Isis?«

»Ich weiß nicht, ob Macht das richtige Wort ist.« Celestian rammte die Hände zurück in die Taschen seines Parkas. »Aber sie hat lange unter seinem Einfluss gestanden. Man könnte sagen, dass Arbogast Isis zu der gemacht hat, die sie heute ist.«

»Sie war seine Schülerin, aber das erklärt nicht, was in Libropolis geschehen ist.«

»Du weißt, dass Isis und ich uns lange Zeit nicht sehr nahegestanden haben.« Celestian schaute betreten zu Boden. »Nachdem ich sie aus den Nachtrefugien mit nach London gebracht hatte, in den Jahren nach dem Krieg, da war ich kaum noch ich selbst. Sie hat dir davon erzählt, oder?«

»Nur ein wenig.«

»Isis war ungefähr vier, als ich sie bei mir aufnahm. Ganz genau wusste das niemand, wir konnten ihr Alter nur schätzen. Ein Kind braucht Zuneigung und Schutz, und anfangs habe ich geglaubt, ich könnte ihr das alles geben. Ich nahm sie als meine Tochter an und sorgte für sie, aber gleichzeitig spürte ich mit jedem Tag ein wenig mehr, dass ich nicht nur sie mit nach Hause gebracht hatte. Der Krieg war mir gefolgt. Hier oben, verstehst du?« Er deutete auf seine Stirn, als tobten die Schlachten von damals dort noch immer. »Und ich wurde ihn nicht los. Damals beschloss ich, die Bibliomantik aufzugeben, ich warf alle Bücher aus dem Haus, räumte die Zimmer leer, gab die Möbel weg, wollte alles loslassen, alles von mir stoßen. Nicht Isis, sie ganz bestimmt nicht, aber ich bekam Angst vor mir selbst und um sie.«

»Und da hast du sie in ein Internat geschickt.«

»Weil ich ein Narr war. Sie war gerade mal zehn und hätte mich gebraucht, einen echten Vater, nicht einen Wirrkopf, der die Albträume des Krieges nicht loswird und sogar sein bibliomantisches Talent aufgibt. Damals habe ich begonnen, Bücher seitenweise zu verkaufen, sie zu zerfleddern, ihnen weh zu tun, nur damit mich die Bibliomantik in Frieden lässt. Damit ich endlich« – er zögerte kurz – »normal wäre. Aber natürlich hat das erst mal alles noch schlimmer gemacht.«

Isis hatte Furia die Geschichte in wenigen Sätzen erzählt. Sie hatte damit geendet, dass Celestian kein Bibliomant mehr war und Isis unter den Einfluss der Akademie geriet.

»Im Internat haben sie Kinder ausgewählt«, fuhr er fort, »nur jene, die ihre Nasen besonders tief in Bücher gesteckt haben. Es ist meine Schuld. Wäre ich für sie da gewesen, statt vor mir selbst davonzulaufen, dann hätte sie noch etwas anderes gehabt, nicht nur die Bücher. Mit vierzehn wurde sie gefragt, ob sie aufs Lyzeum wechseln wolle. Auf Arbogasts Agentenschule. Die Kaderschmiede der Akademie.«

»Und natürlich wollte sie.«

Celestian nickte. »Es hat nicht lange gedauert, da bemerkte Arbogast, welches Talent in ihr schlummerte.« Er hielt inne, als könne er sich an bestimmte Einzelheiten nicht mehr erinnern. Mit gerunzelter Stirn stand er da und massierte sich mit den Daumen die Schläfen. »Manchmal verschwimmen die Dinge, so als gingen sie einfach verloren.«

Die alte Vergangenheit, in der Isis noch keine Exlibra gewesen war, wurde von der neuen überlagert, die Furia durch ihren Einfluss auf Siebenstern ausgelöst hatte. Aber sie schwieg dazu, um Celestian nicht erneut zu unterbrechen.

»Arbogast nahm sie und eine Handvoll andere unter seine Fittiche und machte sie zu seinen persönlichen Schülern. Am Ende blieben nur drei von ihnen übrig, Isis und zwei junge Männer. Sie war stärker als die beiden anderen und ist zu jener Agentin geworden, die du schließlich kennengelernt hast. Arbogast hat sich ihre Treue erschlichen, indem er für sie zu dem wurde, was ich nicht mehr sein konnte: eine Vaterfigur. Er ist ein Heuchler, der sich in die Herzen dieser Kinder gestohlen hat. Als Isis der Akademie den Rücken gekehrt und sich euch angeschlossen hat, da war das ein weitaus größerer Kraftakt für sie, als du dir vorstellen kannst. Wie eine Süchtige, die von einem Tag auf den anderen beschließt, auf ihre Drogen zu verzichten. Und es ging gut, solange sie nicht wieder in Versuchung gebracht wurde. Solange Arbogast sie nicht fand.«

Furia starrte ihn schockiert an. »Dann glaubst sogar du, dass sie wieder auf seiner Seite steht? Dass seine Macht über sie so groß ist?«

»Nein. Ich vertraue ihr. Sie ist eine ganz andere als damals. Aber sie ist in schrecklicher Gefahr.«

»Was hat sie in London gemacht? All die Male, die sie allein dort war und keinen von uns mitnehmen wollte. Sie hat nie darüber gesprochen. Die anderen glauben jetzt, dass sie schon dort Kontakt zu Arbogast hatte.«

Celestian lachte bitter auf, und nun sah sie die Tränen in seinen Augen. »Sie war bei mir. Sie hat begonnen, die leeren Räume des Hauses wiederherzurichten, so wie damals, bevor ich alles fortgegeben habe. Sie hat Möbel gekauft, Unmengen von Büchern, nur um die Regale zu füllen. Vieles ist wieder wie früher oder fühlt sich zumindest so an. Es ist wieder ein Zuhause, nicht nur ein Gefängnis für die Vergangenheit.«

»Sie hat das für dich getan?«

»Auch für mich. Aber ich glaube, eigentlich ging es ihr um etwas anderes. Seit sie eine Exlibra ist, sucht sie nach ihrer Jugend, ihrer Kindheit, nach all den Dingen, an die sie sich nur noch verschwommen erinnert. Sie hat Angst, dass all das verschwindet und sie zuletzt nur noch eine Figur aus einem Siebenstern-Märchen ist und nichts mehr von der Frau bleibt, die sie war. Sie klammert sich an ihre schwindenden Erinnerungen. An ihr Menschsein.« Er musste sich für einen Moment von Furia abwenden, schwieg und starrte ins Leere. Dann erst drehte er sich wieder zu ihr um und sagte: »Deshalb hat sie mit niemandem darüber gesprochen. Sie wollte nicht, dass einer von euch es erfährt und es als Schwäche auslegt. Auch das ist ein Überbleibsel von dem, was Arbogast in ihr gesät hat: Zeige niemals Schwäche, nicht einmal denjenigen, die du für deine Freunde hältst.«

Und vielleicht hatte Arbogast ja recht damit, dachte Furia beklommen. Schöne Freunde waren das, die einem beim ersten Verdacht den Rücken kehrten. Die einen für eine Verräterin hielten, nur weil man Dinge für sich behielt, die keinen etwas angingen.

Da war ein Zittern in ihrer Stimme, als sie sich zwang, eine weitere Frage zu stellen: »Weißt du, was Arbogast von ihr wollte? Er hat gesagt, er brauche ihre Hilfe. War das nur leeres Gerede, oder hat er das ernst gemeint?«

Celestian blickte ihr wieder in die Augen, vielleicht weil er im Moment in ihr seine einzige Verbündete sah. »Irgendein Anliegen muss er gehabt haben, sonst hätte er gleich versucht, sie für ihren Verrat zu bestrafen. Man munkelt von einem Machtkampf der Drei Häuser, davon, dass das Haus Cantos die Herrschaft an sich reißen und die beiden anderen Familien verdrängen will. Aber das sind nur Gerüchte, und ich weiß nicht, ob sie überhaupt etwas mit alldem zu tun haben. So vieles ist gerade im Umbruch. Die bibliomantische Welt ist gespalten.«

»Wir haben Tintlinge gesehen«, sagte Furia nachdenklich. »Zwischen den Seiten der Welt, auf dem Weg von Libropolis hierher. Ein ganzer Schwarm von Tintlingen, die versucht haben, uns anzugreifen.«

Celestians Blick wurde so finster wie die Nachtrefugien, denen er einst nur mit großer Not entkommen war. Seine Lippen formten das Wort Tintlinge, aber es wurde nicht einmal ein Flüstern daraus.

»Dann ist es wahr. Etwas geht vor, Furia. Etwas viel Größeres, als wir ahnen.«

Ihr wurde so kalt, als hätte der Wind die Richtung gewechselt und wehe aus dem Norden herab ins Tal.

»Bitte, Furia«, sagte Celestian mit brüchiger Stimme, »versprich mir, dass du Isis hilfst. Versprich mir, dass du ihre Unschuld beweist.«

17

Sie schwiegen, während sie gemeinsam hinüber zum Vorplatz gingen. Dort umarmten sie einander zum Abschied, bevor er in seinen klapprigen Vauxhall stieg und die gewundene Einfahrt hinabfuhr. Der Wagen verschwand hinter den Büschen, aber Furia hörte den Motor noch lange durchs Tal dröhnen, als er den gewundenen Landstraßen Richtung Oxford folgte.

Auf dem runden Platz vor dem Haus roch es nach Farbe. Sie atmete tief ein. Sie mochte den Geruch. Das Gerüst, das einige Exlibri errichtet hatten, um der Fassade einen neuen Anstrich zu verpassen, war am Treppenaufgang des Portals vorüber nach links gewandert. Die rechte Seite erstrahlte bereits in frischem Zitronengelb. Fast alle neuen Bewohner hatten sich Aufgaben gesucht, um sich die Zeit zu vertreiben. Aber ewig würde sie auch das nicht beschäftigen, und Ariel machte sich deswegen schon seit Wochen Sorgen.

Der Residenz tat der Schaffensdrang der Exlibri überaus gut. Viele Bäder waren repariert worden, fast im ganzen Haus funktionierte die Heizung wieder, ein paar zerbrochene Scheiben waren ersetzt und Dachschindeln ausgetauscht worden. In den Trakten, die seit Generationen unbewohnt gewesen waren, hatten sie die Spinnweben vieler Jahrzehnte ausgekehrt, kaputte Möbel durch unversehrte vom Dachboden ersetzt und dafür gesorgt, dass aus den Hähnen wieder klares Wasser lief statt rostiger Brühe. Alles in allem ähnelte die Residenz nun keinem gesunkenen Wrack mehr, sondern einem angeschlagenen Kahn, der immerhin die nächste Ozeanüberquerung mit Ach und Krach bewältigen würde.

Zwei Exlibra waren schwanger. Bald würden wieder Kinder durch die Korridore toben und in den leeren Räumen Abenteuer erleben wie Furia und Pip noch vor wenigen Jahren. Es würde der erste Nachwuchs innerhalb der Gruppe sein. Hier im Tal fühlten sich die Exlibri nach langer Zeit zum ersten Mal wieder sicher. Allmählich gewöhnten sich selbst die Schwarzseher an den Gedanken, dass ihnen dieses Versteck womöglich eine Zukunft bot.

Aber da waren auch manche von ihnen gewesen, die den Bardenbrüdern den Rücken gekehrt hatten, um ein neues Leben außerhalb der Refugien zu beginnen. Jeden Monat waren einige Exlibri aufgebrochen, um ihr Glück anderswo zu suchen, fernab aller Bibliomantik. Die Zurückgebliebenen konnten nur hoffen, dass keiner der Abwanderer in die Fänge der Akademie geriet und die Lage des Verstecks preisgab.

Einer der Anstreicher winkte Furia zu. Er war ein Faun, wie Puck einer gewesen war, um einiges jünger und mit rehfarbenem Fell. Es gab nur eine Handvoll nichtmenschlicher Exlibri in der Residenz, und Furia mochte die meisten von ihnen lieber als jene aus den realistischen Romanen. Sie erwiderte den Gruß, zwang sich sogar zu einem Lächeln und schlenderte hinüber zum abgeschlagenen Steinkopf der heiligen Wiborada. Einst hatte die Statue der Buchheiligen vor dem Anwesen am Rhein gestanden, dem Stammsitz des Hauses Rosenkreutz. Als die Überlebenden der Familie im neunzehnten Jahrhundert vor den Schergen der Akademie nach England geflohen waren, hatten sie Wiborada mitgenommen und sie am Portal der Residenz aufgestellt. Dort hatte sie über das Haus gewacht, bis die Kavaliere der Umgarnten sie von ihrem Sockel gestürzt und zerschlagen hatten. Nun lagen die Überreste ihres Körpers auf einem Haufen am Fuß der Fassade und würden bald von Moos und wildem Wein überwuchert werden. Den Kopf der Heiligen aber hatte Furia wieder zum Portal bringen lassen. Von dort aus starrte er mit leerem Blick auf den Vorplatz.

Sie setzte sich daneben und zog die Knie an. »Kannst du mir nicht einen Tipp geben, was ich jetzt tun soll?«

Die Steinheilige gab keine Antwort. Seit dem Angriff war ihre Stimme verstummt. Furia wusste nicht, welche bibliomantischen Mittel ihre Vorfahren angewandt hatten, um die Statue zum Leben zu erwecken, aber sie bezweifelte, dass ihr selbst so etwas jemals gelingen würde.

Sie blickte zu den Exlibri auf dem Gerüst hinauf und beobachtete, wie sie beim Streichen der Fassade miteinander flachsten und lachten.

»Das hier wird nicht ewig gutgehen«, sagte sie leise zu Wiboradas Kopf. »Isis ist mit Arbogast verschwunden. Finnian und Summerbelle wollen sie verfolgen, obwohl wir sie hier brauchen. Allerlei Exlibri suchen irgendwo da draußen nach ihrem Platz in der Welt, und nicht alle werden sich dabei unauffällig anstellen. Irgendwas wird irgendwann schiefgehen. Man muss nicht allzu clever sein, um das zu erkennen.«

Sie vermisste die tiefe Stimme der Heiligen. Wiborada war keine lebhafte Gesprächspartnerin gewesen, aber sie hatte Denkanstöße gegeben und verständnisvoll zuhören können.

Oft war es gerade das gemeinsame Schweigen gewesen, das Furia gutgetan hatte.

»Kennst du das Gefühl, wenn alle um dich herum glücklich sind, voller Hoffnung und Optimismus – und du möchtest am liebsten irgendwas kaputtschlagen und siehst als Einzige die dunklen Wolken am Horizont?« Sie strich Wiborada mit der flachen Hand über die Wange. »Bei jedem Lachen möchtest du die anderen kräftig durchschütteln und eine große Rede halten, die du dir hundertmal zurechtgelegt hast. Darüber, dass sie nur sich selbst im Kopf haben und gar nicht merken, was um sie herum geschieht. Aber am Ende hältst du den Mund, weil dir klar wird, dass vielleicht du selbst diejenige bist, die nur an sich denkt und nicht erkennt, dass sie allen Grund hätte, glücklich zu sein. Oder wenigstens ein bisschen zufrieden.«

»Glück ist immer, was die anderen haben.« Ariel trat aus dem offenen Portal und deutete auf die leere Stufe neben Furia. »Darf ich?«

»Sicher.«

Sie hatte ihn nicht kommen hören, aber das überraschte sie nicht. Als eine der Hauptfiguren in Shakespeares *Sturm* war er ein Luftgeist gewesen. Beim Sturz aus dem Buch hätte er wie alle nichtmenschlichen Exlibri seine übersinnlichen Fähigkeiten verlieren müssen, doch aus Gründen, die wohl nicht einmal er selbst kannte, waren Spuren seiner früheren Kräfte zurückgeblieben. Er besaß keine Macht mehr über die Stürme und war auch kein Magier; und doch hatte Furia oft das Gefühl, dass er ihre Gedanken lesen konnte.

Sie war nicht sicher, ob er ihr Freund war – fraglich, ob ein Wesen wie Ariel überhaupt jemandes Freund sein konnte –, aber sie schätzte ihn für seine Ruhe und Ausgeglichenheit. Ariel war in vielerlei Hinsicht ein geborener Anführer, auch wenn er selbst beständig daran zweifelte, erst recht, seitdem einige der Gruppe den Rücken gekehrt hatten.

Ein wilder schwarzer Haarschopf umrahmte das Gesicht eines jungen Mannes, obgleich Ariel Hunderte Jahre alt sein musste. Seine Haut war bläulich weiß, sein Körper feingliedrig wie der eines Tänzers. Rund um seine Pupillen funkelten dann und wann winzige Sterne, als spiegelte sich selbst bei Tageslicht die Milchstraße in seinen Augen.

»Wie viel hast du mit angehört?«, fragte Furia.

»Ich weiß auch so, dass du dir Sorgen machst. Die Sache mit Isis macht uns allen zu schaffen.«

»Celestian war hier.«

Ariel nickte. »Ich habe mit ihm gesprochen. Er hat uns wieder Geld gebracht, eine ganze Menge Geld. Ich weiß nicht, wie wir das je wiedergutmachen sollen.«

»Er hat genug davon und gibt es uns gern. Aber du solltest ernst nehmen, was ihm wirklich zu schaffen macht.«

»Er schwört, dass Isis uns nicht in den Rücken fällt.«

»Hat er dir von Arbogast erzählt? Woher Isis und er sich kennen?«

»Ja.« Ariel zog sich eine lange schwarze Strähne vor die Augen und zwirbelte sie zwischen den Fingern. Wenn er das tat, wirkte er wie ein nervöser Junge. Auch auf der Bühne war seine Rolle häufig von Kindern gespielt worden. Exlibri konnten sich das Bild, das sich Leser von ihnen machten, nicht aussuchen, und so war die Gestalt, die sie annahmen, wenn sie aus ihren Büchern stürzten, oft eine Schnittmenge aller Vorstellungen.

Anders als im Wald der toten Bäume, lief er nicht mehr mit nacktem Oberkörper herum, sondern trug zu seiner knielangen Hose ein helles Hemd. Furia glaubte nicht, dass er frieren konnte. Wahrscheinlich versuchte er nur, sich den Benimmregeln außerhalb der Refugien anzupassen.

Nach einem tiefen Seufzen sagte er: »Ich weiß nicht, wie wir Celestian helfen könnten.«

»Erst einmal könntest du Finnian und Summerbelle überzeugen, dass sie sich irren. Dass Isis uns nie im Leben hintergehen würde.«

»Finnian ist wütend, weil alles, was er in den letzten Monaten mitgemacht hat, umsonst war. Er gibt Isis die Schuld. Er hat ein Vierteljahr bei diesen Barbaren durchgehalten, und sie gibt sich einfach geschlagen.«

»Die Sanktuariumskarte war nicht dort«, entgegnete Furia. »Es hätte nichts geändert, wenn sie Arbogast angegriffen hätte.«

»Arbogast hat *behauptet*, dass sie nicht dort war. Vielleicht war das die Wahrheit, vielleicht auch nicht. Isis hat ihm offenbar genug vertraut, um ihm zu glauben. Also stellt Finnian die Frage, wie nah sie diesem Arbogast noch steht. Das ist nicht unberechtigt.«

»Aber Finnian will sie verfolgen und zur Rede stellen!« Ihre Empörung von gestern Abend kehrte zurück, doch das war immer noch besser als die Verzweiflung, die sie nach dem Gespräch mit Celestian verspürt hatte. Wut war ein Gefühl, mit dem sie etwas anfangen konnte, während Trauer sie nur lähmte.

»Das ist sein gutes Recht. Ich kann ihn nicht festbinden wie eine Ziege.«

»Aber wir brauchen ihn und Summerbelle hier! Sie ist die einzige vollwertige Bibliomantin in der Residenz, und ohne sie –«

»Vergisst du nicht jemanden?«

»Ich bin nicht mal halb so gut wie sie. Isis hat sie gebeten, meine Lehrerin zu sein, und sie wusste genau, warum.«

»Dann sieh es als Bewährungsprobe.«

Fassungslos starrte sie ihn an. »Du willst die beiden wirklich gehenlassen? Einfach so? Was ist, wenn sie Isis finden und angreifen? Summerbelle ist stark, aber Isis wird sie umbringen, wenn sie –«

»Und warum sollte Isis das tun, wenn sie auf derselben Seite stehen?«

Furia schwieg einen Augenblick, weil sie spürte, dass sich ihre Argumente im Kreis drehten. Und es enttäuschte sie, dass Ariel keinen stärkeren Standpunkt vertrat als *Ich kann ihn nicht festbinden*.

»Du legst mir meine Zurückhaltung als Schwäche aus«, sagte er mit einem Schmunzeln.

»Halt dich gefälligst von meinen Gedanken fern!«

Seinem Jungenlächeln wohnte etwas Verstörendes inne. Als hätte etwas sehr Fremdes die Gestalt eines Menschen angenommen und versuchte nun, dessen Mimik einzusetzen, ohne sie wirklich zu beherrschen. »Man kann dir ansehen, was du denkst«, sagte er. »Dazu muss niemand deine Gedanken lesen. Du trägst dein Herz nicht nur auf der Zunge – es schlägt in deinen Augen.«

»Was willst du, Ariel? Warum bist du hergekommen?«

»In die Residenz?«

»Nein, hierher, meine ich. Zu mir auf die verdammte Treppe! Du versuchst nicht, mich von Isis' Schuld zu überzeugen, weil du selbst nicht daran glaubst, aber du widersprichst auch Finnian und Summerbelle nicht. Also können wir uns dieses Gespräch ebenso gut sparen.«

»Sei nicht wütend.«

»Und du behandle mich nicht wie ein Kind!«

»Hat Celestian dir vom Machtkampf der Drei Häuser erzählt?«

Sie nahm sich zusammen, aber die Wut saß noch immer wie ein Knoten in ihrer Kehle. »Er hat ihn erwähnt, ja.«

»Vielleicht ist das aber nicht alles. Möglicherweise gibt es noch andere Gruppen innerhalb der Adamitischen Akademie, die nach der Macht greifen.«

»Es gibt nur noch drei Häuser – Cantos, Himmel und Lohenmut. Haus Antiqua existiert nicht mehr. Haus Rosenkreutz sitzt neben dir. Und wenn *ich* irgendwas nicht will, dann ist das Macht über die Akademie.«

»Aber es wäre keine abwegige Vorstellung, dass Atticus Arbogast gewisse Ambitionen hegt, nicht wahr?«

»Du glaubst, deshalb braucht er Isis' Hilfe? Für einen Umsturz?«

Ariel sah nachdenklich auf den steinernen Schädel der Heiligen. »Wenn es ihm gelänge, der Schlange den Kopf abzuschlagen, dann würde ihr sehr schnell ein neuer wachsen müssen, damit die Herrschaftsstrukturen der Akademie nicht zusammenbrechen. Werden die Häuser entmachtet, muss sofort eine Alternative bereitstehen, oder in den Refugien bricht das Chaos aus. Gut möglich, dass Arbogast selbst diese Alternative sein will – oder jemand, den er für geeignet hält. Und vielleicht könnte er Isis überzeugen, dass dies das Beste für alle wäre. Er könnte ihr Versprechungen machen. Neue Freiheiten für die Exlibri … Sie ist eine Siebenstern-Exlibra *und* eine Bibliomantin. Das macht sie zu einer Waffe von unschätzbarem Wert.«

»Aber zuletzt war sie so geschwächt.« Furia dachte an die häufigen Erschöpfungszustände, mit denen Isis nicht umzugehen wusste, weil sie bei aller unverhofften Stärke auch eine neue Verletzlichkeit an sich entdeckte. »Sie braucht ihre Regenerationsphasen und will das nicht wahrhaben. Sie glaubt, dass sie noch immer die Alte ist, nur mit … mit diesem Buchding in ihrer Brust. Wenn sie so weitermacht, wird sie an Entkräftung sterben, ehe sie Arbogast oder irgendwem sonst von Nutzen sein kann.«

»Sie weiß noch zu wenig darüber, was es bedeutet, Exlibra und Bibliomantin zugleich zu sein.«

»Ist es möglich, dass auch Marduk beides ist? Du hättest dort sein müssen, Ariel. Der ganze Ort, diese Festung mitten im Ghetto, sie roch förmlich nach Bibliomantik.«

Unter seinen schwarzen Strähnen runzelte er die Stirn. »Wie kommst du darauf?«

»Wir haben es gefühlt. Isis, ich … ganz sicher auch Summerbelle. Und dieses Feuerwesen, Fornax, muss er doch auf irgendeine Weise dort eingesperrt haben. Die einzige Erklärung dafür *ist* Bibliomantik.«

»Was sagt Finnian dazu? Er müsste es wissen nach all der Zeit, die er dort verbracht hat.«

»Ich hab noch nicht mit ihm darüber gesprochen. Er ist viel zu beschäftigt damit, Isis zu hassen.«

Ariels feingliedrige Finger berührten ihre Hand. Seine Nagelbetten schimmerten kobaltblau. »Sei ihm gegenüber nicht ungerecht. Ihr seid Freunde, auch wenn ihr nicht immer einer Meinung seid.«

Sie schnaubte verächtlich. »Du weißt ziemlich wenig über Freundschaft, oder?«

»Ich muss auch kein Bibliomant sein, um die Bibliomantik zu verstehen. Außerdem *hatte* ich einen guten Freund.«

»Puck.« Sie hätte sich am liebsten auf die Zunge gebissen. »Tut mir leid. Das war unfair. Aber was Marduk angeht … Ich konnte nicht schlafen heute Nacht und hab darüber nachgedacht. Wenn er wirklich ein Bibliomant ist, dann besitzt die alte Regel keine Gültigkeit mehr. Dieses Gesetz in den Büchern der Schöpfung, das besagt, dass Exlibri keine Bibliomanten sein können, ist bedeutungslos geworden. Und das beweist, dass –« Sie verstummte, weil sie mit einem Mal den Faden verlor, als sich zwei Gedanken übereinanderschoben. Zwei Gewissheiten. »Es geschieht schon wieder«, flüsterte sie.

Ariel schloss kurz die Augen, als wollte er den Sternenglanz seiner Pupillen fortblinzeln. Danach sahen Furia und er einander an, beide einen Moment lang sprachlos.

»Du hast recht«, brach er schließlich das Schweigen. »Die Vergangenheit verändert sich. Ich spüre es auch.«

Als Isis zu einer Exlibra geworden war, war eines der unumstößlichen Gesetze der Bibliomantik umgeschrieben worden. Noch erinnerten sie sich daran, wie es davor gewesen war, doch bald schon würde die Tatsache, dass auch Exlibri bibliomantische Macht besaßen, für sie eine Selbstverständlichkeit sein.

»Was hab ich nur getan.« Ein leichtes Zittern erfasste Furias Finger und stieg langsam an ihren Armen empor.

Ariels hohlwangiges Gesicht wirkte noch schmaler als sonst. »Ich hätte das voraussehen müssen.« Er ballte die rechte Hand zur Faust und presste sie so fest in die linke, dass die Sehnen an seinem Hals hervortraten. »Was bin ich nur für ein Narr!«

Am liebsten wäre er aufgesprungen, um auf der Stelle alle Exlibri in der Residenz zu befragen. Hatte jemand bibliomantische Fähigkeiten an sich entdeckt, ohne davon zu berichten? Doch gerade als Furia ihn zurückhalten wollte, entspannte er sich, stützte die Ellbogen auf die Knie und schlug für Sekunden die Hände vors Gesicht. Nach einem tiefen Durchatmen hatte er sich wieder in der Gewalt. Es war in gewisser Weise beruhigend zu sehen, dass selbst ein Wesen wie Ariel unter Anflügen von Unsicherheit litt. Auf der anderen Seite machte es ihr eine Heidenangst. Wenn er schwach wurde oder entschied, dass es an der Zeit wäre, sie zu verlassen, dann stand der gesamte Widerstand auf dem Spiel.

»Wenn das wahr ist«, murmelte sie, »wenn ich die Verantwortung dafür trage, dass die alten Gesetze der Bibliomantik nicht mehr gelten, dann wäre das …« Ihre Stimme versagte mitten im Satz, und ihr Herz pumpte ein paarmal so heftig, dass sie den Pulsschlag im ganzen Körper spürte. Plötzlich bekam sie keine Luft mehr und spürte nichts als Panik. Seit dem Tod ihres Vaters hatte sie so etwas nicht mehr erlebt.

Ariel legte einen Arm um ihre Schultern wie ein älterer Bruder. Sie lehnte sich an ihn und atmete tief ein und aus, bis das Gefühl des Erstickens allmählich nachließ.

»Es ist meine Schuld«, sagte sie mit brüchiger Stimme. »Wenn mit einem Mal alles anders wird, dann trage ich die ganze Verantwortung dafür. Ich habe Siebenstern dazu gebracht, das Märchen über Isis zu schreiben. Ich habe alles ... durcheinandergebracht«, brachte sie hilflos hervor, obwohl das eher nach unaufgeräumtem Kinderzimmer klang als nach dem Chaos, in das sie womöglich die ganze *Welt* gestürzt hatte.

»Red dir das nicht ein«, sagte Ariel. »Du hast das Richtige getan, für Isis, für euch alle. Falls das irgendwelche Konsequenzen hat, dann konnte das niemand ahnen.« Sein Haar und seine Haut rochen wie ein Sommerregen an einem dieser Nachmittage, wenn dicke Tropfen Löcher in den Straßenstaub stanzten.

»Aber du hättest mich aufgehalten«, sagte sie, »wenn ich dich vorher um Rat gefragt hätte.«

»Ich bin nicht das Maß aller Dinge, Furia. Ich bin auch nicht die Macht, die das alles hier zusammenhält. Das seid ihr, jeder von euch, der sich entschieden hat, hierzubleiben.«

Sie ließ ihren Blick über den Vorplatz wandern und beobachtete einige Exlibri, die in den Beeten Unkraut jäteten. Ein anderer rückte mit Wackfords alter Sense dem hohen Gras zuleibe. Ariel hatte recht und unrecht zugleich. Der Widerstand war größer als jeder Einzelne, Ariel eingeschlossen, weil dahinter eine Idee stand, die sie zusammenhielt und sie alle antrieb: ein Leben ohne Unterdrückung, eine Zukunft in Freiheit. Und trotzdem blickten sie zu Ariel auf, weil er ihnen wie kein anderer das Gefühl gab, dass ihre Hoffnungen Wirklichkeit werden konnten.

Hinter ihnen in der Eingangshalle, jenseits des offenen Portals, näherten sich schwere Schritte. Sie verharrten, dann räusperte sich jemand. Ziemlich laut und gekünstelt.

Als Ariel seinen Arm zurückzog und Furia nach hinten blickte, stand dort ein Riese von einem Mann mit einem Kreuz, das kaum durch die Tür passte. Er hatte schulterlanges blondes Haar, buschige graue Koteletten und eine Gesichtshaut, als hätte er den Großteil seines Lebens in prallem Sonnenschein verbracht. Furia kannte den Exlibro vom Sehen, hatte aber nie direkt mit ihm zu tun gehabt und konnte sich nicht an seinen Namen erinnern.

»Ma'am«, sagte er knapp und deutete mit zwei Fingern an der Stirn einen militärischen Gruß an. »Hier bin ich dann also.«

Ma'am? Was glaubte er, wo sie hier waren? In Dodge City?

»Oh, natürlich!« Ariel schlug sich vor die Stirn und lächelte. »Du hast mich eben gefragt, warum ich dich gesucht habe.«

Sie hatte das Gefühl, dass sie besser aufstehen sollte, weil gleich etwas passieren würde, das sie vielleicht wütend machte. Sie wollte jetzt mit niemandem sprechen, der sie *Ma'am* nannte.

»Patience, Ma'am, das ist mein Name.« Der blonde Koloss schob die Daumen hinter seinen Gürtel. Sie erinnerte sich, dass ihr schon früher seine Kleidung aufgefallen war: eine aschgraue Südstaatenuniform aus dem amerikanischen Bürgerkrieg. Sie hatte alte Filme darüber gesehen, ein paar Bücher mit Illustrationen gelesen, und sie war sicher, dass sie sich nicht irrte. Dieser Patience war ein Soldat der Südstaatenarmee, die im neunzehnten Jahrhundert von den Truppen der Union geschlagen worden war. Viele Exlibri hingen an den Sachen, in denen sie aus ihren Büchern gestürzt waren; meist waren sie die einzige Verbindung zu ihrer Herkunft.

Ariel erhob sich. »Ich wollte, dass ihr beiden euch kennenlernt.«

Auch Furia stand auf, noch ein wenig wacklig auf den Beinen, und nickte Patience zu. »Hi.« Und in Ariels Richtung fragte sie: »Warum?«

»Bin Ihr neuer Leibwächter«, sagte der Koloss. »Patience, der Name.«

»Hab ich gehört. Aber das andere, diese Leibwächtersache. Muss ein Irrtum sein.« Zum ersten Mal wünschte sie sich, dass Ariel ihre Gedanken las, damit sie all die Flüche nicht aussprechen musste, die ihr auf der Zunge lagen.

Ein verdammter *Leibwächter*?

»Das *ist* ein Irrtum«, sagte sie. »Auf jeden Fall.«

Der Schnabel schlängelte sich aus ihrer Tasche und reckte sich dem Neuankömmling angriffslustig entgegen. »Sie hat schon einen Leibwächter! Einen mit Hirn!«

Patience trat unbeholfen von einem Fuß auf den anderen. »Du hast keine Muskeln«, sagte er. »Und dein Hirn kann nicht größer sein als eine Haselnuss.«

»Furia«, sagte Ariel in jenem Tonfall, in dem er sonst Streitereien schlichtete. Dabei hatte sie noch nicht mal *begonnen* zu streiten. »Nach allem, was passiert ist, müssen wir damit rechnen, dass es schlagartig gefährlich werden kann. Auch hier im Tal. Falls Arbogast oder die Akademie die Garde herschicken, vielleicht sogar Agenten, dann sollten wir –«

»Ich brauche keinen Leibwächter.«

»Nur *mich*!«, zeterte der Schnabel.

Ariel ignorierte das Buch. »Du hättest ihn schon in Libropolis gebraucht, so wie die Dinge sich dort entwickelt haben.«

»Warum ich? Ich bin nicht wichtiger als irgendwer sonst hier.«

»Du bist eine Rosenkreutz.«

»Genau wie Pip.«

»Aber dein Bruder ist kein Bibliomant. Du bist die letzte Bibliomantin eurer Familie.«

Sie sah in seinen Augen, dass das noch nicht alles war. »Es ist wegen Siebenstern«, brachte sie tonlos hervor.

Ariel nickte mit einem leisen Seufzen.

»Nur weil wir uns geschrieben haben, er und ich, macht mich das nicht –«

»Ihr habt euch über eine Distanz von *zweihundert Jahren* geschrieben. Du hast ihn aufgehalten, als er die Welt der Bibliomantik zerstören wollte. Und du warst diejenige« – er hielt inne, weil er wohl wusste, dass er jetzt nicht das Falsche sagen durfte –, »die ihn inspiriert hat. Du bist Teil seiner Schöpfung und zugleich auch der Grund dafür. Er hat die Bibliomantik überhaupt erst erschaffen, weil du ihm aus der Zukunft davon erzählt hast.«

»Ich bin nicht so was wie seine Muse gewesen, Ariel!« Sie ballte die Fäuste zu einer hilflosen Geste, weil er ihr noch mehr Verantwortung aufbürdete. An einigem mochte sie die Schuld tragen, aber doch nicht an allem. »Verdammt nochmal!«

»Hier geht es nicht um Schuld«, sagte er. »Nur um deine Sicherheit.«

Patience räusperte sich wieder. »Und davon versteh ich was.« Beide drehten sich zu ihm um. »'ne ganze Menge, wirklich.«

Er zog instinktiv den Kopf ein, während er aus der Halle zu ihnen ins Freie trat. Als sein grauer Gehrock aufklappte, sah sie, dass an seinem Gürtel zwei antiquierte Revolver hingen. Es war Furia neu, dass in der Residenz Waffen getragen wurden wie in einem Hinterwäldlersaloon am Rio Grande.

»Bin ’n Scharfschütze, Ma’am. Treffe jeden i-Punkt in dem vorlauten, kleinen Buch da, wenn Sie’s mal gerade in die Luft werfen.«

Blitzschnell zuckte der Schnabel zurück in ihre Tasche. »Wir könnten ihn verwandeln«, drang es dumpf daraus hervor. »In einen Pilz. Du könntest drauf rumtrampeln.«

»Patience«, sagte sie und bemühte sich, freundlich zu bleiben, »das hier ist ein Missverständnis. Ariel, sag ihm, dass er wieder gehen kann.«

»War im Krieg, Ma’am. Hab da ’ne Menge Schlimmes erlebt. Dann bin ich aus dem Buch gefallen. Musste meine Molly zurücklassen, das arme Ding. Ich bin nicht hier, weil ich England mag oder überhaupt irgendwas. Also, abgesehen von Molly. Die hab ich gemocht, sehr sogar. Ich bin hier, weil ich kein Zuhause mehr hab. Nur das Haus hier. Und ich bin Ihnen dankbar dafür. Deshalb können Sie sich auf mich verlassen, absolut. Wenn Ihnen jemand was Böses tun will, dann bin ich da. Werfe mich in jede Kugel, so als wären Sie meine Molly. Sie hat sich in mich verliebt, weil ich das für sie getan hab, mehr als einmal. Hab da ein paar Narben, die kann ich Ihnen zeigen.«

Der Schnabel schlängelte sich wieder ans Tageslicht. »Sagt er da gerade, dass du dich in ihn verlieben könntest?«

»Nee, das sag ich doch gar nicht«, widersprach Patience erschrocken. »Mich liebt nur meine Molly, und ich lieb’ nur sie. So ist das und so bleibt das.« Er zog ein abgegriffenes Taschenbuch mit vergilbten Seiten aus seiner Uniformjacke und hielt es Furia entgegen. »Da, das ist mein Buch. Alle fragen immer, ob ich aus *Vom Winde verweht* gefallen bin, wegen der Uniform und so, aber das kenn' ich gar nicht. Das hier ist das einzige Buch, das ich gelesen hab, und auch nur, weil meine Molly drin vorkommt. Und ich auch, natürlich. Im Buch nimmt alles ein glückliches Ende.«

Zögernd nahm Furia das Buch entgegen. Es war einer jener furchtbaren Liebesromane, aus denen ihr Vater früher Sirup destilliert hatte. Auf dem Titelbild hielt ein goldhaariger Schönling eine weißblonde Frau im Arm. Wind blähte ihre eindrucksvolle Mähne, im Hintergrund stand eine Südstaatenplantage in Flammen. Durch dekorative Risse in der Uniform des Mannes waren seine Muskelpakete zu sehen. Furia erkannte auf Anhieb, dass Patience das gealterte Ebenbild des schmachtenden Kraftprotzes war. *Feuersturm der Leidenschaft* stand in verschlungenen Buchstaben über den Köpfen der beiden. Lack war von der Schrift gebröckelt, weil Patience das Buch wohl bei Wind und Wetter mit sich trug.

Etwas an ihm und seinem zerknitterten Taschenbuch rührte sie, ob sie wollte oder nicht. Sie fragte sich, ob Ariel ihm wohl aufgetragen hatte, es ihr zu zeigen.

»Patience?« Sie reichte ihm das Buch zurück.

»Ja, Ma'am?«

»Ich bin Furia. Nenn mich nicht Ma'am, bitte. Und wenn du mir helfen willst, dann nehme ich das Angebot an.«

»Wie bitte?«, rief das Schnabelbuch.

Patience grinste und schob den Roman zurück in seine Jackentasche. »Hab's begriffen«, sagte er. »Furia. Nicht Ma'am.«

»Ja, genau.«

»Ein tumber Tor!«, rief ihr Seelenbuch in Rage. »Ein dümmlicher Dämlack! Ein –« Furia hielt ihm wie beiläufig den Schnabel zu.

Sie sah Ariel an. »Ich möchte meinen neuen Leibwächter jetzt in seine Aufgaben einweisen.«

Ariels Miene verriet seine Skepsis, aber dann nickte er, schenkte Patience ein aufmunterndes Lächeln und verschwand im Haus. Furia wartete, bis seine Schritte verklungen waren, und fragte sich, ob er auch aus der Ferne erkennen konnte, was in ihrem Kopf vorging. Erstaunlicherweise hatte sie darüber noch nie nachgedacht.

»Als Erstes«, sagte sie, »möchte ich, dass du diesen Steinkopf« – sie deutete auf Wiboradas Haupt – »hoch aufs Dach bringst, und zwar an den Fuß des Wetterhahns. Stell ihn so auf, dass er das Tal überblicken kann.«

Patience zog zweifelnd eine Braue hoch. »Bin nicht sicher, ob das nicht eigentlich 'ne Aufgabe für 'nen Leibdiener wäre. Und ein Diener bin ich nicht.«

Sie schenkte ihm ihr freundlichstes Lächeln. »Anschließend«, sagte sie unbeirrt, »müsste Samsa gefüttert werden.«

»Das melancholische Ungeziefer?«

»Genau. Mein Bruder Pip zeigt dir, was du dabei beachten musst.«

»Bin aber ein Leibwächter, kein Tierwärter.«

»Und *danach* überlegen wir gemeinsam, wie du mich am besten beschützen kannst.« Sie streckte ihm ihre Hand entgegen. »Einverstanden?«

Darüber musste er nachdenken und blickte von ihr auf den Steinkopf. »Einverstanden«, sagte er schließlich, ergriff ihre

Hand mit seiner Pranke und schüttelte sie heftig. »So machen wir das.«

»Danke, Patience.«

»Willst du jetzt meine Narben sehen? Hab auch eine Tätowierung. Da steht *Molly* auf meinem Arm.«

»Später. Erst der Kopf und Samsa.«

Patience salutierte, hob Wiboradas Kopf wie eine Schaumstoffkugel vom Boden und machte sich auf den Weg zum Dach.

18

Pip ging rückwärts den Korridor hinunter, während ihm der riesige Mann mit Siebenmeilenschritten folgte.

»Kennst du Samsa schon?«

»Hab nur von ihm gehört«, sagte Patience.

»Sie nennen ihn das melancholische Ungeziefer, weil er immer traurig ist. Und meistens auf dem Rücken liegt. Käfer auf dem Rücken sehen irgendwie immer traurig aus.« Vor Monaten hatte ihm jemand das Wort *melancholisch* erklären wollen, weil er noch ein Kind war. Aber Pip las Bücher. Er kannte viele Wörter. Und wenn er eines nicht verstand, dann erklärte er es sich selbst aus dem Zusammenhang. Das war nicht viel anders, als versuchte man, die Farbe von Weingummi am Geschmack zu erkennen. Probierte man es lange genug, wurde man irgendwann ziemlich gut darin.

»Er sieht aus wie eine Kakerlake, erzählen die Leute.« Patience kratzte sich im Nacken. »Kann er reden?«

Pip blieb stehen. »Konnten denn in deinem Buch die Insekten reden?« Er dachte an die Bücher voller sprechender Tiere, die er früher verschlungen hatte, konnte sich aber nicht erinnern, darin jemals einem Kerl wie Patience begegnet zu sein.

»Nee«, sagte der Riese in der grauen Uniform und grinste verschlagen. »Wir haben Insekten *gekocht*. Im Krieg, als uns das Essen ausging. Da gab's 'ne Suppe aus Ameisen, gar nicht mal so übel.«

»Samsa kommt in keine Suppe!«

»Klar nicht.« Patience zeigte grinsend seine Zähne. »Hatte auch schon Pfannkuchen zum Frühstück. Mit Orangenmarmelade.«

Pip hielt dem Mann den Eimer hin, den er beidhändig aus der Küche herauf in den zweiten Stock getragen hatte. Er war randvoll mit altem Gemüse und roch nicht gut, aber Pip hatte Übung darin, ihn durchs Haus zu balancieren. Er kümmerte sich seit Wochen um Samsas Fütterung und verstand nicht, warum Furia plötzlich wollte, dass der Exlibro ihm dabei half.

»Hier.« Er hielt Patience den Eimer hin. »Bist du stark genug, den zu tragen?«

Patience nickte und packte den Griff mit seiner Pranke.

Am Ende des Flurs hing ein Wandspiegel mit einem schweren goldenen Rahmen. Die Oberfläche war dunkel angelaufen, aber Pip konnte sich trotzdem darin erkennen. Er hatte das gleiche blonde Haar wie Furia und war noch immer klein für seine elf Jahre; Patience überragte ihn fast um das Doppelte. Früher hatte Pip sich vor Clowns gefürchtet, aber das hatte aufgehört, nachdem die Kavaliere der Umgarnten die Residenz überfallen hatten. Heute wusste er, dass die Clowns nur in seiner Phantasie existiert hatten, anders als die Männer, die das Anwesen verwüstet hatten. Furia und Isis hatten sie verjagt und versprochen, dass sie nie mehr zurückkehren würden.

»Hier ist es«, sagte er und blieb vor der letzten Tür auf der rechten Seite des Korridors stehen.

Patience horchte am Holz. »Schläft er?«

Pip klopfte an. »Samsa? Ich bin's, Pip. Ich hab Besuch mitgebracht.«

Die Stille hielt noch einen Augenblick länger an, dann ertönte im Inneren ein Schnarren und Rasseln.

Pip strahlte seinen Begleiter an. »Er sagt, wir dürfen reinkommen.«

»Gar nichts hat er gesagt. Garantiert nich'.«

Pip drückte die Klinke hinunter und trat ein.

Schwere Vorhänge waren vor die Fenster gezogen worden, das einzige Licht fiel durch eine haarfeine Ritze. Patience legte die rechte Hand an den Revolvergriff, doch Pip knuffte ihn kopfschüttelnd in die Hüfte. »Du brauchst keine Angst zu haben.«

Er hatte erwartet, dass Patience widersprechen würde, weil Erwachsene niemals Ratschläge von Kindern annahmen. Doch der Exlibro nickte, ließ die Waffe wieder los und hakte seinen Daumen in den Gürtel ein.

»Samsa«, sagte Pip, »das hier ist Patience. Er ist ein Exlibro wie du.«

Der dunkle Umriss auf dem Himmelbett sah auf den ersten Blick aus wie ein Fleck, annähernd oval und etwas größer als Pip. Samsa lag auf dem Rücken; das war ihm nicht auszutreiben, auch wenn er immer einige Anläufe brauchte, um sich aus eigener Kraft auf den Bauch zu drehen. Das Buch, aus dem er gefallen war, eigentlich eine Kurzgeschichte, erzählte davon, wie ein unscheinbarer Mann eines Morgens in seinem Bett als riesiges Insekt erwachte. Pip fand sie sterbenslangweilig, weil das Ungeziefer keine Menschen fraß und sich den lieben langen Tag bemitleidete. Hätte er selbst die Geschichte geschrieben, dann wäre das Monster am Ende mit Panzern angegriffen worden und hätte jeden verspeist, der sich ihm in den Weg stellte.

Tagsüber lag das melancholische Ungeziefer auf seinem Chitinrücken im Bett, hielt die Beine angewinkelt wie Scheibenwischer und dämmerte im Halbdunkel vor sich hin. Samsa bewegte sich nur nachts durchs Zimmer, wenn er Durst bekam oder die Küchenabfälle aus einem der beiden Tröge neben dem Kamin vertilgen wollte. Sie hatten es auch mit anderem Futter versucht, aber welke Gemüsereste schienen ihm am besten zu schmecken. Samsa benötigte kein Licht, um seine Nahrung aufzuspüren, weil sein Geruchssinn so stark ausgeprägt war. Wenn er am Tag nicht schlief oder Trübsal blies, säuberte er stundenlang seine Insektenglieder mit den Fresswerkzeugen. Vor allem den Fühlern widmete er sich mit größter Hingabe.

»Ein verdammter Riesenkakerlak«, sagte Patience beeindruckt und blieb vor dem Bett stehen. »Der Stiefel, der den platt tritt, muss erst noch genäht werden.«

»Er meint das nicht so«, sagte Pip zu Samsa. »Patience war im Krieg, da mussten sie Stiefel *essen.*« Er sah den Exlibro an. »Hab ich in einem Buch gelesen.«

Samsa stieß ein rasselndes Seufzen aus, wahrscheinlich weil er sich wünschte, dass man ihn wieder allein ließe in seinem Weltschmerz. Dabei schien es ihm an manchen Tagen durchaus recht zu sein, wenn Pip sich zu ihm setzte und ihm erzählte, was ihn beschäftigte. Von seiner Angst um Furia, wenn sie mit Finnian und den anderen unterwegs war, um die Akademie zu bekämpfen. Von seiner elften Geburtstagsfeier, zu der ihm die

Exlibri eine Torte mit Szenen aus elf verschiedenen Büchern geschenkt hatten. Und von seinen Vormittagen im Cottage der alten Miss Drycrust, einer pensionierten Lehrerin aus Winchcombe, die ihn seit ein paar Monaten bei sich zu Hause unterrichtete. Ihrem Vorgänger Mister Theophile hatten sie kündigen müssen, weil er darauf bestanden hatte, seine Schulstunden weiterhin in der Residenz abzuhalten, was aufgrund der neuen Situation ganz und gar unmöglich geworden war.

»In den rechten Trog«, sagte er zu Patience, der noch immer mit dem Eimer am Fußende des Bettes stand und Samsa begutachtete. Es war gerade hell genug im Zimmer, um das Rieseninsekt auf dem weißen Bettlaken erahnen zu können.

Gelegentlich beschloss Samsa, dass es an der Zeit war, einen Ausflug zu machen – vermutlich suchte er nach einem Weg aufs Dach, um sich in den Tod zu stürzen –, und dann erschreckte er den einen oder anderen Exlibro. Dabei hatte Samsa schon im Wald der toten Bücher bei ihnen im Lager gelebt. Eines Tages war er aus einem Buch gefallen, als Summerbelle versucht hatte, mit Hilfe von Bibliomantik für alle Pasteten herzustellen. Summerbelles verdutztes Gesicht, erzählten die Exlibri, sei jede Mühe wert, die sie fortan mit dem unglücklichen Untier hatten.

»Der Trog«, sagte Pip noch einmal. »Der rechte.«

Patience murmelte etwas und ging zu den beiden Näpfen am offenen Kamin hinüber. Aus viel zu großer Höhe ließ er das Gemüse hineinfallen. Eine Tomate prallte vom Rand ab und rollte unters Bett. Patience stellte den Eimer neben die Zimmertür und kam wieder herüber.

Samsa seufzte verdrossen.

»Hat er auch mal gute Laune?«

»Ich will dich mal sehen«, sagte Pip, »wenn du morgens als Schabe aufwachst.«

Patience setzte sich in respektvollem Abstand zu Samsa auf die Bettkante und legte die Hände in den Schoß. »Ich glaube, ich weiß ganz gut, wie er sich fühlt. Er wäre gern jemand anders, und ich wäre gerne *woanders.*«

»Immerhin bist du kein Ungeziefer.«

»Mein früheres Leben hab ich trotzdem verloren. Alle hier haben das.«

Samsa zuckte mit den Vorderbeinen, doch ob das eine Reaktion auf Patiences Worte war, blieb ungewiss.

»Ich hab gehört, was dir und deiner Schwester passiert ist«, sagte Patiences zu Pip. »Kinder sollten so was nicht erleben müssen.« Das Gesicht des Exlibro lag im Schatten, aber Pip spürte, dass seine Worte keine Floskel waren. Sein Tonfall war ernst und bedrückt. Pips Vater hatte oft so geklungen.

Samsa klappte seine beiden Vorderglieder auseinander und zog damit den linken Fühler zu seinem Schädel herab. Mit schmatzenden Lauten führte er ihn an seiner Mundöffnung entlang.

Patience betrachtete den Vorgang fasziniert. »Du solltest das Gute daran sehen«, sagte er zu Samsa. »Du hättest auch als Hund aufwachen können, dann müsstest du dir jetzt den Hintern lecken.«

Samsa stieß ein gequältes Ächzen aus und ließ seinen Fühler los, der wie eine Rute nach hinten peitschte.

»Das hat ihn echt aufgebaut«, sagte Pip.

Patience zuckte die Achseln. »Ich helfe, wo ich kann.«

»Erzählst du mir vom Krieg?«

»Das ist nichts für kleine Jungs.«

»Warst du doch selbst mal.«

»Ich war schon groß, als ich klein war. Also größer als die anderen. Und stärker.«

Pip setzte sich ans Fußende. »Das muss toll sein.«

»War das Allerschlimmste. Deshalb haben sie mich eingezogen, als ich gerade mal dreizehn war. Meine Freunde konnten alle zu Hause bleiben, jedenfalls noch ein paar Jahre, aber mich haben sie in eine Uniform gesteckt, mir Säbel und Gewehr in die Hand gedrückt und mich auf den Feind gehetzt. Hab eine Menge Schlimmes gesehen, schon als Junge, und oft bin ich fast draufgegangen. Anfangs hat mich immer irgendwer anders am Schlafittchen gepackt und aus der Klemme gezogen, aber später war's andersrum.«

Pip musterte den riesigen Südstaatler im Halbdunkel. Sein langes blondes Haar war schon ein wenig schütter geworden, und vorhin im Licht hatte Pip bemerkt, dass seine rechte Wange voller winziger Narben war. Schwarzpulver, vermutete er, von irgendeinem altmodischen Gewehr. Darüber hatte er mal etwas gelesen, im *Wildtöter* vielleicht oder in der *Schatzinsel*, einem von Furias Lieblingsbüchern.

»Ich find's jedenfalls gut, dass Ariel dich als Furias Leibwächter ausgesucht hat«, sagte er. »Jemanden wie dich kann sie gut gebrauchen. Jemanden, der ihr hilft, wenn es brenzlig wird.«

Patience nahm im Sitzen Haltung an. »Darin bin ich wirklich gut. Und ich werd' auch auf dich aufpassen, das versprech ich dir.«

Pip wollte etwas entgegnen, als an der Tür ein zaghaftes Klopfen ertönte. Nachdem sie eingetreten waren, hatten die beiden sie nicht wieder ins Schloss gedrückt, und nun schwang sie von der Berührung mit einem leisen Quietschen nach innen.

Patience sprang auf, als im hellen Rechteck des Eingangs eine zierliche Gestalt erschien. Er trat einen Schritt zurück und stand stocksteif wie beim Appell auf dem Kasernenhof. »Molly?«, flüsterte er.

»Hallo, Nassandra«, grüßte Pip.

Das schlanke Mädchen in der Tür machte einen vorsichtigen Schritt ins Zimmer, aber als Patience wie in Trance die Hand ausstreckte, warf es sich wortlos herum und floh wieder hinaus auf den Korridor.

»Nassandra!«, rief Pip. »Warte!«

Mit einem Seufzen stand er auf, gab Patience zu verstehen, sich nicht von der Stelle zu rühren, und eilte zur Tür. Er hatte sie fast erreicht, als zwei schmale, helle Hände um den Rahmen griffen, gefolgt von einem weißen Gesicht mit großen Augen, das scheu hinter der Kante hervorschaute.

»Hey«, sagte Pip, »ich bin's. Und das da ist ein Freund. Er passt jetzt auf meine Schwester auf. Sein Name ist Patience. Ihr müsstet euch eigentlich kennen, oder?«

Nassandras Kopf zuckte zurück, kam aber zwei Sekunden später wieder zum Vorschein. Ihre Augen waren doppelt so groß wie die eines gewöhnlichen Menschen.

»Du brauchst keine Angst vor ihm zu haben«, sagte Pip. »Er ist groß, aber auch sehr stark und ein echter Held.« Er blickte über die Schulter und zwinkerte dem Südstaatler zu. »Das ist Nassandra. Sie ist eine Kallista.«

Patience stand noch immer da, als hätte ihn der Blitz getroffen.

»Patience?« Nun bemerkte Pip, dass der große Mann ihn gar nicht wahrnahm. Patience hatte nur Augen für das Mädchen, sein Mund stand einen Spaltbreit offen, und seine rechte Hand hatte sich um den Saum seiner grauen Unformjacke zur Faust geschlossen.

»Er ist nicht immer so«, sagte Pip zu Nassandra. »Glaub ich jedenfalls.«

Sie schob sich langsam hinter dem Türrahmen hervor, immer noch beide Hände am Holz, barfuß und auf Zehenspitzen wie eine Balletttänzerin. Sie trug ein kurzes Sommerkleid, so hell wie ihr glattes Haar. Ihre Arme und Beine waren nackt. Nassandra hatte die weiße Haut einer jungen Birke und war über und über mit schemenhaften Buchstaben bedeckt.

Wie sie so dastand, zerbrechlich wie Glas, ganz leicht auf den Fußspitzen wippend, um sich bei Gefahr mit einem Sprung in Sicherheit zu bringen, erinnerte sie an ein Rehkitz, das sich nicht entscheiden konnte, ob es die Flucht ergreifen oder den Jäger beschnuppern sollte.

Patience atmete auf. »Für einen Augenblick dachte ich …«

»Was denn?«, fragte Pip.

»Meine Molly. Ich dachte … das lange Haar und der Körper …« Er räusperte sich, was Nassandra erneut zusammenzucken ließ. Dann salutierte er. »Bitte um Verzeihung, junge Dame. Mein Fehler. Wir haben uns schon von weitem gesehen, auch wenn ich noch nie das Vergnügen hatte, also, die Ehre, das Wort an Sie zu richten.«

Pip verdrehte die Augen.

Als Isis vor sechs Monaten ein Portal zwischen dem Wald der toten Bücher und der Bibliothek der Residenz geöffnet hatte, waren die Exlibri Hals über Kopf herübergeströmt, auf der Flucht vor den Schergen der Akademie und mit nichts als der Kleidung, die sie am Körper trugen. Noch während sich das Tor wieder schloss, war die Kallista hindurchgehuscht.

Wurde drüben im Wald ein zerstörtes Buch begraben, wuchs daraus ein neuer Baum; handelte es sich um das Seelenbuch eines Bibliomanten, entstand daraus ein Kallist oder eine Kallista, idealisierte Ebenbilder ihrer früheren Besitzer. Bei Tag streiften sie in menschlicher Gestalt durch den Wald, nachts wurden sie zu birkenähnlichen Bäumen, die versteckt im Unterholz wurzelten, bis am Morgen die Sonne aufging. Ihre Haut war bedeckt mit den Zeilen jener Bücher, die sie einst gewesen waren, und sie blieben stumm; zumindest hatte niemand sie je ein Wort sprechen hören. Den Namen Nassandra hatte Ariel der Kallista gegeben, nachdem sie den Exlibri in die Residenz gefolgt war.

Isis hatte damals angeboten, sie zurückzubringen, doch Nassandra hatte sich geweigert und war tagelang im Tal verschwunden. Seither wurde sie dann und wann im Park gesichtet, sehr viel seltener im Haus. Die meisten hatten sie nie mit eigenen Augen gesehen, nur wenige hatten sich ihr bis auf einige Schritte nähern dürfen. Pip begegnete ihr heute bereits zum fünften Mal.

Niemand wusste, was Nassandra in die Residenz führte. Kallisten zogen alle Nahrung bei Nacht durch ihre Wurzeln aus dem Boden, Hunger konnte also nicht der Grund sein. Manch einer hatte sie verstohlen durch die Gänge huschen sehen, und schließlich hatte Pip sie in Samsas Zimmer entdeckt. Nassandra kam gelegentlich her, saß schweigend an der Seite des Ungeziefers und verschwand nach einer Weile wieder. Beim dritten Mal war es Pip gelungen, sie zu überzeugen, dass sie nicht vor ihm davonlaufen brauchte, und seither duldete sie ihn in ihrer Nähe.

Patience hatte sich noch immer nicht von der Stelle gerührt. Die Kallista betrat den Raum, federleicht wie ein Nebelschleier, der nur durch Zufall die Form einer jungen Frau angenommen hatte. Furia hatte dieses Kleid mit zwölf oder dreizehn getragen, und es passte Nassandra wie angegossen. Trotzdem wäre niemand auf den Gedanken gekommen, ein Kind in ihr zu sehen. Dafür waren ihre großen Augen zu weise, ihr Auftreten zu ehrfurchtgebietend. Nicht einmal Ariel vermochte zu schätzen, wie alt sie war, weil Kallisten sich nicht mehr veränderten, wenn sie erst einmal aus einem Seelenbuch herangewachsen waren. Sie mochte zwanzig oder zweihundert sein, vielleicht sogar viel älter.

Pip machte Platz, damit sie an ihm vorbei an das Bett des melancholischen Ungeziefers treten konnte. Ihre weiße Haut fing jeden noch so schwachen Lichtschimmer ein und reflektierte ihn wie Mondlicht um Mitternacht.

Sie glitt an Samsas Seite und legte eine Hand auf seinen Leib. Die sechs Beine des Ungeziefers sanken auseinander, bis es dalag wie ein schwarzer Stern. Ein leises Pfeifen drang aus seiner Mundöffnung. Pip glaubte, dass die Kallista Samsa ein wenig von seiner Traurigkeit nahm und ihm auf rätselhafte Weise neuen Lebensmut schenkte.

Etwa eine Minute lang verharrte sie in dieser Haltung, derweil weder Pip noch Patience einen Laut von sich gaben. Schließlich blickte sie auf, sah erst zu Pip herüber, dann zu dem reglosen Südstaatler. Sie deutete mit einem langen Zeigefinger auf ihn, danach auf Samsa, und sie wiederholte diese Geste dreimal, ehe Patience flüsterte:

»Was will sie?«

»Ich glaube, sie möchte, dass du auch Samsa beschützt.«

Nassandra nickte, und zum ersten Mal sah Pip sie lächeln. Ein warmer Schauer durchlief ihn von Kopf bis Fuß.

»Das will ich tun«, sagte Patience und legte sich feierlich die Hand aufs Heldenherz. »Ich schwör's bei meiner Molly! Ich will der Lady Nassandra jeden Wunsch erfüllen, und diesen ganz besonders!«

Einen Moment lang war es Pip, als erklänge ein leises Lachen, so glockenhell, dass es kaum hörbar war. Dann löste sich die Kallista von Samsas Bett und huschte an Pip vorüber zur Tür. Er roch ihren Duft nach Waldboden und Baumrinde und hörte wie immer keine Schritte, als sie sich lautlos im Korridor entfernte.

Eine ganze Weile lang standen sie wortlos da, Pip mit einem Lächeln auf den Lippen, Patience noch immer mit der Hand an der Brust, als sei er gerade vom Präsidenten persönlich vereidigt worden. Schließlich war es ausgerechnet Samsa, der mit einem tiefempfundenen Seufzer das Schweigen brach, seine Beine über dem Körper zusammenklappte und ein leises Schnarren von sich gab.

»Verdammich noch eins«, murmelte Patience.

»Du magst sie«, stellte Pip fest.

»Dachte im ersten Moment, meine Molly käme zur Tür rein!«

Er hatte Pip gleich zu Anfang sein zerknittertes Taschenbuch gezeigt, und es stimmte: Die Frau auf dem Titelbild besaß tatsächlich entfernte Ähnlichkeit mit Nassandra, was allerdings vor allem daran lag, dass auch sie sehr zierlich, blond und großäugig war.

»Aber sie ist nicht Molly, Patience.«

»Das weiß ich! Hat mich doch nur an sie erinnert.« Der Exlibro blickte auf das Bett des Ungeziefers. »Sieht aus, als müsste ich den Kakerlak jetzt im Auge behalten. Weiß nicht, ob ihm das gefallen wird.«

»Du brauchst nicht über ihn zu reden, als ob er nicht im Raum wäre«, sagte Pip. »Sprich ruhig direkt mit ihm. Ich glaube, er versteht uns, auch wenn er nichts sagen kann.«

Patience winkte ab. »Vielleicht beim nächsten Mal.«

Pip ging zum Bett hinüber, verabschiedete sich von Samsa und verließ mit Patience das Zimmer. Gemeinsam schlenderten sie den Korridor hinunter. Der Exlibro schaute sich um, offenbar suchte er nach Spuren der Erscheinung, die sie gerade heimgesucht hatte.

»Sie verliert keine Blätter oder so was«, sagte Pip.

»Weiß ich doch.«

»Du würdest sie gern wiedersehen.«

»Seit ich aus dem Buch gefallen bin, ist sie das Schönste, was mir unter die Augen gekommen ist.«

»Hast du im Wald der toten Bücher keine Kallisten gesehen?«

Patience schüttelte den Kopf. »Hab die meiste Zeit Wache gehalten. Wir hatten das Lager in die Wurzel eines umgestürzten Mammutbaums gebaut, ziemlich hoch oben in der Luft.

Kallisten bleiben aber immer unten am Waldboden, sie klettern nicht gern auf andere Bäume.« Er hielt inne und ließ sich auf einen samtbezogenen Stuhl fallen, der unter einem Gemälde mit Goldrahmen stand. Er stützte das Gesicht in die Hände und sah Pip über die Fingerspitzen hinweg an. »Es ist ja nur, weil ich jetzt wieder an Molly denken muss.«

»Du vermisst sie ganz schön, hm?«

»Mir ist nie was Besseres passiert als sie. Nicht, weil sie reich ist und schön wie die heilige Mutter Maria. Sondern weil sie mich so nimmt, wie ich bin. Ich bin nicht besonders klug, das weiß ich, und erst recht nicht so klug wie sie. Aber sie hat mich gern, auch wenn ich mal nicht so schlaue Sachen sage.«

»Und du hast ihr das Leben gerettet.«

»Das hätte jeder getan. Für sie zu sterben wäre … gar nicht so schlimm.«

Pip musste an alle denken, die er verloren hatte. »Ich finde sterben ziemlich schlimm«, sagte er.

»Wenn ich genau wüsste, dass ich Molly wiedersehe, dann wär's mir egal.«

»Also, ich würde nicht sterben wollen, um meinen Vater wiederzusehen.« Pip hatte ein schlechtes Gewissen bei diesen Worten, aber es war die Wahrheit: So lieb er seinen Vater gehabt hatte, war er doch viel zu gern auf der Welt, um das einfach aufzugeben.

»Kann ich dir ein Geheimnis verraten?«, fragte Patience.

Pip nickte.

Der Exlibro blickte in beide Richtungen den Gang hinunter und senkte die Stimme. »Hast du mal vom Fluss Anonymus gehört?«

»Das ist so ein Bibliomantenmärchen.«

»Kein Märchen«, widersprach Patience mit heftigem Kopfschütteln. »Es gibt ihn wirklich. Ich hab gehört, wie welche drüber gesprochen haben.«

Das schien Pip ein ziemlich magerer Beweis zu sein. Aber er widersprach nicht, weil Patience augenscheinlich daran glauben wollte.

Der Legende nach floss der Fluss Anonymus zwischen den Seiten der Welt und berührte auf seinem Weg unzählige Bücher. Durch jedes Buch, in dem ein Fluss beschrieben wurde, floss auch der Anonymus. Er war wie ein Schauspieler, der in zahllosen Filmen auftauchte, mal in der Hauptrolle, mal nur im Hintergrund. Das Wasser des Anonymus, so hieß es, erreichte früher oder später alle Bücher, als kleiner Bach oder reißender Strom.

»Ich würde gern einen Brief schreiben«, sagte Patience. »Einen Brief an Molly, weil sie doch nicht weiß, was aus mir geworden ist. Im Buch bin ich ja noch da.«

Stürzte ein Exlibro aus einem Roman, blieb das Buch davon unangetastet, die Geschichte unverändert. Patience – oder jemand, der wie sein Zwilling aussah – kämpfte auch heute noch in *Feuersturm der Leidenschaft* für den Süden, die Liebe und das unvermeidliche Happy End. Vielleicht machte es das für ihn noch schwerer, weil Molly ihn nicht einmal vermisste und am Ende mit jemandem in den Sonnenuntergang ritt, der in allem so war wie er.

»Ich will aufschreiben, was passiert ist«, sagte Patience, »und dann will ich den Brief in eine Flaschenpost stecken und einen Bibliomanten bitten, ihn in den Fluss Anonymus zu werfen.

Irgendwann wird die Flasche schon im richtigen Buch ankommen, am Ufer des Mississippi. Und dann wird Molly sie finden und den Brief lesen. Und selbst wenn es erst in tausend Jahren passiert, dann wär's mir auch egal, weil Geschichten doch niemals sterben, wenn sie einmal aufgeschrieben sind. Hauptsache, Molly erfährt die Wahrheit und weiß, dass sie noch immer der allerwichtigste Mensch für mich ist.«

»Bestimmt weiß sie das längst. Auf deinem Buch sieht's jedenfalls ganz danach aus.«

Patience zog das Taschenbuch hervor und strich mit seinen groben Fingern über die Frau auf dem Titelbild. »Gibt da nur ein Problem.«

Hundert, dachte Pip, aber er fragte: »Was denn?«

»Ich kann nicht so gut schreiben. Also, schon meinen Namen und so. Aber das, was ich ihr sagen will, die vielen Sätze und schwierigen Wörter …«

»Wie wär's, wenn ich dir dabei helfe?«

Patience blickte auf, und ein Strahlen erschien auf seinen Zügen. »Würdest du das tun?«

Pip salutierte. »Worauf du dich verlassen kannst, Soldat!«

Patience hob zwei Finger an die Stirn und erwiderte den Gruß mit Verschwörermiene.

19

Wiboradas Haupt stand aufrecht am Fuß des Wetterhahns auf dem mittleren Giebel der Residenz und blickte ins Tal hinaus. Patience hatte den Steinkopf mit Drahtschlingen am Gestänge des Hahns befestigt, aber das sah man nur aus nächster Nähe.

Furia freute sich darüber, und mit einem Anflug von schlechtem Gewissen stellte sie sich vor, was für Mühen er auf sich genommen hatte, um den schweren Schädel hierherzubringen.

Das Tal erstreckte sich von hier aus nach Westen, eine sanfte Kerbe zwischen grünen Hängen, durchzogen von Begrenzungsmauern aus Bruchstein und verwobenen Heckenreihen. Die Sonne stand nur noch einen Fingerbreit über dem Horizont und übergoss die Landschaft mit kupfernem Abendlicht.

Den ganzen Tag über war Furia allen anderen aus dem Weg gegangen, weil sie in Ruhe nachdenken musste: über das, was Celestian und Ariel gesagt hatten, aber mehr noch über ihre eigenen Gefühle bei der Erinnerung an Marduks Festung.

Als sie ein Scharren hörte, blickte sie nach hinten und erkannte Cat, die zwischen den Giebeln näher kam. Sie bewegte sich auf Dächern mit traumwandlerischer Sicherheit, flinker noch als Furia selbst, die hier oben jeden Ziegel kannte.

Auf einem der zahllosen Kamine des Anwesens beendeten zwei gurrende Tauben ihre Balz, stiegen flatternd empor und ließen sich Augenblicke später auf Cats Schultern nieder, eine auf jeder Seite. Sie flüsterte ihnen etwas zu, streichelte ihr Gefieder und sah dann zu, wie sie sich wieder erhoben und hinter den Dächern verschwanden.

Rittlings setzte sie sich zu Furia auf den Giebel, den Rücken zum Tal gewandt. »Keiner hat gewusst, dass du hier oben bist.«

»Du offenbar schon.«

»Ich hab Pip nach dir gefragt. Frankensteins Monster war bei ihm.«

Lächelnd verdrehte Furia die Augen. »Patience. Mein neuer Bodyguard, jedenfalls wenn es nach Ariel geht.«

»Sah eher so aus, als ob er Pip auf Schritt und Tritt folgt.«

»Er scheint ganz in Ordnung zu sein. Und wenigstens kann ich einigermaßen sicher sein, dass Pip nichts zustößt.«

»Du bist mir den ganzen Tag aus dem Weg gegangen.«

»Ich bin allen aus dem Weg gegangen. Ich wollte in Ruhe nachdenken.«

»Hat's geholfen?«

»Ich glaube einfach nicht, dass Isis uns im Stich gelassen hat. Finnian hat sich das in den Kopf gesetzt, aber er –«

»Wolltest du deshalb nicht mit mir darüber reden? Weil Finnian mein Freund ist?«

Furia wich schuldbewusst ihrem Blick aus. »Du bist froh, dass du ihn zurückhast, das verstehe ich, aber er –«

Cat schnitt ihr das Wort ab. »Ihn zurückhabe? Seit wir wieder hier sind, war ich vielleicht eine halbe Stunde mit ihm allein, und die Hälfte der Zeit hat er unter der Dusche gestanden. Ansonsten hockt er mit Summerbelle im Arbeitszimmer deines Vaters, und sie reden sich gegenseitig ein, dass Isis das

Schlimmste ist, was dem Widerstand seit Åhlanders Tod zugestoßen ist.«

Furia kaute auf ihrer Unterlippe, während sie versuchte, in Cats Miene zu lesen. Es gelang ihr nicht, weil ihre Freundin den Sonnenuntergang im Rücken hatte: eine struppige Silhouette vor einem Himmel aus Gold und Rot.

»Ich versteh ihn nicht«, sagte Furia schließlich. »Ich meine, sicher, er hat eine Menge mitgemacht. Aber er kann doch nicht ernsthaft Isis die Schuld an allem geben.«

»Summerbelle bestätigt ihn auch noch darin. Sie sagt genau das, was er hören will.« Mit einem wütenden Schnauben fügte sie hinzu: »Anders als ich, offenbar. Hat nicht lange gedauert, da haben wir uns gestritten. Nach so langer Zeit hat er nichts Besseres zu tun als sich …« Sie beendete den Satz nicht, weil ihre Stimme plötzlich heiser klang und sie vielleicht Angst vor dem hatte, was daraus werden mochte.

Furia ergriff Cats Hand und hielt sie zwischen ihren eigenen Händen fest. Erst da bemerkte sie, dass ihre Freundin zitterte.

»Er muss vielleicht erst mal runterkommen.« Das klang oberflächlich, auch wenn sie glaubte, dass es ein Teil der Wahrheit war. »Finnian hat drei Monate lang bei diesen Verbrechern gehaust. Du musst ihm ein wenig Zeit geben, sich wieder einzugewöhnen. Das alles ist nicht mal einen Tag her und –«

»Aber das ist es doch! Statt alles mal in Ruhe anzugehen, vielleicht mal einen bescheuerten Spaziergang über die Hügel zu machen oder *irgendwas*, das nichts mit der Akademie zu tun hat, sitzt er da, tuschelt mit Summerbelle und schmiedet Pläne, wie man Isis aufhalten könnte, bevor sie Arbogast alle unsere Geheimnisse verrät!«

Furia würde vermutlich niemals die *beste* beste Freundin der Welt werden, aber selbst sie hatte längst begriffen, dass das wahre Problem nicht Finnians Verbitterung war. Cats wahres Problem war Summerbelle.

»Sie wollen Isis verfolgen?«

Cats Schultern sanken noch tiefer, als sie nickte. »Irrsinn, oder? Summerbelle ist nicht stark genug, um es mit diesem Arbogast aufzunehmen. Und Finnian ist völlig erschöpft, auch wenn er das nicht wahrhaben will. Ich meine, wir *alle* sind noch ziemlich fertig.« Sie sah zu einem wirbelnden Fledermausschwarm hinüber, der mit der anrückenden Nacht seinen Schlafplatz unter den Dächern verließ. »Und wir überstürzen alles viel zu sehr. Die Aktionen der letzten Monate – das sind doch nur Sticheleien, über die sich die Akademie totlacht. Arbogast hat es selbst gesagt. Ich frage mich manchmal, ob wir das wirklich tun, um die Refugien zu befreien, oder ob es uns nur darum geht, unser Gewissen zu beruhigen. Weil wir in der Lage sind, etwas zu unternehmen, auch wenn wir im Grunde alle wissen, dass es zu nichts führt. Sogar Ariel wirkt müde, ist dir das aufgefallen?«

Furia nickte. »Aus dem Widerstand ist die Luft raus. Das meinst du doch, oder?«

»Alle wollen das Richtige, aber wir sind einfach nicht stark genug. Nicht einmal Isis. Als ich noch in Libropolis auf den Dächern gelebt habe, da wusste ich wenigstens, warum ich was gemacht hab: um zu überleben, um essen zu können und mir ein bisschen Respekt zu verdienen, damit mich Leute, die viel schlimmer waren als ich, in Frieden ließen. Das war ein Ziel, das ich erreichen konnte, und deshalb bin ich morgens … also, mittags … aufgestanden und hab mich auf den Weg gemacht. Aber unser Ziel hier draußen ist ein Sieg über die Akademie, der so weit außerhalb unserer Reichweite liegt, dass wir nicht mal wissen, wie er aussehen soll. Es gibt keinen Todesstern, den wir zerstören können, keinen Einen Ring oder weiß der Kuckuck was.« Sie hielt inne, offenbar selbst überrascht von ihrem Redefluss. »Und ich sag dir noch was: Wenn es letztlich nur darum geht, unser Gewissen zu beruhigen, dann brauche ich das nicht. Ich bin ziemlich im Reinen mit meinem Gewissen, auch wenn ich nicht die große Heldin bin, die irgendwann die Drei Häuser vom Thron stößt. Ich lebe, ich bin … irgendwie … verliebt, ich hab ein paar gute Freunde. Andere Ansprüche hab ich nicht. Mehr ist einfach nicht nötig, um aus mir einen einigermaßen zufriedenen Menschen zu machen.«

Es gab nicht vieles, das Furia darauf hätte erwidern können, außer: *Du hast recht*. Allerdings ertappte sie sich dabei, dass sie in Gedanken bereits woanders war.

»Wir müssen die beiden aufhalten«, sagte sie.

Cat starrte sie an. »Hast du mir überhaupt zugehört?«

»Ja … natürlich. Tut mir leid.« Furia schwang ein Bein über den Dachgiebel, um aufzustehen. »Aber wir können hier nicht rumsitzen und reden, während Finnian und Summerbelle nach Libropolis aufbrechen.«

»Sag ich doch. So ungefähr, jedenfalls.«

Furia reichte Cat ihre Hand, dann schlitterten sie gemeinsam die Schräge hinunter bis zur Dachluke.

Der Fledermausschwarm rauschte in einer Kurve über ihre Köpfe hinweg und zerstob in alle Richtungen.

20

Furia hatte Summerbelle schon vor Monaten erlaubt, sich ins Arbeitszimmer ihres Vaters zurückzuziehen, um dort seine bibliomantischen Schriften zu studieren. Meist fand auch ihr Unterricht dort statt, und sie musste Summerbelle zugestehen, dass sie ihre Sache gut gemacht hatte. Zwar war Furia noch weit davon entfernt, eine perfekte Bibliomantin zu sein, aber sie hatte eine Menge dazugelernt, und das hatte sie vor allem Summerbelles Gewissenhaftigkeit zu verdanken.

Als sie jedoch an diesem Abend, ohne anzuklopfen, die Tür des Arbeitszimmers aufstieß, war ihr so gar nicht nach Dankbarkeit zumute.

»Ihr könnt das nicht tun!«

Finnian und Summerbelle saßen sich in der Sitzecke des Zimmers gegenüber, sie mit angezogenen Knien auf dem Sofa, das Tiberius Faerfax immer nur als Ablage für schwere Folianten gedient hatte, er in einem Ledersessel, den Furia früher zwischen all den Büchertürmen nicht einmal wahrgenommen hatte. Finnian trug Jeans und ein schwarzes Shirt. Summerbelle war in eines ihrer geliebten ärmellosen Kleider geschlüpft, eierschalenfarben und niemals länger als bis zum Knie. Darunter trug sie einen weißen Rollkragenpullover, passend zu ihrem Haar.

Das Zimmer hatte sie schon vor Monaten notdürftig aufgeräumt, war aber gegen das chaotische Eigenleben des Raumes nicht angekommen. Der Schreibtisch sah noch genauso aus, wie Furias Vater ihn vor seinem letzten Sprung zurückgelassen hatte, auch die meisten Büchergebirge auf dem Boden waren unberührt geblieben. Hier und da hatte Summerbelle einzelne Stapel in den Regalen verschoben, um die Bücherschätze dahinter zu heben. Außerdem hatte sie den Tisch zwischen Couch und Sessel freigeräumt, um dort jene Bände aufzutürmen, die sie noch lesen wollte.

Finnian hatte einen Stadtplan des Libropolis-Ghettos auf seinem Schoß ausgebreitet. Er blickte auf, als Furia und Cat hereinstürmten.

»Ich hab mit Celestian gesprochen«, sagte Furia, als sie vor den beiden stehen blieb, »und ich weiß jetzt, warum Isis in letzter Zeit so oft in London war.«

Cat schloss die Tür und betrachtete Finnian und Summerbelle argwöhnisch. Falls sie befürchtet hatte, in etwas Intimeres hineinzuplatzen als eine Lagebesprechung, so hatte sie sich getäuscht.

»Wissen wir auch«, sagte Finnian. »Celestian war bei Ariel und hat ihm alles erzählt.«

»Und ihr glaubt trotzdem, dass sie uns verraten wird?«

Summerbelle sah sie fast ein wenig mitleidig an. »Du willst es einfach nicht wahrhaben.«

»Isis hat dir vertraut! Euch beiden! Und sobald irgendwas nicht nach Plan läuft, gebt ihr sie einfach auf?«

»Sie hätte Arbogast angreifen können, als sie die Chance dazu hatte«, sagte Summerbelle. »Aber sie hat es nicht getan. Und sie ist die Einzige, die uns den Grund dafür nennen kann. Deshalb werden wir sie suchen.«

»*Du* hättest ihn angreifen können und hast es nicht getan«, entgegnete Furia. »Weil Arbogast uns alle umgebracht hätte. Isis hat uns gerettet!« An Finnian gewandt, sagte sie: »Wenn sie eine Verräterin wäre, hätte sie dann so viel Zeit mit Celestian verbracht, der ganz bestimmt kein Freund der Akademie ist?«

»Sie hat Zeit in seinem Haus verbracht, nicht mit ihm, das ist ein Unterschied.«

»Sie hat eine Menge geopfert, um auf unserer Seite zu kämpfen.«

»Hatte sie denn überhaupt eine Wahl?«, fragte Summerbelle. »Weißt du, Furia, so wie ich das sehe, war ihre Zeit bei der Akademie in dem Moment vorbei, als du und Siebenstern sie zur Exlibra gemacht habt. Sie musste davon ausgehen, dass man sie nie wieder als Agentin einsetzen würde, sobald herauskäme, was aus ihr geworden war. Eine Exlibra kann nicht ihresgleichen jagen, das hat sie gewusst.«

»Aber Arbogast hat gesagt, er bräuchte ihre Hilfe«, wandte Furia ein. »Was kann er da gemeint haben? Hilfe wobei?«

»Den gesamten Widerstand auf einen Schlag zu vernichten«, sagte Finnian.

»Ernsthaft?« Endlich ergriff Cat das Wort. »Glaubst du wirklich, wir alle hier wären mehr als nur ein Ärgernis für die Akademie? Seid ihr so überzeugt von euch, dass ihr glaubt, sie hätten einen Grund, sich Sorgen wegen uns zu machen? Für die sind wir kein Widerstand. Für die sind wir nichts als ein Haufen Verbrecher auf der Flucht. Welche Erfolge haben wir denn vorzuweisen? Ein paar demolierte Gebäude, mehr nicht. Wir töten keinen, wenn es sich vermeiden lässt, und wenn doch, dann nur Agenten, Milizionäre und Gardisten. Von all denen hat die Akademie anscheinend unerschöpfliche Reserven. Wir pinkeln ihnen ans Bein, das ist alles. Sie hätten weit bessere Gründe, Isis umzubringen als uns. Wir stören sie nur, aber Isis hat sie *verraten*. Sie war eine von ihnen und wurde dann ihr größter Feind. Arbogast hätte sie auf der Stelle töten müssen. Aber stattdessen hat er sie regelrecht angefleht, dass sie ihm zuhört.« Cat trat vor den Kamin und setzte sich auf die steinerne Kante. »Genau darum geht es doch: Was bereitet den Drei Häusern solches Kopfzerbrechen, dass sie sogar eine Verräterin wie Isis reaktivieren wollen?« Mit einem Blick zu Finnian und Summerbelle fügte sie hinzu: »Wir bestimmt nicht, sonst hätte er uns nicht laufenlassen.«

Furia war derselben Meinung. »Arbogast hatte es einzig auf Isis abgesehen. Jetzt, da es offenbar eine neue Bedrohung gibt, war es ihm nicht mal mehr die Mühe wert, uns umzubringen.«

Finnian begann, zwischen den Bücherstapeln im Raum auf und ab zu gehen.

»Ariel meinte, Arbogast könnte einen Umsturz planen«, sagte Summerbelle. »Dass er Isis deshalb auf seine Seite ziehen will.«

Auch darüber hatte Furia sich am Nachmittag Gedanken gemacht. »Arbogast ist einer der engsten Vertrauten des Hauses Cantos, und wie wahrscheinlich ist es da wohl, dass ausgerechnet er sich gegen die Akademie stellt? Möglich ist es, natürlich. Aber hat es bisher ein Anzeichen dafür gegeben? Hat irgendwer was geahnt? Selbst Ariel ist erst jetzt damit rausgerückt.«

»Du glaubst wirklich, da wäre noch jemand?«, fragte Summerbelle. »Eine dritte Gruppe, die Arbogast solche Angst macht, dass er sich sogar mit Gegnern der Akademie verbündet?«

»Alles, was er gesagt hat, würde dazu passen.«

Finnian blieb am Kamin stehen, ging neben Cat in die Hocke und nahm ihre Hand. »Wir werden die Wahrheit nur herausfinden, wenn wir Isis danach fragen.« Sein Tonfall klang fast bittend. Er wollte wirklich, dass sie seine Gründe verstand und guthieß. »Sie ist die Einzige, die uns eine Antwort geben kann. Und falls ihr recht habt und sie wirklich noch zu uns gehört, dann wird sie uns erzählen, was sie weiß.«

»Wenn du sie suchst, will ich mitgehen«, sagte Cat.

Er schüttelte den Kopf. »Ich kann nicht ohne eine Bibliomantin gehen. Summerbelle öffnet Tore, die innerhalb von Sekunden ans Ziel führen. Wahrscheinlich müssen wir schnell sein, wenn wir auf Arbogast treffen. Summerbelle ist die Einzige, die dazu in der Lage ist.« Er warf Furia einen langen Blick zu. »Möglich, dass alles genauso ist, wie du sagst. Und vielleicht hab ich mich in Isis getäuscht. Aber dann muss sie selbst mich davon überzeugen, nicht du.«

Furia ließ sich mit einem Ächzen in den frei gewordenen Sessel fallen. Summerbelle war auf dem Sofa wieder in Grübeleien versunken.

Cat zog Finnian zu sich heran und küsste ihn. Ihre Lippen berührten sich erst zögerlich, weil beide nicht sicher schienen, ob dem anderen gerade danach war, dann jedoch immer leidenschaftlicher.

Irgendwo tief im Haus schlug eine Glocke an. Furia und Summerbelle waren gleichzeitig auf den Beinen, auch Finnian und Cat sprangen auf. In einem anderen Leben hatte Pauline damit die Familie zum Essen gerufen. Heute bedeutete diese Glocke nur eines: Alarm.

Zum zweiten Mal an diesem Abend flog die Tür des Arbeitszimmers auf, ohne dass zuvor angeklopft worden war. Vor ihnen stand der Faun, den Furia am Morgen beim Anstreichen gesehen hatte. Gelbe und weiße Farbe sprenkelte sein struppiges Fell. Sein Gesicht war aschfahl.

»Ariel …« Es klang wie ein Ächzen. »Ariel ist tot.«

21

Nach Siebensterns Verbannung hatten sie die Bücher der Schöpfung – jene Bände, in denen er die Welt der Bibliomantik erschaffen und ihre Regeln festgeschrieben hatte – aus der Villa Angelosanto in die Residenz überführt. Zuvor waren sie fast anderthalb Jahrhunderte lang im Geheimzimmer der Villa versteckt gewesen, geschützt vor Feuchtigkeit und Tageslicht. Da es sich um handschriftliche Einzelexemplare handelte, stellte es ein zu großes Risiko dar, sie künftig in den Katakomben aufzubewahren. Vor einem halben Jahr war Furia dort von einem Schimmelrochen attackiert worden, ein untrügliches Zeichen dafür, dass sich Nässe gebildet hatte. Zudem war ihr nicht geheuer, dass die Bibliothek sich ganz von selbst in ein Refugium verwandelt hatte.

Schließlich hatten sie entschieden, die Bücher der Schöpfung in einem Zimmer im zweiten Stock aufzubewahren. Die beiden hohen Fenster waren zugemauert worden, der Eingang mehrfach gesichert. Tag und Nacht standen dort zwei bewaffnete Exlibri Wache, die niemandem Zutritt gewährten außer Ariel und den drei Bibliomantinnen des Widerstands, Isis, Summerbelle und Furia.

Jetzt waren die beiden Wächter tot. Ihre Leichen lagen am anderen Ende des Korridors, mehr als fünfzehn Yards von der Tür entfernt. Ihre Körper waren mit solcher Wucht den Flur hinunter gegen die Stirnwand geschleudert worden, dass die weinrote Tapete zerfetzt und der Putz darunter gesplittert war. Glieder und Köpfe waren auf eine Weise verdreht, die keinen Zweifel daran ließ, dass ihnen alle Knochen im Leib gebrochen worden waren.

Ein Mann rief nach Laken, um die Toten zu bedecken, wurde aber von einer Exlibra beiseitegestoßen, die schluchzend neben einem der beiden auf die Knie fiel. Wie die meisten Exlibri war sie um diese Uhrzeit im Park hinter dem Haus gewesen. Die Flüchtlinge aus dem Wald der toten Bücher hatten ihre Gewohnheit, sich nach Sonnenuntergang unter freiem Himmel zum Essen und Trinken zu versammeln, nicht aufgegeben. Wer auch immer hier eingedrungen war, musste gewusst haben, dass die Flure um diese Zeit wie ausgestorben waren.

»Die haben uns ausgekundschaftet«, flüsterte Finnian. »Sie wussten genau Bescheid.«

Cat hielt seine Hand so fest, dass ihre Fingerknöchel weiß hervortraten.

Furias Nackenmuskulatur war verkrampft, und ihr Magen schmerzte. Es kam ihr vor, als bewegte sie sich steif wie ein Roboter den Gang hinab, vorbei an weiteren Exlibri, die der Alarm aufgescheucht hatte. Noch immer trafen neue ein, die meisten mit starren Gesichtern. Einige weinten leise. Etliche von ihnen hatten sich provisorisch bewaffnet, mit Küchenmessern, Knüppeln, einer gar mit einem Rechen. Ein gespenstisches Schweigen lag über der Szenerie; den meisten hatte der Schock die Sprache verschlagen.

Summerbelle eilte voraus und bahnte sich einen Weg durch den Pulk. Die Exlibri kannten und respektierten sie seit Jahren.

Finnian, Cat und Furia folgten ihr. Ihnen schlossen sich andere an, die ebenfalls einen Blick ins Zimmer werfen wollten, doch zwei bullige Männer, die sonst die Tagesschicht an der Tür übernahmen, drängten die Exlibri zurück.

Ariels Kleider waren in hundert Stücke zerrissen, so als wären sie von innen gesprengt worden. Die Stofffetzen lagen im ganzen Raum verteilt. Man hatte ihn bereits auf den Rücken gerollt, seine Hände auf der Brust übereinandergelegt und die Beine gestreckt. Er hätte fast friedlich ausgesehen, wäre da nicht die starke Verfärbung seiner Haut gewesen. Sein Körper hatte von jeher einen bläulichen Teint gehabt, doch nun zeichnete sich jedes Blutgefäß tiefblau unter der hellen Haut ab. Unzählige Verästelungen zogen sich über seinen Leib.

»Ist das …«, begann Furia.

»Blaues Blut«, sagte Summerbelle. »Hatte er schon immer.«

»Seine Adern sind geplatzt.« Finnian ging neben Ariel in die Hocke, wischte sich über die Augen und nahm seine leblose Hand. »Alle auf einmal.«

Furia wurde übel, und Cat schnappte nach Luft.

»Aber es sieht nicht aus, als wäre auch nur ein Tropfen ausgetreten.« Finnians Stimme bebte. »Es ist alles … noch in ihm. Irgendetwas hat sie mit gewaltigem Druck getroffen, nur dass sein Körper darauf anderes reagiert hat als die der beiden Männer vor der Tür.«

Furia merkte ihm an, dass er mit seiner Sachlichkeit nur die Trauer überspielte. Er und Ariel waren seit Jahren Vertraute gewesen und hatten gemeinsam die Aktionen der Bardenbrüder geplant. Die beiden verband eine Geschichte voller Entbehrungen, aber sie hatten auch Triumphe geteilt, und darüber waren sie enge Freunde geworden.

Cat machte Anstalten, zu ihm zu gehen, blieb aber nach einem Schritt stehen. Sie schien zu ahnen, dass er in einem Augenblick wie diesem lieber allein blieb. Ohnehin gab es nichts, das sie hätte sagen können, um ihn zu trösten, und höfliche Floskeln waren nie ihre Sache gewesen.

Summerbelle schloss die Augen und atmete tief durch. Dann blickte sie plötzlich Furia an.

»Spürst du es auch?«

Aber Furia war wie leer und fühlte nicht das Geringste. Es war, als hätte ihr jemand einen unerwarteten Schlag verpasst, so heftig, dass Schock und Benommenheit sie lähmten. Vor ein paar Stunden hatte sie noch mit Ariel gesprochen. Und nun lag er tot vor ihr am Boden. Wer immer das getan hatte, hatte ihr nicht nur einen Freund genommen, sondern auch die Chance, von ihm Abschied zu nehmen.

»Furia«, sagte Summerbelle noch einmal, »kannst du das spüren? Ariel war kein Bibliomant, aber hier ist alles gesättigt mit Bibliomantik.« Sie blickte zu der Regalwand hinüber, in der die Bücher der Schöpfung säuberlich aufgereiht standen: vierundzwanzig großformatige Bände aus dunklem Leder, ohne Titel, aber durchnummeriert mit goldenen römischen Zahlen. Auch die Bücher besaßen eine bibliomantische Aura, doch Summerbelle meinte etwas anderes. Den Nachhall des Mörders.

Furia nickte wie betäubt, weil sie es jetzt ebenfalls wahrnahm. Doch schon im nächsten Augenblick überkam sie ein Gedanke, der alle anderen hinwegfegte.

»*Pip*!« Sie fuhr herum und rannte zur Tür. »Hat jemand Pip gesehen?«

Die Exlibri am Eingang traten zurück, als Furia auf den Gang hinausdrängte. Wie in Zeitlupe sah sie Münder, die sich bewegten, aber sie hörte kaum etwas von dem, was sie sagten, alles dröhnte nur fern und dumpf.

Alles, bis auf die eine Stimme. »Mir geht's gut!« Er klang noch immer sehr kindlich, auch wenn das wohl nicht mehr lange so bleiben würde. »Ich bin hier, Furia!«

Sie wirbelte herum und sah ihn am anderen Ende des Korridors stehen, zwischen weiteren Exlibri. Patience war bei ihm und hatte ihm eine Hand auf die Schulter gelegt.

»Als der Alarm losging, bin ich gleich zu ihm«, sagte der Südstaatler. »War eigentlich gerade auf der Suche nach dir, Furia, aber dann dachte ich, du passt schon auf dich auf und er braucht meine Hilfe vielleicht nötiger, also, wenn irgendein Unglück geschieht.«

Erleichtert eilte sie auf die beiden zu und stammelte »Danke!«. Dann umarmte sie Pip und bat Patience: »Kannst du bei ihm bleiben? Ich muss zurück zu den anderen.«

»Sicher.«

»Was ist mit Ariel?«, fragte Pip.

Es kam ihr falsch vor, die Tatsachen zu beschönigen. Er war alt genug und hatte selbst zu viel durchgemacht. »Er ist tot.«

»Was ist passiert?«

»Wir wissen es noch nicht. Bleib hier bei Patience, okay?«

»Darf ich ihn noch mal sehen?«, fragte er leise.

»Später.«

Als sie ins Zimmer zurückkehrte, hatte Finnian bereits veranlasst, das gesamte Anwesen zu durchsuchen. Andere sollten nach den Wächtern am Eingang der Bibliothek sehen, für den Fall, dass jemand ein Tor aus einem anderen Refugium dorthin geöffnet hatte. Aber Furia trug den Schlüssel für das schwere Eisenportal Tag und Nacht bei sich; auch jetzt steckte er in ihrer Hosentasche. Wahrscheinlicher war, dass Ariels Mörder durch einen Sprung entkommen war.

»Wir sind uns einig, dass das nur ein Bibliomant gewesen sein kann, oder?«, fragte Cat. Von ihnen allen hatte sie am wenigsten mit Ariel zu tun gehabt, trotzdem kämpfte sie mit den Tränen. Nun waren beide Bardenbrüder, die dem Widerstand ihren Namen gegeben hatten, nicht mehr am Leben.

»Das war kein gewöhnlicher Bibliomant«, sagte Summerbelle, merklich um Fassung bemüht. »Die Männer vor der Tür sind mit irrsinniger Wucht durch den Flur geschleudert worden. Habt ihr die Wand gesehen? Ich hätte das nicht tun können, nicht mit einer solchen Kraft.«

»Wir wissen doch alle, wer stark genug wäre«, sagte Finnian.

Furia hatte es kommen sehen, und für einen Moment war es verlockend, ihren ganzen Zorn gegen ihn zu richten. »Du traust das hier Isis zu?«

»Oder Arbogast, falls sie ihm verraten hat, wo er uns suchen muss.«

»Oder beiden gemeinsam«, sagte Summerbelle.

Furia musste sich zusammenreißen, um sie nicht anzufahren. Sie wollte neben dem Leichnam ihres Freundes keinen Streit vom Zaun brechen. Noch vor wenigen Minuten hatte sie geglaubt, die beiden vielleicht überzeugen zu können. Jetzt aber wurde ihr klar, dass sie verloren hatte. Wer immer Ariel getötet hatte, er hatte – bewusst oder unbewusst – die Verdächtigungen gegen Isis untermauert.

Der Faun, der sie herbeigerufen hatte, kam herein und schloss die Tür hinter sich, um die Exlibri auf dem Flur fernzuhalten. Furia konnte sich nicht an seinen Namen erinnern, im Augenblick waren ganze Bereiche ihres Gedächtnisses wie ausgelöscht. Er hatte aus einem der angrenzenden Zimmer ein Bettlaken geholt und breitete es über Ariels Leiche. Seine haarigen Hände bebten, als er nach kurzem Zögern auch das Gesicht bedeckte.

»In Shakespeares Stück lebt er weiter«, brach Cat das Schweigen, und alle sahen sie an.

»Das hilft ihm hier auch nicht weiter«, entgegnete der Faun.

Sie fuhr zusammen. »Entschuldigt, ich wollte nicht … nicht pietätlos sein.«

Der Exlibro schenkte ihr ein Lächeln und verließ das Zimmer. Als er die Tür hinter sich ins Schloss zog, hörten sie, wie er draußen auf die anderen einredete. Die vier waren jetzt allein mit ihrem toten Freund.

Furia verstand genau, was Cat gemeint hatte. Nicht zum ersten Mal stellte sie sich eine ähnliche Frage: Konnten Exlibri überhaupt sterben wie Menschen? Wenn sich durch ihren Sturz aus dem Buch am Roman selbst nichts änderte, dann blieb ihr anderes Ich, der Ursprung ihrer Existenz, unangetastet. Umgekehrt war es ähnlich: Starb eine Figur im Buch, hatte das keine Auswirkung auf ihr Gegenstück in der bibliomantischen Welt, denn der Exlibro war vor seinem Tod aus dem Buch gefallen und lebte hier ein anderes Leben.

Wenn Furia sich also jetzt mit Shakespeares *Sturm* in ihren

Lesesessel setzen würde, würde sie dann das Gefühl haben, einem lebenden, atmenden Ariel zu begegnen? Oder blieb er trotz allem nur eine erfundene Figur, ein Hirngespinst auf Papier, das kaum mehr als den Namen mit ihrem Freund aus Fleisch und Blut gemeinsam hatte?

Cat trat nun doch noch zu Finnian, legte ihm eine Hand in den Nacken und umarmte ihn. Sie redete leise auf ihn ein und strich ihm übers Haar. Für einen Moment schloss er die Augen.

Summerbelle ging derweil neben Ariel in die Hocke und hob das Laken von seinem Gesicht, berührte seine geschlossenen Lider und legte dabei die andere Hand auf ihr Seelenbuch. Sie schien in ihn hineinzuhorchen, nach Spuren zu suchen, und falls sie das wirklich vermochte, war sie noch mächtiger, als Furia angenommen hatte.

Langsam ging Furia zu einem Tisch hinüber, auf dem mehrere Bücher der Schöpfung gestapelt waren. Der einzige Stuhl lag auf dem Boden, Ariel musste ihn umgestoßen haben, als der Angreifer in das Zimmer eingedrungen war.

Seit geraumer Zeit hatte Ariel daran gearbeitet, die Bände durchzusehen und ihren Inhalt zu katalogisieren. Gleich zu Anfang hatte er Furia gefragt, ob sie ihm dabei helfen wolle, und so hatten sie sich gemeinsam darangemacht, Siebensterns Handschrift in den Büchern zu entziffern. Aber die Erinnerung an Severins Briefe war für Furia schmerzhafter gewesen, als sie es für möglich gehalten hatte. Eine Weile hatte sie sich zusammengerissen und versucht, ihre Gefühle beim Anblick der vertrauten Schrift zu ignorieren, doch schließlich hatte sie Ariel gebeten, die Arbeit ohne sie fortzusetzen. Fortan hatte er Tag und Nacht allein über Siebensterns Texten gebrütet, ihre

Inhalte in einer Kladde auf dem Tisch zusammengefasst und immer neue Zusammenhänge und Regeln der bibliomantischen Welt aufgelistet.

Auf dem Tisch lagen die Bände V, VI und VII. Offenbar hatte Ariel noch kurz vor seinem Tod Passagen darin verglichen, vielleicht Widersprüche entdeckt, die manche Brüche in Siebensterns Schöpfung erklärten, logische Fehler, die ihren Bewohnern als unerklärliche Phänomene erschienen oder als Streich des Schicksals. Zufälle, so hatte Ariel Furia erklärt, könnten oft auf Unstimmigkeiten in Siebensterns Gesetzen zurückgeführt werden, und Ereignisse, die auf den ersten Blick keinen Sinn ergaben, auf Auslassungen.

Vierundzwanzig Bände waren ein umfangreiches Regelwerk, aber reichten sie aus, jeden Aspekt einer Welt zu erfassen? Wohl kaum. Siebenstern hatte lediglich ein Fundament gelegt, eines mit Rissen und Unebenheiten, und die Akademie hatte darauf aufgebaut, hatte neue Refugien erschaffen, Statuten und Vorschriften erlassen und seine Gedankenspiele nach eigenem Gutdünken weiterentwickelt. Allerdings hatten sich die Drei Häuser dabei nur innerhalb jener Grenzen bewegen können, die Siebenstern ihnen vorgegeben hatte. Eigene Bücher der Schöpfung vermochten sie nicht zu schreiben, auch keine Korrekturen in den bestehenden vorzunehmen. Die Grundfesten der bibliomantischen Welt waren ein für alle Mal festgelegt, und nichts und niemand konnte etwas daran ändern – nicht einmal Siebenstern selbst, der schon vor langer Zeit die Fähigkeit verloren hatte, Einfluss auf seine Schöpfung zu nehmen.

Während Cat und Finnian noch miteinander flüsterten und Summerbelle mit Ariels Leichnam beschäftigt war, ging Furia zur Wand hinüber und betrachtete die Lücken im Regal. Eine große erklärte sich aus den Büchern auf dem Tisch, aber da war noch eine weitere, ein Spalt zwischen den Bänden X und XII.

»Summerbelle?«

»Hm?«

»Hast du irgendwo den elften Band gesehen?«

»Nein.« Summerbelle trat zu ihr. Nachdenklich strich sie mit dem Zeigefinger über die ledernen Buchrücken, bis sie die Lücke erreichte. »Merkwürdig.«

Furia nickte. »Ariel hat niemals Bücher mit aus dem Raum genommen, oder? Die Regel hat er selbst aufgestellt.«

»Sicherheitshalber sollten wir trotzdem in seinem Zimmer nachsehen.«

»Jede Wette, dass das Buch dort nicht ist?«

Finnian und Cat kamen herüber. »Was ist los?«

»Ein Buch fehlt. Band XI.«

»Weiß jemand, was drinsteht?«, fragte Cat.

Furia schüttelte den Kopf. »Ariels Notizen reichen nur bis Band VII.« Sie schob die Hand in den Spalt. »Bis zu dem hier war er noch nicht gekommen.«

Summerbelle trat einen Schritt zurück, so als müsste sie Abstand halten, um die Situation zu überblicken. »Was könnte jemand mit einem der Bücher der Schöpfung anstellen? Und warum hat er nur das eine mitgenommen?«

Furia spann den Gedanken bereits weiter. »Die Bücher selbst besitzen keine eigene Macht mehr, seit Siebenstern sie geschrieben hatte, richtig?«

Mit einem zustimmenden Kopfnicken zog Summerbelle den zehnten Band aus dem Regal und blätterte darin. »Die bibliomantische Welt ist im Augenblick der Niederschrift entstanden. Die Bücher selbst waren danach nur noch Dokumentationen dessen, was Siebenstern erschaffen hatte. So jedenfalls hat Ariel es erklärt.«

»Wenn man mit dem Buch selbst also nichts anfangen kann«, fuhr Furia fort, »außer darin zu lesen, dann hat es jemand auf eine Information abgesehen, die er nur im elften Band finden kann und nirgendwo sonst.«

»Und woher hat er das gewusst?«, fragte Finnian. »Ich meine, wie konnte überhaupt irgendwer wissen, was an welcher Stelle in einem dieser Bücher steht? Ich dachte, nur Siebenstern kannte den genauen Inhalt aller vierundzwanzig Bände. Nicht einmal die Akademie war sich in allen Punkten einig.«

»Und Siebenstern müsste noch immer in den Nachtrefugien sein«, sprach Cat den Gedanken aus, der auch Furia durch den Kopf ging. »Wenn sich daran nichts geändert hat, dann müsste es jemand gewesen sein –«

»Der *nach ihm* Zugang zu den Büchern hatte«, unterbrach Summerbelle sie, »und genug Zeit, sie sich in aller Ruhe anzusehen. Jeden einzelnen Band.«

Finnians Miene verhärtete sich. »Die Einzigen, die diesen Raum betreten durften, waren Ariel, Furia, Summerbelle und –«

»Hey!«, sagte Cat. »Seht doch.«

Ariels Leichnam wurde durchscheinend, löste sich langsam in Luft auf, verblasste wie ein Nebelschwaden.

Furia sank mit dem Rücken gegen das Regal.

»Und Isis«, flüsterte sie.

22

Es war bereits Nacht geworden, als sich Isis und Atticus Arbogast dem Sicheren Haus näherten.

»Du kennst diesen Ort«, sagte er, als sie durch eine Gasse voller Buchläden eilten. Isis fragte sich, ob dies der Versuch war, ein Gespräch zu beginnen, das über gegenseitige Anschuldigungen hinausführte. Falls dem so war, wollte er damit etwas erreichen; im Zweifelsfall, sie in Sicherheit zu wiegen.

Sie nickte knapp. In einem Radius von mehreren Meilen kannte sie jeden holprigen Pflasterstein der Stadt, einschließlich des alten Hay-on-Wye, aus dem Libropolis einst hervorgegangen war. Erst weiter draußen begann ihr die Orientierung schwerzufallen, weil es selten einer der Exlibri, auf die sie früher Jagd gemacht hatte, so weit geschafft hatte.

In dem Viertel, das Isis und Arbogast durchquerten, waren um diese Uhrzeit alle Geschäfte geschlossen, die Gassen menschenleer. Die Auslagen der Fachwerkhäuser und Cottages drohten vor Büchern schier zu bersten. Zwischen die behaglichen Buchhandlungen schmiegte sich ein Laden für bibliomantische Düfte mit Aromen von *Alter Atlas* bis *Zarte Zierschrift*. Das Sonderangebot der Woche war *Stockfleckiger Schuber*, für die nächste war ein Nachlass auf *Holzfreies Heft* angekündigt. Einige dieser Duftwässer hatte Isis selbst ausprobiert, nicht aus Eitelkeit, sondern weil es Bibliomanten gab, die einen anderen am körpereigenen Buchgeruch erkannten. Hatte sie inkognito bleiben müssen, war ihr *Perfektes Plagiat* oft von Nutzen gewesen.

Arbogast deutete auf ein Geschäft am Ende der Sackgasse, mit trüben Fenstern voller zerlesener Taschenbücher. Der Laden gab sich augenscheinlich alle Mühe, keine Kunden anzulocken, denn wer nach Libropolis kam, suchte keine abgewetzten Bestseller in Billigausgaben, sondern kostbare Erstdrucke und seltene Sammlerstücke.

Auf ein Klopfen hin öffnete ihnen eine Frau. Sie war so unscheinbar wie das Angebot in ihrem Fenster, und obgleich Isis sich ihr Gesicht aus Gewohnheit einprägen wollte, verschwamm es schon nach wenigen Augenblicken zu einer vagen Erinnerung. Die Frau ließ sie ein und verschwand wortlos durch eine Hintertür. Arbogast führte Isis eine Treppe hinauf, deren durchgetretene Stufen aussahen, als müssten sie knarren; tatsächlich verursachten sie keinen noch so leisen Laut, als die beiden in den ersten Stock hinaufstiegen.

»Die Scheiben im Erdgeschoss sind schalldicht und schusssicher«, sagte er, als sie einen Raum betraten, der die gesamte Etage einnahm. An allen vier Wänden reichten die Regale bis zur Decke, die Fächer waren gefüllt mit Taschenbüchern: Zielbücher für Sprünge, durch die sich ein Agent in Not hierher in Sicherheit bringen konnte. Ein populärer Thriller ließ sich fast überall besorgen, ebenso eine beliebte Schnulze oder ein gängiger Fantasyschinken. Aufgrund ihrer Verfügbarkeit waren sie für Sprünge ideal, und das machten sich die Agenten der Akademie zunutze.

Vier Ledersessel beherrschten das Zentrum des Raumes, auf

einem Tisch standen ein Wasserkocher, Tassen und Teebeutel, außerdem ein Teller mit Gebäck. Arbogast begann sogleich, Tee für sie beide zuzubereiten, und kein Außenstehender hätte vermutet, dass dieser freundliche ältere Gentleman gerade im Alleingang zwei Dutzend von Marduks besten Leuten getötet hatte.

»Warum der Fußmarsch?« Isis blieb stehen. »Du hattest doch sicher Bücher für einen Sprung hierher dabei.«

Arbogast legte in aller Ruhe zwei Teebeutel in die Tassen. »Sprünge sind nicht mehr so sicher, wie sie es einmal waren.«

»Was zum Teufel soll das heißen?«

»Ich werd's dir gleich erklären.« Er drückte die Taste des Wasserkochers herunter und sank in einen der Sessel. Den langen Mantel ließ er an, genau wie Isis den ihren. »Geduld war niemals deine Stärke.«

»Vergiss den verdammten Tee, Atticus, und sag mir, was du von mir willst.« Sie spürte, wie die lange Nahtstelle zwischen ihren Brüsten kribbelte, so als könnte jener Teil von ihr, der zu einem lebenden Buch geworden war, es gar nicht erwarten, sich zu öffnen. Das redete sie sich noch immer ein: *Nur ein Teil von mir ist ein Buch, der Rest bin nach wie vor ich, so, wie ich immer war.* Aber sie wusste, dass sie sich selbst belog und dass Arbogast die Wahrheit niemals erfahren durfte. Noch war er nicht mit der Frage konfrontiert worden, ob sie eine Exlibra war oder nicht. Sobald er jedoch ernsthaft darüber nachdachte, würde sich seine Erinnerung an die veränderte Vergangenheit anpassen. Und er würde auf der Stelle versuchen, sie zu töten.

Einen Kampf mit ihm aber wollte sie hinauszögern, bis sie

alle wichtigen Informationen hatte. So groß ihre Macht als Siebenstern-Exlibra auch war, so schnell schwand diese Kraft auch wieder. Die Phasen, in denen sie in tagelangen Regenerationsschlaf fiel, folgten in immer kürzeren Abständen aufeinander. Die nächste stand kurz bevor.

»Setz dich.« Arbogast hatte schon vor langer Zeit die Kunst gemeistert, Befehle ganz beiläufig klingen zu lassen. Da war etwas Hypnotisches in seiner Stimme, dieselbe stille Kraft, die einst ein junges Mädchen im Lyzeum Le Carré in seinen Bann gezogen hatte.

Ehe sie seiner Aufforderung nachkam, tasteten ihre Sinne noch einmal in die übrigen Räume des Hauses, suchten nach Anzeichen eines Hinterhalts. Aber außer ihnen beiden besaßen nur die Bücher eine schwache bibliomantische Aura. Sonst war niemand hier.

Langsam setzte sie sich ihm gegenüber in einen Sessel. Weiter dazustehen hätte sie nur trotzig wirken lassen, und sie wehrte sich gegen ihre alte Rollenverteilung: Er als der überlegene Mentor, sie als die aufbegehrende, verunsicherte Schülerin.

»Ich weiß nicht, wo du diese Horde entlaufener Exlibri versteckt hast«, sagte Arbogast, während das Wasser im Kocher zu brodeln begann. »Ich hoffe nur, du hast sie nicht über die Grenzen der Refugien gebracht. Exlibri in der normalen Welt stellen ein Risiko für uns alle da. Ein falsches Wort, und der Schleier, der uns so lange vor den Blicken der Außenwelt geschützt hat, könnte fallen.«

»Sie wären nicht die ersten Exlibri, die es durch ein Tor nach draußen geschafft hätten.«

»Aber die, denen das gelungen ist, wurden schnell genug gefunden und unschädlich gemacht, ehe sie Unheil anrichten konnten. Denk nur an Liverpool.«

Natürlich gehörte es zu seiner Taktik, Erinnerungen zu wecken, die allem widersprachen, was sie heute war und tat. Sie hatte mehr als einmal Exlibri außerhalb der Refugien gejagt und ausgeschaltet, und sie war nicht stolz auf das, was in Liverpool geschehen war. Zwei Jahre später hatte sie beschlossen, der Akademie den Rücken zu kehren und den Spuren ihrer eigenen Herkunft zu folgen; damals hatte sie sich auf die Suche nach dem Horizontenatlas gemacht.

»Diese Exlibri sind eine Zeitbombe«, sagte Arbogast. »Wie lange würdet ihr sie außerhalb der Refugien kontrollieren können? Was, wenn einem eurer Anführer etwas zustieße, Puck oder Ariel? Wem sollten sie dann noch gehorchen? Dir etwa?«

Er weiß es nicht, durchfuhr es sie erstaunt. Selbst nach einem halben Jahr hatte er noch nicht erfahren, dass Puck von der Umgarnten getötet worden war. Während er kochendes Wasser in ihre Tasse füllte, fiel ihr auf, dass sein Seelenbuch halb aus seinem Gürtelholster ragte: ein unscheinbarer brauner Leinenband, abgegriffen und fleckig von einem halben Jahrhundert intensiver Nutzung.

»Aber ich wollte mit dir gar nicht über die Exlibri sprechen«, sagte er, als er sich wieder zurücklehnte.

Ob er spürte, dass sie nicht mehr dieselbe war wie früher? Einst hatte Arbogast gezielt die Träume seiner Schüler genutzt, um sie zu beeinflussen. Erkannte er, dass Isis heute anders träumte als damals? Dass sie sich kaum etwas sehnlicher wünschte, als wieder eine gewöhnliche Bibliomantin zu sein, ohne die Macht, aber auch die Schwäche einer Siebenstern-Exlibra?

»Was erwartest du, Atticus?« Sie blieb auf der Hut und rührte den Tee nicht an. »Was will die Akademie von mir, außer meinen Tod?«

»Ich bitte dich nicht im Namen der Akademie um deine Hilfe.«

Sie traute ihm nicht einmal von hier bis zur Treppe. »Du würdest dich niemals gegen die Akademie stellen, Atticus. Mach mir nichts vor.«

»Es geht um mehr als nur die Akademie. Es geht um uns alle, jeden Bibliomanten, ganz gleich, woran er glaubt und wem er folgt.«

»Die Refugien könnten allesamt in Flammen stehen, und ich würde trotzdem nicht wieder auf eure Seite zurückkehren. Hast du allen Ernstes etwas anderes erwartest?«

Arbogasts Lächeln glich einer Sichel. »Du bist noch immer dasselbe störrische Mädchen wie damals, als ich dich in Unika angeworben habe.«

»Noch mal: Was willst du?«

»Der Feind in den Nachtrefugien regt sich wieder.«

Sie sah ihn lange und prüfend an. Seine Bartstoppeln wirkten auf sie jetzt weniger verwegen als ungepflegt, und auch sein graues Haar war früher nicht so lang gewesen. Inmitten des bibliomantischen Infernos, das er in Marduks Festung entfesselt hatte, mochte er wie ein sagenhafter Revolverheld gewirkt haben. Jetzt fand sie, dass er müde wirkte, beinahe so erschöpft wie sie.

»Genau genommen«, fügte er nach einer Weile hinzu, »ist es noch viel schlimmer. Es hat längst begonnen, und wir haben viel zu lange nicht hingesehen. Die Gefahr ist zurück, und sie ist größer als jemals zuvor.«

»Ein neuer Krieg?«

»Falls man uns noch die Chance dazu lässt. Diesmal könnte alles sehr viel schneller gehen, und womöglich wird es nicht so enden, wie wir uns das wünschen.«

Der Krieg in den Nachtrefugien lag keine vierzig Jahre zurück, und doch hatte er sich in den Köpfen aller, die nicht dabei gewesen waren, zu mythischen Proportionen aufgebläht, einem Ereignis, über das man sprach wie über Legenden vom Anbeginn der Zeit.

Sein Blick blieb bohrend. »Du hast nie erfahren, gegen wen wir damals wirklich gekämpft haben, nicht wahr?«

Isis schüttelte den Kopf. Es gab viele Spekulationen darüber, wer aufseiten der Tintlinge die Fäden gezogen haben mochte. Die Gerüchte reichten von verräterischen Bibliomanten, die keiner je zu Gesicht bekommen hatte, bis hin zu unbekannten Nachfahren der Rosenkreutz und Antiquas.

»Die Berichte häufen sich, laut denen Tintlinge zwischen den Seiten der Welt gesichtet wurden«, sagte Arbogast. »Die Gefallenen und Verbannten steigen aus den tiefen Refugien herauf. Jemand führt sie an, und sie folgen seinem Befehl.«

Von vereinzelten Sichtungen hatte sie gehört, aber während all ihrer Sprünge war sie selbst keinem einzigen Tintling begegnet. Vielleicht, weil sie mächtig genug war, immer den kürzesten Weg zu wählen, und ihre Aufenthalte zwischen den Seiten sich meist auf wenige Augenblicke beschränkten.

»Wer führt sie an?«, fragte sie, als Arbogast nicht gleich fortfuhr.

Die Teetasse in seinen Händen musste kochend heiß sein, aber weder schien er Schmerzen zu spüren noch das Bedürfnis, daraus zu trinken. Sein Blick war durch den Dampf fest auf Isis gerichtet, und in seinen Augen las sie etwas, das sie zutiefst erschreckte. Atticus Arbogast hatte Angst.

»Unser aller Mutter«, antwortete er. »Phaedra Herculanea.«

23

Glaubte man den Mythen, dann war Phaedra Herculanea die Urmutter der Bibliomantik gewesen, die erste und mächtigste unter allen, die den Zauber der Bücher woben. Bibliomanten beriefen sich auf sie, wenn sie sich in eine verklärte Antike zurücksehnten, an die Wiege der frühen Literatur. In eine Ära, die Jahrtausende zurücklag, lange vor dem ersten Buch, als Wissen noch auf Papyrus und Tontafeln festgehalten worden war.

»Phaedra«, sagte Isis spöttisch. »Natürlich.«

Arbogast verzog keine Miene. »Wie könnte ich auch erwarten, dass du mir glaubst.«

»Phaedra ist eine Erfindung, Atticus, eine Legende. Sie hat niemals gelebt.« Und ich habe den Beweis dafür, dachte sie, hütete sich jedoch, das auszusprechen. Phaedra Herculanea war Siebensterns Schöpfung, nur ein Name auf Papier, als er entschieden hatte, der Bibliomantik eine Vorgeschichte zu geben, die weit in die Vergangenheit zurückreichte.

»Du hast recht«, sagte Arbogast. »Die Phaedra, von der man uns als Kindern erzählt hat, war ein Mythos, ein Märchen, um uns mit ein paar guten Vorsätzen ins Bett zu schicken. Sie war ein Wunschbild – ein Hirngespinst, vielleicht.«

Isis hielt den Blickkontakt aufrecht, nur war daraus eine andere Art von Belauern geworden: Sie wartete darauf, dass er ihr offenbarte, um was es hier wirklich ging.

Mittlerweile wusste sie, dass die Bibliomantik eine Erfindung Siebensterns gewesen war – eine Erfindung, die er im neunzehnten Jahrhundert wahr geschrieben hatte. Er war der erste Bibliomant gewesen, in gewisser Weise mächtiger, als Phaedra es selbst in den phantastischsten Geschichten war. Severin Rosenkreutz alias Siebenstern hatte die Bücher der Schöpfung verfasst, um sich eine eigene Welt zu erschaffen, in der es um nichts als Literatur und Lesen ging. Als Isis ihn ins Exil geschickt hatte, war er ein gebrochener alter Mann gewesen, der seine Macht schon vor langer Zeit aus freien Stücken aufgegeben hatte.

»Glaubst du allen Ernstes, dass Phaedra gelebt hat?«, fragte sie.

Arbogast schüttelte den Kopf. »Sie ist eine Erfindung, gar keine Frage. Die Bibliomantik ist nicht so alt, wie die meisten vermuten.« Er sagte das scheinbar leichthin, viel zu beiläufig für eine solche Ungeheuerlichkeit. »Hast du eine Vorstellung, wie viele Bücher im Laufe der Jahre über Phaedra Herculanea geschrieben worden sind?«

»Eine Menge, nehme ich an.«

»Hunderte. Angefangen von Sammlungen mit all ihren Legenden bis hin zu literaturhistorischen Abhandlungen und bibliomantischen Geschichtsbüchern.«

Da begriff sie, auf was er hinauswollte. »Die Phaedra Herculanea in den Nachtrefugien ist eine *Exlibra*? Sie ist aus einem der Bücher gestürzt, die über ihren Mythos geschrieben wurden?«

Arbogast nickte. »Die meisten Exlibri sind Figuren, von denen kaum einer jemals gehört hat. Nebenfiguren, Statisten irgendwelcher Romane. Aber dann und wann fällt jemand aus einem Buch, der berühmt ist – deine Freunde Ariel und Puck gehören dazu, der wahnsinnige Käpt'n Ahab, den manche gesehen haben wollen, und noch eine kleine Gruppe anderer. Dass aber ausgerechnet die wichtigste Gestalt der bibliomantischen Mythologie zur Exlibra wurde, ist schon ein bemerkenswerter Zufall.«

»Das ist, als würde der Gott des Alten Testaments aus der Bibel stürzen.«

Er lächelte humorlos. »Ich würde dir gern zustimmen, dass es immer noch schlimmer kommen könnte, aber da bin ich nicht sicher. Die Phaedra, mit der wir es zu tun haben, ist keineswegs die gütige Urmutter der Bibliomantik, von der wir als Kinder gehört haben. Jedenfalls ist sie es nicht *mehr.*«

»Aber wie kann sie die Macht haben, die Tintlinge unter sich zu vereinen, wenn sie eine Exlibra ist? Sie müsste durch den Sturz alle ihre Fähigkeiten verloren haben.« Damit widersprach sie dem, was sie selbst war, aber das konnte er nicht wissen. »Und warum sollte sie das überhaupt wollen? Welchen Grund hätte sie, Bibliomanten anzugreifen?«

Eine Weile sah er sie durchdringend an. Sie spürte, wie er nach ihren Gedanken tastete, aber es fiel ihr leicht, sich dagegen zu sperren. »Lass das«, fuhr sie ihn an und beobachtete seine rechte Hand am Seelenbuch. »Du hast mir selbst beigebracht, wie man mentale Angriffe abwehrt.«

»Du bist noch stärker geworden.«

»Ich hatte Übung.«

Sein tastender Verstand zog sich wieder zurück. Sie war sicher, dass er nicht weit genug vorgedrungen war, um auf ihr

Geheimnis zu stoßen. Arbogast entspannte sich und trank nun doch einen Schluck von seinem Tee.

»Er wird kalt«, sagte er, als er die Tasse abstellte.

»Ich bin nicht hier, um mich aufzuwärmen.«

»Ist dir in Marduks Räuberhöhle etwas aufgefallen?«

»Was meinst du?«

»Die Bibliomantik war dort so greifbar wie im Sanktuarium selbst.«

Sie horchte auf. »Bist du dort gewesen? Im Sanktuarium?«

Er gab darauf keine Antwort, zeigte nur ein feines Lächeln und sagte: »Marduk ist ein Bibliomant und gewiss kein schwacher.«

»Er ist ein Exlibro.«

»Ein Exlibro *und* ein Bibliomant.«

Jetzt war sie es, die ihn prüfend musterte. Wie lange hatte er schon davon gewusst?

»Selbstverständlich ist er ein Betrüger«, sagte Arbogast im nächsten Moment, und da verstand sie: Er *konnte* nicht akzeptieren, dass so etwas möglich war, weil es allem widersprach, was er ein Leben lang geglaubt hatte. Er weigerte sich schlichtweg, einem Exlibri bibliomantische Fähigkeiten zuzugestehen, obwohl er es womöglich bereits besser wusste.

»Marduk ist nie ein Exlibro gewesen«, fuhr Arbogast fort, »sondern ein Bibliomant, der sich als Exlibro ausgegeben hat. Wahrscheinlich, damit es ihm leichter fiel, seine Position im Ghetto zu festigen.«

»Gewiss«, sagte sie. »Aber das erklärt nicht, wie Phaedra die Tintlinge unter ihre Kontrolle gebracht hat.«

»Dafür hat sie keine eigene Bibliomantik gebraucht. Möglicherweise hat sie eine Handvoll Bibliomanten auf ihrer Seite, die ihr geholfen haben. Ganz genau haben wir das nicht in Erfahrung bringen können.«

»Ohne ihre Fähigkeiten wäre sie nur eine gewöhnliche Exlibra. Vielleicht mit besonderem Charisma und Ehrgeiz, aber eben nur eine Exlibra.«

»Sie ist *Phaedra Herculanea*«, widersprach er, erneut mit dieser Mischung aus Ehrfurcht und Angst, die so gar nicht zu Isis' Bild von ihm passte. »Ob Bibliomantin oder nicht, sie ist ein Symbol. Jesus Christus war kein Bibliomant, und sieh dir an, wie groß sein Einfluss noch heute ist. Mohammed, Buddha, Lenin – sie alle haben gewaltige Bewegungen ausgelöst. Glaub mir, Isis, niemandem kann daran gelegen sein, dass in den Refugien von Phaedra Herculaneas Wiedergeburt gemunkelt wird – und sei es als Exlibra. *Gerade* als Exlibra. Ich habe ein Dutzend Szenarien durchgespielt, aber am Ende stehen alle als Verlierer da, die Akademie, die Exlibri, womöglich sogar die Menschen draußen in der normalen Welt. Phaedra ist aus Gründen, die wir nicht kennen, voller Hass. Sie hat schon einmal einen Krieg ausgelöst, und jetzt sieht es aus, als wollte sie es wieder tun.«

»Das heißt, sie wurde damals gar nicht besiegt?«

»Wir haben die Tintlinge zurückgeschlagen, und es gab gebündelte bibliomantische Angriffe auf Orte, an denen wir ihre Anführer vermutet haben. Aber wir waren nie sicher, dass wir sie wirklich erwischt haben. Und jetzt häufen sich die Anzeichen, dass Phaedra zu einem neuen Schlag ausholt. Ihre Macht ist weit größer als zuvor. Wir haben uns damals aus den Nachtrefugien zurückgezogen und das Portal versiegelt, damit niemand hinausgelangen konnte. Jahrzehntelang ist es Phaedra nicht gelungen, ein Tor von dort in eines der anderen Refugien zu öffnen – was womöglich wirklich dafürspricht, dass wir sie ernsthaft geschwächt hatten. Falls sie damals von Bibliomanten unterstützt wurde, haben wir sie während der Angriffe vielleicht alle getötet, wer weiß. Verstehst du, Isis – wir *wissen* es einfach nicht.«

Unwillkürlich dachte sie daran, wie sie selbst in der Bibliothek der Residenz ein Tor zu den Nachtrefugien geöffnet hatte, um Siebenstern in sein Exil zu schicken. Gab es auf der anderen Seite jemanden, der ähnliche Kräfte besaß? Weitere Siebenstern-Exlibri? Und falls Phaedra Herculanea tatsächlich als Exlibra in die bibliomantische Welt gestürzt war, dann besaß sie jetzt womöglich jene Allmacht, die ihr bislang nur in den Legenden zugesprochen worden war.

»Warum erzählst du mir das alles?«

Er legte die Hände auf die Armstützen seines Sessels. »Du warst meine beste Agentin, und die Bedrohung durch Phaedra trifft uns alle, auch deinen Haufen Aufrührer.« Das also waren sie jetzt, Aufrührer, keine Terroristen mehr. Ihm musste wirklich einiges daran liegen, Isis auf seine Seite zu ziehen. »Gemeinsam können wir Phaedra aufspüren und unschädlich machen.«

»Du willst in die Nachtrefugien gehen?«

»Derzeit sehe ich keine andere Möglichkeit. Aber das wird nur gelingen, wenn ich jemanden an meiner Seite habe, auf den ich mich verlassen kann.«

Jetzt blickte sie ihn beinahe ein wenig mitleidig an. Langsam beugte sie sich in ihrem Sessel vor. »Wir sind Gegner, du und ich. Monatelang wolltest du mich umbringen, weil ich mich von dir abgewandt habe.«

Er stieß einen tiefen Seufzer aus. »Wir beide haben jetzt einen Feind, der größer ist als wir. Das sollte genügen, unseren Zwist für eine Weile auf Eis zu legen.«

»Vorausgesetzt, ich würde die Dinge so sehen wie du. Und die Gefahr erkennen. Aber im Augenblick sind das alles nur Behauptungen und Gerüchte. Wenn all das wahr wäre, warum sollte Phaedra uns derart hassen?«

»Weil sie in diese Welt gestürzt ist und gesehen hat, was aus der Bibliomantik geworden ist. Vermutlich hat es ihr nicht gefallen.«

»Und deshalb zettelt sie einen verdammten Krieg an? Tut mir leid, Atticus, aber da musst du dir etwas Überzeugenderes einfallen lassen.«

Er wich ihrem Blick aus – zum ersten Mal während dieses sonderbaren Gesprächs zwischen zwei Todfeinden. »Gut«, sagte er schließlich. »Ich erzähle dir alles, was ich weiß. Ich hoffe, du wirst mir dann glauben, dass es mir ernst ist.« Er erhob sich aus dem Sessel und begann, vor den Wänden voller Taschenbücher auf und ab zu gehen. »Was weißt du über die Nachtrefugien?«

Verwundert lehnte sie sich wieder zurück. »Nicht viel. Die Akademie hat sie geschaffen wie so viele andere Refugien, und aus irgendwelchen Gründen sind sie außer Kontrolle geraten.«

Aus seinem leisen Lachen sprach wieder ein wenig von seiner alten Überheblichkeit, und das war ihr lieber als diese verwirrende Angst in seinem Blick. »Ursprünglich handelte es sich um ein einziges Refugium. Nachdem es dem Einfluss der Akademie entglitten war, hat es sich in eine schwarze, leere Ödnis verwandelt. Es zerbrach in mehrere Teile, die sich überlagern und durchdringen und dann und wann zu den phantastischsten Phänomenen führen. Schwebende Berge, bodenlose Abgründe, Risse im Gefüge der Wirklichkeit. Die Nachtrefugien verändern sich auch heute noch wie ein Krebsgeschwür und keiner weiß, ob und wann diese Entwicklung jemals ein Ende nehmen wird.« Arbogast machte eine kurze Pause und schien hinaus in die Nacht zu horchen, dann fuhr er fort: »Was du nicht weißt, was *niemand* außer einer Handvoll Eingeweihter ahnt, ist die Aufgabe, die dem Missratenen Land ursprünglich zugedacht war. Der Grund, warum es überhaupt erschaffen wurde.«

Soweit sie wusste, waren schon seit langer Zeit Refugien zu den unterschiedlichsten Zwecken erschaffen worden. Es gab Orte wie Libropolis und die Druckereirefugien, die ganz auf bibliophile Bedürfnisse abgestimmt waren. Diese sogenannten hohen Refugien waren leicht zu erreichen und standen jedem Bibliomanten offen. Aber da waren auch abgelegenere, kleinere Refugien mit besonderen Angeboten: Vergnügungsrefugien, bevölkert mit Exlibri aus der erotischen Literatur; Jagdrefugien, Heilungsrefugien, sogar Orte, an denen Kämpfe aus den Nachtrefugien nachgestellt wurden, damit auch jene, die selbst nie im Krieg gewesen waren, das Prickeln einer bibliomantischen Schlacht erleben konnten.

Viele Bibliomanten rümpften die Nase darüber, sie waren allein am Studium der Literatur interessiert, an der puren Lust am Lesen. Und doch gab es genug Verrückte und Zahlungswillige, die bereit waren, hohe Preise für die Befriedigung anderer Bedürfnisse zu bezahlen und damit die Kassen der Adamitischen Akademie zu füllen. Der Verwaltungsapparat profitierte davon, Garde, Miliz und Agenten, und natürlich die Angehörigen der Drei Häuser, in deren Taschen beträchtliche Gewinne flossen.

Und dann waren da noch die tiefen Refugien, Orte, die teils ganz von selbst entstanden waren oder sich zu etwas entwickelt hatten, das fernab dessen lag, was Siebenstern einst im Sinn gehabt hatte. Manche waren mit den Jahren vergessen worden, andere abgeschottet, einige niemals gründlich erforscht worden. Tief zwischen den Seiten der Welt gab es verborgene Winkel, bis zu denen der Einfluss der Akademie nie gereicht hatte. Viele munkelten schon lange, dass die Drei Häuser die Kontrolle verloren hatten und dass Veränderungen im Gange waren, die keiner voraussehen konnte.

Und dennoch: Dies alles waren offene Geheimnisse. Auch der ursprüngliche Zweck der Nachtrefugien konnte kaum so spektakulär sein, dass Isis davon überrascht werden würde. Alles war denkbar, alles möglich.

»Die Nachtrefugien«, sagte Arbogast, »waren als Pferch für die Exlibri gedacht. Die Akademie hatte beschlossen, sie ein für alle Mal loszuwerden. Keine überbevölkerten Ghettos mehr, kein schädlicher Einfluss auf die Bibliomantik, keine Verbrechen und keine Not inmitten von Städten wie Libropolis. Stattdessen wieder Ordnung und Sauberkeit wie auf den Seiten eines frisch gedruckten Buchs.«

»Ein einziges gewaltiges Ghettorefugium«, murmelte Isis.

»Eine Kolonie unter schärfster Überwachung und strengster Reglementierung. Wer einmal dort drinnen war, sollte nie wieder hinausgelangen.«

Langsam erhob sie sich aus dem Sessel. »Das war das Ziel der Akademie, der ich einmal gedient habe?«

Diesmal hielt er ihrem Blick stand. »Die geplante Kolonie misslang, sie zerbrach und wurde zu dem, was wir heute als Nachtrefugien kennen. Die Drei Häuser mussten ihr Vorhaben aufgeben, nachdem ein paar anfängliche Versuche fehlgeschlagen waren.«

»Einige … Versuche?«

»Erste Ansiedlungen.«

»Deportationen!«

»Nenn es, wie du willst. Exlibri aus abgelegenen Ghettos wurden im Geheimen hinübergebracht. Es war ein Experiment. Es hätte auch etwas Gutes daraus entstehen können.«

»Etwas *Gutes*! Hör dir selbst nur mal zu, Atticus!«

»Es gab Gründe, logisch und nachvollziehbar. Die Überbevölkerung. Die Verbrechensrate. Die Verkommenheit. Niemand kann so etwas in seiner Stadt dulden, inmitten seines Lebensraums.«

Sie tat ihr Bestes, diesen Irrsinn zu überhören, bis sie die ganze Wahrheit erfahren hätte. »Was ist geschehen?«

»Das Missratene Land ist geschehen«, entgegnete er. »Kannst du es dir nicht vorstellen?«

»Du meinst, das Refugium hat sich verändert, *während* all diese Leute dort waren?«

»Leider, ja.«

»Wie viele, Atticus? Wie viele Exlibri habt ihr dorthin verschleppt, bevor das Vorhaben aufgegeben wurde?«

Er zögerte, dann sagte er mit sanfter Stimme: »Einige tausend. Zehntausend. Vielleicht mehr. Ganz genau weiß das keiner.«

Sie stand nur da und starrte ihn an. Brachte keinen Ton heraus.

»Es mutierte«, fuhr er nach kurzer Pause fort. »Aus einem gesunden Refugium wurde das Missratene Land, wurden die Nachtrefugien. Vielleicht waren es die Exlibri, die es mit ihrer Krankheit angesteckt haben. Vielleicht war es umgekehrt. Wer weiß das schon.«

»Und sie haben sich *mit* dem Land verändert?« Ihre Stimme klang hart wie Kies unter Stiefelsohlen.

Augenscheinlich erstaunt, dass sie die Zusammenhänge noch immer nicht begreifen wollte, fragte er: »Was glaubst du denn, woher die Bewohner der Nachtrefugien stammen?«

Großer Gott, dachte sie. »*Sie* sind es? Die Tintlinge waren einmal Exlibri?«

24

Fast eine Minute lang herrschte Stille zwischen ihnen. Arbogast beobachtete Isis' Reaktion, schien ihre Miene, sogar ihr Schweigen zu sezieren. Wahrscheinlich war er auf alles gefasst: Vorwürfe, Entsetzen, sogar einen Angriff.

Stattdessen regte sie sich nicht und starrte auf die bunte Masse der Buchrücken. Erst nach einer Weile konnte sie wieder sprechen. Ihre Lippen klebten aneinander, so trocken war ihr Mund geworden. »Dann war es nie etwas anderes als ein Krieg zwischen Bibliomanten und Exlibri. Es gab gar keine Gefahr von außen, so wie es uns allen immer weisgemacht worden ist. In Wahrheit war es ein Bürgerkrieg.«

»Vorausgesetzt, die Exlibri wären gleichberechtigte Bürger«, sagte Arbogast.

»Wie habt ihr das geschafft?«, fragte sie. »Ich meine, die Wahrheit zu unterdrücken, das alles totzuschweigen.«

»Niemand durfte davon erfahren, schon gar nicht diejenigen, die in den Nachtrefugien gekämpft hatten. Man verbreitete, dass keiner wisse, woher die Tintlinge stammen. Sie selbst konnten sich kaum artikulieren, die meisten waren nichts als wahnsinnige Bestien. Niemand konnte in ihnen noch Exlibri erkennen, sie waren so missgestaltet wie das Land selbst.«

Bibliomantische Macht wirkte oft über Distanzen hinweg, das mochte ein Grund sein, warum die Wahrheit nicht sofort ans Licht gekommen war. Trotzdem konnte sie sich kaum vorstellen, dass es hier und da nicht doch Mitwisser gab. »Und keiner hat je Fragen gestellt? Woher die Tintlinge stammen, warum sie uns überhaupt angegriffen haben?«

»Nun, genau genommen haben *wir* sie angegriffen.«

»Die Akademie hat diesen Krieg begonnen, um ihre Spuren zu verwischen?«

»Keiner hat ernsthaft einen Krieg gewollt. Es sollten begrenzte Schläge sein, kleine Gruppen von Bibliomanten, die die Unordnung aufräumen, die in den Nachtrefugien entstanden war.«

Unordnung. Tausende und Abertausende Männer und Frauen, sicher auch Kinder, die ihren Verstand verloren hatten, weil die Akademie in ihrer maßlosen Selbstüberschätzung die Kontrolle über ihre Schöpfung verloren hatte. Und als sie versucht hatte, die Katastrophe unter den Teppich zu kehren, war daraus eine ungleich größere geworden. Isis hätte das alles mit Arbogasts Zynismus betrachten können, wären dabei nicht so viele Exlibri getötet oder für den Rest ihres Lebens gezeichnet worden.

»Die Lage gestaltete sich schwieriger, als die Drei Häuser erwartet hatten«, fuhr er fort. »Man hatte angenommen, dass nur wenige Exlibri im Missratenen Land überlebt hatten. Stattdessen stellte man fest, dass beinahe alle noch lebten – wenn man es denn leben nennen will. Es gab vereinzelte Überraschungssiege, Hinterhalte, Verschleppungen. Die Akademie antwortete mit Befreiungsversuchen und Strafaktionen. Die Lage eskalierte. Was eine Reihe einfacher Einsätze sein sollte, wurde zu einem ausgewachsenen Krieg. Man erzählte den Leuten alles Mögliche, um ihnen die Lage zu erklären, in erster Linie, dass die Tintlinge aus den Seiten der Welt aufgetaucht seien, aber niemand wisse, woher genau sie kämen. Um eine Ausbreitung in alle anderen Refugien zu verhindern, müssten sie in den Nachtrefugien geschlagen werden. Im Großen und Ganzen gaben sich damit alle zufrieden, und sobald unsere Leute dort drüben ankamen und in Kämpfe verwickelt wurden, hatten sie ohnehin andere Sorgen.«

Isis ging langsam auf Arbogast zu. »Was hast du vor, Atticus? Warum erzählst du mir das alles? Du weiß genau, was ich mit solch einem Wissen anstellen könnte.«

»Du hast keine Beweise, nur mein Wort. Das wird nicht genügen. Es hat immer wirre Spekulationen im Untergrund gegeben, aber keine davon ist je ernst genommen worden.«

»Weil Agenten wie du und ich die Leute ausgeschaltet haben, die sie in die Welt gesetzt haben.«

»Wir haben die Ordnung aufrechterhalten.«

Einen halben Schritt vor ihm blieb sie stehen. »Du hast mich zu einem Teil dieser Lüge gemacht. Ich habe an das geglaubt, was wir getan haben. Ich dachte wirklich, dass die Akademie trotz ihrer Schwächen eine Stabilität bietet, die dem Chaos vorzuziehen ist.«

»Und genauso ist es. Die Akademie gibt der bibliomantischen Welt ihren Halt, und den meisten Menschen ist das überaus angenehm.« Er wirkte fast zu gelassen, zeigte keine Spur von Anspannung. »Nicht die Akademie ist das Problem, Isis, sondern die Menschen, die in ihrem Namen das Sagen haben. Haus Cantos, Haus Lohenmut, Haus Himmel – die meisten dieser Leute sind schwach und unfähig. Sie handeln nie vorausschauend, nur panisch. Statt Pläne für die Zukunft zu schmieden, betreiben sie Schadensbegrenzung. Sie alle haben ihren Einfluss durch Vererbung erlangt, nicht durch Erfahrung oder Kompetenz.« Sein Blick brannte sich in ihren. »Wir werden dafür sorgen, dass jemand an die Macht kommt, der weiß, was er tut. Nachdem wir mit Phaedra fertig sind – oder schon vorher.«

Sie lachte ihn aus. »Du, Atticus?«

Zu ihrer Überraschung schüttelte er den Kopf. »Ich bin nur ein Soldat. Ich tauge nicht zum Regieren. Gib mir einen Befehl, und ich weiß, wie ich ihn ausführen muss. Ich kann Probleme erkennen und beheben, aber ich bin kein Visionär. Das sind wir beide nicht.«

Ihr Ton wurde bissig. »Und wenn tatsächlich Phaedra die Richtige wäre? Vielleicht ist es falsch, sie zu bekämpfen. Vielleicht ist gerade sie diejenige, die die Refugien wirklich brauchen.«

»Phaedra Herculanea hat herausgefunden, was in den Nachtrefugien geschehen ist. Deshalb ist ihr Zorn so groß auf das, was aus der Bibliomantik geworden ist. Ihr Weg ist der von Tod und Vernichtung. Sie wird nicht ruhen, bis sie jeden Bibliomanten ausgerottet hat, um dann wieder von vorn beginnen zu können. Der Legende nach war sie die erste Bibliomantin, und die wird sie wieder sein.«

Somit waren Phaedras Ziele nicht weit entfernt von dem, was Siebenstern mit Hilfe der Leeren Bücher hatte erreichen wollen. Nur, dass er die Bibliomantik ein für alle Mal hatte begraben wollen. »Vielleicht ist genau das nötig«, sagte Isis. »Du sagst es ja selbst: keine Schadensbegrenzung mehr. Stattdessen ein Neubeginn.«

»Mach mir doch nichts vor. Du würdest niemals den Tod Hunderttausender in Kauf nehmen, nur weil du hoffst, dass danach irgendetwas anders und besser laufen könnte. Wir sind Menschen, wir begehen Fehler. Wir verpflichten uns falschen Idealen und Wunschvorstellungen. Glaubst du, eine neue Generation von Bibliomanten unter der Herrschaft einer Massenmörderin würde zufriedener sein? Zufrieden genug, um die alten Fehler nicht zu wiederholen? Das klingt nach einem Traum, Isis, und du bist keine Träumerin. Von allen, die ich ausgebildet habe, hast du mir die meisten Schwierigkeiten bereitet. Andere konnte ich bei ihren Wünschen und Zielen packen, bei ihren Hoffnungen. Aber in dir gab es das alles nicht. Ich musste das Vakuum in dir erst mit neuen Idealen füllen.«

»Du hast dir mein Vertrauen erschlichen.«

»Du hast einen Vater gesucht, und den hast du bekommen.«

Am liebsten hätte sie ihm seine Worte mit der Faust zurück in den Rachen gerammt. Aber nicht hier und nicht jetzt. Nicht während sie zu geschwächt war und er unberechenbar. Bestenfalls hätten sie sich gegenseitig umgebracht.

»Du hast tatsächlich vor, Phaedra in den Nachtrefugien zu suchen und auszuschalten?«

»Gemeinsam können wir mit ihr fertig werden. Sie ist nur eine größenwahnsinnige Exlibra, keine Göttin.«

»Und wenn sie doch bibliomantische Kräfte besitzt? Wenn etwas geschehen wäre, das die Gesetze der Bibliomantik umgeschrieben hätte?«

Er sah Isis lange an, sein Gesicht unmittelbar vor ihrem. Er roch intensiv nach alten Büchern, wie eine Bibliothek, die jahrzehntelang von niemandem betreten worden war. Sie fragte sich, was für Bücher in solch einer Bibliothek gestanden hätten. Bis heute kannte sie nicht einmal den Titel seines Seelenbuchs.

»Eine Exlibra kann keine Bibliomantin sein«, sagte Arbogast schließlich. Aber da blieb ein argwöhnisches Glimmen in seinen Augen, eine unausgesprochene Frage.

»Dann wird sie sich mit abtrünnigen Bibliomanten umgeben haben«, erwiderte Isis. »Das hast du selbst gesagt.«

»Es wäre eine Möglichkeit.«

»Das heißt, ihr wisst nichts über sie?«

»Während des Krieges hat es ein paar Berichte gegeben, laut denen einzelne Bibliomanten auf der Seite der Tintlinge gesehen wurden. Aber das hat niemand ernst genommen, und später gab es keine Gelegenheit mehr, diejenigen zu befragen, die solche Gerüchte in die Welt gesetzt hatten.«

»Weil sie beseitigt wurden?« Sie spürte, wie abermals kalte Wut in ihr aufstieg. »Die Akademie hat ihre eigenen Leute ausgeschaltet, damit nur ja keine Zweifel an der offiziellen Darstellung aufkamen.«

»Man war ein wenig vorschnell mit solchen Präventionen«, gestand Arbogast. »Heute würden wir nicht mehr so vorgehen. Aber es ist nun einmal geschehen. Die Vergangenheit kann keiner von uns ändern.«

Du hast keine Ahnung, dachte sie.

»Ich muss darüber nachdenken.« Sie trat an ihm vorbei und bewegte sich langsam an den Regalen entlang. Ihr Blick wanderte über die abgewetzten Buchrücken. Es waren die üblichen Titel, die sie aus allen Sicheren Häusern kannte. Das erleichterte Sprünge und das Öffnen von Toren, ein Netzwerk aus weltweiten Bestsellern, die in allen Quartieren der Agenten zu finden waren.

»Wie willst du sie aufspüren?«, fragte sie, als sie sich auf der anderen Seite des Raumes wieder zu ihm umdrehte. »Du bist nie in den Nachtrefugien gewesen, oder?«

Arbogast schüttelte den Kopf. »Es gibt alte Karten, die schon damals nicht viel taugten, und heute dürften sie erst recht unbrauchbar sein. Es heißt, das Missratene Land verändert sich noch immer, die Berge wandern, und die Ebenen werden von Schluchten verschlungen. Die Bruchstücke schieben sich ineinander und übereinander. Angeblich kann man die Veränderungen voraussehen, wenn man das System kennt, aber es gibt kaum jemanden, der es durchschaut hat.«

»Kaum jemanden?«

»Nur einen. Aber wir müssen ihn überzeugen, dass es das Richtige wäre, uns zu führen.«

Sie drehte sich wieder zum Regal um und tat, als läse sie die Titel, während sie nachdachte. Verdeckt durch ihren Oberkörper, begann sie mit der rechten Hand, die Haken ihrer Korsage zu öffnen.

»Wer ist es?«, fragte sie.

»Jemand, der gar keine andere Wahl hat, als uns zu helfen. Nur müssen wir ihm das erst klarmachen.«

»Mehr Gewalt gegen Unschuldige?«

Arbogasts Lachen klang matt. »Er sitzt hinter Gittern, und wir sind seine einzige Chance, je wieder dort rauszukommen.«

»Wie heißt er?«

Jetzt fehlte nur noch der letzte Haken. Ihre Narbe dehnte

sich bereits. Wenn sie sich nicht beeilte, würde er spüren, wie sich ihre bibliomantische Aura verstärkte.

Unvermittelt stand er neben ihr, war so schnell herangekommen, dass sie es nicht einmal bemerkt hatte.

»Was tust du da?« Seine Hand zog sie an der Schulter herum. »Wo ist dein Seelenbuch, Isis?«

Der letzte Haken sprang auf, als ihr Oberkörper sich öffnete. An der Linie, die von der Vertiefung zwischen ihrem Schlüsselbein hinab bis zum Gürtel reichte, klappte ihr Brustkorb auseinander und wurde zum Buch.

Arbogast stolperte zwei Schritte zurück.

Aus dem Falz wehte ein Sturmwind. Die Pergamentseiten flatterten lautstark, Licht brach zwischen ihnen hervor.

Arbogast riss sein Seelenbuch aus dem Gürtelholster, doch seine Bewegungen waren verlangsamt vor Fassungslosigkeit. Sein Mund öffnete sich, ohne dass ein Wort über seine Lippen kam.

Ihr erster Gedanke spaltete ein Seitenherz, der zweite brachte die Schriftzeichen auf den geheimen Seiten zum Glühen.

Arbogasts Seelenbuch klappte in seiner Hand auseinander. Helligkeit fiel auf sein Gesicht.

Er war nicht schnell genug.

Isis' Angriff schleuderte ihn über einen Sessel und mit dem Nacken gegen ein Bücherregal. Taschenbücher prasselten auf ihn nieder, als mehrere Bretter aus ihren Verankerungen brachen und nach vorne kippten.

Doch Arbogast war auf den Beinen, bevor der letzte Band den Boden berührte. Er hielt noch immer sein offenes Seelenbuch in der Hand.

»Was ist mit dir passiert?«, brüllte er über das lautstarke Flattern hinweg.

Isis hatte das Überraschungsmoment verloren, und jetzt blieb ihr nur noch rohe Gewalt. Vielleicht hätte sie ihn töten können, als er abgelenkt gewesen war, aber sie brachte es noch immer nicht über sich. Eine letzte Spur von Loyalität hielt sie zurück. Sosehr sie es auch wollte, sie konnte es nicht.

Sein Gesicht verzerrte sich zu einer Grimasse, in der sich Wut und Abscheu die Waage hielten. Er verstand nicht, was er da vor sich sah – noch nicht, denn jeden Augenblick musste ihn die veränderte Vergangenheit einholen. Dann würde er sich schlagartig erinnern, dass Isis schon immer eine Exlibra gewesen war, Exlibra und Bibliomantin zugleich, und im selben Moment würde er auch Phaedras Kräfte nicht mehr in Frage stellen. Er würde alles begreifen. Die Frage war, wie er damit umgehen würde.

Isis wollte dann nicht mehr hier sein.

Sein bibliomantischer Angriff traf sie, als die Schwäche abermals ihren Tribut forderte. All das hier war längst zu viel, sie brauchte ihren Regenerationsschlaf, wenigstens einige Stunden.

Sein Druckstoß schleuderte sie gegen das Regal. Der Schmerz raste durch ihren Körper, die Seiten in ihrer Brust flatterten wild. Ihre Hand krallte sich um eines der Taschenbücher.

Arbogast stand vorgebeugt, seine Augen waren blutunterlaufen. »Das ist noch nicht alles«, begann er. »Es gibt –«

Aber da nutzte sie schon das Sprungbuch, konzentrierte sich auf ein Sicheres Haus in einem anderen Viertel und verschwand vor Arbogasts Augen zwischen den Seiten der Welt.

25

Morgens um halb fünf saß Furia in ihrem Zimmer und weinte um Ariel, als ein Buchstabe aus ihrem Augenwinkel quoll.

Es war ein N, und sie bemerkte es erst, als sie aufblickte und sich selbst im Spiegel sah. Sie saß an dem antiken Schminktisch neben ihrem Bett, im Licht einer einsamen Kerze. Der Rest des Zimmers lag im Dunkeln. Nur schemenhaft konnte sie die Umrisse ihres Ledersessels und der Leselampe im Hintergrund erkennen, drüben in der gegenüberliegenden Ecke des Raumes.

Der Sessel hatte ihr gut zureden wollen, aber die Lampe war ihm scharf über den Mund gefahren: Ob er denn nicht sehen könne, dass Furia Zeit für sich allein bräuchte und nicht die dummen Ratschläge eines unsensiblen Sitzmöbels. Dem hatte der Sessel widersprochen, es hatte einen kurzen Streit gegeben, aber seitdem schwiegen die beiden und regten sich nicht mehr.

Furia beugte sich näher zum Spiegel. Das winzige N klebte im Tränenfluss auf ihrer Wange. Während sie sich noch wunderte, floss ein zweiter Buchstabe aus ihrem linken Auge. Diesmal ein A.

Sie tupfte beide mit dem Zeigefinger herunter, sah aber auf ihrer Fingerspitze nur Tränen. Erst als sie den Finger drehte und im Spiegel betrachtete, waren die beiden Lettern erneut zu sehen. N und A, kaum dunkler als ihre Haut. Sie wandte die Kuppe wieder zu sich herum: Die Buchstaben waren fort. Sie drehte sie zurück zum Spiegel – und sah sie abermals ganz deutlich.

Die Buchstaben waren nur im Spiegel zu erkennen.

Langsam hob sie den Blick und schaute sich ins Gesicht. Im gelbroten Kerzenschein glitten weitere Lettern über ihre Wangen, ganz langsam auf einem Film aus Tränen. Sie wischte sich mit dem Handrücken übers Gesicht, drehte ihn herum und betrachtete ihn im Spiegel: ein F, ein G und ein H.

Ihr Spiegelbild weinte Buchstaben.

Ganz kurz zog sie in Erwägung, dass sie träumte, blickte sogar zu ihrem leeren Bett hinüber, als bestünde allen Ernstes die Möglichkeit, dass sie sich dort liegen sähe wie eine schlafende Doppelgängerin. Doch das Bett war leer.

Sie nahm die fünf Buchstaben mit der Fingerspitze auf und rieb sie über den Spiegel. Auf ihrer Seite des Glases war nur Tränenflüssigkeit zu sehen, dahinter jedoch erkannte sie die spiegelverkehrten Lettern. Schon im nächsten Moment begannen sie zu verblassen, so als würden sie unsichtbar, sobald sie sich von Furias Körper lösten. Nach einigen Sekunden blieb nur eine feuchte Schliere zurück. Die Buchstaben hatten sich aufgelöst.

Als sie sich wieder auf ihr Gesicht konzentrierte, erkannte sie, dass die Tränen nur der Anfang gewesen waren. Ihre Züge wurden unscharf, die Oberfläche bewegte sich, wimmelte wie ein Ameisenhaufen. Der Umriss ihres Kopfes, ihrer Schultern, ihres gesamten Körpers löste sich auf. Auf den ersten Blick sah es aus, als zerflösse sie zu Nebelschwaden. Erst bei genauerem Hinsehen entdeckte sie, dass es Schwärme wirbelnder Buchstaben waren. Viele hatten die Farbe ihrer Haut, andere die ihres Haars, manche waren weiß wie das lange T-Shirt, das sie zum Schlafen trug.

Mit einem scharfen Ausatmen sprang sie auf und warf dabei den Stuhl um. Das Poltern weckte die Leselampe aus ihrer Starre. Ihr Metallschirm ruckte quietschend nach oben und wandte sich zu Furia um, die Glühbirne leuchtete auf und warf Licht ins Zimmer.

»Alles in Ordnung?«, fragte die Lampe mit ihrer blechernen Stimme. Auch der Lesesessel regte sich und gab ein knautschiges Schnaufen von sich.

Furia riss ihren Blick vom Spiegel los und schaute an sich hinunter. Alles war beim Alten. Ihre Hände, das T-Shirt, ihre nackten Beine und Füße darunter – nichts davon hatte sich aufgelöst. Doch als sie abermals in den Spiegel sah, war ihr Abbild im Glas eine wabernde Wolke aus Buchstaben, noch immer als Mensch zu erkennen und doch in Bewegung, unscharf.

Ein Klopfen an der Tür schreckte sie auf.

»Furia?«, erklang Patiences Stimme draußen auf dem Flur. »Hab Lärm gehört. Brauchst du Hilfe?«

Sie war nicht sicher. *Brauchte* sie Hilfe? Sie blickte zurück zu ihrem wimmelnden Spiegelbild. »Ypsilonzett?«, flüsterte sie.

Doch der Buchstabenschwarm dort vor ihr war nicht derselbe wie jener, der unten in den Katakomben der Bibliothek lebte. Ypsilonzetts Buchstaben waren schwarz, bewegten sich wie Ameisen über festen Untergrund und antworteten auf ihre Fragen, indem sie Wörter bildeten. Sie waren nicht farbig, ahmten keine Menschen nach und schwebten niemals frei in der Luft.

Die Zimmertür flog auf und knallte gegen die Wand. Patience hielt beide Revolver in den Händen und blickte so grimmig drein, als wolle er Furia samt Sessel und Lampe über den Haufen schießen.

»Was ist passiert?«

Knirschend schwenkte die Lampe in seine Richtung und blendete ihn.

»Furia?«

»Kannst du mal herkommen?«, bat sie.

»Bist du okay?«

Wenn ich das wüsste, dachte sie. »Ich hab nur den Stuhl umgekippt.«

»Einfach so?«

»Bin im Sitzen eingeschlafen und hatte einen Albtraum.« Und zwar einen, der ganz eindeutig noch nicht zu Ende war, denn im Spiegel sah sie nach wie vor nur eine Ballung aus Buchstaben.

Patience kam näher. Die Lampe folgte ihm mit ihrem Licht. »Herrgott!«, fluchte er. »Kannst du diesem Ding sagen, es soll gefälligst woanders hinleuchten?«

Der Lampenschirm schwenkte herum. »Pah!«, rief die metallische Stimme. »So ein ungehobelter Klotz! Was glaubt er denn – dass ich keine Ohren habe?«

»Du hast keine«, sagte Furia.

»Trotzdem kann ich hören, was er sagt!«

Patience machte einen plötzlichen Schritt in die Richtung der Leseecke, und die Lampe bog sich erschrocken zurück. Aus den Polstern des Sessels erklang ein brummiges Lachen, das überaus zufrieden klang.

»Amüsier dich nur auf meine Kosten!«, fuhr die Lampe ihn an.

Patience blieb vor Furia stehen. Seine Stimme klang mit einem Mal sehr weich: »Ich kenn das mit den Träumen. Kann einen ganz schön fertigmachen.«

»Fällt dir irgendwas auf?«

Sein Blick wanderte wachsam durch den Raum. Er betrachtete die beiden Fenster, alle dunklen Ecken und wollte sich gerade bücken, um sicherheitshalber unters Bett zu sehen, als Furia ihn zurückhielt. »An mir«, sagte sie.

»Du hast geweint.«

»Nicht das. Noch was?«

Irritiert schüttelte Patience den Kopf.

»Sieh mal in den Spiegel«, bat sie ihn.

Er tat es. »Und?«

»Was siehst du da?«

»Ist es das, wovon du geträumt hast? Von was Gruseligem im Spiegel?«

Sie seufzte leise. »So ungefähr.« Mit einem Schaudern sah sie sich im Spiegel neben ihm stehen: Patience völlig scharf und mit klaren Konturen, sie ein Gebilde aus tänzelnden Lettern, die meisten nicht größer als Obstfliegen.

»Ich seh für dich ganz … normal aus?«, erkundigte sie sich sicherheitshalber.

»Nicht normal.«

Sie atmete auf.

»Müde«, sagte er. »Mit verheulten Augen. Wie man eben aussieht, wenn ein guter Freund umgebracht wurde. Hab das im Krieg oft genug erlebt, da haben die Leute die verrücktesten

Dinge gemacht, wenn einer tot auf dem Schlachtfeld geblieben ist. Haben geschrien oder gebetet oder nur dagesessen. Manche haben angefangen zu singen, als gäb's einen Grund zum Feiern, sogar getanzt, aber das war nur ihre Art, damit fertig zu werden. Hab auch welche gesehen, die –«

»Das meine ich nicht. Sonst siehst du nichts?«

Er musterte sie noch einmal im Spiegel, dann drehte er sich zu ihr um, schob die beiden Revolver in die Holster und legte Furia eine Hand auf die Schulter. »Hör mal, euch wird nichts passieren, dir und Pip. Ich sitze die ganze Nacht draußen auf dem Flur und pass auf. Ich komm ein paar Tage ohne Schlaf aus, wenn es sein muss, und wenn irgendwas los ist, bin ich gleich bei euch.«

Vor ein paar Monaten war Pip aus der zweiten Etage herab in das Zimmer neben ihrem gezogen. Sie hatte ihn in ihrer Nähe haben wollen, und er hatte nichts dagegen gehabt. Doch Patience hatte sie gründlich missverstanden: Sie hatte keine Angst vor Ariels Mörder, wo auch immer er sein mochte. Jedenfalls nicht im Augenblick.

Patience sah es wirklich nicht. Nur sie selbst konnte das Buchstabengewimmel im Spiegel erkennen.

»Schon gut«, sagte sie und beobachtete aus dem Augenwinkel, wie ihr anderes Ich die Lippen aus wuselnden Lettern bewegte. »War wohl wirklich nur ein Albtraum.«

Patience nickte, strich ihr mit seiner Pranke über den Kopf und ging zurück zur Tür. Skeptisch betrachtete er das Schloss. »Hab's wohl kaputtgemacht.«

»Du hättest die Klinke benutzen können. War nicht abgeschlossen.«

Der Hüne blickte auf seine Stiefelspitzen. »Tut mir leid.«

Sie löste sich vom Spiegel, ging zu ihm hinüber und umarmte ihn. Ihre Augen waren dabei gerade mal auf Höhe seiner Brust. »Ich bin dir wirklich sehr dankbar, dass du auf uns aufpasst. Wen interessiert schon die blöde Tür.«

»Ehrlich?«

»Ehrenwort.«

Er grinste zufrieden, tippte sich zum Abschied an eine unsichtbare Hutkrempe und ging hinaus. Dabei zog er die Tür hinter sich zu, auch wenn das Schloss nicht mehr einschnappte. »Ich kann Draht holen«, sagte er durch das Holz, »und sie zumachen.«

»Und mich einschließen?«

»Hm. Wohl keine so gute Idee. Aber ich werd's gleich morgen früh reparieren. Versprochen.«

Die Leselampe verdrehte lautstark ihren Schirm. »So ein Schwachkopf.«

»Was?«, fragte Patience.

»Schon gut«, sagte Furia und warf einen strafenden Blick zur Lampe hinüber. »Ich geh jetzt wieder schlafen.«

»Ist doch wahr«, flüsterte die Lampe trotzig.

Der Sessel frohlockte: »Er hat dir einen ganz schönen Schrecken eingejagt.«

Die Lampe richtete ihren Schein auf sein ledernes Sitzkissen. »Ich hab keine Angst vor so einem –«

»Hey«, sagte Furia. »Ruhe jetzt. Und Licht aus.«

Sofort erlosch die Glühbirne, und die beiden erstarrten. Furia hörte, wie Patience draußen ein Stück weit den Korridor hinabging, dann knarrte der Lehnstuhl, auf dem er zwischen den beiden Zimmern Wache hielt. Sie verstand jetzt, warum Ariel ihn ausgewählt hatte. Patience mochte nicht der Hellste sein, aber er war ganz sicher eine der treusten Seelen im ganzen Haus.

Sie gab sich einen Ruck und richtete den Stuhl vor dem Schminktisch auf. Ihr Spiegelbild blieb eine Masse aus Buchstaben, vibrierend wie Sand bei einem Erdbeben.

Im Hintergrund sah sie auf dem Nachtschrank ihr Seelenbuch liegen. Mit einem Ächzen reckte sich der Schnabel daraus hervor und gähnte genüsslich. »Was'n los?«, nuschelte er.

Furia seufzte leise. Die geistige Verbindung zwischen ihnen hielt das Schnabelbuch nicht davon ab, wie ein Stein zu schlafen, ganz gleich, was um es herum geschah.

»Nichts Besonderes«, sagte sie.

Das Buch bemerkte ihr Spiegelbild und stieß einen spitzen Schrei aus. »Heiliges Kanonenrohr!«

Draußen polterte abermals Patience heran.

»Alles in Ordnung!«, rief Furia ihm zu. »Das war nur das Schnabelbuch.«

Seine Schritte hielten inne, dann entfernten sie sich wieder.

Der Schnabel senkte die Stimme zu einem Flüstern. »Was, bei Rasputins Bart, ist das?«

»Du siehst es also auch?«

»Bin ja nicht blind!«

»Patience hat nichts bemerkt.«

»Ich bin dein Seelenbuch!«, empörte sich der Schnabel. »Ich seh die Welt mit deinen Augen. Wir sind eins, du und ich!«

»Außer, wenn du schläfst.«

Der Schnabel druckste herum. »Hab ich wieder geschnarcht?«

Sie ging zu ihm hinüber und kraulte seinen faltigen Hals. »Nur ein bisschen.« Sie hob das Buch vom Nachttisch und trat damit vor den Spiegel, um zu sehen, ob sich auch sein Spiegelbild auflöste.

Ein sechzehnjähriges Mädchen blickte ihr entgegen, mit zerzaustem blonden Haar, zu großem weißem T-Shirt und dunklen Ringen unter den Augen. Keine wabernden Buchstaben mehr. Sie war wieder die Alte.

Zögernd streckte sie eine Hand aus und berührte den Spiegel mit allen fünf Fingerspitzen, ganz behutsam, als bestünde die Gefahr hindurchzugreifen. Doch sie spürte nur kaltes Glas und sah ihr vertrautes Ebenbild.

Fast eine Minute lang blieb sie stehen und betrachtete sich. Dann blies sie die Kerze aus, kroch mit dem Schnabelbuch unter ihre Bettdecke, tauchte ins Dunkel und in Sicherheit.

26

Am Morgen lag die Welt noch immer in Scherben.

»Das alles hier wird nicht gutgehen«, sagte Furia, als sie mit Cat die riesige Küche der Residenz betrat. »Die Sache stand vorher schon auf der Kippe, aber ohne Ariel werden noch mehr Exlibri von hier fortgehen.«

Sie hatte beschlossen, vorerst niemandem zu erzählen, was in der Nacht geschehen war, nicht einmal Cat. Ohnehin gab es Wichtigeres. Ariels Tod war wie ein Magnet, der jeden Gedanken, jedes Gespräch an sich zog.

Die drei Exlibri, die schon im Waldlager als Köche für die Verpflegung gesorgt hatten, liefen wie Schlafwandler zwischen den verschiedenen Anrichten umher. Einige ihrer Helfer waren heute früh nicht aufgetaucht, und den dreien fiel es merklich schwer, zum Alltag überzugehen: Das einfache Frühstücksbuffet, das jeden Morgen in einem der Säle aufgebaut wurde, musste hergerichtet werden, ganz gleich, wie gedrückt die Stimmung war.

Cat und Furia standen neben der Tür zum Kühlhaus. Eine Exlibra mit rotgeweinten Augen trug einen riesigen Korb voller Toastscheiben an ihnen vorüber und sah aus, als überbrächte sie Todgeweihten ihre Henkersmahlzeit.

Cat angelte mit spitzen Fingern zwei Scheiben heraus, dann goss sie sich aus einem Tetrapack ein Glas Fruchtsaft ein. »Du auch?«, fragte sie und deutete auf ein zweites Glas. Es stand mit Dutzenden anderen auf der gefliesten Arbeitsplatte, die wie ein Großteil der Kücheneinrichtung aus dem neunzehnten Jahrhundert stammte.

Furia schüttelte den Kopf.

»Du musst was essen und trinken«, sagte Cat. »Hungern nutzt ja nichts.«

»Spürst du das auch? Das ganze Haus … alles ist in Schockstarre.«

»Was erwartest du denn?« Cat schob sich eine halbe Scheibe in den Mund und fuhr kauend fort: »Sie alle haben Ariel seit Jahren gekannt. Sie sind daran gewöhnt, dass er ihnen sagt, was sie zu tun haben. Pucks Tod war schon ein schwerer Schlag, und nun auch noch er …«

»Na, wenigstens dir schmeckt's.«

Cat nickte und schluckte das Brot herunter. In Libropolis hatte sie sich von allem ernähren müssen, was ihr an Essbarem in die Finger geraten war, und das merkte man ihr auch heute noch an. Manchmal erinnerte sie Furia tatsächlich an eine Katze, die zu lange auf der Straße gelebt hatte.

»Muss ich mich dafür jetzt entschuldigen?«, fragte Cat.

»Ach was.« Furia nahm halbherzig den Saft und goss sich etwas ein. Ohne jeden Appetit betrachtete sie die Flüssigkeit im Glas. »Glaubst du, sie werden fortgehen?«

»Einige. Aber sicher nicht alle.«

»Früher oder später wird die Akademie einen von ihnen aufstöbern. Und dann wird sie erfahren, wo wir uns verstecken.«

»Finnian sagt, sie können alle den Mund halten. Sie waren

lange genug auf der Flucht vor der Akademie und kennen gar nichts anderes mehr.«

»Irgendwer hat uns jetzt schon gefunden. Wer auch immer Ariel getötet hat –«

»Kam nicht von der Akademie«, fiel Cat ihr ins Wort. »Sonst wäre gleich ein ganzer Trupp angerückt.«

»Aber das alles hier ist einfach zu brüchig. Ariel hat das gewusst.« Sie trank das Glas in einem Zug leer und hätte den kalten Saft beinahe wieder rausgewürgt. Ihr Magen krampfte sich zusammen. »Es reicht nicht, einfach nur mehr Wachen aufzustellen. Wir brauchen Bibliomanten, die das Gebäude abschirmen, aber stattdessen will sich Summerbelle –« Sie verstummte, weil ihr klar war, dass dies gerade kein gutes Thema war.

Cats Miene verdüsterte sich. Mit Wucht stellte sie das Glas ab. »Ich hab versucht, Finnian davon abzubringen. Wir haben die halbe Nacht geredet, aber er sagt, er muss gehen und Isis finden. Er ist überzeugt davon, dass nur sie dahinterstecken kann. Sie und Arbogast. Und aus irgendeinem Grund haben sie die Akademie nicht eingeweiht, glaubt er. Er will herausfinden, warum.«

»Das ergibt doch keinen –«

»Furia!«

In der Küchentür war Pip aufgetaucht. Atemlos rannte er auf sie zu.

»Nassandra!«, stieß er aufgeregt aus. »Sie weiß irgendwas. Sie ist ganz durcheinander, ich hab sie noch nie so erlebt …«

Cat runzelte die Stirn. »Die Kallista?«

»Was hat sie denn?«, fragte Furia.

»Kommt mit!« Pip packte seine Schwester an der Hand und zog sie zur Hintertür. Die Küche besaß einen eigenen Ausgang ins Freie, und wie an jedem Morgen stand er weit offen, um den riesigen Raum zu lüften.

Furia und Cat folgten Pip hinaus in den Park. In einiger Entfernung erkannten sie hinter einem verwilderten Rosenbeet ein knappes Dutzend Exlibri. Patience überragte sie alle um einen Kopf. Mit hochrotem Gesicht hielt er Ausschau nach Pip und schien erleichtert, als er ihn mit Furia und Cat im Schlepptau näher kommen sah.

Die Kallista Nassandra stand zehn Schritt von den anderen entfernt vor dem Wall aus hohen Bäumen und Unterholz, das den Park zu den Hügelwiesen im Osten hin begrenzte. Weiter oben am Hang, außerhalb der Faerfax-Ländereien, verliefen die Eisenbahnschienen, auf denen Pip einst von den Kavalieren der Umgarnten entführt worden war. Über dem Kamm ging die Sonne auf und tauchte das Tal in Kupferlicht.

Im Schatten des Dickichts tänzelte Nassandra von einem Bein aufs andere, jederzeit bereit, die Flucht zu ergreifen. Sie trug Furias altes Sommerkleid, so weiß wie ihre Birkenhaut; es war voller Gras und Blätter, wahrscheinlich hatte es neben ihr am Boden gelegen, als sie in der Nacht zum Baum geworden war. An den Armen und Beinen, sogar im Gesicht, war ihr Körper mit milchigen Buchstaben bedeckt. Ihr langes Haar wehte federleicht in der Morgenbrise. Bei jeder raschen Bewegung der Exlibri zuckte sie zurück und setzte zur Flucht an.

»Ihr macht ihr Angst«, sagte Patience zu den Männern und Frauen. »Geht zurück zum Haus, sonst erfahren wir nie, was sie uns sagen will.«

»Vielleicht bist ja du es, der ihr Angst macht«, sagte ein zwergwüchsiger Exlibro, von dem Furia bis heute nicht wusste, ob er tatsächlich ein Zwerg war oder nur ein kleiner, stämmiger Mann mit Bart und Körpergeruch.

Patience blickte verblüfft an sich hinunter, als wollte er überprüfen, ob da irgendetwas an ihm wäre, das einen anderen verängstigen könnte. Pip ließ Furias Hand los und trat zwischen die beiden Exlibri. »Lasst mich mit ihr reden.«

Furia nickte ihm zu. Nassandra war anzusehen, dass sie ihnen etwas mitteilen wollte, sich aber nicht traute, näher zu kommen.

Cat beugte sich an Furias Ohr. »Glaubst du, sie hat was gesehen?«

»Oder jemanden.«

Pip ging langsam auf die Kallista zu. Nassandras riesige Augen waren weit aufgerissen, als versuchte sie, möglichst viel von der Umgebung auf einmal wahrzunehmen. Sie stand keine Sekunde lang still, sprang vor und zurück. Ihr Blick zuckte von Pip zu Patience, dann über Furia und Cat hinweg zum Rest der Gruppe.

»Keiner tut dir was«, sagte Pip. »Wir alle hier sind deine Freunde.«

Die Kallista wich ein Stück zurück, machte aber gleich wieder einen Schritt nach vorn. Dann winkte sie Pip zu, er möge näher kommen.

Er ging weiter, ganz langsam, damit sie ihn genau beobachten konnte und durch keine rasche Bewegung erschreckt wurde.

Auch die Exlibri regten sich nicht mehr, keiner sprach ein Wort. Patience starrte die Kallista an wie hypnotisiert.

Nassandra streckte Pip eine Hand entgegen, zog sie zurück, hielt sie ihm dann wieder hin. Langsam hob auch er einen Arm, während er weiter beruhigend auf sie einredete. Nur noch wenige Schritte, dann würden sich ihre Hände berühren.

»Er macht das gut«, flüsterte Cat.

Furia nickte in einem Anflug von Stolz.

»Psst«, machte Patience leise. »Sonst läuft sie weg.«

»'tschuldigung«, murmelte Cat und schnitt Patience hinter dessen Rücken eine Grimasse.

Nassandra hielt die rechte Hand ausgestreckt und gestikulierte mit links hinüber zu den Bäumen im Hintergrund. Das Unterholz zwischen ihnen war so dicht, dass der Hang nicht zu sehen war.

Furia entdeckte eine schmale Bresche im Dickicht, einen Trampelpfad, der ihr zuvor nie aufgefallen war. Dabei stammten die meisten dieser Wege von ihr und Pip. Als Kind war sie oft auf den menschenleeren Hügeln umhergestreift, war mit ausgestreckten Armen die Hänge hinabgestürmt und hatte sich vorgestellt, wie ein Vogel aus dem Tal zu fliegen und die Welt jenseits der Cotswolds zu erforschen.

Pip berührte Nassandras Fingerspitzen und blieb stehen. Sie zuckte zusammen, zog ihre Hand aber nicht weg.

»Willst du mir etwas zeigen?«, fragte er.

Sie nickte aufgeregt. Ihre großen runden Augen schienen das Gold zu reflektieren, mit dem der Sonnenaufgang das Tal übergoss.

Pip sah zum Pfad hinüber. »Möchtest du, dass ich mit dir dorthin gehe? Durch die Bäume?«

Wieder nickte sie und zeigte ein schemenhaftes Lächeln, als

hätte es der Wind nur für einen flüchtigen Moment über ihr Antlitz geweht.

»Okay. Zeig mir einfach den Weg.«

Nassandra ergriff seine Hand, nicht so wie Menschen es taten, sondern unbeholfen an seinen Fingerspitzen. Augenblicke später tauchten sie auf dem Trampelpfad ins Dickicht. Nassandras weiße Gestalt blieb noch eine Weile wie Morgendunst hinter den Zweigen sichtbar, dann verschluckte sie das Geäst.

Ein Raunen ging durch den Pulk der Exlibri.

»Hey, Leibwächter«, sagte Cat zu Patience. »Müsstest du nicht auf ihn aufpassen?«

»Nicht, wenn er bei *ihr* ist.« Fast verträumt sah der Südstaatler dorthin, wo Nassandra verschwunden war.

Furia und Cat wechselten einen Blick.

»Sie ist verdammt hübsch«, sagte Cat mit stichelndem Unterton zu Patience.

»Was?«

»Hübsch. Niedlich. Süß.«

Patience konnte ihr nicht in die Augen sehen. »Kann schon sein.«

»Lass ihn«, flüsterte Furia ihr zu.

Patience machte zwei Schritte auf die Büsche zu, blieb dann aber stehen. »Sie wird ihn gleich zurückbringen. Ganz bestimmt.«

Furia glaubte das auch, sonst hätte sie Pip gar nicht erst gehenlassen. Ihr Bruder mochte gerade mal elf sein, aber sie hatte ihn noch nie so selbstsicher erlebt, fast schon erwachsen. Und trotzdem: Sie hatte ein merkwürdiges Gefühl dabei, ihn auf diesen Hügel gehen zu sehen, wo sie ihn schon einmal verloren hatte. Tief in ihr regte sich Sorge, und obwohl sie dagegen ankämpfte, wurde der Drang, ihm zu folgen, immer größer.

Die Exlibri tuschelten. Der Wind raschelte in den Bäumen. Sonnenschein brach durch die Kronen und ließ die Schatten am Rand des Parks zusammenschrumpfen.

Nach einigen Minuten sagte der Zwerg: »Vielleicht sollte jemand nachsehen.«

»Sie würde ihm niemals was tun«, sagte Patience.

»Sie vielleicht nicht.« Furia ging zu der Bresche im Unterholz hinüber, erst langsam, dann immer schneller. Cat folgte ihr. Patience stieß ein Seufzen aus, eilte an beiden vorbei und setzte sich an die Spitze, als sie ins Dickicht traten.

»Ihr anderen bleibt hier«, rief er über die Schulter, und zu Furias Erstaunen gehorchten ihm die Exlibri.

»Macht die Uniform«, sagte er achselzuckend.

Was Furia für einen Pfad gehalten hatte, entpuppte sich als schmale Schneise aus niedergetretenen Brennnesseln und abgeknickten Ästen. Bevor Nassandra und Pip diesen Weg genommen hatten, war er gewiss nicht öfter als zwei- oder dreimal benutzt worden.

Das Gebüsch war nicht tief, kaum mehr als fünfzehn Yards, und bald tauchte zwischen den Ästen das Grün des Hügels auf. Als sie ins Freie traten, konnten sie deutlich die Spur sehen, die Pip und die Kallista im hohen Gras hinterlassen hatten. Sie führte den Hang hinauf, aber dort oben war niemand zu sehen.

Furias Unruhe wurde zu einem Rumoren im Bauch, das sie immer schneller werden ließ.

»Wo sind die hin?«, fragte Cat.

Patience rannte mit stampfenden Schritten voraus. »Die Spur führt hoch zu den Eisenbahnschienen.«

Bitte nicht, dachte Furia. Nicht noch einmal.

Sie liefen weiter, bis sich vor ihnen der Wall mit den alten Gleisen erhob. Dahinter setzte sich der Hang fort, aber der Bahndamm versperrte den Blick auf ein weites Stück unterhalb der Hügelkuppe.

Furia kämpfte gegen ihre Beklemmung an. Sie kannte die Kallista nur vom Sehen. Vielleicht war sie zu leichtsinnig gewesen. Wer wusste schon, was hinter diesen großen Unschuldsaugen vorging.

Im Rhythmus ihres Herzschlags stürmte sie über Gras und Schotter den Bahndamm hinauf. Sie hatte fast die Schienen erreicht, als Patience vor ihr stehen blieb.

»Was ist?« Cat und sie hielten neben dem Exlibro inne.

Jenseits der Bahngleise befand sich eine schmale Senke, ehe der Hang weiter anstieg.

Dort unten lag eine Gestalt in dunkler Kleidung. Pip kauerte neben ihr am Boden und zog etwas unter dem reglosen Körper hervor. Nassandra tänzelte nervös um ihn herum.

»Pip!«, rief Furia. »Geh da weg!«

Triumphierend hob er den Gegenstand in die Höhe. Es war ein Buch, schmal und in braunes Leder gebunden.

»Ist das –«, entfuhr es Cat.

Furia hörte den Rest des Satzes nicht mehr, denn unter ihren Füßen knirschte der Schotter, als sie mit Patience den Bahndamm hinabhetzte.

»Weg da!«, brüllte der Exlibro.

Nassandra fuhr zusammen, als hätte er Schüsse aus seinen

Revolvern auf sie abgegeben. Panisch wandte sie sich zur Flucht. Im letzten Moment besann sie sich eines Besseren, packte Pip unter den Achseln und zog ihn mit erstaunlicher Kraft von dem dunklen Körper am Boden fort. Fünf, sechs Schritte weit lief sie mit ihm, ehe sie ihn losließ und dann noch einige mehr allein zurücklegte. Schließlich blieb sie stehen und beobachtete, was als Nächstes geschehen würde.

Patience fiel neben der Gestalt am Boden auf die Knie, rollte sie auf den Rücken, streckte ihre Arme nach hinten und hielt beide Handgelenke fest.

»Er lebt noch!«

Es war ein Mann in einem anthrazitfarbenen Mantel. Zwei blutige Rinnsale klebten auf seinen eingefallenen Wangen, waren wie rote Tränen aus seinen Augen gelaufen und angetrocknet; sie führten senkrecht zum Kinn, symmetrisch wie eine Kriegsbemalung. Die Verletzungen mussten ihm zugefügt worden sein, lange bevor er hier oben zusammengebrochen war.

»Schon mal gesehen?«, fragte Patience.

Aber Furia eilte schon zu Pip hinüber, der sie mit breitem Grinsen ansah. »Nichts passiert«, sagte er. »Nassandra war die ganze Zeit bei mir. Sie hat heute Nacht oben auf dem Hügel gewurzelt, und da hat sie ihn gesehen.«

Furia sah zur Kallista hinüber, die ihren Blick erwiderte, als erwarte sie einen Angriff. Aber Furia schenkte ihr nur ein dankbares Lächeln.

Schließlich nahm sie den ledernen Band entgegen, den Pip ihr entgegenhielt. Sie musste die römische Ziffer auf dem Rücken nicht lesen, um zu wissen, dass es sich um das elfte Buch der Schöpfung handelte.

Mit steinerner Miene drehte sie sich zu Patience um. »Das ist Ariels Mörder. Pass gut auf ihn auf.«

»Der rührt sich nicht, keine Sorge. Er atmet, aber er ist bewusstlos. Sieht nicht aus, als ob er's noch lange macht.«

Cat kniete sich auf der anderen Seite des Bewusstlosen ins Gras und knöpfte seinen dunklen Mantel auf, um nach Wunden zu suchen. »Hat Ariel ihn vor seinem Tod so zugerichtet?«

»Gut möglich«, sagte Patience.

Furia wandte sich an die Kallista. »Kannst du Pip zurück zum Haus bringen?«

Nassandra nickte schüchtern. Kurz sah es aus, als wolle Pip erbost widersprechen, aber dann schien ihm einzufallen, dass die Aussicht, mehr Zeit mit der Kallista zu verbringen, keine allzu schlechte war. Aus heiterem Himmel überkam Furia ein Anflug absurder Eifersucht: Cat liebte Finnian, und nun schien sogar Pip ein wenig verschossen zu sein, ausgerechnet in Nassandra. Und sie selbst? Sie hatte nur ein vorlautes Seelenbuch und einen Haufen Probleme am Hals.

Sie schob den Gedanken weit von sich und sagte zu Pip: »Das habt ihr gut gemacht. Aber ihr müsst jetzt hier weg. Er könnte aufwachen. Und wir haben keine Ahnung, was das für ein Kerl ist.«

»Na ja«, sagte Cat. »Irgendwie schon.«

Furia trat neben sie und blickte hinab auf den Fremden. Das schmale Gesicht hatte sie nie zuvor gesehen, aber da war etwas Glattes, seltsam Konturloses in seinen Zügen: das Merkmal vieler Exlibri.

»Der arbeitet doch nie und nimmer für die Akademie«, murmelte Patience.

Während Nassandra und Pip hinter dem Bahndamm abtauchten, schlug Cat den Mantel des Fremden auf. Sie musste bereits vorher einen Blick darunter geworfen haben, denn sie war die Einzige, die nicht erschrocken zurückzuckte.

»Was, zum Teufel …«, flüsterte Patience.

Der Oberkörper des Mannes war nackt. Von einem Punkt unterhalb des Kehlkopfs bis hinab zum Bauch verlief eine senkrechte Narbe. Zwei waagerechte Rötungen kreuzten sie unterhalb des Schlüsselbeins und einen Fingerbreit über dem Gürtel. Das gleiche Muster wie auf Isis' Körper.

Furia verengte die Augen. »Er ist ein Siebenstern-Exlibro?«

Plötzlich riss der Mann einen Arm los, und noch ehe Patience ihn wieder greifen oder Furia fortspringen konnte, hatte er sie am Handgelenk gepackt.

Es war kein harter Griff, er hatte kaum noch Kraft. Aber seine blutunterlaufenen Augen richteten sich auf Furia, und dann bewegten sich seine Lippen.

Sie spielte noch mit dem Gedanken, sich trotz aller Gefahr zu ihm hinabzubeugen – doch da stieß Patiences Faust herab wie ein Vorschlaghammer. Die Finger des Exlibro lösten sich, sein Kopf fiel zurück ins Gras.

Patience wollte noch einmal zuschlagen, aber Furia ging dazwischen. »Nicht! Bring ihn nicht um!«

»Er hat dich angegriffen!«

Sie vermied es, noch einmal in das zerschundene Gesicht des Bewusstlosen zu blicken. Patiences erster Schlag hatte ihn schlimm zugerichtet, ein zweiter mochte ihn töten.

Cat blickte von dem Mann zu Furia. »Hat er gerade noch was gesagt?«

Furia setzte zu einer Antwort an, schüttelte dann aber stumm den Kopf.

»Bring ihn ins Haus«, sagte sie zu Patience.

»Ganz sicher?«

»Jemand muss rausfinden, wer ihn geschickt hat.«

Ein Grinsen spielte um seine Mundwinkel. »Das kann ich.«

»Pass auf seinen Brustkorb auf! Er darf sich nicht öffnen.«

Patience winkte ab und warf sich den leblosen Mann über die Schulter, so mühelos, als wöge er nicht mehr als ein Kind. Furia stand da und starrte durch beide hindurch.

Cat berührte sie an der Hand. »Ist mit dir wirklich alles in Ordnung?«

Sie nickte geistesabwesend.

Nichts war in Ordnung. Ariel war tot. Isis vermisst. Und der Mann hatte etwas geflüstert, das nur sie verstehen konnte.

Ein einziges Wort.

Spiegel.

27

Gegen Mittag trugen Furia und Cat die Bücher der Schöpfung in die Bibliothek. Furia schob den bibliomantischen Schlüssel in die schwere Eisentür am Eingang der Katakomben und spürte, wie ein Ruck durch den Mechanismus im Inneren ging. Ein Surren drang aus dem Metall, als die Zahnräder die schweren Bolzen aus ihren Verankerungen zogen. Kurz darauf gab die Tür den Blick auf den Hauptgang frei. Furia schaltete die trübe Beleuchtung ein, eine Reihe schwingender Glühbirnen unter der behauenen Felsendecke.

Sie hatten die beiden Kisten mit den vierundzwanzig Büchern am Boden vor der Tür abgestellt. Drei Exlibriwächter behielten sie dabei im Auge. Die Bibliothek war ein bibliomantisches Refugium mit mysteriösem Eigenleben. Einige der Wesen, die hier lebten, kannte Furia – die staubfressenden Origamis, den Buchstabenschwarm Ypsilonzett, selbst die mörderischen Schimmelrochen –, aber es mochte noch andere geben, mit denen niemand rechnete. Die drei Wächter wussten, dass sie achtsam sein mussten, nicht nur wegen des Angriffs in der vergangenen Nacht.

Trotz allem liebte Furia die Bibliothek mehr als jeden anderen Ort, sie hatte sich schon als Kind in den endlosen Gängen herumgetrieben, häufig abseits des Hauptweges, obwohl oder gerade weil ihr das verboten worden war.

Jemand kam hinter ihnen die unbeleuchtete Kellertreppe herunter.

»Seid ihr sicher, dass das eine gute Idee ist?«, fragte Summerbelle. »Wir waren uns doch einig, dass es ein zu großes Risiko ist, die Bücher dort drinnen aufzubewahren.« Ihr weißes Haar leuchtete geisterhaft vor der Düsternis des Hintergrunds, und ihre schwarzen Brauen waren so zornig zusammengezogen, dass sie beinahe eine Linie bildeten. Sie trug wieder eines ihrer hellen Kleider, darunter den unvermeidlichen weißen Rollkragenpullover.

Cat wollte sie anfahren, aber Furia hielt sie zurück.

»Glaubst du allen Ernstes, oben im Haus wären sie sicherer?«, fragte sie. »Nach allem, was passiert ist?«

Summerbelle schüttelte den Kopf. »Sicherheit gibt es nicht, das weiß ich auch.«

Cat hob ihre Kiste hoch und trug sie durch die Tür der Bibliothek. Dort stellte sie die Bücher ab und kam zurück in den Vorraum. Furia zog den altmodischen Schlüssel aus dem Schloss und schob ihn in ihre Hosentasche. Dann nahm sie ihre eigene Kiste vom Boden auf.

»Warte«, sagte Summerbelle. »Du kannst diese Entscheidung nicht alleine treffen.«

Die drei Männer bemühten sich, möglichst unbeteiligt dreinzuschauen, aber in dem engen Raum entging ihnen kein Wort.

Cat stellte sich Summerbelle in den Weg, als Furia die Bibliothek betrat. »Lass sie. Du und Finnian, ihr schert euch ja auch nicht darum, was andere von euren *Entscheidungen* halten.«

»Finnian braucht jemanden, der ihm hilft, wenn er Isis finden will. Ich hab zumindest die Chance, ihn dir heil zurückzubringen.«

Während sich die beiden wütend anfunkelten und die Männer nicht wussten, ob sie auf ihre Schuhe oder zur Decke blicken sollten, trug Furia ihre Kiste in den Büchergang und setzte sie auf jene, die Cat bereits dort abgestellt hatte. Ein Origami hüpfte von einem der Bücherregale darauf und machte sich auf die Suche nach frischem Staub.

Noch einmal blickte sie sich zu den anderen um. »Hat Patience schon irgendwas erfahren?«

Summerbelle schüttelte den Kopf. »Nichts.«

»Solltest du nicht lieber bei ihnen bleiben? Immerhin ist dieser Typ ein Siebenstern-Exlibro.«

»Patience weiß, was er zu tun hat. Und ich hab mir das lange genug angesehen.« Furia ahnte, was sie meinte. Der ehemalige Bürgerkriegssoldat ging sicher nicht zimperlich mit dem Gefangenen um. »Der Kampf mit Ariel muss ihn geschwächt haben. Patience hat ihm den Oberkörper so fest zusammengeschnürt, dass er ihn nicht öffnen kann. Ist vielleicht der Nachteil, wenn man sein eigenes Seelenbuch ist.«

Furia glaubte nicht, dass Isis sich allein durch Fesseln hätte aufhalten lassen, aber vermutlich war es nicht klug, ihren Namen gerade jetzt zu erwähnen. Sie trat vor bis zur Schwelle, so als wollte sie zu den anderen in den Vorraum zurückkehren. Cat sah es aus dem Augenwinkel und gab ihr hinter dem Rücken ein Handzeichen.

»Wir sollten uns jetzt den elften Band vornehmen«, begann Summerbelle mit einem Blick auf die Bücherkisten, »und herausfinden, was die –«

Furia packte den Türgriff. Cat spannte sich.

Summerbelle beendete den Satz nicht mehr, weil sie im selben Moment begriff, was die beiden vorhatten. Es gab nur zwei Schlüssel zur Bibliothek. Einen besaß Furia, den anderen hatte Ariel aufbewahrt. Summerbelles Gesichtsausdruck verriet, dass sie noch nicht daran gedacht hatte, ihn zu suchen. Vielleicht begriff sie gerade, dass sich jetzt beide in Furias Besitz befanden.

Empört machte sie einen Schritt nach vorn. »Du kannst nicht –«

Cat gab ihr einen Stoß, der sie zurücktaumeln ließ. Ganz kurz hielt Furia inne. Sie hatten abgesprochen, dass Cat jeden aufhalten würde, der versuchte, sich ihr in den Weg zu stellen. Allerdings war dabei nicht von einer Prügelei die Rede gewesen. Zudem hatte Cat gegen die Bibliomantin keine Chance. Wenn Summerbelle wollte, konnte sie Cat kraft ihrer Gedanken zwingen, sich an der Wand die Nase zu zerschmettern. Doch Cat schien das im Augenblick egal zu sein. Ihre ganze Wut brach sich Bahn, und wenn sie einmal in Rage war, dann konnte *nur* Bibliomantik sie aufhalten.

Furia war gerade im Begriff, die eiserne Tür hinter sich zuzudrücken, als sie durch den Spalt sah, wie Summerbelle Cat beiseitestoßen und ihr folgen wollte. Cat packte ihre Widersacherin am Arm und riss sie herum.

»Seid so gut und bringt euch nicht gegenseitig um.« Furia schloss die Tür und überließ es den Wächtern, die beiden zu trennen.

Sie fühlte sich scheußlich dabei, ihre Freundinnen so zurückzulassen. Aber das hier war ihre letzte Chance, die Bücher an einen Ort zu bringen, den nur sie allein kannte. Und ihr fiel kein anderer ein, der sicherer gewesen wäre, Refugium hin oder her. Dass es ein Fehler gewesen war, die Bände in den oberen Stockwerken aufzubewahren, hatte sich allzu schmerzlich gezeigt. Sie würde nicht in Kauf nehmen, dass noch jemand starb, um sie zu verteidigen.

Summerbelles wütender Aufschrei wurde abgeschnitten. Der Mechanismus surrte und rastete ein. Mit einem Ächzen hob Furia die beiden gestapelten Kisten hoch und machte sich auf den Weg.

Die ersten zweihundert Yards blieb sie auf dem Hauptweg. Mehrfach musste sie die schweren Kisten abstellen und wieder zu Atem kommen, und bald war sie nassgeschwitzt. Vereinzelte Origamis lugten hinter den Büchern rechts und links des Weges hervor, wuselten auf den Regalbrettern umher und pickten Staubkörner auf. Hin und wieder begleitete sie eines über zwanzig, dreißig Schritt, sprang geschickt von Regal zu Regal und von einer Seite zur anderen.

Die Gänge waren schmal und niedrig. Schon als dies noch römische Katakomben gewesen waren, lange bevor die Faerfax' sie mit bibliomantischen Mitteln trockengelegt hatten, war hier kaum Platz gewesen. Seit aber jede Wand von Regalen bedeckt war, passte ein erwachsener Mann gerade so hindurch. Buchgeruch sättigte die Luft, hundertmal stärker als Furias eigener.

Schließlich wandte sie sich nach links. Als die Deckenleuchten hinter ihr zurückblieben, stellte sie die Kisten am Boden ab. Vor ihr versank der Gang in Finsternis. Sie hätte jede Stelle in dieser Bibliothek auswählen können, und wahrscheinlich waren sie für andere alle gleichermaßen unauffindbar. Aber sie wollte zu jener einen, die ihr früher als Versteck für den *Fantastico* gedient hatte, aus einem Bauchgefühl heraus, das ihr sagte, dass auch die Bücher der Schöpfung dort in Sicherheit sein würden.

Sie zog eine kleine Taschenlampe hervor, leuchtete über die Kisten hinweg ins Dunkel und rief: »Du kannst rauskommen, ich hör dich doch rascheln. Hoffentlich hattest du deinen Spaß dabei, zuzusehen, wie ich mich halb zu Tode schleppe.«

Es knisterte nicht vor, sondern hinter ihr, und als sie sich umdrehte, wuselte Ypsilonzett am Boden auf sie zu, ein schwarzer Teppich aus Buchstaben, die einst aus verrotteten Büchern gerieselt waren. Ypsilonzett verabscheute Satzzeichen, dafür nahmen Umlaute einen besonderen Platz innerhalb der Schwarmintelligenz ein. Ihre Punkte saßen an haarfeinen Fühlern und neigten sich in Furias Richtung.

Hallo Trampel, schrieb eine Vorhut des Schwarms auf den Steinboden.

Sie ging in die Hocke, um die kleinen Lettern besser lesen zu können. »Hallo«, sagte sie. Sie hatte Ypsilonzett schon vor Jahren ein paar moderne Wörter beigebracht, damit er nicht mehr so salbungsvoll in der Sprache uralter Folianten redete. »Kannst du mir helfen?«

SeLbsTvErständlich

Ein doppeltes E wurde von seinen Nachbarn unsanft aus der Reihe gestoßen und hüpfte pikiert davon.

»Du hast mich beobachtet.«

Beobachte alles hier untEn

»Irgendwelche Neuigkeiten?«

Die Gänge wachsen

»Tun sie das nicht immer?«

SChnellEr als sonst

Sie überlegte, ob sie ihm erklären sollte, dass dieser Ort zum Refugium geworden war, dachte dann jedoch, dass sie den Buchstabenschwarm damit überfordern würde. Zudem musste dieser Prozess schon vor langer Zeit begonnen haben. Für Ypsilonzett hatte sich dadurch vermutlich nichts geändert.

»Hast du Fremde gesehen?«, fragte sie.

NiemanDen

Einige Lettern rangelten miteinander, sprangen übereinander und fügten dann hinzu:

NicHt seit damals

»Ich will, dass niemand die Bücher in diesen Kisten findet. Kein Mensch und auch nichts anderes.«

Die Buchstaben bildeten keine Antwort, warteten ab.

Furia erhob sich aus der Hocke. »Kannst du sie tragen? Ich muss die Lampe halten, um den Weg zu finden.«

Der Schwarm strömte um ihre Füße und schob sich unter die Kisten. Bald trieben sie schwankend auf dem Buchstabenstrom wie auf schwarzem Wasser.

Furia stieg darüber hinweg, bemüht, auf keinen der Winzlinge zu treten, und ging voran.

Kurz darauf erreichte sie den Ort, den sie gesucht hatte. Der sanfte Luftstrom, der stets durch die Gänge wehte, war hier schwächer, der Buchduft noch intensiver. Sogleich fand sie die Lücke, in der einst der *Fantastico* gesteckt hatte. Rasch zog sie weitere Bücher aus dem Regal und stapelte sie auf dem Boden. Als sie genug Platz geschaffen hatte, schob sie die Bücher der Schöpfung in die Lücke und legte stattdessen die anderen Bände in die Kisten.

»Trag sie möglichst weit fort von hier und stell sie irgendwo ab. Es soll keiner merken, dass sich hier was verändert hat.«

ImmEr zU DiensTen

»War das ironisch?«

MiTNichten

Furia lächelte, ging in die Knie und schob vorsichtig eine Hand unter die wimmelnden Buchstaben. Einige Dutzend strömten über ihre Haut und machten sich einen Spaß daraus, von Finger zu Finger zu springen.

»Hab vielen Dank«, sagte sie. »Du hast schon wieder was gut bei mir. Ich werd' noch eine Weile hier unten bleiben. Komm vorbei, wenn dir nach Gesellschaft ist.«

Ypsilonzett raschelte und knisterte, dann schob der Schwarm die beiden Kisten weiter den Gang hinunter. Furia leuchtete ihm nach, bis er mit seiner Last hinter einer Ecke verschwunden war.

Mit einem leisen Seufzen wandte sie sich wieder den Büchern der Schöpfung zu, horchte sicherheitshalber noch einmal auf verdächtige Geräusche, leuchtete auch in die Richtung des Hauptwegs zurück, bemerkte aber nichts außer ein paar Origamis, die ihre gefalteten Köpfchen kurz ins Licht drehten.

Furia strich mit der Fingerspitze über die dunklen Lederrücken, bis sie die römische Elf erreichte. Sie hatte so viele Fragen, deren Antworten Siebenstern irgendwo in diesen Büchern verborgen hatte. Doch es war wichtiger, sich erst nur diesem einen Band zu widmen. Es musste einen Grund geben, warum Ariels Mörder es gerade auf ihn abgesehen hatte.

Sie zog ihn hervor, setze sich mit angezogenen Knien zwischen die Regale, hielt die Lampe mit der einen Hand und schlug mit der anderen das elfte Buch der Schöpfung auf.

Dritter Teil

Die Häuser der Ahnen

28

Isis kam über Umwege nach Portobello.

Nach ihrer Flucht vor Arbogast hatte sie einen Tag lang in einem Versteck in den Gassen von Libropolis geschlafen. Gerade lange genug, um einen kleinen Teil ihrer Kräfte zu regenerieren und sich wieder auf den Beinen halten zu können.

Schließlich hatte sie ein Tor geöffnet, durch das sie zwischen die Seiten der Welt getreten war. Je größer die Kräfte eines Bibliomanten waren, desto schneller reiste er von einem Ort zum anderen. Seit sie die Macht einer Siebenstern-Exlibra in sich trug, war sie bei Sprüngen nur noch wenige Sekunden durch die Leere zwischen den Seiten unterwegs. Heute aber entschied sie sich bewusst, ihren Sturz zu drosseln, um sich einen Überblick zu verschaffen, ehe sie ihr Ziel erreichte.

Portobello war der Splitter eines Refugiums, das vor vielen Jahren zerbrochen war. Alle übrigen Teile waren in die Leere gestürzt – womöglich fielen sie noch heute, aber das wusste niemand mit Sicherheit. Nur ein einzelnes Bruchstück hatte sich in den goldenen Netzen verfangen und hing seither über dem Abgrund wie ein Komet zwischen den Sternen.

Dass man dem geborstenen Brocken den Namen Portobello gegeben hatte, war pure Häme. Nichts an diesem Ort war schön. Hütten aus Holz und Abfall waren über die schartige Oberfläche gewuchert wie in einem südamerikanischen Elendsviertel. Die steilen Gassen führten oft auf klapprigen Stegen über die Spalten des Refugiumsplitters. Weder Miliz noch Garde sorgten für die Einhaltung der nötigsten Regeln. Gesetzlosigkeit existierte nicht, weil es keine Gesetze gab. Portobellos Bewohner waren Bibliomanten, die draußen in der normalen Welt alles verloren hatten. Für sie war dieser Ort zur letzten Zuflucht geworden.

Denn auf Portobello regierte die Sucht nach Büchern. Wer hierherkam, den hatte die Leidenschaft für das Lesen das letzte Hemd gekostet – und nicht wenige den Verstand. Seit der Bibliomant Alexandre Absolon vor über hundert Jahren die ersten Suchtbücher verfasst hatte, war aus der Abhängigkeit von ihnen ein lukratives Geschäft geworden. Es hatte einige Jahrzehnte gedauert, bis andere Bibliomanten Absolons Kunst erforscht und minderwertige Faksimiles erschaffen hatten; jedoch reichte ihre Intensität nie an die der Originale heran. Wer einmal in einem Suchtbuch gelesen hatte, der kam kaum noch davon los. Die Opfer lasen dieselben Sätze wieder und wieder, obgleich sie an Wirkung verloren, kannte man sie erst einmal auswendig. Dann mussten neue Seiten oder andere Bücher herangeschafft werden. Doch selbst den betuchtesten Bibliomanten gingen nach wenigen Jahren die Rücklagen aus. Schließlich fanden sie sich alle auf diesem Felsbrocken wieder, auf Portobello, der Endstation für alle Buchsüchtigen, wo mit Kopien von Kopien von Kopien gehandelt wurde. Hier verbrauchten sie die Reste ihrer Ersparnisse und dämmerten in einem Zustand begieriger Lesewut dahin.

Im Einflussbereich der Akademie stand der Handel mit Suchtbüchern unter Todesstrafe. Doch Portobello war Niemandsland, ein Asyl im Zwischenreich ohne nennenswerte Überwachung, gerade mal vier Quadratmeilen groß. Isis kam nicht gern hierher, aber sie wusste, dass sie nirgends sonst finden würde, was sie suchte.

Sie ließ sich aus dem goldenen Abgrund auf die zerfurchte Oberfläche fallen, kam in einer Säule aus violetten Funken am Boden auf und blieb einen Moment lang reglos in der Hocke sitzen, um sich zu sammeln. Es war gefährlich, hier zu sein, und sie wusste nicht, wann sie wieder stark genug sein würde, um ein weiteres Tor zu öffnen. Die anderen mussten erfahren, was Arbogast ihr erzählt hatte, aber dazu musste sie Kontakt zu Furia oder Summerbelle aufnehmen. Sie würde einen Weg finden, ohne die Akademie auf die Spur ihrer Freunde zu locken. Das würde ihr nur gelingen, wenn sie wach blieb *und* genug Energie besaß. Portobello war der einzige Ort, an dem beides möglich war – wenn auch zu einem hohen Preis.

Sie war am Rand des Refugiumsplitters gelandet, einem schmalen Streifen direkt an der Felskante vor den ersten Hütten. In den Bretterbuden befanden sich die Suchthöhlen der Abhängigen, wo sie ihre Tage und Nächte im bibliomantischen Rausch verbrachten. Viele weitere, die sich nicht einmal die primitivsten Unterkünfte leisten konnten, saßen am Rand der Gassen, in Nischen und Durchgängen, eingefallene Gestalten, die mit zitternden Händen einzelne Seiten hielten oder über abgegriffenen Bänden zusammengesunken waren. Der Buchgeruch dieser Bibliomanten hatte sich verändert, ähnelte eher dem modrigen Gestank verschimmelten Papiers. Eine gespenstische Stille hing über dem Refugiumsplitter, denn die Lesenden waren geräuschempfindlich und wurden gewalttätig, sobald sie sich gestört fühlten. Gelegentlich erklangen Schreie eines Unglücklichen, den die Lesewut den Verstand gekostet hatte, ehe andere ihn zum Schweigen brachten, um weiter ihrer Leidenschaft zu frönen.

Es war, als hätte eine höhere Macht dem Glück der Literatur eine Nachtseite gegenüberstellen wollen, ein Gegengewicht für all das Wunderbare, das aus Büchern geboren wurde. Zum ersten Mal fragte Isis sich, ob Siebenstern diesen Ort geplant hatte oder ob Portobello wie manch anderer dunkler Aspekt der Bibliomantik ganz von selbst entstanden war.

Der Refugiumsplitter würde nicht ewig existieren. Seine Unterseite zerfiel bereits, löste sich in schlierigen Urschlamm auf, der in die Leere zwischen den Seiten tropfte oder auf goldenen Strömen davontrieb. Der Verfall ging langsam, aber unaufhaltsam vonstatten. Isis war sicher, dass jene, die die Geschäfte auf Portobello kontrollierten, längst nach einem neuen Unterschlupf Ausschau hielten.

Sie trug noch immer die schwarze Korsage und das dunkle Kapuzencape. Der Stoff stank nach Ruß und Schmutz, aber das würde hier niemandem auffallen. Wenn sie den Mann, den sie suchte, erst gefunden hatte, konnte er ihr hoffentlich helfen, an neue Kleidung zu kommen – neben all dem anderen, das er für sie tun musste.

Als die violetten Lichter, die ihren Sturz begleitet hatten, verblassten, richtete Isis sich auf. Schon bei ihren ersten Schritten in Richtung der Hütten fühlte sie sich beobachtet. Der feurige Schein der Leere tauchte Portobellos Dächer und Bretterfassaden in das Licht eines ewigen Abends. Die Bauten schmiegten sich an einen steilen Hang, hinauf bis zum höchsten Punkt des Refugiumsplitters. Dahinter glühten die goldenen Netzschleier am Rand der Leere, weite, geschwungene Maschen, in denen sich das Bruchstück einst verfangen hatte wie in einem Spinngewebe.

Der unbebaute Streifen am Rand ähnelte einem heruntergekommenen Hafen, an dessen Kai keine Schiffe lagen. Als Isis eine der schmalen Gassen betrat, entdeckte sie über den Eingängen Schilder, die Suchtbücher jeglicher Art anpriesen. Die Hälfte versprach einen echten Absolon, was nur eine dreiste Lüge sein konnte: Die drei bekannten Originale, von Alexandre Absolon eigenhändig gesetzt und gebunden, galten als verschollen. Zwei davon mochten auf Nimmerwiedersehen verschwunden sein, doch Isis wusste, wo sie das dritte Exemplar zu suchen hatte.

Sie war jetzt sicher, dass jemand ihr auf dem Weg durch die Gassen folgte. Während sie den Rinnen für stinkendes Abwasser auswich, bemerkte sie, dass manche der kauernden Gestalten ihre Köpfe hoben und zu ihr aufschauten. Seit einem halben Jahr stand sie auf den Fahndungslisten der Akademie. Manche mochten sich vage erinnern, dass sie ihr Gesicht schon einmal gesehen hatten. Möglicherweise würde sich die Nachricht von ihrer Ankunft schneller auf Portobello verbreiten, als ihr lieb war.

Immer wieder blickte sie sich um. Es war nicht ausgeschlossen, dass Arbogast ihrer Spur gefolgt war. Als sie violette Funken aus einem Fenster treiben sah, fragte sie sich, ob er es war, der da durch ein Tor nach Portobello gekommen war. Eine Weile verbarg sie sich in einer Nische, die Kapuze tief ins Gesicht gezogen, und wartete ab, ob er ins Freie trat. Als niemand sich zeigte, setzte sie ihren Weg fort, weiter bergauf, durch einen Irrgarten aus morschen Bretterverschlägen und schmutzigen Gestalten am Wegrand.

Einmal wankte eine Frau auf sie zu, ein Wrack in grauen Lumpen. Mit einer Hand presste sie sich eine zerrissene Buchseite an die Brust, mit der anderen zeigte sie hinauf in das goldene Nichts. Isis wollte ihr ausweichen, doch die Frau versperrte ihr den Weg. Mit glasigem Blick und heiserer Stimme murmelte sie eine Frage:

»Woher kommen die Ideen?«

Isis schob sie beiseite und ging weiter, doch die Frau drehte sich hinter ihr um und hielt sie am Cape fest.

»*Woher kommen die Ideen*?«, kreischte sie mit hoher Stimme, und innerhalb von Sekunden brach das Chaos über die stille Gasse herein. Drei Buchsüchtige lösten sich aus den Schatten, packten die Frau an Kleidern und Haaren und zerrten sie in eine der Hütten.

»Still!«, fuhr einer sie an. »Sofort Ruhe!«, fauchte ein anderer. »Hier wird gelesen!«, sagte der dritte, und dann hörte Isis Schläge und Tritte und das gurgelnde Ächzen der Frau.

Hastig setzte sie ihren Weg fort, bog um mehrere Ecken, stieg grobgehauene Stufen hinauf und blieb zuletzt vor einer Tür mit schweren Metallbeschlägen stehen. Noch einmal suchte sie nach Verfolgern, sah aber nur Gestalten, die mit aufgerissenen Augen auf lose Seiten starrten, vertieft in die immer gleichen Sätze.

Behutsam klopfte sie an.

Im Inneren wurde ein Stuhl gerückt. »Wer ist da?«

»Keine Kundschaft«, raunte sie gegen die Tür. »Mach auf, Duncan. Ich bin's.«

Die Antwort war ein langes Schweigen. Sie hörte keine Schritte, nicht einmal ein Rascheln, aber sie war sicher, dass er sich gerade auf die Tür zubewegte, lautlos wie ein Panther. Es war viele Jahre her, seit sie einander am Lyzeum Le Carré begegnet waren, aber er hatte gewiss nichts verlernt.

Ein Flüstern, sehr nah. »Bist du bewaffnet?«

Sie selbst war eine Waffe, das musste er wissen. Was er nicht ahnen konnte, war, wie sehr sie sich im letzten halben Jahr verändert hatte. »Glaubst du, ich komme in dieses Dreckloch, ohne mich verteidigen zu können?«

Einer der Süchtigen am Rand der Gasse gab einen kehligen Laut von sich.

Wieder ein Augenblick der Stille. Dann klang er beinahe ungläubig: »Isis?«

Offenbar hatte er bei ihren ersten Worten noch mit jemand anderem gerechnet.

Die Tür wurde einen Spaltbreit geöffnet. Aus der Hütte drang wohliger Buchduft ins Freie, nicht der Modergeruch der Süchtigen.

»Zum Teufel nochmal«, flüsterte Duncan Mound, packte sie am Oberarm und zerrte sie grob ins Innere.

»Wenn du jetzt sagst, dass ich Nerven habe, hier aufzutauchen, dann rufe ich die Klischeepolizei.«

Er hatte sich verändert, natürlich. Sein braunes Haar war länger geworden und fiel bis auf die kräftigen Schultern; eine Bürste hätte ihm gutgetan. Sein kurzer Vollbart war dunkel und dicht, und seine Augen lagen tief in den Höhlen. Einen

Moment lang fragte sie sich, ob er in die Abhängigkeit seiner eigenen Suchtbücher geraten war, dachte dann aber, dass es wohl nur die Spuren waren, die ein Ort wie dieser bei einem Menschen hinterließ. Duncan war hochgewachsen, mit schmaler Nase und kantigen Wangenknochen. Im Lyzeum hatte sie ihn manchmal damit aufgezogen, dass er wie das verunglückte Porträt eines romantischen Dichters aussah, auf dem Tintenkleckse Schatten bildeten, wo keine hätten sein dürfen. Damals war sie sehr jung und verliebt gewesen.

Duncan trug eine khakifarbene Hose mit vielen Taschen, ein helles Hemd und darüber eine braune Weste mit noch mehr Taschen. Die Geschäfte mussten gut laufen, wenn er so vieles zu verstauen hatte.

»Was willst du?«, fragte er, nachdem er die Tür hinter ihr verriegelt hatte. Das war nicht höflich, aber dem Stand ihrer Beziehung angemessen.

Ihr Blick fiel auf das schmale Bett im Hintergrund des Raumes. Es war die einzige Stelle, an der keine Bücher gestapelt waren. Wie hatte er die alle hergebracht, ohne dass ihn die Lesewütigen in den Gassen ausgeplündert hatten? Er musste sich eine Menge Respekt verschafft haben. Und waren das alles Suchtbücher? Kaum vorstellbar. Duncan musste noch immer ein leidenschaftlicher Leser sein, sonst hätte ihn die Bibliomantik längst im Stich gelassen. Sie konnte spüren, wie viel Macht in ihm steckte.

Er bemerkte, wohin sie schaute. »Mein Bett. Darin schlafe ich.«

»Ich brauche deine Hilfe.«

Er musterte sie und wartete ab.

»Ich hab noch was gut bei dir«, fügte sie hinzu.

»Warum wundert es mich nicht, dass so was kommt?«

»Weil es die verdammte Wahrheit ist.« Sie hatte ihm das Leben gerettet, als sie ihn im Auftrag der Akademie aufgespürt, aber nicht ausgeliefert hatte. Wie lange war das jetzt her? Acht Jahre? Neun? Damals war sie überzeugt gewesen, dass sie in der Lage wäre, ihn eigenhändig zu töten – einen abtrünnigen Agenten, einen Deserteur. Aber dann hatten sie sich gegenübergestanden, und die Vergangenheit hatte sie eingeholt. Sogar das Absolonbuch, über dessen Fährte sie ihn nach elf Monaten aufgespürt hatte, hatte sie ihm gelassen. Sie hatte sich wortlos umgedreht und war gegangen. Niemand sonst hatte Duncan jemals gefunden, und Isis hatte keinem von ihm erzählt.

»Du siehst furchtbar aus«, sagte er und schob mit einer Hand ihre Kapuze zurück.

Ihr Blick wanderte über zwei Stühle, begraben unter Büchern, und verharrte wieder auf dem Bett. »Darf ich mich setzen?«

Er nickte ruckartig und ging voraus, um in einer beinahe schon anrührenden Geste die Decke glattzuziehen.

Als sie saß, wurde ihr klar, wie sehr ihre Beine während des Weges den Berg herauf gezittert hatten. »Ich bin seit einem halben Jahr raus«, sagte sie und kämpfte gegen eine neuerliche Woge lähmender Müdigkeit an.

Er räumte die Bücher von einem der Stühle, stellte ihn vors Bett und setzte sich ihr gegenüber. »Hab davon gehört.«

»Überrascht?«

»Besorgt. Um mich. Weil du hier bist und Atticus' Leute ganz sicher irgendwo da draußen auf der Suche nach dir sind.«

»Ich hab ihn abgehängt, glaube ich.«

»Ihn? Heißt das –«

»Er ist selbst hinter mir her. In Libropolis hat er mich gefunden, aber ich hab's gerade noch geschafft, davonzukommen.«

Duncan gab ein Ächzen von sich. »Ganz sicher, dass er dich nicht hat entkommen lassen? Vielleicht glaubt er, dass du ihn zu den Bardenbrüdern führst.«

»Vielleicht.«

Er sprang auf. »Du liebe Güte, Isis … All die Jahre über hatte ich hier meine Ruhe. Ich hab eine Menge guter Geschäfte gemacht und bin ein angesehener Bürger dieser wunderbaren Gemeinde.«

»Wenn es so was wie eine Müllhalde der Bibliomantik gibt, dann sitzt du mittendrin.«

»Falsch. Ich sitze ganz oben auf ihrer Spitze. Das ist ein kleiner, aber feiner Unterschied. Es mag kein schöner Thron sein, aber es ist ein Thron.«

»Aus Abfall.«

Er brachte das Kunststück fertig, dass sich die Schatten um seine Augen noch weiter vertieften. »Du machst jetzt gemeinsame Sache mit Exlibri, erzählen sich die Leute.«

»Und du verkaufst Suchtbücher und verdienst an dieser Kloake da draußen.«

Er lachte humorlos. »Besuchen Sie das Lyzeum! Eine goldene Zukunft erwartet Sie!«

Isis nickte. »Wir haben's beide weit gebracht.«

Mit einem Schulterzucken ging er zum Ofen hinüber, warf Holz in die Öffnung und setzte Wasser auf. Sie entdeckte sein

Seelenbuch hinten in der Hosentasche, einen zerlesenen *James-Bond*-Roman. »Hast du Hunger?«

»Eigentlich brauche ich was anderes von dir, Duncan.«

»Es gibt Pasta.«

»Du hast es doch noch, oder? Das Absolonbuch?«

Er fuhr herum, hielt den Kochlöffel dabei wie ein Schwert und senkte seine Stimme zu einem Fauchen. »Sag das noch ein bisschen lauter, und wir sind innerhalb von zehn Sekunden tot. Wenn die da draußen irgendwas ahnen ... Sie zerreißen uns bei lebendigem Leibe.«

»Dann ist es also noch hier.«

Er wandte ihr wieder den Rücken zu und stellte eine Schachtel mit Nudeln neben den Ofen, daneben ein Glas mit Fertigsoße. »Erwähne es niemals, wirklich niemals wieder, solange du auf Portobello bist. Sie überhören alles andere, solange man es nicht zu laut sagt, aber das ... Du hast ja keine Vorstellung!«

»Es steht da draußen auf jedem zweiten Schild!«

»Und jeder weiß, dass es eine Lüge ist. Selbst die Dümmsten wissen, dass die drei Bücher verschwunden sind. Aber die Leute *wollen* glauben, dass die Wirkung all der Kopien und angeblichen Faksimiles dieselbe ist wie die des Originals.«

»Lass mich darin lesen, Duncan.«

Er hielt inne, drehte sich jedoch nicht zu ihr um. »Du hast den Verstand verloren.«

»Kann ich dir vertrauen?«

»Nein.«

Sie begann, die Haken der Korsage zu öffnen, und erschrak, als sie bemerkte, dass ihre Finger ihr kaum noch gehorchten.

Es stand schlimmer um sie, als sie geglaubt hatte. Sie war wirklich am Ende.

»Duncan?«

»Ich koche.«

»Sieh mich an.«

Mit einem stumpfen Laut fiel der Löffel in den Topf. Vielleicht hatte Duncan etwas gespürt, denn er ließ sich viel Zeit, ehe er sich umdrehte. Es schien fast, als wollte er die Wahrheit so lange wie möglich hinauszögern.

Sein Gesicht bekam die Farbe verblichenen Pergaments. Ein schwaches Licht aus Isis' Innerem beschien seine Züge und färbte die zusammengepressten Lippen weiß. Einzelne Blätter flatterten in ihrem Brustkorb, und in dem Seitenherz, das sie für ihn gespalten hatte, glühten rätselhafte Schriftzeichen.

Als er nach einigen Augenblicken noch immer keinen Ton herausbrachte, schloss sie das Buch wieder und machte sich mit zitternden Fingern an den Haken zu schaffen. Wieder und wieder rutschten sie an den Ösen ab.

Duncan ging wortlos vor ihr in die Hocke und half ihr, die Korsage zu schließen.

»Danke«, sagte sie mit brüchiger Stimme.

Er nahm ihr Gesicht in beide Hände und küsste sie auf die schweißnasse Stirn. »Du musst dich ausruhen«, sagte er sanft. »Bleib hier, solange du magst.«

»Es geht nicht. Ich muss weiter. Das alles hat gerade erst begonnen.«

»Du kannst dich kaum auf den Beinen halten. Ich werd' dich so nicht gehenlassen.« Sein Blick war jetzt voll aufrichtiger Sorge. »Was ist nur mit dir passiert?«

Es würde sie ihre letzte Kraft kosten, ihm alles zu erzählen, aber nach kurzem Zögern tat sie es dennoch. Sie begann bei ihrer Suche nach dem Horizontenatlas, berichtete von ihrer Begegnung mit Furia und Tiberius Faerfax und dem Kampf gegen die Umgarnte in Libropolis. Sie war nicht sicher, ob er ihr wirklich glaubte, als sie ihm von Furias Freundschaft – oder was immer es gewesen war – zum jungen Siebenstern erzählte und schließlich von der List, mit der Furia ihn dazu gebracht hatte, Isis zur Hauptfigur eines seiner Märchen zu machen. Sie war zur Siebenstern-Exlibra geworden, ohne es zu wollen, und nun musste sie mit den Konsequenzen leben.

»Ich habe mehr Macht, als ich mir am Lyzeum je hätte träumen lassen«, sagte sie schließlich, »und zugleich bin ich schwächer als jemals zuvor. Die Phasen, in denen ich mich regenerieren muss, kommen immer häufiger und dauern meistens mehrere Tage. Nur ist dazu jetzt gerade keine Zeit, Duncan. In ein paar Tagen kann es schon zu spät sein.« Da wurde ihr bewusst, dass sie noch gar nicht erwähnt hatte, was Arbogast berichtet hatte, und so schilderte sie ihm auch das mit wenigen Sätzen. Den Umstand, dass Phaedra Herculanea als Exlibra die Tintlinge in den Krieg geführt hatte, nahm Duncan mit erstaunlicher Gelassenheit zur Kenntnis. Erst als sie erwähnte, dass Arbogast mit seinem Plan, in die Nachtrefugien zu gehen, um Phaedra aufzuhalten, womöglich nicht ganz falschlag, schüttelte Duncan wortlos den Kopf.

»Ich hab genug Schaden für zehn Leben angerichtet«, sagte sie. »Vielleicht wäre es mal an der Zeit, die Welt zu retten.« Sie wollte, dass es ironisch klang, aber selbst in ihren eigenen Ohren hörte es sich ernst und verbissen an.

Als sie zum Ende kam, sah Duncan sie an, als fürchtete er, sie würde jeden Augenblick zusammenbrechen. Sie hoffte nur, dass er jetzt nichts Dummes sagte, keine Gefühlsduselei. Das mit ihnen war zu lange her, und Isis hatte seither einen anderen Mann geliebt, den ihr die Umgarnte genommen hatte. Außerdem konnte sie kaum noch klar denken, und es fiel ihr schwer, sich das einzugestehen.

»Ich *muss* in dem Buch lesen«, sagte sie schließlich. »Es wird mich wieder auf die Beine bringen. Wer darin liest, braucht über Wochen keinen Schlaf – das behauptet man doch, oder?«

Er senkte seine Stimme zu einem Flüstern. »Die Leute erzählen sich eine Menge Unsinn über Absolons Bücher«, sagte er ausweichend.

»Bitte, Duncan!«

»Es würde dich umbringen. Nicht sofort, aber nach einer Weile. Lies eine halbe Seite darin, und du bist abhängig. Lies eine ganze, und dein Ende ist besiegelt.«

»Ich brauche nur genug Zeit, um Phaedra zu finden. Ohne sie sind die Tintlinge kaum mehr als wilde Tiere und können die Grenzen der Nachtrefugien nicht niederreißen.«

»Warum bist du nicht gleich gemeinsam mit Atticus gegangen, als er es dir angeboten hat?«

»Weil er einen Weg finden würde, das auszunutzen. Er will die Drei Häuser stürzen. Und du kennst ihn so gut wie ich. Solange er lebt, wird nichts und niemand ihn aufhalten.«

»Er ist ein alter Mann.«

»Und gerade deshalb vielleicht noch gefährlicher als damals. Er weiß, dass ihm nicht unbegrenzt Zeit bleibt. Es geht ihm nicht um die Macht für sich selbst, nur um den Bestand der

Akademie. Er glaubt an die Sache, und insgeheim verachtet er die Drei Häuser – jedenfalls behauptet er das.«

Sie hatte noch einmal all ihre Kraft zusammengenommen, aber jetzt wurde ihr schwarz vor Augen. Plötzlich saß sie nicht mehr, sondern lag ausgestreckt auf Duncans Bett. Das Kissen roch nach Büchern.

»Duncan«, brachte sie heiser hervor, »ich *brauche* dieses verfluchte Buch …«

»Atticus hat dir nicht alles gesagt.«

Sie versuchte, ihren Blick zu fokussieren. All die Bücher im Halbdunkel der Hütte wurden scharf, dann wieder unscharf, und das brodelnde Wasser auf dem Ofen dröhnte in ihrem Schädel. Das Essen war längst vergessen, der Kessel dampfte unbeachtet vor sich hin.

»Hat Atticus von den Ideen gesprochen?«, fragte Duncan und legte ihr ein feuchtes Tuch auf die Stirn.

Sie hatte kein Fieber. Sie war auch nicht krank. Sie brauchte nur sein Buch. War sie schon süchtig danach, ohne überhaupt einen Blick hineingeworfen zu haben? War deshalb die Gefahr, die von den drei Absolonbüchern ausging, so groß? Genügte allein das Bild, das man sich in Gedanken davon machte, um einen Bibliomanten zu brechen?

Duncans Frage drang nur langsam zu ihr durch, weil ihre eigenen ihr so viel dringlicher erschienen. Wo mochte er das verschollene Buch aufbewahren? Gewiss in der Hütte, ganz in seiner Nähe. Würde sie es finden, ehe er sie aufhalten konnte?

»Zeigst du es mir?«, bat sie ihn. »Nur kurz.«

»Ich kann das nicht tun. In deinem Zustand würdest du abhängig davon, wenn ich dich nur den ersten Satz lesen lasse.«

Da schrie sie ihn an: »Ich *muss* es haben, verstehst du? Ich kann Phaedra nur –«

Er hielt ihr den Mund zu, und sie war zu schwach, um sich zu wehren. Mit einem Kopfschütteln blickte er auf sie herab, sein Gesicht nur eine Handbreit über ihrem. Es war lange her, seit sie einander so nahe gewesen waren.

Dieser Gedanke riss Isis ein Stück weit zurück in die Wirklichkeit, und seine Worte von vorhin hallten in ihr nach: *Hat Atticus von den Ideen gesprochen?*

Und dann noch die Frage, die ihr draußen gestellt worden war: *Woher kommen die Ideen?*

»Was … was redest du da?«, kam es röchelnd über ihre Lippen, als Duncan seine Hand von ihrem Mund nahm. »Welche Ideen?«

»Phaedra ist nicht das einzige Problem, mit dem die Akademie zu kämpfen hat.«

»Ich versteh nicht …« Sie spürte, dass ihre Erschöpfung sie endgültig einholte. Vielleicht bildete sie sich alles nur ein. Bald würde sie schlafen, viele Tage lang, und wer wusste schon, was von der Welt übrig sein würde, wenn sie erwachte. Kein Wunder, dass sie phantasierte. Verrückte Fragen. Verrückte Ideen.

»Erst war es nur etwas, von dem die Leute hier draußen im Delirium gefaselt haben.« Duncan stand vom Bett auf und schob eine Kiste beiseite. Ein Eisenring, eingelassen in das grobe Parkett, kam darunter zum Vorschein. Der Griff einer Falltür. »Sie haben immer wieder diese eine Frage gestellt. Nur die eine, immer gleiche Frage.«

»Woher kommen die Ideen?«, flüsterte Isis.

»Du hast es auch gehört? Sie reden unablässig davon, überall in den Gassen und Häusern.« Er drehte an einem Zahlenschloss, öffnete die Klappe im Boden und hob ein Kästchen hervor.

»Anfangs dachte ich, es wäre nur Unsinn. Süchtige reden ständig wirres Zeug. Aber dann wurden es immer mehr, und es verging kein Tag, an dem einem nicht jemand diese Frage stellte: Woher kommen die Ideen?«

»Und woher *kommen* sie?« Sie spürte, wie ihre Mundwinkel zuckten, obwohl sie gar nicht lachen wollte.

»Keiner weiß Genaues, aber sie tauchten zuerst in den tiefsten Refugien auf und stürzten sie ins Chaos. Mutierte, entartete, verdrehte Ideen. Jedenfalls behaupten das die Leute. Ich weiß nicht, was sie sind oder wie sie aussehen. Keiner spricht darüber.« Er kam mit dem Kästchen zurück ans Bett und klappte es auf. Darin lagen Ampullen und Tablettenbriefchen, dazu zwei Spritzen.

»Nimm das … weg«, bat sie ihn. »Keine Medikamente.«

Er sah sie eindringlich an. »Phaedra Herculanea ist nur eine der Gefahren, die die Bibliomantik bedrohen, und vielleicht nicht mal die schlimmste. Die Ideen verwüsten die tiefen Refugien, und sie steigen weiter auf. Manche sind vielleicht schon unbemerkt weiter oben angekommen, hier oder in Libropolis, sogar jenseits der Refugien. Wer weiß das schon.«

»Wie können *Ideen* –«

»So viel Schaden anrichten? Sind es denn nicht immer Ideen, die das tun?« Er nahm eines der Fläschchen heraus. »Es hat schon vor langer Zeit begonnen, vor Jahrzehnten. Auch deshalb fürchtet die Akademie die Exlibri so sehr und sperrt sie ein. Denn was sind Exlibri anderes, als fleischgewordene Ideen?

Die Drei Häuser glauben, dass die Exlibri irgendwann in den Bann der Ideen geraten und sich erheben werden. Deshalb unterdrücken sie sie und würden sie lieber heute als morgen ausrotten.«

»Woher weißt du das alles?«

Er zog eine Spritze auf. »Hiermit kommst du erst mal zur Ruhe.«

»Nicht, Duncan …«

Er entgegnete etwas, aber sie konnte einzig auf die Kanüle starren und hörte kaum hin. Sie wollte nicht schlafen. Wollte nur das Buch.

»Gib es mir«, sagte sie.

Er schüttelte den Kopf.

Da riss sie ihm das Kästchen vom Schoß und rammte es ihm mit beiden Händen ins Gesicht.

29

Der erste Schlag schleuderte ihn zur Seite, fort von der Bettkante. Nach dem zweiten regte er sich nicht mehr.

»Tut mir leid«, flüsterte sie und kroch auf allen vieren über ihn hinweg.

Er atmete noch, und sie drehte ihn auf die Seite, damit kein Blut in seine Luftröhre lief. Seine Nase war verletzt, aber nicht gebrochen, glaubte sie. Er hatte eine Platzwunde am Jochbein und würde vermutlich einen üblen Bluterguss an der Schläfe bekommen. Nichts Bleibendes. Selbst kurz vorm Delirium wusste sie noch, wie man einen Menschen ausschaltete, ohne ihn gleich umzubringen.

Nach kurzem Zögern zog sie ihm sein Seelenbuch aus der Hosentasche. Sie warf einen Blick auf das bunte Titelbild des Taschenbuchs, konnte aber kaum noch klar sehen. Dann schleppte sie sich zur offenen Falltür hinüber. Das Fach hatte einen doppelten Boden. Darunter fand sie, was sie suchte.

Das Absolonbuch war in nachtblaues Leinen gebunden, dem man ansah, dass es durch zahllose Hände gegangen war. Vorsichtig nahm sie es aus dem Geheimfach und warf stattdessen das Seelenbuch hinein. Duncan würde es dort sehr schnell finden; es reichte, wenn er es beim Aufwachen nicht sofort greifbar hatte.

Das Absolonbuch war ein Vermögen wert, und sie wunderte

sich, dass er es ausgerechnet hier aufbewahrte, ohne bibliomantische Vorkehrungen. Aber vielleicht war es ja gerade das: Keiner vermutete es an einem Ort, wo jedermann ganz besessen davon war. Bibliomantische Sperren hätten Neugierige darauf aufmerksam gemacht. Theoretisch hätte Duncan es wohl verkaufen können, aber wie sollte er auf die Suche nach Käufern gehen, ohne die Falschen anzulocken? Vielleicht hatte er einfach nur abwarten wollen, bis sich eine gute Möglichkeit bot.

Mit einem tiefen Luftholen schlug sie das Buch auf und versuchte, den ersten Satz zu lesen. Die Schrift war verschwommen. Sie rieb sich die Augen, las erneut und konnte nun vage die vorderen Worte entziffern.

Ein Stöhnen kam über ihre Lippen, als das Buch seine Wirkung tat. Es war, als sei ihr pure Bibliomantik ins Herz injiziert worden, tausendmal stärker als alles, was Duncan in seinem Medizinkästchen aufbewahrte. Hitze jagte durch ihre Glieder und setzte ihre Synapsen in Flammen. Es war ein gutes Brennen, eines, das sie reinigte und alle Schwäche verzehrte.

Was dort geschrieben stand, spielte keine Rolle – es ergab ohnehin keinen Sinn. Die Anordnung der Wörter war rätselhaft. Alexandre Absolon hatte einen geheimen Code entdeckt, das Lebenselixier der Bibliomantik, und er hatte sich dieses Mysterium als Erster zunutze gemacht. Vieles wurde über die Wirkung seiner drei Bücher gemunkelt, aber kaum jemand wusste Genaues. Stünde auch nur ein Wort im Buch an der falschen Stelle, hieß es, so wäre seine Macht gänzlich aufgehoben. Absolon hatte Zehntausende Wörter in die einzige richtige Reihenfolge gebracht, wie ein Chemiker, der so lange

Moleküle verknüpfte, bis aus ihnen etwas niemals Dagewesenes entstand.

Isis las langsam, nicht zu begierig, denn selbst mit vernebelten Sinnen erkannte sie, dass eine zu große Dosis sie umbringen würde. Sie fühlte, wie sich die okkulte Reihenfolge der Wörter in ihren Verstand grub und ihr Herz umschloss. Die Silben loderten wie Brandzeichen in ihrem Geist, ätzten sich tief in ihre Seele. Die Lesewut war nichts, das sich erst in Zukunft zeigen würde: Isis spürte sie im ersten Augenblick der Lektüre und wusste, dass sie verloren war.

Aber noch nicht gleich. Vorerst hatte sie Zeit gewonnen, um die Dinge wieder selbst in die Hand zu nehmen.

Sie hatte vorgehabt, das Buch bei Duncan zurückzulassen, doch schon nach Sekunden wurde ihr klar, dass das eine Illusion gewesen war. Eine Süchtige verzichtete niemals freiwillig auf ihre Droge. Allein der Gedanke, sich von dem Buch zu trennen, explodierte wie höllischer Schmerz hinter ihrer Stirn.

»Tut mir leid«, sagte sie noch einmal, beugte sich über ihn und tupfte einen Blutstropfen von seiner Wange. Ganz kurz war sie in Versuchung, ihm einen Kuss zu geben, um der alten Zeiten willen und weil sie ihm das Kostbarste nahm, das er jemals besessen hatte. Aber dann entschied sie sich dagegen, stand auf und spürte, wie die Absolonworte jede Faser ihres Körpers belebten. Sie hatte sich noch nie so entschlossen, so kraftvoll, so *gut* gefühlt.

Hastig schob sie sich das Buch hinten in den Hosenbund, wo es unter dem Cape nicht zu sehen war. Dann verließ sie Duncans Hütte, aufrecht und stark in dem Wissen, dass sie das Richtige tat, dass ein Teil von ihr neugeboren war, bereit, es mit allem aufzunehmen, mit Phaedra Herculanea, Atticus, sogar den ominösen Ideen, von denen Duncan gesprochen hatte. Sie alle waren nur Gegner, und Gegner hatten ihr nichts mehr entgegenzusetzen.

Sie hätte hier und jetzt ein Tor öffnen können, aber sie wollte keine Aufmerksamkeit auf Duncan lenken. Stattdessen eilte sie durch die Gassen bergab, zurück zum Rand des Refugiumsplitters, über Holzstege und knirschende Hängebrücken, bis sie schließlich an der Felskante stand und hinaus in die goldene Leere blickte, in den Abgrund und auf die gerafften Netze jenseits der Dächer.

Was sie dort sah, verblüffte sie.

Eine Unzahl dunkler Punkte hing in den Maschen, klammerte sich an die goldenen Stränge zwischen den Seiten der Welt. Groteske Gestalten, die einmal Exlibri gewesen waren, heute nur noch ein Zerrbild ihrer selbst.

Tintlinge. Dutzende von ihnen.

Sie hangelten sich als Schwarm entlang der Netze, ein Stamm von Nomaden, die wenig Interesse an Portobello und seinen Bewohnern zeigten. Als junges Mädchen hatte Isis einmal einen Spinnenkokon in einer Ecke ihres Zimmers entdeckt und ihn neugierig geöffnet. Zahllose Tiere hatten sich über die Wand und ihre Finger ergossen, ein wirres Durcheinander krabbelnder Winzlinge. Die Tintlinge jenseits der Giebel kletterten auf den ersten Blick ebenso ziellos umher, jeder für sich; doch als Masse bewegten sie sich in eine einzige Richtung, waagerecht an Portobello vorüber. Falls sie ihr Tempo beibehielten, würden sie ebenso schnell verschwunden sein, wie sie aufgetaucht waren.

»Die Süchtigen stoßen sie ab«, sagte eine Stimme. »Da ist etwas an diesem Ort, das sie fernhält. Vielleicht wittern sie den Wahnsinn, der hier hinter jedem geschriebenen Wort lauert.«

Isis verfluchte sich für ihre Achtlosigkeit. Welchen Nutzen hatte ihre neugewonnene Kraft, wenn sie sich ablenken ließ wie eine Rekrutin im ersten Jahr am Lyzeum?

Als sie herumwirbelte, sah sie eine Wand aus Maschen auf sich zuschnellen. Ein Gewebe aus Seilen, nicht dicker als ihre Finger und dennoch schwer wie Blei. Bibliomantik, natürlich, und es wäre ein Leichtes gewesen, damit fertig zu werden – wäre sie nicht im selben Moment von einem zweiten Angriff getroffen worden, einer schnellen Folge heftiger Druckstöße in Verbindung mit unsäglicher Hitze. Sie hatte zwar ihre Kräfte zurückgewonnen, nicht aber ihre schnellen Reaktionen. Sie stolperte, als das Netz sie traf und hinterrücks zu Boden riss, während das Lodern über sie hinwegsengte und die Druckwellen in ihre Magengrube krachten. Ihre Hände suchten den Verschluss der Korsage, doch das Netz war im Weg. Mehrere Gestalten fielen über sie her und pressten sie so fest auf den Boden, dass ihre Rippen knirschten. Sie waren zu viert, und im Hintergrund näherten sich weitere.

Zuletzt trat der Mann in ihr Blickfeld, der sie angesprochen hatte. Sie erkannte ihn sofort.

»Marduk.«

»Isis Nimmernis.« Sein schönes Gesicht zeigte ein höfliches Lächeln. »Es ist mir eine Ehre. Und eine besondere Freude dazu.«

Er hatte langes, seidiges Haar, golden wie die Netze in der Leere, und er trug mehr Schmuck als die hohen Damen der Drei

Häuser. Bibliomantische Eingriffe hatten ihm eine Jugend erhalten, an die er sich vermutlich kaum mehr erinnern konnte. Niemand wusste, wie alt Marduk war – oder *was* Marduk war. Ein Exlibri, ein Bibliomant, vielleicht tatsächlich der uralte Götze Babylons, dessen Namen er trug? Für Isis spielte es keine Rolle. Sie würde ihn töten, sobald sie eine Schwäche in seiner Abwehr fand.

Die beiden Männer, die ihn flankierten, waren Bibliomanten, gekaufte Leibwächter, die ihre aufgeschlagenen Seelenbücher wie Waffen auf Isis gerichtet hielten. Früher hatte er nur Exlibri beschäftigt.

»Leider war ich nicht daheim, als du mir deinen Besuch abgestattet hast«, sagte er, als er mit seiner Eskorte vor ihr stehen blieb. »Wie du siehst, bin ich gerade auf einer Rundreise durch die Refugien, um einigen meiner Geschäftspartner auf die Finger zu klopfen. Ich habe das sehr bedauert. Ich hätte dir die Exponate meiner Sammlung erläutern können, bevor du sie in Schutt und Asche gelegt hast.«

»Wissen deine Leute, dass du mit der Akademie unter einer Decke steckst?«

»Ich könnte mit ihren *Müttern* unter einer Decke stecken, und es würde sie nicht interessieren. Weil keiner so gut für ihre Dienste bezahlt wie ich.«

Seine Schläger grinsten dümmlich. Es wäre nicht nötig gewesen, Isis festzuhalten: Das Netz, das sie flach auf den Boden drückte, fühlte sich so schwer an wie ein Kleinwagen, sie konnte nicht einmal eine Hand heben. Sie lag auf dem Absolonbuch und spürte seine Kanten in ihrem Rücken; bislang zeigte niemand Interesse daran. Vermutlich ahnte keiner, was sie bei sich trug, aber sie traute den beiden Bibliomanten, sogar Marduk selbst zu, dass sie es im nächsten Augenblick wittern würden.

»Sieht aus, als hättest du gewonnen«, sagte sie mühsam. Das Netz schnitt in ihre Gesichtshaut. Sie kannte diese Art von Gewebe, seine Fasern waren mit mikroskopischen Buchstaben beschrieben. Es gab ein asiatisches Refugium, das sich auf seine Herstellung spezialisiert hatte, und sie fürchtete, dass Marduks Kleidung ebenfalls daraus gewebt war und ihm allerlei bibliomantischen Schutz bot. Er trug helle Hosen und eine maßgeschneiderte, lange Jacke, dazu weiße Handschuhe und einen Seidenschal.

»Du und deine Freunde, Isis, ihr habt eine Menge von meinem Eigentum zerstört.« Er sprach noch immer ruhig, fast freundlich. Trotzdem konnte sie den maßlosen Zorn spüren, der unter seiner Oberfläche brodelte. Er wollte sie nicht töten, sondern überlegte vermutlich, wie er ihr die größtmöglichen Schmerzen zufügen *und* sie dabei am Leben halten konnte. »Es hat Stunden gedauert, bis die letzten Buchegel beseitigt waren. Es war ein ziemliches Risiko, solch eine Plage auf Libropolis loszulassen.«

»Nein«, sagte sie. »Haben sie erst einmal gefressen, bewegen sie sich nicht mehr von der Stelle und sterben innerhalb eines Tages.«

»Und wieder etwas dazugelernt.«

»Tu, was du für nötig hältst, aber verschone mich mit deiner zweitklassigen Schurken-Ironie. Warum können Typen wie du nicht einfach mal die Klappe halten? Als gäbe es einen geheimen Wettbewerb, wer die ödesten Ansprachen hält, während alle anderen nur denken: Hoffentlich kommt er schnell zur Sache, und wir können früh nach Hause gehen.«

Wieder spielte ein feines Lächeln um Marduks Mundwinkel. Er sah blendend aus, und es war eine schöne Vorstellung, ihm die gebleichten Zähne mit dem eigenen Seelenbuch einzuschlagen.

Zwei Schüsse peitschten so schnell hintereinander, dass sie fast wie ein einziger klangen. Isis hatte ein feines Gehör, und ihr fiel nur einer ein, der so schnell feuern konnte und dabei jedes Ziel traf.

Die beiden Bibliomanten an Marduks Seite brachen tot zusammen. Das Netz verlor an Gewicht. Zugleich ließen die vier Handlanger von Isis' Armen und Beinen ab, weil sie nach dem Schützen Ausschau hielten. Zwei von ihnen starben im nächsten Augenblick.

Isis kam frei.

Marduk brüllte etwas, dann schoss rund um ihn eine Säule aus violetten Lichtern empor. Ehe er das Tor durchschritt, konnte Isis sein Gesicht sehen, und nun lächelte er nicht mehr. Sein Blick blieb auf sie gerichtet, und da war Genugtuung in seinen Augen, weil er wusste, wie sie enden würde. Marduk musste den Schatten Absolons in ihr gespürt haben, und die Gewissheit, was mit ihr geschehen würde, schenkte ihm Zufriedenheit.

Dann löste er sich im Licht auf. Die beiden überlebenden Männer waren auf die Füße gekommen und zogen ihre Waffen. Doch schon im nächsten Moment wurden auch sie von Schüssen niedergestreckt.

Isis streifte das Netz ab und sprang federnd in den Stand.

Die großkalibrige Automatik, mit der Duncan die Männer erledigt hatte, wies nun in ihre Richtung. Er trat aus dem Schatten einer Gassenmündung ins Goldlicht der Leere, mit blutiger Nase und geprellter Schläfe, und er sah nicht aus wie jemand, den sie vorhin noch hatte küssen wollen.

»Du mieses, heimtückisches, niederträchtiges –«

»Duncan! *Pass auf!*«

Fluchend fuhr er herum und sah mit eigenen Augen, was Isis schon einen Herzschlag früher entdeckt hatte.

Von überallher hasteten Gestalten heran, weitere Lakaien Marduks, vermutlich Geldeintreiber, die für ihn die Geschäfte auf Portobello regelten. Sie trugen Schusswaffen und Messer, manche sogar Beile. Die verbliebenen Patronen in Duncans Magazin würden nicht einmal für ein Drittel von ihnen reichen.

»Komm schon her!«, brüllte sie Duncan zu.

Er sprintete heran, während rechts und links von ihm Kugeln einschlugen, und ergriff ihre ausgestreckte Hand. Dann liefen sie auf die Felskante zu, warfen sich gemeinsam über den Rand in die Leere und stürzten in einer Wolke aus Violett über die Schwelle nach Libropolis.

30

Furia hatte den Rest des Tages und die folgende Nacht damit verbracht, im elften Buch der Schöpfung zu lesen. Am Morgen war sie wie gerädert. Sie hatte all die Stunden auf dem harten Steinboden gesessen, den Rücken gegen das Regal gelehnt, und jetzt fühlte sie sich wie der eingerostete Wetterhahn auf dem Dach, den selbst der heftigste Sturm nicht mehr bewegen konnte.

Gegen sechs Uhr am Morgen schleppte sie sich aus der Bibliothek hinauf in ihr Bett, aber schon eine Stunde später riss Cat sie wieder aus dem Schlaf. Ausgerechnet Cat, die Frühaufsteher fast so sehr verachtete wie die Miliz der Akademie.

»Es ist was passiert!«, rief sie, als sie Furia wach rüttelte. »Du musst aufstehen!«

Furia zog sich die Decke über den Kopf. »*Ständig* passiert irgendwas. Mir reicht's. Lass mich in Ruhe.«

Aber Cat war nicht zu bremsen und quasselte, ohne Luft zu holen. Fünf Minuten später eilten sie gemeinsam durch die Flure der Residenz, die breiten Teppichstufen hinunter ins Erdgeschoss und weiter ins ehemalige Jagdzimmer des Anwesens. Noch immer schmückten Geweihe die Wände, und die ausgestopften Tiere in den Vitrinen und Regalen erinnerten Furia an die scheußlichen Ausstellungsstücke in Marduks Festung. Normalerweise benutzte niemand dieses Zimmer, aber es lag genau gegenüber der schmalen Kellertreppe, die hinunter zur Bibliothek führte. Von dort aus wollten Finnian und Summerbelle zu ihrer Jagd auf Isis aufbrechen.

Etwas war dazwischengekommen.

Erst jetzt fiel Furia auf, dass Cat die gleichen dunklen Ringe unter den Augen hatte wie sie selbst. Wahrscheinlich hatten Finnian und sie die ganze Nacht gestritten. Sie bemerkte, dass die beiden einander kaum ansehen konnten, einer wich dem anderen aus. Es tat ihr leid, dass es so weit gekommen war, trotzdem teilte sie Cats Meinung nicht, dass Summerbelle die Schuld an allem trug. Finnian war ebenso uneinsichtig, vielleicht sogar noch verbohrter.

Das Gerangel der beiden Mädchen schien glimpflich verlaufen zu sein. Cat hatte eine Schürfwunde am Kinn, Summerbelle den Schatten eines blauen Auges. Offenbar hatte sie keine Bibliomantik eingesetzt, um Cat von sich fernzuhalten, sonst wären die Folgen schlimmer gewesen. Und sie redeten noch miteinander, immerhin.

Als Furia und Cat das Jagdzimmer betraten, stand Patience wie ein Häuflein Elend unter einem Elchgeweih und starrte zu Boden: ein Schuljunge, der gerade eine Standpauke über sich ergehen ließ.

»Also«, fragte sie, »was genau ist passiert?«

»Er hat ihn umgebracht!« Summerbelles Nasenspitze war feuerrot, wie immer, wenn sie sich aufregte. »Dieser ungebildete Barbar hat Ariels Mörder umgebracht!«

Patience trat beschämt von einem Fuß auf den anderen. Wahrscheinlich wünschte er sich gerade sehr weit fort von hier. »War keine Absicht. Wirklich nich'. Ist einfach so passiert. Hab ihm Fragen gestellt, ihn ein bisschen bearbeitet, und plötzlich –«

»*Passiert*!« platzte Summerbelle heraus.

»Er wäre sowieso gestorben«, sagte Patience mit Leidensmiene. »Ariel hatte ihn schlimm zugerichtet, das hätte keiner überstanden. Nicht mal so einer wie er.«

Furia versuchte, ihre Gedanken zu sortieren. Die Kette der Hiobsbotschaften wollte einfach nicht abreißen. Aber sie hatte schlichtweg keine Lust mehr auf Schuldzuweisungen. Allmählich klang jeder von ihnen wie die Leselampe und der Lesesessel an einem wirklich miesen Tag.

Offenbar war Summerbelle anderer Ansicht. »Der Kerl hätte uns als Einziger verraten können, wer ihn geschickt hat! Und aus welchem Grund!«

»Na ja«, sagte Furia, »ich hab da so eine Idee.«

Stille legte sich über die Anwesenden, selbst Finnian, der die ganze Zeit über grübelnd auf und ab gegangen war, blieb stehen.

»Ich hab das Buch gelesen«, sagte sie. »Severins Handschrift hat sich über die Jahre hinweg kaum verändert, deshalb bin ich ganz gut damit klargekommen.«

»Was steht drin?« Patience witterte sogleich die Chance, von sich abzulenken. Aber der strafende Blick, den Summerbelle ihm zuwarf, verriet deutlich, dass sie mit ihm noch nicht fertig war.

»In dem Buch geht's um die Exlibri. Aus irgendeinem Grund hat Severin gewusst, dass sie eines Tages auftauchen würden. Oder er hat selbst dafür gesorgt.« Furia sank im Schneidersitz in einen Ledersessel am Kamin. »Als Isis eine von ihnen wurde, war das ein Eingriff in die Gesetze der Bibliomantik. Anscheinend gibt es seitdem auch unter den Exlibri Bibliomanten, und genau das ist im elften Buch der Schöpfung festgeschrieben. Das Buch muss sich verändert haben, nachdem ich Severin dazu gebracht habe, die Geschichte vom Mädchen auf der Tagundnachtgrenze zu schreiben. Es hat sich … na ja, umgeschrieben. Genau wie Siebensterns Märchenbuch, in dem Isis aufgetaucht ist.«

»Mir ist das allmählich zu hoch«, sagte Cat. »Erst hast du nur Isis' Vergangenheit verändert und nun gleich *alle* Exlibri?«

»Es ist eine Kettenreaktion«, mischte Finnian sich ein. »Furia hat die Spielregeln verändert – oder durch Siebenstern ändern lassen –, und davon ist nicht nur Isis betroffen. Ihr spürt es auch, oder? Wie die frühere Version der Vergangenheit verblasst? Bald werden wir uns nur noch deshalb erinnern, dass Exlibri keine Bibliomanten sein konnten, weil wir uns gegenseitig davon erzählen oder es irgendwo aufgeschrieben haben.«

»Spielt keine Rolle«, sagte Summerbelle. »Wisst ihr, wenn es neue Regeln gibt, dann müssen wir uns eben darauf einstellen. Marduk ist plötzlich ein Bibliomant, obwohl er keiner hätte sein dürfen. Und der Mann, den Patience« – wieder warf sie ihm einen zornigen Blick zu –, »den Patience *versehentlich* umgebracht hat, beweist, dass es weitere Siebenstern-Exlibri wie Isis gibt. Die Frage ist aber doch, was ändert das für uns?«

»Nein«, widersprach Furia, »die wichtigste Frage ist: Wer hat aus welchem Grund Interesse am elften Buch der Schöpfung? Ausgerechnet an jenem Band, in dem die neue Regel niedergeschrieben wurde. Es muss jemand sein, der über die Änderung Bescheid weiß. Wer immer es ist, brauchte sie also gar nicht mehr nachzulesen – und *trotzdem* will er das Buch. Ich würde wirklich gern wissen, warum.«

»Mir ist schon klar, dass du das nicht hören willst«, warf Finnian ein, »aber so, wie ich das sehe, kommt wieder mal nur eine Person in Frage.«

Cat verdrehte die Augen.

»Isis hat es vor uns allen gewusst, weil sie die Folgen am eigenen Leib zu spüren bekommen hat.«

Furia stützte das Gesicht in beide Hände. Sie war zu müde zum Nachdenken, zu erschöpft für komplizierte Zusammenhänge. Aber sie gab sich noch einmal einen Ruck und sagte: »Nehmen wir nur mal theoretisch an, es war *nicht* Isis. Wer käme noch in Frage? Jemand, den wir kennen?«

»Nicht die Akademie«, sagte Cat. »Die hätte gleich eine Armee Gardisten geschickt.«

Nacheinander gingen sie alle Möglichkeiten durch, ganz gleich wie unwahrscheinlich. Marduk, selbstverständlich, weil sie ihn sich zum Feind gemacht hatten. Arbogast im Alleingang. Splittergruppen der Akademie, womöglich sogar eines der Drei Häuser ohne Absprache mit den anderen.

Am Ende aber fand keiner eine befriedigende Antwort, was Summerbelle wieder an den Beginn ihres Dilemmas erinnerte. »Patience?«

Der Südstaatler sah aus, als hätte er sich am liebsten hinter einem Sessel versteckt. Summerbelle jagte ihm einen Heidenrespekt ein.

»Bevor dir dieses *Missgeschick* passiert ist, hat der Mann da noch was gesagt?«, fragte sie. »Eine brauchbare Information? Irgendwas?«

»Nein. Gerade das hat mich ja so wütend gemacht.«

Cat sah ihn skeptisch an. »Im Krieg, also in deinem Roman, da warst du nicht wirklich für die Befragung von Gefangenen zuständig, oder?«

Patience schüttelte den Kopf. »Hab immer nur an vorderster Front gekämpft. Wenn sie einen brauchten, der Türen einschlägt oder Wagenburgen sprengt, dann sind sie zu mir –«

»Schon gut.« Summerbelle winkte ab.

»Tut mir leid. Ehrlich.«

Furia beschloss, einen Schlussstrich unter diese Angelegenheit zu ziehen. So, wie sie es sah, hatte Ariels Mörder bekommen, was er verdiente. Ohnehin konnten sie seinen Tod nicht mehr rückgängig machen. »Kannst du mal nach Pip sehen? Bleib bei ihm und pass bitte gut auf ihn auf, ja?«

»Was ist mit dir?«, fragte Patience. »Ariel hat gesagt, ich soll auf dich –«

»Ariel ist tot.«

»Und den Wunsch eines Toten muss man ehren.«

Furia sah, dass Cat ein Grinsen unterdrückte. Summerbelle wandte sich ab und ging zum Fenster.

»Ich bin eine Bibliomantin, Patience«, sagte Furia. »Ich kann mich verteidigen, wenn ich angegriffen werde. Aber Pip ist noch ein Kind und wird wahrscheinlich nie ein Bibliomant sein. Er braucht dich jetzt.«

Patience überlegte kurz, dann nickte er. »Ich lass ihn nicht aus den Augen. Ehrenwort.«

»Danke.« Sie sah zu, wie er das Zimmer verließ und die Tür hinter sich zuzog. Draußen auf dem Korridor entfernte er sich mit schweren Schritten.

»Ich mag ihn«, sagte Cat. »Ich hatte mal eine Dogge, die war wie er.«

Summerbelle rümpfte die Nase. »Ich hatte mal einen Bettpfosten, der war wie er. Nur klüger.«

Furia ließ den Kopf gegen die Sessellehne sinken. »Was jetzt?«

»Wir brechen auf«, sagte Finnian und wich Cats Blick aus.

Summerbelle kam auf Furia zu. »Ich öffne ein Tor nach Libropolis. Aber dazu müssen wir runter in die Bibliothek.«

Furia bemerkte ihren vorwurfsvollen Unterton und nickte. »Glaub mir, die Bücher sind dort unten sicherer als hier im Haus. Ypsilonzett passt auf sie auf.«

»Ein Haufen Buchstaben?«

»Er ist mit Mater Antiqua fertiggeworden. Wenn man ihn braucht, dann ist auf ihn Verlass.«

Zum ersten Mal seit Menschengedenken gab Summerbelle sich geschlagen. »Wenn du das sagst.« Sie schenkte Furia ein Lächeln, das fast ein wenig traurig wirkte.

Kurz darauf stiegen sie zu viert die Kellertreppe hinab. Furia schloss die Eisentür zur Bibliothek auf. Vor ihnen gähnte der Hauptweg mit seinen duftenden Bücherwänden, huschenden Origamis und Glühbirnen an Kabeln. Die Wächter am Eingang sahen zu, wie die vier die Katakomben betraten, und Furia fragte sich, ob wohl auch sie seit Ariels Tod darüber nachdachten, der Residenz den Rücken zu kehren.

Sie lehnte die Tür hinter sich an, ging aus Gewohnheit voraus, blieb aber nach wenigen Schritten stehen. Weiter musste sie nicht gehen, um von hier aus ein Tor nach Libropolis zu öffnen.

Finnian umarmte Cat, die erst ganz steif und zornig dastand, dann aber widerwillig nachgab und sich an ihn schmiegte. »Untersteh dich, nicht zurückzukommen«, flüsterte sie.

Er lächelte und gab ihr einen langen Kuss. Furia sah einen Moment lang zu, wieder mit einem Anflug von Neid, für den sie sich schuldig und schäbig zugleich fühlte. Rasch schaute sie weg und kreuzte Summerbelles Blick. Darin war eine Spur von Wehmut.

»Du musst ihn zurückbringen.« Furia war es egal, dass Finnian sie hörte. »Wir brauchen ihn hier. Euch beide.«

Summerbelle ergriff mit beiden Händen Furias Rechte. »Wir finden Isis, ganz gleich, ob sie etwas mit alldem zu tun hat oder nicht. Und wenn sie in Gefahr ist, dann helfen wir ihr.«

Furia lachte, aber es klang, als stoße sie nur rasselnd die Luft aus. »Sie ist hundertmal mächtiger als du.«

»Sie steckt in der Klemme, so oder so. Vielleicht braucht sie jemanden, der sie da rausholt.«

»Die Exlibri hier im Haus brauchen dich auch.«

»Sie haben dich, Furia. Du bist längst weit genug, um sie zu beschützen.«

»Du schwindelst – und nicht mal gut.«

»Vielleicht ist keiner von uns jemals weit genug. Wir können immer nur versuchen, unser Bestes zu geben.« Cat und Finnian standen noch immer engumschlungen da, als Summerbelle ihm einen Wink gab. »Wir sollten keine Zeit mehr verlieren.«

Finnian strich Cats schwarzen Pony zurück und gab ihr einen letzten Kuss auf die Stirn. Furia hatte sie noch nie so verletzlich erlebt. Doch gleich darauf straffte Cat sich und nickte, als wäre sie Finnian noch die Antwort auf eine Frage schuldig gewesen, die nur sie beide kannten.

Kurz darauf verschwanden Summerbelle und er in einem lila Funkensturm. Furia und Cat blieben zurück, während über ihnen die Glühbirnen flackerten, als stünde ein weiterer Stromausfall bevor.

Nachdem die letzte Spur von Violett verblasst war, wischte Cat sich über die Augen, zog die Nase hoch und sagte mit belegter Stimme: »Da ist noch was, das ich dir erzählen muss.«

Neugierig schlängelte sich der lange Hals des Schnabelbuchs aus Furias Tasche.

»Hier unten?«, fragte Furia.

»Egal wo.« Cat machte eine kurze Pause, dann fuhr sie fort: »Ich muss nach London. Am besten noch heute.«

Furia sah sie stumm an und wartete.

»Ich weiß schon, was Summerbelle gerade gesagt hat«, fuhr Cat fort, »darüber, dass du die Exlibri beschützen musst und alles … Aber ich wollte dich bitten, mit mir zu kommen. Ich werd' das allein vielleicht nicht schaffen. Bei dem, was ich tun muss, brauche ich meine beste Freundin.«

Das Buch plusterte seinen faltigen Hals auf, aber Furia hielt ihm mit Daumen und Zeigefinger den Schnabel zu. Als sie in Cats Augen nach Antworten suchte, fand sie dort nichts als Entschlossenheit.

»Ich weiß, wie wir rausfinden können, wer hinter alldem steckt«, sagte Cat. »Jedenfalls, wen wir danach fragen können. Aber ich will nicht, dass Finnian davon erfährt.«

»Wieso das nicht?«

»Weil es um meine Eltern geht. Möglich, dass sie die Wahrheit kennen.«

Cat sprach sonst nie von ihnen. Furia wusste nur, dass sie

Bibliomanten waren. Cat hatte ihr Talent nicht geerbt und glaubte, dass sie zutiefst enttäuscht von ihr waren. Darum war sie vor einigen Jahren von zu Hause fortgegangen und hatte ein neues Leben in Libropolis begonnen.

»Was ist mit ihnen?«, fragte Furia.

»Finnian …«, begann Cat, brach ab und setzte zögernd noch einmal an: »Er darf niemals erfahren, wer die beiden wirklich sind.«

31

Isis kam viel zu hart am Boden auf und ging mit einem Stolpern in die Knie. Neben ihr fiel Duncan aus der Leere und landete mit einem wackligen Ausfallschritt. Wie Isis brauchte er einen Augenblick, um sich zu orientieren.

Der Sturz war zu schnell gewesen und nicht gut gezielt. Es beunruhigte Isis, dass sie nicht wusste, in welchen Teil von Libropolis es sie verschlagen hatte. Es musste ein Ort sein, den sie kannte – das war die Bedingung für das Öffnen eines Tors –, aber sie hatte schon so viele Winkel dieser Stadt gesehen, dass sie fast überall sein konnten. Ihr war keine Zeit geblieben, mehr als die grobe Richtung vorzugeben, doch immerhin *waren* sie in Libropolis. Ihre Instinkte funktionierten wieder, und ihre Erschöpfung wich neuem Tatendrang.

Sie befanden sich in einer schmalen Gasse. Hintertüren und vergitterte Fenster, durch die sie Bücherstapel in düsteren Zimmern erkannten, ließen auf die Rückseiten von Buchläden schließen. Es gab Papiercontainer und ein paar Mülltonnen, aber es waren keine anderen Menschen zu sehen. Nur eine gefleckte Katze huschte durch die Schatten.

Duncan holte tief Luft. Er hatte noch immer die Pistole in der Hand. »Gib mir das Buch!«

Ihre Hand fuhr zum Rücken, und da war es: Absolons Buch steckte unter ihrem schwarzen Cape im Hosenbund. Sie zog es hervor, betrachtete es kurz von außen und musste dagegen ankämpfen, sofort darin zu blättern. Stattdessen presste sie es gegen ihre Brust. »Ganz ruhig«, sagte sie. »Lass uns erst mal –«

»Gib's schon her!«, fuhr er sie an.

Sie spürte einen ungeheuren Widerwillen, das Buch aus der Hand zu geben. Schon der Gedanke war kaum zu ertragen. »Du weißt, dass ich es brauche.«

»Und was erwartest du von mir? Dass ich es dir einfach so überlasse? Verflucht, Isis, das Ding ist meine Altersvorsorge!«

Das brachte sie zum Lachen. »Wann hast du dich je um die Zukunft geschert? Ich kenne keinen Menschen, der so sehr in der Gegenwart lebt wie du.« Damals am Lyzeum, als sie selbst noch große Pläne geschmiedet hatte, hatte sie ihm das einmal vorgehalten. Duncan hatte nie vorausschauend gedacht, kaum über die kommende Woche hinaus. Sie bezweifelte, dass sich daran etwas geändert hatte.

»Das Buch gehört mir«, sagte er fast trotzig.

»Bestimmt hast du es in einem ehrlichen Handel erworben.«

»In einem ehrlichen Spiel.«

»Du hast es *gewonnen*?«

»Jedenfalls hat der andere es verloren – das ist fast das Gleiche, oder?« Duncan grinste auf eine Weise, die sie einmal verwegen gefunden hatte, naives, junges Ding, das sie gewesen war. Er wurde schlagartig ernst. »Verdammt nochmal, ich kann nicht fassen, dass du wirklich darin gelesen hast! Du weißt genau, wie das endet!«

»Ich hatte keine Wahl.«

»Ich hätte dich auch so wieder auf die Beine gebracht.«

»Ja«, sagte sie verächtlich. »Mit einer Spritze.«

»Das war nur ein Beruhigungsmittel, damit du dich nicht mehr gegen das Schlafen wehrst. Ich hätte dich ein paar Tage bei mir versteckt, bis du wieder auf die Beine gekommen wärest.«

»Für so was hab ich keine Zeit.«

»Herrgott, du hast es wirklich geschafft, die Akademie *und* Marduk gegen dich aufzubringen!«

»Warte ab, bis ich erst Phaedra Herculanea begegne.«

»Du bist irre. Völlig durchgedreht.«

»Hör zu«, bat sie ihn, das Buch nach wie vor fest im Griff. »Mir tut's leid, dass ich dich in diese Sache hineingezogen habe. Wäre mir was Besseres eingefallen, dann hättest du nie wieder von mir gehört.«

»Ich habe sechs von Marduks Leuten für dich erschossen!«

»Was wirklich ganz reizend von dir war.«

»Und Marduk hat gesehen, dass ich es war! Was glaubst du wohl, wer auf Portobello mein wichtigster Geschäftspartner war?«

»Du hast Geschäfte mit diesem Schwein gemacht?«

Er trat zwei Schritte auf sie zu und fuchtelte mit der Pistole. Nicht mehr in ihre Richtung, immerhin, aber wenn er nicht bald seinen Blutdruck unter Kontrolle brachte, würde er vor Wut irgendein Fenster zerschießen und die Miliz auf sie aufmerksam machen. »Ich bin ein Krimineller, Isis. Kriminelle machen Geschäfte mit anderen Kriminellen. Und sie bleiben am Leben, wenn sie es sich nicht mit Leuten wie Marduk verscherzen.«

»War immerhin deine Entscheidung, seine Männer zu erschießen, nicht wahr?«

Er trat gegen einen leeren Pappkarton, als trüge der die Schuld an allem. »Ich hätte dir nie die Tür aufmachen dürfen!«

»Ich wäre trotzdem reingekommen, glaub mir.«

Wütend rammte er die Waffe in das Schulterholster und sank mit dem Rücken gegen einen Container. »Wir müssen uns was einfallen lassen. Und zwar schleunigst.«

»Ich hatte keine Zeit, über ein besseres Ziel nachzudenken. Wenn wir –«

»Das meine ich nicht.« Mit einem zornigen Blick deutete er auf das Buch vor ihrer Brust. »*Das* meine ich. Es muss einen Weg geben, dich wieder davon loszubekommen.«

»Wenn du ihn nicht kennst, wer dann?«

»Dir scheint das keine große Angst zu machen.« Kopfschüttelnd machte er zwei Schritte auf sie zu, bis sie sich unmittelbar gegenüberstanden. »Ich habe Menschen gesehen, die süchtig nach Absolon waren. Ich hab gesehen, was die Bücher ihnen angetan haben … was aus ihnen geworden ist. Glaub mir, das willst du nicht erleben.«

»Ich muss in die Nachtrefugien! Das ist im Augenblick das Einzige, was mich interessiert.«

»Und wie lange wirst du wohl durchhalten?«

»Ich hab von Süchtigen gehört, die ein, zwei Jahre überlebt haben.«

»Zwei Jahre!« Als er die Arme hob, wäre sie beinahe zurückgewichen – bis sie bemerkte, dass er gar nicht versuchte, ihr das Buch zu entreißen. Stattdessen nahm er ihr Gesicht in beide Hände. »Würden wir hier von irgendeinem x-beliebigen Suchtbuch reden, einem Faksimile oder einer billigen Kopie, dann, ja, in Ordnung. Aber das da ist reinster, wahrhaftiger

Absolon! Das ist das Original. Ich hab kerngesunde Männer erlebt, die innerhalb von vier Wochen am Ende waren. Sechs, allerhöchstens.«

Sie versuchte, sich ihr Erschrecken nicht anmerken zu lassen. »Dann muss das eben reichen.«

Ehe sie sich wehren konnte – und wollte sie das überhaupt –, presste er seine Lippen auf ihre. Nicht allzu lange, aber es genügte, um ihr klarzumachen, wie tief sie im Schlamassel steckte. Tief genug, um ihn mit sich zu reißen. Im Grunde genommen befanden sie sich seit ihrem Sprung von der Klippe noch immer im freien Fall.

Sie zog den Kopf zurück und streifte seine Hände ab. Nicht hastig, fast sanft sogar, aber sie durfte das hier nicht zulassen.

»Ich gehe in die Nachtrefugien, Duncan. Und ich werde Phaedra finden.«

»Dann bleib ich bei dir und pass' auf dich auf.«

»Sehe ich aus, als bräuchte ich einen Aufpasser?«

»Du brauchst jemanden, der deine Dosis kontrolliert. Sonst wird dich das Absolonbuch dazu bringen, es beim nächsten oder übernächsten Mal komplett zu lesen. Du wirst nicht mehr davon loskommen, bis du die letzte Seite verschlungen hast, und dann wirst du wieder von vorne beginnen. Zugleich werden Phaedra und die Nachtrefugien immer unwichtiger werden.«

»Ich will dein Mitgefühl nicht. Ich will überhaupt nichts von dir. Und schon gar nicht, dass du dein Leben für mich aufs Spiel setzt.«

Aber er war noch nicht fertig. »Du wirst dich stark fühlen. Und allen überlegen. Eine Weile lang wirst du mehr Energie haben als jemals zuvor, aber du wirst jede Minute und all deine Kraft darauf verwenden, Absolon zu lesen, bis du seine Worte auswendig kennst. Und das da« – er deutete auf das Buch, zu dem sie geworden war – »wird dir dann auch nicht mehr helfen. Anfangs lesen Süchtige ein Absolonbuch in ein paar Stunden, aber du wirst immer schneller und begieriger werden, bis du es fünf-, sechsmal am Tag von vorne bis hinten schaffst. Kein Schlaf mehr, kein Essen, kein Interesse an irgendetwas anderem. Du wirst vergessen, wer du bist und was du einmal erreichen wolltest, und es wird vorbei sein, ehe du begreifst, was mit dir geschieht.«

Sie wich einen weiteren Schritt vor ihm zurück und musterte ihn lange. Die Katze raschelte hinter den Mülltonnen, und etwas zog über die Gasse hinweg, das nur auf den ersten Blick wie ein Vogelschwarm aussah: Der Flügelschlag der Wesen war raschelndes Papier.

»Was schlägst du vor?«, fragte sie. Das Absolonbuch fühlte sich in ihrer Linken ganz warm an, fast verheißungsvoll.

»Du willst versuchen, Phaedra zu töten?«

»Ich will mit ihr sprechen. Der Rest ergibt sich.«

»Sie wird dir nicht zuhören.«

»Das sehen wir dann.«

Der Schatten eines tiefen Schmerzes zog über sein Gesicht, und sie begriff, dass er wirklich mehr empfand als Mitleid. Ein Teil von ihr erwiderte seine Gefühle, während ein anderer sie drängte, ihn loszuwerden und sich mit dem Absolonbuch in eine Ecke zu verkriechen, gleich hier, hinter den Müllcontainern.

»Wir brauchen jemanden, der uns führt«, sagte Duncan. »Jemanden, der die Nachtrefugien besser kennt als irgendein anderer.«

Sie schüttelte den Kopf. »Nicht noch mehr Ballast.«

»Ohne ihn werden wir nicht weit kommen. Du hast genug über die Nachtrefugien gehört, um das zu wissen. Siebenstern-Exlibra oder nicht, das Missratene Land wird dich verschlingen, ehe du Phaedra auch nur aus der Ferne zu sehen bekommst.«

Sie dachte an Siebenstern, den sie dorthin ins Exil geschickt hatte, und sie fragte sich, was wohl aus ihm geworden war. Aber sie hatte Mühe, sich darauf zu konzentrieren, denn der Gedanke an das Buch schob sich erneut in den Vordergrund. Dieses Buch mit all seinen wunderbaren, verwirrenden Worten.

Duncan redete noch immer: »– nur einen, der dazu in der Lage ist. Er war die treibende Kraft hinter der Neuausgabe des Horizontenatlas. Zumindest bis ihn die Akademie auf ihre schwarze Liste gesetzt hat.«

Isis erinnerte sich, dass Arbogast ebenfalls von jemandem gesprochen hatte, der sie führen sollte.

»Viktor Damaskanos«, sagte Duncan. »Der Mann, der die Sanktuariumskarte gezeichnet hat und den Preis dafür zahlen musste. Die Akademie hat ihm nicht verziehen, dass er den Weg ins Sanktuarium entdeckt hat. Wahrscheinlich ist er nur durch Zufall dahintergekommen, aber das hat damals keinen interessiert.«

»Es hieß doch, sie hätten ihn hingerichtet.«

»Den besten Kartographen aller Refugien? Den Mann, der die Nachtrefugien besser kennt als irgendein anderer?« Duncan senkte kurz den Blick, ehe er mit einem Ruck wieder aufsah. »Wusstest du, dass Atticus selbst ihn damals ausfindig gemacht hat?«

Sie schüttelte den Kopf.

»Er hat dafür gesorgt, dass Agenten die Angelegenheit in die Hand genommen haben, nicht die Garde oder die Miliz. Ich war einer von denen, die Damaskanos in sein Gefängnis überführt haben.« Er machte eine kurze Pause, als er sich daran erinnerte. »Bald darauf bin ich gegangen.«

»Mir war nicht klar, dass das der Grund dafür war.«

»Es gab noch andere. Aber diese Sache hat den Ausschlag gegeben. Es hat mir endgültig gereicht. All die Lügen und Scheinheiligkeiten. Jetzt bin ich ein Verbrecher, aber in gewisser Weise ist das aufrichtiger als das, was die Drei Häuser treiben.«

»Und du glaubst, Damaskanos kann uns helfen? Falls er nach all den Jahren überhaupt noch am Leben ist.«

»Die haben mit Sicherheit gut für ihn gesorgt. Er ist ihr Schlüssel zu den Nachtrefugien. Heute ist er für sie wichtiger als jemals zuvor.«

»Was macht dich so sicher, dass wir an ihn rankommen?«

Duncan näherte sich ihr wieder und fuhr sanft mit der Fingerspitze von ihrer Kehle abwärts bis zum Ansatz ihrer Narbe. »Wir haben eine Waffe, die sie nicht haben.« Sie bekam eine Gänsehaut von seiner Berührung. »Wir haben dich.«

32

Rachelle Himmel ließ die Vorhaltungen ihres Vaters über sich ergehen und stellte sich vor, wie er starb. Es war längst an der Zeit, ihren Plan in die Tat umzusetzen. Veit und sie hatten lange genug gewartet.

Der Baron stand am Fenster des Teesalons und blickte hinab ins Tal, würdigte seine beiden Ältesten keines Blickes und ereiferte sich einmal mehr über sein schweres Los in der Welt. Seit zehn Minuten blickte Rachelle auf seinen Rücken, auf den altmodischen Gehrock, maßgeschneidert in Mailand, auf sein licht gewordenes graues Haar. Sie und Veit saßen schweigend an der gedeckten Tafel und hörten kein Wort von dem, was ihr Vater sagte. Beide hielten ihre geöffneten Seelenbücher auf dem Schoß: Rachelles war *Northanger Abbey* von Jane Austen, Veits ein vergilbter Band über Wappenkunde.

Ihre Großmutter aß in aller Ruhe ein Stück Streuselkuchen. Falls sie die Gefahr spürte, die in der Luft lag, so verriet sie es durch keine Regung. Womöglich hatte mit ihrem Augenlicht auch ihre Wachsamkeit nachgelassen. Veit war überzeugt davon und hatte Rachelle versichert, dass die alte Frau kein Risiko darstellte. Sobald sie ihren Vater erledigt hätten, würde es ein Leichtes sein, auch die Baronin auszuschalten. Und ihren Laufburschen dazu, hatte Veit erklärt.

James wartete draußen vor der Tür, wie immer, wenn die

Familie beim Nachmittagstee saß. Der schweigsame Exlibro harrte dort aus, meist mit einem Buch aus der Bibliothek, deren Benutzung die Baronin ihm gestattet hatte. Er mochte ein Leibeigener sein, aber sie behandelte ihn wie einen vierten Enkel. Veit hasste ihn auch dafür.

So oft hatten Rachelle und ihr Bruder beisammengesessen und sich vorgestellt, wie es sein würde, das Oberhaupt des Hauses Himmel zu stürzen und den Respekt der anderen Häuser zurückzugewinnen. Jeder wusste, dass ihr Vater zu schwach war, um etwas anderes zu sein als ein Lakai der Häuser Cantos und Lohenmut. Ein Hofnarr, den man nach Belieben demütigen oder ködern konnte – und mit ihm seine ganze Familie.

Doch damit würde es bald vorbei sein. Veit und Rachelle besaßen eine Information, über die offenbar niemand sonst im Rat verfügte: Während ihrer ersten Jahre im Bibliomantischen Internat war Rachelle einem Mädchen namens Catalina Marsh begegnet. Catalina – oder Cat, wie die meisten sie damals genannt hatten – war ein oder zwei Jahre jünger gewesen als sie und hatte die Schule bald verlassen müssen, da sie trotz begabter Eltern keine bibliomantischen Fähigkeiten besaß. Schon damals, in der fünften Klasse, hatte sie eine Vorliebe für gestreifte Leggings gehabt und das schwarze Haar so kurz getragen wie auf den Bildern von Marduks Überwachungskameras.

Statt dem Baron davon zu erzählen, damit er die Anerkennung einheimsen konnte, wollten Rachelle und Veit die Dinge selbst in die Hand nehmen. Veit war zwanzig. Alt genug, wie er meinte. Was ihm an Erfahrung fehlte, machte er durch Talent und Schläue wett. Er verachtete die festgefahrenen Strukturen der Akademie, und er hatte Rachelle versprochen, sie gleichberechtigt in den Rat einzuführen, als erste Frau seit den Tagen des Scharlachsaals.

Die Akademie war von jeher eine Regentschaft alter Männer, die den verstaubten Sitten des neunzehnten Jahrhunderts huldigte. Selbst Livia Cantos fungierte nur als Sprachrohr ohne Einfluss, mochte sie sich noch so wichtig nehmen. Veit und Rachelle hingegen wollten das Althergebrachte revolutionieren. Dabei ging es ihnen nicht um einen Umsturz, nur um eine gleichberechtigte Stimme im Rat, um frisches Blut, das die eingerosteten Mechanismen der Macht wieder in Bewegung setzte.

Veit konnte nächtelange Monologe über seine Pläne halten, und dabei trat ein Feuereifer in seine Augen, der Rachelle gleichermaßen imponierte und ängstigte. Er war ihr Bruder, und sie liebte ihn, aber sie war nie ganz sicher, wann die Leidenschaft bei ihm in Leichtsinn umschlug. Er hatte recht in fast allem, was er sagte, war mitreißend in seiner Argumentation und brannte für seine Ideen. Doch da war auch ein Glimmen von Größenwahn in seinem Blick, und wenn sie ihn so sah, dann wusste sie, dass er sie ein Leben lang an seiner Seite brauchen würde. Denn sie war es, die ihn erdete, die ihn tröstete, wenn er an der Ungerechtigkeit der Welt zu zerbrechen drohte und seine Verzweiflung in wilden Zorn umschlug.

»Entschuldigt«, murmelte ihre Großmutter und zog sich etwas aus dem Mund. Mit einem Klirren prallte es auf den Porzellanteller. Das Geräusch schnitt den Redeschwall des Barons ab und klang zwischen den hohen Wänden nach. Sekundenlang legte sich eisiges Schweigen über die Teegesellschaft.

»Kirschkern«, sagte die Alte mit dem falschesten Lächeln, das Rachelle in ihrer an Falschheit reichen Familie je untergekommen war.

»Ich sagte gerade –«, setzte der Baron von neuem an.

»Jetzt!«, unterbrach ihn Veit.

Licht aus gespaltenen Seitenherzen schien an Rachelle und Veit empor, stieg aus den Büchern auf ihren Oberschenkeln auf und tauchte ihre Gesichter in arktisches Weiß.

Rachelle ließ das Kuchenmesser vom Tisch aufsteigen. Es drehte sich wie eine Kompassnadel und schoss quer durch den Raum auf ihren Vater zu. Die Klinge bohrte sich in seine Schulter und schleuderte ihn nach vorne gegen das Fenster. Das Glas bekam einen Riss, hätte aber standgehalten, wenn Veits bibliomantische Attacke es nicht im nächsten Augenblick in tausend Scherben gesprengt hätte.

Der Angriff traf den Baron völlig unvorbereitet. Die Scheibe zerbrach unter einem Druckstoß, der ihn gegen die Fensterbank und darüber hinwegschleuderte. Mit einem Mal hing er über der Splitterkante des Rahmens, kurze Zeit wie gelähmt. Dann versuchte er, mit den Händen Halt zu finden, sich wieder aufzurichten, zog sich dabei aber nur weitere Schnitte zu.

Veit sprang auf. Er hielt das offene Seelenbuch in seiner linken Hand und las die geheime Schrift im Seitenherzen, während seine Rechte in die Richtung des Barons gestikulierte. Auch Rachelle löste sich von ihrem Platz. *Northanger Abbey* schien von weißem Feuer umhüllt. Sie hatte ihre wahre Macht noch niemals so offen gezeigt, und sie sah ein Erschrecken auf den Zügen ihrer Großmutter, das nicht allein dem Schicksal ihres Sohnes galt. Der Anblick erfüllte Rachelle mit Zufriedenheit, und sie nahm sich vor, dass sie es sein würde, die die alte Frau tötete.

Die Baronin wollte aufstehen, doch Veit brüllte sie an wie von Sinnen: »Bleib sitzen! Wir sind hier noch nicht fertig!«

»Veit!« Rachelle deutete an der Alten vorüber zu ihrem Vater. Dem gelang es gerade, sich aus dem Rahmen zu lösen und umzudrehen. Das Messer steckte tief in seiner Schulter. Er versuchte danach zu greifen, aber er hätte die Zeit besser nutzen sollen, um an sein Seelenbuch heranzukommen. Es lag an seinem Platz auf dem Tisch, und vielleicht dämmerte ihm gerade, dass er es niemals bis dorthin schaffen würde.

Rachelle folgte seinem Blick, und eine Woge der Euphorie erfasste sie. Mit einem Aufschrei schleuderte sie Feuer auf sein Seelenbuch und sah zu, wie es aufloderte.

Ihr Vater brüllte vor Schmerz und Wut, riss sich das Messer aus der Schulter und warf es fort. Dann schwang er sich durch das Fenster ins Freie, landete auf der Schlossterrasse und rannte nach links.

Das nächste Fenster explodierte, als Veit seinem Vater Druckstöße wie von einem Presslufthammer nachsandte. Rachelle sah ihren Vater draußen an den Scheiben vorübertaumeln; jede einzelne zerbarst nur einen Augenblick, nachdem er sie passiert hatte. Veit war nicht schnell genug, das Triumphgefühl machte ihn sorglos.

Rachelle vergewisserte sich, dass das Seelenbuch ihres Vaters lichterloh brannte und nicht mehr zu retten war. Schmerz wühlte bei dem Anblick in ihren Eingeweiden, und sie spürte den Aufruhr der Bibliomantik in ihrem Inneren, aber sie ignorierte beides. Schon lief sie zur Fensterfront, vorbei an der erstarrten alten Frau. Veit rannte neben ihr. Scherben knirschten unter ihren Füßen, als sie das linke Fenster erreichten und gerade noch sahen, wie sich ihr Vater durch eine andere Tür ins Haus schleppte, zwei oder drei Zimmer weiter.

Veit wollte ihm nachklettern, aber Rachelle hielt ihn zurück. »Lieber durchs Haus, dann hören wir, wohin er läuft!«

»Wohin schon? In die Bibliothek!«

Natürlich. Er würde versuchen, sich die Energien all der Bücher in den Regalen zunutze zu machen. Ob ihm das allerdings ohne Seelenbuch gelingen konnte, stand auf einem anderen Blatt.

Als Rachelle sich umdrehte, saß ihre Großmutter nicht mehr an ihrem Platz. Sie sah gerade noch, wie die alte Frau aus dem Zimmer flüchtete. James war bei ihr und stützte sie.

Rachelles Blick kreuzte den des Vorlesers, und ganz kurz empfand sie fast Scham für das, was hier geschah.

Dann wandte der Exlibro sich ab und drängte seine Herrin hinaus auf den Korridor.

33

James hatte die Baronin unterm Arm gepackt und zog sie mit sich den Korridor hinunter. Sie trug ein schwarzes langes Kleid, und ihr graues Haar war straff am Hinterkopf hochgesteckt. James dagegen war ganz in Weiß gekleidet, darauf legte sie Wert, und er hatte es schon vor Jahren aufgegeben, sich über die Gründe Gedanken zu machen. Nicht alles, was die alte Frau tat oder sagte, ergab für ihn einen Sinn.

Als sich der Korridor gabelte, wählten sie nicht den Gang mit dem blankpolierten Parkett, sondern den anderen, in dem dicke, purpurfarbene Teppiche ihren Schritten besseren Halt gaben.

»Du kannst mich jetzt loslassen«, sagte sie. »Es dürfte nicht länger nötig sein, diese Fassade aufrechtzuerhalten.«

James war der Einzige im Haus, der wusste, dass ein Großteil ihrer Gebrechlichkeit vorgetäuscht war. Sie war alt, gewiss, und ihr Augenlicht schwand von Monat zu Monat schneller. Doch sie war keine zittrige Greisin, und ihr Gehstock war nur Teil einer Maskerade, die dafür sorgen sollte, dass die anderen sie unterschätzten. Dabei war er nicht sicher, ob sie wirklich vorausgesehen hatte, was passieren würde. Bestimmt hatte sie nicht heute damit gerechnet, sonst hätte sie ihn nicht draußen vor der Tür platziert, wo seine scharfen Augen ihr nichts nutzten.

In den drei Jahren, die er bei ihr lebte, war kein Tag vergangen, an dem er ihr nicht mehrere Stunden hatte vorlesen müssen, aus den Romanen ihrer Jugend, Werken der Weltliteratur und den Büchern der großen Philosophen. Durch sie hatte er Texte kennengelernt, für die er sonst keine Geduld aufgebracht hätte. Wenn sie bemerkt hatte, dass er sich mit einzelnen Texten schwertat, hatte sie ihn innehalten lassen und mit ihm darüber diskutiert, bis sie sicher gewesen war, dass er die Bedeutung verstand und alle Zusammenhänge erkannte. Ohne dass sie es ausgesprochen hatten, war aus ihnen Lehrerin und Schüler geworden.

Irgendwo im Haus schlugen Türen.

»Dort entlang!« Die Baronin deutete zum Ende des Flurs. Eine Sprinterin würde nicht mehr aus ihr werden, aber sie bewegte sich schnell genug, um die Tür zu erreichen, ehe jemand hinter ihnen auftauchte. Ohne sie hätte James es in einem Drittel der Zeit geschafft, doch er hatte vor drei Jahren einen Schwur geleistet, dass er ihr, wenn Gefahr drohte, beistehen würde. Heute war dieser Tag gekommen.

Jetzt hörten sie die Schritte und Stimmen der Geschwister. Als er einen letzten Blick zurückwarf, lag der Gang noch immer verlassen da. Trotzdem verspürte er keine Erleichterung, während er die Zimmertür hinter sich ins Schloss drückte.

»Sie werden erst versuchen, Friedrich umzubringen«, sagte die Baronin ohne Mitgefühl, atemlos und mit bleichem Gesicht. »Sie denken, dass sie mit uns danach leichtes Spiel haben werden. Veit ist kein Dummkopf, aber er leidet an Selbstüberschätzung. Bei Rachelle bin ich mir da nicht so sicher. Das Kind ist viel talentierter, als ich angenommen hatte. Sie hat ihre Kräfte gut vor mir verborgen.«

Das *Kind* würde sie, ohne mit der Wimper zu zucken, töten, dachte James, ebenso wie ihn selbst.

Der Raum, in dem sie sich befanden, war ein Durchgangszimmer, von denen es in diesem Haus unzählige gab. Durch eine Flügeltür auf der anderen Seite traten sie in einen der hohen Salons, dunkel getäfelt und groß wie ein Ballsaal. Rundum standen zwei Dutzend Vitrinen, darin waren braune Buchrücken aufgereiht. Die Halle der Enzyklopädien wurde seit Jahren kaum noch genutzt, die Nachschlagewerke verblichen unberührt hinter Glas.

»Warten Sie«, sagte er.

Sie blieb stehen, den Gehstock wie eine Waffe in der Hand, und sah ihn fragend an.

James horchte auf eine ferne Stimme – Veit, der fast hysterisch nach seinem Vater rief – und nickte schließlich. »Gut, sie sind im Südflügel.«

Das zerfurchte Gesicht der Baronin hellte sich einen Moment lang auf. Da nahm er ihre zerbrechliche Hand, Finger so dünn wie Hühnerknochen. »Ich bringe uns hier raus.«

Kopfschüttelnd lächelte sie. »Nein, das werde *ich* tun. Vertrau mir, mein Junge, ich weiß, welchen Weg wir jetzt nehmen müssen.«

»Bei allem Respekt, Frau Baronin, aber wir können nicht –«

»Ich werde nicht mit ihnen kämpfen«, fiel sie ihm ins Wort. »Nicht heute. Mach dir deswegen keine Sorgen.«

»Wenn wir es bis zu den Garagen schaffen, können wir mit einem der Wagen –«

Erneut unterbrach sie ihn. »Wir fahren nirgendwohin. Du musst mir vertrauen.«

Mit diesen Worten wandte sie sich ab und ging zu einer der Vitrinen hinüber. Sie öffnete die beiden Glastüren und schloss für einen Moment die Augen, als der Buchgeruch aus dem Inneren strömte. Selbst nach neunundsiebzig Jahren war sie nicht immun dagegen. Constanze Himmel mochte launisch, herrschsüchtig und exzentrisch sein, aber sie war so durch und durch Bibliomantin, dass sie nicht wie ein Mensch, sondern wie ein Buch alterte: Sie wurde nicht faltiger, sie vergilbte. Und obgleich die Zeit nicht spurlos an ihrem Äußeren vorüberging, blieb doch ihr Inneres unberührt wie der Text in den gelehrten Klassikern, die sie so liebte.

Sie streckte die Hand nach den Buchrücken aus, strich mit den Fingerspritzen darüber und zog schließlich den achten Band einer Enzyklopädie über die Gräser Asiens hervor. James hatte von Geheimtüren gehört, die sich auf diese Weise öffnen ließen, aber noch nie eine mit eigenen Augen gesehen.

Ein weißes Glühen schlängelte sich zwischen den Seiten des Buches hervor und kroch spiralförmig um den Finger der Baronin, tastete nach verborgenen Merkmalen und erkannte sie wieder. Ein Schnappen erklang, als ein schmales Paneel der Wandtäfelung zwischen dieser und der nächsten Vitrine fingerbreit nach innen schwang. Jenseits des Spalts herrschte Dunkelheit.

Die Baronin schob das Buch zurück an seinen Platz und schloss die Glastüren wieder.

Tief im Haus erklang ein wütender Aufschrei.

»Beeilen wir uns!«, rief sie und drückte gegen die Täfelung. Die versteckten Scharniere in der Wand quietschten nicht einmal, so als würde der Durchgang regelmäßig benutzt.

»Was ist mit den beiden?«, fragte James. »Kennen sie diesen Weg nicht?«

»Nein.«

Es widerstrebte ihm, in die weitläufigen Keller des Schlosses hinabzusteigen, sie waren voller Sackgassen und enger Räume, in denen sie in der Falle saßen. Auch wollte er es nicht auf ein offenes Duell der Baronin mit ihren Enkeln ankommen lassen. An vielen Tagen hatte er geglaubt, dass er die alte Frau hasste – für seine Gefangenschaft, für ihre Strenge und Arroganz –, aber nun fühlte er sich für sie verantwortlich, und das erstaunte ihn.

»Was ist mit Ihrem Seelenbuch?«, fragte er.

Sie trug es nicht ständig bei sich, da sie das Haus ohnehin kaum verließ. Meist lag es auf ihrem Nachttisch: ein unscheinbares Bändchen mit Gedichten eines vergessenen Poeten. Zwar behauptete sie, sie sei nach wie vor in der Lage, das Seitenherz zu spalten, aber James war sicher, dass sie die geheimen Worte im Inneren nicht mehr entziffern konnte.

Ihr Blick war wie ein Schleier vor ihren Gedanken. »Ich werde wohl darauf verzichten müssen.«

»Ich kann es holen.«

»Das wird nicht nötig sein.«

»Wirklich, ich kann –«

Sie unterbrach ihn mit einem Seufzen. »Das Buch dort oben war niemals mein Seelenbuch – das sollte nur meine missratene Verwandtschaft glauben. Hätte ich es sonst so offen herumliegen lassen?«

Sie standen in der offenen Geheimtür, vor ihnen führte eine Treppe in moderige Finsternis. Während die eine Gesichtshälfte der Baronin im Schatten lag und die andere im Licht, verzogen sich ihre blutleeren Lippen zu einem Lächeln. Ihr Sohn wurde womöglich gerade von seinen eigenen Kindern ermordet, aber Constanze Himmel *lächelte*. James dachte an eine Sphinx, in deren Adern Geheimnisse zirkulierten anstelle von Blut.

»Dann war auch das eine Lüge? Nicht nur Ihre Schwäche, sondern auch –«

»Ich bin nicht blind, James. Meine Augen mögen nicht mehr die besten sein, aber ich bin durchaus in der Lage, jedes Buch zu lesen.«

Drei Jahre lang hatte er ihr vorgelesen, Zigtausende von Seiten. »Das war alles nur ein Trick?«

Ihre Lippen wurden schmal wie Messerklingen. »Wir werden das hier überleben, mein Junge. Dort unten erwartet mich mein wahres Seelenbuch. Und dann werden wir sehen, ob Veit und Rachelle so clever sind, wie sie glauben.«

Diesmal war sie es, die seine Hand ergriff, und zum ersten Mal seit langem bekam er wieder eine Gänsehaut, als ihre Knochenfinger ihn berührten. »Lass uns gehen.«

Sie betätigte einen antiquierten Drehschalter an der Wand, und mit einem Knistern leuchtete eine einzelne Glühbirne auf. Ihr Licht reichte nur wenige Stufen weit bis zu einer Biegung.

James drückte die Täfelung hinter ihnen zu. Auf der anderen Seite versank die Halle der Enzyklopädien wieder in Schweigen.

»Hab keine Angst«, sagte die alte Frau und führte ihn die Treppe hinunter.

Nicht vor dem Keller, dachte er. Auch nicht vor der Dunkelheit.

34

Am anderen Ende des Hauses, am äußeren Rand des Südflügels, erreichte der Baron die verschlossene Tür der Bibliothek. Rachelle sah vom Ende des Korridors aus, wie er mit den Fäusten gegen das weißlackierte Holz hämmerte.

»Pandora!«, rief er den Namen seiner Jüngsten. Rachelles kleine Schwester war erst elf Jahre alt und hatte sich wie so oft in die Bibliothek zurückgezogen. »Lass mich rein!«

Rachelle und Veit kamen näher. Sie rannten jetzt nicht mehr, sondern gingen gemessenen Schrittes. Noch lagen fünfzehn Meter zwischen ihnen und dem Baron.

»Du entkommst uns nicht, Vater«, sagte Veit.

»Pandora! Mach die Tür auf!«

»Du wirst niemanden mehr schikanieren, nur weil du selbst so ein Schwächling bist!«

Der Baron warf ihnen einen Blick zu. »Ihr habt den Verstand verloren! Ich werde –«

»Dein Seelenbuch ist nur noch Asche«, sagte Rachelle. Im ersten Augenblick hatte es sich großartig angefühlt, seine Macht zu brechen und das Buch zu zerstören; doch jetzt spürte sie, dass die Tat sie verfolgte. Der Geruch hatte sich in ihrer Nase festgesetzt, ihr war schlecht, und sie zitterte. Bibliomanten verbrannten keine Bücher. Sie hatte eines der größten Tabus gebrochen.

Veit hatte nur Augen für den Baron. Ein tückisches Grinsen entblößte seine Zähne.

»Pandora! Mach auf!«

»Sie liest, Vater. Sie ist beschäftigt. Und sie ist erst elf. Dein Geschrei macht ihr Angst.«

»Pandora, Liebes, mach bitte die Tür auf!« Hätte er sich einen Moment Zeit genommen, so hätte er das Schloss auch ohne Seelenbuch aufbrechen können. Aber nackte Panik verzerrte seine Züge, als er über die Schulter sah. Rachelle genoss diesen Anblick nicht so sehr wie Veit, der augenscheinlich nicht genug davon bekommen konnte. Es gefiel ihr nicht, dass er Spaß daran hatte.

»Reiß dich zusammen!«, raunte sie ihm zu.

Er schenkte ihr einen Seitenblick, den sie nicht deuten konnte – oder nicht deuten wollte? –, und wandte seine Aufmerksamkeit wieder ihrem Vater zu.

In diesem Augenblick schwang die Tür der Bibliothek nach innen auf.

»Gott sei Dank!« Der Baron stolperte über die Schwelle, und kurz war Pandoras Puppengesicht neben ihm im Spalt zu erkennen.

Veit schrie wütend auf.

Die Tür schlug zu, der Schlüssel wurde herumgedreht.

»Veit«, sagte Rachelle besänftigend, aber er spaltete bereits ein Seitenherz und rammte einen Druckstoß gegen den Eingang. Der hohe Flügel erbebte im Rahmen, und ein feiner Riss verästelte sich im weißen Lack.

»So ein –«

»Veit!« Rachelle blieb stehen und riss ihn am Arm herum.

Dabei fiel ihm fast sein Seelenbuch aus der Hand. »Pandora ist bei ihm. Du willst ihr nicht weh tun, oder?«

Er wirbelte herum, das Gesicht verzerrt vor Wut.

»Es ist nur eine Tür«, sagte sie ruhig. »Wir kriegen ihn. Er entkommt uns nicht.«

»Er wird springen, irgendwohin! Wir finden ihn nie, wenn er –«

»Vertrau mir, das wird er nicht.«

Die Tatsache, dass er nicht verstand, was sie meinte, machte ihn noch zorniger. »Ich bin jetzt das Oberhaupt des Hauses Himmel! Ich –«

»*Du*«, sagte sie betont, »benimmst dich wie ein unberechenbarer Irrer. Im Rat wird man so ein Verhalten nicht dulden. Und wir wollen doch in den Rat, nicht wahr?« Sie hob eine Hand und berührte seine Wange. »Wir wollen das doch *beide*.«

Seine Lider flackerten kurz, und einen Moment lang fürchtete sie, er würde sich gegen sie wenden. Einfach, weil er glaubte, es zu können. Manchmal war er ein cholerischer Narr, der ohne jede Warnung explodierte wie eine vergessene Weltkriegsbombe. Und dann wieder konnte er stundenlang schweigen, zuhören und mit einem einzigen klugen Satz alles zusammenfassen, was es zu einem Thema zu sagen gab. Das war der Veit, den sie liebte. Aber in Momenten wie diesem hier wurde sie einfach nicht schlau aus ihm, auch nicht nach neunzehn Jahren.

Etwas geschah mit seinen Augen, so als wäre da ein Schleier gewesen, der ihn die Welt als einen Ort sehen ließ, an dem man nur hassen und zerstören konnte. Dann aber war der alte Veit zurück, ihr Bruder, der für sie der wichtigste Mensch auf der

Welt war. Mit dem sie Pläne geschmiedet hatte und der dieselben Ziele hatte wie sie.

»Komm«, sagte Rachelle, nahm Veit bei der Hand und führte ihn weiter den Gang hinunter.

Hinter der Tür der Bibliothek hörte sie leise die Stimme ihres Vaters, der mit Pandora sprach: Wahrscheinlich hatte er vor, seinen kleinen Liebling mitzunehmen, wenn er sich davonmachte. Veit wollte schon nach der Klinke greifen, aber Rachelle schüttelte den Kopf und deutete nach rechts. Die Tür des Nebenzimmers stand offen.

»Was hast du vor?«, fragte er.

Sie lächelte. »Eine Überraschung.«

»Wir haben keine Zeit für so was.«

»Du musst lernen, mir zu vertrauen. Wenn wir gemeinsam im Rat sitzen und dort Dinge verändern wollen, dann musst du dich auf mich verlassen können. Und ich mich auf dich.«

Er folgte ihr ohne weitere Diskussion, obgleich sie ihm ansah, dass es ihm widerstrebte. Er würde sich daran gewöhnen müssen, dass sie manchmal weiter dachte als er. Dass sie Dinge voraussah und Vorkehrungen traf.

Sie betraten einen Raum, der einst das Arbeitszimmer ihrer Mutter gewesen war. Rachelle war die Einzige, die durchschaute, was für eine kluge Frau Emilia Himmel gewesen war. Ihr gefiel die Vorstellung, dass sie ihre Schläue und Besonnenheit geerbt hatte. Ihre Mutter hatte jahrelang die Geschäfte des Hauses Himmel geführt, hatte die Konten verwaltet und den Immobilienbesitz in aller Herren Länder überwacht, außerdem die Beteiligungen an Firmen, deren Namen der Baron nie gehört hatte. Heute kümmerten sich externe Buchhalter darum. Rachelle war sicher, dass Emilia ein kleines Vermögen für sich abgezweigt hatte, bevor ihr Mann sie verstoßen hatte, und sie gönnte es ihr. Dass sie sich danach kaum noch bei ihren Kindern gemeldet und den Kontakt schließlich ganz abgebrochen hatte, führte Rachelle auf den stillen Einfluss ihrer Großmutter zurück. Sie war sicher, dass die alte Frau Emilia vor die Wahl gestellt hatte: die Reichtümer, die sie beiseitegeschafft hatte, oder ihre Kinder. Diese Vorstellung gefiel Rachelle besser als die Alternative: Dass Emilia schlichtweg kein Interesse an ihrem schwierigen Sohn und den wunderlichen Töchtern gehabt hatte.

Das Zimmer wurde von einem wuchtigen Schreibtisch und mehreren Aktenschränken beherrscht. Außer Rachelle kam niemand hierher. Die linke Wand, die an die Bibliothek grenzte, hing voller Gemälde, die ihre Mutter im ganzen Haus eingesammelt hatte. Keiner sonst interessierte sich dafür, aber Rachelle hatte schon als Kind stundenlang vor diesen Bildern gestanden und sich in romantische Landschaften mit grünen Hügeln, fernen Kirchtürmen und idyllischem Dorfleben geträumt. Winzige Gestalten liefen Schlittschuh auf gefrorenen Seen, ernteten Getreide oder feierten Feste, bei denen sie mit bunten Bändern um Pfähle tanzten.

»Was tun wir hier?«, fragte Veit.

Rachelle ließ seine Hand los und trat vor ein Bild in der Mitte der Wand, ein Ölgemälde in goldenem Rahmen, kaum größer als ein Buch. Es zeigte einen Karren, der von mehreren Eseln über einen schmalen Pfad oberhalb einer Felskante gezogen wurde.

Sie hob das Bild von der Wand und enthüllt ein Loch in der

grünen Stofftapete, genau auf Höhe ihrer Augen. Offenbar war sie ganz genau so groß wie ihre Mutter.

Veit machte einen raschen Schritt neben sie. »Seit wann weißt du davon?«

»Schon eine ganze Weile.« Es war kein Geheimnis, dass sie Bilder von hier mit auf ihr Zimmer genommen und über ihr Bett gehängt hatte, alle paar Monate ein anderes. Dabei hatte sie vor zwei Jahren das Guckloch zur Bibliothek entdeckt.

Er wollte noch etwas sagen, aber sie legte einen Finger an seine Lippen. »Psst. Nicht jetzt.«

Mit einem Lächeln wandte sie sich der Öffnung zu, presste das rechte Auge dagegen und blickte hindurch.

Vor hohen Bücherregalen, dichtbepackt bis zur Decke, kniete ihr Vater vor Pandora. Rachelles kleine Schwester sah aus, als wäre sie aus der Illustration eines alten Märchenbuchs in die Wirklichkeit getreten, halb Sterntaler, halb Schneeweißchen. Pandora hatte lange goldene Locken, die sich um ihr herzförmiges Gesicht kräuselten. Alles an ihr schien perfekt, von der feinen Stupsnase über die hellblauen Augen bis hin zur anmutigen Haltung. Sie wirkte stets ein wenig abwesend und über den Dingen stehend, als hätte ihre Mutter kurz vor ihrem Verschwinden noch einen mahnenden Geist ihrer selbst geboren, der fortan in den Zimmern und Fluren des Hauses Himmel umherstreifte. Obwohl sie keine angeborenen bibliomantischen Kräfte besaß, verbrachte Pandora die meiste Zeit in der Bibliothek. »Aus der Art geschlagen«, nannte ihre Großmutter sie manchmal in einem Ton, der eher an »Missgeburt« denken ließ. Doch der Baron vergötterte die Kleine. Tatsächlich war es schwer, diesem makellosen Geschöpf nicht Hals über Kopf zu verfallen. Rachelle hatte sie von klein auf ins Herz geschlossen und liebte sie bedingungslos. Veit hingegen wusste nichts mit Pandora anzufangen und behandelte sie mit derselben Arroganz, die er jedem entgegenbrachte, der kein Bibliomant war.

Pandora stand vor dem großen Lesesessel, der das Zentrum der Bibliothek dominierte, ein monströses Ungetüm, dessen geschwungene Kopfstützen an ein gewaltiges Hörnerpaar erinnerten. Um sie herum waren Buchseiten am Boden verstreut, fein säuberlich aus der Bindung eines Schnabelbuchs getrennt, das wimmernd auf dem Sessel lag.

»Sie hat es wieder getan«, murmelte Rachelle.

Veit berührte sie an der Schulter. »Lass mich mal sehen.«

Sie trat beiseite und ließ ihn ans Guckloch.

»Sie kann es einfach nicht lassen«, flüsterte er. »Dieses kleine Miststück.«

Der Baron schenkte Pandora die Schnabelbücher zu allen Gelegenheiten, weil es ein Lächeln auf ihre wunderschönen Züge zauberte, wenn sie ihnen genüsslich die Seiten herausriss.

»Was tut er?«, fragte Rachelle, obwohl sie es ahnte.

»Er redet zu leise. Ich versteh ihn nicht.« Veit presste das Gesicht noch fester gegen die Wand. »Er hat Schmerzen. Die Wunde an seiner Schulter macht ihm zu schaffen.«

Rachelle erwartete kein Lob dafür. Es genügte, dass *sie* wusste, wer ihm diese Verletzung zugefügt hatte. Dabei musste auch Veit längst erkannt haben, wie sehr er auf ihre Hilfe angewiesen war.

»Jetzt gibt sie ihm etwas zu trinken«, stellte er verwundert fest.

Rachelle lächelte in sich hinein. »Wie man das eben macht,

wenn jemand geschwächt vor einem am Boden hockt, nicht wahr?«

Ganz kurz löste Veit das Auge von der Öffnung und sah Rachelle an. »Du hast gewusst, dass das passieren würde!«

Ihr Lächeln wurde breiter. »Nur so eine Ahnung.«

Sein Mund stand einen Spaltbreit offen, als er das ganze Ausmaß ihrer Weitsicht begriff. Dann blickte er wieder durch das Loch in die Bibliothek.

»Und?«, erkundigte sie sich nach einem Moment.

»Er hat das Wasser getrunken. Jetzt will er aufstehen, rüber zum Fenster, glaube ich. Aber er kommt nicht auf die Beine.«

Rachelle lehnte sich mit dem Rücken gegen die Gemäldewand. »Er ist wohl unpässlich.«

»Er … jetzt bricht er zusammen! Ich glaube, er hat das Bewusstsein verloren!«

Sie schloss die Augen und stellte sich die Szene vor. Es war nicht das erste Mal, dass sie sich dieses Ereignis ausmalte. »Könnte auch etwas Schlimmeres sein, oder? Etwas Endgültiges.«

Fast eine Minute lang herrschte Stille. Dann hörten sie, wie nebenan die Tür aufgeschlossen wurde. Kinderschritte näherten sich auf dem Korridor.

Als Rachelle die Augen wieder aufschlug, blickte Veit ihr direkt ins Gesicht.

»Du hast das alles geplant? Mit *ihr*?«

Pandora erschien in der Tür und zwirbelte eine Locke ihres Engelshaars.

»Erledigt«, sagte sie.

35

Inmitten der Fundamente des Schlosses, tief unter der Halle der Enzyklopädien, standen James und die alte Frau vor einem Buch, wie es vielleicht kein zweites auf der Welt gab.

Im ersten Moment dachte er an eine mittelalterliche Bibel auf einem Altar, aber dann sagte die Baronin: »Es ist ein Wörterbuch. Das einzige seiner Art.«

Es ruhte auf einem steinernen Pult oberhalb zweier Stufen, und James war nun sicher, dass es sich bei der unterirdischen Kammer tatsächlich um eine ehemalige Kapelle handelte. Es gab keine Bänke mehr, keine Insignien, doch an der Stirnseite, gleich hinter dem monströsen Buch, klaffte eine runde Nische in der Wand, die vermutlich einst eine Heiligenfigur beherbergt hatte. Oder etwas, das älter war als alle Heiligen.

»Adamitisch-Latein«, erklärte die Baronin. »Kaum jemand weiß, dass so ein Wörterbuch überhaupt je existiert hat, geschweige denn noch immer existiert.«

James, der bis eben an nichts anderes als an ihre Flucht aus dem Haus gedacht hatte, konnte den Blick nicht mehr von dem Folianten abwenden. Adamitisch war die erste Sprache der Menschheit gewesen, die Sprache Gottes, behaupteten manche. Bis zum Turmbau zu Babel war sie von allen Stämmen der Erde gesprochen worden, ehe Jahwe, erzürnt über den Frevel der Babylonier, die Menschen mit wildem Sprachenchaos bestraft hatte. Das Adamitische war daraufhin in Vergessenheit geraten, seine Macht zur Legende geworden.

»Das ist Ihr Seelenbuch?« Instinktiv flüsterte er, nicht aus Furcht vor ihren Verfolgern, sondern weil diese Felsenkammer bereits ein Ort stiller Andacht gewesen sein mochte, als noch kein Schloss auf dem Berg gestanden hatte. Dies war mehr als nur ein Versteck für das Buch – es war sein Tempel.

Die Baronin nickte. »Wir können uns nicht aussuchen, welches Buch uns unser Leben lang begleitet.« Eine Spur von Bedauern lag in ihrer Stimme, als sie hinzufügte: »Oder welches Buch *wir* begleiten.«

Ein Blick auf den Folianten genügte, um zu verstehen, warum sie das Schloss so selten verließ: Selbst zugeschlagen, wie es jetzt dalag, war ihr Seelenbuch fast einen Meter hoch und siebzig Zentimeter breit. Der Deckel war aus gegerbtem, knochenfarbenem Leder, übersät mit Kerben und Schnitten, als wäre im Laufe der Jahrhunderte mehr als einmal versucht worden, es zu zerstören. Es war der Weiße Wal unter den Büchern, gezeichnet von den Spuren vergangener Kämpfe.

»Nichts von alldem ist ihm zugestoßen, seit es mein Seelenbuch ist«, erklärte die Baronin, als sie James' Blick bemerkte. Langsam ging sie auf das Buch zu, den Kopf leicht gebeugt in einer Geste der Ehrfurcht. »Andere haben ihm diese Narben beigebracht, im Laufe so vieler Jahre.«

James blieb am Eingang der Kammer stehen. Die Furcht, die in ihm aufstieg, weckte Erinnerungen. Empfindungen aus seinem Leben im Buch, bevor ihn die Bibliomantik aus seiner Geschichte gerissen und in eine neue geschleudert hatte.

Die Baronin legte eine hagere Hand auf den Buchdeckel

und stieß ein leises Seufzen aus. Licht legte sich um ihre Finger und zeichnete ihre Umrisse nach. Die Luft in der alten Felsenkapelle wurde von einem feinen Knistern erfüllt, als Energien freigesetzt wurden, die James' Nackenhaare aufrichteten und seinen Magen zusammenpressten. Er schnappte nach Luft.

Die Baronin legte ihre linke Hand neben die rechte. James war nicht sicher, ob sie etwas mit dem Buch tat oder das Buch etwas mit ihr. Was er über Bibliomanten und ihre Seelenbücher wusste, hatte er von ihr gelernt, doch erst jetzt wurde ihm klar, wie verflochten ihre beiden Schicksale in Wirklichkeit waren. Es schien, als würden die Baronin und ihr Buch zu einem einzigen Wesen, umtanzt von winzigen Lichtern, die ein Netz aus hauchfeiner Helligkeit webten.

Im Hintergrund erwachte die Oberfläche der Felswand zum Leben, und James erkannte seinen zweiten Fehler. Was er für eine Nische gehalten hatte, war ein *Nabel*: Ein Überbleibsel dessen, was diese Wand einmal gewesen war, bevor sie zu unscheinbarem Stein erstarrt war. Die Vertiefung weitete sich und der Fels rundum rotierte, bis die gesamte Wand zu einem Strudel wurde, der sich knirschend um sich selbst drehte.

»Was … ist das?«

Die Baronin, eingesponnen in ihren Kokon aus Licht, hatte ihm noch immer den Rücken zugewandt. »Komm näher!«

Sie verlangte zu viel von ihm, ohne dass er hätte sagen können, was genau ihm solche Angst machte, und es war dieser Moment, in dem er in Gedanken seinen Eid brach. Er hatte genug getan, genug gesehen, genug gespürt. Die Kräfte, die in dieser Kammer tobten, gingen über das hinaus, was er ertragen konnte. Er konnte die alte Frau nicht mehr beschützen. Er wollte es nicht mehr.

»Ich brauche deine Hilfe!«, rief sie ihm zu.

Nein!, durchfuhr es ihn. Niemals! Aber er hörte sich sagen: »Was soll ich tun?« Und zugleich bewegten sich seine Füße ohne sein Zutun auf die Baronin zu.

»Du wirst es tragen«, sagte die alte Frau. »Ich bin nicht stark genug, um es mitzunehmen.« Konnte sie sehen, wie seine Züge versteinerten? »Fürchte dich nicht davor. Es ist nur ein Buch – und seine Macht verblasst gegen die des *Codex Custodis*.«

»Des –«

»Später. Dann werde ich dir alles erklären.«

»Wohin gehen wir?«

Er konnte sie jetzt in all dem Licht nicht mehr sehen, ebenso wenig wie ihr schreckliches Seelenbuch. Beide waren gänzlich von Glut umhüllt, Bahnen so fein wie die Schweife von Sternschnuppen, ein willkürliches Durcheinander, als hätte ein Kind mit ungelenken Fingern auf eine Fotografie gekritzelt.

Mit einem Mal riss die Helligkeit entzwei, so als wollte etwas daraus hervorschlüpfen. Im Hintergrund der Kammer weitete sich der Strudel zu einem mannsgroßen Trichter, in dessen Zentrum weißes Licht glühte.

Die Baronin drehte sich zu James um und reichte ihm eine Hand. »Komm zu mir, mein Junge.«

Etwas in ihm wehrte sich, doch sie ließ ihm keine Wahl. Willenlos ergriff er ihre Hand, stieg die beiden Stufen hinauf und trat vor das Buch, wo sie ihm bereitwillig Platz machte.

»Nimm es«, sagte sie.

Das vernarbte Ding war schwer wie Blei, aber es gelang ihm,

es emporzuwuchten. Es pochte lebendig an seiner Brust, während er es an sich drückte.

»Jetzt folge mir.«

Die Baronin schritt um das steinerne Pult herum und ging auf die Öffnung zu, deren Ränder noch immer mahlend kreisten. James folgte ihr, das Buch wie einen Schutzschild vor seinem Körper.

»Werden sie uns verfolgen?«, fragte er.

»Veit und Rachelle?« Sie lachte, als sie den Kopf schüttelte. »Die werden vorerst andere Sorgen haben.«

Bevor er die Schwelle überschreiten konnte, blieb er noch einmal stehen. »Das ist kein gewöhnliches Portal in die Refugien, nicht wahr?«

»Nein. Fürs Erste bleiben wir noch in dieser Welt, falls dich das beruhigt. Für kurze Zeit.«

Es war nicht länger sein eigener Wille, der ihn an sie band, wurde ihm nun endlich klar. Aber diese Erkenntnis änderte nichts an dem, was er tun musste.

»Komm«, sagte sie noch einmal.

Mit ihrem Seelenbuch in den Armen folgte James ihr ins Licht.

36

London schien vor Betriebsamkeit zu bersten, als Furia und Cat durch den Bahnhof Paddington eilten. Zum ersten Mal seit einer Ewigkeit waren sie wieder unter gewöhnlichen Menschen.

Als sie eine Bahnhofsbuchhandlung passierten, wurde Furias Blick von den Büchern im Fenster angezogen. Die meisten Umschläge waren farbig und schrill, so gänzlich anders als die ledergebundenen Schätze in den Bibliotheken, die sie kannte.

»Was ist los?«, fragte Cat, als sie Furias Blick auf die Auslagen bemerkte.

»Als Bibliomantin müsste ich eigentlich alle Bücher mögen, oder?«

Cat zuckte die Achseln. »Keine Ahnung. Müsstest du?«

»Nicht das, was drinsteht. Aber die Tatsache, dass es hier so viele Bücher gibt. Sogar an einem Ort, wo die meisten Leute einfach dran vorbeilaufen, ohne hinzusehen.«

»Bücher wird es immer geben. Und Leute, die sie lesen.« Cat sagte das so leichthin, obwohl sie miterlebt hatte, dass es um ein Haar zur Entschreibung aller Bücher gekommen wäre. Furia beneidete sie um ihre Fähigkeit, die Dinge einfach abzuhaken und sich dem nächsten Problem zu stellen. Sie selbst hingegen grübelte viel zu viel über die Vergangenheit nach, in letzter Zeit auch wieder öfter über das, was Siebenstern zu ihr gesagt hatte: *Irgendwann wird jemand wieder ein letztes Leeres Buch schreiben wollen. Gut möglich, dass du das sein wirst.*

Furia wünschte sich, sie besäße mehr vom stoischen Durchhaltewillen ihrer besten Freundin. Sie konnte Cat ansehen, dass sie nicht glücklich war. Ihre Beziehung zu Finnian war alles andere als harmonisch; sie waren zwei Sturköpfe, die sich wieder und wieder zusammenrauften. Auf Dauer musste das ungeheuer anstrengend sein. Wenn dann noch jemand wie Summerbelle zwischen die Fronten geriet, drohte es sehr schnell gefährlich zu werden. Und nicht auf die romantische Weise.

»Hast du schon mal so oft an jemanden denken müssen, dass es dir vorkam, als müsste derjenige spüren, dass du an ihn denkst?«, fragte Cat. »Und dass er deshalb auch an dich denkt?«

Furia zögerte kurz, dann nickte sie. So war es ihr ergangen, als sie und Severin sich täglich geschrieben hatten. Sie war darüber hinweg, irgendwie, jedenfalls redete sie sich das ein. Und während der eine Teil von ihr sich wünschte, nie wieder jemandem so nahezukommen, sehnte sich der andere genau danach.

Aber es war wohl nicht nur Finnian, der Cat beschäftigte. Bei ihm wogen die guten Gedanken am Ende die schlechten immer auf. Anders sah die Sache bei ihren Eltern aus. Allein die Aussicht, ihnen nach all der Zeit wieder gegenüberzustehen, schien Cat schrumpfen zu lassen. In ihrer ohnehin zu großen Lederjacke sah sie jetzt noch schmaler aus. Nicht einmal die Rückkehr in Marduks Festung hatte sie so sehr belastet wie die in ihr Elternhaus.

Vom Bahnhof aus nahmen sie ein Taxi nach Mayfair, einem von Londons Nobelvierteln. Vor einer hellen Fassade mit hohen Fenstern, schmiedeeisernem Zaun und einem Vordach auf weißen Säulen ließ der Fahrer sie aussteigen. Cat blickte dem Wagen nach, dann betrachtete sie wortlos die schwarzlackierte Tür oberhalb der Stufen.

»Noch können wir wieder fahren«, sagte Furia, obwohl sie es besser wusste. Cat hatte ihr während der Stunden im Zug nur das Allernötigste über ihre Eltern erzählt. Es hatte ausgereicht, um Furia von der Dringlichkeit dieses Besuchs zu überzeugen. Jonathan und Elvira Marsh waren womöglich die einzige Chance, die sie hatten, um mehr über Arbogasts Pläne mit Isis herauszufinden.

Cat blickte den Bürgersteig hinunter, wo ein Haus aussah wie das andere: makellos weiß wie Zähne in einem herablassenden Lächeln, das jeden Bittsteller in die Flucht schlagen sollte.

Furia trug eine schwarze Lederjacke, enger als die von Cat, darunter einen kurzen grauen Rock, weinrote Strumpfhosen und schwarze Boots. Sie hatte versucht, sich schick zu machen für die Welt außerhalb des Tals und irgendwie nach London auszusehen – eigentlich nach Cat, denn sie war die einzige Londonerin ihres Alters, die sie kannte. Jetzt allerdings fürchtete sie, dass sie beide in dieser Umgebung deplatziert wirkten. Wie zwei Groupies, die sich von einem Rockkonzert auf einen Bingo-Abend verirrt hatten.

»Wir ziehen das durch«, sagte Cat.

»Aber hallo.«

Zum ersten Mal seit Stunden lächelte Cat. »Ich bin so froh, dass du bei mir bist.«

»Ist doch klar.«

»Nein, ist es nicht.«

Furia umarmte sie und spürte, dass ein Zittern durch Cats Oberkörper ging. Kaum vorstellbar, dass dies dasselbe Mädchen war, das bei ihrer erster Begegnung kaltblütig einen Milizionär vom Dach gestoßen hatte. Cat hatte sich verändert – sie alle hatten das –, aber das hier war keine Folge dieser Wandlung. Sie war jetzt nicht die neue Cat, gewaschen und salonfähig, sondern vielmehr eine sehr viel jüngere Version ihrer selbst: fast wieder das Kind, das seinen Eltern einst den Rücken gekehrt hatte, weil es sich ungeliebt gefühlt hatte.

Furia löste sich von ihr und blickte ihr fest in die Augen. »Was immer da hinter der Tür ist, es ist nicht die Vergangenheit. Du bist nicht mehr dieselbe wie damals. Und wahrscheinlich sind deine Eltern das auch nicht.«

Cat nickte, konnte aber ihre Zweifel nicht überspielen. Es bestand durchaus die Möglichkeit, dass die letzten Jahre die Dinge hier im Haus nicht besser, sondern schlimmer gemacht hatten. Ihr Vater, Jonathan Marsh, war schon damals ein hoher Beamter der Adamitischen Akademie gewesen. Das Letzte, was Cat gehört hatte, war, dass seine Ernennung zum Ambassador kurz bevorgestanden hatte. Demnach hätte er heute eines der höchsten Ämter inne, die die Akademie zu vergeben hatte: als geheimer Botschafter der Bibliomanten in der britischen Hauptstadt.

Fraglich war, ob er wusste, dass seine Tochter zum Widerstand übergelaufen war. Bislang tauchte sie auf keiner der öffentlichen Fahndungslisten auf. Doch das musste nichts bedeuten: Marsh mochte schon aus eigenem Interesse dafür gesorgt haben, dass Cats Name aus den Akten verschwand.

Langsam stiegen sie die drei Stufen hinauf. Zur Sicherheit hatte Furia ein Sprungbuch dabei, das sie zurück in die Residenz bringen würde. Es steckte in einer Seitentasche ihrer Jacke.

Cat drückte auf den Messingklingelknopf. Ein Gongschlag ertönte und ließ das Innere des Hauses sehr tief und einschüchternd erscheinen. Furia berührte Cats Hand und schenkte ihr ein aufmunterndes Lächeln. Auf der anderen Straßenseite bellte ein Hund.

Die Tür wurde geöffnet. Furia hatte in einer Gegend wie dieser mit einem Butler gerechnet, steif und hager wie in einem angestaubten Gesellschaftsroman. Stattdessen stand da eine kleine Frau mit schwarzem Haar, Cat wie aus dem Gesicht geschnitten, nur ein wenig fülliger und mit zwei tiefen Falten rechts und links der Mundwinkel.

»Hi, Mum«, sagte Cat.

Die Frau öffnete die Lippen. Und schwieg.

»Das hier ist meine Freundin Furia.«

Cats Mutter sah aus, als müsste sie sich dringend hinsetzen. Furia wäre am liebsten an ihr vorbeigehuscht, um von hinten einen Stuhl heranzuschieben.

»Catalina«, flüsterte sie. »Guten Tag.«

Sie weiß Bescheid, durchzuckte es Furia. Sie weiß, dass Cat gesucht wird. Und was wir getan haben.

Die Frau atmete tief durch, dann zog sie die Tür vollständig auf. »Kommt doch rein.«

»Guten Tag, Mrs. Marsh«, sagte Furia. Sie nahm ihre Freundin bei der Hand und zog sie ins Haus. Jenseits der Schwelle machte sich Cat los und bewegte sich wieder aus eigenem Antrieb – allerdings nur einen Schritt weit, dann blieb sie vor ihrer Mutter stehen.

Vernünftige Leute hätten sich nun wohl umarmt, und wenn auch nur aus Höflichkeit. Cat hingegen sah aus, als wollte sie ihre Mutter anschreien.

»Cat …«, raunte Furia ihr zu.

Die beiden standen einander so nah gegenüber, dass kaum eine Faust zwischen ihre Gesichter passte. Keine sagte ein Wort. Furia wollte nicht hier sein.

Da löste sich Cats Mutter aus ihrer Starre und machte einen Schritt um sie herum, schloss die Tür und fragte: »Möchtet ihr vielleicht eine Tasse Tee?«

»Das wäre ganz zauberhaft«, sagte Furia und klang wie Summerbelle.

»Es ist schön, dich zu sehen, Mum«, sagte Cat. Furia hatte keine Ahnung, ob sie das ernst meinte.

Ihrer Mutter schien es ganz ähnlich zu gehen. »Ja … ich freue mich auch, dass du da bist. Wirklich.« Und nach kurzer Pause fügte sie hinzu. »Sehr sogar.«

Damit eilte sie voraus, eine Spur zu schnell, als liefe sie vor den beiden unverhofften Besucherinnen davon. Furia und Cat folgten ihr durch die weiße Diele in ein ebenso weißes Wohnzimmer, hoch und luftig, mit deckenhohen Glastüren, hinter denen ein Garten mit manikürtem Rasen lag.

»Setzt euch doch.« Elvira Marsh deutete auf eine weiße Ledercouch. Darüber hing das Gemälde einer Schneelandschaft, halb so groß wie ein Garagentor. Auf dem Tisch stand eine dunkelrote Rose in einer Vase, daneben lag eine halbleere Packung *Smoke & Mirrors*.

Als Furia wieder Cats Mutter ansah, bemerkte sie, dass die sie eingehend musterte. Sie musste schon an der Haustür gespürt haben, dass Furia eine Bibliomantin war – anders als ihre Tochter –, so wie auch Furia die bibliomantische Macht der Frau wahrnahm.

»Ich mache Tee«, sagte sie, ehe Furia ihre Kräfte genauer erkunden konnte. »Mögt ihr Kekse?«

»Ist Dad da?«, fragte Cat.

»Er arbeitet. Wie immer.« Ihre Mutter blickte auf eine schmale Armbanduhr. »Aber er dürfte in einer halben Stunde nach Hause kommen, falls er nicht im Verkehr feststeckt.«

»Ist er Ambassador geworden?«

Mrs. Marsh zögerte einen Augenblick mit der Antwort. »Du hast davon gehört?«

»Ist ja kein Staatsgeheimnis, oder?«

»Nein, wohl kaum.«

»Ich hab in Libropolis was darüber in der Zeitung gelesen. Er hat sehr seriös ausgesehen auf dem Foto. Wie ein echter Politiker.«

»Er hat hart dafür gearbeitet. Und auf vieles verzichten müssen.«

Zum Beispiel auf seine unbegabte Tochter, dachte Furia. Es musste ihm gut in den Kram gepasst haben, dass sein Nachwuchs in Libropolis verschollen war und nicht mit ihm ins

Rampenlicht stolperte. Ein Ambassador der Adamitischen Akademie, der ein Kind ohne bibliomantisches Talent in die Welt gesetzt hatte, war schwer vorstellbar. Furia wäre jede Wette eingegangen, dass öffentlich nie von einer Tochter die Rede war.

»Jetzt aber Tee«, sagte Mrs. Marsh und verschwand auf dem Flur.

Furia und Cat setzten sich nicht. Die Anspannung, die hier in der Luft hing, ging über bibliomantische Schwingungen hinaus.

»Weiß sie es?«

Cat verzog den Mund. »Bin nicht sicher.«

Links von ihnen befand sich eine offene Flügeltür zur Bibliothek, aber auch hier im Wohnzimmer gab es Bücherregale, eines ordentlicher als das andere. Wahrscheinlich waren die Bände nach dem Alphabet sortiert. Furia waren solche Sammlungen nicht geheuer, weil sie selbst in einem wildwuchernden Bücherchaos aufgewachsen war, das für sie gleichbedeutend war mit Herz und Seele der Bibliomantik. Ihr Vater hatte seine Bände nach einem eigenwilligen System aus Bauchgefühl und Besessenheit sortiert, und die Bücherwände und schwankenden Stapel der Residenz unterschieden sich sehr von den peniblen Reihen in diesen Regalen. Sie verstand, warum Cat von hier geflohen war – ihr selbst wurde schon nach wenigen Minuten ganz schwindelig von so viel Korrektheit. Hier gab es keine hüpfenden Origamis, die den Staub von den Regalen futterten, auch keine sprechenden Leselampen und mürrischen Sessel. Während die Residenz eindeutig Teil des bibliomantischen Kosmos war, auch wenn sie außerhalb der Refugien lag, so war dieses Haus durch und durch Bestandteil der gewöhnlichen Welt – ganz gleich, wie groß die Buchmagie seiner Besitzer sein mochte.

In der Küche klapperte Mrs. Marsh mit Geschirr.

»Sieh dir das an.« Cat stand vor einem antiken Sekretär, über dem gerahmte Fotos hingen. Kein einziges von ihr, dafür viele Aufnahmen ihres Vaters bei offiziellen Anlässen.

»Wer sind die anderen?«

»Mitglieder der Drei Häuser. Der hier ist Gregor von Lohenmut.« Cat zeigte auf einen grauhaarigen, düster dreinschauenden Mann in den Sechzigern, der Cats Vater auf dem Foto ein schweres Buch überreichte. Der Band selbst war darunter auf dem Sekretär drapiert wie eine Trophäe. *Chronik des Hauses Lohenmut* stand in goldenen Lettern auf einem Umschlag aus tiefrotem Samt.

Daneben lagen noch mehr Geschenke, die Jonathan Marsh für seine Arbeit im Dienste der Akademie erhalten hatte; die Übergaben waren auf weiteren Fotos dokumentiert. Kostbare Bücher, rätselhafte Lesezeichen, eine goldene Schreibfeder. Gleich vorne auf der Schräge des Sekretärs war ein unscheinbarer Band neben einer Mitteilung auf teurem Briefpapier mit geprägtem Wappen ausgestellt:

Wir wissen ihre Verdienste zu schätzen und bedanken uns mit einer Aufmerksamkeit, die Ihnen hoffentlich Freude bereitet. – Friedrich Baron Himmel. Haus Himmel. Mitglied des Rats der Drei Häuser.

Daran lehnte noch der geöffnete Postumschlag mit Express-Aufkleber. Das Präsent war wohl heute erst eingetroffen.

»Dein Vater ist ein Aufschneider«, bemerkte Furia.

»Verstehst du jetzt, warum Finnian nichts davon wissen darf?«

»Das hier hat doch nichts mit dir zu tun.«

»Mein Vater ist ein Ambassador!«

»Aber du bist keiner! Du hasst die Akademie genauso sehr wie Finnian!«

»Kaum jemand hasst sie so sehr wie er.« Cat wich Furias fragendem Blick aus. Finnian hatte niemals offen über seine Vergangenheit gesprochen, über die Zeit vor seiner Lehre im Gewächshaus der Lesebändchen. Doch Cat musste mittlerweile mehr wissen als alle anderen.

»Jedenfalls kann er dir keinen Vorwurf machen, nur weil deine Eltern … das hier sind.« Furia machte eine Bewegung, die all die Fotos und den wertvollen Krempel einschloss. Cats Mutter war nur auf einem einzigen Bild zu sehen, ganz am Rand, halb abgeschnitten.

»Es geht doch nicht um Vorwürfe«, sagte Cat. »Damit komme ich klar. Aber Finnian würde mir nicht mehr vertrauen. Nicht so wie vorher.«

»Das ist Blödsinn! Er weiß genau, dass du –«

»Und er hätte recht«, fiel Cat ihr mit gepresster Stimme ins Wort, damit ihre Mutter sie in der Küche nicht hören konnte. Das Geschirrgeklapper brach ab. »Das hier ist mein Vater. Ganz gleich, was er *sonst noch* ist – ich könnte nie zulassen, dass ihm etwas zustößt. Ihm oder meiner Mutter.«

Furia hatte Cats Dilemma schon während der Zugfahrt begriffen, als sie einige dieser Dinge zum ersten Mal gehört hatte. Aber erst jetzt, in diesem Haus, vor diesen Bildern und Artefakten einer makellosen Akademiekarriere, konnte sie Cats

Gefühle nachempfinden. Jetzt waren da Gesichter, Gerüche, die Stimme ihrer Mutter. Das hier war einmal Cats Zuhause gewesen, ganz gleich, was seither geschehen war.

»Ich gehöre zum Widerstand«, sagte Cat ganz leise, »und trotzdem wäre ich nicht in der Lage, etwas gegen einen der wichtigsten Männer der Akademie zu unternehmen. Ich bin die schlechteste Terroristin der Welt.«

»Du bist keine Terroristin, sondern eine Rebellin.«

»Glaubst du, meine Mutter würde das genauso sehen? Oder mein Vater? *Irgendwer* außerhalb der Ghettos?«

Furia wollte etwas erwidern, aber in diesem Moment setzte Cats Mutter ein Tablett auf dem Tisch vor dem Sofa ab. Beide hatten nicht gehört, dass sie den Raum betreten hatte. Furia spürte ein Aufwallen von Bibliomantik im Zimmer und fragte sich, ob Mrs. Marsh gerade ihre Kräfte eingesetzt hatte. Ihr Seelenbuch war nirgends zu sehen.

»Ihr solltet nicht zu lange bleiben.«

Furia und Cat wechselten einen schnellen Blick, doch ehe eine von ihnen etwas entgegnen konnte, fügte Mrs. Marsh hinzu: »Vielleicht ist es keine gute Idee, wenn du deinem Vater begegnest, Catalina. Er hat das Talent, Lügen zu durchschauen, weil er selbst ein so begabter Lügner ist.« Sie goss in aller Seelenruhe kochendes Wasser auf die Teebeutel in den weißen Tassen. »Er ist Politiker. Und seit langer Zeit mein Ehemann. Er hat eine Menge Gründe zum Lügen.«

Ein Schatten von Mitgefühl huschte über Cats Gesicht, als sie auf ihre Mutter zuging. »Oh, Mum, das klingt ganz –«

Ein Knistern durchzuckte die Atmosphäre im Zimmer. Furia begriff einen Augenblick zu spät, dass sie sich geirrt hatte.

Die hohe Intensität an Bibliomantik war nicht von Cats Mutter ausgegangen.

Das schmale Buch auf dem Sekretär, gleich neben dem Brief des Hauses Himmel, glühte auf und löste sich in Luft auf. Zwei Gestalten erschienen unmittelbar vor der Bilderwand. Einen Moment lang schien es, als hätte jemand Umrisse in eine Fotografie des Zimmers gestanzt, zwei menschliche Scherenschnitte, erst dunkel und leer, die sich innerhalb eines Atemzugs mit Leben füllten.

Ein Mann und eine Frau, beide hellblond, beide groß und schlank. Oder nein, keine Erwachsenen, zumindest noch nicht lange. Sie waren nur wenige Jahre älter als Furia.

Cats Mutter stieß einen überraschten Aufschrei aus und warf die Porzellankanne um. Splitter und dampfendes Wasser spritzten über das Parkett.

»Cat!«, rief Furia, sprang vor und riss ihre Freundin zurück, fort von den Neuankömmlingen, die sich gerade in fließenden Bewegungen aus der Hocke erhoben. Die beiden mussten eine Menge Sprünge hinter sich gebracht haben, um so elegant zu landen. Bisher kannte Furia das nur von Isis und Summerbelle.

Der junge Mann blickte sich um, registrierte innerhalb eines Sekundenbruchteils alle Anwesenden und möglichen Risiken. In seinen Augen flackerte überhebliche Heiterkeit, die langsam hinunter zu seinen Mundwinkeln kroch.

Cats Blick hatte den Jungen nur gestreift, bohrte sich stattdessen in die blauen Augen des Mädchens. Die beiden Besucher hatten auffällige Ähnlichkeit. Geschwister, dachte Furia. Er war der Ältere, vielleicht um ein, zwei Jahre.

Das Mädchen erwiderte lächelnd Cats erstaunten Blick. »Catalina«, sagte sie mit falscher Freundlichkeit.

»Rachelle«, erwiderte Cat.

Genau diesen Augenblick nutzte Furia, um ihr Seelenbuch aus der Jacke zu ziehen.

»Wurde auch Zeit«, krächzte der Schnabel, als das Buch in Furias Hand auseinanderklappte.

»Im Ernst?«, fragte der Junge mit einem gelangweilten Seufzen. Sein Seelenbuch war bereits aufgeschlagen.

Furia spaltete ein Seitenherz.

Nicht schnell genug.

37

Furias und Veits Druckstöße prallten aufeinander und rissen beide gleichermaßen von den Füßen. Furia wurde nach hinten geschleudert, über die Schwelle der Bibliothek hinweg. Buchgerüche, Buch*gefühle* füllten augenblicklich ihre Reserven auf.

Veit Himmel – Furia kannte ihn von Bildern – war gegen den Sekretär geprallt. Die *Chronik des Hauses Lohenmut* polterte mit dem Rest der Geschenksammlung des Ambassadors zu Boden. Ein halbes Dutzend gerahmte Fotografien fiel von der Wand. Glas splitterte, und Veit stieß einen Fluch aus.

Rachelle fuhr herum und richtete ihre Aufmerksamkeit von Cat auf Furia, die sich gerade im Nebenzimmer zwischen deckenhohen Bücherregalen aufrichtete. Um den Rahmen der offenen Flügeltür rasten winzige Flammen und verpufften, ehe sie Schaden anrichten konnten.

»Schau da«, sagte Rachelle mit kaum hörbarem deutschen Akzent. »Das Mädchen aus Castle Hay.«

Die Akademie war Furia dichter auf den Fersen, als sie geglaubt hatte. Das hieß, dass nicht nur sie in Gefahr war, sondern auch Pip. Und mit ihm auch Patience, die Kallista, Samsa und alle Exlibri in der Residenz.

Der Schnabel hatte sich in den Umschlag des Seelenbuchs zurückgezogen, aber sie hörte, dass er leise vor sich hin murmelte. Das tat er manchmal, wenn Furia eine schwere Aufgabe bevorstand.

Sie blickte über die glühenden Schriftzeichen im Seitenherz hinweg und schleuderte einen Angriff gegen Rachelle Himmel, mit dem sie bei ihren Übungen Pflastersteine gesprengt hatte.

Rachelle wich dem Stoß mit einer tänzelnden Bewegung aus, die sie näher an Cat heranbrachte. Weiter rechts richtete sich ihr Bruder auf. Seine Miene verriet, dass er sich kein zweites Mal überrumpeln lassen würde.

»Was wollt ihr?«, fragte Cat in Rachelles Richtung, obwohl sie die Antwort kennen musste.

»Rate«, sagte Rachelle.

Furia wusste nicht, wie die Geschwister auf ihre Fährte gestoßen waren, nahm aber an, dass es mit Rachelles und Cats Bekanntschaft zu tun hatte. Wahrscheinlich hatten die Himmels das Haus überwachen lassen und nur darauf gewartet, dass Cat bei ihren Eltern auftauchte.

»Ihr werdet uns begleiten«, sagte Veit.

Rachelle lächelte wieder. »Im Kleingedruckten steht, dass ihr sonst sterbt.«

»Hast du sie noch alle?«, fuhr Cat sie an. In diesem Ton mochten die beiden zuletzt vor Jahren miteinander gesprochen haben. Vielleicht in der Schule, vermutete Furia, im Internat für Kinder der Akademieprominenz.

Rachelle verzog das Gesicht und behielt zugleich Furia im Blick. »Wir waren damals keine Freundinnen, Cat. Was genau sollte mich also davon abhalten, die Interessen meiner Familie zu wahren?«

»Darum geht es dir? Um deine Familie?«

Veit grinste. »Im Augenblick um deine.« Und damit sandte er einen Stoß an Cat vorbei gegen ihre Mutter, die davon erfasst und hinaus in den Flur geschleudert wurde.

»Mum!« Cat rannte zur Tür. »Sie hat euch nichts getan!«

»Aber sie hatte es vor«, gab Veit zurück. »Deine Mummy wollte dir gerade zu Hilfe kommen, und ich habe sie vor einer großen Dummheit bewahrt. Sie möchte bestimmt nicht, dass das hier der Karriere ihres Mannes hinderlich wird.« Lauter rief er: »Nicht wahr, Mrs. Marsh?«

Cat stürmte hinaus auf den Flur. Rachelle ließ sie gehen und wandte sich Furia zu.

»Verrate uns deinen Namen«, forderte sie Furia auf. Helligkeit fiel aus ihrem aufgeschlagenen Seelenbuch auf ihre Züge. Sie hatte hohe Wangen und schmale Lippen, die in diesem Licht geisterhaft blutleer wirkten.

Furia öffnete den Mund, doch statt zu antworten rief sie die Bücher aus den Regalen herbei. Hunderte lösten sich von den Brettern, schwebten durch den Raum auf sie zu und bildeten einen kreisenden Schutzwall, einen rotierenden Panzer aus Papier. Einige öffneten sich im Flug, mehrere Seitenherzen spalteten sich inmitten des Büchertornados. Licht strahlte in alle Richtungen.

Wütend setzte Veit zu einer Attacke an.

Rachelle wollte ihn zurückhalten. »Nein! Warte!«

Er hörte nicht auf sie. Eine Hitzewoge rollte durch das Wohnzimmer herüber in die Bibliothek, und erneut entstanden winzige Flammen an den Rändern des Türrahmens. Diesmal versengten sie Teile der Tapete, sprangen aber nicht auf die fliegenden Bücher über, die sich jetzt noch schneller um Furia drehten. Sie selbst gab acht, dass die einzelnen Bände nicht aneinanderstießen, was weit mehr von ihrer Aufmerksamkeit beanspruchte, als ihr lieb war – sie kam sich vor wie ein Jongleur, der versuchte, zahllose Bälle in der Luft zu halten. Lange würde sie das nicht durchhalten.

Sie versuchte, die Kräfte all dieser Seitenherzen zu bündeln, ohne die Bücher zu beschädigen, was schon unter friedlicheren Umständen eine enorme Leistung gewesen wäre. Trotzdem ging sie das Wagnis ein und hoffte, dass die Himmels nicht skrupellos genug waren, sogar die Zerstörung von Büchern in Kauf zu nehmen.

Veit brüllte wutentbrannt auf, dann stieß er eine Flammenlanze mitten in die schwebenden Bände. Rachelle schrie ihn an, das nicht zu tun, aber es war zu spät. Feuer raste auf Furia zu und setzte mehrere Bücher in Brand. Sie las Worte der Macht aus dem Seitenherz ihres Seelenbuchs und löschte die Flammen innerhalb eines Augenblicks, verlor dabei jedoch die Kontrolle. Einige Bände stießen aneinander, und innerhalb von Sekunden verwandelte sich der kreisende Schutzwall in ein Chaos aus kollidierenden Büchern. Seitenherzen schlossen sich inmitten des Flatterns, ihr Leuchten erlosch. Furia war keine Zeit geblieben, die Energien zu bündeln und auf ihre Gegner zu schleudern. Stattdessen hatte sie plötzlich alle Hände voll damit zu tun, die Bücher vor weiterem Schaden zu bewahren, als immer mehr von ihnen zusammenstießen und abstürzten.

Veit war zu weit gegangen. Furia hörte ihn brüllen, als die Bibliomantik in seinem Inneren gegen den Angriff auf die Bücher rebellierte. Wahrscheinlich genügte sein Vergehen nicht, um seinen Fähigkeiten auf Dauer zu schaden, aber fürs Erste hatte er genug mit sich selbst zu tun, brach in die Knie und warf schreiend den Kopf in den Nacken.

Rachelle eilte besorgt zu ihm und warf einen hasserfüllten Blick auf Furia, die inmitten eines Regens aus Büchern stand: Der Wall brach endgültig in sich zusammen, alle Bände fielen zu Boden. Auch Furia wurde übel, doch offenbar war keines der Bücher zerstört worden.

Im selben Augenblick stürzte Cat zurück ins Wohnzimmer. In ihrer Hand hielt sie ein langes Küchenmesser. Ehe Rachelle sie mit Hilfe des Seelenbuchs abwehren konnte, hatte Cat sich auf sie geworfen. Das Buch fiel Rachelle aus den Händen, als sie instinktiv die Arme hochriss. Mit Wucht prallten die beiden gegen Veit. Einen Moment später waren die drei ein Knäuel aus Armen und Beinen, aus dem Schmerzensschreie, Flüche und Beschimpfungen drangen.

Furia spürte, wie ihr Magen rebellierte. Um sie herum lagen die Bücher der Marshs am Boden, viele aufgeschlagen, einige an den Rändern geschwärzt.

»Du hattest keine andere Wahl«, sagte das Schnabelbuch, um sie zu beruhigen. »Den Büchern geht's gut. Außerdem können sie froh sein, dass sie mal richtig durchgelüftet wurden. Arme, vergessene Dinger!«

»Wir müssen Cat helfen!« Ihre Hand tastete vergeblich nach dem Sprungbuch in ihrer Jackentasche. In einem Anflug von Panik begriff sie, dass sie es bei Veits Angriff verloren hatte. Jetzt war es irgendwo unter all den anderen Büchern begraben.

Ihr bleib keine Zeit, um danach zu suchen. Mit dem offenen Schnabelbuch in Händen rannte sie ins Wohnzimmer und auf die beiden Mädchen zu, die neben dem angeschlagenen Veit miteinander rangen. Cat hatte keine Chance, jeden Augenblick würde Rachelle ihr ihren Willen aufzwingen. Falls sie mächtig genug war, konnte sie ihr befehlen, sich das Messer selbst ins Herz zu stoßen oder damit auf Furia loszugehen.

Veit krümmte sich am Boden. Sein Seelenbuch lag neben ihm, und da war noch ein zweites Buch, das aus seiner Jacke gerutscht war. Furia konnte keinen bibliomantischen Angriff auf Rachelle durchführen, solange Cat über ihr kauerte. Es gab gezieltere Taktiken als einen groben Druckstoß, doch die erforderten Zeit, die sie nicht hatte. Cat zitterte schon am ganzen Leib, während sie versuchte, Rachelles Einflussnahme abzuwehren.

Furia entschied sich für die einfachste und wirkungsvollste Methode: Sie sprang über Veit hinweg und holte mit dem rechten Fuß aus, um Rachelle einen heftigen Tritt zu verpassen.

»Halt!«, erklang es da vom Eingang des Wohnzimmers her. »Hört sofort auf, ihr alle!«

Furia trat trotzdem zu, nicht so hart wie geplant und auch zu weit links, so dass sie Rachelles Schulter traf. Cat wurde zu Boden geworfen und ließ das Messer fallen, als Rachelle sich unter Schmerzen aufbäumte.

»Stopp!«, rief der Mann in der Tür noch einmal, und jetzt spürte Furia, wie sich der Raum von neuem mit bibliomantischer Energie auflud. Ein mächtiger Schlag stand unmittelbar bevor, eine Androhung von Gewalt, die selbst Rachelle für einen Augenblick innehalten ließ. Veit wimmerte leise, noch ganz in seinem eigenen Universum aus Schmerz und Übelkeit gefangen.

Cat kroch auf allen vieren neben Furia und versuchte, sich an einem umgestürzten Sessel auf die Beine zu ziehen.

»Dad«, ächzte sie.

»Immer sorgst du für Unordnung.« Cats Vater kam näher, ein geöffnetes Buch in der Hand. Er trug einen feinen grauen Mantel, darunter einen dunklen Anzug. Er war größer, als es auf den Fotos den Anschein gehabt hatte, und er besaß eine Aura der Autorität, die selbst durch die tobenden bibliomantischen Strömungen im Raum zu spüren war. Er erfasste sofort, was geschehen war, und die Kerbe in seinem glattrasierten Kinn wurde von seiner Wut noch ausgeprägter.

Jonathan Marsh verkörperte alles, was Furia an der Welt außerhalb der Cotswolds verabscheute. Er war Bibliomant, gewiss, aber er hatte nicht nur äußerlich so gar nichts gemein mit liebenswerten Käuzen wie ihrem Vater oder Direktor Kyriss. Er war ein Machtmensch durch und durch, und die Bücher, die er schätzte, waren politische Traktate und ideologische Pamphlete; das hatte sie gesehen, als sie seine Bibliothek durch die Luft gewirbelt hatte. Es waren Männer wie Marsh gewesen, unter denen der Scharlachsaal zur Adamitischen Akademie verkommen war und die sich weigerten, eine Lehre aus der Vergangenheit zu ziehen. Die Wärme, die Furia mit der Liebe zum Lesen verband, die Aufgeschlossenheit und Abenteuerlust, die reine Freude an der Phantasie – all das fehlte an diesem Ort.

Hinter ihm erschien Cats Mutter. Bis auf eine Platzwunde an der Augenbraue schien sie unverletzt zu sein. Sie wollte etwas sagen, aber ihr Mann trat vor sie, womöglich um sie zu schützen – oder um ihr keine Chance zu geben, mit ihrer Tochter zu sprechen.

Rachelle schob sich mit dem Rücken an der Wand auf die Füße. »Mein Name ist Rachelle Himmel. Ich bin hier –«

»Ich weiß, wer Sie sind«, sagte Jonathan Marsh.

»Dad, wir –«, begann Cat, aber er schnitt ihr mit einer Handbewegung das Wort ab. Es war nicht einmal nötig, dass er etwas sagte. Furia erschrak, als sie sah, wie Cat sich in seiner Nähe veränderte. Das Schrumpfen, das ihr zuvor schon aufgefallen war, war nicht allein körperlicher Natur. Sie hatte Cat als jemanden kennengelernt, der nichts und niemanden fürchtete, zumindest vordergründig. Aber jetzt verhielt sie sich wie ein geschundener Hund, darauf trainiert, beim leisesten Wort zu kuschen und sich in einer Ecke zu verkriechen.

Sie mussten hier weg, auf der Stelle. Vielleicht war es nötig gewesen, dass Cat einen letzten Versuch unternahm, ihrem Vater die Stirn zu bieten. Aber nun, da sie ihm gegenüberstand, konnte sie es nicht. Die sonst so starke Cat war einfach nicht stark *genug*. Und Furia war die Letzte, die ihr deswegen einen Vorwurf gemacht hätte.

»Kümmern Sie sich um Ihren Bruder«, sagte Marsh zu Rachelle. »Er scheint Hilfe zu brauchen.«

»Was ist mit –«

»Ich erledige das.« Und noch während er das sagte, spaltete er ein Seitenherz.

»Furia!«, rief Cat. »Pass auf!« Sie erwachte aus ihrer Schockstarre und sprang vor Furia, um sie vor dem Angriff ihres Vaters zu schützen.

Der aber schien im Licht seines Seelenbuches zu wachsen, den halben Raum auszufüllen, während die Umgebung zu flimmern begann wie in extremer Hitze. Unsichtbare Hände tasteten nach Furia, wollten sie festhalten, sich wie Schellen um ihre Arme und Beine legen.

Unter Aufbietung aller Kräfte sandte Furia einen Druckstoß gegen die Fensterfront. Das Glas explodierte hinaus in den Garten. Einen Herzschlag lang waren alle abgelenkt. Marsh schrie zornig auf, aber Furia gab ihm keine Chance zu einem Gegenschlag. Sie packte Cat am Arm und riss mit der anderen Hand Veits verlorenes Sprungbuch vom Boden: jenes Buch, das die Himmels für ihre Rückkehr an einen Ort brauchten, den Furia nur erahnen konnte. Sie hoffte, dass das reichte.

Rachelle sprang vor, als sie begriff, was Furia vorhatte. Zu langsam.

»Catalina!«, schrie Cats Vater, und seine Stimme hallte den Mädchen nach, als das Buch sie davonriss.

38

Der Bücherduft, der wie eine Erinnerung an vergangene Lektüren durch die Gassen von Libropolis wehte, machte auch vor dem Maschendrahtzaun des Ghettos nicht halt. Erst tiefer im Viertel verlor er an Intensität und wurde von den Gerüchen zu vieler Menschen in zu engen Unterkünften überdeckt.

Finnian war hier aufgewachsen, obwohl er kein Exlibro war, während Summerbelle das Ghetto nur von kurzen Besuchen kannte. Sie rümpfte niemals die Nase, das hielt er ihr zugute, aber er spürte, dass sie sich unwohl fühlte.

»Du bist nicht gerne hier«, stellte er fest, als sie durch eine schmale Gasse gingen, die Kapuzen ihrer Sweater tief in die Gesichter gezogen. Ihrer war weiß, seiner schwarz. Darüber trugen sie Jacken mit tiefen Taschen, außerdem Turnschuhe und bequeme Hosen, in denen sie sich flink bewegen konnten, wenn es sein musste.

»Und du findest das paradox?«, fragte sie.

Er warf ihr einen Seitenblick zu, aber sie sah starr geradeaus. »Du hast eine Menge aufgegeben, um für die Exlibri zu kämpfen«, sagte er. »Und trotzdem hast du dich in ihrer Anwesenheit niemals wohl gefühlt.«

»Was hab ich denn schon aufgegeben? Ich war eine Halbwaise in einem großen alten Haus. Furia und ich sind uns in dieser Beziehung gar nicht so unähnlich, weißt du?«

»Du hast sie gern«, stellte er fest.

»Du doch auch.«

»Anders, meine ich. Du kümmerst dich seit Monaten um sie, bringst ihr all diese bibliomantischen Tricks bei. Du siehst irgendwas in ihr, und das ist nicht nur ihr Talent.«

»Finnian, der Frauenversteher.«

»Ich verstehe, wie Menschen ticken. Deshalb bin ich gut darin, sie zu überlisten. Meistens jedenfalls.«

Nun wandte sie ihm doch ihr Gesicht zu, tief im Schatten der Kapuze und auf etwas hochnäsige Weise hübsch. »Weißt du, Finnian, wenn du die Menschen so gut kennst, wieso gibst du dir dann nicht mehr Mühe mit Cat?«

»Ich versuche doch alles –«

»Nein, versuchst du nicht«, unterbrach sie ihn. »Sie verlangt gar nicht viel von dir. Nur dass du sie einbeziehst.«

Er schwieg einen Moment. »Falls sie erfährt, was ich tun musste, damit Marduk mir vertraut, dann wird sie nichts mehr mit mir zu schaffen haben wollen.«

»Du hast Angst, dass sie dich zurückweist?«

»Schon möglich.«

»Cat gehört zum Widerstand. Sie ist selbst nicht gerade zimperlich im Umgang mit Milizionären und Gardisten. Sie kann damit umgehen.«

»Sie glaubt nicht mehr an den Widerstand, das hat sie selbst gesagt.«

Summerbelle blieb stehen und hielt ihn an der Schulter zurück. Niemand sonst befand sich in der schmalen Gasse, aber Finnian blickte sich vorsichtshalber um.

»Glaubst du selbst denn noch daran?«, fragte sie. »Und lass

dir Zeit mit der Antwort. Denkst du wirklich, wir können Tausenden von Exlibri zu einem besseren Leben verhelfen? Dass wir die Ghettos abschaffen können? *Wir*? Im Ernst?«

»Das ist das, was ich vorhin meinte. Du kämpfst nicht *für* die Exlibri, sondern *gegen* die Akademie.«

»Und weißt du noch, wofür du kämpfst?«

Sie hatte sicher in manchem recht, vor allem in Bezug auf Cat. Doch in diesem Punkt lag sie falsch. »O ja«, sagte er, »das weiß ich. Willst du es sehen?«

Ihre Augen weiteten sich ein wenig, so als ahnte sie, dass sie zu weit gegangen war.

»Meinen Grund«, sagte Finnian. »Willst du ihn sehen?«

»Ich wollte nicht –«

Er ließ sie nicht ausreden, packte sie am Arm und eilte mit ihr die Gasse hinunter. »Es ist kein großer Umweg. Wir werden nicht viel Zeit verlieren.«

Es begann zu regnen, als sie aus der stillen Gasse auf einen überfüllten Weg bogen, der zum Rand des Ghettos führte. Der Mittagshimmel hing grau und schwer über den Giebeln, viele Exlibri trugen Regenschirme und Kapuzen. Die beiden fielen nicht auf, während sie in den Strom der Passanten eintauchten. Männer, Frauen und ein paar Wesen, deren Geschlecht auf den ersten Blick nicht zu erkennen war, drängten in unterschiedliche Richtungen.

Nach wenigen hundert Yards bogen sie in eine Seitengasse, liefen um mehrere Ecken und durch einen Torbogen. Finnian zog einen Schlüssel aus der Tasche und öffnete eine unscheinbare Tür, hinter der eine Treppe in die Tiefe führte. Beide schalteten ihre Taschenlampen ein.

Früher, als er noch im Gewächshaus der Lesebändchen gearbeitet hatte, hatte er in der Nacht oft Wege wie diesen benutzt: unterirdische Gänge, die einst Teil der Bücherunterwelt von Libropolis gewesen waren, ehe man die Lager und Förderbänder unterhalb des Ghettos stillgelegt hatte. Viele der Tunnel und Hallen waren von der Akademie versiegelt worden, aber es hatte nicht lange gedauert, ehe sich die ersten Exlibri aus den überfüllten Häusern nach hier unten zurückgezogen hatten. Manche waren aus dunklen, ungemütlichen Büchern gestürzt und fühlten sich zur Finsternis hingezogen. Vielen von ihnen lief man besser nicht über den Weg. Selbst Marduks Gangster hielten sich hier nicht länger auf als nötig.

»Du willst das Ghetto verlassen?«, fragte Summerbelle. Es gab andere Möglichkeiten, die Kontrollen an den Zäunen zu überwinden. Unter günstigen Umständen konnte sie den Gardisten ihren Willen aufzwingen, solange es sich nicht um Bibliomanten handelte.

»Nein«, antwortete er. »Der Ort, an den wir gehen, befindet sich noch innerhalb des Ghettos.«

Er spürte, dass sie ihn verstohlen musterte, vielleicht überlegte, ob es eine gute Idee gewesen war, sich gemeinsam mit ihm auf die Jagd nach Isis zu machen. »Bist du mit Cat dort gewesen?«, fragte sie leise, während sie die Stufen hinabstiegen.

Er schüttelte den Kopf und dachte, dass sie genau wusste, wo man das Messer ansetzte.

»Genau das ist es, was ich eben meinte. Lass sie an deinem Leben teilhaben. Auch an dem, was mal war.«

»Sie weiß, was passiert ist. Aber ich wollte sie nicht in Gefahr bringen, deshalb.«

Summerbelle lächelte, sagte aber vorerst nichts mehr, schob nur einen Finger zwischen die Seiten ihres Seelenbuchs, um es augenblicklich aufschlagen zu können, falls das nötig sein würde.

Das Bücherdorf Hay-on-Wye, aus dem Libropolis einst entstanden war, war vor Jahrzehnten in ein neues, leeres Refugium versetzt worden. Jenes Hay-on-Wye, das auch heute noch in Wales existierte, war nur eine Kopie des ursprünglichen Dorfes, erschaffen für die Touristen. Im Refugium aber sorgte mächtige Bibliomantik dafür, dass das Original sich noch immer ausweitete und nahezu ins Unendliche wucherte. Seither tauchten hier jene Buchhandlungen auf, die in der gewöhnlichen Welt verschwunden waren – vielleicht die letzte ehrenwerte Tat, die die Adamitische Akademie zu verantworten hatte.

Mit Hay-on-Wye waren auch die uralten Keller ins Refugium gelangt, Kammern und Gänge aus den vergangenen tausend Jahren, und wie seine Gassen, Buchläden und Fachwerkhäuser hatte sich auch die Unterwelt zügellos ausgedehnt. Die düsteren Ziegelsteintunnel hatten sich wie Tentakel gestreckt und wurzelgleich verästelt. Antike Kanalisation, haushohe Gewölbe und steile Treppen bildeten das Fundament der Stadt, und nirgends waren diese Keller und Katakomben furchterregender als unterhalb des Ghettos.

Mehrfach blieben Finnian und Summerbelle stehen, horchten auf nahe Geräusche und die Echos entfernter Stimmen, unheimliches Gemurmel, das vielleicht schon seit Jahren durch diesen Irrgarten waberte und erst jetzt ein menschliches Ohr erreichte. Der Strahl der Taschenlampen huschte über leere Wände und schwarze Tunnelmündungen.

Manche Teile des unterirdischen Netzes waren belebter als andere, einige gar dichtbesiedelt. Doch Finnian wählte die abgelegenen Routen, wie er es immer getan hatte, und blieb schließlich in einem langgestreckten Kellerraum stehen. Es war eine Kammer mit niedriger Decke, leer bis auf eine eiserne Wendeltreppe, die am anderen Ende hinauf in die Oberwelt führte.

»Was ist das hier?«, fragte Summerbelle.

»Der Keller eines Hauses, in dem meine Großeltern ein Antiquariat hatten. Sie waren keine Bibliomanten, nur einfache Buchhändler, deren Laden in der normalen Welt geschlossen wurde. Sie waren auf Einladung der Akademie hergekommen, kurz nach der Umsiedlung von Hay-on-Wye und der Entstehung von Libropolis. Man hatte ihnen alle möglichen Versprechungen gemacht, und eine Weile lang waren sie hier glücklich. Bis entschieden wurde, diesen Bezirk in ein Ghetto für die Exlibri umzuwandeln. Anfangs gab es noch Buchhandlungen, aber es wurden schnell immer weniger, weil keine Kunden mehr herkamen und die meisten Exlibri kein Interesse an Büchern hatten.«

Summerbelle nickte. »Die Läden wurden umgesiedelt. Man hat den Besitzern neue Häuser außerhalb des Ghettos zugewiesen.«

»Den meisten, ja. Aber mein Großvater weigerte sich. Als sie kamen, um das Haus zu räumen, geriet mein Vater mit der Miliz aneinander. Ich bin nicht mal sicher, ob er es so gewollt hat – ich glaube, er hat es einfach getan, weil er meinem Großvater das Gefühl geben wollte, auf seiner Seite zu stehen. Die Miliz versuchte es erst mit Drohungen, dann mit Gewalt. Mein

Vater und meine Mutter wehrten sich – keine besonders vernünftige Entscheidung, aber so waren sie eben –, und das Ganze lief aus dem Ruder. Plötzlich beschuldigte man sie, Aufrührer zu sein, die sich gegen die Akademie stellten und andere anstifteten.« Sein Blick wanderte gedankenverloren zur Treppe. »Ich behaupte nicht, dass es eine originelle Geschichte ist. Es gibt nicht mal eine Pointe. Man hat sie einfach hier runtergebracht, hat sie vor die Wand da drüben gestellt und erschossen. Meinen Vater, meine Mutter, sogar den Hund. Meine Großeltern sind nicht darüber weggekommen und kurz nacheinander gestorben. Die Miliz wollte mich ins Heim stecken, aber ich bin abgehauen, hab eine Weile auf der Straße gelebt und bin schließlich an Gunvald geraten. Er hat mich zu einem seiner Lehrlinge gemacht. Und den Rest kennst du ja.«

Summerbelle ging hinüber zu der Mauer, vor der man seine Eltern ermordet hatte, und fuhr mit den Fingerspitzen über die Ziegelsteine. Nach einer endlosen Minute drehte sie sich wieder zu ihm um. »Weißt du, was das Allerschlimmste ist, das sie einem antun? Sie geben uns allen die gleiche Geschichte. Dir, mir, Furia, so vielen anderen – sie zwängen uns in dieselbe Schablone. Sie nehmen uns die Menschen, die wir lieben, und lassen uns Dinge tun, die wir vorher niemals hätten tun wollen. Selbst denen, die gegen sie kämpfen, zwingen sie noch Rollen auf.«

Finnian nickte nachdenklich, ging zu der eisernen Wendeltreppe und leuchtete nach oben. Als Kind war er sie unzählige Male hinauf- und hinuntergelaufen. Die Falltür oberhalb der Stufen war wie so viele Einstiege in die Unterwelt mit stählernen Querstreben gesichert. Wahrscheinlich hatte man Estrich darüber verlegt, bevor die ersten Exlibri im Haus angesiedelt worden waren.

Summerbelle kam nahezu lautlos heran. »Ich kann das öffnen«, sagte sie. »Wenn du möchtest.«

Er dachte kurz darüber nach, wusste aber, dass er dort oben nicht mehr sein altes Zuhause vorfinden würde. Nur fremde Männer und Frauen in fremden Zimmern. Mit einem Kopfschütteln wandte er sich ab und blickte ihr in die Augen. Sie sah ihn erwartungsvoll an.

Aus den Tiefen der Unterwelt erklang ein animalisches Brüllen. Einer jener Tunnelbewohner, denen man lieber nicht begegnete.

»Lass uns weitergehen«, sagte Finnian.

Summerbelle nickte mit einem leichten Aufatmen.

Zehn Minuten später verließen sie die Unterwelt des Ghettos über eine steinerne Treppe, überquerten einen Hinterhof und betraten bald darauf einen der zahllosen Pubs des Viertels. *Der Verschobene Schnitt* stand in geschwungenen Buchstaben auf dem Schild über dem Eingang. Als sie die Tür öffneten, quoll ihnen der Rauch von Zigaretten und Pfeifen entgegen.

Es war Mittagszeit, an der langen Theke drängte sich die Kundschaft in drei Reihen: überwiegend Exlibri, aber auch normale Menschen, die es ins Ghetto verschlagen hatte. Alle Tische in den holzgetäfelten Nischen waren besetzt. Niemand schien die beiden zu beachten, als sie sich unter ihren regennassen Kapuzen umschauten und versuchten, durch die grauen Schwaden Gesichter zu erkennen.

»Du warst noch nie hier, oder?«, fragte Finnian leise.

Summerbelle schüttelte den Kopf. »Es stinkt. Nach Bier und Qualm und Schlimmerem.«

»Was hast du erwartet? Bücherduft?«

Sie nickte hinüber zum Ende der Theke. »Ein paar von denen sind Bibliomanten. Kennst du die?«

Verstohlen betrachtete Finnian die Handvoll Männer, die dort am Tresen lehnte. Alle rauchten *Smoke & Mirrors*. Über ihren Köpfen formten sich aus dem Qualm Gestalten und Bilder der letzten Bücher, die sie gelesen hatten. Seine Augen begannen zu tränen, als er versuchte, Einzelheiten auszumachen. Falls die Männer zur Miliz gehörten, waren sie nicht im Dienst, denn keiner trug den üblichen schwarzen Mantel und den roten Schal.

»Noch nie gesehen«, sagte er.

»Agenten?«

»Möglich. Oder einfach nur Leute, die ein Bier trinken.«

Summerbelles Blick streifte weiter durch den verräucherten Schankraum. »Welcher ist dein Informant?«

Finnian nickte in Richtung eines Tisches im hinteren Teil des Pubs. Dort saß hinter Rauchschwaden ein einzelner Mann und schien in die Betrachtung seines Bierglases versunken zu sein. Mit Sicherheit hatte auch er Finnian und Summerbelle längst bemerkt und die beiden nicht aus den Augen gelassen, seit sie hereingekommen waren.

»Ziemlich weit weg von der nächsten Tür«, sagte sie. »Können wir ihm wirklich trauen?«

»Mehr als vielen anderen. Ich bin oft mit Gunvald hier gewesen. Die meisten Leute, die herkommen, sind in Ordnung. Sam – das ist der Dicke da hinter der Theke – hat so seine Methoden, um alle zu verscheuchen, die ihm nicht passen. Er kann die Akademie nicht ausstehen.«

»Ein Grund mehr, höllisch aufzupassen. Falls die Miliz erfahren hat, dass das hier ein Widerstandsnest war, werden sie es ganz sicher beobachten.«

»Wenn du einen besseren Vorschlag hast, lass mal hören.«

Sie hob seufzend die Schultern und ließ ihm den Vortritt, als sie sich durch den Rauch tiefer in den Raum schoben.

39

Eine Viertelstunde später hatte Lorenzo Fragasso sie auf den neuesten Stand gebracht. Finnian und Summerbelle hatten aufmerksam zugehört, während der kleine, dunkelhaarige Mann ihnen einen Überblick über das Treiben im Ghetto und die Aktivitäten der Akademie gegeben hatte.

Lorenzo war ein schmächtiger Exlibro mit einem Gesicht, das man schon nach wenigen Augenblicken wieder vergaß. Der Autor, der ihn ins Leben geschrieben hatte, hatte sich dabei kaum mehr Mühe gegeben als mit der Beschreibung eines Möbelstücks. In seinem Buch war Lorenzo ein Statist gewesen; aus irgendeinem Grund hatte er einen Namen erhalten, doch sein Äußeres war bestenfalls skizziert worden.

»Etwas Großes« sei im Gange, berichtete er, und vermutlich sei der Widerstand gerade das geringste Problem der Akademie.

»Hab ich's nicht gesagt?« Summerbelles Augen verengten sich. »Sie nehmen uns nicht mal mehr ernst.«

»Das ist es nicht«, entgegnete Lorenzo mit einer Stimme, die so charakterlos klang wie das diffuse Stimmengewirr im Pub. »Sie haben einfach Wichtigeres zu tun, als ein paar Rebellen zu jagen, die sich ohne Sinn und Verstand den mächtigsten Verbrecher von Libropolis zum Feind machen. Was habt ihr euch nur dabei gedacht, euch mit Marduk anzulegen?«

Finnian ächzte. »Es hat sich also schon rumgesprochen.«

»Marduk hat ein Kopfgeld ausgesetzt und Steckbriefe mit euren Fotos in halb Libropolis verteilen lassen. Alle reden davon. Es gibt die wildesten Gerüchte, warum der Widerstand einem Mann wie ihm den Krieg erklärt haben könnte. Die meisten sind sich einig, dass ihr größenwahnsinnig geworden seid. Und die Akademie lehnt sich zurück und wartet ab, dass er euch erledigt. Sie müssen sich nicht mal die Finger schmutzig machen.«

Es war ärgerlich, sich eingestehen zu müssen, dass sie in die perfekte Falle gelaufen waren. Kopfgelder waren schon seit Monaten auf einige von ihnen ausgesetzt gewesen, die höchsten auf Finnian und Isis. Nur kam es für die meisten Bewohner des Ghettos nicht in Frage, jemanden an die verhasste Akademie auszuliefern. Ganz anders lagen die Dinge jedoch, wenn es um Marduk ging: Mit ihm und seinen Handlangern stellte man sich besser gut, und es galt keineswegs als Schande, ihm eine Gefälligkeit zu erweisen.

Finnian sah sich im Schankraum um, musterte die Gesichter der Anwesenden und suchte nach alten Bekannten, die ihn trotz der Kapuze erkennen mochten. Immer noch strömten weitere Gäste in den *Verschobenen Schnitt*. Selbst die Stehplätze weitab der Theke wurden rar, mittlerweile drängten sich die Leute schon zwischen den Tischen.

»Was ist mit Isis Nimmernis?«, fragte Finnian. »Hast du irgendwas über sie in Erfahrung gebracht?«

»Sie ist in Libropolis gewesen. Nicht im Ghetto, aber man hat sie draußen in der Stadt gesehen.«

»Und?«

»Sonst nichts.« Er schob Finnian einen zerknitterten Papierfetzen mit zwei Straßennamen über den Tisch. »Da ist sie angeblich aufgetaucht.« Der Finger, den er auf einen der Namen legte, hatte einen Bluterguss unter dem Nagel. »Hier ist sie in ein Haus gegangen. Aber sie wäre verrückt, wenn sie sich da noch rumtreiben würde. Dürfte eines von diesen Agentenverstecken gewesen sein, wenn du mich fragst.«

»Ein Sicheres Haus?«

Lorenzo lachte. »Nicht wirklich sicher, wenn wir davon wissen, oder?«

»Das ist alles?«, mischte Summerbelle sich ein. »Zwei Straßennamen?«

Der Exlibro funkelte sie streitsüchtig an. »Kannst ja gerne noch ein bisschen rumfragen, Kleine. Vielleicht findest du einen, der mehr weiß.«

Einen Atemzug lang befürchtete Finnian, dass sie Lorenzo in etwas Unappetitliches verwandeln würde. Schleim würde im Spiel sein, wahrscheinlich Warzen.

Aber Summerbelle beherrschte sich und wechselte das Thema. »Diese große Sache«, sagte sie, »diese neue Bedrohung, von der du gesprochen hast … Was genau soll das sein?«

»Keiner weiß was Genaues.« Der Exlibro nahm einen tiefen Schluck von seinem Bier. *Brainy Bookseller's Brew* stand auf dem Glas, eine der beliebtesten Marken in den Refugien. »Angeblich sind wieder Tintlinge aufgetaucht.«

»In der Stadt?«

Lorenzo brummte zustimmend. »In einem der Außenbezirke. Hat eine ziemliche Sauerei gegeben, mehrere Tote, und sie haben niemanden fassen können. Aber Zeugen schwören, dass es Tintlinge waren. Und das ist nicht nur einmal passiert. Scheint so, als hätten sie sich an unerfahrene Bibliomanten gehängt, draußen zwischen den Seiten der Welt. Na, was die Leute halt so reden. Die Akademie weiß sicher mehr, aber die lässt natürlich nichts raus, damit nicht noch mehr Unruhe aufkommt.«

Gerüchte über Tintlinge hatte es immer wieder gegeben. In der normalen Welt sahen die Leute Ufos, in den Refugien Tintlinge. Die meisten dieser Sichtungen waren Hirngespinste von Wichtigtuern. Draußen in der Leere mochte man ab und an welche beobachten können, aber sie besaßen nicht die Fähigkeit, einem Bibliomanten in ein Refugium zu folgen. Es sei denn, jemand nahm sie absichtlich mit und öffnete ein Tor für sie.

Finnian blickte hinüber zum Eingang am anderen Ende des Pubs, und jetzt kam es ihm vor, als wäre der Raum geschrumpft, die Wände enger zusammengerückt. Grauer Rauch hüllte viele Tische ein, und wer dort saß, war kaum mehr auszumachen.

Ein Mann mit breitkrempigem Schlapphut und zerschlissenem Gehrock ging von Platz zu Platz und verteilte Zettel, auf denen *der Schnabelbuchkampf der Saison* angepriesen wurde: *Seiten reißen, Leder bricht, Bindung platzt und Bücher beißen.*

»Ein wahrer Poet«, bemerkte Summerbelle.

Finnian zerknüllte den Zettel. »Gesindel.«

Lorenzo warf ihm einen amüsierten Blick zu. »Das hier sind ehrliche Leute, die mit der Akademie nichts zu tun haben wollen.«

»Ehrliche Leute? Wie sicher bist du dir da, Lorenzo? Gab's einen bestimmten Grund, warum du uns ausgerechnet hier treffen wolltest?«

Das Allerweltsgesicht des Exlibro verzog sich, als hätte Finnian ihm eine Ohrfeige versetzt. »Werd' mal nicht unfair. Ich hab dein Misstrauen nicht verdient.«

Summerbelle blickte alarmiert über ihre Schulter. »Die Bibliomanten von der Theke verlassen das Pub.«

Finnian sah durch den Qualm vage Umrisse, die sich in Richtung Ausgang bewegten. »Ist das gut oder schlecht?«

»Die da?« Lorenzo nickte mit dem Kinn zu den Gestalten hinüber. »Die sind keine Agenten, falls das eure Sorge ist.«

»Ganz sicher?«

»So sicher man eben sein kann. Das sind Bücherschmuggler, die ganz bestimmt kein Interesse daran haben, dass die Akademie ihnen auf den Pelz rückt.«

»Arbeiten sie für Marduk?«

Lorenzo grinste. »Jeder, der hier Geld verdient, arbeitet irgendwie auch für Marduk. Jedenfalls manchmal. Das weißt du so gut wie ich.«

Summerbelle atmete tief durch. »Wir sollten von hier verschwinden.«

Im Pub war es mittlerweile so voll, dass sie auf dem Weg nach draußen eine Menge Leute anrempeln würden. Summerbelle klopfte auf eine ihrer Jackentaschen, darin steckte ein Sprungbuch. Das Gegenstück hatte sie in der leeren Gasse deponiert, in der sie das Tor für ihre Ankunft in Libropolis geöffnet hatte. Außerdem konnte sie hier und jetzt ein zweites Tor öffnen, das zurück in die Residenzbibliothek führte. Nur würde all das eine Menge Aufsehen erregen. Außerdem bestand die Gefahr, dass ein begabter Bibliomant ihrer Spur dorthin folgen würde.

Eher Finnian etwas sagen konnte, kam Lorenzo ihm zuvor: »Ich wäre euch überaus dankbar, wenn wir uns weiter unauffällig verhalten könnten. Falls ihr euch in Luft auflöst, wird man mir Fragen stellen. Und, bitte, auf keinen Fall ein Tor inmitten all dieses Trubels! Die würden mich foltern, bis ich ihnen alles erzähle. Und das würde nicht sehr lange dauern.«

Summerbelle warf ihm einen vernichtenden Blick zu, aber der Exlibro zuckte nur mit den Schultern.

»Seit der Explosion im Gewächshaus hat sich hier eine Menge verändert«, fuhr er fort. »Es gab Massenverhaftungen, Hunderte von durchsuchten Gebäuden, ein gutes Dutzend Hinrichtungen. Der Widerstand ist seitdem nicht mehr allzu beliebt. Ihr habt den meisten Leuten hier nichts als Scherereien eingebracht.«

»Alternativen?«, flüsterte Finnian in Summerbelles Richtung.

»Abgesehen davon, den ganzen Laden gleich mit Bibliomantik aufzumischen?«

»Dann hätten wir gleich das halbe Ghetto am Hals.«

Mit merklichem Bedauern nickte sie.

»Okay«, sagte Finnian zu Lorenzo und stand auf. »Wir machen das auf die bodenständige Art. Du gehst voraus.«

Er glaubte nicht, dass irgendwer genug von ihnen gesehen hatte, um sie zu erkennen – doch ganz sicher sein konnte er nicht. Irgendetwas sagte ihm, dass sie in Gefahr waren, nur konnte er diese Ahnung nicht an einzelnen Personen festmachen. Die Männer an der Theke mochten Summerbelles bibliomantische Aura gespürt haben, aber deshalb wussten sie noch lange nicht, wer sie war.

Die Luft im Pub schien mit jeder Minute stickiger zu werden.

So unauffällig wie möglich bewegten sich die beiden hinter Lorenzo her zum Ausgang. Es war nicht weit, keine fünfzehn Yards, aber zwischen ihnen und der Tür befanden sich zu viele Menschen. Die meisten drängten ihnen entgegen, waren auf dem Weg zur Theke.

Ein Mann stieß gegen Summerbelles Schulter und hielt kurz inne. Aber gerade als Finnian glaubte, er müsste dazwischengehen, schob sich der Fremde weiter und tauchte in der Menge unter.

Ohne weitere Zwischenfälle erreichten sie die Tür, als sich ein halbes Dutzend Exlibri in der grauen Kluft der Lagerarbeiter hereinzwängte. Während die drei darauf warteten, dass es weiterging, sah Finnian sich abermals um.

Unmittelbar hinter ihm stand der Mann, der die Werbezettel für den Schnabelbuchkampf verteilt hatte, und warf ihm ein zahnfaules Grinsen zu. Die Krempe seines riesigen Schlapphuts hing ihm tief in die Stirn, sein fadenscheiniger Gehrock war voller Flecken. Sein Gesicht ähnelte einem Apfel, der zu lange am Baum gehangen hatte: runzelig, rot und voller Pockennarben.

»Seiten reißen, Leder bricht, Bindung platzt und Bücher beißen«, raunte er im schnarrenden Ton eines alten Grammophons. »Der Kampf des Jahres! Ihr solltet vorbeikommen, du und deine hübsche Freundin.«

Summerbelle trug noch immer ihre Kapuze, aber selbst in deren Schatten ließ sich erahnen, wie schön sie war. Vermutlich war das noch mehr Gästen aufgefallen. Wie gut mochten die Fotografien gewesen sein, die Marduk auf seine Steckbriefe gedruckt hatte? Zumindest ihr silberweißes Haar war vollständig unter der Kapuze verborgen.

»Hübsches Fräulein, das«, sagte der Mann. »Ihr seid nicht oft in der Gegend, hm?«

Finnian ignorierte ihn und stellte erleichtert fest, dass der Ausgang endlich frei war. Lorenzo huschte bereits hinaus. Summerbelle zog sich die Kapuze tiefer ins Gesicht und folgte ihm. Dann standen alle drei draußen auf der Gasse. Der Regen war stärker geworden, fiel jetzt in kalten, dicken Tropfen.

»Hier entlang!« Lorenzo zog die Schultern ein, als bewahre ihn das vor der Nässe.

Zügig gingen sie zu einer Einmündung hinüber. Die Schneise dahinter war kaum breit genug, um zwei Menschen Seite an Seite Platz zu bieten. An ihrem Ende stießen sie auf eine Gasse. Finnian kannte jeden Fußbreit des Ghettolabyrinths und wusste, wo sie sich befanden. »Okay«, sagte er zu Lorenzo, »das ist weit genug. Hier trennen wir uns.«

»Dürfte für uns alle das Beste sein«, stimmte ihm der Exlibro zu und klimperte mit den Münzen in seiner Hosentasche. Finnian hatte ihn in Initialen bezahlt, der offiziellen Währung aller Refugien. Zwar wurden in den Buchhandlungen von Libropolis auch englische Pfund akzeptiert, aber im Ghetto waren die Buchstabenmünzen der Akademie noch immer das geläufigste Zahlungsmittel.

Lorenzo tippte sich mit einem Finger an die Stirn und eilte nach links die Gasse hinunter. Finnian und Summerbelle wandten sich nach rechts.

»Schäbiger kleiner Kerl«, sagte sie angewidert.

»Schäbig, aber verlässlich.«

»Ich hasse es, dass wir mit solchen Leuten zusammenarbeiten müssen.«

»Lorenzo mag die Akademie genauso wenig wie du.«

Unvermittelt fragte sie: »Vermisst du auch manchmal die Zeit im Wald der toten Bücher? Das Lager in der Baumwurzel? Puck, Holmir und die anderen, die es nicht geschafft haben?«

»Puck und Holmir auf jeden Fall. Die feuchte Baumhöhle, in der ich schlafen musste, nicht ganz so sehr. Das fließende Wasser in der Residenz hat schon was für sich.«

Summerbelle lächelte. »Das meine ich nicht, und das weißt du auch. Damals schien alles einfacher zu sein. Wir haben gewusst, gegen wen wir kämpfen und welche Ziele die Akademie verfolgt. Heute wissen wir überhaupt nichts mehr. Alles ist nur noch ein schreckliches ... ich weiß nicht, Durcheinander.«

»Deine Feinde können dir nicht ewig den Gefallen tun, schwarze Mäntel und rote Schals zu tragen. So simpel konnte es nicht für immer bleiben.«

Mit einem Seufzen pflichtete sie ihm bei. »Heute kämpft die mächtigste Agentin auf unserer Seite, und unser gefährlichster Feind scheint nicht mehr die Akademie zu sein, sondern Marduk.«

»Was, glaubst du, hat es mit dieser Gefahr auf sich, von der Lorenzo gesprochen hat? Die Tatsache, dass ein paar Tintlinge aus ihren Löchern gekrochen sind, dürfte die Akademie doch nicht weiter beunruhigen.«

»Vielleicht kennt Siebenstern die Antwort«, entgegnete sie. »In den Nachtrefugien muss es doch Spuren und Hinweise geben.«

»Falls er noch lebt.«

Sie bewegten sich mit dem Strom der Passanten in Richtung der Ghettogrenze. Der Regen trommelte auf zahllose Schirme und Kapuzen. Die Straßen, die der Exlibro ihnen aufgeschrieben hatte, befanden sich in unterschiedlichen Richtungen, draußen jenseits der Umzäunung. Als Erstes wollten sie die Adresse aufsuchen, an der Lorenzo ein Sicheres Haus der Akademieagenten vermutete. Während Finnians gesamter Zeit beim Widerstand hatten sie gerade einmal drei dieser Häuser ausfindig machen können. Niemand wusste, wie viele davon es allein in Libropolis gab, von denen in anderen Refugien ganz zu schweigen.

Am Ende der Straße befand sich eines der bewachten Tore. Die Kontrollen waren erneut verschärft worden, vor dem Durchgang hatte sich eine lange Schlange von Wartenden gebildet. Hundert Yards vorher bogen Finnian und Summerbelle nach links ab, überquerten eine weitere Gasse, einen muffigen Innenhof und erreichten schließlich eine unscheinbare Kohlenklappe. Darunter lag einer der verborgenen Einstiege in die Unterwelt, durch die sie unbemerkt die Grenze des Ghettos passieren wollten. Ein letztes Mal blickten sie sich nach Beobachtern um, aber zwischen den engstehenden Häusern war niemand zu sehen. Summerbelle entriegelte das bibliomantische Schloss mit nichts als einer Handbewegung, Finnian zog die rechte Hälfte der Klappe auf. Regenwasser lief in schimmernden Rinnsalen zu Boden.

»Seiten reißen, Leder bricht«, sang eine knarzige Stimme in ihrem Rücken, »Bindung platzt und Bücher beißen.«

Summerbelle griff unter dem Mantel nach ihrem Seelenbuch, ließ es aber stecken; bei diesem Regen konnte sie es nicht aufschlagen, ohne dass es Schaden nahm. Finnian zog seine Pistole aus der Jacke und entsicherte sie, als er herumwirbelte.

Der hässliche Mann mit dem Schlapphut trat ihnen entgegen, unter einem Arm eine geschlossene Kiste, womöglich das Gefängnis seiner Schnabelbücher.

»Der Kampf des Jahrhunderts?«, fragte Finnian mit regloser Miene.

»Der Kampf des Jahrhunderts«, bestätigte der Mann.

»Er ist Bibliomant«, flüsterte Summerbelle. »Und kein schwacher.«

Finnian legte auf ihn an, wohl wissend, dass ein gut trainierter Bibliomant in der Lage war, eine Kugel abzufangen, ehe sie ihn erreichte. Summerbelle konnte auch ohne die Hilfe ihres Seelenbuchs Bibliomantik einsetzen, wenngleich ihr dann nur ein Bruchteil ihrer Macht zur Verfügung stand. Womöglich blieb Finnian gar nichts anderes übrig, als es mit der Waffe zu versuchen.

Der Mann mit dem verhärmten Gesicht und der roten Säufernase blieb zehn Yards vor ihnen stehen. Aus den Taschen seines Gehrocks quollen Werbezettel.

»Ich bin auf eurer Seite«, sagte er.

»Und welche wäre das?«

»Ihr sucht Isis Nimmernis.«

»Nie gehört.«

Der Mann ging langsam in die Hocke, setzte die Kiste auf dem nassen Pflaster ab und ließ die beiden Verschlüsse des Deckels aufschnappen.

»Hey«, rief Summerbelle, »ganz vorsichtig!«

»Da ist keine Waffe drin«, sagte der Fremde, ließ den Deckel aber vorerst geschlossen.

»Was dann?«

»Nur loses Papier. Zeug, das ich für Geld in der Stadt verteile. Werbung für die Schnabelbuchkämpfe und Suppenküchen, für ein bisschen Musik und Unterhaltung. Außerdem ein paar Steckbriefe.«

»Die werden nass, wenn du den Deckel aufmachst.«

»Ich würde sie euch trotzdem zeigen.«

»Mit Verbrechern haben wir nichts zu tun«, sagte Summerbelle.

»Was bist du?«, fragte Finnian. »Ein Kopfgeldjäger?«

Der Mann erhob sich wieder, ließ die Kiste jedoch stehen. Er wirkte jetzt größer als zuvor, und mit jeder Sekunde, die verging, hatte er weniger Ähnlichkeit mit dem Säufer aus dem Pub. Nicht sein runzeliges Gesicht veränderte sich, nur seine Haltung, während er sich zu voller Größe aufrichtete.

»Finnian«, flüsterte Summerbelle, »er trägt eine Maske.« Er warf ihr einen alarmierten Blick zu, und sie nickte. »Eine Maske aus Bibliomantik. Und er ist verdammt gut. Keine Schwachstellen, nicht mal ein Flackern.«

»Wirst du mit ihm fertig?«

»Das werden wir sehen.«

Finnian fluchte zwischen zusammengebissenen Zähnen und wünschte sich, sie wären nur ein wenig schneller gewesen. Womöglich hatte der Mann sie seit dem *Verschobenen Schnitt* nicht mehr aus den Augen gelassen. Wenn er so mächtig war, wie Summerbelle sagte, dann hatte er sie beobachten können, ohne ihnen aufzufallen.

»Es geht mir nicht um Marduks Kopfgeld«, sagte der Fremde. Er kam nicht näher und machte ein ziemliches Schauspiel daraus, ihnen seine leeren Hände zu präsentieren.

»Was willst du dann?«, fragte Summerbelle.

»Informationen über Isis Nimmernis. Ich bin auf der Suche nach ihr. Genau wie ihr beiden.«

»Wir haben keine Ahnung, wo sie steckt«, sagte Finnian. »Der einzige Hinweis, den wir haben, ist vielleicht schon Tage alt. Und er basiert auf nichts als Hörensagen.«

»*Ich* würde ihn gern hören.«

»Finnian«, sagte Summerbelle noch einmal, »es hat keinen Zweck. Er wird uns nicht gehenlassen.«

Natürlich nicht. Finnian wollte Zeit gewinnen und Summerbelle die Möglichkeit geben, die Fähigkeiten ihres Gegners auszuloten. Die Pistole in seiner Hand fühlte sich nutzlos an; ebenso gut hätte er dem Mann Grimassen schneiden können, um ihn in Schach zu halten. Trotzdem ließ er die Waffe nicht sinken, weil sie ihm das trügerische Gefühl gab, dem Ringen der beiden Bibliomanten nicht hilflos ausgeliefert zu sein.

Auf Summerbelles Stirn standen Schweißperlen, während sie den Fremden musterte. Sie versuchte noch immer, hinter seine Maske zu blicken.

»Kind«, sagte der Mann fast sanft, »lass das sein.« Das Säuferkrächzen war aus seiner Stimme verschwunden, und als er den Kopf ein wenig nach hinten neigte, erhellte schummriges Tageslicht seine Augen.

Summerbelle stieß ein leises Stöhnen aus.

Sein Gesicht wurde transparent wie Milchglas, als würde es vom Regen abgewaschen. Dahinter kamen die Züge eines anderen zum Vorschein.

40

So wenig Zeit Furia geblieben war, den Sprung vorzubereiten, so rasch trug er sie ans Ziel. Der Sturz durch die Seiten der Welt schien nur Sekunden zu dauern, ein verwischter Strudel aus Gold und Helligkeit, in dem sich ihre Körper so rasch auflösten und wieder zusammensetzten, dass keine Gelegenheit blieb, einen Gedanken daran zu verschwenden.

Sie hörte Cat ächzen, als sie nebeneinander auf einen Teppich fielen, weinrot und so wild gemustert, dass die Formen im ersten Moment eine Fortsetzung des psychedelischen Chaos zu sein schienen, das sie gerade hinter sich gelassen hatten.

Cat rollte sich ab, wurde aber von ihrem Schwung so weit nach vorne geworfen, dass sie hart gegen ein Hindernis prallte. Furia kam etwas glimpflicher davon. Sie landete auf den Füßen und stützte sich mit einer Hand ab, spürte den Aufprall in jedem Gelenk und glaubte im ersten Moment, sie hätte sich den Arm verstaucht. Erst als sie sich aufrichtete – überhastet, um sich gegen einen möglichen Angriff wehren zu können –, stellte sie fest, dass sie unversehrt war. Der Schwindel ließ schon nach, Furias Blick klärte sich, ihr Gefühl für die Wirklichkeit kehrte zurück. Während sie ihren kurzen Rock zurechtzupfte – was hatte sie sich nur bei diesem unpraktischen Ding gedacht –, schaute sie sich um.

Es war eine Bibliothek, altehrwürdig wie ein Museum, mit

hoher Decke und dunklen Möbeln. Sehr viel aufgeräumter als das Arbeitszimmer ihres Vaters mit seinen wuchernden Büchertürmen, aber offensichtlich dennoch ein Ort, der regelmäßig benutzt wurde. Der Raum war so weitläufig wie einer der Salons der Residenz. Zu ihrer Linken hatte man die Regale parallel zueinander aufgestellt und dadurch mehrere schmale Gänge geschaffen, auch die Wände waren bis zur Decke voll mit Büchern. Der Teppich, auf dem sie angekommen waren, lag vor einem schweren Lesesessel. Davor lag Papier auf dem Boden verstreut.

»Cat? Alles in Ordnung?«

Cats Beine in den geringelten Leggings wirkten verheddert wie die eines Hundewelpen, als sie langsam den Oberkörper hob und sich den angeschlagenen Schädel rieb. »Glaube schon ... Werden die gleich hier auftauchen?«

»Weiß ich nicht. Kommt darauf an, ob sie ein zweites Buch für einen Sprung hierher dabeihatten.«

»Wenn nicht – wie lange werden sie brauchen?«

»Was weiß ich? Die beiden hatten einen deutschen Akzent. Das hier dürfte ihr Zuhause sein, ist also gut möglich, dass wir nicht mal mehr in England sind. Aber sie werden wohl kaum auf den nächsten Flug warten, sondern versuchen, irgendein Buch aufzutreiben, zu dem es hier ein Gegenstück gibt.«

Sie streckte Cat eine Hand entgegen und zog sie hoch. Dunkle Vorhänge waren vor den Fenstern zugezogen worden, um das Papier vor dem Tageslicht zu schützen. Nur durch einige Spalten fielen ein paar Sonnenstrahlen herein. Der Kronleuchter war eingeschaltet, dazu eine Stehlampe neben dem Sessel. Für einen kurzen Moment spürte Furia ein wehmütiges

Verlangen nach all den friedlichen Stunden in ihrer eigenen Leseecke, nach ihrem brummigen Sessel und der vorlauten Lampe.

Aber diese Gedanken vergingen ihr schlagartig, als ihr Blick auf die losen Seiten am Boden fiel. »O nein …«

Der Schnabel schlängelte sich schweigend aus ihrer Jackentasche. Furia konnte sich nicht erinnern, dass ihm schon einmal etwas derart die Sprache verschlagen hatte.

Die zerfetzten Seiten waren Überreste eines Massakers. Hier war ein Buch mutwillig zerstört, in Stücke gerissen und weit um den Sessel verstreut worden. Sein Einband lag mit der Außenseite nach oben zwischen den ausgerissenen Seiten, aus dem Buchdeckel hing ein schlaffer grauer Rüsselhals. Der Schnabel an seinem Ende stand halb offen, so als hätte er in seinem letzten Augenblick einen Schrei ausgestoßen. Furia berührte ihn vorsichtig und wusste sofort, das er nicht mehr lebte. Behutsam hob sie den Einband auf – die Bindung im Inneren war leer bis auf schmale Lamellen aus Papierfetzen – und legte ihn geschlossen auf den Sessel. Den reglosen Schnabelhals bettete sie vorsichtig in einem Halbrund darauf.

Cat trat hinzu und verzog angewidert das Gesicht. »Wer tut so was?«

Furias Schnabelbuch machte sich bemerkbar. Sie zog es aus ihrer Jackentasche und legte es neben den leeren Band auf den Sessel. Der Schnabel beugte sich zu seinem Artgenossen hinüber, stupste ihn ein paarmal zaghaft an, gab dann ein leises Seufzen von sich und zog sich wieder in seinen roten Einband zurück. Furia nahm ihr Buch wieder an sich.

»So was bringt nur ein Mensch fertig«, sagte der Schnabel. Furia machte sich Sorgen, weil ihr Seelenbuch keinen seiner üblichen Wutausbrüche bekam. Dabei konnte sie seinen Zorn deutlich spüren. »In Libropolis haben mich Menschen gezwungen, andere Schnabelbücher zu zerstören. Aber das hier …« Wieder verstummte das Buch und rang um Fassung. »Das hier war ein Gemetzel. Irgendwer hat ihm jede Seite einzeln ausgerissen. Es muss furchtbare Qualen erlitten haben.«

Keine Schimpfworte, kein wüstes Krakeelen. Nur eine Betroffenheit, die mehr und mehr auf Furia abfärbte. Als Bibliomantin konnte sie das Unrecht spüren, das hier geschehen war, und die Verbindung zu ihrem Seelenbuch machte das Gefühl noch intensiver. Sie teilte seine Wut, sogar seine Sprachlosigkeit.

Cat hob eine Seite auf und betrachtete sie. »Kann man es nicht … ich weiß nicht, kleben?«

Der Schnabel schoss in ihre Richtung, rupfte ihr das Papier aus der Hand und ließ es zurück zu Boden fallen. »*Kleben*? Kann man dein Herz kleben, wenn eine Klinge hineingestoßen wurde? Oder dein Spatzenhirn, wenn man dir den Hohlkopf eingeschlagen hat?« Das klang nun schon eher nach dem Schnabelbuch, das sie kannten.

Cat wollte etwas erwidern, aber Furia brachte sie mit einem Blick zum Schweigen. »Wir müssen rausfinden, wo genau wir hier sind.«

»Sie wären schon hier, oder?«, fragte Cat. »Wenn Rachelle ein eigenes Sprungbuch dabeigehabt hätte, meine ich.«

»Wahrscheinlich.« Furia steckte das Schnabelbuch zurück in die Tasche ihrer Lederjacke, doch es reckte gleich wieder den Hals ins Freie. Sie eilte zu den Vorhängen und zog einen davon ein Stück beiseite. Tageslicht blendete sie.

Hinter dem Stoff befand sich eine Glastür, die ins Freie führte. Nach kurzem Blinzeln erkannte Furia eine Terrasse mit steinernem Geländer, breit und wuchtig unter treibenden Wolken. Das Gebäude befand sich auf einem Berg, jenseits der Balustrade erkannte sie in einiger Entfernung sanft geschwungene Kuppen und schroffe Felswände. Der Anblick kam ihr bekannt vor, aber sie wusste im ersten Moment nicht, woran er sie erinnerte. Ganz sicher war sie noch nicht selbst hier gewesen.

»Das hier muss Haus Himmel sein«, sagte sie. »Also, das *Haus* von Haus Himmel.«

»Wir sollten den ganzen Kasten niederbrennen«, schlug Cat vor.

»Mit all den Büchern darin? Wohl kaum. Wir haben genug Schaden in Marduks Bibliothek angerichtet, für nichts und wieder nichts. Ich helfe nicht mehr dabei, Büchern Schaden zuzufügen, und ganz bestimmt werde ich keine verbrennen. Auch nicht, um der Akademie zu schaden.«

Cat murmelte etwas Unwirsches über Bibliomanten und ihre Befindlichkeiten und trat mit einem Seufzen zu Furia ans Fenster. Das Schnabelbuch deutete ein empörtes Schnappen nach Cats Fingern an und knurrte vor sich hin.

»Hört schon auf«, sagte Furia. »Alle beide.«

Sie drückte den ziselierten Türgriff nach unten. Die Scharniere blockierten kurz, wahrscheinlich eingerostet, dann schwang die Glastür nach innen auf. Kühle Luft wehte ihnen entgegen und fuhr raschelnd zwischen die losen Seiten am Boden.

»Sollten wir nicht lieber ein Buch suchen, mit dem wir von

hier verschwinden können?«, fragte Cat. »Eines, von dem es ein Exemplar in der Residenz gibt?«

»Gleich.« Furia machte einen Schritt ins Freie, schaute prüfend nach rechts und links und ging weiter. Cat folgte ihr nach kurzem Zögern.

Die Terrasse war nicht tief, gerade mal fünf Schritt, verlief aber an der gesamten Fassade entlang. Nirgends war ein Mensch zu sehen.

»Kannst du die Fenster im Auge behalten?«, bat Furia Cat.

»Klar. Falls da oben Bibliomanten auftauchen, töte ich sie mit meiner schlechten Laune.«

Das Anwesen lag über einem tiefen Flusstal. Auf einigen der gegenüberliegenden Hänge wuchsen Weinreben in ordentlichen Reihen, andere waren bewaldet. In einiger Entfernung schmiegte sich eine Ortschaft kurz vor einer Flussbiegung an den Berg.

Furia überquerte die groben Steinplatten und erreichte die Balustrade. Ein Raubvogel schoss aus einer Baumkrone hinab ins Tal und lenkte ihren Blick auf den steilen Hang unterhalb des Anwesens. Dort war auf schmalen Terrassenstufen ein dichtgewachsener Garten angelegt worden.

Als sie sich mit beiden Händen auf das breite Geländer stützte und wieder hinüber zu den Bergflanken blickte, fiel ihr ein, wo sie dieses Panorama schon einmal gesehen hatte. Sie war niemals hier gewesen, sie hatte auch keine Fotos davon gesehen. Wohl aber ein romantisches Landschaftsgemälde, das dieselbe Aussicht gezeigt hatte – als hätte der Maler mit Leinwand und Pinsel auf dieser Terrasse gestanden. Es hatte in der Geheimkammer der Villa Angelosanto gehangen, in Siebensterns Versteck, wo er das letzte Leere Buch hatte vollenden wollen. Es war eine Erinnerung an seine alte Heimat gewesen, an die Kindheit, die er dort verbracht hatte, viele Jahre bevor er die Welt der Bibliomantik erschaffen hatte.

»Haus Rosenkreutz«, flüsterte sie gegen den Wind. Von hier aus hatte ihr Severin geschrieben, lange bevor er zu Siebenstern geworden war.

»Was ist los?«, fragte Cat.

»Das hier war früher das Haus meiner Familie. Bevor sie nach England fliehen und einen neuen Namen annehmen mussten.« Sie drehte sich um, lehnte sich gegen die Balustrade und blickte an der imposanten Fassade hinauf. Drei Stockwerke hoch thronte das Schloss über einem uralten Strom, bei dem es sich nur um den Rhein handeln konnte. Das Gemäuer schien sich über sie zu beugen, ein düsteres Ungetüm vor den treibenden Wolken: verwittertes Mauerwerk, dunkle Fenster, spitze Giebel wie Henkerskapuzen.

»Die Himmels haben nicht nur meine Vorfahren ermordet. Sie haben auch unser Haus gestohlen!« Plötzlich verspürte sie eine Wut, von der sie nicht gewusst hatte, dass sie in ihr steckte. Das alles war fast hundertachtzig Jahre her, und doch kam es ihr in diesem Moment vor, als hätte sie selbst miterlebt, wie die Häuser Himmel, Lohenmut und Cantos den Rosenkreutz in den Rücken gefallen waren. Dies hier war das Vermächtnis der Frauen und Männer, die damals ermordet worden waren. Es war nicht genug gewesen, Furias Familie zu vernichten: Die Himmels hatten alles geraubt, was ihr gehörte, und den Namen der Rosenkreutz aus den Besitzurkunden und Grundbüchern getilgt.

Die Abneigung, die Furia von Kind an gegen die Drei Häuser gehegt hatte, beruhte auf den Berichten ihres Vaters, nicht auf eigenen Erfahrungen. Selbst als Mitglied des Widerstands war ihre Wut auf die Akademie eher rational gewesen, eine Sache des Verstandes, nicht ihres Herzens. Jetzt aber erwachte in ihr ein Hass, der ganz und gar ihr eigener war, und er speiste einen Zorn, der Furias Namen alle Ehre machte.

»Hier leben sicher noch mehr von denen.« Cat berührte sie am Arm. »Wir können nicht rumstehen und abwarten, bis sie uns finden.« Ihr Blick wanderte über die Fenster der oberen Etagen. Als Furia ebenfalls hinaufschaute, sah sie nur Dunkelheit hinter den Scheiben.

Cat zog sie zurück zum Fuß der Fassade. »Wenn das hier wirklich der Stammsitz der Himmels ist, dann ist das fast so gut wie das Sanktuarium. Wir können nicht verschwinden, ohne … ich weiß nicht, *irgendwas* zu tun.«

»Keine Bücher anzünden.«

Widerstrebend schüttelte Cat den Kopf. »Schauen wir uns drinnen um. Mal sehen, was wir finden.«

Sie kehrten in die Bibliothek zurück und schlossen die Terrassentür hinter sich. Ob ihr Vater gewusst hatte, dass hier heutzutage die Himmels lebten? Erwähnt hatte er es nie, vielleicht weil er es als zu große Schande empfunden hatte.

Das Schnabelbuch fluchte leise, als sie an dem zerstörten Exemplar auf dem Sessel vorbeigingen, und Furia redete ihm beruhigend zu. An der Zimmertür horchten sie auf Stimmen oder Schritte und schlichen dann hinaus auf einen beleuchteten Flur. Furia schlug ihr Seelenbuch auf, der Schnabel schmiegte sich an ihr Handgelenk.

Sie blickten in mehrere Zimmer, alle mit alten Möbeln eingerichtet. In den meisten gab es weitere Bücherregale. Schließlich kamen sie in eine geräumige Eingangshalle, in der eine Marmortreppe in die erste Etage führte. Genau gegenüber vom Portal befand sich eine massive schwarzlackierte Flügeltür. Der Schlüssel steckte auf der Außenseite. In Furia rumorte die Bibliomantik, als sie sich der Tür näherte.

»Ich muss da rein«, sagte sie. »Irgendwas ist da drinnen.«

Cat zuckte die Achseln. »Von mir aus.«

Irgendwo im Haus war ein Rascheln zu hören, so als rausche etwas blitzschnell heran, um plötzlich wieder innezuhalten.

»Wieso gibt es hier eigentlich keine Angestellten?«, flüsterte Cat. »Und keine Sicherheitsleute?«

Es waren nur wenige Schritte durch die Halle bis zum Portal, sie hätten wohl ohne weiteres ins Freie entkommen können. Aber Cat griff schon mit tollkühnem Grinsen nach dem Schlüssel und drehte ihn herum. Er war so groß wie ihre Hand und schwarz angelaufen. »Bringen wir's hinter uns«, sagte sie und drückte den rechten Türflügel nach innen.

Dahinter herrschte Finsternis.

»Lass mich vorangehen.« Furia drängte sich mit dem offenen Schnabelbuch an ihr vorbei. Sie war drauf und dran, ein Seitenherz zu spalten, fürchtete aber, dass dann jemand im Haus auf sie aufmerksam werden würde. Schon ihre bloße Anwesenheit hätte einem mächtigen Bibliomanten wie Baron Himmel längst auffallen müssen.

Cat betätigte einen Lichtschalter. Zahlreiche Wandleuchten erhellten einen kreisrunden Saal, fensterlos und mindestens dreißig Schritt im Durchmesser. Der Boden lag tiefer als der

Eingang, vier Stufen führten von der Tür hinab auf nussbraunes Fischgrätparkett. In der Mitte der riesigen Halle befand sich ein runder Tisch, um den in weiten Abständen drei Stühle standen. Platz wäre für mindestens zehn gewesen.

»Sieht aus, als hätten wir die Tafelrunde entdeckt.« Cat legte einen zweiten Kippschalter um. Im Licht eines gewaltigen Kronleuchters erkannte Furia, dass die karge Einrichtung und der Boden mit einer fingerdicken Staubschicht bedeckt waren.

»Hier ist seit Jahren kein Mensch mehr gewesen.« Sie konnte das Vergessen, das diesen Raum beherrschte, regelrecht riechen. Staub und altes Holz hatten einen eigentümlichen Duft entwickelt, beim Atmen kratzte die Luft in ihrem Hals. Sie ging in die Hocke und blickte über das stumpfe Parkett zum Tisch. Nicht einmal die Andeutung einer Fußspur.

Die Wände des runden Saals waren mit dunkelroten Samttapeten bedeckt. Auch die Bezüge der drei Stühle waren rot. Sogar durch den Staub war zu erkennen, dass in die Lehnen Ornamente aus Bernstein eingelassen waren. Auch die Kaskaden des Kronleuchters, die sie auf den ersten Blick für Kristall gehalten hatte, schimmerten gelblich.

»Das ist er«, presste sie heiser hervor. »Der Scharlachsaal. Der allererste Versammlungsort der fünf großen Häuser. Hier hat alles begonnen.« Sie schüttelte benommen den Kopf. »Ich hatte keine Ahnung, dass er in unserem Haus war.«

»Wieso *dein* Haus?«, fragte eine Kinderstimme auf Englisch, aber mit leichtem Akzent.

Noch während sie herumfuhr, teilte Furia ein Seitenherz. Über das Glühen der geheimen Schriftzeichen hinweg sah sie ein kleines Mädchen im Türrahmen stehen, nicht älter als Pip und ebenso zierlich. Es hatte langes blondes Haar, das ihm bis zu den Hüften fiel, und trug ein weißes Kleid mit Rüschen.

Furia tastete nach einer bibliomantischen Aura, fand aber keine. Auch die Hände der Kleinen waren leer.

»Sie ist keine Bibliomantin«, raunte sie Cat zu, die den Schlüssel zum Saal abgezogen hatte und vorsichtshalber in die Hosentasche gleiten ließ.

»Wieso sagst du, dass das hier euer Haus ist?«, fragte das Mädchen noch einmal und verschränkte die Hände hinter ihrem Rücken.

»Wie heißt du?«, erkundigte sich Furia.

»Ich hab zuerst gefragt.«

»Das war nur so dahergesagt. Weil wir dachten, dass wir hier alleine sind.«

»Außer mir ist ja auch keiner da.«

Cat horchte auf. »Im ganzen Haus? Sie sind alle fort?«

Das Mädchen hob eine Hand. »Ich schwör's.«

Furia bewegte sich langsam auf die Kleine zu. Sie waren nur wenige Schritte weit in den Saal hineingegangen, ihre Abdrücke waren deutlich im Staub zu sehen. »Verrätst du uns jetzt deinen Namen?«

»Könnt ihr mir helfen?«

»Erst dein Name«, forderte Cat.

»Juli.« Sie sprach es deutsch aus. »Ohne A. Wie der Monat.«

»Okay, Juli«, sagte Furia, die jetzt nur noch zwei Schritte entfernt war. Noch immer keine Spur einer bibliomantischen Ausstrahlung. »Wo sind die anderen?«

»Der Baron ist tot. Veit und Rachelle sind weg und die –«

»Warte!«, fiel Furia ihr ins Wort. »Baron Himmel ist tot?«

»Veit und Rachelle haben ihn umgebracht. Sie haben seine Leiche ins Kühlhaus gebracht. Ich kann sie euch zeigen, wenn ihr wollt.«

Furia wechselte einen Blick mit Cat, dann sah sie wieder das Mädchen an. »Wer bist du?«

»Juli. Sag ich doch.«

»Juli – und weiter?«

»Nichts weiter. Die Himmels haben mich entführt, als ich noch ein kleines Kind war. Seitdem muss ich ihnen dienen.«

»Dienen?«, fragte Cat zweifelnd. »Du bist doch höchstens zehn.«

»Elf!«

»Elf. Na gut.«

Cat wollte noch etwas sagen, aber Furia kam ihr zuvor: »Und du behauptest, Veit und Rachelle Himmel hätten ihren Vater getötet?«

Das Mädchen nickte heftig. »Vor ein paar Stunden erst. Und sie haben die alte Baronin vertrieben. Sie wollen selbst die Oberhäupter des Hauses Himmel sein und im Akademierat sitzen.« Jetzt glänzten Tränen in ihren Augen. »Sie sind verrückt geworden. Und sie sind sehr böse.«

Furia berührte sachte die Wange des Mädchens. »Und wir sollen dir helfen, von hier zu fliehen?«

»Könnt ihr das tun? Irgendwohin, wo es sicher ist? Vielleicht zu euch nach Hause?«

»Auf keinen Fall«, sagte Cat unerbittlich.

Etwas versöhnlicher fügte Furia hinzu: »Das ist im Moment ein bisschen schwierig.«

Jetzt schluchzte die Kleine ganz ungehemmt. »Überall ist

es besser als hier. Die Himmels sind schreckliche Menschen. Sie sind grausam und gemein. Ich musste immer alles tun, was sie sagen. Und die Allerschlimmsten sind Rachelle und ihr Bruder.«

Cat senkte die Stimme, als sie sich zu Furia beugte. »Sie können jeden Moment hier auftauchen. Lass uns verschwinden, wenn wir ohnehin nichts verbrennen dürfen.«

Das Schnabelbuch zischte wie eine Schildkröte. »Kein Feuer, wenn ich in der Nähe bin!«

»Niemand verbrennt hier irgendwas«, beschwichtigte Furia das Buch.

»Jaja.« Cat machte keinen Hehl aus ihrer Enttäuschung. Die Vorstellung, den Wohnsitz der Himmels bis auf die Grundmauern niederzubrennen, schien ihr wirklich gut zu gefallen. Auch Finnian hätte das gemocht.

»Nehmt mich doch bitte mit«, sagte das Mädchen weinend. »Ich will hier nicht bleiben.«

»Hierlassen können wir dich jedenfalls nicht«, stimmte Furia zu.

Cat ging an der Kleinen vorbei und blickte hinaus in die Eingangshalle.

»Und?«, fragte Furia.

»Niemand.«

»Ihr müsst mir glauben«, sagte das Kind. »Veit und Rachelle haben heute Morgen alle Bediensteten nach Hause geschickt. Alle außer mir. Auch die Wächter an der Auffahrt mussten wegfahren. Die beiden wollten ungestört sein, um den Baron und die alte Frau –« Sie verzog das Gesicht und rieb sich durch die Augen. »Ich musste bei allem zugucken. Es war *so* schlimm.«

»Ich glaub's einfach nicht«, sagte Cat zu sich selbst und schob sich ihren schwarzen Pony aus den Augen. »Wir sind im Haus Himmel, kein Mensch ist da, alles ist ungeschützt … und wir tun nichts. Einfach gar nichts.« Mit einem Mal sah sie Furia scharf an. »Kein Wort darüber zu Finnian! Der würde uns beide für irre halten.«

Furia nickte und wandte sich wieder der Kleinen zu. »Was genau musstest du für sie tun?«

Die Mundwinkel des Mädchens zuckten, aber das konnte kein Lächeln gewesen sein. Wahrscheinlich begann sie gleich wieder zu weinen. »Ich musste aus Büchern vorlesen«, sagte sie mit einem heftigen Schlucken. »Ich war die Vorleserin der Frau Baronin.«

41

Ein Spiralsturm violetter Funken wirbelte um Isis und Duncan, als sie aus der unendlichen Leere in einer Welt der Enge und Dunkelheit traten. Das Tor, das Duncan für sie erschaffen hatte, blieb nur einen Herzschlag lang geöffnet, während die beiden Bibliomanten in einem düsteren Korridor erschienen. Dann löste es sich hinter ihnen auf. Lediglich ein wenig lila Glut rieselte an der Stelle zu Boden, an der eben noch ein Durchgang zwischen den Refugien geklafft hatte.

Stahltüren mit winzigen Sichtluken führten zu beiden Seiten des Korridors in winzige Zellen. Sie standen alle offen, die Kammern dahinter waren leer. Kein Mensch war zu sehen.

Duncan strich sich Reste der Glut wie Brotkrümel aus dem Bart. »Lange hab ich mir gewünscht, ich könnte diesen Ort einfach aus meiner Erinnerung streichen.«

»Ich bin nie hier gewesen«, flüsterte Isis, während sie sich bemühte, nicht an die Lockungen von Absolons Buch zu denken. »Sieht nicht so aus, als hätte ich viel verpasst.«

Das also war Montecristo, das Kerkerrefugium der Adamitischen Akademie. Eines der tiefen Refugien, fernab der bibliomantischen Zentren wie Libropolis und Unika. Die Festung der Vergessenen. In den Reihen der Garde erzählte man sich, Montecristo sauge nicht nur den Gefangenen das Leben aus, sondern auch jenen, die sie hier festhielten.

Duncan hatte Isis gewarnt, dass sie womöglich inmitten einer Kompanie Gardisten landen und von der ersten Sekunde an um ihr Leben kämpfen müssten. Stattdessen machte die Umgebung den Eindruck, als wäre seit Jahren niemand mehr hier gewesen.

Schweigend hasteten sie von Zelle zu Zelle und warfen in jede einen prüfenden Blick. Montecristo war nicht einmal hundert Jahre alt, sah aber aus wie eine Kerkeranlage aus dem späten Mittelalter. Die Wände bestanden aus groben Steinblöcken, zusammengehalten von körnigem Mörtel. In den Zellen waren Eisenringe und Ketten angebracht. Immerhin gab es elektrisches Licht aus Lampenkäfigen unter der Decke.

Nahezu alle Refugien, die im Auftrag der Adamitischen Akademie erschaffen worden waren, wirkten wie Kulissen eines Historienspektakels. Gib einem Refugienschmied den Auftrag, ein Gefängnis zu errichten, dachte Isis, und du kannst sicher sein, dass du so etwas wie das hier bekommst: ein Sammelsurium aller Verliese, die er aus irgendwelchen Büchern kannte.

»Warum können wir nicht mal in eines der hübschen Refugien springen?«, fragte sie, während sie sich dem Ende des Korridors näherten. »Das Refugium der Vignettenmaler … Überhaupt die Künstlerrefugien. Scala und Panoramica und Flowerball. Warum muss es immer so was sein?«

»Du bist doch so versessen darauf, die Welt zu heilen – wo sonst, wenn nicht da, wo sie krank ist?«

Sie verkniff sich ein Lächeln. Etwas an Duncans Art – sein Zweckoptimismus, der vielleicht nur gut getarnter Sarkasmus war, da war sie nie ganz sicher – bewirkte, dass sie mit neuer

Energie, sogar Hoffnung zu Werke ging. Furia, Finnian und die anderen waren Teenager, nicht halb so erfahren, wie sie glaubten, und mit einem Hang zu Selbstüberschätzung und blindem Idealismus. Duncan hingegen war in einem Alter, in dem er seine Grenzen längst ausgelotet hatte. Er war im Reinen mit sich und seiner Sicht der Welt.

Und sie selbst? Grenzen waren etwas, das sie sich freiwillig auferlegte, um angesichts ihrer Möglichkeiten nicht den Verstand zu verlieren. Sie fürchtete sich vor dem, was aus ihr geworden war, und fühlte sich wie eine Blinde, die mit Schwarzpulver und Zunder spielt. Vielleicht konnten ja Absolons Schriften ihr den Weg weisen.

Mit dem Seelenbuch in seiner Rechten deutete Duncan auf eine Zelle am Ende des Gangs. »Das da ist sie. Hier war er eingesperrt, als ich ihn zum letzten Mal gesehen habe.«

Im Näherkommen erkannten sie, dass auch diese Zellentür offen stand. Duncan stieß einen Fluch aus, als sie vor der leeren Kammer stehen blieben. Der Plan, Damaskanos in aller Eile zu befreien, löste sich in Wohlgefallen auf.

»Heißt das, du warst noch mal hier, nachdem ihr ihn damals hergebracht habt?«

»Einmal. Ungefähr ein Jahr später.«

»Was wolltest du von ihm?«

Sein Zögern dauerte eine Spur zu lange. »Ich hab ihn verhört.« Sie wartete, ob er das weiter ausführen wollte, doch als er es nicht tat, respektierte sie seine Zurückhaltung. Es gab genug in ihrem eigenen Leben, über das sie kein Sterbenswort verlieren würde, so dass sie anderen schwerlich Heimlichtuerei vorwerfen konnte.

»Was jetzt?«, fragte er.

Isis betrat die Zelle. Das Mauerwerk war über und über mit eingeritzten Zeichen bedeckt, auf den ersten Blick nichts als wirres Gekritzel. In Wahrheit handelte es sich wohl um geometrische Muster und Diagramme. Ähnliche Skizzen hatte sie beim Durchblättern des *Horizontenatlas* gesehen, in jenem Teil des Buches, in dem die Kartographen versucht hatten, die Positionen der Refugien zueinander darzustellen.

»Glaubst du, Damaskanos ist noch hier in der Festung?«

»Möglich, dass sie ihn nur umquartiert haben.«

»Und er war wirklich der einzige Gefangene?«

»Bis sie ihn hergebracht haben, hat das alles leergestanden. Montecristo war schon viele Jahre vorher aufgegeben worden. Die haben erst für Damaskanos wieder eine Wachmannschaft hier stationiert.«

Isis fuhr mit den Fingerspitzen über die Kerben und Kratzer im Gestein. Selbst mit einem besseren Wissen über Refugienkartographie hätte sie diese Wände stundenlang anstarren können, ohne einen Bruchteil dessen zu verstehen, was Damaskanos aufgezeichnet hatte. Das Absolonbuch gab ihr das Gefühl, es wäre die Mühe wert – sie konnte *alles* erreichen, wenn sie nur wollte –, aber sie hatte sich gut genug im Griff, um dieser Eingebung nicht zu vertrauen.

Duncan stand noch immer draußen vor der Zelle, als sie sich wieder zu ihm umwandte. »Warum haben sie ein ganzes Kerkerrefugium erschaffen, um es dann jahrzehntelang leer stehen zu lassen? Und dann nur einen einzelnen Mann hier einzusperren?«

»Du weißt es wirklich nicht?«

Ungeduldig schüttelte sie den Kopf.

Erneut warf er sichernde Blicke den Korridor hinunter und senkte seine Stimme. »Montecristo ist für die ersten Exlibri gebaut worden. Der ursprüngliche Plan der Akademie war nicht, sie in Ghettos zu sperren, sondern in ein Gefängnis. Man wollte sie befragen, vielleicht Versuchen unterziehen, und mehr über die Gründe herausfinden, warum sie aus den Büchern stürzen. Hunderte sind damals hergebracht worden. Aber irgendwann musste man einsehen, dass die Exlibri selbst keine Ahnung hatten, was mit ihnen geschehen war, und dass ihr Auftauchen eine Nebenwirkung der Bibliomantik war. Es gab keine Invasion, wie man anfangs vermutet hatte, auch wenn die Gerüchte darüber nie ganz verstummt sind. Innerhalb des Rats gibt es immer noch einige, die davon überzeugt sind, dass wir es nur mit einer Vorhut zu tun haben und, Gnade uns Gott, wenn erst alle Grenzen zwischen den Büchern und der Wirklichkeit fallen.« Duncan legte eine Hand an das dunkle Gestein. »Schließlich wurden es einfach zu viele, selbst für eine Anlage dieser Größe.«

»Woher weißt du das alles?«

»Es hat ein paar Jahre gedauert, bis ich dahintergekommen bin. Wenn man einmal weiß, wonach man suchen muss, wird es einfacher. Manch einer schien ganz erleichtert zu sein, darüber reden zu können. Bei anderen war ein wenig mehr Einsatz nötig.«

»Bist du deshalb desertiert?«

Er nickte. »Nachdem sie Montecristo aufgegeben haben, gab es Pläne, die Exlibri anderswo wegzusperren. Nicht in die Ghettos, die waren eine Notlösung. Es gab noch einen anderen Plan.«

»Atticus hat mir davon erzählt. Dass die Nachtrefugien erschaffen wurden, um die Exlibri loszuwerden – bis Phaedra Herculanea aufgetaucht ist und die Akademie einsehen musste, dass sie sich mit der Falschen angelegt hatte.« Sie lächelte humorlos. »Mit einer Frau, noch dazu. Das muss ziemlich bitter für sie gewesen sein.«

Duncan wollte etwas entgegnen, als ein tiefes Grollen ertönte. Ein Zittern lief durch das Mauerwerk. Staub rieselte aus den Ritzen von Damaskanos wirrer Kartographie und enthüllte noch tiefere Verästelungen in diesem Chaos aus Zeichen und Symbolen.

»Was zum –«

Isis eilte aus der Zelle zu Duncan auf den Korridor. »War das eine Explosion?«

»Klang eher wie Donner.«

Sie spürte etwas und begriff zugleich, dass es die ganze Zeit über unterschwellig da gewesen war, schon im Augenblick ihrer Ankunft. Etwas geschah an diesem Ort, womöglich *mit* diesem Ort, und es war nichts so Profanes wie eine Sprengung und erst recht kein Gewitter.

»Komm!« Sie lief los, bog um die nächste Ecke und stürmte einen weiteren Korridor hinunter. »Kennst du dich hier aus?«

Duncan war unmittelbar hinter ihr. »Ich glaube, da vorne ist ein Treppenhaus. Aber es ist Jahre her, dass ich hier gewesen bin. Jedenfalls war es nicht allzu weit bis zum Portal. Das hier dürfte der richtige Weg sein.«

Wie nahezu alle Refugien, die von der Akademie geschaffen worden waren, besaß also auch Montecristo ein fest verankertes Portal für den Transport von Menschen und Materialien.

Wahrscheinlich war es der bestbewachte Ort der ganzen Festung.

»Wohin führt es?«, fragte sie.

»Nach Unika.«

In Unika befand sich eine Reihe von Regierungseinrichtungen der Akademie, so auch der Gerichtshof. Vor allem aber war es das Refugium der bibliomantischen Schulen, die der Akademie einst ihren Namen gegeben hatten. Die Ausbildung des bibliomantischen Nachwuchses spielte heute keine so große Rolle mehr wie vor hundert Jahren, aber dort gab es noch immer ein halbes Dutzend Internate und Hochschulen, in denen Bibliomantenkinder linientreu erzogen wurden.

Erneut durchlief eine Erschütterung die Mauern der Festung, und diesmal schien sie kein Ende zu nehmen.

»Falls das ein Angriff ist«, sagte Duncan, als sie den Durchgang zu einem breiten Treppenhaus erreichten, »dann keiner mit herkömmlichen Waffen.« Er deutete die Stufen hinab. »Wir müssen da runter.«

»Wer hätte Interesse daran, Montecristo anzugreifen?«, fragte sie auf der Treppe. »Ein Gefängnis, in dem nur ein einziger Gefangener festgehalten wird?«

Als sie das Stockwerk darunter erreichten, hörten sie weit entfernte Rufe, ein Durcheinander von Männerstimmen. Doch der Korridor, in den sie jetzt einbogen, war menschenleer. Auf der rechten Seite gab es eine Reihe von Schießscharten. Das Grollen klang hier viel lauter und näher, und Isis zog in Erwägung, dass es sich doch um eines jener legendären Unwetter handeln könnte, von denen die tieferen Refugien dann und wann heimgesucht wurden.

Sie lief zur ersten Schießscharte, Duncan zur zweiten. Brodelnde Finsternis hing außerhalb der Festung wie Qualm über brennenden Ölfeldern. Und da war noch etwas. Ihre bibliomantischen Sinne registrierten eine *Anwesenheit* jenseits der Schwärze, eine Präsenz von etwas, das sich dort draußen näherte.

»Fühlst du es auch?«, fragte Duncan.

Isis nickte. »Sind *sie* das? Die Ideen?«

Er zuckte nur mit den Schultern, dann rannten sie weiter, jetzt noch schneller, während unter ihnen der Boden erzitterte.

Schließlich erreichten sie eine steinerne Galerie, die im ersten Stockwerk um einen runden Innenhof verlief. Die Vielzahl von Stimmen, die sie gehört hatten, drang von dort unten herauf. Die beiden gingen hinter der Brüstung in Deckung und blickten vorsichtig über den Rand in die Tiefe.

Portale gab es in vielerlei Gestalt, zumeist als Brücken oder Tunnel. Das Portal zwischen Montecristo und Unika besaß die Form einer breiten Treppe, die im Zentrum des Hofes abwärts führte und nach zwanzig Yards in einer Wand aus weißem Dunst verschwand.

Ein gutes Dutzend Männer eilte auf dem Hof umher, einige weitere verschwanden gerade mit Kisten beladen in der Nebelwand. Sie alle trugen altmodische Uniformen im Rot und Schwarz der Akademie.

»Sie ziehen sich zurück«, flüsterte Duncan. »Sie geben Montecristo auf.«

Wieder erbebte das Gefängnis in seinen Grundfesten.

»Holt jetzt die Gefangenen!«, kommandierte jemand, den sie inmitten des Treibens nicht ausmachen konnten.

Isis warf Duncan einen Seitenblick zu. *Die* Gefangenen. Es gab also weitere Häftlinge auf Montecristo, nicht nur Viktor Damaskanos.

Acht Mann setzten sich in Bewegung. Sie teilten sich in zwei Gruppen auf, die in Torbögen auf beiden Seiten des Hofes verschwanden. Eine lag genau unter Isis' und Duncans Deckung.

»Zwei Gefangene«, murmelte sie. »Vier Männer für jeden von ihnen.«

Duncan runzelte die Stirn. »Sollen wir ihnen getrennt folgen?«

Normalerweise wäre das auch ihr Vorschlag gewesen – sie allein nahm es mit einem Vielfachen eines solchen Trupps auf, und die gefährliche Euphorie der Absolon-Lektüre gab ihr das Gefühl, unbesiegbar zu sein. Aber die Umstände sprachen dagegen: Sie kannte sich in diesem Irrgarten von Gängen und Zellen nicht aus, und dann war da noch die Bedrohung draußen in der Finsternis.

»Bleiben wir zusammen«, sagte sie. »Falls unser Trupp der falsche ist, können wir immer noch umkehren und den anderen im Hof abfangen.«

»Du denkst: Es sind nur acht. Richtig?«

»Es *sind* nur acht.«

»Unterschätze sie nicht, nur weil sie diese Uniformen tragen. Sie alle sind Bibliomanten.«

Schon als angehende Agentin hatte sie auf die Garde herabgeblickt. Gardisten waren oft einfache Soldaten, nur manche unter ihnen besaßen bibliomantische Fähigkeiten. Falls also die Wachmannschaft auf Montecristo ausnahmslos aus Bibliomanten bestand, musste der Akademie in der Tat eine Menge an Damaskanos und seinem Wissen über die Nachtrefugien liegen.

Wieder liefen sie los, zurück zum Treppenhaus und hinab ins Erdgeschoss. Das unheimliche Grollen ertönte jetzt ununterbrochen und erinnerte an das Trompeten rasender Elefantenherden, vermischt mit Lauten, deren Ursache Isis sich nicht einmal ausmalen konnte.

Es dauerte nicht lange, da entdeckten sie den Trupp am Ende eines langen Korridors. Die elektrische Beleuchtung begann zu flackern, erlosch gänzlich und flammte wieder auf.

Die Soldaten betraten eine Halle, in der ein haushoher Mechanismus aus gewaltigen Zahnrädern über Kettenzüge mit perfiden Folterapparaturen verbunden war. Die Wand an der Stirnseite musste zehn Yards hoch und ebenso breit sein, darin befand sich nur eine einzige schmale Tür. Vor ihr blieben die Soldaten stehen.

Isis und Duncan gingen hinter einem erkalteten Generator in Deckung, daneben standen mehrere Plastikkanister. Offenbar war die Stromversorgung auf Montecristo schon seit längerem unzuverlässig.

»Und wieder kein romantischer Abend«, bemerkte Duncan, während sie eng beieinanderhockten und zusahen, wie einer der Männer die Tür aufschloss.

»Wir hatten schon schlimmere.«

Als er lächelte, rekapitulierte sie in Gedanken die ersten Zeilen von Absolons Buch. Dann warf sie alle Bedenken über Bord und eilte weiter, ehe er sie zurückhalten konnte.

42

Im Gehen öffnete sie ihren Oberkörper und spaltete ein Seitenherz. Unter dem Einfluss des Absolonbuches explodierte die Bibliomantik förmlich aus ihrem Inneren und brach über ihre Gegner herein.

Einer der Männer spürte ihre Nähe und fuhr herum. Der Lichtschein des Seitenherzens ließ seine aufgerissenen Augen erglühen wie die einer Katze, dann wischte Isis ihn mit einem Wink beiseite. Er wurde von den Füßen gerissen, prallte auf die Kante einer Streckbank und blieb reglos liegen.

Die drei übrigen trugen ihre Seelenbücher in Gürtelholstern, aber nur einer von ihnen griff danach. Ein anderer richtete seine Pistole auf Isis und hätte sie in Herz und Stirn getroffen, wären die beiden Kugeln nicht von einem Wall schützender Bibliomantik abgewehrt worden. Mit raschen Schritten ging der Mann hinter den gigantischen Zahnrädern in Deckung.

Isis wandte sich vorerst den beiden anderen zu. Der eine Gardist hatte gerade die Zellentür aufgestoßen. Der zweite spaltete in Windeseile ein Seitenherz und sandte einen Druckstoß in ihre Richtung. Als sie mühelos auswich, krachte die Welle scheppernd gegen den Generator. Erleichtert spürte Isis, dass Duncan nicht mehr dort war, sondern zum Rand der Halle schlich, um den Mann hinter den Zahnrädern von der Seite aus anzugreifen.

Als Siebenstern-Exlibra gebot sie über eine Fülle von Angriffsarten, von Illusionen und geistiger Einflussnahme bis hin zu Attacken mit Hilfe der Elemente. Aber Isis hatte immer den schnellsten und körperlichen Weg geschätzt, und daran änderten auch ihre neuen Fähigkeiten nichts. Für einen Augenblick verlangsamte sie die Zeitebene des Gardisten und stand unverhofft vor ihm, als er zurück in den normalen Zeitfluss stürzte. Sie entriss ihm sein Seelenbuch und schleuderte es in hohem Bogen davon, packte ihn unterm Kinn und rammte seinen Schädel gegen die Mauer. Trotzdem streckte er die Hand nach seinem Seelenbuch aus. Mit ruckartigen Bewegungen kroch es auf ihn zu. Isis schlug ihn ein zweites Mal mit dem Hinterkopf gegen die Wand, spürte aber, wie ein Kribbeln durch seinen Körper schoss und auf ihre Hand übersprang. Mit einem wütenden Aufschrei ließ sie ihn los. Noch während er leblos in sich zusammensackte, schnellte das bibliomantische Gift, mit dem er sie beide hatte töten wollen, an ihrer Haut empor. Isis konzentrierte sich auf ihren Arm, drängte die heimtückische Energie zurück und ließ sie in einem Funkenregen von ihren Fingerspitzen zu Boden regnen.

Wütend auf sich selbst, weil sie nicht damit gerechnet hatte, dass ihr Gegner seinen eigenen Tod in Kauf nehmen würde, machte sie einen Satz nach hinten und brachte sich damit außer Reichweite des vierten Soldaten im Türrahmen. Der hatte die Sekunden, in denen sie abgelenkt gewesen war, genutzt und sandte ihr aus seinem geöffneten Seelenbuch einen Feuerstoß nach. Aus nächster Nähe hätte Isis zum Gegenangriff übergehen können, so aber ließ sie die Glut von einem unsichtbaren Schutzschild abprallen.

Der Mann holte zu einer zweiten Attacke aus, doch sie ließ ihm keine Zeit. Die Schriftzeichen auf den Seiten ihres Oberkörpers glühten weiß auf, genauso wie der große Zellenschlüssel in seiner Hand. Das Metall verformte sich zu einem Bohrer, gedreht wie ein Korkenzieher, und verschwand kreisend im Unterarm des Mannes. Brüllend verlor er sein Seelenbuch und stürmte an Isis vorbei tiefer in die Halle. Sie hätte den mörderischen Stachel durch den Arm in seine Brust lenken können, aber das hätte zu viel Konzentration in Anspruch genommen, und sie spürte, dass ihr letzter Gegner – der Gardist hinter den Zahnrädern – noch immer nicht geschlagen war. Also überließ sie den schreienden Mann sich selbst; vielleicht war er begabt genug, um den verwandelten Schlüssel aufzuhalten.

»Duncan?«

Sie konnte fühlen, dass etwas nicht stimmte. Duncans Vorhaben, den letzten Gardisten von der anderen Seite aus anzugreifen, musste fehlgeschlagen sein. Sie spürte die bibliomantische Präsenz der Männer hinter den Kolossen aus gezahntem Stahl und rannte los.

Hinter ihr wurde das Kreischen des Schlüsselbohrers lauter, als der Mann ihn aus seinem Oberarm presste und hinter Isis herschleuderte. Sie fühlte, wie der rotierende Eisendorn auf sie zuschoss, ließ sich fallen, sah das Geschoss über sich hinwegfauchen und hörte, wie es gegen die Mauer schlug. Ihr Feind aber stand da, hielt sich mit der linken Hand den verletzten rechten Arm und sah sie hasserfüllt an.

»Ich weiß, wer du bist«, brachte er mit schmerzverzerrtem Gesicht hervor. »Du bist die Verräterin Isis Nimmernis.«

Sie hatte ihn nicht töten wollen. Aber er hätte kein zweites Mal versuchen sollen, sie umzubringen.

Sie sah in ihr Innerstes, las die Zeilen ihres geöffneten Seitenherzens und sandte ihm einen gebündelten Druckstoß entgegen, nicht breiter als ein Bleistift. Er drang durch die Reste seiner Abwehr und durchbohrte seine Brust. Wortlos brach er zusammen.

»Duncan?«

Sie schwankte leicht, als sie auf das Gebirge aus Zahnrädern zulief. Darüber befand sich auf einer Art Gitterturm ein Podest mit einem Sitz, rechts und links davon eine Vielzahl von Hebeln und Schaltern. Ein einziger Folterknecht konnte von dort aus wie ein teuflischer Orgelspieler all die Schreckensinstrumente in der Halle bedienen, vollautomatisierte Streckbänke, Apparaturen zum Knochenbruch und eine ganze Armada aus Bohrern und Zangen an vielgelenkigen Greifarmen.

Jetzt aber war der Platz verwaist.

»Duncan?«

Kein Laut, obwohl sie die beiden Männer nach wie vor spüren konnte. Duncan war am Leben, ebenso sein Gegner.

In der Ferne ertönte das Grollen. Der Boden bebte unter ihren Sohlen in einem feinen Tremor, als erwachte das Gemäuer selbst zum Leben.

»Isis!«, rief Duncan. »Pass auf!«

Ein markerschütterndes Quietschen und Ächzen erklang, gefolgt von vielfachem Bersten. Wolken aus rostigem Staub stiegen aus der Maschinerie empor, dann brachen mehrere Achsen. Und Isis begriff, warum Duncan sie vor der Macht der Wächter von Montecristo gewarnt hatte.

Das Gefüge der mächtigen Zahnräder zerfiel unter ohrenbetäubendem Getöse. Die Räder gerieten in Bewegung und rollten hochkant in unterschiedliche Richtungen auseinander. Das kleinste hatte den Durchmesser eines Traktorreifens, das größte war so hoch wie ein Haus, und sie alle verteilten sich nun in der Halle, bildeten einen weiten Kreis um Isis. Die bibliomantische Macht, die alle diese Bewegungen gleichzeitig lenkte, musste beträchtlich sein.

Als Isis wieder zum Thron des Folterknechts emporblickte, entdeckte sie dort den Gardisten. Er musste hinaufgeklettert sein, während sie abgelenkt gewesen war. Nun hatte er die Arme gespreizt und dirigierte die tonnenschweren Stahlräder kraft seines Willens.

Auch Duncan erklomm das Gestänge des Hochsitzes, inmitten eines Chaos aus geborstenen Achsen, manche so dick wie Kanalrohre. Er gestikulierte zu Isis herüber und brüllte etwas, das im mahlenden Lärm der Räder unterging.

Einen Herzschlag später donnerte das erste Zahnrad auf sie zu, Tonnen rollenden Stahls, denen sie mit einem Sprung zur Seite entging. Sofort folgte das nächste Rad und streifte sie fast an der Schulter. Die Seiten in ihrem offenen Oberkörper flatterten, als sie für einen Moment die Kontrolle verlor. Ein drittes Rad rollte heran, ein viertes und fünftes. Nur um Sekunden versetzt kreuzten sich die Bahnen der stählernen Titanen, ihre kantigen Zähne stanzten Löcher in den Steinboden der Halle. Isis sprang gehetzt umher, wich einem nach dem anderen aus, ohne dass ihr die Zeit zu einem Gegenschlag blieb. Mit jedem Mal fiel es ihr schwerer, die Räder kamen näher, und schließlich stolperte sie über eine der Spuren im Boden. Auf Händen und Knien landete sie in einer Rinne aus geborstenen Pflastersteinen, während das nächste Zahnrad heranrollte.

Sie streckte dem Stahlungetüm ihre flache Hand entgegen. Das Licht in ihrem Inneren wurde neu entfacht, eine Seite spaltete sich, und sie sandte dem Rad einen Druckstoß entgegen, der es zum Schlingern brachte. Dennoch donnerte es weiter auf sie zu, neigte sich von einer Seite zur anderen, geriet auf den letzten Yards aus der Bahn und verfehlte sie um Haaresbreite.

Ihm folgte ein weiteres, ungleich größeres Rad.

Der Mann auf dem Gitterturm triumphierte. Duncan, der noch ein gutes Stück von ihm entfernt war, hielt inne und schlang sich mit einem Arm um das Gestänge. Mit der freien Hand öffnete er sein Seelenbuch und begann einen bibliomantischen Angriff, der unweigerlich den gesamten Hochsitz zum Einsturz bringen musste.

»Nein, Duncan!«, brüllte Isis aus Leibeskräften, um das Mahlen der Räder zu übertönen.

Im nächsten Augenblick musste sie schon dem Zahnrad ausweichen, taumelte auf die Füße und machte einen Hechtsprung nach rechts, der sie in die Bahn eines weiteren Rades brachte. Sie landete auf dem Bauch und begrub die offenen Seiten unter sich, spürte sie knicken und rebellieren. Noch einmal rollte sie sich zur Seite und fühlte den Luftzug des vorüberdonnernden Rades im Gesicht.

Duncan wurde in weißes Licht getaucht, dann schoss Glut aus seinem Seelenbuch zu dem Gardisten empor.

Die Plattform wölbte sich an den Rändern nach oben. Hebel brachen, ein Schaltpult stand plötzlich in Flammen. Nieten platzten aus ihren Verankerungen und jagten wie Geschosse in alle Richtungen. Der Gardist begann zu schreien, als sich der Metallboden wie eine Hand aus Stahl um ihn schloss. Duncan brüllte vor Anstrengung auf und schloss die emporgereckten Finger zur Faust. Sogleich knüllte sich die Plattform zusammen wie Papier, und der Gardist verschwand kreischend in ihrem Inneren. Seine Schreie erstarben, als sich das Metall immer enger zusammenzog, bis nur noch eine kantige Kugel aus Stahl auf dem verbogenen Gestänge thronte, kaum einen Schritt im Durchmesser.

Die Zahnräder waren zum Stillstand gekommen. Einige schwankten und kippten zur Seite, rissen andere mit sich.

Als Isis wieder zu Duncan hinaufsah, hing der noch immer drei Mannslängen über dem Boden, während sich das verbogene Gestänge des Hochsitzes langsam zu seiner Seite hin neigte. Die zerstörte Konstruktion würde ihn in das Gewirr der geborstenen Achsen rammen.

Isis öffnete mehrere Seitenherzen auf einmal. Bibliomantische Energie schob den Gitterturm quietschend zurück in die Senkrechte und hielt ihn aufrecht, bis Duncan weiter hinabklettern und das letzte Stück in Sicherheit springen konnte. Mit hastigen Sätzen stürmte er auf Isis zu, während das Gestänge hinter ihm nachgab und unter Getöse zusammenbrach. Funken sprühten in glühenden Fontänen empor.

Isis stützte vorgebeugt die Hände auf die Knie, als sich ihr Brustkorb schloss. Sie zitterte am ganzen Leib und erkannte, dass dies von den Erschütterungen des Mauerwerks herrührte, nicht von ihrer Erschöpfung. Das, was sich unaufhörlich näherte, musste Montecristo fast erreicht haben.

Duncan wollte sie stützen, doch sie schüttelte seinen Arm ab und schloss mit bebenden Fingern die Haken ihrer Korsage. »Schon gut«, stieß sie heiser aus. »Kümmern wir uns um Damaskanos!«

Er nickte mit einem zweifelnden Ausdruck, zumal die übrigen Wächter jetzt gewarnt sein mussten – es sei denn, das Getöse in der Halle wäre vom Lärm außerhalb der Festung übertönt worden.

Gemeinsam liefen sie zwischen verkeilten Zahnrädern zur offenen Zellentür hinüber, hinterließen an der Schwelle ein Origami, das sie vor weiteren Wächtern warnen sollte, und betraten Damaskanos' Zelle.

Sie war um ein Vielfaches größer als die alte in den oberen Stockwerken. Auch war Damaskanos nicht mehr darauf angewiesen, seine Berechnungen und Zeichnungen ins Mauerwerk zu ritzen. Stattdessen hatte man ihm riesige Papierbögen zur Verfügung gestellt, die er in Aluminiumständer gespannt hatte. Dutzende davon waren mit einem engmaschigen Muster aus Linien, Kurven und mikroskopischen Schriftzeichen übersät, und Isis hätte auf den ersten Blick nicht zu sagen vermocht, ob es sich dabei um Landkarten, astronomische Berechnungen oder Schnittmuster für neue Gardeuniformen handelte. Damaskanos konnte die Ständer auf Gummirädern im Raum umherschieben, und so war ein Irrgarten aus beschriftetem Papier entstanden, ein Zickzack aus schmalen Gängen zwischen deckenhohen Plänen voller Zahlen, Buchstaben und verwirrender Schemata.

Im schwachen Lichtschein vereinzelter Lampen erkannte Isis hier und da den Namen eines Refugiums, gelegentlich auch

Orte außerhalb. Aber sie verstand nicht, in welcher Beziehung sie zu den übrigen Darstellungen standen. Damaskanos kartographierte die bibliomantische Welt offenbar nicht mehr zweidimensional – wie es seine Vorgänger im ersten Horizontenatlas versucht hatten –, sondern legte die Refugien in hypothetischen Schichten übereinander und verzeichnete Verbindungen, die von oben nach unten kreuz und quer durch die Ebenen führten.

»Entweder der Mann ist genial oder vollkommen wahnsinnig«, flüsterte sie.

»Er war schon damals exzentrisch.«

Kopfschüttelnd betrachtete sie die Pläne. »Exzentrisch?«

»Vielleicht hat er nach all den Jahren wirklich den Verstand verloren.«

Sie traten um eine letzte Wand aus Papier mit verwirrenden Skizzen und Kalkulationen, dann sahen sie den Kartographen vor sich. Er saß mit den Rücken zu ihnen an einem Zeichenpult und hatte sich weder vom Lärm draußen in der Halle noch von den Erschütterungen bei seiner Arbeit unterbrechen lassen. Er trug eine braune Weste über einem fleckigen Hemd und einer dunklen Hose. Sein ungepflegter grauer Haarkranz hing ihm in langen Strähnen bis auf den Rücken. Er murmelte leise vor sich hin. Isis konnte die Worte nicht verstehen.

Sie wollte ihn gerade ansprechen, als das bislang heftigste Beben die Grundfesten von Montecristo erzittern ließ. Die hängenden Karten vibrierten und raschelten, einer der Ständer fiel um. Damaskanos stieß einen Fluch aus, als er mit dem Stift verrutschte. Er riss den Papierbogen auf seinem Pult entzwei und schleuderte die Fetzen auf einen Haufen von zerknülltem Papier, der sich neben seinem Stuhl angesammelt hatte. Auf einem Schreibtisch zu seiner Rechten lag eine Vielzahl geometrischer Instrumente, von Linealen und Dreiecken bis hin zu komplizierten Gerätschaften, die Ähnlichkeit mit Sextanten und Astrolabien hatten. Die Vibrationen ließen sie klappern und klirren.

»Viktor Damaskanos?«

Der Mann machte sich daran, einen neuen Bogen Papier über sein Pult zu breiten und die Ränder mit Klammern zu fixieren.

»Viktor«, sagte Duncan, »du erkennst meine Stimme, nicht wahr?«

Damaskanos' Schultern hoben sich, als er tief Luft holte. Er wechselte den Bleistift von einer Hand in die andere und umfasste ihn wie einen Dolch.

»Du«, sagte er nur.

Isis warf Duncan einen argwöhnischen Blick zu. »Was genau hast du mir nicht erzählt?«

Er ignorierte die Frage. »Wir sind hier, um dich in Sicherheit zu bringen«, sagte er zu dem alten Mann. »Montecristo wird angegriffen.«

»Glaubst du, das weiß ich nicht? Die Wachen haben längst alle Aufzeichnungen fortgeschafft, die für die Akademie von Bedeutung sein könnten.«

»Die Ideen –«, begann Duncan, wurde aber unterbrochen.

»Es ist nicht das erste der tiefen Refugien, das von ihnen heimgesucht wird«, sagte Damaskanos, noch immer ohne sich umzudrehen. »Und es wird nicht das letzte bleiben. Sie sind schon eine ganze Weile am Werk, und sie arbeiten sich von unten nach oben herauf. Hat keinen Zweck, vor ihnen davonzulaufen. Irgendwann sind auch Libropolis, Unika und die anderen hohen Refugien an der Reihe.«

Isis war stehen geblieben, doch Duncan ging langsam weiter. Er hätte jetzt nur seine Hand ausstrecken müssen, um die Schulter des Kartographen zu berühren. »Uns bleibt nicht mehr viel Zeit, Viktor.«

»Meine Arbeit ist noch nicht beendet.«

»Das ist sie nie.«

Isis behielt die Hand mit dem Bleistift im Auge und rechnete mit einem Angriff. Dann aber legte Damaskanos den Stift beiseite und drehte sich langsam zu ihnen um.

Er war noch älter, als sie erwartet hatte, beinahe ein Greis, aber vielleicht hatten ihm auch nur die Jahre im Gefängnis derart zugesetzt. Angesichts der Tatsache, dass man ihm spitze Schreibwerkzeuge überließ, schien niemand zu fürchten, er könnte sich selbst etwas antun. Das verwunderte sie. Langzeitgefangene in Einzelhaft galten immer als selbstmordgefährdet. Vermutlich hatte er nach all den Jahren ein Abkommen mit der Akademie geschlossen. Verbesserte Haftbedingungen und die Möglichkeit, seine Arbeit fortzuführen, im Austausch gegen – ja, was? All die Informationen über die Nachtrefugien, die er seinen Peinigern ursprünglich vorenthalten hatte? Vielleicht sogar den Schlüssel zum Sieg über Phaedra Herculanea und ihre Tintlinge?

Sein Gesicht wirkte verwittert, doch seine Augen blitzten so lebhaft wie die eines sehr viel jüngeren Mannes. Er sah Duncan mit einem schwer zu deutenden Blick an, dann wandte er sich Isis zu.

»Isis Nimmernis«, stellte er fest. »Hoher Besuch, scheint mir.«

»Mister Damaskanos«, grüßte sie ihn mit einem Nicken.

»Was verschafft mir die Ehre?«

»Sie werden bald frei sein«, sagte sie. »Genügt das?«

Sie versuchte, sich sein jüngeres Ich vorzustellen, damals, als er tiefer in die Nachtrefugien vorgedrungen war als irgendein anderer Bibliomant. Er hatte das System der Veränderungen erforscht, dem das Missratene Land unterworfen war, und dabei große Erfolge erzielt. Daraufhin hatte ihn die Akademie gezwungen, ihrer Armee als Führer zu dienen. Nachdem er den Krieg überlebt hatte, war er untergetaucht und hatte mit der Arbeit am zweiten Horizontenatlas begonnen. Dabei, so hieß es, habe er den Zugang zum Sanktuarium entdeckt und ihn auf einer Karte verzeichnet. Hatte er wirklich geglaubt, dass die Drei Häuser ihn mit solch einem Wissen davonkommen lassen würden? Oder war selbst das nur ein Vorwand gewesen, um ihn festzusetzen und die Geheimnisse der Nachtrefugien aus ihm herauszupressen?

Einst musste er voller Neugier und Idealismus gewesen sein, ein Abenteurer und Entdecker, nicht dieser verrückte Alte, der Tag und Nacht Berechnungen anstellte, in denen womöglich nur er selbst einen wirren Sinn erkannte.

Er musste Isis ansehen, was sie dachte, denn er lächelte spöttisch und fragte: »Was haben Sie erwartet? Dass ich vor Dankbarkeit auf die Knie falle, weil ein paar Agenten auftauchen, die mir die Freiheit versprechen?« Er warf Duncan einen feindseligen Blick zu. »Dieses Versprechen wurde mir schon einmal gegeben, und es war nichts als eine Lüge.«

Duncans Ungeduld verwandelte sich in Ärger. »Wir holen dich hier raus. Beschwer dich später darüber.«

»Aber hier habe ich alles, was ich brauche. Genug Papier, meine Instrumente« – er klopfte sich an die Stirn –, »vor allem meinen Kopf. Eine Weile lang hat es nicht allzu günstig für ihn ausgesehen, aber dann habe ich deinen Ratschlag befolgt.« Wieder wandte er sich an Isis. »Hat er Ihnen davon erzählt? Ungefähr ein Jahr nachdem er mich aufgestöbert und hier abgeliefert hat, da ist er noch einmal hergekommen und hat sich angesehen, was aus mir geworden ist. Er hat mir die Freiheit versprochen, wenn ich ihm sagen würde, was er hören wollte – dass ich all die Jahre über mit dem Widerstand zusammengearbeitet habe und die Sanktuariumskarte einem Anschlag auf den Rat dienen sollte. Das alles war nichts als Unsinn, aber er wollte genau das hören, um sein Gewissen zu beruhigen. Um sich selbst einreden zu können, dass er mich zu Recht in die Hände dieser Folterknechte gegeben hatte. Ich war schwach damals, mein Körper zerschunden, und als ich schließlich alles gesagt hatte, was er verlangte, da ging er einfach fort. Er hat mir die Freiheit versprochen, und wäre ich ein wenig klarer gewesen, hätte ich seine Lügen durchschaut. Aber damals war ich ein gebrochener Mann. Ich hätte nach jedem Strohhalm gegriffen … Also bestätigte ich alles, und Duncan Mound verließ diesen Ort als ein Mann, der sich im Recht fühlte. Als einer von den *Guten*.« Damaskanos' Blick richtete sich auf Duncans versteinerte Miene. »Du hast dir meine Absolution geholt, und sie haben alles mit angehört.«

»Ich habe nicht gewusst, dass sie uns belauschen«, sagte Duncan. »Ich hatte ausdrücklich die Autorität für ein Verhör unter vier Augen. Sie haben sich darüber hinweggesetzt.«

»Weil du ein Narr warst, Duncan Mound, genau wie ich. Du warst kaum weg, da holten sie mich erneut, und diesmal gaben sie sich nicht mit Ausflüchten zufrieden.«

Erneut gewann das Beben an Kraft, und nun stürzten gleich mehrere Kartenständer um. Damaskanos schimpfte lauthals, wurde aber noch viel wütender, als Duncan ihn am Arm packte.

»Komm jetzt!«

Der Alte rutschte von seinem Stuhl auf die Knie. Isis dämmerte allmählich, dass der schwierigste Teil dieser Befreiungsaktion womöglich nicht der Kampf gegen die Gardisten gewesen war.

»Was hast du jetzt vor, Duncan Mound?«, fragte der alte Mann und blickte zu ihnen auf. »Damals bist du hergekommen, um sicherzugehen, dass du mich zu Recht in diesen Kerker gesteckt hast. Dass ich die Folter verdient hatte und dass das, was man meiner Familie angetan hat, gerechtfertigt war. Warst du es, der sie gefunden hat? Hast du meine Schwester und ihre Kinder hergebracht, damit man sie ermordet, um mich gefügig zu machen? Eure Leute haben mich nicht einmal vor eine *Wahl* gestellt. Ich hätte die Kinder nicht retten können. Sie wurden getötet, nur damit ich zusehe. Um mich zu zerstören, meinen Geist und meinen Willen zu brechen. War es das, was deinem Gewissen derart zu schaffen gemacht hat?«

Isis musste sich zwingen, Duncan nicht anzusehen und sich weiterhin auf Damaskanos zu konzentrieren. Sie würden ihn mit Gewalt von hier fortschaffen, falls das nötig war. Das musste ihm klar sein. Und doch hatten seine Worte ihr Ziel erreicht. Sie wollte sich nicht vorstellen, was damals in Duncan vorgegangen war, weil sie selbst einst ganz ähnliche Fehler gemacht hatte und die Erinnerung daran zu schmerzlich war. Sie waren beide Schuldige, und vielleicht verdienten sie einander gerade deshalb, mit all ihren verdrängten Sünden und den Schatten ihrer Vergangenheit. Während sie Damaskanos zuhörte, waren es nicht Duncans Taten, die sie erschreckten – es waren ihre eigenen. Sie wusste, wenn sie Duncan jetzt ansähe, dann würde sie in einen Spiegel blicken, und es war so viel schmerzhafter, mit der eigenen Schuld konfrontiert zu sein als mit der eines anderen.

»Was ist mit Ihrem Seelenbuch?«, fragte sie.

»Sie haben es mir weggenommen. Schon vor langer Zeit.«

Ein Gefühl großer Hilflosigkeit überkam sie, weil sie nicht gelernt hatte, schwierigen Situationen mit etwas anderem als Gewalt und Wut zu begegnen. Und Damaskanos hatte beides nicht verdient. Sie musste sich zwingen, ihn nicht einfach zu packen und mit sich zu zerren. Stattdessen streckte sie ihm ihre Hand entgegen.

»Bitte«, sagte sie, »kommen Sie mit uns. Wir brauchen Ihre Hilfe.«

»Was wollen Sie? Den Weg ins Sanktuarium? Die halten ihn so geheim, dass sie nicht einmal Wachen dort stationieren, aus Angst, jemand könnte sie verraten.« Er lächelte und zeigte schlechte Zähne. »Oder geht es Ihnen um Informationen über die Nachtrefugien?«

»Haben Sie es gewusst?«, entgegnete sie. »Die Wahrheit über die Tintlinge? Über Phaedra Herculanea?«

Ein neues Leuchten flammte in den Augen des alten Mannes auf, so als hätten ihre Worte etwas berührt, an das er seit langer Zeit nicht mehr gedacht hatte.

»Phaedra?«, wiederholte er, und fast gingen die Silben in neuerlichem Donnern und Beben unter. Staub rieselte von der Decke, weitere Karten stürzten um. »Ihr wollt zu *ihr*?«

»Du hast die ganze Zeit über gewusst, dass sie hinter alldem steckt?« Duncan klang nicht mal mehr wütend, nur noch perplex.

Da lächelte Damaskanos, so wie nur ein Mann lächeln kann, der weiß, dass er am Ende seines Weges angelangt ist. »Ich bin ihr begegnet.«

»Du bist –«

»Ich habe ihr in die Augen gesehen. Und ich habe gehört, was sie zu sagen hatte.«

Duncan wollte etwas entgegnen, aber erneut streckte Isis dem alten Mann ihre Hand entgegen. »Ich bitte Sie: Gehen Sie mit uns. Wir sind beide schon lange keine Agenten mehr. Und wir werden die Akademie vernichten für das, was sie getan hat.« Und dabei vielleicht uns selbst, setzte sie in Gedanken hinzu. Aber wenn das der Preis war, dann zahlte sie ihn gern.

Damaskanos lächelte noch immer. Sie dachte, dass er keine Veranlassung hatte, ihren Worten Glauben zu schenken. Doch da erhob er sich vom Boden, ergriff ihre Hand und drückte sie einmal kurz und fest. »Mein Vertrauen kann ich Ihnen nicht bieten. Aber vielleicht, nur vielleicht, meine Hilfe.«

Sie wusste nicht, was sie darauf erwidern sollte, darum nickte sie nur und versuchte, sich ihre Überraschung nicht anmerken zu lassen.

»Gehen wir«, sagte Damaskanos. Er lief einige Schritte voraus und blieb dann noch einmal stehen: »Es gibt einen zweiten Gefangenen auf Montecristo. Wir müssen ihn befreien, bevor wir diesen Ort verlassen.«

Duncan wirkte wenig erbaut. »Und wer soll das sein?«

»Der ehemalige Direktor von Libropolis. Cornelius Kyriss.«

43

Das ist verrückt!«, murmelte Duncan, während sie die Halle der Foltermaschinen verließen. »Wir könnten einfach zwei Tore öffnen und mit Damaskanos verschwinden, bevor hier alles zusammenbricht. Stattdessen sollen wir unser Leben aufs Spiel setzen für einen Mann, der der Akademie jahrzehntelang treu ergeben war?«

Isis lief neben ihm. »*Wir* waren der Akademie treu ergeben. Menschen ändern sich. Kyriss ist vor einem halben Jahr festgenommen worden. Wir wussten nicht einmal, ob er noch am Leben ist.«

»Er hat Libropolis *geleitet*!«, gab Duncan zurück.

»Aber nicht immer im Sinne der Akademie«, sagte Damaskanos mit jagendem Atem, während er versuchte, an Isis' Seite zu bleiben. Er war es nicht mehr gewohnt, sich im Laufschritt fortzubewegen. »Ich hatte ein paarmal Gelegenheit, mich mit ihm zu unterhalten. Die Akademie hat ihn die letzten Jahre als Strohmann benutzt, er war nur noch ein Repräsentant, dem man alle Entscheidungsbefugnisse entzogen hatte. Die Leute von Libropolis mochten ihn, jedenfalls viele, und das hat ihn lange Zeit gerettet. Bis er gemeinsame Sache mit diesem Mädchen gemacht hat.«

»Furia«, sagte Isis. »Sie hat von ihm erzählt. Kyriss hat versucht, ihr zu helfen, aber sie hat ihm nicht vertraut. Am Ende hat das dazu geführt, dass er verhaftet wurde. Sie hat sich das nie verziehen und immer wieder versucht, herauszufinden, was aus ihm geworden ist.«

»Sehr rührend«, sagte Duncan unbeeindruckt. »Aber wir könnten draufgehen, und das würde ich nur gern für eine Sache, die mir mehr bedeutet als die Schuldgefühle eines Teenagers.«

Isis zuckte mit den Schultern. »Dann tu's für mich.«

»Das ist nicht fair.«

»Wir alle haben Furia eine Menge zu verdanken. Ohne sie gäbe es keine Bibliomantik mehr. Also vertraue ich ihr, wenn sie sagt, dass Kyriss ein guter Mann ist.«

»*Ich* sage das auch«, bestätigte Damaskanos.

Duncan verzog das Gesicht. »Und schon stirbt es sich viel angenehmer.«

Isis sah ihm an, dass er sich nicht sicher war, ob aus ihren Entscheidungen nicht die heimtückische Euphorie des Absolonbuchs sprach. Nicht einmal sie selbst konnte das ausschließen. Sie spürte, wie ihre Gier nach dem Buch immer heftiger wurde, und sie ertappte sich selbst dabei, wie sie verstohlen auf die Tasche blickte, in der Duncan es aufbewahrte. Das war die Bedingung gewesen für seine Unterstützung: dass sie ihm das Buch zurückgab und ihn entscheiden ließ, wann und wie oft sie darin lesen durfte. Im Ernstfall konnte sie es ihm immer noch abnehmen. Stark genug war sie. Stark genug, um es mit jedem aufzunehmen.

Die Beben erschütterten Montecristo nun ohne Unterlass, und manches Mal waren sie so heftig, dass die drei in den Gängen von einer Wand zur anderen taumelten und sich nur mit Mühe auf den Beinen halten konnten.

»Dann ist das also das Böse?«, fragte Duncan, als spräche er einen beiläufigen Gedanken laut aus.

»Nicht das Böse«, widersprach Damaskanos. »Das *Neue*. Die Ideen zerstören die Welt nicht, sie erneuern sie.«

Das Grollen wurde auf einen Schlag so laut, dass es alle weiteren Worte übertönt hätte, und so schwiegen sie, bis sie schließlich den Hauptkorridor erreichten, der hinaus auf den runden Hof führte.

Kyriss und seine Bewacher waren kurz vor ihnen eingetroffen und näherten sich der Portaltreppe. Der abgesetzte Direktor von Libropolis trug, anders als der privilegierte Damaskanos, einen schlichten Häftlingsoverall. Sein Gesicht sah eingefallen, fast mager aus, doch der graue Stoff spannte sich noch immer über einem enormen Bauch. Aus seinem gepflegten Spitzbart war ein wolliges Ungetüm geworden, und sein schwarzes Haar, einst sorgfältig gescheitelt, hing ihm wirr in die Stirn.

»Du wartest hier«, befahl Duncan dem Kartographen, als sie unter den Torbogen zum Hof traten.

Kyriss und sein Wachtrupp hatten die Treppe fast erreicht, wurden von den Erschütterungen hin und her geworfen und waren vollauf damit beschäftigt, ihr Gleichgewicht zu halten. Der Himmel über dem Hof war pechschwarz. Die Finsternis wirkte fast greifbar, so als müsste sie sich jeden Moment zu zähem Morast verfestigen.

Die Befehlshaber der Wachmannschaft hatten sich bereits durch die Nebelwand am Fuß der Treppe nach Unika zurückgezogen. Die Bedrohung musste die Besatzung von Montecristo völlig überrumpelt haben. Ein Wunder, dass das Portal nicht längst versiegelt worden war.

Die vier Gardisten und Kyriss wandten Isis und Duncan den Rücken zu. Noch zehn Yards, dann würden sie die oberen Stufen erreichen. Der Direktor schaute während des ganzen Weges hinauf in die Schwärze, fassungslos angesichts dessen, was da über sie alle hereingebrochen war.

Duncan sah im Laufen zu Isis herüber. »Haben wir einen Plan?«

»Fällt dir einer ein?«

Er klappte sein Seelenbuch auf, sprach stumm die geheimen Worte im Seitenherz nach und ließ die Illusion eines schwarzen Nebels auf die breite Treppenöffnung herabsinken, unmittelbar vor den fünf Männern.

Keine dumme Idee, dachte Isis anerkennend, als sie sah, wie der Trupp in Panik geriet. Für die Männer musste es aussehen, als greife die Dunkelheit über Montecristo nach ihnen und versperre ihnen den Weg durch das Portal.

Als ihre Formation auseinanderbrach, verhielten sie sich so kopflos, dass Isis und Duncan leichtes Spiel mit ihnen hatten. Zwei schleuderten sie mit gewaltigen Druckstößen über den Hof. Die beiden anderen waren für einen Moment zu überrascht, um zu erkennen, woher der Angriff kam. Duncan wollte den Augenblick nutzen, um einen weiteren von ihnen zu packen und fortzustoßen, doch der Gardist erholte sich zu schnell von seinem Schrecken und ging zum Gegenangriff über. Eine unsichtbare Gewalt jagte über den Hof auf Isis und Duncan zu, fräste eine tiefe Schneise durch das Pflaster. Die beiden sprangen auseinander und entgingen der Attacke, aber gerade als sie sich wieder ihren Gegnern zuwenden wollten, schrie Damaskanos hinter ihnen auf.

»Kümmer du dich um ihn«, rief Isis. »Ich übernehme das hier.«

Sie stürmte los, riss die Korsage auf und ließ das Licht aus ihrem Inneren an ihren Armen hinab zu Boden rinnen. Dort zog es rechts und links von ihr zwei glühende Spuren über den Hof. Als die Männer sich mit ihrer Bibliomantik zur Wehr setzen wollten, schleuderte sie die Lichtbahnen auf sie zu, erwischte beide auf einmal und ließ sie in weißen Flammen aufgehen. Schreiend taumelten sie über den Hof, als das bibliomantische Feuer sie verzehrte.

Kyriss stand leichenblass da und schien kaum zu begreifen, was gerade um ihn herum geschah.

»Wir sind hier, um Ihnen zu helfen«, sagte Isis, als sie wenige Yards vor ihm stehen blieb und beruhigend beide Hände hob. Wie hypnotisiert starrte er das offene Buch in ihrem Brustkorb an. Ihre größte Sorge war, dass er vor ihr davonlaufen könnte, die Treppe nach Unika hinunter. Duncans schwarzer Nebel löste sich bereits auf.

»Sie sind Isis Nimmernis.«

»Die Verräterin«, sagte sie mit bitterem Lächeln. »Und eine verdammte Exlibra. Aber ich bin auch eine Freundin des Hauses Faerfax. Von Furia.«

Kyriss sah sie misstrauisch an, während sie die Korsage schloss.

»Isis!«, rief Duncan.

»Warten Sie hier«, sagte sie zu Kyriss.

»Warten? Wenn ich eines ganz gewiss nicht tun werde, dann hier herumstehen und warten.« Mit schweren Schritten lief er auf sie zu. »Sagen Sie mir, wohin, und ich folge Ihnen. Alles ist besser als das hier.« Er nickte zum schwarzen Himmel empor, der jetzt an einigen Stellen aufgerissen war. Farbige Schlieren bluteten aus den Spalten und schillerten wie ein Ölfilm.

Isis warf sich herum und rannte zurück zu Duncan, der neben dem Torbogen in die Hocke gegangen war. Der Angriff des Gardisten, der sie beide verfehlt hatte, hatte dort mit beträchtlicher Gewalt einen Teil des Mauerwerks gesprengt.

Viktor Damaskanos lag blutüberströmt am Boden. Mühsam streckte er eine Hand aus.

Kyriss drängte Isis beiseite und sank neben dem Kartographen auf die Knie. Die Attacke des Gardisten musste jeden Knochen in Damaskanos' Leib gebrochen haben. Sein Brustkorb war eingedrückt wie von einem Rammbock, wahrscheinlich hatte der Druckstoß seine Lunge gesprengt.

Er schien zu wissen, wie es um ihn stand. »Ihnen … vertraue ich«, brachte er röchelnd über die Lippen und ergriff Kyriss' Hand, als das Getöse über den Mauern kurz innehielt, um gleich darauf wieder einzusetzen.

Isis umrundete die beiden und hockte sich neben Duncan. Er wollte sich vorbeugen, aber Damaskanos schüttelte mühsam den Kopf. Mit brechendem Blick gab er Kyriss ein Zeichen, noch näher zu kommen.

»Lieber Freund«, las sie über den Lärm hinweg von den Lippen des Direktors. Kyriss brachte sein rechtes Ohr nah an den Mund des Sterbenden und horchte auf das, was er ihm mit letzter Kraft zu sagen hatte.

Als Kyriss den Kopf wieder hob und den Blick auf Damaskanos' Züge freigab, tat der Kartograph seinen letzten Atemzug. Die Hoffnungen, die Isis und Duncan in ihn gesetzt hatten, starben mit ihm auf diesem Gefängnishof.

Kyriss schloss dem Toten die Augen, dann stemmte er sich auf die Füße. Auch Isis sprang auf, während Duncan langsam den Kopf schüttelte.

»Was hat er gesagt?«, brüllte sie gegen das Donnern an.

Kyriss zögerte, sah noch einmal auf den alten Mann am Boden, dann hob sich sein Brustkorb zu einem heftigen Seufzen.

»Er hat mir den Weg verraten«, sagte er, kaum mehr verständlich in all dem Lärm. »Den Weg ins Sanktuarium.«

44

Als die bibliomantische Maske des Fremden zerfloss und sein wahres Gesicht enthüllte, riss Finnian den Abzug der Pistole durch und feuerte dreimal in die Richtung des Mannes.

Atticus Arbogast machte eine Handbewegung, die eine Schneise in den dichten Regenvorhang wischte und die Kugeln beiseitefegte wie lästige Insekten. In einer Kaskade aus wirbelnden Regentropfen prallten sie als Querschläger gegen eine Hauswand.

Es war erst kurz nach Mittag, aber der Regenhimmel hing so dunkel und tief über Libropolis, dass nur graues Halblicht hinab auf den Grund des Hofes drang. Arbogast stand im einzigen Durchgang zu dem engen Karree, in dem Finnian und Summerbelle hinter einer Kohlenklappe einen Eingang zur Unterwelt geöffnet hatten. Keiner der Bibliomanten konnte im peitschenden Regen sein Seelenbuch hervorholen, doch Arbogast und Summerbelle waren stark genug, um auch ohne die Bücher einen Teil ihrer Macht entfesseln zu können.

Während das Gesicht des Mannes sich wieder verfestigte, veränderte sich auch seine Kleidung. Farben und Materialien vermischten sich und wurden zu dem hellbraunen Mantel, den er in Marduks Festung getragen hatte. Das bodenlange Leder fiel bis auf seine Stiefel und war kniehoch mit Schlamm bespritzt. Sein graues Haar hing ihm in nassen Strähnen auf die

Schultern. Wassertropfen glitzerten in seinem kurzen weißen Bart. Sein Seelenbuch steckte in einem Holster unter dem offenen Mantel.

Finnian sah aus dem Augenwinkel zu der offenen Kohlenklappe hinüber. Zwei Schritte und ein Sprung in die Dunkelheit – mit viel Glück war das zu schaffen.

Aber Summerbelle ging bereits zum Angriff über.

Ohne ihr Seelenbuch konnte sie nur einen Bruchteil ihrer Kräfte einsetzen. Trotzdem schnellte sie auf den Agenten zu und verlor dabei für Sekunden den Kontakt zum Boden. Finnian hatte sie schon früher schweben sehen, aber noch nie hatte er miterlebt, wie sie gleich einem menschlichen Geschoss vorwärtsraste und ihren Gegner rammte.

Arbogast mochte mit so viel Wagemut nicht gerechnet haben, denn sie überwand die Distanz bis zu ihm ohne jede Gegenmaßnahme, umklammerte im nächsten Moment seinen Oberkörper mit Armen und Beinen und riss ihn mit sich nach oben.

»Lauf weg!«, schrie sie Finnian zu, während die beiden steil nach oben schossen, aufwärts in den prasselnden Regen. »Verschwinde von hier!«

Finnian legte erneut die Pistole an. Regen fiel in seine Augen. Die verschlungenen Bibliomanten kreiselten dort oben so schnell umeinander, dass er Arbogast kaum ausmachen konnte und Gefahr lief, Summerbelle zu treffen.

Die beiden befanden sich hoch über den Dächern, ein Menschenknäuel vor der grauen Wolkendecke. Finnian musste sich immer wieder das Wasser aus den Augen reiben, um überhaupt etwas zu erkennen. Er brüllte Summerbelles Namen, doch wahrscheinlich hörte sie ihn gar nicht. Hier unten trommelte das Unwetter auf Dächer, Fensterscheiben und Mülltonnen, aber dort oben kamen noch die Winde hinzu, die über Libropolis hinwegheulten. Finnian konnte nur vage Bewegungen inmitten des irrwitzigen Kreiselns erkennen, dann Lichter, die er im ersten Moment für Blitze eines Gewitters hielt. Doch die Helligkeit ging von Summerbelle und Arbogast aus und beleuchtete in flackerndem Stakkato die Wolken.

Er hielt noch immer die Waffe nach oben gerichtet, so hilflos, als zeige er mit dem bloßen Finger auf die beiden Duellanten am Himmel. Wieder und wieder rief er nach ihr, brüllte auch Arbogast an, sie in Ruhe zu lassen. Genauso gut hätte er die kalten, nassen Mauern anschreien können.

Mit einem Mal bildete sich ein Ball aus weißer Glut um die Kontrahenten, dehnte sich weiter aus und wurde zu einer neuen Sonne über den Giebeln des Ghettos. Die treibenden Regenmassen wurden davon angestrahlt, und ein, zwei Atemzüge lang schien sich der gesamte Himmel zu entflammen. In den Gassen würden wohl gerade die Bewohner der Stadt die Blicke nach oben wenden, und Finnian wusste, dass es nun kein Zurück mehr gab. Summerbelle wollte ihm die Möglichkeit geben, allein in die Unterwelt zu entkommen. Doch stattdessen stand er nur da, unfähig, sie aufzugeben.

Plötzlich stürzte etwas aus dem weißen Glutball zu ihm herab, zu klein und schnell, um es im Fall zu erkennen. Nur wenige Schritte entfernt schlug es am Boden auf, unmittelbar neben der offenen Kohlenklappe. Finnian hob es auf, starrte es einen Augenblick lang fassungslos an, dann schob er es schützend in seine Jackentasche.

Summerbelles Seelenbuch. Arbogast musste es ihr entrissen haben.

Mit sorgenschweren Schritten lief er zur Hintertür eines der angrenzenden Häuser. Ohne innezuhalten, rammte er sie mit der Schulter, brach den Türflügel aus den Angeln und sprang über die Schwelle. Gleich darauf rannte er ein dämmeriges Treppenhaus hinauf. Die schmale Holzstiege ächzte unter seinen Schritten. Er nahm immer drei Stufen auf einmal, zog sich mit Schwung um die Geländerpfosten, erreichte die dritte Etage und stieß die schmale Tür am oberen Ende auf.

Vor ihm lag ein Dachboden mit gespannten Wäscheleinen und zerwühlten Nachtlagern. Hier lebten Menschen, wie in jedem freien Winkel des Ghettos, aber im Augenblick war niemand da. Kurz hielt er inne, um sich im Halbdunkel zu orientieren, entdeckte ein schmutziges Dachfenster in der rechten Schräge, lief hinüber und zerrte am Griff. Die Scheibe öffnete sich knirschend nach innen, Regen peitschte herein. Finnian musste geblendet die Augen schließen, weil abermals bibliomantisches Licht über den Himmel loderte und als Elmsfeuer auf den höchsten Giebeln und Kaminschloten tanzte.

Er schob die Pistole in den Hosenbund, stemmte sich durch die Öffnung und kletterte hinaus auf das klitschnasse Dach. Die Schindeln waren rutschig und boten kaum Halt, zahllose Sturzbäche rauschten in die Tiefe.

Summerbelle und Arbogast waren nur vage als Umrisse inmitten des Glutballs zu erkennen. Sie hatten sich voneinander gelöst, umkreisten einander in rasender Geschwindigkeit und vollbrachten Bibliomantik, die Finnian niemals begreifen würde. Er wünschte sich nur, sie würden kurz innehalten, damit er Arbogast besser erkennen konnte. Eine Sekunde würde genügen. Der Agent war abgelenkt genug, um die Kugel nicht kommen zu sehen.

Gegen die herabfließenden Wassermassen kletterte er die letzten Yards nach oben, nutzte jeden Halt, rutschte immer wieder ab und erreichte schließlich einen Schornstein, der ihm genug Halt geben würde, um den Rückstoß aufzufangen. Dort kauerte er sich hin, presste sich mit dem Rücken gegen den Kamin, packte die Waffe mit beiden Händen und legte an. Er streckte die Arme durch, zielte ins Herz der Helligkeit am Himmel, mitten in die rotierende Kugel aus weißen Flammen. Funken sprühten in alle Richtungen, manche auch auf das Dach, kullerten wie glühende Murmeln die Ziegel hinab und erloschen auch dann nicht, als sie in die randvollen Regenrinnen fielen.

Nur ein kurzes Innehalten dort oben, nur ein Atemholen, und er würde Arbogast mit einem Schuss vom Himmel holen wie eine Tontaube. Gunvald Åhlander hatte ihn vieles gelehrt, auch Treffsicherheit und das geduldige Warten auf den Zeitpunkt, der alles verändern konnte.

Summerbelles Schrei hallte über die Dächer hinweg, übertönte sogar den Regen, und Finnians Herz schlug noch schneller. Ihm war, als klänge aus den umliegenden Gassen und Höfen das vielstimmige Aufstöhnen der Schaulustigen herauf, aber vielleicht täuschte er sich, und da war gar keiner, nur er allein auf diesem Dach, der Einzige, der jetzt noch eingreifen und Summerbelles Schicksal wenden konnte.

Ihr verzweifelter Schmerzensschrei brach ab. Noch immer wirbelten die beiden Silhouetten inmitten des Lichts umeinander. Die eine Gestalt ließ den Kopf in den Nacken fallen, drehte sich in die Waagerechte wie ein treibender Körper auf dem Wasser. Und da wusste Finnian, dass der andere Umriss Arbogast sein musste.

Er wartete nicht länger. Zielte erneut. Drückte ab.

Schoss einmal, dann ein zweites Mal. Hörte das Pfeifen der Kugeln und vernahm den Aufschrei eines Mannes. Triumph explodierte in Finnians Brust, und ein Jubelruf kam über seine Lippen.

Aber der Mann im Licht schwebte nach wie vor aufrecht, hielt sich nur eine Schulter oder den Oberarm. Summerbelle versuchte, sich aufzurichten, und scheiterte. Sie bewegte die Arme und Beine, kämpfte gegen die Schwäche an, vielleicht auch gegen Schlimmeres.

Von einem Moment zum nächsten erschlaffte sie.

Finnian spürte einen glühenden Schmerz, wo ihr Seelenbuch in seiner Jackentasche steckte, und als er die eine Hand auf den Stoff presste, bemerkte er, wie heiß das Buch war, so als ginge es gerade in Flammen auf. Gleich darauf verging das Gefühl, der Schmerz erstarb, die Hitze schwand innerhalb weniger Herzschläge.

Die beiden Bibliomanten drehten sich noch einmal langsam umeinander, dann hingen sie still in der Luft.

Finnian feuerte erneut, und diesmal leerte er den Rest des Magazins, bis ein metallisches Klicken erklang. Doch Arbogast wusste jetzt, aus welcher Richtung auf ihn geschossen wurde, und wehrte jede einzelne Kugel ab. Fast beiläufig bewegte er seine Hände und breitete die Arme aus. Als er sie mit einem Ruck wieder schloss und die Finger verschränkte, setzte sich Summerbelles lebloser Leib in Bewegung. Immer schneller schwebte sie auf Finnian zu. Er wusste, dass er hätte in Deckung gehen sollen, und konnte es doch nicht. Er wollte sie auffangen, festhalten, ganz gleich wie absurd der Gedanke war angesichts der Geschwindigkeit, mit der Arbogast sie nun auf das Dach zurasen ließ.

»Summerbelle!«, brüllte er in der vagen Hoffnung, sie könne wieder zu sich kommen, das Tempo irgendwie drosseln. Doch ihr Kopf hing schlaff nach hinten, und ihre Arme und Beine schlenkerten.

Finnian riss die Hände nach vorn und ließ die leere Waffe fallen, stemmte sich mit dem Rücken so fest er konnte gegen den Schornstein und erwartete den Aufprall.

Arbogast stand ruhig in der Luft, presste die rechte Hand auf seinen verletzten Arm und sah zu, wie Summerbelles Körper das letzte Stück bis zum Dach zurücklegte.

Finnians wütender Aufschrei riss ab, als Summerbelle mit voller Wucht gegen ihn prallte. Für Sekunden war er sicher, dass das Mauerwerk hinter ihm nachgeben und sie beide abstürzen würden. Sie krachte mit einer Schulter vor seinen Brustkorb und stieß ihn gegen den morschen Schornstein.

Er bekam kaum Luft und versuchte dennoch, sie irgendwie festzuhalten, aber der Aufprall war zu stark. Leblos glitt sie von ihm fort, rutschte die nasse Ziegelschräge hinunter und würde im nächsten Moment über die Dachrinne hinweg in den Abgrund stürzen.

Instinktiv warf er sich hinterher, schlitterte auf dem Bauch über die glitschigen Schindeln, packte ihren Unterarm und wurde von ihrem Gewicht noch schneller abwärtsgerissen. Ein

Ruck ging durch seinen Körper, als sich ihr Knie in der Rinne verkeilte und den Sturz aufhielt. Er konnte in ihr Gesicht sehen, während sich ihr Körper zusammenschob, eine endlose Sekunde lang, bevor er gegen sie prallte: Ihre Augen waren offen, das ehemals Weiße darin dunkelrot. Trotzdem meinte er – und vielleicht war das Einbildung –, dass sich ihre Lippen bewegten und sie etwas flüsterte. Doch noch während er versuchte, die Worte abzulesen, und eine innere Stimme ihn einen Narren schalt, weil er die Wahrheit nicht akzeptieren wollte, glitt Summerbelles Unterarm durch seine Finger. Im letzten Moment bekam er ihre Hand zu fassen und hielt sie mit aller Kraft fest.

Dann rutschte sie über die Kante. Selbst jetzt ließ Finnian sie nicht los, knallte gleichfalls auf die Dachrinne, griff danach, riss sie mit seinem Körper aus der Verankerung und stürzte ebenfalls.

Der Hof war drei Stockwerke tief, aber es kam ihm vor, als hätte sich ein bodenloser Schacht unter ihnen aufgetan, tiefer als Libropolis' Unterwelt. Irgendwo dort unten war das regennasse Pflaster. Summerbelle würde zuerst aufschlagen, nur den Bruchteil eines Herzschlags, bevor er selbst auf die Steine krachte.

Unsichtbare Hände packten ihn von oben, und dann hing er kopfüber in der Leere. Um ihn schwebten Regentropfen, die gleichfalls nicht mehr fielen. Mit einer Hand hielt er Summerbelles reglosen Körper. Ihre klitschnasse Haut rutschte zwischen seinen Fingern hindurch, dann verlor er sie, sah sie fallen, blickte dabei noch immer in ihr Gesicht.

Ihr Aufschlag war gebremst, aber das spielte längst keine Rolle mehr. Tief im Innern wusste er, dass sie nicht mehr am

Leben war, schon seit einer Minute oder zwei, und dass Arbogast sie getötet hatte, weil sie es gewagt hatte, ihre Kräfte mit seinen zu messen, und es dafür nur eine Strafe gab.

Finnian brüllte auf und hörte sich selbst nicht mehr, fühlte nur, dass er schrie, ein endloser, gequälter Aufschrei voller Wut und Hass und Trauer.

Die Kraft, die ihn aufgehalten hatte, drehte ihn in der Luft herum und ließ ihn fallen. Schmerzhaft stürzte er auf die Füße, seine Knie gaben nach. Im nächsten Moment kauerte er neben Summerbelle, hielt ihren Kopf in Händen und bemerkte durch einen Tränenschleier, dass ihre Augen jetzt geschlossen waren. Als wäre zuletzt doch noch Frieden über sie gekommen, auch wenn er das nicht glauben konnte, so wie er dies alles nicht glauben wollte. Er spürte keinen Puls an ihrer Halsschlagader, fühlte keinen Atem auf ihren Lippen, und ihre Haut war kalt unter den prasselnden Regentropfen.

Als er langsam aufblickte, kam Arbogast über den Hof auf ihn zu und packte ihn am Arm.

»Sie ist tot. Du bist es nicht.«

Finnian schlug mit aller Kraft zu, aber der Hieb ging fehl, weil er seine Hände kaum noch spürte. Seine Schwäche mochte eine Folge des Sturzes sein oder von Arbogasts Einfluss – es machte keinen Unterschied mehr.

»Sie ist –«, begann er, doch Arbogast griff ihm ins Haar, riss seinen Kopf in den Nacken und beugte sich über ihn.

»Totes Fleisch. Du musst nicht enden wie sie. Nicht, wenn du klug bist.«

So vieles lag ihm auf der Zunge, Schmähungen und Drohungen, aber all das würde nichts ändern. Noch einmal versuchte er, nach Arbogast zu schlagen, doch diesmal drehte ihm der Agent den Arm auf den Rücken und stieß seinen Oberkörper nach vorn, bis seine Stirn Summerbelles Leichnam berührte.

»Tut mir leid, mein Junge, aber du wirst deine tote Freundin zurücklassen müssen und mit mir kommen.«

»Niemals«, brachte Finnian stöhnend hervor.

»Ich denke nicht, dass du eine Wahl hast. Wir werden gemeinsam an einen Ort gehen, an dem du mir in Ruhe alles erzählen kannst, was du über die Nachkommen des Hauses Rosenkreutz weißt. Und dann werden wir sehen, wie viel dein Leben wert ist und ob Isis bereit ist, ihres dafür aufs Spiel zu setzen.«

Finnian sah in Summerbelles Gesicht. Regen hatte sich in ihren Augenwinkeln angesammelt und perlte ihre bleichen Wangen hinunter. Ihr Mund stand einen Spaltbreit offen, als hätte sie noch etwas sagen wollen, während sie starb. Ihre Kleidung war schmutzig vom Schlamm auf dem Hof, ihr helles Haar von der Nässe strähnig. Es war eine Lüge, wenn in Büchern behauptet wurde, man sähe im Tod aus, als schliefe man. Summerbelle sah nicht aus wie jemand, der schlief. Sie sah aus wie eine Leiche, verdreht vom Aufprall im Hof, so hübsch und traurig wie eine verlorene Puppe im Dreck.

Er spannte seinen Körper an und wollte Arbogasts Nackengriff abschütteln, doch der Agent kam ihm zuvor.

Ein Schlag traf Finnians Schläfe, und das Letzte, was er sah, waren Summerbelles bleiche Züge. Ihre erstarrten Lippen. Ein Blutstropfen an ihrem schönen weißen Hals.

45

»Juli«, sagte Furia zu dem kleinen blonden Mädchen, »falls Rachelle und Veit nach Hause springen, wo würden sie dann auftauchen? In der Bibliothek? Oder in ihren Zimmern? Wo bewahren sie normalerweise ihre Sprungbücher auf?«

»In der Bibliothek. Sie benutzen oft alte Taschenbücher, und es gibt ein Regal mit vielen doppelten Ausgaben, nur dafür.«

Das Kind stand in seinem weißen Kleidchen da wie ein Keramikengel mit abgebrochenen Flügeln. War Furia mit elf genauso klein und zierlich gewesen? Damals hatte sie nur für ihre Bücher gelebt, für all die Entdeckungen in der Bibliothek und eine weitere Geschichte an jedem neuen Tag.

Ein letztes Mal tasteten ihre Sinne das Mädchen nach Spuren von Bibliomantik ab, und wieder bemerkte sie nichts Verdächtiges.

»Wozu braucht die Baronin eine Vorleserin?«, fragte Cat, die im Ghetto von Libropolis gelernt hatte, niemandem zu trauen und schon gar nicht jenen, die besonders harmlos erschienen.

»Sie ist fast blind«, sagte Juli. »Und sie ist *alt*.«

»Eine Bibliomantin, die nicht mehr lesen kann?« Die Vorstellung schien Cat mit grimmiger Freude zu erfüllen. »Vielleicht sollten wir einfach ein paar Jahre abwarten, und dieses ganze Theater um die Akademie wird sich von selbst erledigen.«

»So einfach ist das nicht«, sagte Furia. »Sie haben Nachkommen. Rachelle und Veit Himmel. Livia Cantos.« Sie überlegte kurz, kam aber zu dem Schluss, dass eigentlich nur diese drei je ins Licht der Öffentlichkeit getreten waren. Niemand wusste genau, wie viele Kinder die Oberhäupter der Drei Häuser tatsächlich in die Welt gesetzt hatten. Über das Privatleben der Cantos, Himmels und Lohenmuts war auch unter Bibliomanten kaum etwas bekannt.

»Bringt mich weg«, flehte die Kleine erneut. »Ich will hier nicht bleiben.«

Cat brachte ihre Lippen ganz nah an Furias Ohr. »Wir können sie nicht einfach mit in die Residenz nehmen.«

»Wir haben achtzig Leute dorthin gebracht. Und sie ist nur ein Kind.«

»Bitte«, sagte das Mädchen. »Nehmt mich mit, ganz egal, woher ihr gekommen seid.«

»Wir haben nur ein Sprungbuch dabei«, sagte Furia. »Um euch beide nacheinander von hier fortzuschaffen, müsste ich drei Sprünge machen.«

»In der Bibliothek sind genug Bücher«, entgegnete Juli.

»Wir müssten nach welchen suchen, die es auch dort gibt, wohin wir springen wollen. Das wird dauern. Und Veit und Rachelle können jeden Moment auftauchen.« Tatsächlich war das ihr größte Sorge. In Cats Elternhaus waren sie den beiden nur mit Glück entkommen, aber hier würde die Sache womöglich anders ausgehen.

Aber es ist *mein* Haus, durchzuckte es Furia. Das Haus meiner Familie. Die Himmels haben es nur gestohlen.

Das Gesicht des Mädchens hellte sich auf. »Und wenn wir

alle ihre Sprungbücher ins Kühlhaus schaffen? Dann würden sie dort ankommen, und wir könnten die Tür von außen verriegeln.«

Furia schüttelte den Kopf. »Die beiden sind stark genug, um die Tür mit Bibliomantik zu öffnen.«

»Dann zerstören wir die Bücher eben!«

»Furia ist Bibliomantin«, sagte Cat. »Sie kann keine Bücher zerstören.«

Juli ließ nicht locker. »Aber wir beiden könnten das tun. Du und ich. Wir sind keine Bibliomanten.«

Cat runzelte die Stirn. »Und was macht dich so sicher, dass ich keine bin?«

»Du hast kein Seelenbuch«, sagte das Kind. »Und schon gar nicht so ein freches.« Sie zeigte fast anklagend auf die Tasche, in der Furias Buch steckte.

Wie auf Kommando schlängelte sich der Schnabel ins Freie. »Frech ist, wer mit dem Finger auf andere zeigt, junge Dame!«

Juli presste die Faust auf den Mund und kicherte.

Zumindest weint sie nicht mehr, dachte Furia.

»Je länger wir hier rumstehen«, sagte Cat, »desto größer ist das Risiko, dass die beiden auftauchen. Wenn wir wirklich noch zwei Bücher brauchen« – und ihr war anzuhören, dass sie hoffte, Furia könnte es sich anders überlegen und das Mädchen zurücklassen –, »dann müssen wir wohl oder übel zurück in die Bibliothek.«

Furia pflichtete ihr bei, und so betraten sie kurze Zeit später erneut die Bibliothek der Himmels und sahen die Überreste des zerstörten Schnabelbuchs vor dem hohen Ohrensessel liegen.

»Wer ist das gewesen?«, fragte Furia die Kleine.

»Veit«, antwortete sie. »Er ist oft wütend, und dann macht er Dinge kaputt.«

Seine Feuerattacke auf die kreisenden Bücher in London war so impulsiv wie dumm gewesen. Veit Himmel war ein Choleriker, und das war eine Schwäche, die sie vielleicht noch nutzen konnte. Tatsächlich war es das Einzige, was sie über ihn wusste. Immerhin mehr als über Rachelle, die ihr ein Rätsel blieb.

Während sie sich von Juli das Regal mit den doppelten Taschenbüchern zeigen ließ, fragte sie Cat: »Woher kannte Rachelle dich eigentlich?«

»Wir waren zusammen im Internat in Unika.« Cat schien es unangenehm zu sein, dass sie einmal eine Schule für reiche Bibliomantenkinder besucht hatte.

»Wie war sie da so?« Furias Blick wanderte über die Titel auf den Buchrücken.

Cat dachte einen Augenblick nach. »Es gab Schlimmere als sie. Wir waren keine Freundinnen, aber sie war auch nicht eine von diesen verzogenen Kühen, die gern auf den Jüngeren rumhackten. Sie hat schon Jane Austen gelesen, als die anderen noch dachten, *Hanni und Nanni* seien die besten Bücher der Welt. Und sie war so hübsch. Wir alle haben sie ein bisschen darum beneidet. Allerdings konnte sie einem ganz schön auf die Nerven gehen, weil sie ständig von ihrem Bruder geredet hat. Veit tut dieses, Veit sagt jenes. Immer Veit, Veit, Veit. Und sie ist Akademieprominenz. Wahrscheinlich muss man davon ein bisschen größenwahnsinnig werden.«

Furia wollte etwas erwidern, doch Juli kam ihr zuvor: »Um

den eigenen Vater umzubringen, muss man schon ziemlich wahnsinnig sein, oder?«

»Nein«, widersprach Cat, »nur sehr wütend.«

»Oder ambitioniert«, sagte Furia.

»Ich glaube, Veit will sie reinlegen«, sagte Juli. »Er behauptet, sie würden beide Mitglieder des Rates werden. Und Rachelle glaubt ihm. Aber in Wirklichkeit lügt er sie an.«

»Vielleicht ist ja sie es, die *ihn* reinlegt«, entgegnete Furia. »Um als Frau in den Rat aufgenommen zu werden, wird sie einen männlichen Fürsprecher brauchen. Möglich, dass sie ihn nur ausnutzt.«

»Kann sein«, sagte Juli, »weiß nicht. Ich bin ja nur die Vorleserin.«

Cat warf Furia einen fragenden Blick zu, aber da meldete sich schon das Schnabelbuch zu Wort. »Als Vorleserin hast du bestimmt eine Menge mit angehört. Was die Himmels planen, wenn sie erst mal im Rat sitzen. Und wie ihr nächster Schritt aussieht, jetzt, nachdem der Baron tot ist.«

»Ich bin erst elf. Ich versteh nichts von solchen Dingen.«

»Aber du bist eine gute Beobachterin. Bestimmt hast du irgendwas mitbekommen.« Furia ging zu einem der anderen Regale hinüber in der Hoffnung, endlich eine Ausgabe wiederzuerkennen, die es auch in der Residenz gab. Zur Not würde sie ohne Buch ein Tor in die Katakomben öffnen müssen, allerdings würde ihr das nicht mehrmals hintereinander gelingen. Sie würden Juli zurücklassen müssen.

»Die meiste Zeit über musste ich in der Nähe der Frau Baronin bleiben. Sie ist eine gemeine alte Frau, die anderen nichts gönnt.«

»Erzähl uns von ihr.« Furias Blick streifte Emil Sinclairs *Demian*. Daneben standen *Freundinnen, sapphische Liebesszenen* von Pablo de Herlanes und Hyazinth Maglanowitschs *La Gusla*. Am obersten Fach der Regalwand entdeckte sie eine Messingplakette mit der Aufschrift *Pseudonyme*. Sammler sortierten ihre Bücher nach den sonderbarsten Kategorien, sie kannte das von ihrem Vater.

»Die Baronin riecht komisch«, sagte Juli, nachdem sie einen Moment nachgedacht hatte.

»Sie stinkt?«, fragte Cat.

Das Schnabelbuch reckte den Rüssel in ihre Richtung. »Kommt dir bekannt vor, hä?«

Furia stopfte den Schnabel zurück in ihre Tasche, erntete ein widerspenstiges »Stimmt aber!« und konzentrierte sich wieder auf die Bücher im Pseudonym-Regal. Zoe von Rodenbach, Captain Ramon Diaz de la Escosura, Scholem Alechem, Joseph Conrad und eine vielbändige Ausgabe von Voltaire standen da ohne alphabethische Ordnung nebeneinander. Auch in der Residenz musste es Bücher von Voltaire geben, doch in welcher Edition?

Plötzlich schlug sie sich vor die Stirn. »Kinderbücher!«, rief sie aus. »Gibt's hier irgendwo Kinderbücher?«

Das Mädchen zeigte in die entgegengesetzte Ecke der Bibliothek. »Da drüben. Aber nur in alter Schrift, die man nicht lesen kann.«

Furia eilte hinüber und fand eine Reihe vergilbter Bände mit klassischen Märchen, ein paar Bände von Erich Kästner und endlich einige Abenteuerbücher, die sie kannte.

»Voilà!« Triumphierend zog sie ein Exemplar von Siebensterns *Der Karawanenstern, Band I* hervor. Der zweite Teil stand gleich daneben. Es handelte sich um einen frühen Doppelroman aus Siebensterns orientalistischer Phase. Beide Bände befanden sich auch in ihrem Zimmer, zwischen *Violettas letzte Beutefahrt* und *Cupido, Meister aller Klingen*. In der Bibliothek gab es noch mehr Exemplare davon, ihr Verlust war zu verkraften.

Cat kam mit Juli herüber. »Heißt das, wir können endlich abhauen?«

Mit einem Nicken drückte Furia ihr den *Karawanenstern* in die Hand. »Hier, behalt das bei dir. Ich bringe erst Juli von hier weg, dann komm ich mit einem dritten Sprungbuch zurück und hole dich.«

»Beeil dich, ja?«

»Versprochen.« Sie winkte das kleine Mädchen heran. »Hast du schon mal einen Sprung mitgemacht?«

Juli schüttelte den Kopf.

»Du brauchst keine Angst davor zu haben.«

Noch ein Kopfschütteln.

Furia hatte keine Zeit, ihr alles genau zu erklären: den Sturz ins Nichts, die goldenen Netze, das Gefühl, dass sich der Körper auflöste und wieder zusammensetzte. Sie konnte nur hoffen, dass Juli nicht in Panik geriet, wenn sie zum ersten Mal die Leere zwischen den Seiten der Welt erlebte.

Das Mädchen lächelte nervös, als Furia sie bat, mit beiden Händen das Buch zu berühren. Wenn alles gutging, würden sie in ein paar Sekunden in ihrem Zimmer in der Residenz ankommen.

Noch einmal blickte sie zu Cat, die nicht besonders glücklich aussah und auf ihren dünnen Beinen in den Streifenleggings hin- und herwippte.

»Ich bin gleich wieder –«, begann Furia, als auf der anderen Seite der Bibliothek die Luft ins Flimmern geriet.

Veit und Rachelle erschienen aus dem Nichts, landeten federnd in der Hocke, richteten sich auf und sahen Furia über ihre geöffneten Seelenbücher hinweg an. Augenblicklich gingen sie zum Angriff über. Cat stieß einen Schrei aus, wurde von einem Druckstoß getroffen und quer durch die Bibliothek geschleudert. Sie prallte gegen die Lehne des Lesesessels, riss ihn um und fiel dahinter zu Boden.

Furia hatte den Sprung bereits eingeleitet, als sie die Himmels auftauchen sah. Sie spürte das Kribbeln der Auflösung, sah Cat zu Boden gehen und brach den Vorgang viel zu plötzlich ab. *Der Karawanenstern* fiel zu Boden. »Versteck dich«, sagte sie benommen zu Juli und hatte gerade noch Zeit, um zu erkennen, dass das Gesicht des Mädchens zu einer zornigen Grimasse verzerrt war. Das vorzeitige Ende des Sprungs schien sie wütend zu machen, und es war vor allem dieser Ausdruck, der Furia für einen Augenblick ablenkte.

Eine Sekunde später traf sie Veits Angriff. Hitze setzte ihre Nervenbahnen in Brand. Vor Schmerz schrie sie auf, wehrte blind eine zweite Attacke ab und spürte, wie das Schnabelbuch von sich aus zurückschlug: Eine Druckwelle fegte Veit gegen das Regal mit den Taschenbüchern, Bretter brachen aus ihren Verankerungen, Bücher prasselten zu Boden. Trotzdem federte er zurück auf die Beine, während Furia das bibliomantische Feuer abschüttelte und erleichtert feststellte, dass sie nicht wirklich verbrannt war. Die beiden wollten sie lebend, womöglich unverletzt, und vielleicht war das ihre Chance.

»Cat?«, brüllte sie durch den Raum. Als sie keine Antwort bekam, wallte rasender Zorn in ihr auf, wie sie ihn erst ein einziges Mal erlebt hatte: damals auf dem Bahndamm hinter der Residenz, als sie einen Kavalier der Umgarnten getötet hatte, indem sie ihm nichts als ihren Hass entgegengeschleudert hatte.

Was immer es war, das da aus ihr hervorbrach, es raste flirrend auf Rachelle zu. Alle Regale im Zimmer vibrierten. In den Mauern selbst schien sich die Bibliomantik vergangener Tage zusammenzuballen, Spuren jener Macht, die seit der Ära des Scharlachsaals hier freigesetzt worden war. Es mochte kaum ein Bauwerk geben, das eine wichtigere Rolle bei der Entstehung der Bibliomantik gespielt hatte: Hier hatte Severin die Kraft in sich entdeckt, mit Hilfe der Bücher Wunder zu wirken, und hier war erstmals der Rat der Fünf Häuser zusammengekommen, um einen Plan für die Zukunft der bibliomantischen Welt zu entwerfen. Hier waren die ersten schicksalhaften Entscheidungen getroffen worden: die Todesurteile gegen die Antiquas und Rosenkreutz', die Gründung der Adamitischen Akademie und das Dekret über den absoluten Herrschaftsanspruch der verbliebenen Drei Häuser.

Furia meinte, die Schatten all dieser Ereignisse an den Wänden zu sehen, einen Wirbel schwarzer Scherenschnitte, als die Bibliomantik aus den Poren des Gemäuers floss und die Nachfahrin der ersten Besitzer willkommen hieß. Dies alles hier gehörte rechtmäßig ihrer Familie. Sie war die letzte Bibliomantin, in deren Adern das Blut der Rosenkreutz floss. Dieses Schloss war ein Teil von ihr und sie ein Teil von ihm, und dass sie seine Kräfte anzapfte, geschah ganz instinktiv.

Abermals schien sie in Flammen zu stehen, doch diesmal ging das Feuer von ihr aus. Eine weiße Säule aus Glut fauchte um sie empor, ohne dem Papier in den Regalen zu schaden. Dieses Feuer verzehrte keine Bücher, sondern einzig die Macht der Himmelgeschwister. Ihre Angriffe verpufften, während Furia sich nicht länger gegen die beiden zur Wehr setzte, sondern gegen die unverhofften Kräfte, die auf sie einströmten. Das Schloss wollte ihr beistehen, das konnte sie spüren, aber es war zu vieles zu schnell: Sie war dem Ansturm nicht gewachsen, verlor sich in einem Bilderstrudel aus der Vergangenheit des Gebäudes, einer Woge aus fremden Eindrücken, die sie nicht einmal im Vollbesitz ihrer Kräfte hätte verarbeiten können.

Das Schnabelbuch schrie auf, während sie es mit zitternden Händen festhielt in der vergeblichen Hoffnung, dass es ihr dabei helfen könnte, all das Fremde in ihr zu kontrollieren. Doch selbst das Buch kam nicht dagegen an. Vielmehr schien sie es mit ihrer Verwirrung und Ohnmacht anzustecken, und obwohl es tapfer gegen das Chaos ankämpfte, wurde es überrannt und war so hilflos wie Furia selbst.

Verschwommen sah sie durch eine Wand aus Licht und flackernden Erscheinungen, wie Cat aus dem Nichts auftauchte und sich auf Rachelle warf, sie zu Boden stieß und mit den Fäusten auf sie einschlug. Dann wurde Cat von einem Druckstoß gepackt und fortgerissen, verschwand aus Furias Blickfeld und tauchte nicht wieder auf.

Veit stand inmitten eines Wirbels aus Lichtern. Sie brauchte einen Moment, bis sie begriff, dass dies eine Folge von etwas war, das sie getan oder veranlasst hatte. Das Schloss handelte durch sie, spendete ihr eine Kraft, die viel zu groß für sie war. Bibliomantische Energie explodierte aus ihren Augen und Fingerspitzen, Stränge, die für andere unsichtbar waren, peitschten durch die Luft und schlugen Breschen in solide Eichenregale. Bücher flogen umher, der Ledersessel wurde gespalten wie von einer Axt, und unter ihren Füßen entwebte sich der Teppich zu wolligen Knäueln. Jener winzige Teil der Welt, den Furia und ihr Seelenbuch einnahmen, war vollkommen aus den Fugen geraten, und sie selbst konnte nur dastehen, in Licht gebadet, nicht sicher, wie es um Cat stand und um ihre beiden Feinde. Noch immer prasselte weitere Bibliomantik aus dem uralten Mauerwerk auf sie ein, aber Furia konnte längst nichts mehr aufnehmen. All diese Energien strahlte sie auf der Stelle wieder ab, streute sie unkontrolliert in den Raum hinaus. Die Chronik der Bibliomantik, die in diesen Mauern geschrieben worden war, überschüttete sie mit Halluzinationen, zu vielen auf einmal, als dass sie nur eine einzige hätte festhalten können.

Sie brach in die Knie, verlor das quietschende Schnabelbuch aus den Fingern und schlug sich die Hände vors Gesicht. Das Trommelfeuer fremder Bilder und Empfindungen nahm kein Ende, Hunderte Stimmen redeten auf sie ein, Wehklagen und Frohlocken gleichermaßen, und dann gab etwas in ihr nach. Ein Damm brach, der sie bis zuletzt geschützt hatte. Furia spürte ein großes Nichts auf sich zukommen, nicht nur dem Namen nach eine Leere wie jene zwischen den Seiten der Welt, sondern ein schwarzer Abgrund wie der Tod. Sie war jetzt sicher, dass sie starb, niedergewalzt von der wohlmeinenden Unterstützung des Schlosses, *ihres* Schlosses, und als es endlich begriff, was es ihr antat, und sich zurückzog, da war es längst zu spät.

Inmitten des Lichts brach Furia zusammen. Unter ihr wehten die Überreste des Teppichs auseinander, ihre Wange schlug auf das Parkett, und Veit Himmel kam über sie.

46

Die Stimme der heiligen Wiborada weckte sie.

»Furia!«

Um sie war es dunkel. Sie war nicht einmal sicher, ob ihre Augen geöffnet waren. Ihr Gesicht fühlte sich an wie eine Maske.

»Furia, wach auf!«

Sie lag nicht, sondern stand aufrecht, doch das bemerkte sie erst, als vor ihr ein heller Punkt aufglühte.

»Ich bin nicht wirklich wach, oder?« Ihre eigene Stimme klang, als ertöne sie nur in ihrem Kopf.

»Komm näher. Ins Licht.«

»Wiborada?«

Die Buchheilige gab keine Antwort. Es war sechs Monate her, seit die Kavaliere der Umgarnten die sprechende Statue zertrümmert hatten. Ehe die Überlebenden der Familie sie 1836 mit nach England genommen hatten, hatte sie viele Jahre über das Schloss der Rosenkreutz am Rhein gewacht. Sie musste beobachtet haben, wie die Gründer des Scharlachsaals hier ein und aus gegangen waren. Zum ersten Mal fragte sich Furia, ob die Bilder von damals wohl noch in ihrem steinernen Schädel gespeichert waren, so wie all die Ereignisse, an die das Schloss selbst sich erinnerte? Bibliomantik war in der Lage, toten Gegenständen Leben zu schenken. Womöglich verlieh sie ihnen damit auch ein Gedächtnis.

»Natürlich haben wir ein Gedächtnis«, sagte eine schnarrende Stimme, und nun erkannte Furia die Quelle des einsamen Lichts in der Finsternis. Es war ihre Leselampe. »Wie sollte ich mir sonst all die Dinge merken, die du in deinem Zimmer anstellst, wenn du dich unbeobachtet fühlst?«

»Hör nicht auf sie«, kam es dumpf aus der Dunkelheit jenseits der Lampe. »Sie ist nur neidisch, weil sie keine Arme hat und überhaupt nichts anstellen *kann* – außer ihr Licht ein- und auszuschalten, was nun wirklich keine Leistung ist.« Furias Lesesessel schob sich auf seinen vier Holzklötzen heran und verharrte mitten im Lichtschein. Sie erkannte deutlich die Kreuznaht im Leder seiner Rückenlehne, wo ihn einer der Kavaliere mit dem Stockdegen durchbohrt hatte.

»Dir haben sie ja die Kissen zu fest gestopft!«, ereiferte sich die Lampe. »Darf ich daran erinnern, dass ich fast im Alleingang die Residenz vor der Umgarnten gerettet habe?«

»Hört, hört«, entgegnete der Sessel. »*Mein* Gedächtnis sagt mir, dass daran noch ein anderer beteiligt war.«

»Ohne dich hätte ich diese unschöne Sache viel schneller erledigen können. Du hast mich nur aufgehalten. Weil du lahm bist, zu Fuß und mit dem Hirn.« Sie rollte das letzte R, vermutlich weil ein Mechanismus klemmte.

»Wo sind wir hier?«, fragte Furia.

»In deinem Kopf«, erwiderte die Lampe. »Ganz schön finstere Gedanken, was? Gut, dass du einen so verlässlichen Quell der Erleuchtung dabeihast.«

Der Sessel stieß ein Schnaufen aus.

»Was ist mit mir passiert?«, fragte Furia. »Bin ich tot?«

»Tot, tot«, plapperte die Lampe, »was heißt das schon? Viele

Leute würden uns für tote Gegenstände halten. Dabei liegt das alles nur im Auge des Betrachters.«

»Behauptet ausgerechnet jemand, der mit einer Glühbirne glotzt«, bemerkte der Sessel.

»Es gibt einen Grund, warum eine Glühbirne das Symbol für Geistesblitze ist«, erwiderte die Lampe.

Furia stemmte die Hände in die Hüften. »Könntet ihr beiden mir verraten, was ich hier soll? Nach Himmel oder Hölle sieht das nicht aus.«

»Wie gesagt«, erklärte die Lampe pikiert, »das hier ist dein Kopf. Von innen. Von außen hättest du ihn hoffentlich erkannt.«

»Da war eben Wiboradas Stimme.«

»Es ist das Schloss, das zu dir spricht«, sagte der Sessel. »Es benutzt Stimmen und Bilder, die du kennst.«

»Der Stammsitz deiner Familie«, ergänzte die Lampe. »Schloss Rosenkreutz. Jedenfalls wurde es einmal so genannt, vor langer Zeit.«

»Spricht das Schloss auch durch euch?«

Die Lampe schwenkte den Metalltrichter in Richtung des Sessels, der sich im Gegenzug mit knirschendem Leder zu ihr hinwandte. So sah es aus, wenn die beiden einen Blick wechselten, auch wenn sie genau genommen gar nicht blicken konnten.

»Wenn du ein Schloss wärest«, sagte die Lampe wieder zu Furia, »würdest du dann durch einen tumben Sessel sprechen?«

Die Gedankengänge eines Gebäudes überstiegen Furias Vorstellungskraft, deshalb zuckte sie nur die Schultern.

»Ich will es dir einfacher machen«, sagte eine Männerstimme

tiefer im Dunkeln. »Sieht aus, als bräuchtest du ein menschliches Gegenüber, um das alles hier besser zu begreifen.«

»Besten Dank«, sagte Furia und war tatsächlich froh, als eine Gestalt in den Lichtkreis der Lampe trat, ihr zur Begrüßung zunickte und im Lesesessel Platz nahm. Das Leder knirschte und ächzte, dann gaben die beiden Wunderwerke keinen Laut mehr von sich.

Der Mann war hochgewachsen, grauhaarig und von distinguiertem Äußeren. Er hatte ein scharf geschnittenes Gesicht mit gebogener Nase. In der Brusttasche seines schwarzen Gehrocks steckte ein blutrotes Einstecktuch, am Revers trug er eine auffällige Brosche aus Bernstein.

Furia runzelte die Stirn. »Und Sie sind wer?«

»Immer noch das Schloss, Dummchen. Aber ich gebe dir jemanden, der aussieht, als wäre er gesprächiger als ein altes Gemäuer mit Dachschaden.«

»Aber wer ist *er*? Also, ich meine, wer war das, der so ausgesehen hat?«

»Johann Mercurio Rosenkreutz. Dein Urahn.«

»Severins Vater?«

»Ganz recht. Einer der Begründer des Scharlachsaals und der erste Bibliomant, der den Vorsitz innehatte. Auf Dauer hat sich das für ihn nicht ausgezahlt, fürchte ich. Aber er war ein mutiger Mann. Hat dafür gesorgt, dass seine Nachkommen außer Landes fliehen konnten, und sich geopfert, um ihre Spuren zu verwischen. Ein Vorfahr des dahingeschiedenen Barons Himmel hat ihn auf den Stufen vor dem Eingang getötet. Alles sehr unschön. Es hat Jahre gedauert, bis das letzte Blut aus den Poren der Steinstufen verschwunden war.«

»Warum redest du mit mir?«

»Du bist meine rechtmäßige Besitzerin.« Es war merkwürdig, dies aus dem Mund des schnabelnasigen Mannes zu hören. »Mit wem sonst sollte ich reden?«

»Häuser reden für gewöhnlich überhaupt nicht.«

»Vielleicht hast du nur noch nicht versucht, einem zuzuhören.« Ihr Urahn lächelte, was seinem strengen Äußeren einen etwas angestrengten Hauch von Herzlichkeit verlieh. »Es wird wohl an all der Bibliomantik liegen, die hier gewirkt worden ist. Severin Rosenkreutz hat in diesen Räumen die ersten bibliomantischen Experimente betrieben. Unter meinem Dach hat alles begonnen.«

Furia kam ein Gedanke. »Kannst du jede Gestalt annehmen? Hier in diesem … Traum, meine ich.« Sie war nicht sicher, ob es ein Traum war, aber ihr fiel kein besseres Wort dafür ein.

»Die Gestalt von jedem, der einst hier gelebt hat.«

»Darf ich mir eine andere wünschen?«

»Eigentlich wollte ich mit dir reden, um –«

»Bitte. Es wäre mir wirklich wichtig.«

»Nun denn. Sag's schon.«

Das tat sie.

Johann Mercurio Rosenkreutz erhob sich. Ein letztes Mal brach sich das Licht in seiner Bernsteinbrosche. Dann ging er davon und wurde nach wenigen Schritten von Furias finsteren Gedanken verschluckt. Statt seiner erschien ein anderer.

Es war ein Junge, nur wenig älter als Furia, etwas schlaksig und ebenfalls im Gehrock. Er hatte schulterlanges, leicht gelocktes blondes Haar und ein Gesicht, das Furia zu ihrer Überraschung an Pip erinnerte. Womöglich würde ihr Bruder in den nächsten Jahren ähnliche Züge entwickeln. Die Verwandtschaft jedenfalls ließ sich nicht leugnen, und das trotz der vielen Generationen, die zwischen den beiden lagen.

Als Furia Severin in der Villa Angelosanto gegenübergestanden hatte, war er ein alter Mann gewesen, mit faltiger Haut und unübersehbaren Spuren der zwei Jahrhunderte, die er dem Schicksal abgetrotzt hatte. Aber für Furia hatte sich diese Begegnung mit ihm nie wirklich wie ihre erste angefühlt. Denn da waren all die anderen in ihrer Vorstellung gewesen, während sie ihm Nachrichten in ihr gemeinsames Buch geschrieben und seine Antworten gelesen hatte. Der Klang seiner Worte hatte ein ganz bestimmtes Bild von ihm heraufbeschworen, und zu ihrem Erstaunen unterschied es sich kaum von dem Jungen, der ihr jetzt aus der Finsternis entgegentrat.

Mit einem Lächeln nahm er im Lesesessel Platz. »Besser so?«, fragte das Schloss aus seinem Mund, und es war ein hübscher Mund.

»So hat er ausgesehen?«

»Zweifelst du an der Verlässlichkeit meiner Erinnerungen?«, antwortete das Schloss als Severin, aus dem sechzehn Jahre später Siebenstern werden würde. »Natürlich hat er so ausgesehen. Bis auf das allerkleinste Muttermal. Häuser sehen alles.«

Mit einem Mal hatte sie Tränen in den Augen und fand das ganz furchtbar, sogar lächerlich. Aber sie kam nicht dagegen an, konnte nur versuchen, sie zu ignorieren, und hoffen, dass das Schloss genug Anstand besaß, sie nicht darauf anzusprechen.

»Weinst du etwa?«

»Nein.«

»Du hättest allen Grund dazu.«

»Ich weine nicht.«

»Vielleicht ein bisschen?«

»Was weiß ein verdammtes Schloss schon über Gefühle, Herrgott nochmal!«

»Ihr Menschen ahnt nicht, wie viele eurer Gefühle in meine Fugen und Tapeten sickern. Manchmal spürt ihr es, aber dann glaubt ihr, es wären nur Erinnerungen, die ein Ort in euch weckt. Dabei sind eure Gefühle immer noch da, in meinen Mauern und Balken, und ihr spürt sie, weil sie euch wiedererkennen und versuchen, zu euch zurückzukehren.«

Furia starrte Severins Doppelgänger an und musste sich zwingen, ihn als genau das zu sehen: als Nachbildung, nur eine Kopie, nicht als den echten Severin. Sie hatte geglaubt, dass sie längst nichts mehr für ihn empfand, weil er ein alter Mann war und die Entschreibung aller Bücher geplant hatte. Doch nun fragte sie sich, ob das nur ein Schutzwall gewesen war, den ihr Geist errichtet hatte, um größeres Leid von ihr fernzuhalten.

Heute war es nicht mehr die naive Verliebtheit von damals. Aber sie konnte nicht leugnen, dass sein Anblick etwas in ihr weckte – ein Kaleidoskop komplizierter Gefühle, die sich nicht zu einem festen Bild zusammenfügen wollten. Wahrscheinlich war es keine gute Idee gewesen, das Schloss ausgerechnet um diese Gestalt zu bitten.

»Warum sprichst du mit mir?«, fragte sie, jetzt ernsthaft bemüht, nur noch das Schloss in ihm zu sehen oder besser noch jene absonderliche Macht, die mit den Jahren in seinen Wänden herangewachsen war: ein weiterer Beweis dafür, dass die Bibliomantik in Wahrheit unkontrollierbar war und niemand, nicht einmal Siebenstern, ahnen konnte, was er einst entfesselt hatte.

»Ich habe einen Fehler gemacht«, sagte das Schloss. »Ich wollte dir gegen die Geschwister beistehen, aber dadurch ist alles nur noch schlimmer geworden.«

»Die beiden waren ohnehin stärker als ich.«

»Gemeinsam, ja. Aber einer allein – wer weiß.«

»Und das wolltest du mir sagen?«

»Nein. Verzeih. Ich bin ein geschwätziges Schloss.«

»Was willst du dann?«

»Dich warnen.«

»Wovor?« Konnte das bedeuten, dass sie *nicht* starb? Welchen Sinn hätte eine Warnung an eine Tote?

Das Schloss wollte gerade antworten, als sein Blick durch Furia hindurchging. Der Lampenschirm ruckte quietschend nach oben. Ein Knistern erklang, dann brannte die Glühbirne durch und erlosch. Schlagartig rückte die Schwärze von allen Seiten heran. Nicht einmal dem Sessel blieb mehr Zeit, um »Hab ich's nicht gesagt?« zu brummen.

»Schloss?«, fragte Furia. »Severin?«

Die Finsternis war so dicht wie Teer.

»Lampe? Sessel? Seid ihr noch da?«

Etwas traf ihre Wange. Schmerz loderte über ihr Gesicht, dann traf sie der nächste Schlag. Sie wollte sich wehren, wollte Veit Himmel beweisen, dass sie keineswegs leicht zu besiegen war.

Nur dass es nicht Veit war, der sie schlug.

Es war Cat.

Furia hob abwehrend eine Hand, riss die Augen auf und sah,

dass sie sich in einem hohen Raum mit bunten Fenstermosaiken befand. In einer Kirche. Nein, kleiner – das hier musste die Schlosskapelle sein. Furia lag auf dem kurzen Mittelgang, zwischen vier Bankreihen zu beiden Seiten. Der Altar war schmucklos, die Farben der Heiligenfigur dahinter verblichen.

Cat kniete neben ihr und holte gerade aus, um ihr eine weitere Ohrfeige zu verpassen. Als sie sah, dass Furia zu sich kam, ließ sie die Hand sinken, stieß ein erleichtertes Glucksen aus und fiel ihr um den Hals.

»Ich dachte, sie hätten dich –«

»Das erledigst du ja gerade für sie.« Furia versuchte, Cat von sich fortzuschieben. »Erst hast du mich zusammengeschlagen, jetzt werde ich erstickt.«

»Oh.« Cat ließ sie los. »Stell dich nicht so an.«

Furia rieb sich die brennende Wange. »Was war los?«

»Du warst bewusstlos. Ich … na ja, ich auch. Ein bisschen. Also, angeschlagen.« Sie hatte ein blaues Auge und eine Schürfwunde am Kinn. »Sie haben uns hier eingesperrt. Hab schon alles versucht, aber hier kommen wir nicht raus.« Sie deutete zu einer Flügeltür mit verästelten Beschlägen. »Es gibt nur den einen Eingang. Die Fenster liegen viel zu hoch über dem Boden, da kommt man nicht ran. Es sei denn, du hättest endlich diese Schwebesache gelernt.«

Furias Hand tastete zur rechten Tasche ihrer Lederjacke. »Wo ist es?«, entfuhr es ihr. »Das Schnabelbuch! Was haben die –«

»Veit hat's dir abgenommen. Tut mir leid.«

»Hat er … ich meine, hat er es –«

»Er wollte. Aber dann hat ihm der Schnabel in die Hand gebissen. Es gab ein Mordsgeschrei, und dann ist das Buch abgehauen wie ein Kaninchen. Ziemlich beachtliches Tempo.« Cat als ehemalige Schnabelbuchjägerin konnte das einschätzen.

»Sie haben es nicht wieder eingefangen?«

»Jedenfalls nicht, bis sie uns eingesperrt haben.« Sie deutete auf ein paar lose Stricke am Boden. »Sie haben uns gefesselt, aber ich hab nicht lange gebraucht, um uns loszumachen. Gelernt ist gelernt.«

Furia versuchte, ein Lebenszeichen des Buchs zu empfangen, irgendwo draußen im Schloss. Nichts. Und überhaupt, das Schloss. Warum sprach es nicht mehr zu ihr, jetzt, da sie seine Hilfe wirklich nötig hatte?

Weil es nur ein Traum war, Dummchen, gab ihr die Stimme von Johann Mercurio Rosenkreutz zur Antwort. Und selbst das war wohl nur ein hämisches Echo ihrer Halluzinationen.

Während sie weiterhin nach einer Spur ihres Seelenbuchs suchte, erklang ein Scharren an der Eingangstür. Sie wollte aufspringen, schaffte es aber nicht einmal auf die Beine. Eine Schwindelattacke zwang sie zurück in die Knie. Als Cat sie festhalten wollte, schüttelte Furia den Kopf. »Ich schaff' das schon.«

Von außen wurde ein Schlüssel ins Türschloss geschoben, das Schnappen war so laut wie ein Hammerschlag auf Metall. Ächzend schwang der hohe Flügel nach innen. Furia machte sich bereit, es abermals mit Veit und Rachelle aufzunehmen.

Doch statt der Geschwister huschte Juli herein und legte einen Finger an die Lippen. In ihrer schmalen Hand sah der Schlüssel riesig aus, ein dunkel angelaufenes Ding wie aus einem Märchenbuch. Sie wollte gerade die Tür schließen, als ein Ächzen ertönte. Die Blicke der drei Mädchen schwenkten nach unten. Im Türspalt klemmte der Rüssel des Schnabelbuchs. Es hatte hinter Juli hereinhuschen wollen, war aber nicht schnell genug gewesen.

»Oh.« Juli zog die Tür wieder auf. »Entschuldigung.«

Das Schnabelbuch kippte nach innen, landete auf seinem Schnabel und gab einen Schwall empörten Gebrabbels von sich. Furia sprang benommen auf und lief hinüber, hob ihr Seelenbuch vom Boden und untersuchte den Hals nach Verletzungen.

»Nichts passiert«, stellte sie erleichtert fest.

Juli drückte den schweren Türflügel ins Schloss.

»Nichts passiert?« Der Schnabel schwankte wie die Schlange eines betrunkenen Fakirs. »Und die Erniedrigung? Der furchtbare Schmerz?«

»Wirklich«, sagte Juli kleinlaut, »tut mir sehr leid. Ich hab dich nicht gesehen, Buch.«

»Für dich immer noch *Leben und Zeiten des Abel Humble Uxbridge, achter Earl Boringdon of Boringdon*!«

Juli sah Furia aus großen Augen an. »Muss ich das wirklich alles sagen?«

Furia lächelte schwach. »Ganz sicher nicht.«

»Pfff!«, machte das Buch.

Cat kam herüber. »Können wir jetzt *bitte* verschwinden?«

»Sie werden bald merken, dass ich den Schlüssel geklaut habe«, sagte Juli. »Wir müssen uns beeilen.«

»Ohne Sprungbücher?«, sagte Furia und klopfte auf ihre leere Jackentasche.

»Und wenn du ein Tor öffnest?«, schlug Cat vor. »Nach Libropolis?«

Nach allem, was in der Bibliothek geschehen war, war sie nicht sicher, auch nur eines der Mädchen nach Libropolis schaffen zu können. Zwei Sprünge waren vollkommen ausgeschlossen. Und selbst wenn sie Juli in Sicherheit bringen konnte, würde ihr die Kraft fehlen, zurückzukehren, um ihrer Freundin beizustehen.

Cat erkannte sofort, was in Furia vorging. »Vielleicht kann ich auf anderem Weg von hier verschwinden. Wenn sie nur zu zweit sind, bekomme ich das hin.«

»Die bringen dich um, wenn sie dich schnappen.«

»Auf die Idee werden sie so oder so kommen. Ich weiß nicht, was sie von dir wollen, aber ihnen wird bald einfallen, dass ich nur unnützer Ballast bin.«

Furia wollte gerade antworten, als sie etwas spürte. Die Luft schien mit einem Mal elektrisch geladen, und die Härchen auf ihren Unterarmen stellten sich auf.

»Merkst du das auch?«, raunte ihr das Schnabelbuch zu.

»Sind das –«

»Bibliomanten. Mindestens zwei oder drei. Sehr mächtig, so wie es sich anfühlt.«

Cat verzog den Mund. »Der Rest der Sippe?«

Juli zupfte am Ärmel von Furias Lederjacke. »Bringst du mich bitte hier weg?«

»Bist du sicher, dass der Baron tot ist?«

Die Kleine nickte. Sie wirkte jetzt ängstlich, fast verstört. »Ich will nicht zurück zu ihnen. Nie mehr im Leben.«

Furia wollte sie beruhigen, als ein lauter Schrei ertönte, gefolgt von heftigem Poltern.

»Furia, bitte!«, flehte Juli.

Cat öffnete die Tür der Kapelle einen Spaltbreit und horchte. »Die kämpfen doch, oder?«

»Du bleibst bei Cat«, sagte Furia zu Juli. »Ich seh mir das an.«

»Ich bin kein Babysitter!«, empörte sich Cat.

»Ich muss wissen, was da draußen vorgeht.«

»Gehen wir zusammen«, schlug Cat vor. »Die Kleine kann schon allein auf sich aufpassen.«

»Das hier ist nicht das Ghetto, Cat. Sie ist Vorleserin, keines von den Mädchen, die auf der Straße leben und –«

»Sachen klauen? Das hat sie doch eben ganz gut hingekriegt.«

»Wenn ihr geht, gehe ich mit«, sagte Juli. »Ohne euch komme ich nie von hier weg.«

»Ich versprech' dir, dass wir dich hier rausschaffen.« Furia war selbst nicht sicher, welcher Teufel sie ritt, so etwas zu sagen. Vielleicht sah sie wirklich ein bisschen von Pip in ihr.

Sie zog die Tür auf, strich dem Schnabelbuch über den Rüssel und nickte den beiden anderen zu. Leise machten sie sich auf den Weg.

47

Sie folgten dem Lärm einen getäfelten Korridor hinunter, durchquerten einen Raum, in dem Ritterrüstungen und mittelalterliche Waffen ausgestellt waren, und kamen schließlich auf einen Gang, der vor einer hohen Tür endete. Dahinter war ein Durcheinander aus Poltern und Zischen zu hören, durchdrungen von Wortfetzen.

Furia warf einen Blick zurück, um sicherzugehen, dass Juli noch hinter ihnen war. Die Miene der Kleinen war starr, als unterdrücke sie jede Gefühlsregung. Vielleicht Selbstschutz nach all den bösen Erfahrungen in diesem Schloss.

Sie hatten den halben Korridor durchquert, als der Türflügel mit einem ohrenbetäubenden Bersten aus den Angeln gerissen und auf den Gang geschleudert wurde. Seine Ecken schabten an den Wänden entlang und rissen tiefe Kerben in die Tapete oberhalb der Holztäfelung, dann fiel er in einer Staubwolke scheppernd zu Boden – keine drei Yards vor Furia und Cat.

Durch die Schwaden hatten sie im ersten Moment nicht gesehen, dass noch etwas mit der Tür auf sie zugeflogen war, ein Körper, verdreht und zerschunden, als wäre er überfahren worden.

Juli drehte sich wortlos um und rannte zurück in die andere Richtung.

»Versteck dich!«, rief Cat ihr nach, und Furia wünschte, Cat täte dasselbe, denn angesichts dessen, was da vor ihnen lag, gab es keinen Zweifel, dass sie es mit mächtiger Bibliomantik zu tun hatten. Cat konnte ihr dabei keine Hilfe sein.

Veit Himmel lag mit dem Gesicht nach unten vor ihnen, halb auf dem Boden, halb auf der geborstenen Tür. Seine Arme und Beine schienen mehrfach gebrochen, so groß war die Kraft gewesen, die ihn gegen das Holz gerammt und durch den halben Korridor geworfen hatte.

»Die Baronin!«, rief hinter ihnen das kleine Mädchen, längst nicht so weit entfernt, wie Furia es sich wünschte. »Die Baronin ist zurück! Sie nimmt Rache für den Mord an ihrem Sohn!«

Cat hatte sich noch immer keinen Schritt weit bewegt.

»Nimm die Kleine und lauf!«, rief Furia ihr zu.

»Und warum läufst du nicht?«, entgegnete Cat.

Furia spürte wieder die Präsenz des Schlosses und glaubte, dass es ihr abermals beistehen würde. Vielleicht hatte sie eine Chance, jetzt, da sie mit der Bibliomantik in diesen Mauern rechnen und sie womöglich nutzen konnte.

Ihre Benommenheit war verschwunden, Adrenalin pumpte durch ihren Körper. Sie wollte Cat notfalls gegen ihren Willen fortschieben, als ein Aufschrei ertönte. Rachelle Himmel stürmte durch die offene Tür auf ihren leblosen Bruder zu, schenkte Furia und Cat keine Beachtung, fiel neben Veit auf die Knie und drehte ihn vorsichtig herum.

Als Furia in sein Gesicht sah, erkannte sie, dass er noch lebte. Sein Mund war geöffnet und seine Augen weit aufgerissen. Er schien etwas sagen zu wollen, brachte aber nur ein Röcheln zustande. Dann brach sein Blick, ein letztes Zittern ließ seine Glieder zucken, schließlich lag er still. Veit Himmel starb in den Armen seiner Schwester, getötet von der Frau, die jetzt in den Türrahmen trat. Hinter ihr erschien ein Mann inmitten des gelblichen Dunsts aus Staub, Holzspänen und wirbelnden Lichtpunkten.

Rachelle heulte laut auf, ein Ausdruck rasender Trauer und Pein, aber einen Moment später hatte sie sich wieder in der Gewalt, hob den Blick – und sah nicht ihre Widersacherin in der Tür an, sondern Furia und Cat.

»Dafür bezahlt ihr!« Sie tat etwas mit ihrer Hand unter Veits Leichnam. »Dafür bezahlt ihr alle!«

Und während Furia noch verarbeiten musste, wer dort hinten aufgetaucht war, und sich zugleich auf einen Angriff einstellte, zog Rachelle ein Buch hervor und presste es zwischen ihre Hände.

»Haltet sie auf!«, erklang es vom Ende des Korridors.

Doch dazu war es zu spät. Ein Flirren kündigte den Sprung an, dann löste Rachelle sich auf. Der Kopf ihres Bruders sackte zu Boden, als ihre Hände ihn nicht mehr hielten.

Cat stieß einen Fluch aus, und Furia schob wie betäubt ihr Seelenbuch zurück in die Jackentasche.

Isis Nimmernis trat ihnen entgegen, gefolgt von jenem Mann, den Furia nicht kannte. Und da war noch eine dritte Person im Zimmer hinter ihnen, halb verborgen von den Staubschwaden, die das bibliomantische Kräftemessen der Himmels mit den drei Neuankömmlingen aufgewirbelt hatte.

Isis kam durch den Gang auf sie zu. »Was zum Teufel habt ihr hier zu suchen?«

»Und du?«, fragte Cat argwöhnisch.

»Komm schon«, sagte Furia leise zu ihr, »sie hat dir gerade das Leben gerettet.«

Der Fremde blieb am Ende des Gangs stehen und verschränkte die Arme. Er hatte schulterlanges dunkles Haar und einen braunen Vollbart, seine Augen lagen tief in den Höhlen. Etwas Bedrohliches umgab ihn und erinnerte Furia an all die Räuber, die früher über die bibliomantischen Tapeten ihres Zimmers gegeistert waren. Er war auf düstere Weise attraktiv, doch dafür hatte sie kaum einen Gedanken übrig, denn nun zog Isis ihre ganze Aufmerksamkeit auf sich.

Sie wirkte krank, hatte eingefallene Züge und einen Blick, der sich nicht zwischen Wut und Erschöpfung entscheiden konnte. Sie musste einiges durchgemacht haben. Zuletzt hatte Furia sie so mitgenommen erlebt, nachdem sie den Kampf mit der Umgarnten mehr schlecht als recht überlebt hatte.

»Was tut ihr hier?«, fragte Isis noch einmal, während sie Cats Feindseligkeit ignorierte und vor Furia stehen blieb. Veits Leiche, die unmittelbar hinter ihr lag, hatte sie kaum beachtet. Furia hätte Erleichterung darüber verspüren müssen, sie lebend wiederzusehen, aber da war etwas in Isis' Blick, das ihr Angst machte. Und obwohl sie Finnians Verdacht nicht ernsthaft in Erwägung zog, fragte sie sich doch, ob Isis tatsächlich noch auf ihrer Seite stand. Die Anwesenheit ihres mysteriösen Begleiters machte die Sache nicht einfacher.

»Ist eine lange Geschichte«, sagte Furia.

Cat schnaubte. »Ich wette, eure ist nicht kürzer.« Sie tat es dem Fremden gleich und verschränkte die Arme, ahmte sogar dessen abweisende Miene nach.

Isis schloss die Korsage über der Narbe, an der sich ihr Oberkörper geöffnet hatte, um Veit die tödliche Attacke entgegenzuschleudern.

»Was ist los mit dir?« fragte Furia. »Du siehst furchtbar aus. Und was ist aus Arbogast geworden?«

»Ich bin ihm entwischt. Und muss bald weiter.«

»Wohin?«

Isis seufzte, gab aber nicht gleich eine Antwort.

Cat und der Mann beäugten sich derweil über eine Distanz von sieben oder acht Yards. »Wer ist der Typ?«, fragte sie.

»Duncan«, sagte Isis. »Ein alter Freund.«

Furia hatte nicht gewusst, dass Isis überhaupt andere Freunde hatte. Die ehemalige Agentin war keine Frau, die leichtfertig Freundschaften schloss, und vielleicht war das einer der Gründe, warum Finnian so schnell bereit gewesen war, ihr zu misstrauen. Sie hatte sich nie besondere Mühe gegeben, irgendwem außer Furia näher zu kommen, und selbst die hatte oft das Gefühl, Isis kaum zu kennen.

»Duncan Mound«, sagte der Fremde im Näherkommen und deutete eine spöttische Verbeugung an, die ihn wie einen Musketier nach einer durchzechten Nacht aussehen ließ. Furia spürte, dass er ein Bibliomant von beträchtlichem Talent war, und nun wusste sie erst recht nicht mehr, was sie von ihm halten sollte.

Aber noch während sie versuchte, in ihn hineinzuhorchen, und sich an seiner stillen Abwehr die Zähne ausbiss, stolperte noch jemand aus dem Dunst am Ende des Korridors auf sie zu. Es war ein großer, schwerer Mann, der etwas trug, das wie eine graue Häftlingsuniform aussah. Die untere Hälfte seines Gesichts war unter einem wild wuchernden Bart verborgen. Erst als er näher kam, erkannte sie ihn.

»Sie?« Da löste sich ihre Erstarrung, sie lief an Isis und Duncan vorbei, und ehe Kyriss sich's versah, umschlang sie ihn mit ihren Armen – angesichts seines beträchtlichen Bauchumfangs keine leichte Übung.

»Hohoho«, machte er wie ein Weihnachtsmann und tätschelte ihr lachend mit seiner riesigen Hand den Rücken. »Die kleine Rosenkreutz! Sieh mal einer an.«

»Die haben Sie verschleppt, und es hat mir so leidgetan, weil ich Ihnen nicht getraut habe, dabei wollten Sie doch nur –«

»Ist schon gut«, unterbrach er ihren Wortschwall. »Hab's ja überlebt. Deine Freundin Isis Nimmernis und dieser ehrenwerte Gentleman haben mich rausgehauen.«

Furia strahlte ihn noch einmal an, dann löste sie sich von ihm und wandte sich an Isis. »Was ist passiert?«

Cat blickte hinunter auf den toten Veit. »Können wir das vielleicht woanders –«

»Ach, herrje!«, entfuhr es Furia. »Juli! Wo steckt sie eigentlich?«

»Hier«, erklang das helle Stimmchen des Mädchens. Vorsichtig trat sie aus einer Zimmertür am anderen Ende des Flurs.

»Noch mehr Kinder«, raunte Duncan Mound. »Gerade das, was wir brauchen.«

»Wer ist das?«, fragte Isis.

Juli trat in die Mitte des Korridors, kam aber nicht näher. Sie musterte die drei Erwachsenen so abwartend, als erwartete sie jeden Moment einen Angriff.

»Die Vorleserin der Baronin«, sagte Furia. »Ihr Name ist Juli.«

»Dann ist es also wahr, was man sich erzählt.« Duncan lächelte grimmig. »Die Alte kann nicht mehr lesen. Falls sie sich noch irgendwo im Schloss herumtreibt, ist das eine gute Nachricht.«

»Sie ist nicht hier«, sagte Juli kopfschüttelnd.

»Warum gibt es nirgends Sicherheitsleute?«, fragte Isis.

»Normalerweise gibt es die. Aber Veit und Rachelle haben sie alle nach Hause geschickt.«

Duncan schaute von einem zum anderen. »Es gibt da einiges, das ihr uns besser schleunigst erklären solltet.«

Furia schilderte in wenigen Sätzen, was sie über die Ermordung des Barons und die Flucht seiner Mutter erfahren hatten. Während sie redete, rieb Isis sich die Augen, als könnte sie sich kaum noch auf den Beinen halten. Nur einmal warf sie einen kurzen Blick zu Juli hinüber.

»Und jetzt ihr«, forderte Furia, nachdem sie ihren Bericht beendet hatte.

Daraufhin erzählte Isis ihnen mit fahrigen Worten, wie sie Arbogast überlistet hatte, Duncan begegnet war und gemeinsam mit ihm den Entschluss gefasst hatte, den Schöpfer der Sanktuariumskarte aus dem Kerkerrefugium Montecristo zu befreien. Damaskanos war während der Flucht gestorben, hatte den Weg zum Sanktuarium aber kurz vor seinem Tod an Kyriss verraten; der hatte selbst entscheiden sollen, ob er Isis und Duncan für vertrauenswürdig hielt.

»Die erste Schwelle befindet sich hier im Haus«, sagte Kyriss. »Jedenfalls hat Damaskanos das behauptet. Isis und ich waren beide schon vor Jahren zu offiziellen Anlässen hier, deshalb konnten wir Tore hierher öffnen. Es gab ein paar Abwehrfallen, aber Isis hat sie alle ausgeschaltet.«

Furia wunderte sich kurz, dass sie selbst nichts von einer bibliomantischen Abwehr bemerkt hatte, und führte es darauf zurück, dass sie Veits Sprungbuch benutzt hatte. Möglich war auch, dass das Schloss sie bereits bei ihrer Ankunft erkannt hatte.

»Die erste Schwelle?«, wiederholte sie. »Meinen Sie ein Portal?«

»Damaskanos hat von einer Schwelle gesprochen. Er ist gestorben, bevor er mir den gesamten Weg beschreiben konnte. Aber wenn es eine erste Schwelle gibt, wird da mindestens noch eine zweite sein, nicht wahr?«

Furia wandte sich an Juli. »Weißt du irgendwas über einen Zugang zum Sanktuarium?«

Das Mädchen schüttelte überrascht den Kopf.

»Gebt mir genug Zeit, und ich finde ihn«, sagte Isis. »Falls es ein Portal ist, dann muss es eine bibliomantische Aura haben.«

»Die wäre auch anderen aufgefallen«, wandte Duncan ein. »Es muss eine Abschirmung geben, irgendwas in der Art.«

Furia entfernte sich ein paar Schritte und legte eine Hand an die Wandtäfelung. Wahrscheinlich war das nicht nötig, um Kontakt mit dem Schloss aufzunehmen, aber es kam ihr richtig vor aus Gründen, die sie selbst nicht verstand.

Ist das wahr?, fragte sie in Gedanken. *Befindet sich hier wirklich ein Zugang zum Sanktuarium?*

Als das Schloss ihr antwortete, wählte es aus ihren Erinnerungen ausgerechnet die Stimme ihres Vaters aus. Furia bekam eine Gänsehaut. *Nicht direkt zum Sanktuarium. Es gibt eine weitere Station zwischen hier und dort.*

Weißt du, was für ein Ort das ist?

Ich weiß nichts über das, was außerhalb meiner Mauern liegt. Nur hier kenne ich jeden Stein und jedes Staubkorn.

Dann zeig mir den Weg zur Schwelle.

Geh den Gang hinunter. Ich führe dich.

»Furia?«, fragte Cat. »Was ist los?«

Sie drehte sich zu den anderen um. »Ich weiß, wo wir hinmüssen.«

»Du?«, fragte Isis erstaunt.

Furia wollte sich jetzt nicht mit Erklärungen aufhalten. Das Wachpersonal mochte abgezogen worden sein, aber Rachelle hetzte ihnen vielleicht gerade einen ganzen Trupp auf den Hals.

Duncan musterte Furia stumm. Er beobachtete genau, was vor sich ging, und versuchte augenscheinlich, sich einen Reim darauf zu machen.

»Woher –«, begann Cat, aber Furia unterbrach sie.

»Das Schloss war einmal der Stammsitz meiner Familie.«

»Aber du warst nie –«

»Lass sie«, sagte Isis und warf Furia einen Blick zu. »Du hörst seine Stimme, nicht wahr?«

Furia nickte zögernd.

»Was ist mit mir?«, fragte Juli. »Ich will nicht ins Sanktuarium. Aber hier will ich auch nicht bleiben.«

»Nun, ehrlich gesagt«, mischte Kyriss sich ein, »würde ich auch lieber einen anderen Weg einschlagen. Mein Seelenbuch ist bei meiner Verhaftung in Castle Hay zurückgeblieben, und ich weiß nicht, was daraus geworden ist. Ich bin kein Kämpfer und würde euch nur im Weg stehen.«

Duncan stimmte ihm zu. »Warum nimmst du nicht die Kleine und springst mit ihr irgendwohin, wo es sicher ist?«

Der schwere Mann lachte humorlos. »Sicher? In solchen Zeiten? Ihr habt gesehen, was mit Montecristo passiert ist. Die Ideen werden weiter aufsteigen und jedes Refugium auf ihrem Weg verschlingen.«

»Bring das Mädchen in die Residenz«, sagte Isis.

Auch Furia fand, dass das eine gute Idee war. »In der Bibliothek gibt es ein Buch, mit dem könnten Sie direkt in mein Zimmer springen.«

»Kyriss war der Direktor von Libropolis«, gab Cat zu bedenken. »Die Exlibri in der Residenz werden nicht gut auf ihn zu sprechen sein.«

»Hast du einen besseren Vorschlag?«, fragte Isis.

Cat schüttelte mit einem Seufzer den Kopf.

Isis wandte sich an Kyriss. »Bekommen Sie ohne Ihr Seelenbuch einen Sprung hin?«

»Das sollte wohl zu schaffen sein.«

Wenig später betraten Furia, er und Juli die Bibliothek, während die drei anderen an der Tür warteten. Im vorderen Teil waren Regale umgestürzt und Hunderte Bücher über den Boden verstreut. In der hinteren Ecke aber fand Furia Siebensterns Orientroman. Sie reichte ihn dem Direktor. »Wenn Sie einem sieben Fuß großen Südstaatensoldaten begegnen, der Ihnen den Kopf abreißen will, dann sagen Sie ihm, dass ich Ihnen von Molly erzählt habe. Wahrscheinlich wird er Ihnen dann glauben, dass Sie von mir kommen.«

»Von Molly«, wiederholte er mit einem Stirnrunzeln.

»Und sagen Sie meinem Bruder Pip, dass es mir gutgeht. Er ist erst elf. Bestimmt macht er sich Sorgen.«

Juli lächelte. »Das kann ich machen, wenn ich darf. Pip ist ein schöner Name. Und ich bin auch elf. Wir werden uns bestimmt gut verstehen.«

Furia strich ihr über das blonde Haar, dann umarmte sie den Direktor zum Abschied. »Viel Glück und alles Gute.«

»Du wirst mehr davon brauchen als wir«, sagte der Direktor. »Gebt gut auf euch acht, wohin auch immer es euch verschlagen mag. Du bist ein mutiges Mädchen, Furia Salamandra Rosenkreutz. Tiberius wäre sehr stolz auf dich.«

Isis rief von der Tür herüber: »Können wir jetzt?«

Kyriss beugte sich an Furias Ohr. »Achte auf das, was sie tut. Sie ist mächtig, aber sie ist nicht Herr ihrer Sinne.«

Furia warf einen Blick über die Schulter zurück zu den anderen.

»Sie ist süchtig nach Absolon«, flüsterte er, »und lange wird sie nicht mehr so weitermachen können. Ich hab's selbst gesehen, nachdem wir von Montecristo nach Libropolis gesprungen sind. Mound trägt eines der Absolonbücher bei sich, und er hat sie darin lesen lassen. Er hat das nicht gern getan, aber sie lässt ihm keine andere Wahl. Wenn ihr Verlangen nach Absolons Worten noch größer wird, dann wird sie sich holen, was sie braucht. Egal von wem und zu welchem Preis.«

Furia hatte von den Absolonbüchern gehört. Sie wollte Kyriss weitere Fragen stellen, doch der ergriff bereits die Hand des kleinen Mädchens und führte sie ein paar Schritte von Furia weg. »Los geht's.«

Er sagt die Wahrheit, bestätigte das Schloss in ihren Gedanken. *Ich kann es spüren. Etwas zerfrisst diese Frau von innen.*

Kyriss hielt Juli das Sprungbuch entgegen und murmelte etwas, dann lösten sich die beiden auf. Im letzten Moment fing Furia noch einmal einen Blick des Mädchens auf. Sie wunderte sich, dass es lächelte. Keine Spur von Angst vor dem Sprung.

»Furia, komm jetzt!«, rief Isis.

Als sie zu den anderen zurückkehrte, musterte sie Isis verstohlen, setzte sich dann an die Spitze der Gruppe und ließ sich von der Stimme des Schlosses um mehrere Ecken führen, durch hohe Verbindungstüren und verlassene Korridore.

Schließlich betraten sie einen Saal. An den Wänden standen zahlreiche Glasvitrinen mit alten Büchern, viele mit identischen Rücken. Es roch intensiv nach vergilbtem Papier und Buchbinderleim.

Die Halle der Enzyklopädien, raunte das Schloss, und Furia wiederholte die Worte leise.

Cat musterte Furia mit einer Mischung aus Erstaunen und Besorgnis, während das Schloss zwischen zwei Vitrinen eine geheime Tür in der Täfelung aufspringen ließ. Furia spürte, dass es eine bibliomantische Sicherung gab, doch das Schloss setzte sie kurzerhand für seine rechtmäßige Besitzerin außer Kraft. Furia Rosenkreutz, dachte sie. Besser sie gewöhnte sich an den Klang.

Isis ging voran, während sie in die unterirdischen Etagen des Schlosses hinabstiegen. Weißes Licht strahlte zwischen den Haken ihrer Korsage hervor und beschien die schmalen Steinstufen. Furia und Cat folgten ihr vorsichtig. Das Schnabelbuch reckte den Rüssel aus der Tasche, blieb aber ungewöhnlich schweigsam, so als hätten ihm die bibliomantischen Schwingungen dieses Ortes die Sprache verschlagen. Hinter ihnen lief Duncan mit seinem eigenen Seelenbuch. Auch er war wortkarg und schien mit etwas zu hadern. Furia dachte an Kyriss' Worte und an das Absolonbuch, das Duncan für Isis aufbewahrte. Falls die beiden wirklich so gute Freunde waren, dann war das eine Verantwortung, um die sie ihn nicht beneidete. Sie hätte gern mit Isis darüber gesprochen, aber jetzt war kaum der richtige Zeitpunkt dafür.

Der enge Treppenschacht führte in einen unterirdischen Raum, der beklemmend an eine Gruft erinnerte. Oberhalb einiger Stufen erhob sich ein steinerner Quader, womöglich ein Altar, dahinter befand sich eine Wand mit einer Vertiefung in der Mitte. Es gab keinen Ausgang, nur die Öffnung, durch die sie den Raum betreten hatten. Das Licht aus Isis' Seitenherz tauchte die Kammer in geisterhaftes Weiß.

»Hier sitzen wir in der Falle«, sagte Duncan.

Nirgends war ein Buch zu sehen, und doch fühlte es sich an, als wäre bis vor kurzem noch eines hier gewesen. Sein Nachhall war von erschreckender Intensität. Isis trat zum Altar und legte eine Hand darauf. Als Furia es ihr gleichtat, bemerkte sie, dass sich die bibliomantische Aura verstärkte. Beinahe meinte sie die Umrisse eines gewaltigen Folianten zu erkennen, so als wäre da eine Aussparung in der Luft, wo er sich befunden hatte.

Duncan ließ den Zugang zum Treppenschacht nicht aus den Augen. Zumindest einer, dachte Furia, der einen klaren Kopf behält.

Selbst Cat, die kein Gespür für bibliomantische Strömungen

besaß, schien überwältigt von der Atmosphäre in dieser Kammer. »Brauchen wir nicht wenigstens eine Art Schlüssel?«

Mit der Stimme von Furias Vater sagte das Schloss: *Nur ein Mitglied der Fünf Häuser kann den Übergang öffnen. Sie selbst sind die Schlüssel.*

Ein Knirschen ertönte, als schabe Stein auf Stein. Die Wand hinter dem Quader geriet in Bewegung. Die Nische in ihrer Mitte schien zu zerfließen und wurde zum Zentrum eines mahlenden Strudels, der mit behäbiger Rotation die gesamte Rückwand verschlang.

»Raus hier!«, rief Duncan und packte Cat am Arm, um sie mit sich die Treppe hinaufzuziehen.

»Nein!«, widersprach Furia. »Wartet!«

Auch Isis rührte sich nicht von der Stelle und betrachtete mit eingefallenen Zügen das Spektakel unmittelbar vor ihnen.

Der Strudel weitete sich aus und wurde zu einem kreisenden Tunnel, an dessen Ende ein Licht aufglühte.

»Was zum Teufel ist das?«, fragte Cat.

»Die erste Schwelle«, flüsterte Furia. »Irgendwo da drüben liegt das Allerheiligste der Akademie.«

Vierter Teil

Himmelreich

48

Die Refugien *aufgeben*?«

Die Stimme von Julius Cantos hallte unter der gigantischen Kuppel wider, bis James nicht mehr wusste, ob das Echo wirklich die ganze Halle erfüllte oder nur in seinem Kopf existierte. »Die Portale *versiegeln* und alles, was die Akademie je aufgebaut hat, sich selbst überlassen?«

»Mit Verlaub, werte Frau Baronin«, pflichtete Gregor von Lohenmut ihm bei, »Sie haben den Verstand verloren.«

Außer den beiden Männern saßen vier Frauen an der gewaltigen runden Tafel, zum ersten Mal seit den Gründertagen der Adamitischen Akademie. James hatte mit angehört, wie die Baronin diese Forderung gestellt hatte: Alle verbliebenen Oberhäupter der Drei Häuser sollten sich zu einer Versammlung des Rates einfinden, in Begleitung ihrer Gattinnen. Der Umsturz im Schloss Himmel mache dies nötig; was sie zu sagen habe, betreffe jeden von ihnen. Es gehe um das Überleben der Akademie und darum, einen Weg zu finden, sich der Gefahr zu stellen. Es gehe, wie sie betont hatte, um nicht weniger als die Zukunft der bibliomantischen Welt.

»Was immer es ist, das da draußen die tiefen Refugien verschlingt«, sagte sie, »es wird sich weiter vorarbeiten. Irgendwann wird es Libropolis und Unika erreichen, und womöglich wird es schon vorher einen Weg finden, hinüber in die andere

Welt zu gelangen. Das, meine Damen, meine Herren, gilt es zu verhindern – denn die wahre Welt ist unser letzter Rückzugsort. Der Rat hat sie viel zu lange vernachlässigt und sich auf die Kontrolle der Refugien konzentriert. Und das ist nur einer der Fehler, die an dieser Tafel begangen worden sind. Es ist an der Zeit, die Dinge zu überdenken und Grundlegendes zu verändern.«

Ein Raunen ging durch den Kreis der Anwesenden. Julius Cantos und Gregor von Lohenmut waren es nicht gewohnt, dass man ihnen Fehlentscheidungen vorwarf. Die Frauen an ihrer Seite wiederum fürchteten, dass jegliche Kritik an der Urteilskraft ihrer Männer auch auf sie zurückfallen würde.

»Aber die Refugien aufgeben!«, rief Cantos noch einmal, sprang auf und stützte sich mit beiden Fäusten auf den Tisch. »In den Nachtrefugien regt sich etwas, das zu einem neuen Krieg führen wird, und diese andere Macht in der Tiefe zerstört die Fundamente unserer Existenz. Das hier ist nicht der Zeitpunkt, um einen Flächenbrand in den eigenen Reihen anzuzetteln!«

Die Baronin erhob sich ebenfalls, sichtlich gelassener als er, damit kein Zweifel daran aufkam, wer von ihnen seine Worte mit Bedacht wählte. »Das Fundament unserer Existenz ist die Literatur. *Bücher*, meine Herren – nicht diese Orte, die unsere gelangweilten Vorgänger für Vasallen und Trittbrettfahrer erschaffen haben.« Sie sagte *»unsere* Vorgänger«, als wäre es eine Selbstverständlichkeit, dass sie als Nachfolgerin ihres ermordeten Sohnes auf dessen Platz im Rat nachrückte. »Natürlich darf niemand davon erfahren, bis die Portale geschlossen sind. Wer dann noch ein eigenes Tor öffnen kann, soll das tun. Was den Rest angeht … Nun, die Ideen sind bereits überall dort draußen. Wir können nicht jeden retten.« Sie wies hinauf in die monumentale Kuppel, nachtblau und übersät mit künstlichen Sternbildern. »Das Sanktuarium befindet sich im Belagerungszustand, ob Sie das wahrhaben wollen oder nicht, und selbst wenn es standhält, werden die Ideen innerhalb kürzester Zeit alle anderen tiefen Refugien zerstören. Montecristo ist gerade erst gefallen, Nemos Graben ebenfalls, und aus den Basaren von Bastet haben wir seit Tagen keine Nachricht mehr erhalten. Ganz zu schweigen von den namenlosen Refugien in den tiefsten Zonen, die vielleicht schon vor langer Zeit verschlungen wurden. Wir können sie nicht *alle* beschützen. Dass der Schutzwall des Sanktuariums noch immer standhält, sollte uns nicht zu der Annahme verleiten, dass wir eine Chance gegen sie hätten. Auf Nemos Graben haben *dreihundert* Bibliomanten gemeinsam versucht, den Angriff abzuwehren, aber nach allem, was man hört, sind sie einfach überrollt worden.«

»Zumindest wird uns das früher oder später von dem Unheil befreien, das sich in den Nachtrefugien zusammenbraut«, sagte von Lohenmut sarkastisch.

»Vielleicht«, entgegnete die Baronin. »Aber ein Grund zum Aufatmen wird das nicht sein. Der Krieg, den Sie so fürchten, dürfte unsere kleinste Sorge sein, solange da draußen etwas ist, das keinen Unterschied macht zwischen uns und Phaedras Tintlingen.«

Schweigen senkte sich über die Tafel. Julius Cantos stand noch immer aufrecht und sah die Baronin wutentbrannt über den Tisch hinweg an.

Zu seiner Linken saß seine Gemahlin Rubina, zu seiner Rechten die gemeinsame Tochter Livia Cantos, die James von ihren Besuchen im Schloss der Himmels kannte. Im Gegensatz zu ihrer Mutter musste sie als Sprecherin der Akademie bereits viele Male im Sanktuarium gewesen sein, wenn wohl auch nie auf einem eigenen Platz an der Tafel. Heute jedoch stand nur James abseits des Tisches, gut fünf Schritt hinter dem hochlehnigen Stuhl der Baronin.

Gregor von Lohenmut hatte seine Ehefrau Carlotta mitgebracht, eine unscheinbare ältere Dame, die mit dem extrovertierten Äußeren der Frauen des Hauses Cantos nicht mithalten konnte. Von Lohenmut selbst war grauhaarig und hager, sein Alter schwer zu schätzen; er mochte sechzig oder auch achtzig sein. Kinder hatten die beiden keine, die Himmels hatten einmal gehässig von Fehlgeburten gesprochen. James empfand für niemanden an diesem Tisch Sympathien, doch hätte er eine Person wählen müssen, die er am wenigsten verabscheute, so wäre dies Carlotta von Lohenmut gewesen. Sie hatte bislang kaum ein Wort gesagt, fühlte sich merklich unwohl in dieser Gesellschaft und schien es nicht erwarten zu können, dass die Versammlung endlich aufgehoben wurde.

Ganz anders die beiden Cantos-Frauen.

Livia mit ihren feuerroten Locken machte keinen Hehl aus ihrer Zufriedenheit darüber, dass hier etwas geschah, was es seit den Tagen des Scharlachsaals nicht gegeben hatte: Frauen waren an die Tafel des Rates berufen worden, und ganz gleich, was sie sonst über die alte Baronin Himmel und ihre Pläne denken mochte, so schien sie ihr doch für diese Entwicklung dankbar zu sein.

Livias Mutter Rubina Cantos hatte das gleiche rote Haar wie

ihre Tochter, trug es jedoch kurz und glatt. Sie galt als heimliche rechte Hand ihres Mannes, linientreu, durchtrieben und erfüllt von einer Abneigung für Exlibri, die das übliche Maß bei weitem überschritt.

Baronin Himmel nahm wieder Platz. James konnte sich des Eindrucks nicht erwehren, dass sie dort saß wie auf einem Thron, den Rücken kerzengerade, das Kinn erhoben. Ihr monströses Seelenbuch lag vor ihr auf der Tafel, so wie die Bücher der anderen, wenngleich sie ihnen hier nicht von Nutzen waren. Dafür sorgte der *Codex Custodis*.

Im Sanktuarium war jegliche Bibliomantik außer Kraft gesetzt, damit keines der Ratsmitglieder in Versuchung geriet, einen Disput durch etwas anderes als überzeugende Argumente zu entscheiden. Offenbar hatte es in den Anfangstagen gewisse Vorfälle gegeben, die diese Vorkehrungen nötig gemacht hatten. James wusste nicht, auf welche Weise die bibliomantische Sperre funktionierte, doch er kannte die Ursache dafür: ein unscheinbares graues Buch, das in einer Vertiefung im Mittelpunkt der Tafel lag, weit entfernt von jedem der Anwesenden. Dies war das wahre Herz des Sanktuariums, der Motor seiner Macht. Der *Codex Custodis* unterdrückte alle Bibliomantik mit Ausnahme der eigenen und hielt den Schutzwall aufrecht, der das Allerheiligste gegen die Leere zwischen den Seiten der Welt abschirmte. Die Gründerväter hatten den *Codex* in diese Tafel eingelassen, unter Glas wie ein kostbares Schaustück, und niemand hatte ihn seither berührt. Selbst in den Augen der Baronin hatte Ehrfurcht gestanden, als sie James davon erzählt hatte.

Dies also waren die Oberhäupter der Adamitischen Akademie, dachte er beinahe enttäuscht: sechs intrigante Bibliomanten und ihre nutzlosen Seelenbücher. Und im Zentrum von allem der *Codex Custodis*, dem sie es zu verdanken hatten, dass die Ideen diesen Ort nicht längst verschlungen hatten.

Diese Sechs – und er selbst, ein Exlibro – waren die einzigen Lebewesen im Sanktuarium. Alles andere in dieser Halle bestand aus kaltem, goldgelbem Bernstein: der glänzende Fußboden, die runde Tafel, die schweren, unbequemen Stühle, sogar die Aschenbecher und Trinkpokale. Die Prunksucht der Gründerväter musste grenzenlos gewesen sein, als sie das Sanktuarium aus nichts als Worten erschaffen hatten. Selbst die Sternbilder, die zu Hunderten in die Kuppel eingelassen waren, glommen in düsterem Honiggelb. Und wenn sich das allgegenwärtige goldene Licht in den Augen der Anwesenden brach, dann schien es, als wären auch sie zu Bernstein geronnen.

James fragte sich, was seine früheren Gefährten – in dem Roman, der einmal sein Leben gewesen war – beim Anblick dieses Ortes empfunden hätten. Die eine Hälfte hätte angesichts solchen Reichtums vermutlich den Verstand verloren, die andere sogleich damit begonnen, einander die Kehlen durchzuschneiden.

Heute war James keiner mehr von ihnen, nur noch der Vorleser der Baronin Himmel, und im Augenblick plagte ihn die Frage, was sie von ihm erwartete. Seit sie über die zweite Schwelle getreten waren, fühlte er sich selbst wie ein Insekt im Bernstein, das von anderen begafft wurde, mit Blicken, die sagten: Du bist schon tot und weißt es nicht.

Er hätte nicht hier sein dürfen, und die Cantos und Lohenmuts zeigten offen ihre Missbilligung. Ein unerhörter Affront sei es, einen Exlibro ins Allerheiligste der Bibliomantik zu bringen. Doch die alte Frau hatte ihnen gänzlich ungerührt erklärt, dass sie aufgrund ihrer körperlichen Gebrechen auf seine Hilfe angewiesen sei. Er leihe ihr seine Augen, stütze sie beim Gehen und trage die Last ihres Seelenbuchs für sie. Überdies vertraue sie ihm ohne Vorbehalt.

Während sie auf die Ankunft der anderen gewartet hatten, hatte sie James noch etwas offenbart: Kein Mitglied der Drei Häuser war in der Lage, dem *Codex Custodis* Schaden zuzufügen. Der Umstand, dass ein Bibliomant kein Buch beschädigen durfte, galt für diesen Band gleich tausendfach: Selbst die Vorstellung seiner Vernichtung sei für sie nur schwer zu ertragen, die Tat selbst undenkbar. Der *Codex* würde sie dazu bringen, sich selbst zu töten, noch ehe sie ihm zu nahe kämen.

Für Exlibri jedoch galten andere Regeln: Für sie sei er nur ein Buch wie jedes andere, hatte die Baronin behauptet. James war nicht sicher, ob das die ganze Wahrheit war, hielt es aber für möglich. Zur Zeit der Gründerväter hatte es noch keine Exlibri gegeben.

Es gehörte nicht viel dazu, sich auszumalen, warum sie ihm das alles erzählte. Zog sie ernsthaft in Erwägung, den Schutzwall des Sanktuariums zu brechen? Offenbar hatten sich die Ideen schon vor Tagen wie ein Wespenschwarm um das Allerheiligste der Akademie zusammengeballt und bedrängten es begierig von allen Seiten. Welchen Zweck also verfolgte die Baronin damit, das Sanktuarium der Vernichtung preiszugeben, während sie alle sich in seinem Inneren befanden? Wollte sie den anderen drohen, sie erpressen? Ging es ihr um einen Bluff?

James hatte ihr diese Fragen gestellt, natürlich. Und sie hatte geantwortet, dass er ihr vertrauen müsse. Und dass es keineswegs in ihrer Absicht läge, *ihn* mit der Zerstörung des *Codex* zu betreuen. Stattdessen würden sie gemeinsam entkommen, falls es denn zum Schlimmsten käme, und ein anderer werde tun, was getan werden müsse.

Während James noch über die Motive der Baronin nachdachte, ging der Disput an der Tafel in die nächste Runde.

Die alte Frau bestand abermals darauf, dass die bibliomantische Welt nur zu retten sei, wenn man alle Refugien sich selbst überließe, die Portale zerstöre und sich auf den Machterhalt in der wahren Welt konzentriere. Eine Rückkehr zu den Werten und Methoden des Scharlachsaals: Schluss mit den selbstverliebten Spielereien, stattdessen eine Erneuerung des bibliomantischen Einflusses auf Politiker und Geschäftsleute – eine geheime Weltherrschaft wie in den alten Zeiten.

Cantos und von Lohenmut hielten dagegen, dass die Refugien die größte Errungenschaft der Bibliomantik seien, dass die wahre Macht des Lesens eben gerade in der Erschaffung eigener Welten läge. Damit mochten sie recht haben, aber James beschäftigte etwas ganz anderes: Die Versiegelung der Refugien kam einem Massenmord gleich. Die Baronin wollte sie den Ideen überlassen, und mit ihnen alle Bewohner, die sich nicht rechtzeitig durch eigene Tore in Sicherheit bringen konnten. Auf diesem Weg mochten sich einige Bibliomanten retten, doch was wurde aus den Zehntausenden von Exlibri in den Ghettos? Sie würden alle untergehen.

Er stellte sich die Frage, was die Baronin damit bezweckte. Sie war alt und hatte nicht mehr lange zu leben. Doch je länger James darüber nachdachte, desto klarer wurde ihm, dass sie das gefährlichste aller Motive antrieb: Überzeugung. Sie *glaubte*, dass sie das Richtige tat, nicht allein für sich selbst, sondern für alle nachfolgenden Generationen von Bibliomanten.

Der Streit an der Tafel spitzte sich zu. Cantos war nicht bereit einzulenken. Von Lohenmut unterstützte ihn. Als schließlich gar Livia Cantos eingriff und die alte Frau attackierte, zog die Baronin einen Schlussstrich.

»Wie Sie meinen«, sagte sie plötzlich. Eisiges Schweigen legte sich über den Rat.

Ohne jede Erklärung bat sie James, sie zu stützen. Unter den bohrenden Blicken der anderen führte er sie zu einem Torbogen aus Bernstein, der die Schwelle zur Außenwelt markierte. Der Bogen stand mitten in der Halle, nur ein Stück von der Tafel entfernt, und war erfüllt von hellem Wabern.

»Wenn Sie gestatten«, sagte sie. »Ich werde sofort wieder bei Ihnen sein.« Die letzten beiden Schritte machte sie allein, verschwand jenseits des Portals und blieb endlose Augenblicke fort. Während die Übrigen sich sogleich ereiferten, warf James nervöse Blicke auf das narbige Seelenbuch, das nach wie vor auf der Tafel lag.

Nur Augenblicke später flirrte die Luft unter dem Bogen, und die Baronin kehrte in Begleitung zweier Männer zurück. Die beiden mussten sie auf der anderen Seite erwartet haben.

Der Ältere war groß und grauhaarig. Er trug einen langen Mantel, der bis zu seinen Stiefeln reichte. Der jüngere war in James' Alter. Man hatte seine Hände gefesselt, er bewegte sich wie in Trance. Augenscheinlich stand er unter einem bibliomantischen Bann.

»Arbogast!«, rief Cantos verwundert aus. »Was soll das? Man hat Sie zu dieser Versammlung nicht eingeladen.«

»Verzeihung, aber da täuschen Sie sich«, sagte die Baronin. James sah, dass Arbogast erst kürzlich eine Verletzung am linken Oberarm davongetragen hatte. Der Ärmel seines Ledermantels war aufgerissen, die Ränder blutgetränkt. Die alte Frau lächelte liebenswürdig in die Runde. »Ich habe Mister Arbogast gebeten, sich zu uns zu gesellen.«

Cantos verließ seinen Platz und kam auf die Baronin zu. Auch Gregor von Lohenmut sprang auf. »Das ist unerhört! Der Tod Ihres Sohnes berechtigt Sie nicht –«

»Nicht sein Tod«, unterbrach sie ihn ruhig, »sondern Ihr Versagen, meine Herren.«

Livia Cantos erhob sich. James bemerkte, dass ihr ganzer Körper unter Spannung stand.

»Arbogast, mein Freund«, wandte Cantos sich an seinen Vasallen, »könnten Sie mich aufklären, was das –«

Die Baronin fiel ihm ins Wort. »Es ist so weit«, sagte sie zu Arbogast.

»Mutter!«, schrie Livia an der Tafel. »Pass auf!«

Stuhlbeine schrammten über Bernsteinmosaike. Von Lohenmut zog eine kleine Pistole unter seinem Jackett hervor und stellte sich schützend vor seine Frau.

Arbogast war schneller. In seiner Rechten tauchte wie aus dem Nichts ein Revolver auf, ein schweres, wuchtiges Ungetüm mit ziselierten Ornamenten.

Gregor von Lohenmut starb als Erster.

Gleich darauf Julius Cantos.

Dann peitschten drei weitere Schüsse durch die Weiten der Kuppel, und jede Kugel traf ihr Ziel.

49

In der vergangenen Nacht hatte die Kallista im Park der Residenz gewurzelt, nicht mehr draußen im Tal, und als Pip betont beiläufig Patience davon erzählte, wurde der so rot wie die Samtvorhänge in der Großen Galerie.

Der Südstaatler plusterte seine Brust unter der geflickten Uniformjacke auf. »Ganz gleich wo, ich werde sie beschützen, so wie ich –«

»Ach, Patience«, sagte Pip, »du kannst doch nicht jeden beschützen. Erst Furia und mich, dann Samsa, jetzt noch Nassandra.«

»Jeden von euch!«, verkündete der Exlibro voller Eifer. »Mit meinem Leben!«

Pip unterdrückte einen Stoßseufzer und widmete sich wieder seinen Hausaufgaben für den Unterricht bei Miss Drycrust. Patience hatte ihn am Vormittag dorthin begleitet, zum Entzücken der alten Lehrerin, die den uniformierten Hünen aufgrund ihrer Kurzsichtigkeit für einen schmucken Offizier der Royal Navy gehalten und darauf bestanden hatte, ihn »Herr General« zu nennen. Während sie Pip in Mathematik, englischer Literatur, Botanik und Geschichte unterrichtete, hatte Patience im Nebenzimmer die alten Fotografien an den Wänden betrachtet und dabei festgestellt, dass es tatsächlich einmal einen Herrn General im Leben der gebrechlichen Miss

Drycrust gegeben hatte. Beim Abschied hatte sie Patience mit selbstgebackenen Pfefferminzplätzchen beschenkt und darum gebeten, dass er, so es seine kostbare Zeit und die Sicherheit des Vereinten Königreiches zuließen, den kleinen Pip doch jederzeit begleiten möge. Und vielleicht dürfe sie ihn bei Gelegenheit einmal durch ihren preisgekrönten Rosengarten führen?

Nachdem Pip in der Residenz seine Hausaufgaben beendet hatte, lief er hinaus in den Park – zum Spazierengehen, wie er zu Patiences Verblüffung behauptete –, und nicht ganz zufällig kam er mit seinem Leibwächter im Schlepptau just an jener Stelle vorbei, an der Nassandra in der Nacht Wurzeln geschlagen hatte. Im Morgengrauen hatte sich die Kallista wieder in eine junge Frau verwandelt und saß nun ganz in der Nähe auf dem kleinen Friedhof der Residenz, die geschlossenen Augen der Sonne zugewandt. Sie lehnte mit angezogenen Knien an einem Grabstein und hatte vermutlich schon gewittert, dass die beiden näher kamen. Mit ihrer weißen Birkenhaut unterschied sie sich kaum von den verwitterten Marmormädchen.

»Oh«, sagte Patience. »Wie hübsch sie ist.«

»Hast du noch welche von den Pfefferminzplätzchen?«

»Wollte mir vier bis nach dem Abendessen aufheben.«

Pip stieß ihn mit dem Ellbogen an. »Frag sie, ob sie eines möchte.«

»Kallisten essen nie was, deshalb haben sie doch Wurzeln. Und Pfefferminzplätzchen schon gar nicht.«

»Wahrscheinlich hat ihr nur noch keiner eines angeboten.«

»Meinst du?«

»Ganz bestimmt sogar.«

Kurz regte sich Misstrauen in Patiences Miene. »Du legst mich doch nicht rein?«

»Wir sind beste Freunde, oder?«

»Sind wir.«

»Dann vertrau mir und geh rüber zu ihr. Bis jetzt ist sie nicht weggelaufen. Das ist ein gutes Zeichen.«

»Ich hab aber doch meine Molly lieb.«

Pip war drauf und dran, ihm zu erklären, dass seine Molly nicht mal bemerkt hatte, dass Patience aus ihrem gemeinsamen Buch gefallen war; ihren *Feuersturm der Leidenschaft* widmete sie gerade einem anderen, der aussah und hieß wie er. Pip glaubte, dass Patience sehr viel früher darüber hinwegkäme, wenn er der Kallista endlich eines von Miss Drycrusts Pfefferminzplätzchen anbieten würde.

»Nun mach schon.« Mit beiden Händen schob er den Exlibro vor sich her. »Sie mag dich. Sonst wäre sie schon weg.«

»Vielleicht mag sie *dich*.«

»Ich bin elf. Mädchen interessieren sich nicht für elfjährige Jungs.«

»Du klingst aber, als wüsstest du eine ganze Menge über Frauen«, sagte Patience.

»Jeder mag Pfefferminzplätzchen!«

»Molly mochte die auch.«

Es war zum Haareraufen. »Komm«, drängelte Pip, »nun frag sie schon!«

Nassandra hatte derweil die Augen geöffnet, beide so groß wie die Plätzchen in Patiences Jackentasche. Pip und er waren noch zehn Yards von dem Grab entfernt, als die Kallista sich langsam erhob. Wie immer trug sie Furias helles Sommerkleid, ganz fleckig von all den Tagen und Nächten im Freien. Um ihre nackten Arme und Waden ringelten sich nebelhafte Buchstabenzeilen.

»Howdy«, grüßte Patience, als sie die verwitterte Steinumrandung des Grabes erreichten.

Pip presste die Lippen aufeinander und nickte Nassandra zu.

»Hätte da Plätzchen.« Patience kramte nervös in seiner Tasche. Als er das restliche Gebäck hervorzog, war es noch immer in eine von Miss Drycrusts Seidenservietten eingeschlagen.

Nassandra betrachtete das ungeöffnete Stoffknäuel. Hin- und hergerissen zwischen Neugier und Scheu kaute sie auf ihrer Unterlippe.

»Siehste«, sagte Patience zu Pip.

»Du musst charmant sein.« Mädchen mochten charmante Männer so sehr wie süßes Gebäck, da war er ziemlich sicher.

Nassandra stieß ein leises Glucksen aus, und dann sah Pip, wie sich ihre Mundwinkel nach oben bewegten, viel weiter als bei einem Menschen. Es war das sonderbarste und schönste Lächeln, das er jemals gesehen hatte.

Ganz vorsichtig streckte sie ihre schmale Hand aus und schlug mit Daumen und Zeigefinger die Ränder des Seidentuchs auf Patiences Pranke auseinander.

»Plätzchen«, sagte er spröde. »Pfefferminz.«

»Die sind sehr lecker«, kam Pip ihm zu Hilfe.

Nassandra legte den Kopf schräg und betrachtete die vier Gebäckstücke aufmerksam. Behutsam stieß sie eines mit der Fingerspitze an.

Patience hob langsam die linke Hand. Die Kallista zog ihre blitzschnell zurück. Er aber nahm nur ein Plätzchen, steckte es sich wie in Zeitlupe in den Mund und biss darauf. »Wirklich gut«, sagte er kauend.

»Stimmt«, pflichtete Pip ihm bei.

Nassandra zeigte auf eines der drei verbliebenen Plätzchen, dann auf Pip.

»Ich soll das essen?«, fragte er.

Sie nickte. Selbst auf ihrem Gesicht waren Textzeilen zu sehen, undeutlicher als auf ihren Armen und Beinen.

Patience nickte Pip kauend zu. »Nimm ruhig. Morgen krieg ich bestimmt neue.«

Nassandra wiederholte die Bewegung, und diesmal nahm Pip eines der Plätzchen und biss ein Stück davon ab. Miss Drycrust verstand was vom Backen, das stand mal fest, auch wenn ihm der Gedanke ein wenig wie Verrat an der armen Pauline erschien.

Während Pip und Patience geräuschvoll mampften, kicherte die Kallista, fischte mit spitzen Fingern ein Plätzchen aus der Hand des Soldaten und schob es sich vollständig zwischen die weißen Lippen. Sie kaute nur ein einziges Mal, bevor sie es hinunterschluckte.

Pip und Patience starrten sie an, dann grinsten beide. »Gut gemacht«, sagte Patience mit vollem Mund. »Lecker?«

Die Mundwinkel der Kallista zuckten wieder, während sich ihre riesigen Augen auf das letzte Plätzchen richteten. Ihre Zungenspitze strich blitzschnell über ihre Lippen.

»Scheint zu schmecken«, sagte Pip und trat langsam einen Schritt zurück.

Nassandra wollte das letzte Plätzchen so schnell verschlingen wie das erste, überlegte es sich jedoch anders, brach es in zwei

Hälften und gab Patience die eine zurück. Beide strahlten einander an.

»Ich … äh, mach dann mal weiter Hausaufgaben«, erklärte Pip, drehte sich um und lief zurück in Richtung Residenz.

»Du warst doch fertig«, rief Patience ihm hinterher.

»Mir ist noch was eingefallen. Ganz wichtig.«

Er hörte, wie die beiden zugleich auf ihre Plätzchenhälften bissen, dann beschleunigte er seine Schritte und rannte durch den Park zum Haus. Von weitem warf er einen letzten Blick über die Schulter. Patience führte der Kallista einen der Taschenspielertricks vor, mit denen sich Soldaten in den Schützengräben die Zeit vertrieben: Mit einem Fingerschnippen ließ er die Seidenserviette in seinem Ärmel verschwinden. Nassandra jauchzte und klatschte in die Hände.

Pip umrundete das Gebäude und lief zur Vorderseite der Residenz. Es war später Nachmittag, die Sonne stand niedrig hinter den Bäumen und warf Schatten auf die frisch gestrichene Fassade und das Malergerüst.

Auf dem Platz hatten sich etwa zwanzig Exlibri versammelt, während zwei andere einen schwergewichtigen Mann in grauer Kleidung wie einen Schwerverbrecher die Stufen vom Portal herabzerrten. Ihnen folgte ein kleines blondes Mädchen, das von dem jungen Faun Kassiopeius an der Hand geführt wurde. Das rehbraune Fell des Fauns war bedeckt mit Spritzern der hellen Fassadenfarbe.

Pip fragte einen der Umstehenden, wer die beiden seien. Man habe sie im ersten Stock aufgegriffen, bekam er zur Antwort; offenbar hätten sie gerade Furias Zimmer verlassen. Der dicke Mann sei Cornelius Kyriss, der ehemalige Direktor von Libropolis und ein hoher Beamter der Akademie. Der Name des Mädchens war Juli. Angeblich waren sie Furia begegnet, die sie hergeschickt habe.

Pip drängelte sich durch die Reihen der Exlibri, bis er einen besseren Blick auf die Gefangenen werfen konnte. Kyriss war so breit, dass er Kassiopeius und das Mädchen jetzt verdeckte. Ein Murren und Fluchen ging durch die Menge, weil sich alle nur zu gut an die Unterdrückung im Ghetto von Libropolis erinnerten und Kyriss einen Teil der Schuld dafür gaben. Pip hingegen dachte an das, was Furia ihm über den Direktor erzählt hatte.

»Ich bin Pip«, sagte er.

Kyriss wirkte besorgt, brachte aber ein Lächeln zustande. »Dein Vater hat mir Bilder von dir und deiner Schwester gezeigt. Da warst du aber noch ein paar Jahre jünger.«

»Sie und Dad waren Freunde, stimmt's?«

»Könnte man sagen.«

»Sie sind mal hier gewesen. Er muss Ihnen vertraut haben.«

Der Faun hob eine seiner buschigen Augenbrauen. »Denk daran, wohin es ihn gebracht hat.«

Kyriss drehte sich aufgebracht zu Kassiopeius um. »Mit Tiberius' Tod habe ich nichts zu tun!«

Das blonde Mädchen lugte um den Bauch des Direktors und schenkte Pip ein bezauberndes Lächeln. »Hallo. Ich bin Juli.«

Einen Moment lang brachte er keinen Ton heraus, weil sie so hübsch war. »Pip«, sagte er schließlich. »Wie der Held in *Große Erwartungen*.« Allerdings fühlte er sich überhaupt nicht heldenhaft, während ihre blauen Augen ihn inspizierten. Eher ein wenig schwach in den Knien.

»Ich bin elf«, sagte sie.

»Ich auch.«

»Furia hat mir von dir erzählt. Ich soll dir ausrichten, dass es ihr gutgeht.«

»Kommt sie bald zurück?«

Juli schien kurz nachzudenken, dann sagte sie: »Sie ist auf dem Weg ins Sanktuarium. Dieses schreckliche Mädchen mit den Ringelstrumpfhosen ist bei ihr. Und Isis Nimmernis mit einem Mann.«

Wieder wanderte ein Raunen durch die Reihen der Exlibri. Sanktuarium. Isis. Das waren Wörter, die sie alle noch misstrauischer machten.

»Dann haben sie die Karte doch noch gefunden?«, fragte Pip.

»Etwas Besseres als die Karte«, ergriff wieder Kyriss das Wort. »Denjenigen, der sie gezeichnet hat.«

Kassiopeius, der Julis Hand losgelassen hatte, fragte: »Gibt es sonst noch etwas, das ihr uns ausrichten sollt?«

Kyriss nickte. »Ich soll einem sieben Fuß großen Südstaatensoldaten sagen, dass Furia mir von seiner Molly erzählt hat.« Er kratzte sich den buschigen Vollbart. »Ist das so was wie ein Losungswort?«

Da lachten einige der Umstehenden. Sie alle kannten Patiences wehmütige Geschichten von der verschollenen Molly.

»Lasst sie laufen«, sagte Pip.

»Bist du jetzt hier der Anführer?«, fragte jemand in der Menge. Wieder Gelächter.

Pip schluckte, doch Kassiopeius kam ihm zu Hilfe. »Der Junge hat recht. Ich glaube, die beiden kommen wirklich von Furia.«

Es entstand ein kleiner Tumult, als alle durcheinanderredeten, doch am Ende siegte die Vernunft, und man entschied trotz mancherlei Einwänden, das Mädchen nicht einzusperren. Auch Kyriss durfte sich frei bewegen, sollte aber unter Beobachtung bleiben. Dass er versucht hatte, Åhlander und seine Widerstandskämpfer zu schützen, war allgemein bekannt, und doch fiel es manch einem schwer, etwas anderes als einen ehemaligen Handlanger der Akademie in ihm zu sehen.

»Ihr habt nicht zufällig etwas zu essen?«, fragte Kyriss. »Ist schon eine ganze Weile her.«

»Ich bin auch hungrig«, sagte Juli und sah Pip an. Ihm wurde heiß und kalt zugleich.

Kassiopeius strich sich getrocknete Farbe aus dem Pelz. »Ich begleite euch in die Küche.« Er bat die anderen, ihn und die beiden Besucher durchzulassen. Allmählich löste sich die Spannung, und man bildete eine Gasse.

Pip fing noch ein Lächeln des hübschen Mädchens auf, dann stürmte er um den Pulk herum ins Haus, die Treppen hinauf in sein Zimmer, zog Paulines letzten Lebkuchen unter seiner Matratze hervor und rannte zurück ins Erdgeschoss.

50

Furia ging mit geöffnetem Schnabelbuch durch den Tunnel aus flüssigem Gestein und trat hinaus in einen hohen Raum. In ihrem Rücken nahm der Mahlstrom, der das Schloss am Rhein mit diesem Ort verband, die ganze Wand ein. Sein Schmirgeln und Rumoren erinnerte sie an einen Zementmischer, den Wackford einmal für Ausbesserungen an der Residenz benutzt hatte.

Isis war als Erste durch das Portal getreten, Furia folgte ihr, danach kamen Duncan und Cat. Hinter ihnen glättete sich die Wand und erstarrte wieder zu einer gemusterten Tapete. Stille senkte sich herab, während sie in Erwartung eines Angriffs die neue Umgebung musterten.

Der Raum glich den Salons in der Residenz, nur waren nirgends Bücher gestapelt. Es gab kein einziges Möbelstück, lediglich zugezogene Vorhänge vor den Fenstern auf der linken Seite des Saals. Stuckornamente schmückten die Decke, das Parkett schimmerte wie frisch gewachst.

»Ist das ein Refugium?«, fragte Cat.

»Nein«, entgegnete Isis. »Fühlt sich nicht so an.«

Furia bewegte sich so leise wie möglich zu einem der Vorhänge und schob ihn eine Winzigkeit beiseite. Durch das Fenster blickte sie hinab auf einen kleinen Platz. Schmuckvolle Stadtpaläste mit Jugendstilfassaden umgaben einen gewaltigen

Springbrunnen. Die Laternen waren eingeschaltet, der Himmel über den hohen Dächern dämmerig.

»Wo sind wir hier?«, flüsterte sie.

Isis trat neben sie. »Irgendeine europäische Großstadt, würde ich sagen. Ziemlich nobles Viertel.«

Mehrere schmale Straßen mündeten in den Platz, an ihren Seiten parkten Autos. »Kann jemand lesen, was auf den Nummernschildern steht?« Auf diese Entfernung erkannte sie nur, dass es sich nicht um britische Autokennzeichen handelte.

Duncan blickte über ihre Schulter nach draußen. »Wir sind in Italien. Das sind römische Nummernschilder.«

Von hier aus konnte sie nur einen Teil des kleinen Platzes einsehen. Sie befanden sich in der vierten Etage, vermutlich in einem Palazzo, der jenen auf der gegenüberliegenden Seite ähnelte.

»Isis!« Cat deutete zu einer hohen Holztür mit wuchtiger Messingklinke. Durch den Spalt am Boden fiel gelbliches Flackern, viel zu stark für Kerzenschein.

»Ihr wartet hier.« Isis näherte sich der Tür. Sie hatte die Haken ihrer Korsage bereits vor dem Übergang gelöst, jetzt öffnete sich lautlos ihr Brustkorb. In einer Hand hielt sie eine Pistole, genau wie Duncan, der ihre Anweisung ignorierte und ihr folgte.

Furia setzte sich ebenfalls in Bewegung. Sie blieb nahe bei Cat, um sie notfalls vor einem bibliomantischen Angriff schützen zu können.

Isis legte eine Hand auf die Klinke, öffnete langsam die Tür. Feuerschein fiel ihr entgegen. Duncan schloss zu ihr auf, gleich darauf auch Furia und Cat.

Im Vorraum des Saales stand eine Schüssel auf einer hüfthohen Säule. Darin loderten Flammen, nicht größer als ein Kaminfeuer.

»Ach je«, flüsterte Cat. »Ist *er* das?«

»Hallo, Fornax«, sagte Isis, ohne über die Schwelle zu treten.

Die Alexandrinische Flamme blähte sich auf, sprang als hundgroßer Feuerball über den Schüsselrand und kam am Boden auf, ohne das Parkett zu versengen. Dann schraubte sie sich zu einer mannsgroßen Säule empor und bildete spindeldürre Arme und Beine, bis sie annähernd einem brennenden Menschen glich.

»Kommt ihr, um mich ein zweites Mal herauszufordern?« Sekundenlang glühte Fornax grellweiß auf, wurde dann wieder gelb und orange. »Ich bin die Geißel des Morgenlandes, der vernichtendste aller Vernichter! Ich habe die große Bibliothek von –«

»Wissen wir schon«, sagte Isis.

»Ich nicht«, bemerkte Duncan.

»Hah!«, erklang es aus dem gesichtslosen Feuer. »So hör gut zu, brennbares Menschlein. Denn ich bin Fornax, die Alexandrinische Flamme. Fornax der Zerstörer. Fornax der Unbezwingbare, schrecklichster aller Schrecken, und ich werde –«

»Was hast du hier zu suchen?«, fiel Furia ihm ins Wort. »Hat Marduk dich freigelassen?«

»Freigelassen?« Die Flammengestalt wuchs in die Höhe, bis sie beinahe das Deckenfresko berührte. »Andere verlangten nach meinen Diensten, baten und bettelten, und schweren Herzens ließ er mich –«

»Du bist ein lausiger Wächter«, unterbrach Isis ihn. »Marduk war bestimmt nicht erfreut, als er entdeckt hat, was aus seiner kostbaren Sammlung geworden ist. Wahrscheinlich war er froh, dich loszuwerden. Als die Drei Häuser verlangt haben, dass du ihnen übergeben wirst, hat er sicher nicht allzu lange protestiert. War es nicht so?«

Das Flammenwesen grummelte etwas Unverständliches und sprühte Funken in alle Richtungen. »Ist ja auch egal«, sagte es schließlich, »denn nun seid ihr hier, und ich kann grausame Rache nehmen.«

»Bist du sicher, dass du es darauf ankommen lassen willst?«, fragte Isis.

Fornax schoss auf sie zu wie ein feuriger Tornado. Furia, Cat und Duncan wichen von der Tür zurück, doch Isis blieb unbeeindruckt stehen. Tatsächlich hielt Fornax inne, entfachte weitere Flammenglieder und fuchtelte drohend mit acht Feuerarmen in ihre Richtung.

Isis seufzte leise. »Geh aus dem Weg.«

»Was wagst du?«, donnerte Fornax. Seine Hitze wehte in schmerzhaften Schüben herüber, wann immer er sich bewegte. »Wie sprichst du mit Fornax dem Allesverbrennenden? Ich bin die grausame Glut der Götter! Ich habe Zivilisationen verzehrt und Imperien das Fürchten gelehrt! Krieche, Sklavin des Papiers, krieche vor Fornax in der Asche deinesgleichen!«

Das Schnabelbuch presste seinen Rüsselhals an Furias Handgelenk und flüsterte: »Dieses Ding mag ja ein vorlauter Kotzbrocken sein, aber es ist auch aus Feuer. Damit sollte man nicht spaßen. Schon gar nicht als Buch.«

Bei diesen Worten erinnerte Furia sich an etwas, das Fornax

in Marduks Festung gesagt hatte, und plötzlich glaubte sie zu verstehen, was Isis vorhatte. Denn Isis *war* ein lebendes Buch. Und hatte Fornax nicht großspurig verkündet, dass er beim Brand der Bibliothek von Alexandria so viele Bücher verschlungen hatte, dass er nie wieder ein weiteres verbrennen konnte?

Duncan beugte sich an Isis' Ohr. »Vielleicht ist es nicht so klug, ihn zu reizen.«

»Vertrau mir.« Und damit trat Isis über die Schwelle, geradewegs durch den verblüfften Fornax hindurch. Das Feuer umschloss sie für die Dauer eines Atemzugs, dann ertönte ein hohes Kreischen. Mit einem Wimmern wich es vor ihr zurück. In Windeseile huschte die Alexandrinische Flamme zur anderen Seite des Raumes, verlor ihre menschliche Form und wurde zu einem wabernden Feuerball.

»Du bist kein Mensch!«, beschwerte sich Fornax in einem Ton, als hätte Isis beim Kartenspiel gemogelt. »Oh, wie heimtückisch und hinterhältig du bist! Das ist nicht fair!«

»Ich bin ein Buch, und du kannst Büchern nichts anhaben«, entgegnete Isis, die seit dem Einbruch in Marduks Festung genug Zeit gehabt haben musste, um über Fornax' Worte nachzudenken. Ihre Haut war rosig wie von einem Sonnenbrand, ansonsten aber war sie unverletzt. Nur aus ihrer schwarzen Kleidung kräuselte sich Rauch. Während sie das Zimmer durchquerte, öffnete sich in ihrem Brustkorb ein Seitenherz. Seine weiße Lichtflut traf auf die Säule in der Mitte des Raumes. Isis blieb davor stehen und hob mit beiden Händen die Schale herunter.

»Setzt du dich freiwillig hinein, oder muss ich dich erst durchs Zimmer scheuchen?«, fragte sie.

Fornax sprang wie ein Kugelblitz in seiner Ecke umher, jammerte und beklagte sein ungerechtes Schicksal.

»Ich glaube, er ist an die Schale gebunden wie ein Flaschengeist an seine Flasche«, flüsterte Furia Cat zu. »Er kann nicht fliehen.«

Duncan sah noch immer aus, als wollte er sich im nächsten Moment für Isis ins Feuer stürzen. Furia begann ihn zu mögen.

»Also?«, fragte Isis. »Ich kann diese Schale auch zerstören, wenn dir das lieber ist. Es kostet mich nicht mehr als einen Gedanken, das Metall zusammenzuknüllen wie ein Stück Papier.«

Das mochte die Wahrheit sein oder auch nicht, aber die Worte zeigten Wirkung. »Tu das nicht!«, rief Fornax. »Das wäre mein Ende!«

Duncan runzelte die Stirn. »Gute Idee, eigentlich.«

Isis hielt die Schale mit gestreckten Armen vor sich und schloss die Augen. Das Licht in ihrer Brust strahlte heller.

»O nein, o nein«, wimmerte die Alexandrinische Flamme, zog sich zu einem faustgroßen Feuerball zusammen und hüpfte in weitem Bogen in die Schale. »Hier bin ich schon! Hier bin ich ja!«

Isis entspannte sich, machte die Augen wieder auf – und verschwand im nächsten Augenblick in einem so grellen Gleißen, dass Furia und die anderen erschrocken die Köpfe herumrissen. Duncan schrie auf und stürzte in den Raum. Auch Furia wollte vorspringen, doch Cat hielt sie fest. »Nicht! Warte noch!«

Duncan hatte kaum die halbe Distanz bewältigt, als das Licht erlosch. Isis stand schwer atmend da, während sich das Buch in ihrer Brust wieder schloss. In ihrer rechten Hand hielt sie eine graue Metallkugel, nicht größer als ein Tennisball.

»Fang!«, sagte sie zu Duncan und warf sie ihm zu.

Der schnappte sie auf, wog sie in den Händen und murmelte: »Nicht mal heiß.«

»Bis auf weiteres bleibt er da drin.«

Furia meinte, ein fernes Zetern und Heulen zu hören, das leise verklang. »Tot ist er nicht, oder?«

Isis schüttelte den Kopf. »Nur eingeschlossen. Es geht ihm ganz gut, denke ich. Fürs Erste wird er niemanden mehr verbrennen.«

Duncan gab ihr die Kugel zurück, und Isis ließ sie unter ihrem schwarzen Cape verschwinden. Es roch nach verkohlter Wolle. Von nahem sah Furia, dass ihr Gesicht und ihre Hände stärker gerötet waren, als sie auf den ersten Blick angenommen hatte. Auf ihrer Nase und Stirn schälte sich die Haut, und ihre hellen Wimpern waren versengt.

»Du warst nicht wirklich sicher, dass es funktioniert, oder?«

Isis lächelte gequält. »Ich bin nicht *nur* ein Buch. Aber Hauptsache, Fornax hat das geglaubt, nicht wahr?«

Duncan sah aus, als wollte er sie schütteln wie ein unvernünftiges Kind, presste dann jedoch nur die Lippen zusammen und berührte kurz Isis' Hand.

Gemeinsam näherten sie sich der Tür auf der anderen Seite des Vorzimmers. Der Lärm hätte jemanden herbeilocken müssen, doch von draußen drang kein Laut herein.

Sie verließen das Zimmer und betraten einen langen Flur mit offenen Türen zu beiden Seiten. Alle Räume standen leer. Das Parkett war staubig, die Tapeten gelbstichig.

»Ist das nur Tarnung?«, fragte Furia. »Ein Palazzo irgendwo in Rom als Übergang zum Sanktuarium?«

Duncan kratzte sich den Bart. »Aber ohne Gardisten?«

»Hier gibt es überhaupt keine Menschen«, sagte Isis. »Und keine Bücher, damit niemand hierherspringen kann.«

Sie traten durch die Etagentür hinaus in ein Treppenhaus mit breiten Marmorstufen und poliertem Messinggeländer. Mosaike waren in die Böden eingelassen. Die geschwungene Treppe führte abwärts durch drei Etagen, in jeder befand sich eine identische Tür.

»Für jedes der Drei Häuser ein Stockwerk«, murmelte Cat, als sie die Stufen hinunterstiegen. »Und im vierten die Schwelle.«

Das alles hier erschien Furia noch immer unwirklich wie eine Filmkulisse. Eine Maske aus Wirklichkeit, hinter der sich – vielleicht ganz nah – etwas anderes, sehr viel Größeres verbarg.

»Ich müsste etwas spüren, wenn es hier im Haus wäre«, sagte Isis mit einem Stirnrunzeln, das sie noch ausgezehrter erscheinen ließ. Falls es wirklich das Absolonbuch war, das sie jetzt noch auf den Beinen hielt, dann war seine Wirkung erstaunlich. Und der Preis dafür gewiss hoch. »Hier ist gar nichts. Ich habe noch nie einen Ort erlebt, der sich so leer, so tot anfühlt.«

»Vielleicht ist es nicht *im* Haus«, sagte Furia nachdenklich. »Aber was ist mit draußen?« Vorhin, als sie ihre Stirn ans Fenster gepresst hatte, um hinaus auf den Platz zu blicken, war ihr etwas aufgefallen.

Mit wenigen Schritten durchquerte sie die marmorne Eingangshalle im Erdgeschoss, riss eine Glastür auf und betrat einen Windfang. Als sie die Haustür öffnete, schlugen ihr gedämpfter Großstadtlärm und kühle Abendluft entgegen. Mehrere Stufen führten hinab auf den menschenleeren Bürgersteig.

»Kommt mit!«, rief sie über die Schulter und lief hinüber zum Springbrunnen in der Mitte des kleinen Platzes. Fünf schmale Straßen trafen hier aufeinander. Auf einem Schild im Schein einer Straßenlaterne las sie den Schriftzug *Piazza Mincio*.

Ein triumphierendes Lachen stieg in ihr auf, als sie nach rechts sah und im selben Augenblick wusste, dass sie die zweite Schwelle gefunden hatte. Am Ende einer kurzen Seitenstraße, keine hundert Yards entfernt, spannte sich zwischen den Palästen ein mächtiger Torbogen über die Fahrbahn. Er war mit zwei Etagen überbaut, die Fenster waren dunkel.

Die verschachtelten Häuser rund um den Platz mussten einen Irrgarten aus Zimmern, Sälen und Korridoren beherbergen. Die hohen Fassaden waren bedeckt mit steinernen Balkons und Loggien. Furia ahnte, warum die Akademie ausgerechnet diesen Ort, vielleicht das ganze Viertel für ihre Zwecke ausgewählt hatte. Dies war kein abgelegener Landsitz wie die Residenz, kein einsames Gemäuer auf einem Berg wie das einstige Schloss Rosenkreutz. Stattdessen war die Piazza Mincio fester Bestandteil des Straßenlabyrinths von Rom, protzig und gewöhnlich zugleich. Man mochte diese Häuser mit ihren verschnörkelten Fensterrahmen und Nischen voller Steinfiguren bestaunen, doch würde niemand vermuten, dass sie etwas anderes beherbergten als üppig möblierte Apartments und teure Büroetagen für Anwaltskanzleien.

»Der Torbogen?«, fragte Cat. »Er ist die Schwelle?«

Furia nickte. Es hätte eigentlich nicht mehr als eine Vermutung sein dürfen, doch Furia war überzeugt, dass sie recht hatte. Vom Springbrunnen aus blickte sie die Straße hinunter.

Auf beiden Seiten parkten Autos. Durch den Bogen sah sie auf einer Kreuzung dahinter das Scheinwerferlicht von Fahrzeugen vorüberziehen.

»Isis?« Sie blickte sich nach den anderen um und sah, dass Isis sich an einem der geparkten Wagen abstützte und heftig auf Duncan einredete. Er schüttelte erst den Kopf, gab dann aber nach und zog ein Buch hervor. Zögernd schlug er es auf, ohne selbst hineinzusehen, und hielt es mit größtem Widerwillen Isis entgegen. Die las einige Zeilen darin und wollte begierig danach greifen, doch Duncan zog es fort. Einen Moment lang sah es aus, als wollte sie sich auf ihn stürzen. Furia machte sich bereit, Duncan zu Hilfe zu eilen – aber dann bekam Isis sich unter Kontrolle und ließ zu, dass er den Band wieder einsteckte. Bebend richtete sie sich auf und schien dabei um eine Handbreit in die Höhe zu wachsen. Ihre Augen reflektierten gelben Lampenschein, als sie erst in Furias Richtung blickte, dann hinüber zum Torbogen.

»Gehen wir«, sagte Isis, berührte aber noch einmal Duncans Hand und flüsterte ihm etwas zu. Er sah niedergeschlagen aus, als er nickte, und wieder dachte Furia, wie groß doch die Last war, die er trug.

Zu viert gingen sie die Straße hinunter. Je näher sie dem Torbogen kamen, desto deutlicher spürte Furia, dass dies der richtige Weg war. Etwas Ähnliches hatte sie gefühlt, als sie mit ihrem Vater zum ersten Mal durch die Swan Lane zur Römerbrücke nach Libropolis gegangen war. Damals hatte Tiberius ihr erklärt, dass die Akademie oft alte Bauwerke als Portale zwischen der gewöhnlichen Welt und den Refugien einsetzte; womöglich vereinfachte es die Sache, wenn ein bestehender

Übergang benutzt wurde, ein Gebäude, das von jeher als Verbindung zwischen zwei Orten gedient hatte.

Der Torbogen an der Piazza Mincio war ein Koloss, verziert mit mythologischen Steingesichtern, wuchtigen Säulen und Statuen. In seinem Zentrum, mitten über der Fahrbahn, hing an Ketten ein eiserner Kronleuchter, halb so groß wie eines der Autos am Straßenrand. An ihrem höchsten Punkt war die Torwölbung mit einem Muster aus Blau und Gold überzogen, das an einen stilisierten Sternenhimmel erinnerte.

»Das hier muss es sein«, flüsterte sie.

»Und du bist wieder der Schlüssel?« Leiser Zweifel lag in Duncans Stimme.

»Wir werden sehen, oder?« *Nur ein Mitglied der Fünf Häuser kann den Übergang öffnen*, hatte das Schloss gesagt.

»Waren die Rosenkreutz an der Erschaffung des Sanktuariums überhaupt noch beteiligt?«, fragte Cat.

Isis kam Furia zuvor. »Alle fünf Häuser haben daran mitgewirkt, bevor es zum Eklat kam.«

»Das Portal müssen sie später hierher verlegt haben«, sagte Duncan. »Dieser Bogen und die Häuser sind sicher nicht viel älter als hundert Jahre. Zu dem Zeitpunkt hat das Sanktuarium schon ein paar Jahrzehnte existiert.«

»Ich habe gehört, dass sie den Zugang in den Anfangsjahren viele Male verlegt haben«, sagte Isis. »Erst nachdem die überlebenden Rosenkreutz wie vom Erdboden verschluckt blieben, sind die Vorsichtsmaßnahmen gelockert worden, und das Portal wurde fest verankert. Wahrscheinlich ist all das hier einzig zu diesem Zweck gebaut worden.«

Wenige Schritte vor dem Bogen hielt Furia inne und blickte

zu dem gewaltigen Kronleuchter hinauf. »Bleibt alle nah bei mir, bis wir drüben sind.«

»Wo immer drüben auch ist«, bemerkte Cat ohne große Begeisterung für einen Plan, der kaum diese Bezeichnung verdiente.

Furia wusste so gut wie alle anderen, dass sie womöglich blind ins Verderben liefen. Aber gab es eine Alternative? Niemals zuvor war der Widerstand dem Herzen der Akademie so nahe gekommen.

Und da war noch etwas, das sich tief in ihr regte: der Stolz darauf, eine Rosenkreutz zu sein. Nach all den Jahren bekam sie als Erste ihrer Familie die Chance, das Unrecht zu vergelten, das man ihren Ahnen angetan hatte.

»Es heißt, die Akademie habe das Sanktuarium gut versteckt.« Isis klang jetzt kraftvoller als vorhin und war wieder gesprächiger. Das Absolonbuch tat seine Wirkung. »Man sagt, es sei an einer Stelle so tief zwischen den Seiten der Welt verankert, dass kein Bibliomant jemals zufällig darauf stoßen könne.«

»Also genau dort, wo gerade die Ideen wüten«, murmelte Duncan.

»Sind alle so weit?«, fragte Furia auf den letzten Schritten zum Torbogen.

»Geht so«, erwiderte das Schnabelbuch.

»Kein bisschen«, sagte Duncan.

»Ich wünschte, Finnian wäre hier«, flüsterte Cat.

51

Pips Lebkuchen war hart wie Stein, aber Juli freute sich trotzdem darüber und bedankte sich mit einem artigen Knicks.

»Meine Schwester kann keinen Knicks«, sagte Pip. »Sie ist ein Trampel. Jeder sagt das.«

»Sie war ja auch nicht die Vorleserin einer Baronin.« Das blonde Mädchen lächelte ihn von der Seite an, während sie durch die Flure der Residenz schlenderten. Er hatte ihr einige seiner Lieblingsorte gezeigt, vor allem den Dachboden voller Möbel unter weißen Laken. Jetzt befanden sie sich auf dem Weg zum Höhepunkt seiner Führung.

»Das ist nett von dir«, sagte sie. »Das hier, meine ich. Dass du mir alles zeigst.«

Sein Gesicht wurde heiß, und er musste ihrem Blick ausweichen, weil er Angst davor hatte, dumm auszusehen. Eben wie ein Junge, der nicht daran gewöhnt war, mit einem hübschen Mädchen zu sprechen. Mit *irgendeinem* Mädchen außer Furia, und die zählte nicht.

»Das Beste kommt noch«, sagte er. »Könnte aber sein, dass du schreckliche Angst bekommst.«

Ihr Lachen war glockenhell und ganz und gar hinreißend. »Mir macht gar nichts mehr Angst. Hier gibt es nichts, das schlimmer wäre als das Leben im Schloss der Himmels.«

»Manche denken, er ist ein Monster, aber das ist er nicht.«

»Er?«

»Sein Name ist Samsa.«

»Dein Hund?«

»Samsa ist kein Hund«, sagte Pip und grinste.

Die Farben der Landschaftsgemälde an den Wänden kamen ihm leuchtender vor als sonst, das Rot der ausgetretenen Teppiche schien zu glühen.

»Hier bei euch ist es, als wäre man in der Zeit zurückgereist«, sagte Juli.

»Wie meinst du das?«

»Alles ist so … alt.« Sie blieb stehen und hielt ihn an der Hand fest. »Bei den Himmels gab es auch alte Sachen, aber dort hatten sie auch moderne Dinge. Telefone, zum Beispiel. Habt ihr hier Telefone?«

Ihre Berührung brachte ihn ganz durcheinander. Er spürte nichts anderes mehr, nur noch ihre Finger fest und kühl an seinen. Tatsächlich war ihre Hand sehr kalt, aber das kannte er von Furia. Kalte Hände und kalte Füße gehörten zum Leben in der Residenz dazu, damit musste man sich abfinden. Trotzdem wünschte er sich, er könnte Julis Finger wärmen.

»Wir haben ein Telefon«, sagte er ein wenig überrumpelt. »Das heißt, wir hatten eins. Es ist noch da, irgendwo, aber keiner benutzt es. Es funktioniert nicht mehr.«

»Warum hat man ein Telefon, das nicht funktioniert?«

»Dad hat nie die Rechnungen bezahlt, und da haben sie es abgestellt. Furia meinte, wir müssten es mal wieder anmelden, aber gemacht hat sie das nie.«

»Ich müsste wirklich dringend telefonieren.«

»Mit wem denn?«

»Mit meiner Familie. Die Himmels haben mich entführt, schon vergessen?«

»Oh. Sie machen sich bestimmt Sorgen.«

»Ganz bestimmt.« Sie trat einen halben Schritt auf ihn zu. Er konnte jetzt ihr Haar riechen und sehen, wie sie sich zwischen den Sätzen auf die Unterlippe biss, ganz leicht nur. »Das wäre wirklich sehr, sehr wichtig für mich.«

»Es gibt ein Handy, irgendwo im Haus. Für den Notfall. Ich kann rausfinden, wer es hat.«

»Würdest du das für mich tun?«

»Na klar.« Er freute sich, dass sie wieder lächelte und nicht mehr so ernst aussah wie gerade eben.

»Das ist sehr lieb.« Einen Moment lang hielt sie den Blickkontakt aufrecht, dann bemerkte sie etwas auf einem kleinen Tisch am Rand des Korridors. »Oh, sieh mal, *Smoke & Mirrors*!«

Tatsächlich lag dort eine angebrochene Packung neben einem silbernen Sturmfeuerzeug und ein paar anderen Raucherutensilien. Der Aschenbecher war halb voll. Juli senkte ihre Stimme zum Verschwörerton. »Wir könnten rauchen.«

»Hab's versucht. Ist eklig.«

Einen Moment lang wog sie das Päckchen in der Hand und schien gegen die Versuchung anzukämpfen. Schließlich aber zuckte sie die Achseln. »Hier gibt es keinen, der es verbietet, oder? Dann macht es eh nur halb so viel Spaß.«

Ihm war ein bisschen schwindelig, deshalb atmete er tief durch. »Ich zeig dir jetzt erst mal Samsa.«

Überspielte sie mit diesem Lächeln nur ihre Ungeduld? Ganz kurz hatte er fast den Eindruck.

»Da vorne ist es«, sagte er und deutete den Gang hinunter.

Er hörte, wie Juli hinter seinem Rücken die Zigaretten zurück auf den Tisch fallen ließ. »Okay.« Sie ließ seine Hand los und lief vorneweg. Mit einem Mal hatte sie es sehr eilig. »Komm, ich will ihn sehen.«

Pip holte auf, blieb vor der Tür stehen und klopfte. »Samsa? Ich bin's.« Damit drückte er die Klinke hinunter und führte Juli ins Zimmer.

Das Ungeziefer lag wie eh und je auf dem Rücken und träumte von besseren Zeiten. Seine sechs Beine lagen angewinkelt auf seiner gepanzerten Unterseite, doch als es Pip bemerkte, klappte es eines der oberen auseinander wie die Klinge eines Taschenmessers. Gleich danach sank es wieder zurück, aber Pip wusste, dass dies Samsas Art war, ihn zu begrüßen. An den guten Tagen.

Juli gab keinen Ton von sich, während sie mit ihm ans Bett trat. Sie wirkte nicht verängstigt, eher neugierig, und für einen Moment schien sie sogar den Anruf bei ihren Eltern zu vergessen. Pip ertappte sich bei dem Gedanken, dass es schön wäre, wenn sie noch länger bliebe und keineswegs so schnell wie möglich zu ihrer Familie zurückkehrte. Aber er war selbst einmal eine Geisel gewesen. Selbstverständlich wollte sie zurück zu den Menschen, die sie gernhatte, und nicht hier bei ihm bleiben, in einem zugigen Gemäuer im Nirgendwo.

»Darf ich ihn anfassen?«

»Ich kann ihn fragen.«

»Kann ich das nicht selbst?«

»Versuch's. Er reagiert nicht auf jeden.«

Sie trat an die Seite des Bettes, machte wieder ihren Knicks und sagte: »Ich heiße Juli. Du bist also Samsa. Darf ich deine Freundin sein?«

Einer der schwarzen Fühler zuckte.

»Er ist meistens ziemlich schlecht gelaunt«, sagte Pip.

»Wäre ich auch an seiner Stelle.« Sie machte einen neuen Versuch. »Kann ich mal ein Bein anfassen, Samsa Ungeziefer?«

»Ich glaube, Samsa war eigentlich mal sein Nachname.«

Sie überlegte kurz, dann nickte sie, sichtlich erfreut über einen neuen Einfall. »Hallo, Herr Samsa. Sie machen einen ganz schön traurigen Eindruck.«

Plötzlich bewegten sich beide Fühler zaghaft in Julis Richtung. Langsam streckte sie ihnen ihren Zeigefinger entgegen, damit Samsa sie berührte. Pip dachte, dass sie genau wusste, wie sie andere dazu brachte, ihr einen Wunsch zu erfüllen.

Samsas lange Fühler bogen sich behutsam zu ihr hinüber. Kurz hielten sie noch einmal inne, schoben sich dann mit leichtem Zittern weiter. Im nächsten Moment tippten beide gleichzeitig an Julis Fingerspitze. Zwei, drei Sekunden lang hielten sie den Kontakt aufrecht.

Was dann geschah, passierte so schnell, dass Pip kaum Einzelheiten erkannte. Ein scharfes Zischen drang zwischen den Mundwerkzeugen des Ungeziefers hervor. Im nächsten Moment rollte Samsa auf der gegenüberliegenden Seite von der Matratze, landete rasselnd auf seinen sechs Beinen und verschwand unterm Bett.

Juli trat einen Schritt zurück und sah verblüfft ihren Finger an. Pip überlegte, ob er sie erst beruhigen müsste, fand aber, dass sie gar nicht beunruhigt wirkte, nur erstaunt. Verwundert sank er vor dem Bett auf die Knie.

»Hey«, sagte er, während er den Kopf zur Seite drehte, um darunterzusehen. »Was ist los?«

Samsa kauerte im Dunkeln wie in einer Höhle und zischte ihn an. Seine Beißzangen schnappten aufgeregt ins Leere.

»Er mag mich nicht.« Juli trat neben Pip, blieb aber stehen.

Wie konnte irgendwer sie nicht mögen? Samsa war wohl schon zu lange in diesem Insektenkörper gefangen und hatte einige Dinge vergessen, zum Beispiel die Sache mit dem guten Benehmen, wenn man einem Mädchen begegnete. Vielleicht war er auch schon immer ein grüblerischer Einzelgänger gewesen, der Angst vor Frauen hatte.

»Ich sollte besser gehen«, sagte Juli.

Samsas Fühler peitschten hektisch umher. Pip hatte ihn noch nie so erlebt, nicht mal damals, als er vorgeschlagen hatte, den Panzer des Ungeziefers mit Möbelpolitur auf Hochglanz zu bringen.

Mit einem Seufzen stand er auf, warf einen letzten Blick auf die leere Kuhle in der Matratze und ergriff Julis Hand. »Er ist eben nicht sehr höflich.« Aber tief im Inneren horchte er auf seine Gefühle, während sich ihre Hände berührten, und suchte nach einem Hinweis auf das, was Samsa gespürt haben mochte. Alles, was er empfand, war ein wohliges Kribbeln im Arm.

»Wir können's ja später noch mal versuchen«, sagte er.

Sie ging mit ihm zur Tür, ohne einen Blick zurückzuwerfen. Es war, als hätte sie Samsa bereits vergessen, um sich wieder ganz auf Pip zu konzentrieren.

Draußen auf dem Gang fragte er: »Willst du noch was sehen?«

Für einen Augenblick war da wieder dieser Anflug von Ungeduld in ihren blauen Augen. Dann kehrte ihr Lächeln zurück und sie nickte.

Auf der Treppe ins Erdgeschoss begegneten sie einigen Exlibri, die gerade vom Abendessen kamen. Sie alle musterten Juli neugierig, und das Mädchen grüßte die Frauen und Männer freundlich, wenn auch ohne Knicks. Eine ältere Exlibra blickte ihnen nach, als die anderen schon weitergingen, und Pip zog Juli ein wenig zu hastig um die nächste Ecke, weil es ihn ärgerte, dass die Frau sie so anglotzte.

Wenig später führte er sie hinaus in den dunklen Park. Julis langes Haar schimmerte golden, als es den Lichtschein der erleuchteten Fenster reflektierte. Sie trug eine von Furias Jacken mit vielen Taschen, jede groß genug für ein Schnabelbuch.

Das Gras glänzte nach einem Regenschauer. Ein eisiger Wind wehte von den Hügeln herab ins Tal.

»Wohin gehen wir?«, fragte sie.

»Siehst du gleich.«

Sie erreichten den kleinen Friedhof hinter der Kapelle. Zwischen den Gräbern, gleich neben einer steinernen Frauenfigur, die ihr Gesicht in den Händen verbarg, erhob sich ein weißer Baum, der gestern noch nicht dort gestanden hatte. Nassandra hatte hier am Abend Wurzeln geschlagen, weil Patience und sie bis zum Sonnenuntergang auf einem der Grabsockel gesessen und geredet hatten. Genau genommen hatte Patience geredet, mit Händen und Füßen, wie es seine Art war, und die Kallista hatte ihm schweigend zugehört und ihn mit ihren großen Augen beobachtet. Pip hatte die beiden von einem der Fenster aus gesehen und war froh gewesen, dass sein Leibwächter ihm nicht auf Schritt und Tritt folgte, während er Juli die Residenz zeigte.

Die Birke war zierlich, ein junger Baum mit schlankem Stamm und lichtem Laub. Auf Kallisten hatten die Jahreszeiten keinen Einfluss, sie verloren ihr Blattwerk an jedem Morgen, damit es am Abend wieder nachwachsen konnte. Das einzige Licht fiel von der Residenz herüber und reichte nicht aus, um die nadelfeinen Buchstabenreihen auf der weißen Rinde sichtbar zu machen.

»Sie heißt Nassandra«, sagte Pip.

Juli betrachtete die Frau aus Stein neben dem Baum. »Warum hat sie einen Namen?«

»Nicht die Statue. Die Birke. Sie ist eine Kallista. Nachts wird sie zum Baum, tagsüber ist sie ein Mensch. Jedenfalls so eine Art Mensch.« Wohl wissend, dass er sie damit vollends verwirrte, fügte er hinzu: »Früher war sie mal ein Seelenbuch.«

Juli trat an den Baum und legte eine Hand an den Stamm. »Fühlt sich normal an.«

»Jetzt ist sie ja auch ein Baum.«

Das Mädchen schlenderte im Kreis um den Stamm, ohne die Hand von der Rinde zu nehmen. »Ist schon toll, was für Leute hier leben. Du musst dir vorkommen wie ein Zirkusdompteur.«

Pip runzelte die Stirn. »Das sind meine Freunde, keine Tiere, die man mit einer Peitsche durch ein Zelt jagt.«

»Natürlich nicht. Entschuldige.«

Kratzte sie mit einem Fingernagel an Nassandras Stamm? Er machte einen Schritt auf den Baum zu, doch da nahm sie die Hand schon herunter.

»Warum hast du mir das hier gezeigt?«, fragte sie.

Er verstummte, da ihm der Grund mit einem Mal albern erschien. Er hatte ihr erzählen wollen, wie er mit Patience hergekommen war, wie dieser gutmütige Koloss seine Pfefferminzplätzchen mit Nassandra geteilt hatte und wie die beiden später noch immer gemeinsam hier draußen gesessen hatten, weil sie begannen, einander gernzuhaben. Insgeheim hatte Pip gehofft, Juli würde sich ebenfalls mit ihm hierhersetzen, trotz des kalten Abends und des Windes, und vielleicht würde sie ihn dann auch ein wenig mögen.

»Weil …«, begann er.

Ihre Hand berührte beiläufig wieder die Rückseite des Birkenstamms.

»Nur so«, sagte er. »Damit du alles gesehen hast.«

»Soso.« Irgendetwas tat sie da am Baum, womöglich nicht einmal bewusst. »Ich würde jetzt wirklich gern zu Hause anrufen. Bestimmt wollen sie mich gleich abholen. Habt ihr eine Adresse?«

Es gab eine Adresse, aber schon sein Vater hatte die strikte Regel aufgestellt, sie Außenstehenden nicht zu nennen. Nicht denjenigen, die Bescheid wussten über Bibliomantik und die Adamitische Akademie.

»Sie können dich hier nicht abholen«, sagte er. »Und ich weiß auch nicht, ob es eine gute Idee ist, von hier aus mit ihnen zu telefonieren.«

Mit einem hässlichen Laut zog sie einen schmalen Streifen Birkenhaut vom Stamm. Ein Rascheln fuhr durch das Laub über ihren Köpfen, vielleicht nur ein Windstoß.

»Was machst du denn da?«, rief er. »Lass das!«

Sie sah erst ihn an, dann das Stück weiße Rinde in ihrer Hand, als wüsste sie selbst nicht so recht, wie es dorthin gelangt war.

»Tut ihr das weh?«, fragte sie.

»Ganz bestimmt!«

»Aber sie ist nur ein Baum.«

»Sie ist eine Kallista. Das hab ich dir doch gesagt!«

»Für mich sieht sie aus wie ein ganz normaler Baum. Einer, den man fällt und in Stücke sägt und in den Kamin wirft.«

»Warum sagst du so scheußliche Dinge?«

Sie lachte ihn aus. »Pip, euer Haus ist voller Kamine! Verbrennt ihr etwa kein Holz darin?«

»Bestimmt nicht das einer Kallista.«

Sie ließ die Birkenhaut fallen, fasste erneut an den Stamm und zog einen weiteren Streifen ab, ohne ihn ganz herunterzureißen. »Was passiert wohl, wenn man sie absägt? Verwandelt sie sich dann? Oder bleibt sie einfach ein großes Stück Brennholz?«

Er sprang vor, wollte sie von Nassandra wegziehen, aber da hob sie die andere Hand und streckte sie ihm entgegen. »Fass mich nicht an, sonst reiße ich ihr das nächste Stück runter!«

Mit mühsam unterdrückter Wut blieb er stehen, gerade mal drei Schritt entfernt. Er wünschte sich nicht oft, ein Bibliomant zu sein, doch dies war so ein Moment. Mit einem Seelenbuch hätte er sie einfach fortstoßen können.

»Ich mach dir einen Vorschlag«, sagte sie. »Du holst mir jetzt das Handy her, ohne irgendwem davon zu erzählen, und dann verrätst du mir, wo wir hier sind. Ich mache einen kurzen Anruf. Danach lasse ich deine Freundin in Frieden.«

Um ihn drehte sich alles, nur in seinem Kopf wurde es ganz ruhig. Er war selbst überrascht, wie klar er mit einem Mal denken konnte. Sie hatte ihn hereingelegt, ihn und auch die anderen. Vielleicht war sie wirklich erst elf, aber sie war nicht das hübsche Mädchen, für das er sie gehalten hatte; im Inneren war sie hässlich, und man musste ihr nicht die Haut abziehen, wie sie es mit Nassandra tat, um das zu erkennen.

Er wollte gerade etwas erwidern, als vom Haus her eine Stimme ertönte.

»Pip? Bist du hier draußen?«

Patience. Er suchte nach ihm.

»Keinen Ton«, fauchte sie.

»Wir sind hier!«, rief er mit fester Stimme.

Sie riss das nächste Stück Rinde ab, diesmal fast so lang wie ihr Unterarm, und dann geschah etwas Erstaunliches: Noch ehe Pip einen Satz nach vorn machen und sie packen konnte, sprang sie den Baum an wie eine Katze und kletterte behände am Stamm hinauf. Die ersten Äste befanden sich in einer Höhe von zwei Yards, und sie war so schnell dort oben, dass Pip nicht einmal Zeit blieb, um zu entscheiden, ob er ihr folgen sollte. Der ganze Baum raschelte, die jungen Äste bogen sich bedenklich, und hier und da brach ein Zweig ab, während Juli immer höher in die Krone kletterte. Schon sie allein war fast mehr, als Nassandra tragen konnte. Das doppelte Gewicht würde der Kallista schwere Verletzungen zufügen.

»Pip!« Zwei Taschenlampen warfen zuckende Lichtkegel, als Patience mit mehreren Begleitern näher kam. Als sie den Friedhof erreichten, erkannte Pip neben dem Südstaatler den Faun Kassiopeius. Außerdem waren da Direktor Kyriss und die grauhaarige Exlibra von der Treppe.

»Keinen Schritt weiter!«, rief Juli aus der Baumkrone. Auf ihre Worte folgte das Krachen eines brechenden Astes. Sie schleuderte ihn zu Pip hinunter, der ihn aufhob und an der fingerdicken Bruchstelle eine rosa Flüssigkeit entdeckte.

»Wartet!«, rief er Patience und den anderen zu. »Nicht weitergehen!«

Tatsächlich blieben sie stehen.

Wieder schüttelte sich das Laub, und diesmal war Pip sicher, dass kein Windstoß der Grund dafür war.

»Jemand soll mir ein Telefon holen!«, befahl Juli, die inmitten der Krone kaum zu sehen war. Ihr weißes Kleid war im Dunkeln nur ein grauer Schemen und verschmolz mit dem Gewirr der Birkenäste. Sie konnte nicht höher hinaufgestiegen sein als drei Yards, alle oberen Zweige waren zu dünn, um sie zu tragen. Pip meinte zu erkennen, dass sie in einer Astgabel kauerte, war aber nicht ganz sicher.

Patience begriff endlich, was los war, und stapfte auf Pip und den Baum zu. »Wenn du Nassandra was antust, dann brech' ich dir jeden Knochen im Leib!«, brüllte er, leuchtete hinauf ins Geäst und zog mit der anderen einen Revolver.

»Vorher breche ich *ihr* eine Menge Äste ab.« Für eine Elfjährige war sie bemerkenswert kaltblütig. »Nimm die Lampe runter!«

»Tut mir leid«, sagte Pip niedergeschlagen zu Patience. »Sie hat mich reingelegt.«

Die ältere Exlibra kam näher. »Ich kenne sie. Ihr wahrer Name ist Pandora Himmel. Erst war ich nicht sicher, weil sie damals viel jünger war, aber dann hab ich mich an dieses Lächeln erinnert … wie das eines Engels, der in Wahrheit ein Teufel ist.«

»Du warst die Köchin!«, rief das Mädchen von oben herab. »Die Exlibra, die zu dumm war zum Kartoffelschälen.«

»Sie zwingen Exlibri, für sie zu arbeiten«, erklärte die Frau verächtlich.

»Schon lange nicht mehr«, entgegnete Pandora. »Weil sie selbst für die einfachste Arbeit nichts taugen.«

Patience trat näher an den Stamm. »Ich zeig dir gleich, wer hier –«

Etwas traf von oben sein Gesicht – der dünne Strahl einer Flüssigkeit.

»Das ist Feuerzeugbenzin!«, rief sie. Im nächsten Moment wurde im Baum eine Flamme entzündet. »Pip war so nett, mich durchs Haus zu führen. Unterwegs hab ich allerlei Brauchbares gefunden. Ein Feuerzeug, eine Flasche zum Nachfüllen, ein Messer. Ich hab eine Jacke mit ziemlich großen Taschen.«

Beinahe wäre Pip doch noch hinaufgeklettert, so zornig war er, doch Patience hielt ihn zurück. »Wir kriegen sie schon, keine Sorge.«

»Du da!«, rief das Mädchen. »Mach die Taschenlampe aus und wirf die Pistolen weg! Dahinten in die Büsche!«

»Sind Revolver, keine Pistolen«, entgegnete Patience und knipste die Lampe aus.

»Schmeiß sie weg!«

»Vielleicht knall ich dich erst ab.«

»Kann schon sein.« Pandora veränderte raschelnd ihre Position. Wahrscheinlich suchte sie Schutz hinter dem Stamm. »Aber vorher steht die Kallista in Flammen.«

»Als ob du dich selbst verbrennen würdest!«, rief Pip.

»Willst du es drauf ankommen lassen?«

Patience berührte sanft Nassandras weißen Stamm. Als er die Hand davon löste, glänzten seine Finger vor Nässe. Prüfend führte er sie zur Nase. Pip bemerkte den Benzingeruch sogar aus der Entfernung. Pandora hatte die Flüssigkeit am Baum hinunterlaufen lassen.

»Zwingt mich doch, runterzukommen«, sagte sie. »Und gerade wenn ihr mich packt, zünde ich das Feuerzeug an und werfe es gegen den Stamm. Glaubt ihr wirklich, ihr könntet sie dann noch retten?«

»Sie war schon damals ein böses Kind«, sagte die Exlibra. »Durch und durch gemein. Am liebsten hat sie Schnabelbüchern die Seiten ausgerissen.«

Pip war schlecht, und er war fast ebenso wütend auf sich selbst wie auf Pandora.

»Kannst nichts dafür«, sagte Patience. »Frauen wickeln uns Männer um den kleinen Finger.« Während Kassiopeius und die übrigen Exlibri langsam näher kamen, schleuderte der Südstaatler seine beiden Revolver in die Büsche. Dann wandte er seinen Blick wieder nach oben. »Zufrieden?«

»Schickt alle anderen weg.«

»Verschwindet!«, rief Patience über die Schulter.

»Einer soll mit einem Telefon zurückkommen!«, setzte Pandora hinzu. »Jemand, der schnell ist. Nicht der fette Direktor. Der Faun da!«

»Und was dann?«, fragte Patience.

»Sie will jemanden von der Akademie anrufen«, sagte Pip. »Und ihnen verraten, wo sie uns finden.«

»Durch und durch eine Himmel«, sagte die Exlibra.

»Haut jetzt ab!«, rief Pandora.

Patience gab den anderen einen Wink. »Tut, was sie sagt!«

Es gab Murmeln und Murren, aber Kyriss und Kassiopeius

breiteten die Arme aus und drängten die Exlibri zurück. Vor den erleuchteten Fenstern der Residenz wurden ihre Silhouetten immer kleiner.

»Und jetzt warten wir«, sagte Pandora. Wie beiläufig ließ sie die Flamme des Feuerzeugs emporschießen, zweimal, dreimal, brachte sie aber nicht nah genug an den Stamm, um Nassandra in Brand zu setzen.

»Wenn du ihr auch nur noch einen Ast abknickst, reiß ich dir den Kopf ab!«, sagte Patience.

Als Antwort erklang ein Krachen, dann fiel ihnen aus der Dunkelheit ein Zweig entgegen.

Patience brüllte wutentbrannt auf, während ein gepeinigtes Zittern durch die Baumkrone rauschte.

»Spar dir die Drohungen, großer Mann«, sagte Pandora. »Bald sitzt meine Schwester im Rat der Akademie, und dann wird es ziemlich gut aussehen, wenn die Himmels den anderen Häusern ein ausgehobenes Widerstandsnest präsentieren.«

Ein Widerstandsnest?, dachte Pip. Gab es denn noch mehr davon?

»Macht mir nichts aus, dass du ein Kind bist«, sagte Patience und hob zärtlich den abgebrochenen Ast auf. »Dafür bring ich dich trotzdem um.«

»Der Faun soll sich besser beeilen«, sagte sie ungerührt.

Das Feuerzeug schnippte an. Und wieder aus.

Und wieder an.

52

Atticus Arbogast schob seine Waffe zurück in das Holster unter seinem Mantel. Sein Gesicht verriet keine Emotion, als hätte er auf Zielscheiben an einem Schießstand gefeuert, nicht auf die Herrscher seiner Welt.

Der verschmutzte dunkelhaarige Junge an seiner Seite wirkte noch immer willenlos, doch James hatte den Eindruck, dass es hinter seinen leeren Blicken brodelte. Weil hier drinnen die Bibliomantik blockiert wurde, ließ auch Arbogasts Einfluss auf ihn nach. Dem ramponierten Äußeren nach hatte er einiges durchgemacht.

Rund um die Bernsteintafel lagen die Leichen der Ratsmitglieder. Julius Cantos trug im Tod denselben fassungslosen Ausdruck wie in den letzten Augenblicken seines Lebens. Gregor von Lohenmut war von der Kugel nach hinten geschleudert worden und hatte seine Frau in ihrem Stuhl unter sich begraben; auch sie war getötet worden, ehe sie schreien konnte.

Rubina Cantos war einige Schritte weit vom Tisch zurückgewichen, hinaus in die goldene Halle, ehe ein Schuss sie niedergestreckt hatte. Die letzte Kugel hatte gleich darauf ihre Tochter getroffen und zu Boden geworfen. Obwohl er Livia vom Portal aus nicht sehen konnte, hörte James ihren keuchenden Atem hinter der Tafel, hundertfach verstärkt vom Hall der Sternbildkuppel.

»Sie darf nicht am Leben bleiben«, sagte die Baronin.

James ahnte, dass sein Widerspruch zwecklos war, versuchte es aber dennoch: »Sie kann doch keinem mehr was tun.«

»Wenn man so eine Sache anfängt«, erklärte Arbogast, ohne ihn anzusehen, »dann bringt man sie besser auch zu Ende.« Er ließ den fremden Jungen bei James und der Baronin zurück und machte sich auf den Weg um die Tafel. Es dauerte eine Weile, eher er den riesigen Tisch umrundet hatte. Dann blieb er stehen, blickte emotionslos zum Boden hinunter und zog abermals seine Waffe.

»Sagen Sie ihm, er soll das nicht tun«, bat James die Baronin.

»Ich habe zu lange auf das hier hingearbeitet«, erwiderte sie. »Veit und Rachelle hätten mit ihren Kindereien fast alles zunichtegemacht. Ich musste früher losschlagen als geplant, und ich werde kein zweites Mal riskieren, dass jemand dazwischenfunkt. Schon gar nicht Livia Cantos.« Mit diesen Worten ging die Baronin zu Gregor von Lohenmut hinüber und hob die Pistole des Toten auf.

Arbogast zielte auf Livia, die vor ihm am Boden lag. Sie zischte ihm zwischen hektischen Atemstößen etwas entgegen, das auf der anderen Seite der Tafel nicht zu verstehen war.

Der Junge neben James stieß ein Stöhnen aus. Die Akustik der Halle trug es bis zu Arbogast, der im letzten Augenblick innehielt und zu James herübersah. »Hey, Exlibro. Sorg dafür, dass er keinen Unsinn macht, wenn er aufwacht.«

James sah den Jungen an, der ein paarmal blinzelte, als scheine ihm grelles Licht in die Augen. Hinter seinem Rücken zerrte er an seinen gefesselten Händen.

»Ich erledige das«, sagte die Baronin. »Kümmern Sie sich um das Mädchen, Atticus.«

Livia fauchte noch einmal etwas in Arbogasts Richtung, dann drückte er ab. In James' Ohren klang der Schuss um ein Vielfaches lauter als alle bisherigen und schien endlos unter den Sternen aus Bernstein nachzuhallen.

Neben ihm versuchte der Junge zu sprechen.

»Wie heißt du?«, flüsterte James.

»Fi ... Finnian.«

Nur wenige Schritt entfernt befand sich der Bogen, der zurück nach Rom führte; doch ohne ein Mitglied der Drei Häuser konnten sie die Schwelle nicht überqueren. Die Einzige, die dafür jetzt noch in Frage kam, näherte sich ihnen mit einer Miene, aus der unverhohlener Triumph sprach.

James beschloss, die Baronin von Finnian abzulenken, damit der mehr Zeit bekam, um sich von Arbogasts Beeinflussung zu erholen. »Was ist mit Veit und Rachelle?«, fragte er und trat einen Schritt auf die alte Frau zu. »Werden sie nicht hier auftauchen?«

»Mag sein, dass sie es versuchen. Aber dann werden sie bemerken, dass der Weg ins Sanktuarium verschlossen ist. Weil es in ein paar Minuten nicht mehr existieren wird.«

»Sie wollen das alles hier den Ideen überlassen?« Er hatte keine Vorstellung, *was* diese Ideen überhaupt waren, aber er begriff die Bedrohung, die von ihnen ausging.

»Das Sanktuarium wird einfach verschwinden«, sagte die Baronin, »und niemand wird je erfahren, was geschehen ist. Oder in Frage stellen, warum in Zukunft nur noch eine Person an der Spitze der Akademie steht.«

Er sah aus dem Augenwinkel, dass Finnian immer klarer wurde. Die Baronin war nicht so blind, wie sie vorgegeben hatte, aber aus dieser Entfernung mochte sie dennoch Mühe haben, in seiner Miene zu lesen.

Auch Arbogast näherte sich wieder. James hätte gern gewusst, was die Baronin ihm für seinen Verrat geboten hatte. Einfluss auf alle Entscheidungen, die fortan die Geschicke der Bibliomantik bestimmten? Oder zog in Wahrheit er die Fäden und benötigte lediglich eine Angehörige der Drei Häuser, die ihm nach außen hin Legitimation verschaffte? Vielleicht steckten auch noch andere dahinter, eine ganze Gruppe von Verschwörern, die von dem Umsturz profitierten.

»Kein Bibliomant kann den *Codex Custodis* zerstören.« Die Baronin deutete mit von Lohenmuts Pistole auf Finnian, der halb hinter James stand. »Deshalb wird er das erledigen.«

James drehte sich zu ihm um und behielt zugleich Arbogast im Auge, der noch ein gutes Viertel der Tafel umrunden musste.

Finnian zerrte erneut an seinen Fesseln. Die bibliomantische Beeinflussung war abgeklungen, aber noch schien er Probleme mit seiner Orientierung zu haben. Wusste er überhaupt, wo er sich befand?

»Du«, sagte die Baronin anklagend, »bist einer der Bardenbrüder.«

James musterte ihn mit neuem Respekt. Ziemlich jung für einen gesuchten Terroristen. Zugleich fragte er sich, ob sich sein eigener Nutzen für die Baronin soeben erschöpft hatte.

»Geh bitte aus dem Weg«, sagte sie.

James gehorchte. Die Pistole in ihrer Hand war klein und

wirkte dort deplatziert. Trotzdem bezweifelte er nicht, dass sie damit umgehen konnte. Während der vergangenen Jahre hatte er vieles von der alten Frau gelernt – ganz besonders, sie nicht zu unterschätzen.

»Hol mein Seelenbuch und bring es zur Schwelle.«

James ging zu ihrem Platz an der Tafel hinüber. Das schwere Buch mit dem narbigen Umschlag besaß im Sanktuarium keine Macht. Trotzdem nahm er es widerstrebend mit beiden Händen auf und kehrte damit zu ihr zurück.

»Und du«, sagte die Baronin zu Finnian, »steigst jetzt auf den Tisch.«

Der Junge gab keine Antwort. Er wirkte gleichgültig, aber James merkte ihm an, dass er noch immer mit den neuen Eindrücken zu kämpfen hatte. Eine ganze Welt aus Bernstein, die unwirkliche Weite des Saals, die Toten an der Tafel. Das war eine ganze Menge für jemanden, der gerade erst erwacht war.

Arbogast legte im Näherkommen mit seinem Revolver auf Finnian an. »Tu, was sie sagt!«

»Was immer Sie vorhaben … Sie werden es selbst erledigen müssen.« Die Stimme des Jungen klang brüchig, aber entschlossen.

»Ich hab's Ihnen gesagt«, rief Arbogast der Baronin zu. »Ihn hierherzubringen war Zeitverschwendung. Er ist ein uneinsichtiger Bursche. Ihr Schoßhund soll die Sache erledigen, und dann verschwinden wir endlich von hier. Es wird Zeit, dass ich mich um Phaedra kümmere.«

»Angst vor den Ideen?«, fragte James in die Richtung des Agenten. Für gewöhnlich war er klug genug, Beleidigungen von Bibliomanten stillschweigend einzustecken. Aber er war es leid, sich zurückzunehmen. Seit von der Zerstörung des Sanktuariums die Rede war, ahnte er, worauf das hier hinauslaufen würde. Nichts, was er sagte, konnte es für ihn schlimmer machen.

Arbogast blieb vor ihm stehen und musterte ihn voller Verachtung. Er wollte etwas erwidern, doch die Baronin kam James zu Hilfe.

»Lassen Sie ihn in Frieden!« Ihr Blick verriet größere Zuneigung, als James für möglich gehalten hatte. Arbogast hatte recht: James war tatsächlich nur ein Haustier, ein abgerichteter Exlibro, den sie an einer unsichtbaren Leine führte. Und doch schien sie nicht gewillt, ihn aufzugeben, solange es eine andere Möglichkeit gab. »*Er* geht!«, forderte sie mit einem Wink in Finnians Richtung.

Arbogast seufzte. »Du hast es gehört, Junge. Klettere auf den Tisch, geh bis zur Mitte und zerstöre das Buch unter dem Glas. Hast du nicht immer davon geträumt, das Sanktuarium zu vernichten? Das hier ist deine Chance.«

Finnian stutzte, dann bewegte er seine Arme hinter dem Rücken. »Mit gefesselten Händen?«

Arbogast warf der Baronin einen ungeduldigen Blick zu, als trüge sie die Schuld daran, dass er sich mit dem ältesten Trick der Welt abgeben musste. »Das ist alles so unnötig.« Trotzdem zog er ein Springmesser aus seinem Mantel und durchtrennte den Kabelbinder, mit dem er Finnians Knöchel zusammengezurrt hatte.

Einen Moment lang war James überzeugt, dass der Junge sofort angreifen würde. Natürlich hatte er keine Chance gegen Arbogast: Der Agent war bewaffnet und trotz seiner Wunde offenbar im Vollbesitz seiner Kräfte, während Finnian Mühe hatte, sich auf den Beinen zu halten.

»Besten Dank.« Finnian rieb sich die Handgelenke.

Arbogast instruierte ihn, das Glas in der Mitte der Tafel mit dem Ellbogen einzuschlagen, den *Codex* herauszunehmen und sämtliche Seiten herauszureißen. »Aber du musst schnell sein.«

Finnian lachte bitter auf. »Tun Sie's selbst. Erschießen Sie mich, wenn Sie wollen. Aber ich lasse mir von Ihnen nichts befehlen.« Mit einem verächtlichen Blick zu der alten Frau fügte er hinzu: »Und erst recht nicht von einer Himmel.«

James sah ihm seine Entschlossenheit an, eine Weigerung aus Prinzip, die nichts mit simplem Trotz zu tun hatte und schon gar nicht mit Sorge um sein Leben. Dieser Junge würde lieber sterben, als *irgendeiner* Anweisung Atticus Arbogasts Folge zu leisten.

»Zwingen Sie ihn dazu!«, forderte die Baronin mit einem Wink zur Mitte der Tafel. Der *Codex* war von hier aus nicht zu sehen, nur die runde Scheibe, unter der er in den Bernstein eingelassen war. Das Buch war mindestens acht Schritt entfernt, und doch meinte James ein sanftes Pulsieren in der Luft zu spüren. Wahrscheinlich war es schon die ganze Zeit über da gewesen, am äußeren Rand seiner Wahrnehmung.

Das Gesicht der Baronin verzerrte sich vor Wut. »Es ist lächerlich, dass er sich Ihnen widersetzen kann, Atticus! Er ist nur ein Junge!«

Für einen Moment schien es, als würde Arbogast tatsächlich etwas auf ihre Worte geben. Ohne mit der Wimper zu zucken, hatte er fünf Menschen getötet, als sie es von ihm verlangt hatte. Zweifelsohne respektierte er ihre Wünsche.

Aber auch sein Gehorsam kannte Grenzen.

Mit einem Schritt trat er unmittelbar vor Finnian. »Du willst sterben?«, fragte er. »Wie ernst ist es dir damit?«

»Gehen Sie zur Hölle!«

»Atticus!«, rief die Baronin scharf, und diesmal war es eine Warnung. »Wir brauchen ihn!«

Arbogast setzte seinen Revolver auf Finnians Brustkorb, lächelte ihm ins Gesicht und drückte ab.

53

Finnian spürte den Einschuss wie einen Faustschlag, und doch tat er kaum weh. Seltsamerweise fühlte er sich in diesem Augenblick wacher als in den Minuten zuvor. Sein Geist erfasste, was mit ihm geschah, noch während er nach hinten geschleudert wurde.

Plötzlich lag er auf dem Rücken. Taubheit vereiste seinen Oberkörper, aber das war nur eine Illusion, nichts als Selbstschutz.

Die Wahrheit war, dass er starb.

Die Erkenntnis blitzte nur kurz in ihm auf, dann richtete sich sein Denken nach außen, so als wollte es ihm die Gewissheit ersparen, dass sich seine Lunge mit Flüssigkeit füllte und er die Kontrolle über seine Atmung verlor. Nichts davon machte ihm Angst.

Stattdessen dachte er an Cat.

An das, was sie einander gestanden hatten, damals am ersten Tag in der Residenz, nachdem sie ihn zwei Wochen lang für tot gehalten hatte. Als er sie erneut verlassen hatte, um sich in Marduks Festung einzuschleichen, hatte er immer häufiger an sie denken müssen, während er seine Skrupel niederkämpfte und Verbrechen beging, um akzeptiert zu werden. Cat war es, die ihn daran erinnerte, wer er war und *was* er war. Eben keiner dieser Männer, die Marduk bedingungslos folgten, sondern jemand, der nur vorgab, etwas zu sein, das er niemals hatte werden wollen. Er hatte sich selbst nie als Verbrecher gesehen, nicht einmal beim Anschlag auf das Portal unter dem Glashaus. Und vielleicht hatte er es sich zu einfach gemacht, als er sich eingeredet hatte, für einen Sieg über die Akademie sei kein Preis zu hoch.

Cat hatte es besser gewusst. Sie hatte es ihm geradeheraus gesagt, wieder und wieder, und auch dafür hatte er sie geliebt – so viel mehr als diese vage Idee von Freiheit, mehr als all seine Ideale. Während der Nächte in Marduks Unterschlupf hatte er ihr Gesicht gesehen, ihre Stimme gehört, so als läge sie neben ihm und spräche zu ihm.

Und jetzt erschien sie ihm wieder, erst vage, dann immer deutlicher.

Von der Stelle aus, an der er lag, sah er Arbogast, die Baronin und den Exlibro vor dem goldenen Bernsteinbogen stehen. Der Agent und die alte Frau stritten, Arbogast winkte den anderen Jungen mit der Waffe in die Richtung der Tafel. Zögernd machte der die ersten Schritte.

Hinter ihnen erglühte der Bogen wie flüssige Lava, die Luft darunter flirrte.

Und plötzlich war Cat da, und sie kam nicht allein. Mehrere Gestalten schälten sich aus dem goldenen Flirren, stürmten über die Schwelle, prallten auf Arbogast und die anderen. Stimmen vermengten sich zu einem Silbenbrei. Finger zeigten anklagend aufeinander – oder Waffen?

Dann rannte jemand auf ihn zu, sank neben ihm auf die Knie.

Cats Gesicht erschien über ihm wie in seinen Träumen.

Sie redete auf ihn ein. Sie weinte. Er spürte nicht, wie sie ihre Hand auf seine Brust presste, aber er konnte es sehen, so als wäre der Körper dort unten ebenso wenig seiner wie ihre Finger, zwischen denen immer mehr dunkles Blut hervorquoll.

Schließlich ein zweites Gesicht. Furia.

Die Stimmen klangen dumpf und fern, als läge sein Kopf unter Wasser. Bekam er deshalb kaum Luft?

»Cat«, flüsterte er. »Cat, hör mir zu …«

Sie beugte sich zu ihm herab, küsste ihn unter Tränen. Und sie hörte, was er ihr zu sagen hatte.

Kurz darauf fiel der nächste Schuss.

54

Noch während Furia und die drei anderen den mächtigen Torbogen an der Piazza Mincio durchschritten hatten, hatte sich das Bild der Straße auf der anderen Seite verändert. Erst schien es, als verblichen alle Farben zu Sepia und mattem Gold. Für einen Moment glaubte Furia, sie befände sich wieder zwischen den Seiten der Welt.

Doch das Gefühl eines Sturzes aus großer Höhe stellte sich nicht ein. Sie machte weiterhin Schritt um Schritt, sah Isis, Cat und Duncan neben sich – und spürte abrupt noch etwas anderes.

Die Bibliomantik war tot an diesem Ort. Es war, als verstummte eine leise Melodie, die sie seit Jahren begleitet hatte.

Duncan verzog das Gesicht und hielt inne, während Isis unvermittelt taumelte, als hätte ihr jemand einen Schlag versetzt. Am schlimmsten aber traf es das Schnabelbuch. Plötzlich sackte der Rüsselhals nach unten und baumelte leblos vom Buchdeckel herab. In einem Anflug von Panik blieb Furia stehen, bettete den Schnabel auf ihrer linken Handfläche und suchte nach Anzeichen von Leben.

Nichts.

Die Verbindung, die vor sechs Monaten zwischen ihr und dem Buch entstanden war, hatte sich gelöst. Ein entsetzliches Gefühl von Alleinsein überkam sie, und sie wollte zurückweichen, doch Isis packte sie am Arm.

»So schützen sie sich«, sagte sie schleppend, den Oberkörper vorgebeugt, eine Hand aufs Knie gestützt. »Vor anderen und voreinander. Irgendetwas neutralisiert die Bibliomantik. Da ist eine Art Wall.«

»Aber mein Buch –«

»Meins auch«, fiel Duncan ihr ins Wort. »Ich kann es nicht mehr spüren.«

Isis richtete sich langsam auf. Auf sie als lebendes Buch musste der Schutzwall eine verheerende Wirkung haben. Was sie jetzt noch auf den Beinen hielt, war jener Teil von ihr, der menschlich war: ihre Körperkraft, ihr Verstand, ihr Wille.

Furias Blick fiel wieder auf den leblosen Hals des Schnabelbuchs. Der Schmerz schnürte ihr die Luft ab.

»Es wird sich wieder erholen«, sagte Isis. »Sie würden nicht zulassen, dass ihre eigenen Seelenbücher Schaden nehmen.«

Cat berührte Furia beruhigend am Arm, blickte zugleich aber Isis an. »Wenn die Bibliomantik im Sanktuarium nicht wirksam ist, womit wollt ihr dann kämpfen?«

Duncan zog seine Pistole, und Isis tat es ihm gleich. »Notfalls hiermit«, sagte sie mit zitternder Stimme. »Ihr solltet umkehren. Duncan und ich erledigen das allein.«

Furia schüttelte den Kopf. »Ich will es sehen. Das, was da drüben ist.« Von Isis wusste sie, was Damaskanos ihr anvertraut hatte: dass es keine Wächter im Sanktuarium gab, weil die Furcht der Drei Häuser vor Mitwissern zu groß war. Dass sie sich einzig auf ihre Geheimhaltung verließen und auf ihr Vertrauen zueinander, einen Ehrenkodex, der so alt war wie die Akademie selbst.

Cat gab sich entschlossen. »Für mich ändert sich nichts. Ich gehe auch mit.« Vielleicht tat sie es wirklich aus Überzeugung, vielleicht auch nur, weil sie etwas beweisen wollte. Sich selbst, aber mehr noch Finnian, der ihr vorgeworfen hatte, dass sie nicht mehr an die Sache des Widerstands glaubte.

»Wie ihr wollt«, sagte Isis.

»Was ist mit dir?«, fragte Furia. »Ohne die Bibliomantik –«

»Ich schaff das schon.«

Duncans Miene nach zu urteilen teilte er Furias Zweifel, aber auch er wusste, dass dies nicht der Zeitpunkt war, um mit Isis zu diskutieren.

Furia schob ihr Seelenbuch behutsam in ihre Jackentasche. Das Schnabelbuch würde Zeter und Mordio schreien, wenn es wieder erwachte, und etwas an diesem Gedanken milderte ihre Sorge ein wenig.

Langsam gingen sie weiter.

Aus dem Gold schälten sich Umrisse – drei Gestalten, dahinter der größte Tisch, den Furia jemals gesehen hatte. Wie alles hier schien er vor allem ein Symbol zu sein, die Verkörperung einer romantischen Idee von Macht und unermesslichem Reichtum, aus demselben Größenwahn geboren wie die Zuckerbäckerschlösser verrückter Könige. Mehr noch galt das für die gigantische Kuppel, ein Firmament aus Sternbildern auf blauem Grund. Der Boden war ein Mosaik aus goldenem Glas oder Bernstein, die Tafel und die Stühle bestanden aus demselben Material. Schwer zu sagen, ob das honigfarbene Licht in der Halle vom Boden oder den künstlichen Gestirnen ausging. Alles hier schien von innen heraus zu leuchten und verlieh dem Ort eine feierliche, fast sakrale Atmosphäre.

Eine der drei Gestalten war Atticus Arbogast. Wie die beiden anderen wandte er den Neuankömmlingen den Rücken zu. Neben ihm stand eine alte Frau in einem schwarzen Kleid. Ein Junge mit dunklen Locken bewegte sich gerade zögernd auf die Tafel zu.

Und dort, nur wenige Schritt entfernt, war noch jemand.

Finnian lag am Boden. Lag auf der Seite in einer Blutlache und rührte sich nicht.

Cat stieß ein entsetztes Keuchen aus. Arbogast und die alte Frau wirbelten herum, doch Isis und Duncan hatten bereits auf sie angelegt.

»Die Waffen fallen lassen!«, forderte Duncan.

Erst jetzt fiel Furia auf, dass auch die Frau eine Pistole hielt. Und dass da noch weitere leblose Menschen lagen, weiter links ein Mann und eine Frau.

»Was ist hier –«

Sie beendete den Satz nicht mehr. Cat wartete nicht darauf, dass Arbogast und die Frau Duncans Befehl befolgten. Sie stürmte an den beiden vorüber, stieß den dunkelhaarigen Jungen beiseite und fiel neben Finnian auf die Knie.

Auch Isis und Duncan entdeckten die Leichen am Tisch. Für einen Sekundenbruchteil waren sie abgelenkt.

Arbogast riss seine Waffe hoch und zielte auf Duncan. »Klassisches Patt, würde ich behaupten«, sagte er mit einem Lächeln.

»James«, sagte die Frau zu dem Jungen, »du weißt, was du zu tun hast.«

»Der Exlibro rührt sich nicht von der Stelle«, befahl Isis.

»Was nun?«, fragte Arbogast. »Warten wir ab, wer zuerst die Nerven verliert und abdrückt?«

Furia hielt es nicht länger unter dem goldenen Bernsteinbogen. Ungeachtet aller Waffen rannte sie zu Cat und Finnian hinüber.

»Mein Gott«, flüsterte sie, als sie sah, wie viel Blut er verloren hatte. Er schien kaum noch bei Besinnung zu sein, sein Atem ging stoßweise. Bei jedem Luftholen rasselte es in seiner Kehle. Wenn er ausatmete, quollen Blutblasen über seine Lippen.

»Wir müssen ihn hier rausbringen«, flehte Cat. »Hier stirbt er doch!«

Seine Augen waren fest auf Cat gerichtet, und er bewegte die Lippen, als wollte er ihr etwas sagen. Sie beugte sich vor, küsste ihn auf die Stirn, brachte dann ein Ohr ganz nah an seine Lippen. Furia hörte, dass er ihr etwas zuflüsterte, konnte die Worte aber nicht verstehen.

Als Cat sich wieder aufrichtete, war ihr Gesicht noch bleicher geworden. Furia erschrak, als sie den Ausdruck unter dieser Maske aus Tränen und Blut sah, erschrak so sehr, dass sie sich zwingen musste, Cat nicht zu packen und von Finnian fortzureißen.

»Arbogast hat Summerbelle getötet«, flüsterte Cat.

Furia schloss für einen Moment die Augen. Hinter ihnen erklangen wieder die Stimmen von Isis, Duncan und Arbogast, aber sie hörte ihnen nicht länger zu. Tatsächlich fand sie dieses Gehabe mit den Waffen lächerlich. Das alles hier fühlte sich falsch an, so als hätten sie ein Buch aufgeschlagen, das nicht mehr das ihre war. In Furias Geschichte hätten Bibliomanten es nicht nötig, einander mit Pistolen und Revolvern zu bedrohen. In ihrer Geschichte läge Finnian nicht im Sterben, und sie hätte bereits eine Lösung für ihre Probleme parat. Furias Geschichte würde mit Bibliomantik enden, nicht mit Kugeln.

Am Ende *ihrer* Geschichte gäbe es Magie und Bücher und noch mehr Magie.

Cat sagte etwas, während sie neben Finnian kauerte und seinen Kopf im Schoß hielt, aber Furia verstand sie nicht. Sie ertrug es nicht länger, die beiden so zu sehen, und als sie kurz zu den anderen sah, kreuzte ihr Blick den des jungen Exlibro.

Mit einem Mal war da ein frisch entfachtes Feuer in seinen Augen, ein alter Zorn und neue Entschlossenheit, aber auch ein rätselhaftes Lächeln. Und obwohl sie nicht wusste, welche Rolle er spielte oder was ausgerechnet ein Exlibro hier zu suchen hatte, erkannte sie doch eines ganz genau: dass er etwas Ähnliches dachte wie sie selbst. Dass er die Untätigkeit und Hilflosigkeit satthatte. Dass er endlich etwas unternehmen wollte, egal um welchen Preis.

Genau wie sie selbst.

Fast gleichzeitig setzten sie sich in Bewegung.

Arbogast zielte noch immer auf Duncan und wandte ihnen halb den Rücken zu. Furia und der Exlibro kamen aus unterschiedlichen Winkeln; jeder würde fünf oder sechs Schritte brauchen, um ihn zu erreichen. Arbogast war schnell, gewiss auch ohne die Bibliomantik. Wenn er herumfuhr, würde er einen von ihnen erwischen, vielleicht sogar beide.

»James, lass das!«, rief die Baronin.

Arbogast lächelte – aber er drehte sich nicht zu ihnen um. Mit einem Satz, der sein Alter Lügen strafte, sprang er nach links und eröffnete das Feuer auf Duncan. Die größere Gefahr ging noch immer von dem Ex-Agenten aus, nicht von Furia oder dem Jungen.

Vielleicht hatte Duncan es kommen sehen. Er warf sich zur

Seite, um Haaresbreite aus der Bahn der Kugel, drückte aber selbst nicht ab, weil Furia und der Exlibro nur noch einen Schritt von Arbogast entfernt waren. Im nächsten Moment würden sie bei ihm sein, während Isis und die Baronin einander weiterhin in Schach hielten.

Arbogast feuerte erneut, und diesmal sah Furia das Mündungsfeuer fast wie in Zeitlupe vor sich, eine Explosion aus Feuer und Rauch. Als sie gegen ihn prallte, wusste sie nicht, ob sie getroffen worden war. Er schoss noch einmal, stolperte zurück, blieb aber auf den Beinen und versuchte, sich Furia mit einem Fausthieb vom Leib zu halten.

Furia stieß sich ab und sprang ihn erneut mit aller Kraft an. Ihre Hände gruben sich wie Krallen in seine Wangen. Der Revolver war noch immer zwischen ihnen, aber jetzt schlug sie mit der Faust auf die Verletzung an seinem linken Arm. Brüllend versuchte er sie abzuschütteln, verlor darüber das Gleichgewicht, riss sie mit sich zu Boden und brachte es fertig, sie herumzuziehen und auf ihr zu landen. Zugleich begriff sie, warum der fremde Junge nicht mehr bei ihr war. Arbogast war ein zu guter Schütze, um ein Ziel zu verfehlen, das in gerader Linie auf ihn zukam.

Sie konnte seinen Atem riechen, den Schweißgeruch seiner Kleidung, das Blut der aufgebrochenen Wunde. Und sie sah sein Gesicht über ihrem, all den Zorn darin und auch Fassungslosigkeit darüber, dass gerade sie der Grund sein sollte, weshalb sein Plan nicht aufging.

»Du bist eine Rosenkreutz!«, fuhr er sie an, riss den Revolver hoch und drückte die Mündung an ihre Schläfe.

Die Erschütterung des Schusses vibrierte durch ihren Körper, und plötzlich war eine Hitze in ihr, die sie bei lebendigem Leib zu verbrennen schien. Alles in ihr bäumte sich auf, selbst als es längst zu spät war, um sich gegen das Unvermeidliche zu wehren.

Die Kugel aus Duncans Waffe hatte Arbogast in die Schläfe getroffen und riss ihn von Furia herunter. Plötzlich war da kein Gewicht mehr, das sie niederdrückte. Sie rollte sich von ihm fort, ohne zu wissen, ob er noch lebte oder tot war. Dabei stieß sie gegen den Jungen, der neben ihr am Boden lag, und blickte in sein Gesicht. Die Lider des Exlibro flatterten, und da war Blut an seinem Hals. Seine Hand berührte ihre, ganz schwach, und sie begriff, dass er im nächsten Moment das Bewusstsein verlieren, vielleicht sogar sterben würde.

»Dein Name ist James?«, fragte sie mit einer Stimme, die nicht wie ihre klang. Sie schmeckte Eisen und roch etwas Scharfes, von dem sie erst später begreifen würde, dass es Schießpulver war, das sich in ihre Nasenwände geätzt hatte.

»James …«, bestätigte er mit brechender Stimme. Mit letzter Kraft hielt er die Augen offen, und noch einmal wurden sie ganz klar, wenngleich nur für Sekunden. »So nennt nur *sie* mich … Alle anderen … Jim …«

Ist gut, wollte sie sagen, ihn irgendwie beruhigen, ihn trösten, was immer man mit jemandem tat, der womöglich gerade starb.

»Jim Hawkins«, flüsterte er.

Dann schlossen sich seine Lider, und sein Griff um Furias Finger löste sich.

55

Ich bin die Einzige, die es tun kann«, sagte Cat. Sie stand da wie eine Schlafwandlerin, Finnian zu ihren Füßen. Isis kniete neben ihm und bemühte sich, die Wunden zu verbinden, damit nicht noch mehr Luft von außen in seine Lunge drang. Sie machte das nicht ungeschickt, aber Furia glaubte trotzdem zu sehen, dass er nicht mehr atmete. Sein Brustkorb hatte sich auf der einen Seite gehoben, die andere war eingefallen.

»Er lebt noch«, sagte Isis gefasst. »Draußen kann ich ihm helfen.«

»Bringt ihn weg von hier«, sagte Cat. »Falls er noch mal wach wird, sagt ihm, was ich getan habe. Oder auch nicht.«

Sie wandte sich von ihnen ab und kletterte auf die gigantische Tafel. Sie hatte den anderen berichtet, was Finnian ihr verraten hatte: was sie tun musste, um das Sanktuarium zu vernichten. Wenn das Buch den Schutzwall nicht mehr aufrechterhielt, würden die Ideen diesen Ort verschlingen, wie sie es mit so vielen anderen tiefen Refugien getan hatten.

Während Furia sich aufrappelte, begriff sie, dass Arbogast tot war. Sein Gesicht war von ihr abgewandt, aber sie konnte die Wunde von Duncans Kugel sehen und die Blutlache, die sich um seinen Schädel ausbreitete.

Jim – wirklich *der* Jim Hawkins? – hatte das Bewusstsein verloren. Arbogast hatte ihn oberhalb des Schlüsselbeins getroffen, weit genug entfernt vom Hals, um nur den Muskel zu verletzen. Da war eine Menge Blut, aber falls es keine versteckten Verletzungen gab, würde er wohl überleben.

Duncan hielt derweil die Baronin in Schach. Die alte Frau hatte die Waffe fallen lassen, aber die Gefahr, die von ihr ausging, war ohnehin eine andere: Sobald die anderen sie über die Schwelle brachten, gelangte sie wieder in den Vollbesitz ihrer bibliomantischen Kräfte. Selbst wenn sie von ihrem Seelenbuch getrennt blieb, wusste niemand genau, zu was sie fähig war. Sie alle kannten die Geschichten, die über sie erzählt wurden.

»Wir lassen die Alte hier«, sagte Duncan.

Die Baronin vernahm seine Worte mit versteinerter Miene.

»Nein«, widersprach Furia. »Ihr werdet sie brauchen, um über die Schwelle zu kommen. Ich bleibe bei Cat.«

Die hörte es gar nicht mehr, denn sie lief schon über die Tafel zu deren Mittelpunkt, wo der *Codex Custodis* in den Bernstein eingelassen war.

Isis übernahm die Bewachung der Baronin. »Trag den Jungen unter den Bogen«, sagte sie zu Duncan.

»Welchen?«

»Herrje, Duncan!«

Er trat neben Finnian und hob ihn vorsichtig auf wie ein Kind. Finnian konnte nicht viel weniger wiegen als er, aber Duncan brachte ihn mit sicheren Schritten bis zur Schwelle.

»Er muss auch mit!« Furia deutete auf den Exlibro.

»Darum wirst du dich kümmern müssen«, sagte Isis.

»Ich bleibe hier bei –«

Isis schüttelte den Kopf. »Nicht, wenn du ihn retten willst.«

Sie hob die Waffe der Baronin vom Boden auf, eilte damit zum Bernsteintisch und schob sie mit aller Kraft über die Platte zu Cat hinüber. Die war in der Mitte der Tafel – etwa vier Mannslängen entfernt – auf die Knie gesunken und starrte auf etwas, das Furia von der Seite aus nicht sehen konnte. Goldenes Licht schien von unten in ihr Gesicht und brachte ihre Tränen zum Glühen. Als sie das Geräusch der schlitternden Waffe hörte, streckte sie, ohne hinzusehen, die Hand danach aus und packte sie.

»Tu es damit«, rief Isis ihr zu.

Furia geriet außer sich. »Du kannst doch nicht –«

»Sie hat ihre Entscheidung getroffen.«

»Aber es spielt gar eine Rolle mehr, ob das Sanktuarium zerstört wird oder nicht! Es gibt keinen Rat mehr, sie sind alle tot!«

»Und du glaubst, deshalb wird die Akademie nicht fortbestehen? Sei nicht naiv, Furia.« Sie deutete mit ihrer Pistole auf die Baronin. »Sie hat das hier nicht allein ausgeheckt. Jede Wette, dass hinter ihr andere stehen. Leute in hohen Positionen wie Arbogast. Die hätten sie als Puppe benutzt. Sie werden Jahre brauchen, etwas Vergleichbares wie das Sanktuarium aufzubauen, falls sie überhaupt noch in der Lage dazu sind. Sie werden nie wieder so sicher sein wie hier.«

Die Baronin starrte sie hasserfüllt an. »Eine Himmel ist niemals nur eine Puppe, meine Teure. Sie werden sich noch wundern.«

»Wir müssen los!« Duncan stand breitbeinig unter dem Bernsteinbogen und trug Finnian in seinen Armen.

»Er hat recht!«, rief ihnen Cat zu, nahm den kleinen Revolver der Baronin in beide Hände und zielte auf einen Punkt vor ihren Knien. »Verschwindet endlich!«

Auch Furia fällte eine Entscheidung. Sie lief zu dem Jungen hinüber und zog ihn an den Beinen zum Bogen. Es waren nur drei oder vier Yards, dann stand sie neben Duncan. Isis dirigierte die Baronin mit der Pistole zu ihnen, blieb ganz eng an ihrem Rücken. Vielleicht hoffte sie, mehr über die Hintermänner dieser Revolte zu erfahren, wenn sie die Alte am Leben ließ.

Cat sah noch einmal zu ihnen herüber. Sie weinte jetzt nicht mehr.

Furia ertrug ihren Blick nicht und musste sich abwenden. Ohne ein weiteres Wort zog sie Jim über die Schwelle, hinein in das goldene Licht des Übergangs.

Augenblicke später erschienen sie alle unter dem Torbogen an der Piazza Mincio. Verkehrslärm hieß sie willkommen und der schneidende Wind einer kühlen Nacht in Rom.

Isis ließ der Baronin keine Chance. Sie waren kaum über die Schwelle getreten, da versetzte sie der alten Frau von hinten einen brutalen Schlag. Die Baronin brach bewusstlos auf dem Pflaster zusammen.

»Kümmer dich um Finnian«, bat Furia sie.

Duncan legte ihn bereits behutsam auf dem Bürgersteig ab. Isis eilte hinüber und beugte sich über ihn. Sie hakte ihre Korsage auf und öffnete das Buch in ihrem Brustkorb. Aus einem Seitenherz fiel Licht auf den reglosen Jungen. Sanft legte sie beide Hände auf die Wunde in seiner Brust.

»Duncan!«, sagte sie. »Ich brauche das Buch!«

»Bist du sicher, dass er das wert ist?«

»Das Buch, Duncan!«

Mit einem zweifelnden Blick auf Finnian zog er das Absolonbuch hervor, öffnete es für sie und hielt ihr die aufgeschlagenen Seiten hin. Sie bewegte stumm ihre Lippen, während sie las, ohne die Hände von Finnians Brust zu nehmen.

Furia wartete nicht länger. Hastig rannte sie die wenigen Schritte zurück zu der Stelle, an der die reglose Baronin lag, packte sie am Arm und zerrte sie rückwärts zur Schwelle. Sie war nicht schwer, nur eine magere alte Frau.

Isis blickte auf und begriff, was sie vorhatte. »Furia, warte!«

»Ich lasse Cat nicht allein, tut mir leid.«

Schon verschlang das goldene Flirren die prachtvollen Palazzi der Umgebung. Furia zog die Baronin mit sich ins Sanktuarium, um zu verhindern, dass Isis ihr folgen konnte. Sie glaubte noch zu hören, wie dort draußen ihr Name gerufen wurde, eher er zu etwas verklang, das an eine statische Störung erinnerte.

Die Baronin war noch immer ohne Bewusstsein, als Furia sie jenseits des Bernsteinbogens liegenließ, zur Tafel rannte und hinaufsprang.

»Cat!« Ihr Ruf ging im Donnern eines Revolverschusses unter. Sie wusste nicht, ob es der erste war oder ob Cat schon vorher auf das Buch in der Tischplatte gefeuert hatte. Erst jetzt bemerkte ihre Freundin, dass sie nicht mehr allein war.

»Verdammt, Furia! Komm nicht näher!«

Es waren sieben oder acht Schritte bis zur Mitte der gigantischen Tafel. Zum ersten Mal fiel Furia die sonderbare Akustik im Inneren des Kuppelsaals auf: Cats Stimme klang, als stünde sie unmittelbar vor ihr. Noch einer dieser Tricks, die ihre Vorfahren bei der Erschaffung des Sanktuariums angewandt hatten. Ganz gleich, wie weit die Ratsmitglieder an der Tafel voneinander entfernt saßen, sie brauchten niemals ihre Stimmen zu erheben.

Sie ignorierte Cats Einwand. »Ich kann dich hier rausbringen, bevor alles –«

»Bleib stehen! *Bitte*!«

Da verstand Furia, dass Cat den *Codex* bereits beschädigt hatte. Und nun sah sie auch, dass im Zentrum der Kuppel – dreißig, vierzig Yards über ihnen – ein dunkler Fleck entstanden war. Die künstlichen Sternbilder waren dort verschwunden, und an ihrer Stelle hing etwas, das einer finsteren, wabernden Wolke glich. Die Ideen pressten sich durch einen Spalt im künstlichen Firmament ins Innere des Sanktuariums.

»Wenn du näher kommst, wird das Buch dich umbringen!«, rief Cat. »Ich bin keine Bibliomantin, aber dich wird es vernichten.«

Im selben Augenblick konnte Furia es spüren. Es war wie ein Zucken und Beißen in ihrem Bauch, noch ganz schwach, doch als sie einen weiteren Schritt über die Tafel auf Cat zu machte, fühlte es sich plötzlich an wie ein Messer, das in ihre Brust gestoßen wurde. Mit einem Aufschrei brach sie in die Knie.

»Geh zurück!« Cat legte erneut auf das Buch an, überlegte es sich jedoch anders, warf die Waffe beiseite und griff in die Vertiefung. Glas klirrte, als sie Scherben beiseitebrach. Einen Moment später hob sie den *Codex Custodis* mit blutenden Händen aus seinem Schrein im Bernstein, und Furia meinte etwas zu hören, das einem gequälten Aufschrei glich. Rasender Zorn und Furcht lagen darin, und in ihr stieg der angeborene Widerwille einer Bibliomantin auf, die mit ansehen musste, wie einem Buch Schaden zugefügt wurde.

Cat riss ein Bündel Seiten aus dem bernsteinbesetzten Lederumschlag und ließ sie auf die Tischplatte fallen.

Über ihren Köpfen erklang ein Grollen und Donnern, als galoppiere eine Herde Rösser unter der Kuppeldecke entlang.

Furia stemmte sich unter wachsenden Schmerzen auf und blickte über die Schulter zum Bernsteinbogen. Die Baronin lag noch immer leblos da, keine zwei Yards von der Schwelle entfernt.

Cat packte die nächsten Seiten und zerrte sie aus der Bindung. Der Schmerz, der Furia heimsuchte, war kaum noch zu ertragen. Das Buch ließ sie fühlen, was mit ihm geschah, und zugleich wurde sie von einer Art Sog erfasst, dem unbedingten Drang, ihm beistehen zu wollen und Cat aufzuhalten.

Ein drittes Bündel loser Seiten flatterte über die Tischplatte. In der Kuppel waren weitere Risse entstanden, und jetzt sah Furia sie auch im Bernsteinboden des Saals. Das Sanktuarium brach unter dem Ansturm der Ideen auseinander, durch alle Öffnungen drang ein Schwall von Dunkelheit herein, der Vorbote von etwas anderem: Auf das Dunkel folgte ein buntes Farbenchaos, ein schrilles Gemisch aus Rot, Gelb und Blau, die wie auf einer Malerpalette ineinanderliefen und dabei weitere Töne schufen, Grün und Braun und Violett. Es war, als hätte jemand all diese Farben in Wasser gegossen, wo sie fließende Schlieren und Muster bildeten.

»Geh zurück!«, brüllte Cat ihr noch einmal zu. Der *Codex*

war nur noch ein Wrack, die Hälfte der Seiten herausgerissen, die andere hing schief in der Bindung.

Aber Furia konnte sich nicht zurückziehen, selbst wenn sie es gewollt hätte. Der Sog des sterbenden Buchs war stärker. Auf allen vieren kroch sie über die Tafel auf deren Zentrum zu, auf den Mittelpunkt des Saals. Um sie herum prasselten Bernsteinsplitter und nachtblaue Fragmente der Kuppel auf die Tischplatte nieder. Bunte Schlierententakel schlängelten sich wie Rauch von Feuerwerkskörpern umher, die meisten kamen von der Decke, manche auch aus den Spalten im Boden. Wo sie den Bernstein berührten, löste er sich auf. Schon jetzt bestand das Sanktuarium nur noch aus goldenen Bruchstücken inmitten eines flirrenden, pulsierenden Farbenwirrwarrs.

»Pest und Kanonendonner!«, schrie eine Stimme unter ihr. »Was für ein Schlamassel ist das denn?«

Das Schnabelbuch war aus seinem Scheintod erwacht. Der Wall, der alle Bibliomantik neutralisierte, existierte nicht mehr. Und mit dem Erwachen ihres Seelenbuchs kehrten auch Furias Kräfte zurück.

Der Schnabelrüssel pendelte aus ihrer Jackentasche und versuchte, sich aufzurichten. Furia mühte sich auf die Beine, bis sie schwankend auf halber Strecke zwischen Cat und dem Rand der Tafel stand und das Gefühl hatte, sich rückwärts gegen einen Sturm stemmen zu müssen, der sie immer näher an den halbzerstörten *Codex Custodis* herantrieb.

Sie erinnerte sich an etwas, das Summerbelle ihr beigebracht hatte, einen Schutz vor Beeinflussungen, und ihr Seelenbuch griff den Gedanken auf. Als sie es aus der Tasche zog, schlug es sich ganz von selbst auf. Es gelang ihr, ein Seitenherz zu spalten und die glühende Schrift im Inneren zu lesen. Nach wenigen Augenblicken wurde der fremde Einfluss schwächer. Was blieb waren Schmerz und Übelkeit.

»Hau endlich ab!«, brüllte Cat über das Tosen und Grollen hinweg.

Ein Beben ließ die Ratstafel der Adamitischen Akademie erzittern, dann fraß sich ein Riss durch die Bernsteinplatte und trennte die beiden.

»Wirf es weg!«, rief Furia. »Und dann komm her! Du musst hier nicht sterben!«

»Ich bringe das jetzt zu Ende.«

»Sieh dich doch um! Es *ist* längst zu Ende!«

Zum ersten Mal hob Cat den Blick und schaute hinauf in die Kuppel. Das Firmament aus Bernsteinpunkten war nahezu verschwunden, verschlungen von den Regenbogenfarben der Ideen. Die ersten Rauchtentakel von dort oben verbanden sich mit jenen vom Boden und ließen wirbelnde Säulen entstehen, die sich wanden und streckten wie in einem wilden Tanz. Bald vereinigten sie sich zu wogenden Wällen, die die Bruchstücke des Sanktuariums voneinander trennten. Längst war nicht mehr zu erkennen, dass die Kuppel einmal rund gewesen war, die Tafel und der nahe Bernsteinbogen trieben auf einer kantigen Scholle aus Gold inmitten des Farbenchaos.

Cat fetzte die letzten Seiten aus dem Buch, warf die Überreste hinter sich und stürmte auf Furia zu.

»Beeil dich!«

Der Riss zwischen ihnen wurde breiter, Dunkelheit quoll empor, dann bunte Beliebigkeit. Aus dem Augenwinkel sah Furia, wie die von Lohenmuts verschlungen wurden, als einer der Raucharme über sie hinwegstrich: Als hätte jemand mit einem breiten Pinselstrich eine Leinwand übermalt.

Cat machte einen Satz und sprang über den Spalt hinweg. In der Luft zog sie die Beine an, entging dadurch der Berührung mit den Schlieren, prallte aber gegen Furia und riss sie zu Boden.

»Herrschaftszeiten!«, fluchte das Schnabelbuch, als es unter ihnen begraben wurde.

Sie zogen sich gegenseitig auf die Füße und rannten die letzten Schritte bis zur Tischkante.

Die Baronin hob gerade den Kopf, schien aber noch zu benebelt von Isis' Schlag, um auf Anhieb zu begreifen, was um sie herum geschah.

Das Schnabelbuch wehklagte: »Ich wünschte, ich hätte so lange Beine wie ihr und könnte euch zeigen, wie man sie *benutzt*!«

Der Boden wurde von weiteren Beben erschüttert. Hinter ihnen zerbrach die Bernsteintafel in mehrere Teile. An der Unterseite barsten Tischbeine, als die Ideen über den Boden krochen. Sie rückten jetzt von allen Seiten näher, verschlangen immer größere Teile des Tisches, der Bernsteinmosaiken, und senkten sich auch von oben herab. Am Firmament verglühte der letzte Stern.

Noch wenige Schritte bis zur Schwelle. Auch dort schoben sich die Farbenwirbel heran und würden den Torbogen bald erreichen.

»Lasst mich nicht hier!« Die Baronin versuchte, sich auf die Beine zu stemmen. Nicht weit von ihr lag ein großes Buch auf dem Boden, in der Mitte aufgeschlagen. Seiten flatterten in den tosenden Winden des Untergangs.

Furia drängte Cat an der alten Frau vorüber und stieß sie durch den Bogen. Helligkeit umfing sie beide, Cat war unmittelbar vor ihr, hinter ihnen erklangen die Rufe der Baronin.

Das glühende Flirren zerfaserte, als vor ihnen das Straßenpflaster Roms auftauchte. Isis kauerte in sich zusammengesunken auf dem Bürgersteig, Duncan hatte sorgenvoll einen Arm um sie gelegt. Jim war erwacht, hatte sich zwischen zwei parkende Autos gezogen und lehnte benommen an einer Stoßstange. Finnian lag reglos neben Isis auf dem Rücken. Aus der Entfernung konnte Furia nicht erkennen, ob er atmete.

Cat rief seinen Namen, stolperte auf die Straße und rannte zu den anderen hinüber.

Furia zögerte nur einen Herzschlag lang. Dann fuhr sie herum und lief abermals unter den gigantischen Steinbogen zwischen den Palazzi. Erneut wurde die Umgebung zu goldenem Dunst.

Inmitten des Übergangs kam ihr die Baronin entgegen. Sie bewegte sich rückwärts und tief gebückt, denn sie zerrte das große Buch am Boden hinter sich her wie einen Sack voller Ziegelsteine.

»Es ist Ihre Schuld, wenn Finnian stirbt!«, rief Furia. Je näher sie der alten Frau kam, desto deutlicher erkannte sie hinter ihr die Überreste des Sanktuariums, Splitter aus Bernstein inmitten der strudelnden Farben.

Furia versperrte ihr den Weg. Sie konnte die überlegene bibliomantische Macht spüren, die in diesem gebrechlichen Körper steckte, aber das schreckte sie nicht mehr.

»Geh zur Seite, Kind!«

Der Schnabelrüssel schnappte nach der Baronin. »Los, zeig's der Hexe!«

Furia hatte kein Mitleid mit dieser Frau, die sich durch vielfachen Mord an die Spitze der Akademie hatte bringen wollen. Und sie durfte nicht zulassen, dass sie hinüber nach Rom gelangte. Isis und die anderen hatten nach all den Strapazen keine Chance gegen sie.

»Wir müssen hier weg!« Die Baronin ließ ihr Seelenbuch los und richtete sich auf. In ihren Augen flammte Zorn auf, vielleicht auch Verzweiflung. »Hilf mir, und wir können gemeinsam herrschen!«

Furia rannte die letzten Schritte auf sie zu. Ehe die Frau reagieren konnte, warf Furia sich gegen sie und schleuderte sie nach hinten. Gemeinsam stolperten sie über das Buch am Boden – und die Schwelle unter dem Bernsteinbogen.

Da war ein letztes Stück Mosaik, auf dem sie aufprallten, umlagert von schwirrenden Farben. Im selben Moment wurde die obere Wölbung des Bogens verschlungen, jetzt standen da nur noch zwei goldene Pfosten vor dem bunten Chaos.

Furia versuchte aufzuspringen, um zurückzulaufen, wieder in das goldene Licht hinein nach Rom. Doch die Baronin war flinker, als sie erwartet hatte. Mit einem wütenden Aufschrei packte sie Furias Bein.

Das Schnabelbuch schrie auf.

Furia schlug der Länge nach hin, prallte auf Brust und Bauch und bekam für einen Moment keine Luft mehr. In Panik rollte sie sich herum und versuchte nach der Baronin zu treten, doch die beiden Hände um ihren Knöchel lösten sich nicht.

Die Seitenteile des Bogens schrumpften, als sich das Farbenchaos auf sie niedersenkte. Die Schwelle war nur eine Armlänge von Furias ausgestreckter Hand entfernt. Vielleicht schaffte sie es noch, wenn sie freikam und auf allen vieren hinüberkroch.

Die Baronin begann zu schreien, als die Ideen sie erreichten. Ihre Beine wurden verschlungen, dann ihr Unterleib. Ihre Konturen verschwammen, verliefen wie auf einem Aquarell mit der Umgebung. Ihr verzerrtes Gesicht versank wie in bonbonbuntem Treibsand.

Der Griff um Furias Bein wurde schwächer, dann war sie frei.

»Schnell!«, rief das Schnabelbuch. *»Schneller!«*

Sie kroch vor dem Chaos davon, das die Baronin verschluckt hatte. Fast hatte sie die Schwelle erreicht. Die beiden Seiten des Bogens waren nicht mal mehr hüfthoch.

Sie musste es schaffen. Und sie *würde* es schaffen.

»Furia!«, brüllte das Schnabelbuch. »Von oben!«

Sie blickte hinauf und sah nichts als buntes Durcheinander. Gedankenschnell ließ sie sich auf den Bauch fallen, schob sich weiter, sah schon das Flirren des Übergangs. Er glühte auf – und erlosch wieder.

Die beiden Pfostenstümpfe versanken, die Schwelle existierte nicht mehr.

Der Boden unter Furia verschwand.

Kopfüber fiel sie in ein Meer aus Farben.

56

Der Faun braucht zu lange!«, rief Pandora aus der Baumkrone nach unten. »Viel zu lange!«

Pip und Patience standen allein am Fuß der schlanken Birke. Die übrigen Exlibri waren durch den nächtlichen Park zur Residenz zurückgewichen. Eine Windbö fegte durch Büsche und Bäume, säuselte verloren in den Mauerresten der römischen Ruine, keinen Steinwurf entfernt.

Als sich das Rascheln der umliegenden Kronen legte, zitterten die Zweige der Birke noch immer.

»Tu ihr nicht mehr weh!«, rief Pip zu Pandora hinauf. »Sie hat dir nichts getan!«

»Sie ist nur eine Exlibra«, antwortete das Mädchen. »Sie hat nicht mal echte Gefühle wie ein Mensch.«

Patience wollte aufbrausen, aber Pip berührte ihn unauffällig an der Hand und schüttelte den Kopf. Wahrscheinlich konnte Pandora sie von dort oben aus kaum erkennen. Sie saß in einer Astgabel, halb vom Stamm geschützt, ein verschwommener grauer Fleck in der Finsternis. Der Geruch des Feuerzeugbenzins hing noch immer in der Luft, aber er war schwächer geworden. Vielleicht konnten sie Pandora eine Weile hinhalten, bis es verflog und keinen Schaden mehr anrichten würde.

»Warum hasst du die Exlibri so?«, rief er ins Geäst hinauf.

»Ich hasse sie gar nicht. Sie sind mir einfach egal. So wie Steine. Oder Zweige, die man abbricht, ohne drüber nachzudenken.«

Und wieder fiel ein dünner Ast zu Boden. Pandora kicherte.

Patience stieß einen wütenden Schrei aus.

»Wo bleibt der Faun mit dem Telefon?«, fragte sie.

»Es gibt nur ein Handy im Haus«, sagte Pip. »Kassiopeius muss es erst finden. Und vielleicht den Akku aufladen.«

»Dann wird nicht viel mehr als ein nackter Stamm übrig sein, wenn er auftaucht.«

Pip appellierte ein letztes Mal an ihre Vernunft. »Du hast doch gar keine Chance! Wenn du ihr etwas antust und Patience dich in die Finger bekommt – «

»Ich werd' sie so oder so zusammenfalten wie ein Origami«, knurrte der Exlibro. »Mal sehen, was *dann* alles abbricht.«

Pip sah nervös zum Haus hinüber. Die Residenz war als klobiger Umriss zu erkennen, gesprenkelt mit hellen Fenstern. Vor den unteren Lichtern sah er die Silhouetten der Exlibri, sehr klein und weit entfernt.

»Hoffentlich weiß der Ziegenmann, dass ich es eilig habe«, rief Pandora. »Mir wird langweilig hier oben.«

Eine Weile schwiegen sie, dann sagte Patience: »Ich kann dir von Nassandra erzählen.«

Pip blickte ihn mit großen Augen an. Alle Wut war aus der Stimme des Südstaatlers gewichen, er klang jetzt wieder so sanft wie am Nachmittag, als Pip ihn mit der Kallista allein gelassen hatte.

»Du siehst im Moment nur einen Baum in ihr«, sagte Patience, »aber das ist sie nicht. In Wahrheit ist sie eine wunderschöne Frau mit den strahlendsten Augen zwischen hier und dem Mississippi. Sie hat die Tiere lieb, die nachts zu ihr kommen, wenn sie Wurzeln schlägt, und manchmal beugt sie ihre Zweige zu ihnen runter und berührt sie. Sie summt die Melodie der Vögel nach, die auf ihren Ästen landen, und sie hat sogar die Insekten gern, obwohl es juckt und kitzelt, wenn sie über ihre Rinde laufen.«

Er hielt kurz inne, als wollte er Pandora Gelegenheit zu einer gehässigen Bemerkung geben. Pip rechnete ganz fest damit, dass sie ihn für seine Offenheit verspotten würde. Doch das Mädchen im Baum hörte schweigend zu.

»Nassandra kann nicht reden wie ein Mensch«, fuhr Patience fort, »aber sie kann ihre Augen sprechen lassen. Dann weiß man genau, was sie gerade denkt, besser noch, als wenn sie's laut sagen würde. Sie ist das sanfteste und geduldigste Geschöpf, das man sich vorstellen kann.«

Wieder raschelte es in der Baumkrone.

»Sie braucht Zeit, um sich an andere zu gewöhnen, und wirkt oft ein bisschen ängstlich. Aber in Wahrheit war es ganz schön mutig von ihr, dass sie durch das Tor aus dem Wald der toten Bücher hierhergesprungen ist. Nicht mal die anderen Exlibri wollten sie dabeihaben, weil es Kallisten nur drüben im Wald gibt, aber ihr war das egal. Sie wollte was von der Welt sehen, andere Orte und andere Wesen. Dass sie hier die einzige Kallista sein würde, hat sie nicht gestört. Ich kenn' überhaupt niemanden, der so viel Mut hat wie sie. Als ich aus meinem Buch gefallen bin, da dachte ich, dass ich nicht mehr leben wollte ohne … ohne all das von früher. Dabei gab es hier Tausende, denen es genauso ergangen ist wie mir, und ich bin seitdem nicht einen Tag lang wirklich allein gewesen. Aber Nassandra hat die Einsamkeit freiwillig in Kauf genommen, nur um herzukommen und tagsüber durchs Tal zu wandern. Wenn man ihr ins Gesicht schaut, dann kann man all die Wunder sehen, die sie entdeckt hat, weil für sie noch alles ganz neu und zum Staunen ist. Ich wünsch' mir, ich könnte die Welt nur eine Stunde lang mit ihren Augen sehen. All das Schöne, an dem wir jeden Tag vorbeilaufen, ohne was davon wahrzunehmen – Nassandra sieht das alles, und sie merkt es sich, und wenn man bei ihr ist, dann ist es, als hätte man selbst all das Wunderbare sehen und fühlen dürfen. Dann spürt man ihr Glück darüber, dass sie einfach nur leben darf. Keiner hat mir je ein kostbareres Geschenk gemacht.«

Pip starrte Patience staunend an. Obwohl er nicht viel über solche Dinge wusste, erkannte er doch, dass dies eine lange und komplizierte und aus tiefstem Herzen kommende Liebeserklärung war.

Da näherten sich Schritte, schnelle Sprünge wie die eines Geißbocks. Der Faun löste sich aus der Dunkelheit und trat an ihre Seite. Seine Augen leuchteten blutrot.

Patience schaltete die Taschenlampe ein. Ihr Schein fiel auf das Handy in Kassiopeius haariger Klaue.

»Ich hab's gefunden«, sagte der Faun mit jagendem Atem.

Patience zögerte, dann drückte er die Hand des Fauns nach unten. »Ich schätze mal, das ist nicht mehr nötig.«

Pip sah verwundert hinauf in den Baum, wo Pandora noch immer kein Wort sagte. Patience schwenkte den Lampenschein am weißen Stamm empor bis zu der Astgabel, in die das Mädchen geklettert war.

Im ersten Moment glaubte Pip, Pandora sei fort.

Doch was er im ersten Moment für Birkenrinde gehalten hatte, war in Wahrheit ein weißes Kleid, das unter einer Jacke hervorschaute. Pandoras kleine Hand hielt noch immer das Feuerzeug. Ihre Beine baumelten rechts und links von der Gabel herab, ihren Kopf hatte sie weit in den Nacken gelegt. So saß sie da und rührte sich nicht.

Aus ihrem offenen Mund war ein Zweig gewachsen, ein frischer, weißer Birkenzweig. Auch aus ihren Augen, ihren Ohren, sogar unter den Achseln hervor. Junges Laub raschelte an den Spitzen, die Rinde war mit winzigen Lettern bedeckt. Zwischen einigen Ästen spannte sich ihr blondes Haar wie ein Spinnennetz.

Sie würde wohl bis zum Sonnenaufgang so dasitzen müssen, allein dort oben in der Krone, bis aus dem Baum wieder ein Mädchen wurde, scheu und still und mutig.

57

Wie im Traum trieb Furia auf einem Farbenmeer unter einem Farbenhimmel. Es gab keinen Horizont. Unten und Oben liefen rot und grün und blau ineinander. Um sie verästelten sich die bunten Schlieren und strichen sanft über ihren Körper.

Sie spürte keinen Schmerz. Nichts in der Umgebung war greifbar. Sie schien im Nichts zu schweben, inmitten eines Regenbogens, dessen Farbtöne aus ihren Bahnen brachen und laufend neue Formen bildeten, willkürliche Kleckse und Schleier, verwirrende Muster und Ornamente.

Vielleicht war sie tot. Dagegen sprach, dass sie sich bewegen konnte. Ihre Hand tastete an der Lederjacke hinab nach ihrem Seelenbuch. Als der Schnabel bemerkte, dass sie sich regte, schob er sich aus der Tasche und knabberte liebevoll an ihrem Finger.

»Du bist wach!«, rief er erleichtert.

»Was ist das hier?«

»Hübsch, nicht wahr?«

Sie hatte nicht gewusst, dass das Schnabelbuch ein Schöngeist war. »Warum leben wir noch?«

»Um ehrlich zu sein: Ich hatte schon Zweifel daran.«

»Hast du sonst noch jemanden gesehen? Die Baronin? Einen der Toten?« Beinahe hätte sie »Cat« gesagt. Aber da erinnerte sie sich matt, dass Cat in Sicherheit war.

Wie in Zeitlupe rollte eine blutrote Woge an ihnen vorüber und brach sich in waberndem Grün. Als Furia den Kopf drehte, sah sie einen Strom aus Indigo, der sich in vielfachen Windungen unter ihren Körper schlängelte. Ein warmer Luftzug streifte ihren Nacken und Hinterkopf. Sie hatte das Gefühl, dass sie abgetastet wurde, ihre Gedanken durchleuchtet, ihre Motive erforscht. Das Indigo suchte in ihr nach etwas.

Sie verstand das alles nicht. Was waren die Ideen? Was immer sich hinter diesen Farben verbarg, erschien chaotisch und ungeformt. Aber es fügte ihr keine Schmerzen zu.

Unverhofft dachte sie an alle, die gestorben waren für etwas, von dem sie nicht mehr mit Sicherheit wusste, was es eigentlich war. Die Befreiung von der Adamitischen Akademie? Dabei fraß die Akademie sich längst selbst, ein marodes Kartenhaus aus verfeindeten Parteien. Die Baronin und Atticus Arbogast hatten alle Nebenbuhler aus dem Weg geräumt und einen hohen Preis dafür gezahlt. Wer würde nun an ihre Stelle treten? Zweifellos warteten schon andere darauf, die Lücke zu schließen, die der Niedergang der Drei Häuser gerissen hatte.

Ihr Vater geisterte durch ihre Gedanken, und mit ihm Pauline und Wackford. Sie erinnerte sich an Puck und Ariel und besonders an Summerbelle. Finnian war vielleicht ebenfalls tot, und sie konnte nur hoffen, dass Jim überlebte.

Und wofür das alles? Das Sanktuarium existierte nicht mehr. Aber hatten sie dadurch etwas gewonnen, irgendeines ihrer Ziele erreicht?

Plötzlich geriet das Indigo in Aufruhr. Es bewegte sich schneller, kollidierte mit anderen Farben, die in alle Richtungen spritzten. Das Indigoband schlug hohe Wellen. Der Schnabel huschte zurück in Furias Jackentasche. Sie geriet ins Trudeln und drehte sich auf dem wirbelnden Strom. Aus dem Chaos wurden waagerechte Bahnen, Ringe aus Gelb und Rot und Blau, dazwischen Cyan, Magenta und immer wieder Indigo. Sie trieb an den Trichterwänden eines gigantischen Strudels entlang, erst hoch oben an seiner weitesten Ausdehnung, dann immer schneller hinab ins Zentrum. Fliehkräfte wirkten auf sie ein, schienen sie gleichzeitig stauchen und zerreißen zu wollen.

Zuletzt spie sie der Trichterwurm des Strudels hinaus in eine goldene Leere. Über ihr dräute ein Unwetter aus Farben, schillernd und brodelnd wie kochendes Öl. Die Strudelspitze rotierte an der Unterseite, schrumpfte zusammen und wurde verschluckt. Furia entfernte sich, fiel rückwärts in eine ungewisse Tiefe.

Wie lange ihre Panik anhielt, hätte sie nicht zu sagen vermocht. Erst allmählich wurde sie ruhiger, auch durch den Beistand des Schnabelbuchs, und sie erkannte, dass sie sich zwischen den Seiten der Welt befand. Von überallher rückten weitere Farbengebirge heran, schoben sich wie majestätische Gewitterfronten durch den glühenden Abgrund, verdunkelten mit ihrer Masse das goldene Licht. Sie waren unter ihr, über ihr, auch rechts und links, manche ganz nah, andere weit entfernt. Rauchige Stränge aus buntem Chaos verbanden sie miteinander, spannten sich durch die Leere wie pulsierendes Aderwerk. Hinter ihnen waren vage die phantastischen Faltenwürfe der Netze zu sehen. Einige waren zerrissen, wo die Ideen sie durchbrochen hatten.

Furia kämpfte gegen ihre Benommenheit an. Schnell begriff

sie, dass ihr die Kraft fehlte, um ein Tor zu öffnen. Das Schnabelbuch redete auf sie ein, aber sie verstand nicht, was es ihr sagen wollte. Das Denken fiel ihr schwer, und sie konnte kaum mehr die Augen offen halten.

So stürzte sie weiter, wurde von einer unsichtbaren Strömung ergriffen und trudelte seitwärts. Zu spät registrierte sie eine Warnung des Schnabelbuchs, dann fiel sie mit dem Rücken voran in eines der Netze. Geraffte Falten fingen sie federnd auf. Wie ein Insekt im Spinngewebe hing sie inmitten der Maschen fest, zu schwach, um sich aufzurichten, zu benommen, um einen klaren Gedanken zu fassen.

Aus den Augenwinkeln bemerkte sie dunkle Punkte. Gestalten hangelten sich von Masche zu Masche, flink wie eine Horde Affen.

Kurz bevor sich ihre Lider schlossen, noch ehe das Gold zu Schwarz vergor, waren die Tintlinge heran. Fratzen beugten sich über sie. Einer nahm ihr das schnappende Schnabelbuch ab und reichte es weiter. Als sie Anstalten machte, sich zu wehren, packte ein anderer sie an der Kehle.

Ein scharfer Ruf ertönte. Die Hand verschwand von ihrem Hals, die Gesichter zogen sich zurück. Im Hintergrund tobten die Farbgewitter.

Ein hochgewachsener Mann schwebte in ihr Blickfeld. Als er seinen Mantel aufschlug, schien das Licht eines Seitenherzens aus seinem geöffneten Brustkorb, überstrahlte seine Züge und legte sich wie Feuer um die Silhouetten seiner entstellten Begleiter.

Nachspiel

58

Ich vermisse sie«, sagte die Leselampe. »Ich vermisse die langen Abende, an denen ich für sie leuchten musste. Ich vermisse sogar die albernen Räuberbücher, die sie so mochte.«

»Oft ist sie darüber eingenickt und hat im Schlaf weitergelesen«, sagte der Lesesessel. »Dann saß sie da, mit offenen Augen, und hat sich nur bewegt, um die Seiten umzublättern.«

Die Lampe nickte mit ihrem Metalltrichter. »Und am Morgen konnte sie kaum laufen, weil ihre Arme und Beine ganz steif waren vom langen Sitzen.«

»Ich bin ein sehr *bequemer* Sessel!«

»Aber ziemlich hart.« Mit ihrem Schirm klopfte die Lampe auf seinen straffen Lederbezug.

»Von deiner trüben Funzel haben ihr die Augen gebrannt!«

»Das erfindest du!«

Das Sitzkissen des Sessels erzeugte ein zufriedenes Knautschen. »Das hat sie selbst gesagt!«

»Und wo soll *ich* da gewesen sein?«

Pip ging dazwischen. »Hey!« Er warf sich so heftig in den Sessel, dass der ein Schnaufen ausstieß. Der Lampe gab er einen Klaps auf den Schirm. »Das reicht jetzt.« Er zog die Beine an, schlang die Arme darum und legte sein Kinn auf die Knie. »Wir haben andere Sorgen, oder?«

Der Lampenschirm beugte sich betreten nach unten. »Das stimmt.«

»Arme Furia«, sagte der Sessel.

»Sie ist nicht tot!«, sagte Pip so hastig, dass es ihm selbst auffiel. »So was dürft ihr nicht mal denken!«

»Tun wir nicht«, gab die Lampe eine Spur zu hastig zurück. »Wirklich nicht!«

»Käme uns niemals in den Sinn«, sagte der Sessel.

Darauf schwiegen alle drei, und Pip blickte düster zu dem großen Eichenbett hinüber, das die Stirnwand des Raumes einnahm. Sie befanden sich in Furias Schlafzimmer mit seinen hohen Fenstern, türkisfarbenen Tapeten und knarrenden Möbeln, die noch viel älter waren als die Leselampe und der Ledersessel. Im offenen Kamin prasselte ein Feuer. Seit vier Tagen sorgte Cat dafür, dass es ununterbrochen brannte.

In Furias schwerem Eichenbett lag Finnian unter einer weißen Decke. Er hatte die Augen geschlossen und atmete ruhig und regelmäßig. Cat hatte sich einen zweiten Sessel herangeschoben und verließ ihn seither nur selten; bis auf die letzte Nacht hatte sie sogar darin geschlafen. Gestern Abend aber war der Fremde erschienen, Duncan Mound, der sonst die meiste Zeit bei der schlafenden Isis zwei Zimmer weiter verbrachte. Er hatte Cat mit sanfter Gewalt in ihr eigenes Bett bugsiert. Finnian sei auf dem Weg der Besserung, hatte er gesagt, brauche aber noch einige Tage, um sich von den Nachwirkungen der bibliomantischen Ströme zu erholen, mit denen Isis seine Verletzungen geheilt hatte.

Der Sessel hatte Pip erzählt, dass Cat schon morgens um fünf zurückgekehrt war und wieder ihren Posten an Finnians

Bett bezogen hatte. »Sie traut uns nicht zu, auf ihn aufzupassen«, hatte die Lampe beleidigt gemurmelt. »Dabei schlafen *wir* ganz bestimmt nicht ein.«

Isis lag seit ihrer Rückkehr im Regenerationsschlaf. Gleich nach dem Sprung in die Residenz war sie zusammengebrochen und seither nicht mehr zu sich gekommen.

Cat hatte Pip erzählt, was in Rom geschehen war. Und obwohl ihm Duncan, der die anderen mit mehreren Sprüngen zurückgebracht hatte, nicht geheuer war, hatten sie doch allen Grund, ihm dankbar zu sein. Duncan hatte nicht nur Cat und den dunkelhaarigen Exlibrojungen in die Residenz transportiert, er hatte noch etwas anderes getan: Nachdem Finnian ihm während einer seiner Wachphasen mit schwacher Stimme geschildert hatte, wo er Summerbelle hatte zurücklassen müssen, hatte Duncan in der Bibliothek ein Tor nach Libropolis erschaffen und ihre Leiche geborgen.

Die Exlibri hatten sie gemeinsam mit ihrem Seelenbuch auf dem Friedhof der Faerfax bestattet, nahe bei Sunderland, Wackford, Pauline und Pips Eltern. Auch Cat hatte ihre Wache an Finnians Bett unterbrochen, um von Summerbelle Abschied zu nehmen. Zuvor war kurz erwogen worden, Summerbelle zurück in ihr Elternhaus zu bringen. Aber sie hätte wohl gewollt, dass man sie hier zur letzten Ruhe bettete, ganz nah bei ihren Freunden vom Widerstand.

Nach der Bestattung war Pip allein auf dem Friedhof zurückgeblieben. Er war von Grab zu Grab gewandert und hatte mit allen gesprochen, die sie verloren hatten. Mit seinem Vater, Wackford und Pauline, dann mit dem tapferen Sunderland, der sein Leben geopfert hatte, um Pip zu retten.

Nachdem er Summerbelle ein letztes Mal Lebwohl gesagt hatte, hatte Pip sich bei der Überlegung ertappt, welches der alten Gräber wohl Furia gefallen würde. Keiner wusste, was beim Untergang des Sanktuariums mit ihr geschehen war, und niemand sprach aus, was die meisten dachten: Dass sie aller Wahrscheinlichkeit nach tot war und nie mehr zurückkehren würde. Das war eine schreckliche Vorstellung, aber eine, die noch eine Spur von Hoffnung beinhaltete. Dagegen hatte der Gedanke, ein Grab für sie auszusuchen, Pip ganz und gar unvorbereitet erwischt. Er war auf die Knie gesunken und hatte zum ersten Mal seit der Rückkehr der anderen wieder bitterlich geweint.

So hatte schließlich Patience ihn gefunden, und er hatte ihn an ein Versprechen erinnert, das Pip ihm einmal gegeben hatte. An diesem Abend hatten sie gemeinsam den Brief an Molly geschrieben, aber es war ein anderer gewesen als der, den sie sich vor einigen Tagen zurechtgelegt hatten. Stattdessen hatte Patience von Molly Abschied genommen in der Gewissheit, dass sie ihn nicht vermisste, weil in ihrem Buch ein anderer Patience aufseiten der Südstaatler und für ihre Liebe kämpfte. Mit Pips Worten hatte Patience ihr erklärt, dass er sich nach all den Jahren wieder verliebt habe und dass es an der Zeit sei, die Vergangenheit ruhen zu lassen.

Der Exlibro, der behauptete, kein anderer als der berühmte Jim Hawkins zu sein, war auf herkömmliche Weise verarztet worden. Selbst wenn Isis nicht ins Koma gefallen wäre, hätte sie wohl kaum mehr die Kraft aufgebracht, auch ihn mit Hilfe der Bibliomantik zu heilen. Nun wanderte er die meiste Zeit mit dick bandagierter Schulter durchs Haus und musste davon abgehalten werden, sich nützlich zu machen. Pip mochte ihn, vor allem seit Jim ihm von seinen Abenteuern mit Long John Silver und den übrigen Piraten der *Hispaniola* erzählt hatte.

Im Kamin knackte das Holz und riss Pip aus seinen Gedanken. Auch Cat blickte von ihrem Roman auf. Früher hatte sie Büchern nichts abgewinnen können, aber seit sie Tag und Nacht an Finnians Seite ausharrte, hatte sie wieder zu lesen begonnen. Pip wusste nicht, ob es ihr Vergnügen bereitete oder ob sie sich nur beschäftigte, um nicht den Verstand zu verlieren – aus Sorge um Finnian und Trauer um Furia.

Ein paar Funken stoben auf, dann beruhigte sich das Feuer wieder. »Flackerndes Licht ist schlechtes Licht«, schimpfte die Lampe. »Jeder dumme Kerzenleuchter weiß das!«

Die Gründe, weshalb sie Finnian in Furias Zimmer gebracht hatten, standen auf einem Regal unweit des Bettes: lange Reihen von Furias Lieblingsbüchern, alt, vergilbt, zerlesen, darunter einige von Siebenstern. Cat und Pip gaben die Hoffnung nicht auf. Falls sie noch lebte und sich irgendwann auf die Suche nach einem Sprungbuch machte, würde sie vermutlich eines wählen, dessen Gegenstück in diesem Regal stand.

Dann sollte sie nicht in einem leeren, kalten Zimmer landen, sondern bei ihren Freunden, ihrem Bruder, vor einem prasselnden Feuer im Kamin.

59

Sechs Tage nach dem Untergang des Sanktuariums setzte Finnian sich abrupt auf. Seine Hände waren ins Laken gekrallt und sein Blick auf etwas gerichtet, das sich nicht in diesem Zimmer befand. Dann entdeckte er Cat und brachte ein Lächeln zustande, mit dem er verletzlicher wirkte als jemals zuvor.

Sie ließ ihr Buch fallen, sprang kurzerhand zu ihm aufs Bett und kniete sich breitbeinig über ihn. Sie nahm sein Gesicht in beide Hände und küsste ihn, bis ihnen die Luft wegblieb.

»Du bist zurück«, flüsterte sie, als sie ihre Lippen von seinen löste. Er war schon vorher einige Male für kurze Zeit erwacht, aber da war er abwesend gewesen, wie im Fieberdelirium, und hatte in Bruchstücken von Summerbelles Tod gesprochen.

»Ich hätte gern … Erdbeeren«, sagte er.

»Erdbeeren?«

»Ich hab von Erdbeeren geträumt.«

»Irgendwo finden wir welche. Und wenn es nur tiefgefrorene aus dem Laden in Winchcombe sind.«

Er schüttelte langsam den Kopf, so als wunderte er sich selbst über das, was ihm in diesem Augenblick wichtig war. Ganz allmählich schien sich der Vorhang zwischen seinen Träumen und der Wirklichkeit zu öffnen, sein Lächeln wurde breiter und seine Augen klarer.

»Ist mit dir alles in Ordnung?«, fragte er.

»Wir haben das Sanktuarium zerstört.«

Er sah sie auf merkwürdige Art und Weise an, nicht wie der alte Finnian, aber auch nicht beunruhigend, nur anders. Dann schloss er für ein paar Sekunden die Augen.

»Genau genommen«, sagte sie, »waren es die Ideen, die es zerstört haben. Wir haben nur das Buch vernichtet, das es beschützt hat.«

»Wir?« Er schlug die Augen wieder auf.

»Wir alle, die dort waren. Furia, Isis, dieser Exlibro, Jim … und Duncan Mound. Du wirst ihn bald kennenlernen.«

»Was ist passiert?«

Sie zögerte kurz, weil sie wusste, dass die Wahrheit seinen Kopf wieder mit Sorgen füllen würde. Aber natürlich hatte er ein Recht darauf, alles zu erfahren, und so erzählte sie es ihm.

Schließlich sagte sie: »Furia hat mich gerettet. Nur sie selbst hat es nicht mehr geschafft.« Sie hatte wieder Tränen in den Augen, doch mittlerweile war sie gut darin, sie zurückzuhalten. Sie hatte in den letzten Tagen eine Menge Erfahrung darin gesammelt, ihre Trauer zu verbergen. Sogar vor ihm, als sie allein gewesen waren und er geschlafen hatte. Sie hatte nicht gewollt, dass das Erste, was er beim Erwachen zu sehen bekam, ihr verheultes Gesicht war.

»Wie kommt Pip damit zurecht?«

»Besser, als irgendwer hätte erwarten können. Er ist ein tapferer Kerl.« Sie blickte zu dem leeren Ledersessel und der Lampe in der Ecke des Zimmers hinüber. Pip war schon vor einer Weile zu Bett gegangen. Seitdem schwiegen auch die beiden bibliomantischen Wunderwerke.

»Wenn sie noch lebt, dann finden wir sie«, sagte Finnian heiser.

»Duncan meint, bislang ist nichts wieder aufgetaucht, was von den Ideen verschlungen worden ist. Sie haben ganze Refugien und ihre Bewohner ausgelöscht. Keiner weiß, was sie sind und woher sie kommen.«

Finnian hob eine Hand und strich über Cats Wange. Seine Finger waren jetzt wärmer als in all den Tagen zuvor.

»Da ist noch was«, sagte sie. »Isis hat dir das Leben gerettet.«

»Du meinst, ich war ein Idiot, sie zu verdächtigen.«

»Was sie für dich getan hat … sie ist dabei selbst fast gestorben.«

Er wandte den Blick ab und sah ehrlich betroffen aus. »Ich will das alles nicht mehr«, sagte er nach kurzer Pause.

»Was willst du nicht mehr?«

»Diesen Kampf. Das, was er aus mir gemacht hat. Jemanden, der überall Feinde sieht – sogar unter seinen Freunden.«

»Du willst aufgeben? Ausgerechnet jetzt, wo die Akademie eine echte Niederlage einstecken musste? Wir wissen nicht mal, wer dort im Moment das Sagen hat. Hinter den Kulissen dürfte es drunter und drüber gehen. Wahrscheinlich sind sie so schwach wie niemals zuvor.«

»Aber es wird nicht besser werden«, sagte er. »Nicht für uns und nicht für die Exlibri. Irgendjemand wird das Ruder übernehmen, und dann wird er Jagd auf uns machen – noch gnadenloser als zuvor. Sie werden nicht zulassen, dass so etwas noch einmal passiert.«

»Im Augenblick haben sie genug mit sich selbst zu tun. Und

dann sind da die Ideen. Außerdem weiß keiner, was in den Nachtrefugien vorgeht. Unsere Chancen, unter ihrem Radar zu bleiben, sind besser denn je.«

»Das klingt, als müsstest du diejenige sein, die die Bardenbrüder anführt. Oder das, was von ihnen übrig ist.« Sie konnte spüren, dass es ihm zumindest mit einem Teil davon ernst war. Plötzlich verdunkelte sich sein Blick. »Und der Mord an Ariel? Wer hat den Siebenstern-Exlibro geschickt, um das Buch der Schöpfung zu stehlen?«

Sie beugte ihr Gesicht noch näher an seines. »Verstehst du jetzt, weshalb das der falsche Moment ist, um alles hinzuschmeißen?«

»Du klingst wie –«

»Wie du?«

»Wie Gunvald, damals im Gewächshaus. Wenn er große Reden gehalten hat über die Gründe, warum es wichtig ist, diesen Kampf zu führen, trotz aller Rückschläge.«

»Das hast du selbst vor kurzem noch getan.«

»Vielleicht hab ich mich geirrt.«

»Nein«, widersprach sie. »Ich weiß jetzt endlich, dass du recht hattest. Jemand muss weiterkämpfen. *Wir* müssen das.«

»Das Sanktuarium ist zerstört und Arbogast tot. Aber dafür haben wir Furia und Summerbelle verloren. Und Ariel.« Der Schmerz ließ ihn für einen Moment innehalten, dann erst fuhr er fort: »Es müsste sich anfühlen wie ein Sieg, aber das tut es nicht.«

Kopfschüttelnd sah sie ihm in die Augen. »Es fühlt sich an wie ein Anfang.«

60

Nach dem Frühstück saß Jim auf den Stufen vor dem Portal. Auf dem Vorplatz redeten Kyriss und Kassiopeius auf zwei Exlibri ein, die mit ihrem Gepäck zur Einmündung der Auffahrt gingen. Noch zwei Abtrünnige, die ihr Glück draußen in der Welt suchen wollten und dafür den Acht-Meilen-Marsch zur nächsten Haltestelle des Überlandbusses in Kauf nahmen.

Der Mann trug einen riesigen Koffer mit Schnallen, ein antikes Ding vom Dachboden mit uralten Aufklebern von Überfahrten auf Ozeandampfern. Pip hatte Jim den Speicher gezeigt – es war einer seiner Lieblingsplätze, und Jim verstand den Grund dafür nur zu gut. In Zeiten, in denen die realen Abenteuer Leben kosteten, waren es die erfundenen zwischen den verstaubten Möbeln und Kisten dort oben, die Pip nicht verzweifeln ließen. Innerhalb eines halben Jahres hatte er fünf Menschen verloren, die ihm alles bedeutet hatten, und obwohl er damit besser umging als die meisten Erwachsenen, mochte das der Grund sein, weshalb viele Exlibri ihm in der Residenz aus dem Weg gingen: Pips Trauer erinnerte sie zu sehr an ihre eigenen Verluste, an all die Menschen, die sie in den Büchern zurückgelassen hatten.

Jim sah das anders. Er hatte sich mit Pip angefreundet und lenkte ihn, so gut das eben ging, vom Verlust seiner Schwester ab. Er teilte sich diese Aufgabe mit Patience, der Pip nur selten aus den Augen ließ; wenn doch, dann nur, um mit Nassandra einen Spaziergang im Park zu machen. Manchmal begleitete er sie auch hinaus ins Tal und war dankbar, wenn Jim sich während dieser Zeit um Pip kümmerte.

Heute würde Jim den Kleinen bereits zum dritten Mal zu Miss Drycrust begleiten. Ein wenig verschämt hatte Jim vor zwei Tagen darum gebeten, an ihrem Unterricht teilnehmen zu dürfen. Seine eigene Schulbildung war hinter der Theke des *Admiral Benbow* und auf dem Weg zur Schatzinsel zu kurz gekommen, und obgleich die Baronin ihn manches über die Literatur und die Welt der Bibliomantik gelehrt hatte, gab es so vieles, das er nicht wusste. Pip freute sich, dass er nicht mehr allein lernen musste, und Miss Drycrust fühlte sich geschmeichelt, einem weiteren Jungen die Natur- und Geisteswissenschaften vermitteln zu dürfen.

Und noch ein Gutes hatten die Vormittage im Cottage der Lehrerin, sogar die Hausaufgaben am Nachmittag: Sie lenkten nicht nur Pip, sondern auch Jim von seinen Gedanken an Furia ab. Gewiss, er hatte sie nur ein einziges Mal gesehen und kaum ein Wort mit ihr gesprochen. Aber als sie in stummer Übereinkunft entschieden hatten, Arbogast anzugreifen, da war etwas geschehen. Jim hatte keine Worte dafür – ohnehin gab es hier niemanden, dem er davon erzählen wollte –, aber er spürte den Nachhall dieser wenigen Sekunden noch immer. Seitdem sah er sie oft vor sich, die Entschlossenheit in ihrem Gesicht, ihr zerzaustes blondes Haar, die offene Lederjacke und die zerrissenen Strumpfhosen unter dem kurzen Rock. Weder im *Admiral Benbow* noch an Bord der *Hispaniola* hatte er so hübsche Mädchen wie sie getroffen, und während seiner Zeit im Haus der Himmels war ihm nur ein einziges über den Weg gelaufen – Rachelle. Und die wollte er ganz gewiss nie wiedersehen.

So weigerte er sich zu glauben, dass Furia tot war, nicht nachdem sie einander gerade erst begegnet waren. Ohne es darauf angelegt zu haben, lebte er nun in ihrem Haus, umgeben von ihren Freunden. Weil er ein Fremder war, spürte er ihr Echo in diesen Mauern vielleicht deutlicher als die anderen, die es längst als gegeben hinnahmen. Täglich benutzte er die Stufen, die sie benutzt hatte, und er saß am selben Tisch, an dem auch sie gesessen hatte. Er hatte begonnen, Siebensterns Bücher zu lesen, und selbst bei strömendem Regen war er durch die römische Ruine hinten im Park gewandert, weil Pip ihm erzählt hatte, wie viel Zeit Furia dort verbracht hatte. Obwohl sich ein Teil von ihm dagegen wehrte, hatte er das Gefühl, sie besser kennenzulernen. Das brachte ihn gehörig durcheinander und verstärkte zugleich seine Angst davor, sie niemals wiederzusehen.

Während er an diesem Morgen auf den Stufen der Residenz saß und auf Pip wartete, entstand unten auf dem Platz mit einem Mal Aufruhr. Motorlärm drang von der Auffahrt herüber. Kyriss und Kassiopeius mussten ihre Diskussion mit den beiden Exlibri abbrechen, als ein klappriger Wagen über den Kies herangerollt kam, an ihnen vorüberrauschte und am Fuß der Treppe stehen blieb. Der Motor erstarb, gefolgt vom lauten Knirschen der Handbremse.

Jim hatte den alten Mann im Hawaihemd, der in diesem Moment hinter dem Steuer hervorsprang, bereits kennengelernt. Während der vergangenen sechs Tage war Celestian zweimal hier gewesen, um nach Isis zu sehen, und beide Male hatte er bedrückt und nachdenklich gewirkt. Heute aber war sein Gesicht rot angelaufen, auf seiner Hose prangte ein Kaffeefleck, und sein Hemd war falsch geknöpft; vermutlich hatte er die zweistündige Fahrt von London hierher in heller Aufregung verbracht. In seiner rechten Hand hielt er eine zusammengerollte Zeitung und winkte damit zu Kyriss hinüber, stürmte die Treppe herauf und lief an Jim vorbei in die Eingangshalle.

»Komm mit, Junge«, rief er über die Schulter, »das hier geht auch dich was an!«

In der Mitte der Halle, unterhalb der Freitreppe zum ersten Stock, stand ein schwerer Eichentisch. Manchmal saßen dort einige Bewohner bei Brett- und Kartenspielen, doch so früh am Morgen waren alle mit ihren Aufgaben in Haus und Garten beschäftigt; in einem Gemäuer wie diesem wurde ständig irgendwo geputzt und ausgebessert. Celestian warf die Zeitung auf den Tisch und klopfte sie mit beiden Händen flach.

Mit seiner bandagierten Schulter vermied Jim es noch immer, sich allzu überhastet zu bewegen, deshalb kamen der Faun und Kyriss fast zeitgleich mit ihm in der Halle an.

»Habt ihr es schon gehört?«, rief Celestian.

»Was gehört?«, entgegnete jemand auf der Balustrade der ersten Etage. Als alle nach oben blickten, entdeckten sie Finnian, der sich mit beiden Händen auf das Geländer stützte. Cat war an seiner Seite.

Jim grüßte ihn mit einem Nicken. Es war das erste Mal seit ihrer Begegnung im Sanktuarium, dass sie einander wiedersahen. Finnian erwiderte die Geste mit einem schwachen Lächeln.

Celestian schlug mit der Faust auf die Titelseite der Zeitung. Jim erkannte den Schriftzug der Tageszeitung von Libropolis.

Wer danach suchte, fand sie auch in gewissen Läden außerhalb der Refugien, vor allem in London.

»Ich hab mich gleich auf den Weg hierher gemacht.« Celestians Schnaufen klang, als wäre er all die Meilen zu Fuß gelaufen. »Diese Mistkerle waren schneller, als ich erwartet hatte.«

Finnian eilte die Treppe herab. Cat blieb auf einer Höhe mit ihm, um ihn notfalls zu stützen. Wahrscheinlich hatte sie es längst aufgegeben, an seine Vernunft zu appellieren, nachdem er das Bett verlassen hatte.

Celestians Hand ruhte noch immer gespreizt auf der Titelseite, und er nahm sie erst herunter, als sie alle im Halbkreis um den Tisch standen.

»Was sagt man dazu?«, polterte er und sandte ein paar Flüche hinterher, bei denen sich selbst die Halsabschneider der *Hispaniola* bekreuzigt hätten.

Das neue Gesicht der Akademie stand dort in fetten Lettern. Darunter war ein großes Foto abgedruckt, ein arrangiertes Gruppenporträt wie von Politikern nach einem Gipfeltreffen. Ein halbes Dutzend Männer in Anzug und Krawatte bildete eine Reihe vor einem Bücherregal. Die meisten blickten ernst und gravitätisch drein.

Im Vordergrund stand eine junge Frau mit hellem Haar, deren Züge in einer Mischung aus Arroganz und kühler Autorität erstarrt waren. Sie war einen Kopf kleiner als die sechs Anzugträger, und doch beherrschte sie das Zentrum des Bildes; jeder Blick wanderte wie von selbst zu ihrem Gesicht. Einer der Männer hatte ihr in einer gönnerhaften Geste die Hand auf die Schulter gelegt.

Kyriss schnaubte verächtlich. »Sieht aus, als hätten sie ihre neue Strohpuppe gefunden – die letzte Überlebende der Drei Häuser.«

»Rachelle«, flüsterte Jim und ballte die Hand auf der Tischkante zur Faust.

Finnian musterte das Foto. »Und die anderen?«

»Bürokraten«, sagte Celestian. »Würde mich nicht wundern, wenn sie diejenigen wären, die in Wahrheit hinter der Baronin standen. Sie haben einfach die eine Himmel gegen eine andere ausgetauscht.«

Kassiopeius zerzauste sich nachdenklich den Ziegenbart und schwieg, während Jim gegen ein wütendes Zittern ankämpfte.

Die erstaunlichste Reaktion aber zeigte Cat. Sie machte zwei Schritte rückwärts, fast ein Taumeln, als hätte ihr jemand eine Ohrfeige versetzt.

Finnian fuhr besorgt herum. »Alles in Ordnung?«

Sie schwieg lange Zeit, während alle Blicke auf ihr ruhten. Dann trat sie vor und betrachtete das Foto wie einen Feind.

»Der Mann mit der Hand auf ihrer Schulter«, sagte sie. »Das ist mein Vater.«

61

Isis erwachte in der nächsten Nacht, mit grauer Haut und schattigen Augen. Sie habe Schmerzen, sagte sie. Es fühle sich an, als stünden ihre Knochen in Flammen.

Duncan reichte ihr widerstrebend das Absolonbuch und ließ sie einige Zeilen lesen. Danach weigerte sie sich zum ersten Mal, es wieder in seine Obhut zu geben. Er musste es ihr aus den Händen reißen, und erst nach einer Weile beruhigte sie sich und hörte auf, ihm zu drohen. Da ahnte er, dass die nächste Zeit noch schwieriger werden würde, als er befürchtet hatte.

Doch vorerst kam Isis, gestärkt von der Macht des Buches, wieder zu Sinnen.

Am nächsten Morgen versprach sie Pip, dass sie Furia finden werde, ganz gleich wie lange und an welchen Orten sie nach ihr suchen müsse. Cat wollte sie begleiten, aber Isis lehnte ab. Sie werde allein gehen, sagte sie, und erst als Duncan drohte, das verdammte Absolonbuch ins Kaminfeuer zu werfen, ließ sie zu, dass er sich gemeinsam mit ihr auf den Weg machte.

Er gab sich keinen Illusionen hin: Als Siebenstern-Exlibra war Isis um ein Vielfaches mächtiger als er und konnte ihm das Absolonbuch jederzeit mit Gewalt entreißen. Aber noch brannte ein Funke Vernunft in ihr. Duncan war nicht bereit, sie aufzugeben.

Sie verließen die Residenz durch ein Tor, das sie in der Katakombenbibliothek erschufen. Bevor sie ihre Suche nach Furia ernsthaft beginnen konnten, mussten sie noch etwas anderes erledigen, einen Gefallen, um den Pip sie gebeten hatte.

Wenig später stürzten Isis und Duncan durch das goldene Nichts zwischen den Seiten der Welt. Der Ort, den sie aufsuchen wollten, lag abseits der großen Refugien, fern ab auch vom Wüten der Ideen.

Es dauerte nicht lange, da sahen sie unter sich einen breiten Strom, schimmernd wie Quecksilber. Verschlungen zog er sich durch die Leere und sah von weitem aus wie eine glühende, meilenbreite Spirale, die auf der Seite lag und in beiden Richtungen kein Ende nahm. Der gelbliche Schein der Umgebung brach sich in Lichtsplittern auf der bewegten Oberfläche.

Der Fluss Anonymus, der unter unzähligen Namen durch ebenso viele Bücher floss, war eines der erstaunlichsten Phänomene zwischen den Seiten der Welt. Nur wenige wagten sich in seine Nähe, denn wer zu lange in seine Wogen blickte, wurde unweigerlich von ihnen fortgerissen.

Isis und Duncan schwebten aufrecht im Innern der Spirale. Keine Mannslänge unter ihnen schossen die silbernen Fluten dahin und schraubten sich in gigantischen Windungen in die Unendlichkeit. Anders als in den Büchern, verursachte der Fluss an diesem Ort keinen Laut, obgleich die Strömungen und Strudel silberne Schaumkronen trugen und mit entfesselter Gewalt aufeinandertrafen. Die Stille und der Eindruck von Schwerelosigkeit machten den Anblick noch unwirklicher.

Beide kannten die Gefahr, deshalb vermieden sie es, länger

als nötig auf die Oberfläche zu blicken. Schon jetzt meinte Duncan einen Sog zu spüren, der sanft an seinen Beinen zog.

Isis holte die Flaschenpost unter ihrem Cape hervor. Der gerollte Brief darin war mit einer Schnur umwickelt, das Gefäß verkorkt und mit rotem Wachs gesichert. Auf zwei Seiten der Papierrolle hatte Pip in geschwungener Kinderschrift den Namen *Molly* geschrieben, darunter *Von Patience*.

Duncan lächelte, als er noch einmal einen Blick darauf warf. »Kann es sein, dass wir hier gerade kostbare Zeit verschwenden?«

Isis schüttelte den Kopf. »Nicht, wenn es für Pip ist.«

»Sollte sich da tatsächlich jemand gefunden haben, dem du keinen Wunsch abschlagen kannst?«

Sie schnaubte leise, zeigte aber ein verstohlenes Lächeln, das sie für einen Augenblick beinahe gesund aussehen ließ. Schweigend warf sie die Flasche hinab in den Fluss, wo sie augenblicklich von den Fluten erfasst wurde. Die rote Haube aus Wachs tanzte zwischen den spiegelnden Wogen, dann verlor Duncan sie aus den Augen. Rasch wandte er den Blick ab, als der Sog immer stärker wurde.

Mit einer Hand berührte er das Absolonbuch in der Innentasche seines Mantels. Kurz dachte er daran, es hinterherzuwerfen, aber ihm war bewusst, dass er Isis damit verlieren würde. Und er wollte jetzt nicht an das denken müssen, was ihnen bevorstand. Als er die Hand zurückzog, ahnte er, dass er sich selbst betrog und diesen Entschluss womöglich bereuen würde.

»Danke«, sagte Isis.

»Dafür, dass ich nicht genug Mumm habe, das verfluchte Ding loszuwerden?«

»Dafür, dass du nicht auf mich gehört hast und mitgekommen bist. Vielleicht werde ich etwas anderes behaupten, wenn es irgendwann schlimmer um mich steht, und deshalb sage ich dir jetzt, wie es ist: Ich bin froh, dass du da bist. Dass du hier bei mir bist.«

Er blickte sie lange an, während sie über dem aufgewühlten Anonymus schwebten, und ließ widerstrebend zu, dass sich die Worte in sein Gedächtnis brannten.

Ihre Hände berührten sich. Dann stießen sie ein Tor auf und begannen ihre Suche.

62

Furias Erwachen erstreckte sich über einen langen Zeitraum. Mehrmals hatte sie versucht, die Augen zu öffnen, aber ihre Lider waren schwer wie Blei. Sie glaubte, dass sie nicht mehr schlief, aber in Wahrheit war es wohl doch eine Art Halbschlaf, aus dem sie immer wieder zurück in tiefe Bewusstlosigkeit fiel. Wenn sie einmal klar genug war, um die Situation zu erfassen, dann befürchtete sie, dass sie das Wachsein nur träumte. Denn so fühlte es sich an, auch ohne Fratzen und Verfolger: wie ein kalter, schwarzer Albtraum.

Gelegentlich aber sah sie Farben, bunt wie hundert Regenbögen. Wenn sie versuchte, sie festzuhalten, wirbelten sie durcheinander, bildeten Schlieren, Spiralen und Symbole, formierten sich zu Schemen einer Erinnerung. Sie war inmitten dieser Farben gewesen, war von ihnen verschlungen worden, betastet, erforscht. Und dann hatten sie Furia ziehen lassen, hatten sie ausgespuckt wie einen Obstkern.

Jemand rief ihren Namen, aber selbst da fiel es ihr noch schwer, die Bewusstlosigkeit abzuschütteln. Es war, als tauche sie bei Nacht aus den Tiefen eines Meeres empor, sah die Wasseroberfläche im Dunkeln nicht näher kommen, spürte sie nur abrupt wie Glas, das sie durchbrach, und fand dahinter doch nur ein weiteres Reich aus Finsternis und Kälte, sternenlos und schwer wie nasser Samt auf ihren Augen.

Irgendwann, nach Stunden oder Tagen, schob sich ein Gesicht aus der Schwärze wie eine Nebelbank im Mondlicht. Furia war zu benommen, um zu erkennen, ob es sich um eine Frau oder einen Mann handelte. Die Züge waren kantig, die schmalen Lippen aufgesprungen, die Haare kurz und räudig. Die Augen musterten Furia stechend, das linke war blutunterlaufen.

»Furia«, sagte eine raue, weibliche Stimme.

Die Fremde trug einen groben Pullover, der sich über muskulöse Schultern und Oberarme spannte. Furia hatte noch nie eine Frau wie sie gesehen, mit so wuchtigem Körperbau und harten Zügen. Sie mochte vierzig oder fünfzig sein: Was immer sie erlebt hatte, hatte sie vermutlich um viele Jahre altern lassen. Nur ihre Augen schienen einer anderen, jüngeren Frau zu gehören. Die Iris um ihre schwarzen Pupillen war golden wie die Leere zwischen den Seiten der Welt.

»Wo bin ich hier?«

»Nicht in Sicherheit.«

»Woher kennen Sie meinen Namen?«

»Ich habe von dir gehört. Von dir und deiner Familie. Von deinem Haus und von dem, was darin aufbewahrt wird.«

Furia setzte sich auf und versuchte zugleich von der Frau abzurücken. Sie lag auf einem quietschenden Feldbett mit rostigem Gestänge. Die einzige Lichtquelle war eine Funzel neben ihrem Lager. Ihr Schein reichte nicht weit und fiel auf graue Felswände. Neben der Lampe lagen mehrere Bücher mit gewellten Seiten. Es stank nach feuchtem Keller, fast so schlimm wie ein Schimmelrochen. Nur wenn sich die Frau bewegte, wehte wohliger Buchduft heran.

»Wo ist mein Seelenbuch?«

»Ich bin hier«, erklang es gequält an ihrer Hüfte. »Mir geht es gut, danke der Nachfrage.«

Sie schlug die Decke zurück und sah das Schnabelbuch neben sich auf der fleckigen Matratze. Es hatte den Buchrücken eng an ihren Körper geschoben, der Rüsselhals war halb eingezogen.

»Es wollte nicht von dir getrennt werden«, sagte die Frau, »nicht mal neben dir auf dem Tisch liegen.« Sie deutete auf den Stapel unter der Lampe. »Es ist lange her, seit mir ein Buch zuletzt in den Finger gebissen hat.«

»Ich hatte einen guten Grund!«, sagte der Schnabel. »Und glaub ja nicht, dass mir das Freude gemacht hat. Es war ein sehr schmutziger Finger!«

»Unsere hygienischen Verhältnisse sind bescheiden. Wir tun unser Bestes.«

»Feucht hier«, lamentierte das Schnabelbuch weiter. »Gift für mein zartes Papier!«

Irgendwo heulte der Wind.

»Was ist das hier?«, fragte Furia.

»Das Missratene Land«, sagte die Frau. »Du bist in den Nachtrefugien. Einer meiner Männer hat dich hergebracht.«

Das hätte Furia erschrecken müssen, doch sie nahm es beinahe gelassen hin. Vielleicht war sie abgestumpft nach allem, was geschehen war. Stück für Stück kehrte ihre Erinnerung an die Ereignisse im Sanktuarium zurück, an das Farbenchaos der Ideen, an den Sturz in die Leere. Dann an die Tintlinge, die sie gefunden hatten. Und zuletzt an den Mann, der seinen Brustkorb zu einem Buch geöffnet und darin ein Seitenherz gespalten hatte. Gleich darauf hatte sie das Bewusstsein verloren.

»Da war ein Siebenstern-Exlibro«, sagte sie.

»Er gehört zu mir.«

»Sind Sie Phaedra Herculanea? Die Urmutter der Bibliomantik?«

Die Frau lächelte ohne jede Spur von Humor. »Ich wünschte, ich wäre es nicht.«

»Ich hab Sie mir anders vorgestellt«, sagte Furia.

»Ich mir dich auch. Erwachsener.«

Die Vorstellung, dass Phaedra Herculanea sie schon früher gekannt haben könnte, war so abwegig, dass Furia sich gar nicht erst darüber wunderte. Noch immer hatte sie das Gefühl, dass dies alles einer Traumlogik folgte, die sie nicht beeinflussen und schon gar nicht begreifen konnte. Nur dass sich die Umgebung, der Schmutz, die Feuchtigkeit, ja sogar diese Frau erschreckend real anfühlten.

»Was wollen Sie von mir?«

»Du wirst mir helfen. Uns allen hier.«

»Ich?« Furia musste dem Blick dieser goldenen Augen ausweichen. »Ich glaube nicht, dass ich –«

»Doch, ich denke schon«, sagte Phaedra. Sie war ein Mythos. Eine Frau, die eigentlich niemals gelebt hatte und es nun doch tat. Und die gewiss nicht darauf angewiesen sein sollte, ein sechzehnjähriges Mädchen um Hilfe zu bitten.

Falls es eine Bitte war.

Furia sah zur halbgeöffneten Tür hinüber. »Ich möchte aufstehen.«

»Wurde auch Zeit«, seufzte das Schnabelbuch.

Phaedra erhob sich von einem Schemel und trat einen Schritt zurück, damit Furia ihre Beine über die Bettkante schwingen konnte. Erst jetzt bemerkte Furia, dass man ihr eine Armeehose angezogen hatte, dazu einen grauen Pullover. Beides sah abgewetzt aus und war ihr zu groß.

Phaedra bemerkte ihren Blick. »Das hier ist kein Ort für Röcke und Strumpfhosen. Diese Sachen haben mal einem Bibliomanten gehört.«

Die Kleidung eines Toten, dachte Furia fröstelnd, eines Mannes, der im Krieg um die Nachtrefugien gefallen ist.

Ihre Lederjacke war noch da, sie lag in einer Ecke auf dem Boden. Sie klopfte den Schmutz ab und streifte sie über. Darunter standen auch ihre Stiefel. Nachdem sie hineingeschlüpft war, stand sie wacklig inmitten der winzigen Kammer. »Wie lange hab ich hier gelegen?«

»Anderswo wären es ein paar Tage gewesen. Aber hier herrscht immer Nacht. Du warst sehr schwach.«

»War ich verletzt?«

»Nicht auf eine Weise, die ich hätte heilen können. Aber dein Geist … du warst verwirrt.«

»Hast dummes Zeug geredet«, krächzte das Schnabelbuch. »Über eine Insel und einen Schatz. Und über diesen Jungen. Diesen Hawkins.«

Sie wollte im Boden versinken. Aber sie blieb stehen, bis sich ihre Knie wieder daran gewöhnt hatten, sie zu tragen, dann folgte sie Phaedra hinaus auf einen Gang. Nach den ersten beiden Schritten begannen ihre Waden zu kribbeln. Ein Fortschritt, nahm sie an.

Es war nur ein kurzer Korridor ohne Abzweigungen. Der

Felsboden war rissig wie nach einem Erdbeben; an einer Stelle hatte sich eine Bruchkante zu einer kniehohen Stufe gehoben. Phaedra öffnete eine rostige Metalltür am Ende des Gangs. Mit einem scharfen Luftzug wehte der Geruch von Asche herein. Gedämpfter, undefinierbarer Lärm dröhnte in der Ferne.

»Komm«, sagte Phaedra, weder Göttin noch Legende, nur eine Frau, der man ansah, dass sie seit Jahren den Gewalten des Nachtlandes trotzte.

Furia trat mit ihr ins Freie. Die Bunkertür war in eine Bergflanke eingelassen, umgeben von Rissen und Brüchen im Gestein. Der Himmel hatte die Farbe von verbranntem Fleisch, schwarz und von braunen Schlieren durchzogen.

»Wir sind jenseits der letzten Leuchtfeuertürme«, sagte Phaedra, ohne zu erläutern, was das bedeutete. »Aber das Land verschiebt sich, ganze Gebirge treiben als Schollen auf der Asche. Dieser Teil der Nachtrefugien lag ursprünglich ganz woanders, näher am Portal.«

Vor ihnen stieg der Lavaboden zu einem niedrigen Wall an. Phaedra kletterte hinauf und streckte Furia eine Hand entgegen. Die ergriff sie erst nach kurzem Zögern.

Auf der anderen Seite fiel der Berg steil ab. An seinem Fuß, hundertfünfzig Yards entfernt, begann ein weites Tal, groß genug, um ganz Oxford aufzunehmen. Zahllose Feuer brannten in der steinigen Einöde, verteilt über den Felsenkessel bis hin zu den gegenüberliegenden Hängen.

»Sind das alles Tintlinge?«

»Sie waren einmal Exlibri«, entgegnete Phaedra. »Bis dieses Land sich verändert hat und mit ihm auch die Männer und Frauen dort unten.«

Die Lagerfeuer loderten zwischen Hunderten, vielleicht Tausenden von Zelten, wahrscheinlich ebenso während des Krieges erbeutet wie die Kleidung, die Furia trug.

Sie konnte den Blick nicht von dieser Armee abwenden, starrte wie hypnotisiert ins Tal hinaus. »*Sie* haben ihn geschickt, nicht wahr? Den Siebenstern-Exlibro, der das elfte Buch der Schöpfung stehlen sollte.«

Als sie keine Antwort erhielt, sah sie zur Seite und bemerkte, dass Phaedra den Wall wieder hinabgestiegen war und auf jemanden zuging, der ihnen aus dem Bunker gefolgt war.

Furia wandte sich erneut dem Tal zu, ganz benommen vom Panorama der Lavawüste. Langsam ließ sie sich auf einem kantigen Brocken nieder, zog ihre Knie an und schlang die Arme darum.

In ihrem Rücken knirschten Steine, dann setzte sich jemand neben sie. Ein langer Stab wurde gegen den Fels gelehnt.

»Severin«, flüsterte sie, ohne ihn anzusehen.

Siebenstern legte eine Hand auf ihre, und so saßen sie schweigend da und blickten auf ein Firmament aus Feuern.

Gleich weiterlesen!

1

Die Geister der Bücher bevölkerten den leeren Saal. Ihr Duft war längst verflogen, doch selbst nach Jahren hallten die Echos ihrer Geschichten flüsternd zwischen den kahlen Wänden wider.

Im einen Moment war der ehemalige Lesesaal des British Museum wie ausgestorben, im nächsten standen eine Frau und ein Mann auf einer der beiden Galerien hoch über der kreisrunden Halle. Für die Dauer eines Wimpernschlags glühte Gold in ihren Augen wie die Spiegelung einer verzauberten Dämmerstunde.

Isis griff mit einer Hand nach dem Metallgeländer. »Ist nur wegen der Höhe«, sagte sie und kämpfte gegen das Zittern ihrer Beine an. Sie wollte nicht, dass ihr Begleiter bemerkte, wie erschöpft sie war.

Duncan schaute über das Geländer in die Tiefe. Er war nicht gut darin, seine Sorge um Isis zu überspielen – natürlich durchschaute er sie. Früher einmal waren sie Experten darin gewesen, Menschen zu belügen und Geheimnisse zu wahren. Doch wenn sich heute ihre Blicke trafen, waren all ihre Täuschungstalente nutzlos. Sie lasen die Mimik des anderen wie Zeilen auf Papier.

Drei Etagen hoch hatten hier einst die Regale gereicht, doch seit die Nationalbibliothek das Museum verlassen hatte und in einen anderen Stadtteil Londons gezogen war, blieben die Wände rund um den Lesesaal kahl. Eine Weile lang hatte man den Kuppelbau im Innenhof des Museums als Ausstellungsraum genutzt, aber nun blieben seine Türen verschlossen, seine Lampen erloschen.

Durch die hohen Fenster rund um die Kuppel fiel der Schein der Nachtbeleuchtung des Hofs, ein fahles Gelb, das kaum bis zum Boden des Lesesaals reichte. Die andere Seite des gewaltigen Rondells ließ sich nur erahnen. Falls sich dort jemand im Schatten verbarg, war er aus der Ferne nicht zu erkennen.

»Wir sind allein«, sagte Duncan, der einmal mehr denselben Gedanken hatte wie Isis.

»Ich weiß.« Sie war geschwächt, aber nicht so sehr, dass sie die Anwesenheit eines Fremden nicht gewittert hätte. Und das, obwohl die Atmosphäre im Lesesaal auch Jahre nach dem Abtransport der Bücher mit Bibliomantik gesättigt war. Dafür gab es mehrere Gründe. Der wichtigste verbarg sich tief unter dem Boden des Saals, in der geheimen Gruft seiner Erbauer.

Das Sprungbuch, das Isis und Duncan benutzt hatten, um hierherzugelangen, hatte sich bereits in Luft aufgelöst. Auch sein Gegenstück, das vor langer Zeit mit vielen anderen in einem Geheimfach in der Wand deponiert worden war, musste verschwunden sein. Nur eine Handvoll Eingeweihter wusste von den Büchern in der Mauer, zumeist Agenten der Adamitischen Akademie.

Seit dem Untergang des Sanktuariums waren erst wenige Tage vergangen, die bibliomantische Welt war in Aufruhr. Das sogenannte *Komitee des geordneten Übergangs*, das derzeit die Regierung stellte, hatte alle Hände voll zu tun, seine Position zu festigen und Rachelle Himmel als neue Repräsentantin der Akademie zu etablieren.

Hinzu kam die Bedrohung durch die Ideen, die aus dem goldenen Abgrund zwischen den Seiten der Welt aufstiegen und ein Refugium nach dem anderen zerstörten. Noch waren sie weit entfernt von den hohen Refugien wie Libropolis und Unika, aber man hörte von panischen Evakuierungen in den tieferen Regionen. Und niemand wusste, wie der Aufstieg der Ideen aufzuhalten war.

Duncan stützte sich auf das Geländer und blickte ins Halbdunkel. Sie befanden sich auf der höheren der beiden Galerien. »Mir gefällt das nicht. Falls Atticus wirklich hier gewesen ist, dann muss er einen verdammt guten Grund dafür gehabt haben. Und das wiederum bedeutet aller Wahrscheinlichkeit nach, dass es Sicherungen gibt. Schutzmechanismen. Bibliomantische Sperren.«

Atticus Arbogast war ihr Lehrer am Lyceum LeCarré gewesen, das Oberhaupt aller Akademieagenten und der Erzfeind des Widerstands. Duncan hatte ihn im Sanktuarium getötet. Erst gestern war es Isis endlich gelungen, einen Informanten am Lyceum zu kontaktieren. Von ihm hatte sie erfahren, dass Atticus bis vor wenigen Wochen versucht hatte, mehr über frühere Begegnungen von Bibliomanten mit den Ideen herauszufinden. Eine Fährte hatte ihn hierher ins British Museum geführt, in die geheime Büchergruft unter dem Lesesaal.

Duncan ließ seinen Blick umherwandern, und auch Isis

suchte nach Anzeichen von Gefahr. Sie konnte nicht hundertprozentig ausschließen, dass der Informant sie in eine Falle gelockt hatte. Sie wusste aus Erfahrung, dass Loyalität das erste Opfer eines jeden Umsturzes war. Männer und Frauen, die die Drei Häuser verachtet hatten, mochten jetzt dem neuen Komitee treu ergeben sein. Und noch wusste keiner, welche Rolle Rachelle Himmel künftig spielen würde und ob ihre Jugend und ihr hübsches Gesicht den neuen Machthabern nicht unverhoffte Sympathien einbrachten.

Einen Moment lang beobachtete Isis Duncan von der Seite. Dunkles Haar fiel ihm bis auf die Schultern, sein Vollbart war kurz und dicht. Seine Wangen erschienen ihr eingefallener als noch vor wenigen Tagen, und schuldbewusst wurde ihr klar, dass sie kaum einmal innegehalten hatten, um etwas zu essen. Sie verspürte keinen Hunger mehr, seit die Sucht nach dem Absolonbuch wie ein Schatten über ihrem Denken lag. Es versetzte ihr einen Stich, dass Duncan so selbstlos war, seine eigenen Bedürfnisse den ihren unterzuordnen. Am liebsten hätte sie die Hand ausgestreckt und sein Gesicht berührt, aber sie fürchtete, dass er das missverstehen könnte. Sie wollte nicht, dass er ihre Annäherung für den Versuch hielt, ihm das Absolonbuch zu entwenden. Allein die Vorstellung, dass er sie für derart verzweifelt halten könnte, beschämte sie so sehr, dass sie lieber ganz auf solche Gesten verzichtete.

Sie waren in dieser Nacht nach London gekommen, um mehr über die rätselhafte Gefahr in der Tiefe herauszufinden. Beim Untergang des Sanktuariums hatten die Ideen Furia verschlungen – Furia Salamandra Faerfax, letzte Bibliomantin des Hauses Rosenkreutz, gerade mal sechzehn Jahre alt und seit Tagen verschollen. Möglicherweise tot.

Nur dass Isis das nicht wahrhaben wollte. Sie würde alles tun, um Furia wiederzufinden oder Gewissheit über ihr Schicksal zu erlangen. Und ihr blieb nicht viel Zeit. In vier, spätestens fünf Wochen würde die Sucht nach dem Absolonbuch Isis umbringen. Schon jetzt spürte sie, wie es an ihren Kräften zehrte und ihren Verstand vergiftete. In manchen Momenten konnte sie nicht mehr klar denken, und dann war ihr einziger Wunsch, das Absolonbuch aufzuschlagen und darin zu lesen.

In lichten Augenblicken musste sie sich eingestehen, dass sie sich kaum mehr unter Kontrolle hatte und gierige Blicke zu Duncan hinüberwarf, der das Buch für sie aufbewahrte. Einige Male war sie drauf und dran gewesen, es ihm mit Gewalt zu entreißen, so als ob Furia, der Widerstand, selbst ihre Gefühle für Duncan nie existiert hätten.

»Erledigen wir das hier so schnell wie möglich«, sagte sie. »Je früher wir verschwinden, desto besser.«

Er nickte. »Dann los.«

Leise verließen sie die Galerie über eine schmale Treppe und erreichten den Boden des Kuppelsaals. Früher hatten hier Gelehrte aus aller Welt die Bücher der British Library studiert. An einem der Lesepulte, die längst entfernt worden waren, hatte Karl Marx *Das Kapital* geschrieben. Tagsüber präsentierte sich die gewölbte Decke als Kunstwerk aus goldenen Verzierungen und taubenblauen Flächen auf cremefarbenem Grund. Bei Nacht aber sah sie aus, als wäre sie mit schwarzen Spinnweben überzogen, Schicht um Schicht aus Schattengespinst.

An der Ostseite des Lesesaals legte Isis beide Hände an die Wand. Sie konnte spüren, dass hier anderthalb Jahrhunderte lang Bücher gestanden hatten, in Regalreihen von vielen Meilen Länge. Sie fühlte einen Anflug von Trauer darüber, dass sich die Zeiten gewandelt hatten und das Gebäude seine Bücher verloren hatte. Jede aufgegebene Bibliothek verströmte eine Melancholie, die selbst Jahrzehnte später in Gebälk und Mörtel hing wie der Geruch eines alten Feuers. Und da war immer noch der Nachhall des geschriebenen Wortes, jenes Echo, das sie schon bei ihrer Ankunft vernommen hatte.

Sie schloss die Augen und richtete ihre Aufmerksamkeit ganz auf den unsichtbaren Mahlstrom aus Wörtern, der bis in alle Ewigkeit durch den runden Saal kreisen würde. Sie konzentrierte sich, bis sie die Buchstaben vor ihrem inneren Auge erkennen konnte, und tastete nach Atticus' Spuren, bibliomantischen Artefakten, vergleichbar mit Fingerabdrücken. Unter großer Anspannung entdeckte sie eine ganze Reihe davon auf einzelnen Lettern. Sie vergewisserte sich, dass sie keine übersehen hatte, und ordnete die entsprechenden Buchstaben inmitten des Chaos zu einem Losungswort. Als sie es schließlich vor sich sah, bemerkte sie, dass etwas mit der Wand im Hintergrund geschah. Ein mannshohes Rechteck löste sich flirrend auf und gab den geheimen Zugang frei.

Als sie Duncan signalisierte, ihr zu folgen, wurde ihr klar, dass er nichts von all dem bemerkt hatte. Der Umgang mit der Macht, die ihr als Siebenstern-Exlibra innewohnte, ging ihr allmählich in Fleisch und Blut über. So sehr, dass sie vergaß, dass Duncan zwar ein hochbegabter Bibliomant war, aber nicht mal ansatzweise ihre Fähigkeiten besaß.

»Wie hast du das gemacht?«, fragte er mit verblüfftem Blick auf die Öffnung in der Wand. Er hatte weder die kreisenden Buchstabenströme noch das Losungswort gesehen.

»Der Schutzmechanismus, den du befürchtet hast«, sagte sie und kämpfte gegen den Schwindel an. »Ich hab ihn ausgeschaltet.«

»Einfach so?«

»Na ja, einfach ...« Sie brachte ein schwaches Lächeln zustande.

In seiner Verwunderung lag mehr als nur eine Spur von Besorgnis. »Was wäre passiert, wenn du nicht –«

»Wahrscheinlich hätten wir den Zugang trotzdem öffnen können. Aber wir wären nicht weit gekommen.« Sie deutete in die dunkle Öffnung. »Diejenigen, die das hier erschaffen haben, waren vorsichtig. Und einer wird große Schmerzen erlitten haben, ehe er Atticus das Losungswort verraten hat.« Sie bemerkte, dass er ihr nicht mehr in die Augen sah, sondern auf ihren Mund. Reflexartig wischte sie sich mit dem linken Handrücken über die Oberlippe und sah Blut.

»Hast du öfter Nasenbluten?«, fragte Duncan besorgt.

»Nicht mal Schnupfen.«

Wahrscheinlich war das Blut ein Anzeichen dafür, dass sie rapide an Kraft verlor. Nicht an *bibliomantischer* Kraft – aber ihr Körper würde sie früher oder später im Stich lassen. Sie fragte sich, wie lange vor ihrem Tod das geschehen würde. Duncan wusste womöglich eine Antwort darauf, aber sie wollte nicht schon wieder mit ihm über ihre Absolonsucht diskutieren.

»Gib mir das Buch«, sagte sie. Leiser fügte sie hinzu: »Bitte.«

Duncan blickte auf seine Armbanduhr und schüttelte den Kopf. »In fünf Stunden.«

Verstand er nicht, dass es in der Natur der Sache lag, dass die Abstände immer kürzer wurden? »Ich brauche es *jetzt*!«

»Bald wirst du nichts anderes mehr brauchen. Deshalb nennt man es Sucht.« Er spannte sich leicht, so als bereitete er sich auf einen Angriff vor. Sein Versuch, es sich nicht anmerken zu lassen, war gut gemeint, aber überflüssig. Isis' Blick wanderte zu der Tasche, in der er das nachtblaue Leinenbuch aufbewahrte, und ihr Herz schlug schneller. Da war es, ganz nah. Sie musste nur hineingreifen, das Buch aufschlagen und die Worte lesen, die Alexandre Absolon vor über hundert Jahren aufgeschrieben hatte. Nur drei dieser Bände existierten, zwei davon waren verschollen. Duncans Exemplar war ihre einzige Chance.

»Gib es mir!«, verlangte sie erneut. In ihrem Hinterkopf formte sich der fremde Gedanke, ihm an der Wand den Schädel einzuschlagen, und dann alle Zeit der Welt mit dem Buch zu verbringen. Sie würde sich auf den Boden setzen und Absolons Worte in sich aufsaugen. Bis zum Morgengrauen konnte sie das ganze Buch schaffen und dann wieder von vorn beginnen.

»Isis!«

Nicht Duncans Stimme, sondern die eines Mädchens.

»Furia?« Isis wirbelte herum, und da stand sie. Furia war mittelgroß und hatte blondes Haar, das lang über eine schwarze Lederjacke fiel. Unter ihrem kurzen grauen Rock schauten weinrote Strumpfhosen hervor, aufgeschrammt und zerrissen, und sie trug schwere schwarze Boots. Genau dieses Outfit – völlig untypisch für sie – hatte sie beim Kampf um das Sanktuarium getragen.

»Isis«, sagte Furia erneut und streckte eine Hand nach ihr aus. Ein Flirren lag um ihre Konturen, ihre Haut war in Helligkeit gebadet.

Isis drehte sich wieder zu Duncan um und bemerkte, dass er sein Seelenbuch weit genug geöffnet hatte, um einen Finger zwischen die Seiten zu schieben. Licht fiel aus dem Spalt. Da wusste sie, was er tat.

»Glaubst du im Ernst, das hier könnte –« Sie verstummte, weil ihr klarwurde, dass er sein Ziel bereits erreicht hatte. Das Trugbild von Furia, das er erschaffen hatte, hatte sie für wenige Sekunden von dem Gedanken an das Absolonbuch abgebracht – in diesem frühen Stadium ihrer Sucht genügte das. Sie spürte das Ziehen noch immer, aber ihr eigener Wille war wieder stark genug, um dagegen anzukämpfen. Jedenfalls für eine Weile.

Duncan schloss sein Seelenbuch, das Licht des Seitenherzens erlosch. Als Isis über die Schulter blickte, war auch die Furia-Illusion verschwunden.

»Tut mir leid«, sagte er.

»Nein, mir.« Sie wich seinem Blick aus, hob dann aber entschlossen das Kinn und sah ihn direkt an. Dabei machte sie einen Schritt auf ihn zu und berührte nun doch vorsichtig mit einer Hand seine Wange. Falls er annahm, es könnte eine List sein, um ihm das Buch zu entreißen, so überspielte er es mit einem Lächeln.

Dabei war ihr das hier so ernst wie nur irgendwas. »Ohne dich …«, begann sie und ließ den Satz in Schweigen ausklingen.

»Ich lasse nicht zu, dass es dich bekommt«, flüsterte er. Als wäre das Absolonbuch ein wildes Tier, auf das er sich stürzen würde, sobald es Isis zu nahe käme. Sanft legte er seine Hand auf ihre. Seine Finger waren warm, ihre eigenen eiskalt.

»Bringen wir das hier hinter uns«, sagte sie. Vor langer Zeit hatten sie eine Beziehung und eine Trennung überstanden, ohne einander umzubringen. Da sollte es ihnen gelingen, auch aus dieser Sache heil herauszukommen.

Er blickte von ihr hinüber zu der Öffnung in der Wand, presste die Lippen aufeinander und nickte. Seine dunklen Augenbrauen zogen sich sorgenvoll zusammen. Dann beugte er sich vor und gab ihr einen Kuss auf die Stirn. Es war lange her, dass jemand sie so berührt hatte. Das Gefühl, das sie dabei empfand, war ihr so fremd geworden, dass sie für einen Moment erschrak. Unter ihrem schwarzen Kapuzencape durchlief sie ein Frösteln, weil sie an das denken musste, was ihnen unweigerlich bevorstand. Die Seitenherzen in ihrem Brustkorb schlugen nicht wie ein gewöhnliches Herz. Hätte sie das Buch in ihrem Inneren jetzt geöffnet, hätte der Lichtschein sicherlich den gesamten Lesesaal ausgeleuchtet. Keine gute Idee, so lange vor den verschlossenen Türen der Sicherheitsdienst des Museums patrouillierte.

Ehe sie etwas sagen konnte, warf Duncan ihr ein Lächeln zu und ging hinüber zur Öffnung. Sein Seelenbuch war ein zerlesener *James-Bond*-Roman mit gebrochenem Rücken, und auch jetzt bog er das Buch weit auf, während er mit der

Fingerspitze eine Seite teilte. Ein silbriger Schimmer vertrieb die Dunkelheit aus dem geheimen Zugang, allmählich wurde eine Treppe sichtbar.

Ein vergilbtes Origami humpelte ihnen auf brüchigen Papiergliedern entgegen. Mühsam schob es sich über die Kante der obersten Stufe, rutschte ab und purzelte nach hinten.

Als es aufprallte, zerfiel es zu Staub.

Leseprobe aus:
Kai Meyer
Seiten der Welt
Blutbuch
Erschienen bei FISCHER FJB
Copyright © 2016 by Kai Meyer
Copyright Deutsche Erstausgabe
© S. Fischer Verlag GmbH, Frankfurt am Main 2016
Dieses Werk wurde vermittelt durch
die Michael Meller Literary Agency GmbH, München

»ANDERE SCHREIBEN IN SCHWARZ-WEISS. KAI MEYER SCHREIBT IN FARBE.«

BÜCHER MAGAZIN

Als die junge Adelige Iniza auserwählt wird, der allmächtigen Gottkaiserin auf ihrer Raumkathedrale als sogenannte Braut zugeführt zu werden, versuchen ihr heimlicher Geliebter Glanis, der desillusionierte Kopfgeldjäger Kranit und die Alleshändlerin Shara Bitterstern zusammenarbeiten, um das Schlimmste zu verhindern ... Im Laserfeuer gewaltiger Schiffe kämpfen sie um ihre Zukunft – und bald schon gegen eine kosmische Bedrohung, die alles in den Schatten stellt.

Ein dramatisches Weltraumabenteuer voller Action und Magie.

Hintergrund: © Jens Maria Weber, Duisburg

Kai Meyer
Die Krone der Sterne
Roman

Ca. 400 Seiten
Klappenbroschur

ISBN 978-3-596-03585-4

Jetzt für den Newsletter anmelden unter:

TOR-ONLINE.DE

fi 10-03585/1